BASTEI
LÜBBE

Martin Greenberg
Charles G. Waugh (Hg.)

Vampire

16 × Grauen mit Frauen

BASTEI
LÜBBE

BASTEI-LÜBBE-TASCHENBUCH
Allgemeine Reihe
Band 13 134

Erste Auflage: November 1988

Deutsche Lizenzausgabe 1988
Bastei-Verlag Gustav H. Lübbe GmbH & Co., Bergisch Gladbach
Originaltitel: Vamps
Einzelcopyrightvermerke der Geschichten und Übersetzer
am Ende des Bandes
Lektorat: Dr. Brunhilde Janßen
Titelillustration: Manuel Prieto, Norma Agency, Barcelona
Umschlaggestaltung: Dieter Kreuchauff
Satz: VID Verlags- und Industriedrucke GmbH & Co. KG,
Villingen-Schwenningen
Druck und Verarbeitung:
Brodard & Taupin, La Flèche, Frankreich
Printed in France
ISBN 3-404-13134-7

Der Preis dieses Bandes versteht sich einschließlich der gesetzlichen Mehrwertsteuer.

Inhalt

Einführung

Warum es so viele ›Damen der Nacht‹ gibt

Ein beliebtes und häufiges Thema vieler Horrorgeschichten bildet der weibliche Vampirismus. Dieses Buch enthält sechzehn Beispiele, die insgesamt eine Periode von einhundertundsechsundvierzig Jahren umspannen, von ›Clarimonda‹, geschrieben 1836, bis zur Erzählung ›Rot wie Blut‹ aus dem Jahr 1979.

Die erste Kurzgeschichte, in der ein weiblicher Vampir in Erscheinung tritt und die Johann Ludwig Tieck zugeschrieben wird, dürfte ›Wecke nicht die Toten‹ gewesen sein. Nachdem sie 1823 in einer Anthologie erschienen war, wurden von anderen Schriftstellern des neunzehnten Jahrhunderts, wie zum Beispiel von Alexandre Dumas (›The Pale Lady‹, 1848) und Sir Arthur Conan Doyle (›The Parasite‹, 1892), sechzehn weitere Werke dieses Genres verfaßt. Drei der besten haben wir ausgewählt: Die bereits erwähnte Geschichte ›Clarimonda‹ von Théophile Gautier, das oft verfilmte Werk ›Carmilla‹ (1872) von Sheridan Le Fanu und ›Kens Geheimnis‹ (1888?), eine Halloweengeschichte von Julian Hawthorne.

Im zwanzigsten Jahrhundert wurden sehr viele Erzählungen über weibliche Vampire veröffentlicht. Die früheste dieser Geschichten, die wir ausgewählt haben, stammt aus dem Jahr 1902: ›Luella Miller‹, Mary Wilkins Freemans Porträt eines weiblichen Seelenvampirs. Sieben Erzählungen stammen aus den Jahren, die unter dem Einfluß der Zeitschriften ›Weird Tales‹ (1923–1954) und ›Unknown‹ (1939–1943) standen: ›Ruhelose Seelen‹ von Seabury Quinn (1928), ›Der Umhang‹ von Robert Bloch (1939), ›Schneetreiben‹ von August Derleth (1939), ›Als der Mond schien‹ von Manly Wade Wellman (1940), ›Erbanlagen‹ von David H. Keller (1947) und ›Das letzte Grab von Lill Warran‹, ebenfalls von Manly Wade Wellman (1951). Die jüngste unserer Geschichten ist ›Rot wie Blut‹ von

Tanith Lee, eine neue und recht bissige Version von ›Schneewittchen‹.

Auch wenn wir von der Annahme ausgehen, daß es keine wirklichen Vampire gibt (wofür ich jedoch nicht meine Hand ins Feuer halten würde), so lassen sich doch mindestens sieben mögliche Gründe für ihre Popularität anführen.

Tierische Vampire gibt es in unserer Welt in der Tat. Die Beispiele reichen von weiblichen Moskitoarten bis zu gewissen Spezien unter den Fledermäusen und Motten. Solche Kreaturen mögen den Boden bereitet haben für derlei Vorstellungen.

Bruce Wallace vertritt in Omni (Juni 1979) die Meinung, vampiristische Ängste ließen sich von den prähistorischen Höhlenbewohnern herleiten. Gebissen von tollwütigen Fledermäusen, hätten sich jene im Frühstadium ihrer Krankheit zuerst im Dunkeln verkrochen, um das Licht zu meiden. Später jedoch wären sie als Tollwütige wieder herausgekommen und hätten versucht, die anderen Menschen zu beißen. Die neu gebissenen Opfer wiederholten dann diesen Kreislauf. Da zweifellos das Überleben der menschlichen Gattung auf dem Spiel stand, entwickelte der Mensch als Ergebnis der natürlichen Auslese während vieler Jahrhunderte gewissermaßen einen Sinn, der ihn solche Begegnungen meiden ließ. Die Angst vor Vampiren schlug sich also in seinen Erbanlagen nieder.

Basil Copper stellt in seinem Buch ›Der Vampir in Legende, Kunst und Wirklichkeit‹ (1974) fest, daß es in der menschlichen Geschichte immer wieder vorkam, daß zutiefst gestörte Individuen ›eine morbide körperliche Befriedigung‹ daraus entwikkelten, ›das Blut der Lebenden – oder noch schlimmer – der soeben Verstorbenen zu trinken‹.

Douglas Hill behauptet in ›Die Geschichte von Geistern, Vampiren und Werwölfen‹ (1970), vor dem Einsetzen der medizinischen Revolution während der letzten hundert Jahre seien recht häufig verfrühte Bestattungen vorgekommen. Wenn Menschen auf unerklärliche Weise starben, sei es an einer der zahlreichen Seuchen oder aus anderen Gründen, dann könnten möglicherweise mißtrauische Dörfler in den Gräbern nach Vampiren gesucht haben. ›Verfrüht Bestattete, die im Grab aufgewacht waren und gestorben waren, während sie vergeblich versucht hatten, sich mit den Nägeln einen Weg ins Freie zu bahnen‹, fand man dann in ungewöhnlicher Haltung vor: ›Ihre Gesichter zeigten einen schaurigen Ausdruck, und Hände und Fingernägel wiesen Blutspuren auf‹.

Gruselgeschichten von Vampiren, Gespenstern und Werwölfen rufen bei Erwachsenen einen wohligen Schauer und willkommene Ablenkung vom Alltagsleben hervor. Eltern können sie als Druckmittel in der Erziehung ihrer Kinder benutzen (unter Hinweis auf die Gefahren des nächtlichen Herumtreibens). Den Ausgestoßenen und Wehrlosen der Gesellschaft bietet sich eine Art Schutz, wenn sie in ihrer Verzweiflung die Rache übernatürlicher Kräfte beschwören.

Auch für die Beliebtheit weiblicher Vampire dürfte es unzählige Gründe geben.

Unter den Fans der phantastischen Literatur gibt es einen großen Prozentsatz an jungen Männern, die Angst vor jungen Frauen haben. (Siehe Fritz Leibers Autobiographie in ›Das Geisterlicht‹, 1984.) Unter diesem Aspekt ist es auch wirtschaftlich gesehen recht interessant, über weibliche Vampire oder ›Vamps‹ zu schreiben. Es stellt außerdem eine Möglichkeit dar, leichte sexuelle Obertöne mitschwingen zu lassen und Frauen als eine merkwürdige Mischung von Gefahr und Verführung zu karikieren.

Da die meisten Vampire durch den Einsatz von Verführungskünsten und Hypnose ihr Ziel zu erreichen suchen, paßt die weibliche Spielart ausgezeichnet in das Bild, das die jüdisch-christliche Tradition von Eva als Verführerin geformt hat. Und die Autoren brauchen sich nicht lange den Kopf über Größe oder Stärke ihrer Figuren zu zerbrechen.

Weitere Faktoren dürften die engere Beziehung der Frauen zum Blut sein sowie die Neigung zu größerer Blässe als Folge von Modeerscheinungen, von Blutarmut durch leichtere Anfälligkeit für Eisenmangel oder durch häufigeren Aufenthalt in geschlossenen Räumen. Außerdem ist ihnen eine Art Yin-Yang-Meisterschaft mit der Betonung auf der Nachtseite zu eigen, im Gegensatz zu den Meistern des Tages.

Obwohl vieles vom Gesagten negativ zu sein scheint, weisen

Geschichten über weibliche Vampire auch durchaus positive Züge auf. Deshalb haben wir diese Anthologie zusammengestellt. Viele der Geschichten sind sehr unterhaltsam, gut geschrieben und durchdacht, mit einprägsamen Charakteren und originellen Ideen. Manche beleuchten die Benachteiligungen, denen Frauen im Leben oft ausgesetzt sind, andere ermöglichen den Vergleich mit starken und selbstsicheren Frauen und liefern den Feministinnen Stoff, um den Ungebildeten mit transzendenten Waffen aus dem Feld zu schlagen.

Charles G. Waugh

Stephen King

Eines auf den Weg

Es war Viertel nach zehn, und Herb Tooklander dachte gerade daran zu schließen, als der Mann mit dem ausgefallenen Mantel und dem weißen, starren Gesicht in Tookey's Bar stolperte, die im nördlichen Teil von Falmouth liegt. Es war der zehnte Januar, also gerade die Zeit, wo die meisten Menschen wieder anfangen, das Leben zu genießen, nachdem sie sämtliche zu Neujahr gefaßten guten Vorsätze gebrochen haben, und draußen tobte ein höllischer Nordost. Zwanzig Zentimeter Neuschnee waren noch vor Einbruch der Dunkelheit heruntergekommen, und seither hatte es immer stärker und dichter zu schneien begonnen. Zweimal hatten wir schon Billy Larribee hoch oben in der Kabine des städtischen Schneepflugs vorbeifahren sehen, und beim zweiten Mal lief Tookey hinaus, um ihm ein Bier zu bringen – einen Akt purer Nächstenliebe hätte das meine Mutter genannt, und weiß Gott, sie hatte seinerzeit genug von Tookeys Bier hinuntergespült. Billy erzählte ihm, daß sie gerade noch die Hauptstraße freihalten könnten, die Nebenstraßen wären jedoch gesperrt und würden es wahrscheinlich bis zum nächsten Morgen bleiben. Die Radiostation in Portland sagte weitere Schneefälle und einen Sturm voraus, der mit seinen achtzig Stundenkilometern riesige Schneewehen auftürmen würde.

Nur Tookey und ich waren noch in der Bar. Wir lauschten dem Wind, der um das Dach heulte und das Feuer im Kamin tanzen ließ. »Nimm noch eins auf den Weg, Booth«, sagte Tookey, »ich werd' den Laden dichtmachen.«

Er goß zuerst mir und dann sich selbst ein, als die Tür aufsprang und dieser Fremde hereinplatzte, weiß von Kopf bis Fuß, als hätte er sich in Puderzucker gewälzt. Der Wind blies ihm eine feine Schneefahne nach.

»Tür zu!« brüllte Tookey, »oder bist du im Stall aufgewachsen?«

Ich habe noch nie vorher einen Mann gesehen, der so erschreckt aussah. Er glich einem Pferd, das den ganzen Nachmittag lang Brennesseln gefressen hat. Er verdrehte die Augen und sagte zu Tookey: »Meine Frau – meine Tochter . . .« und dann brach er wie tot zusammen.

»Heiliger Strohsack«, sagte Tookey. »Machst du die Tür zu, Booth?«

Ich ging sie zumachen. Sie gegen den Wind zu stemmen war keine leichte Aufgabe. Tookey kniete neben dem Burschen, stützte seinen Kopf und tätschelte ihm die Wangen. Ich ging zu ihm hinüber und bemerkte sofort, daß er ziemlich schlimm aussah. Sein Gesicht war feuerrot, aber da und dort zeigten sich graue Flecken, und wer wie ich seit der Zeit, als Woodrow Wilson noch Präsident war, die Winter in Maine verbracht hat, weiß, was diese grauen Flecken bedeuten: Froststellen.

»Ohnmächtig«, sagte Tookey. »Bringst du mir den Brandy? Er ist hinter der Theke.«

Ich holte ihn und kam zurück. Tookey hatte dem Burschen den Mantel aufgeknöpft. Er war wieder ein bißchen zu sich gekommen. Seine Augen waren jetzt halb offen, und er murmelte etwas vor sich hin, zu leise, um ihn zu verstehen.

»Schraub' die Kappe ab und mach' sie voll«, sagte Tookey.

»Nur eine Kappe voll?« fragte ich ihn.

»Das Zeug wirkt wie Dynamit«, meinte Tookey. »Es hat wenig Sinn, wenn wir seine Batterie überladen.«

Ich füllte die Kappe und blickte auf Tookey. Der nickte. »Und jetzt runter damit.«

Ich schüttete es dem Fremdling in die Kehle. Es war interessant, die Auswirkungen zu beobachten. Ein Zittern durchlief den Mann, und er begann zu husten. Sein Gesicht wurde noch röter. Seine Augenlider flatterten hoch wie aufgezogene Rolläden. Ich war etwas beunruhigt, aber Tookey setzte ihn einfach auf wie ein großes Baby und klopfte ihm auf den Rücken.

Der Mann begann zu würgen, und Tookey schlug ihn noch einmal auf den Rücken.

»Laß ihn unten«, sagte er, »der Brandy tut gut.«

Der Mann hustete noch ein bißchen, aber es wurde schon schwächer. Jetzt endlich konnte ich ihn gründlicher in Augenschein nehmen. Ein typischer Städter, und zwar vermutlich aus der Gegend südlich von Boston. Er trug Glacéhandschuhe, teuer aber dünn. Wahrscheinlich befanden sich einige dieser weißlich-grauen Flecken auch auf seinen Händen, und er konnte von Glück reden, wenn er nicht einen oder zwei Finger verlor. Sein Mantel war ganz sicher der letzte Schrei, und wenn ich je ein Dreihundert-Dollar-Stück gesehen habe, dann war das eines. Er trug winzige Stiefelchen, die kaum seine Knöchel bedeckten, und ich begann mir Sorgen um seine Zehen zu machen.

»Besser«, sagte er.

»In Ordnung«, sagte Tookey. »Schaffen Sie es bis zum Feuer?«

»Meine Frau und meine Tochter«, sagte er, »sie sind da draußen . . . im Schneesturm.«

»So wie Sie hereingekommen sind, habe ich nicht angenommen, daß die beiden zu Hause vor dem Fernseher sitzen«, entgegnete Tookey. »Das können Sie uns drüben beim Feuer alles genausogut erzählen wie hier auf dem Fußboden. Faß mit an, Booth.«

Er kam auf die Beine, stieß aber ein leises Stöhnen aus, und sein Mund verzog sich schmerzvoll. Ich dachte wieder an seine Zehen und fragte mich, warum Gott meinte, er müßte diese Idioten aus New York City fabrizieren, die im Zentrum eines Blizzards durch Südmaine kutschierten. Und ich fragte mich, ob seine Frau und sein kleines Mädchen wärmer angezogen waren als er.

Wir schleppten ihn zur Feuerstelle hinüber und setzten ihn in den Schaukelstuhl, eines von Mrs. Tookeys Lieblingsstücken, ehe sie '74 verschied. Eigentlich war das meiste hier Mrs. Tookeys Werk, und es war schon in ein paar Zeitschriften darüber geschrieben worden und einmal sogar in der Sonntagsbeilage des Bostoner »Globe«. Das Lokal ähnelt wirklich mehr einem englischen Pub als einer Bar, mit dem schön verfugten und nicht genagelten Holzfußboden, der Theke aus Ahorn, den alten Holzbalken an der Decke und dem riesigen, aus Feldsteinen aufgemauerten Kamin. Nachdem die Artikel erschienen waren, begannen in Mrs. Tookeys Kopf einige Ideen herumzuspuken – sie wollte das Lokal umtaufen in »Tookey's Inn« oder »Tookey's Rast«, und ich gebe ja zu, daß darin ein Hauch Kolonialzeit mitschwingt, trotzdem ist mir das gute alte »Tookey's Bar« lieber. Im Sommer, wenn es hier vor Touristen wimmelt, kann man leicht hochherrschaftlich tun, aber im Winter, wenn jeder auf den Nachbarn angewiesen ist, sieht die Sache ganz anders aus. Und Winternächte wie diese, in denen Tookey und ich allein zusammensaßen und Scotch mit Wasser oder bloß ein paar Bier tranken, hatte es mehr als genug gegeben. Meine Victoria war dreiundsiebzig heimgegangen, und Tookey's Bar war der einzige Ort, wo der Klang menschlicher Stimmen das Pochen des Totenwurms verstummen ließ, und selbst wenn es nur Tookeys und meine Stimme waren, genügte das. Für mich wäre es nicht mehr dasselbe gewesen, hätte es »Tookey's Rast« geheißen. Klingt verrückt, aber es ist wahr.

Kaum hatten wir den Burschen vors Feuer gebracht, begann er stärker zu zittern als vorher. Er umklammerte seine Knie, seine Zähne schlugen aufeinander, und mehrere Tropfen klarer Flüssigkeit rannen ihm aus der Nase. Ich glaube, es wurde ihm langsam klar, daß noch weitere fünfzehn Minuten da draußen wahrscheinlich genügt hätten, ihn umzubringen. Es ist nicht der Schnee, sondern der eisige Wind. Er holt den letzten Funken Wärme aus dem Körper.

»Wo sind Sie von der Straße runter?« fragte Tookey ihn.

»S-sechs Meilen s-s-südlich von h-hier«, sagte er.

Tookey und ich sahen uns an, und plötzlich wurde mir kalt. Am ganzen Körper kalt.

»Sind Sie sicher?« fragte Tookey. »Sie sind sechs Meilen durch den Schnee gegangen?«

Er nickte. »Ich habe auf den Meilenstand geachtet, als wir durch die St-stadt fuhren. Ich bin der Beschilderung gefolgt . . . wir wollten die Sch-schwester meiner Frau besuchen . . . in Cumberland . . . bin noch nie dort gewesen . . . wir sind aus New Jersey . . .«

New Jersey. Wenn es noch größere Idioten gibt als die aus New York, dann sind es die aus New Jersey.

»Sechs Meilen, ganz sicher?« fragte Tookey weiter.

»Ziemlich sicher sogar. Ich fand diese Abzweigung, aber sie war eingeschneit . . . es war . . .«

Tookey packte ihn am Arm. Der flackernde Feuerschein ließ sein sechsundsechzigjähriges Gesicht fahl und müde und um zehn Jahre älter aussehen. »Sie sind nach rechts abgebogen?«

»Ja, nach rechts. Meine Frau . . .«

»Haben Sie ein Schild gesehen?«

»Ein Schild?« Er sah Tookey verständnislos an und wischte sich die Nasenspitze ab. »Natürlich habe ich es gesehen. Es war ja in meiner Beschreibung. Nimm die Jointner Avenue durch Jerusalem's Lot bis zur Auffahrt auf die 295.« Er sah von Tookey zu mir und dann wieder zu Tookey. Draußen pfiff und heulte der Wind und ließ die Dachsparren ächzen. »War das nicht richtig, Mister?«

»Jerusalem's Lot«, sagte Tookey so leise, daß es kaum zu hören war, »o Gott.«

»Was ist denn?« fragte der Mann. Seine Stimme hob sich. »War es nicht richtig? Ich meine, die Straße sah zugeschneit aus, aber ich dachte . . . wenn dort eine Stadt ist, kommen doch die Pflüge und . . . und dann . . .«

Sein Redeschwall schien zu versickern.

»Booth«, sagte Tookey leise zu mir. »Geh zum Telefon. Ruf den Sheriff an.«

»Ja«, sagte dieser Narr aus New Jersey, »das ist gut. Was ist überhaupt los mit euch, Jungs? Ihr seht aus, als hättet ihr ein Gespenst gesehen.«

Tookey sagte: »Gespenster gibt es keine im Lot, Mister. Haben Sie ihnen gesagt, daß sie im Wagen bleiben sollen?«

»Sicher hab' ich das getan«, kam es beleidigt zurück, »ich bin doch nicht verrückt.«

Nun, ich hätte darauf keinen Eid geleistet.

»Wie ist Ihr Name?« fragte ich ihn. »Für den Sheriff.«

»Lumley«, sagte er, »Gerard Lumley.«

Er wandte sich wieder Tookey zu, und ich ging zum Telefon hinüber. Ich nahm den Hörer ab und vernahm nichts als

Totenstille. Ich schlug ein paarmal auf die Gabel. Immer noch nichts.

Ich kam zurück. Tookey hatte Lumley noch ein wenig Brandy eingegossen, und er ging ihm jetzt ein wenig leichter die Kehle hinunter.

»War er nicht da?« fragte Tookey.

»Leitung ist tot.«

»Verdammt«, sagte Tookey, und wir sahen uns an. Draußen frischte der Wind auf und warf Schnee gegen die Fenster.

Lumley blickte von Tookey zu mir und dann wieder zurück.

»Hat denn keiner von euch ein Auto?« fragte er. Die Angst war in seine Stimme zurückgekehrt. »Sie müssen den Motor laufenlassen, damit die Heizung läuft. Ich hatte den Tank nur noch zu einem Viertel voll, und bis hierher habe ich anderthalb Stunden gebraucht . . . Bekomme ich jetzt eine Antwort?« Er stand auf und packte Tookey am Kragen.

»Mister«, sagte Tookey, »ich glaube, Sie sollten besser auf Ihre Hand aufpassen.«

Lumley blickte auf seine Hand, dann auf Tookey und ließ sie fallen.

»Maine«, zischte er, daß es sich anhörte, als hätte er etwas Unanständiges über die Mutter von irgendjemandem gesagt. »Nun gut«, sagte er. »Wo ist die nächste Tankstelle? Die müssen einen Abschleppwagen haben . . .«

»Nächste Tankstelle ist in der Stadtmitte von Falmouth«, sagte ich. »Und das ist drei Meilen weit die Straße runter.«

»Danke«, sagte er, ein wenig sarkastisch, und eilte, sich dabei den Mantel zuknöpfend, zur Tür.

»Wird allerdings nicht offen sein«, fügte ich hinzu.

Er drehte sich langsam wieder um und sah uns an.

»Wovon redest du eigentlich, Alter?«

»Er versucht dir bloß zu erklären, daß die Tankstelle in der Stadt Billy Larribee gehört, und Billy ist draußen mit dem Pflug, du verdammter Idiot«, sagte Tookey geduldig. »Warum kommst du nicht einfach wieder her und setzt dich, bevor du die ganze Sache versaust?«

Er kam zurück, verstört und ängstlich. »Wollt ihr sagen, daß es keine . . . daß ich nicht . . .?«

»Gar nichts haben wir gesagt«, unterbrach ihn Tookey. »Du redest schon die ganze Zeit, und wenn du eine Minute still wärst, könnten wir die Sache überdenken.«

»Was ist das für eine Stadt, dieses Jerusalem's Lot?« fragte er. »Warum war die Straße eingeschneit? Warum waren da nirgends Lampen an?«

Ich sagte: »Jerusalem's Lot ist vor zwei Jahren niedergebrannt.«

»Und sie haben sie nicht wieder aufgebaut?« Er sah aus, als könnte er es nicht begreifen.

»Sieht so aus«, sagte ich und blickte Tookey an. »Was machen wir nun in der Sache?«

»Wir können sie nicht da draußen lassen«, sagte er.

Ich ging näher zu ihm hin. Lumley war zum Fenster gewandert und blickte in die verschneite Nacht hinaus.

»Was ist, wenn sie sie erwischt haben?« fragte ich.

»Das mag sein«, sagte er. »Aber wir wissen es nicht sicher. Ich habe meine Bibel hier auf dem Regal. Trägst du noch deine Medaille vom Papst?«

Ich zog das Kruzifix aus dem Hemd und zeigte es ihm. Ich bin in einer freien Kirchengemeinde geboren und aufgezogen worden, aber die meisten Leute, die um Jerusalem's Lot herum leben, tragen etwas – Kreuze, Medaillen des St. Christophorus, Rosenkränze, irgend etwas. Weil vor zwei Jahren, innerhalb eines einzigen dunklen Oktobers, Jerusalem's Lot verdammt wurde. Manchmal, spät in der Nacht, wenn nur ein paar Stammgäste um Tookey's Feuer herumsitzen, reden die Leute darüber. Sie reden drumherum, das kommt der Wahrheit näher. Es begann damit, daß die Leute im Lot verschwanden. Erst einige wenige, dann noch ein paar, dann ein ganzer Haufen. Die Schulen wurden geschlossen. Die Stadt stand mindestens ein Jahr lang leer. Oh, ein paar Leute zogen schon ein – größtenteils so Idioten von außerhalb wie dieses feine Exemplar hier –, angezogen von den niedrigen Grundstückspreisen, schätze ich. Aber sie blieben nicht lange. Eine Menge von ihnen zog ein oder zwei Monate, nachdem sie gekommen waren, wieder aus. Die anderen . . . nun, sie verschwanden.

Es war am Ende eines langen, trockenen Herbstes. Man vermutet, daß es im Haus der Marstens anfing, auf dem Hügel, der die Jointner Avenue überragt, aber bis auf den heutigen Tag weiß niemand, wie es wirklich passiert ist. Drei Tage lang wütete das Feuer völlig unkontrolliert. Danach war es, zumindest für eine Zeitlang, besser. Und dann kamen sie wieder.

Ich hörte nur ein einziges Mal, daß das Wort »Vampire« erwähnt wurde. Ein verrückter Trucker namens Richie Messina, der vom Freihafen Früchte herüberbrachte, war an dem Abend bei Tookey's und schon ziemlich voll. »Herrgott«, gröhlte dieser Durchdreher und stand auf, zwei Meter lang in seinen Baumwollhosen, dem karierten Hemd und Lederstiefeln. »Habt ihr denn alle derartigen Schiß, daß ihr es nicht herausbekommt? Vampire! Daran denkt ihr doch alle, oder nicht? Jesus, Maria und Josef auf ihrer Maschine samt Beiwagen! Wie ein Haufen Kinder, die von Filmen verschreckt werden! Wollt Ihr wissen, was los ist in Salem's Lot? Soll ich's euch sagen? Soll ich's euch sagen?«

»Nur los, Richie, sag's uns«, antwortete Tookey. In der Bar war es vollkommen still geworden. Man konnte das Feuer zischen hören und draußen das sanfte Rauschen des Novemberregens, der in der Dunkelheit herunterkam. »Wir sind ganz Ohr.«

»Was ihr da drüben habt, ist ganz einfach eine Meute wilder Hunde«, erklärte uns Richie Messina. »Das ist alles. Das und eine Menge alter Weiber mit einer Vorliebe für Spukgeschichten. Für achtzig Eier gehe ich da hinauf und verbringe die Nacht in dem, was von diesem Spukhaus übrig ist, das euch allen solche Sorgen macht. Na, was ist damit? Irgendwer hier, der annimmt?«

Aber niemand war dazu bereit. Richie war ein Großmaul und ein bißchen bösartig, wenn er betrunken war. Auf seinem Begräbnis würde ihm keiner eine Träne nachweinen, aber niemand von uns hätte ihn gern nach Einbruch der Dunkelheit nach Salem's Lot gehen sehen.

»Ich scheiß auf euch alle«, sagt Richie. »Im Kofferraum von meinem Chevy liegt ein Karabiner, und der stoppt alles in

Falmouth, Cumberland oder Jerusalem's Lot. Und genau dort werde ich jetzt hingehen.«

Er polterte aus der Bar, und eine Weile lang sagte keiner ein Sterbenswort. Dann flüsterte Lamont Henry: »Das ist das letzte Mal, daß jemand Richie Messina gesehen hat. Heiliger Jesus.« Und Lamont, auf den Knien seiner Mutter zum Methodisten erzogen, bekreuzigte sich.

»Wenn er wieder nüchtern ist, wird er sich's überlegen«, sagte Tookey. Aber es klang nicht überzeugend. »Der ist zurück, bevor wir zumachen, und dann wird er erzählen, es wäre alles nur ein Scherz gewesen.«

Aber diesmal hatte Lamont recht behalten, weil niemand Richie je wiedersah. Seine Frau sagte der Polizei, ihrer Meinung nach wäre er nach Florida gegangen, um einem Kredithai zu entgehen, aber man konnte die Wahrheit in ihren Augen sehen – kranke, erschreckte Augen. Nicht viel später zog sie nach Rhode Island. Vielleicht dachte sie, daß Richie eines Nachts hinter ihr her sein würde. Und ich gehöre nicht zu denen, die das bestritten hätten.

Nun sah Tookey mich an, und ich sah Tookey an, während ich das Kruzifix wieder ins Hemd stopfte. Niemals zuvor in meinem Leben hatte ich mich so alt oder ängstlich gefühlt.

Tookey sagte noch einmal: »Wir können sie nicht da draußen lassen, Booth.«

»Ja, ich weiß.«

Wir sahen uns noch einen Moment lang an, und dann griff er nach meiner Schulter und drückte sie. »Du bist ein guter Mann, Booth.« Das reichte, um mein Selbstvertrauen wieder ein wenig zu stärken. Wenn man die Siebzig überschritten hat, scheint es, als würden die Leute vergessen, daß man ein Mann ist oder jemals einer war.

Tookey ging zu Lumley und sagte: »Ich habe einen Scout mit Allradantrieb. Ich werde ihn holen.«

»Um Gottes willen, warum haben Sie das nicht früher gesagt?« Er war vom Fenster weg herumgewirbelt und starrte Tookey böse an. »Warum mußten Sie hier zehn Minuten damit verbringen, damit Sie um den heißen Brei herumreden konnten?«

Tookey sagte sehr sanft: »Mister, Sie halten jetzt besser den Mund. Und bevor Sie ihn wieder aufmachen, denken Sie daran, wer mitten in einem gottverdammten Schneesturm in eine nicht geräumte Straße eingebogen ist.«

Lumley wollte zuerst antworten, hielt schließlich aber den Mund. Seine Wangen hatten sich dunkel gefärbt. Tookey ging hinaus, um seinen Scout aus der Garage zu holen. Ich tastete unter der Theke nach seiner verchromten Feldflasche und füllte sie mit Brandy. Dachte mir, daß wir den vielleicht brauchen könnten, bevor die Nacht vorüber war.

Schneesturm in Maine – schon mal einen erlebt?

Der Schnee kommt so dicht und so fein geflogen, daß er wie Sand aussieht und auch so klingt, wenn er gegen die Türen deines Autos oder Lieferwagens schlägt. Du willst dein Fernlicht nicht einschalten, weil der Strahl vom Schnee reflektiert wird und man keine drei Meter sehen kann. Mit dem Abblendlicht sieht man vielleicht viereinhalb Meter weit. Aber ich kann mit dem Schnee leben. Es ist der Wind, den ich nicht leiden kann, wenn er auffrischt und zu heulen beginnt, den Schnee in hundert seltsame fliegende Figuren treibt und klingt wie all der Haß und Schmerz und alle Furcht der Welt. In der Stimme des Schneesturms liegt der Tod, weißer Tod – und vielleicht Schlimmeres, über den Tod hinaus. Man hört es nicht, wenn man bequem eingerollt im eigenen Bett liegt, mit verriegelten Fensterläden und verschlossenen Türen. Wenn man fährt, ist es viel schlimmer. Und wir fuhren geradewegs nach Salem's Lot.

»Geht es nicht ein bißchen schneller?« fragte Lumley.

Ich sagte: »Für einen Mann, der halb erfroren angekommen ist, haben Sie es höllisch eilig, wieder zu Fuß zu gehen.«

Er warf mir einen ärgerlichen und verblüfften Blick zu und sagte gar nichts mehr. Mit einem gleichmäßigen Tempo von vierzig Kilometern in der Stunde fuhren wir die Straße entlang. Es war kaum zu glauben, daß Billy Larribee diesen Streifen gerade erst vor einer Stunde geräumt hatte, die Decke war wieder fünf Zentimeter dick, und die ersten Verwehungen traten bereits auf. Die stärksten Windstöße ließen den Scout auf den Stoßdämpfern schwanken. Die Scheinwerfer zeigten ein wirbelndes weißes Nichts vor uns. Wir waren nicht einem einzigen Wagen begegnet.

Ungefähr zehn Minuten später hauchte Lumley: »He! Was ist das?«

Er zeigte auf meiner Seite zum Auto hinaus. Ich hatte stur nach vorne geblickt, wandte den Kopf, war aber eine Spur zu spät. Ich glaubte, gerade noch einen formlosen Klumpen oder Schatten zu sehen, der vom Wagen zurückwich und im Schnee verschwand, aber das könnte auch bloße Einbildung gewesen sein.

»Was war das? Wild?« fragte ich.

»Ich glaube ja«, sagte er. Es klang etwas zittrig. »Aber seine Augen – sie waren rot.« Er sah mich an. »Sehen die Augen von Tieren so in der Dunkelheit aus?« Es hörte sich beinahe flehend an.

»Die können wie alles mögliche aussehen«, sagte ich, und dachte, daß das wahr sein mochte, aber ich habe viel Wild aus vielen Autos nachts beobachtet und niemals dabei ein Augenpaar gesehen, das rot leuchtete.

Tookey sagte nichts.

Ungefähr fünfzehn Minuten später kamen wir an eine Stelle, wo der Schneehaufen rechts neben der Straße nicht so hoch war, weil die Pflüge ihre Schaufeln immer etwas anheben, wenn sie an einer Kreuzung arbeiten.

»Hier könnte es sein, wo wir abgebogen sind«, sagte Lumley, aber er schien sich nicht ganz sicher zu sein. »Ich kann das Schild nicht finden . . .«

»Da ist es«, antwortete Tookey mit einer Stimme, die nicht seine eigene zu sein schien. »Man sieht nur das Ende des Mastes herausragen.«

»Oh. Stimmt.« Lumley klang erleichtert. »Hören Sie, Mr. Tooklander, es tut mir leid, daß ich vorhin so ungeduldig war. Mir war kalt, und ich machte mir Sorgen und war wütend über mich selbst. Und ich möchte Ihnen beiden danken . . .«

»Danken Sie Booth und mir nicht, bevor wir sie in diesem Wagen haben«, sagte Tookey. Er schaltete den Allradantrieb ein und brach sich einen Weg durch den Schneehaufen auf die Jointner Avenue, die durch Jerusalem's Lot führt und dann in die 295 mündet. Von den Kotflügeln flog Schnee auf. Das Heck versuchte auszubrechen, aber Tookey war schon durch Schnee gefahren, als Hector noch ein Welpe war. Er trieb den Wagen an, redete ihm ein bißchen zu, und schon waren wir durch. Ab und zu beleuchteten die Scheinwerfer Andeutungen von Reifenspuren, die von Lumleys Wagen stammen mußten, und dann verschwanden sie wieder. Lumley saß nach vorne gelehnt und hielt nach seinem Wagen Ausschau. Und ganz plötzlich sagte Tookey: »Mr. Lumley.«

»Was?« Er sah zu Tookey hinüber.

»Die Leute hier in der Gegend sind so etwas wie abergläubisch, was Salem's Lot angeht«, sagte Tookey leichthin – aber ich konnte die tiefen Falten der Anspannung um seinen Mund herum sehen und wie seine Augen hin und her wanderten. »Wenn deine Leute im Auto sind, dann ist alles klar. Wir lassen sie einsteigen und fahren zu mir zurück. Morgen, wenn der Sturm vorbei ist, wird Billy gern euren Wagen aus dem Schnee ziehen. Aber wenn sie nicht im Auto sind . . .«

»Nicht im Auto?« unterbrach ihn Lumley scharf. »Warum sollten sie nicht im Wagen sein?«

»Wenn sie nicht im Auto sind«, fuhr Tookey fort, ohne zu antworten, »werden wir umdrehen und zurück nach Falmouth fahren, um den Sheriff herbeizupfeifen. Hat doch sowieso keinen Sinn, nachts in einem Schneesturm herumzuirren, nicht wahr?«

»Sie werden im Wagen sein. Wo sollten sie denn sonst sein?«

Ich sagte: »Noch etwas, Mr. Lumley. Wenn wir irgend jemandem begegnen sollten, werden wir nicht mit ihm sprechen. Auch nicht, wenn er uns anspricht. Verstanden?«

Sehr langsam sagte Lumley: »Was für ein Aberglaube ist das?«

Bevor ich etwas sagen konnte – Gott allein weiß, was ich geantwortet hätte –, unterbrach Tookey uns.

»Wir sind da.«

Wir waren auf das Heck eines großen Mercedes gestoßen. Die gesamte Motorhaube war in einer Schneedecke begraben, und auch die ganze linke Seite war zugeweht. Aber die

Schlußlichter brannten, und wir konnten den Rauch aus dem Auspuff aufsteigen sehen.

»Wenigstens ist ihnen nicht der Sprit ausgegangen«, sagte Lumley.

Tookey hielt an und zog die Handbremse fest. »Denken Sie an das, was Booth gesagt hat, Lumley.«

»Sicher, sicher.« Aber er dachte an nichts anderes als an seine Frau und seine Tochter. Ich glaube nicht, daß ihm das irgendwer verübeln konnte, trotz allem.

»Fertig, Booth?« fragte Tookey. Seine Augen, grau und grimmig im Licht der Instrumententafel, suchten die meinen.

»Ich schätze schon«, sagte ich.

Wir stiegen alle aus und wurden vom Wind erfaßt, der uns Schnee in die Gesichter trieb. Lumley war der erste; er stemmte sich gegen den Wind, während sein teurer Mantel sich wie ein Segel hinter ihm aufbauschte. Er warf zwei Schatten, einen von Tookeys Scheinwerfern, den anderen von den Schlußlichtern seines Wagens. Ich war hinter ihm und Tookey einen Schritt hinter mir. Als wir beim Kofferraum des Mercedes anlangten, hielt Tookey mich zurück.

»Laß ihn«, sagte er.

»Janey! Francie!« schrie Lumley. »Alles in Ordnung?« Er riß die Fahrertür auf und lehnte sich hinein. »Alles . . .«

Eine tödliche Starre schien ihn zu erfassen. Der Wind riß ihm die schwere Tür aus der Hand und stieß sie vollends auf.

»Gott im Himmel, Booth«, sagte Tookey, das Gebrüll des Windes kaum übertönend. »Ich glaube, es ist wieder passiert.«

Lumley drehte sich zu uns um. Sein Gesicht sah erschrocken und erstaunt aus, die Augen waren weit aufgerissen. Ganz plötzlich stürzte er durch den Schnee auf uns zu, rutschte und fiel beinahe hin. Er wischte mich zur Seite wie nichts und packte Tookey.

»Wieso wußten Sie es?« brüllte er. »Wo sind sie? Was zum Teufel geht hier vor?«

Tookey befreite sich aus seinem Griff und drängte ihn zur Seite. Er und ich sahen zusammen in den Mercedes. Drinnen war es warm wie in einem Toaster, aber das würde nicht mehr lange anhalten. Das kleine rote Warnlicht der Benzinanzeige brannte. Der große Wagen war leer. Auf dem Boden vor den Rücksitzen lag eine Barbiepuppe, die dem Kind gehören mußte. Und ein Skiparka in Kindergröße lag zusammengeknüllt auf dem Rücksitz.

Tookey schlug die Hände vors Gesicht – und war weg. Lumley hatte ihn herausgezerrt und rückwärts in eine Schneewehe hineingestoßen. Sein Gesicht war bleich vor Wut. Sein Mund verzerrte sich, als versuchte er verzweifelt, etwas Bitteres, das er versehentlich hinuntergeschluckt hatte, wieder auszuspucken. Er langte in den Wagen und ergriff den Parka.

»Francies Mantel«, sagte er beinahe flüsternd. Und dann brüllte er laut heraus: »Francies Mantel!« Er drehte sich um und hielt den Parka an der kleinen, pelzbesetzten Kapuze hoch. Er blickte mich an, verblüfft und ungläubig. »Sie kann doch nicht ohne ihren Mantel draußen sein, Mr. Booth. Warum . . . warum . . . sie wird sich zu Tode frieren.«

»Mr. Lumley . . .«

Er stolperte blindlings an mir vorbei, den Parka immer noch in den Händen, und rief: »Francie! Janey! Wo seid ihr? wo seid iiiihr?«

Ich gab Tookey meine Hand und half ihm auf die Füße. »Bist du in Ord . . .«

»Um mich mach dir keine Sorgen«, sagte er. »Wir müssen ihn zur Vernunft bringen, Booth.«

Wir folgten ihm so schnell wir konnten, was nicht sehr schnell war, weil der Schnee uns manchmal bis an die Hüften reichte. Aber dann blieb Lumley stehen, und wir erreichten ihn.

»Mr. Lumley . . .« begann Tookey und legte ihm eine Hand auf die Schulter.

»Hier entlang«, sagte Lumley. »Diesen Weg haben sie genommen. Seht her!«

Wir sahen nach unten. Wir waren in einer Art Senke, und der Wind blies über unsere Köpfe hinweg. Man konnte zwei Reihen von Spuren sehen, eine große und eine kleine, die sich gerade mit Schnee zu füllen begannen. Wären wir fünf Minuten später gekommen, wären sie verschwunden gewesen.

Lumley ging wieder los, den Kopf gesenkt, aber Tookey zog ihn zurück. »Nein! Lumley, nicht!«

Wütend drehte er sich zu Tookey herum und ballte die Faust. Er holte aus . . . aber irgend etwas in Tookeys Ausdruck ließ ihn zögern. Er warf mir einen Blick zu und sah dann wieder Tookey an.

»Sie wird erfrieren«, sagte er, als wären wir ein Paar dumme kleine Kinder. »Begreift ihr das nicht? Sie hat ihre Jacke nicht an und ist nicht einmal sieben Jahre alt . . .«

»Sie können überall hier draußen sein«, erwiderte Tookey. »Diesen Spuren kann man nicht folgen. Sie verschwinden in der nächsten Verwehung.«

»Was schlagen dann Sie vor?« schrie Lumley mit hysterischer Stimme. »Wenn wir jetzt die Polizei holen, werden sie in der Zwischenzeit erfrieren! Francie *und* meine Frau!«

»Sie können genausogut bereits erfroren sein«, sagte Tookey. Er sah Lumley in die Augen. »Erfroren oder Schlimmeres.«

»Was soll das heißen?« flüsterte Lumley. »Heraus damit, verdammt! Heraus damit!«

»Mr. Lumley«, sagte Tookey leise, »da ist etwas in Jerusalem's Lot –«

Aber ich war derjenige, der es schließlich herausbrachte und das Wort sagte, von dem ich nie erwartet hatte, es aussprechen zu können. »Vampire, Mr. Lumley. Jerusalem's Lot ist voll von Vampiren. Ich denke, es ist schwer, das jetzt so zu glauben . . .«

Er sah mich an, als wäre ich plötzlich grün geworden. »Verrückt«, flüsterte er. »Ihr seid beide verrückt.« Dann drehte er sich weg, formte mit den Händen einen Trichter um den Mund und brüllte: »Francie! Janey!« Er stolperte wieder los. Der Schnee reichte ihm bis an den Saum seines teuren Mantels.

Ich sah Tookey an. »Was machen wir jetzt?«

»Ihm folgen«, sagte Tookey. Sein Haar war voller Schnee, und er sah tatsächlich ein bißchen wie ein Verrückter aus. »Ich kann ihn nicht hier draußen lassen, Booth. Kannst du das?«

»Nein«, sagte ich. »Ich glaube kaum.«

Also stapften wir weiter durch den Schnee hinter Lumley her, so gut wir konnten. Aber er gewann mehr und mehr

Vorsprung. Er war noch jung, daran lag es. Wie ein Stier bahnte er sich seinen Weg durch den Schnee. Meine Arthritis begann mich fürchterlich zu plagen, und ich blickte auf meine Beine hinunter und redete ihnen gut zu: noch ein Stückchen und noch ein Stückchen weiter, verdammt, geht weiter . . .

Ich lief direkt gegen Tookey, der mit gespreizten Beinen in einer Schneewehe stand. Er ließ den Kopf hängen und preßte beide Hände gegen die Brust.

»Tookey«, sagte ich, »alles okay?«

»Ich bin in Ordnung«, sagte er und nahm die Hände weg. »Wir bleiben an ihm dran, Booth, und wenn er erst einmal erschöpft ist, wird er Vernunft annehmen.«

Wir erreichten eine Anhöhe und sahen unten an ihrem Fuß Lumley verzweifelt nach weiteren Spuren suchen. Armer Kerl, er hatte nicht die geringste Chance, welche zu finden. Der Wind blies genau nach unten, wo er stand, und verwehte jegliche Spur spätestens nach drei Minuten, von ein paar Stunden ganz zu schweigen.

Er hob den Kopf und schrie in die Nacht: »Francie! Janey! Um Gottes Willen!« Man konnte die Verzweiflung aus seiner Stimme heraushören, und die Angst, und er konnte einem leid tun. Die einzige Antwort, die er bekam, war das Heulen des Windes. Er schien ihn auszulachen und zu sagen: Ich habe sie genommen, Mister New Jersey mit dem teuren Wagen und dem Kamelhaarmantel. Ich habe sie genommen und die Spuren verwischt, und morgen früh werde ich sie so hübsch gefroren haben wie zwei Erdbeeren im Tiefkühlfach . . .

»Lumley!« überschrie Tookey den Wind. »Hören Sie, lassen wir die Vampire und all das Zeug beiseite! Aber Sie müssen doch einsehen, daß Sie alles nur noch schlimmer machen. Wir müssen den . . .«

Und dann *kam* eine Antwort, eine Stimme aus der Dunkelheit, die klang wie kleine Silberglocken, und mein Herz wurde so kalt wie Eis in einer Dachrinne.

»Jerry . . . Jerry, bist du das?«

Der Klang ließ Lumley herumwirbeln. Und dann kam sie, schwebte aus den dunklen Schatten einer kleinen Gruppe von Bäumen wie ein Geist. Eine Großstadtpflanze, jeder Zentimeter an ihr, und doch schien sie die schönste Frau zu sein, die ich je gesehen hatte. Ich hatte das Gefühl, zu ihr gehen zu müssen, um ihr zu sagen, wie froh ich war, daß sie nach alledem jetzt in Sicherheit war. Sie trug so eine Art dicken, grünen Pullover, einen Poncho, glaube ich, nennt man so etwas. Er umwehte sie, und ihr dunkles Haar strömte im Wind wie Wasser in einem Dezemberfluß, kurz bevor der Winterfrost es anhält und unterm Eis einschließt.

Vielleicht ging ich einen Schritt auf sie zu, denn ich spürte Tookeys Hand auf meiner Schulter, rauh und warm. Und doch – wie soll ich mich ausdrücken –, ich sehnte mich nach ihr, so dunkel und wunderschön mit dem grünen Poncho, der um ihre Schultern und um ihren Hals floß, so exotisch und fremdartig, wie man sich eine Frau aus einem Gedicht von Walter de la Mare vorstellt.

»Janey!« schrie Lumley. »Janey!« Er kämpfte sich durch den Schnee auf sie zu, die Arme weit ausgebreitet.

»Nein!« rief Tookey. »Nein, Lumley!«

Er sah nicht einmal auf . . . aber sie tat es. Sie sah zu uns herauf und grinste. Und als sie es tat, fühlte ich, daß mein Verlangen, mein Sehnen sich in Entsetzen verwandelte, kalt wie ein Grab, bleich und schweigend wie die Knochen in einem Sarg. Selbst von der Anhöhe aus konnten wir das düstere rote Glimmen in diesen Augen sehen. Sie waren weniger menschlich als die Augen eines Wolfes. Und als sie grinste, konnte man erkennen, wie lang ihre Zähne geworden waren. Sie war kein Mensch mehr. Sie war ein totes Ding, das irgendwie ins Leben zurückgekehrt war, inmitten eines heulenden schwarzen Sturmes.

Tookey machte das Zeichen des Kreuzes in ihre Richtung. Sie wich zurück . . . und grinste uns wieder an. Wir waren zu weit entfernt, oder vielleicht auch zu ängstlich.

»Halt es auf!« flüsterte ich. »Können wir es nicht irgendwie aufhalten?«

»Zu spät, Booth«, sagte Tookey grimmig.

Lumley hatte sie erreicht. Er sah selbst wie ein Geist aus, so bedeckt mit Schnee, wie er war. Er streckte die Hände zu ihr aus . . . und begann zu schreien. Ich werde diesen Laut in meinen Träumen hören, diesen Mann, der schrie wie ein Kind in einem Alptraum. Er versuchte, von ihr loszukommen, aber ihre Arme, lang und nackt und weiß wie der Schnee, umfaßten ihn schlangengleich und zogen ihn heran. Ich konnte sehen, wie sie den Kopf neigte und dann nach vorne warf . . .

»Booth!« sagte Tookey heiser. »Wir müssen weg von hier!«

Und so rannten wir. Rannten wie die Ratten, würden manche Leute wohl sagen, aber von denen war keiner dabei in dieser Nacht. Wir flohen den Weg zurück, den wir gekommen waren, fielen hin, standen wieder auf, rutschten und schlitterten. Immer wieder blickte ich über die Schulter, um zu sehen, ob diese Frau uns folgte, mit ihrem Grinsen und den entsetzlichen Blicken aus diesen roten Augen.

Wir erreichten den Scout, und Tookey krümmte sich zusammen und hielt sich die Brust. »Tookey!« sagte ich, zu Tode erschrocken. »Was . . .«

»Die Pumpe«, keuchte er. »Macht schon seit fünf Jahren Schwierigkeiten. Bring mich irgendwie auf den Beifahrersitz, Booth, und dann nichts wie weg hier.«

Ich hakte einen Arm unter seinen Mantel, zog ihn hoch und hievte ihn irgendwie hinein. Er lehnte seinen Kopf zurück und schloß die Augen. Seine Haut war wächsern und gelb.

Ich trabte um den Kühler des Wagens herum und war verdammt nahe daran, in das kleine Mädchen hineinzulaufen. Sie stand einfach da, neben der Fahrertür, das Haar in Zöpfen, ohne irgend etwas am Leib als ein gelbes Fähnchen von einem Kleid.

»Mister«, sagte sie mit einer hohen, klaren Stimme, so süß wie die Morgendämmerung, »kannst du mir helfen, meine Mutter wiederzufinden? Sie ist fort und mir ist so kalt . . .«

»Kleines«, sagte ich, »Kleines, du gehst jetzt besser in den Wagen. Deine Mutter . . .«

Ich brach ab, und wenn es je in meinem Leben einen Moment gab, wo ich beinahe in Ohnmacht gefallen wäre, dann war es dieser. Sie stand da, einfach so, aber sie stand auf dem Schnee, und es waren keine Spuren zu sehen, in keiner Richtung.

Sie sah zu mir herauf, Lumleys Tochter Francie. Sie war nicht älter als sieben Jahre, und sie würde eine Ewigkeit an Nächten sieben bleiben. Ihr kleines Gesicht hatte ein geisterhaftes Leichenweiß, ihre Augen ein Rot und Silber, durch das man hindurchfallen konnte. Und an ihrem Hals konnte ich zwei kleine Punkte wie Einstiche sehen, die an den Rändern auf schreckliche Art zerfetzt waren.

Sie streckte ihre Arme nach mir aus und lächelte. »Nimm mich hoch, Mister«, sagte sie sanft. »Ich will dir einen Kuß geben. Danach kannst du mich zu meiner Mammi bringen.«

Ich wollte nicht, aber ich konnte nichts dagegen machen. Ich lehnte mich nach vorn, die Arme ausgestreckt. Ich konnte sehen, wie sich ihr Mund öffnete, ich sah die kleinen Fänge in dem rosa Ring ihrer Lippen. Etwas tropfte von ihrem Kinn, klar und silbern, und mit dumpfem, fernem Grauen erkannte ich, daß sie geiferte.

Ihre kleinen Hände verschränkten sich in meinem Nacken, und ich dachte: Nun, vielleicht ist es gar nicht so schlimm, nicht so furchtbar, vielleicht verliert es nach einer Weile seinen Schrecken – als etwas Schwarzes aus dem Scout geflogen kam und sie an der Schulter traf. Es gab einen Knall, seltsam riechender Rauch stieg auf, eine Flamme, die in einem Augenblick wieder verschwand, und dann wich sie zischend zurück. Ihr Gesicht hatte sich zu einer viehischen Maske aus Wut, Haß und Schmerz verzogen. Sie drehte sich zur Seite und dann . . . war sie fort. Eben war sie noch da, und nun war da ein wirbelnder Ballen Schnee, der ein wenig an eine menschliche Gestalt erinnerte. Dann zerstreute ihn der Wind über die Felder.

»Booth!« flüsterte Tookey. »Beeil dich jetzt!«

Ich beeilte mich. Aber nicht so sehr, daß ich mir nicht die Zeit nahm, um aufzuheben, was er nach dem kleinen Mädchen aus der Hölle geworfen hatte. Die Bibel seiner Mutter.

Das ist jetzt eine Weile her. Ich bin ein ganzes Stück älter geworden, und damals war ich nicht gerade ein grüner Junge. Herb Tooklander starb vor zwei Jahren. Er ging in Frieden, nachts. Die Bar gibt es immer noch, ein Mann aus Waterville und seine Frau, nette Leute, haben sie gekauft, und sie haben beinahe alles so gelassen, wie es war. Aber ich gehe nicht mehr oft hin. Irgendwie ist es anders, seit Tookey weg ist.

In Jerusalem's Lot gehen die Dinge weiter wie immer. Der Sheriff fand den Wagen dieses Burschen Lumley am nächsten Tag, mit leerem Tank und leerer Batterie. Weder Tookey noch ich sagten irgend etwas über die Sache. Was wäre dabei schon herausgekommen? Und hin und wieder verschwindet ein Tramper oder jemand beim Zelten in der Gegend, auf dem Hügel an der Schule oder in der Nähe des Harmony-Hill-Friedhofs. Man findet den Rucksack des Burschen oder ein Taschentuch, ausgebleicht und aufgequollen vom Regen oder Schnee, und solche Sachen. Aber niemals die Leute.

Ich habe immer noch Alpträume von der stürmischen Nacht, in der wir hinausfuhren. Nicht so sehr wegen der Frau, nein wegen des Mädchens und der Art, wie es lächelte, als es die Arme hob, damit ich es hochnahm. Damit sie mir einen Kuß geben konnte. Aber ich bin ein alter Mann, und bald kommt die Zeit, in der ich keine Träume mehr habe.

Sie werden vielleicht selbst eines Tages durch das südliche Maine reisen. Schöne Landschaft. Vielleicht halten Sie sogar an Tookey's Bar, um was zu trinken. Ein hübsches Plätzchen. Sie haben den Namen behalten. Also nehmen Sie Ihren Drink, und dann möchte ich Ihnen empfehlen, direkt nach Norden weiterzufahren. Was Sie auch vorhaben, meiden Sie die Straße, die nach Jerusalem's Lot führt.

Besonders nach Einbruch der Nacht.

Irgendwo da draußen ist ein kleines Mädchen. Und ich glaube, sie wartet immer noch auf ihren Gutenachtkuß.

William Tenn

Denn sie geht nur nachts aus . . .

In diesem Teil des Landes glauben die Leute, Doc Judd hätte einen Zauber in seiner schwarzen Ledertasche versteckt. Für so gut halten sie ihn.

Seit ich mein Bein in der Sägemühle verloren habe, spiele ich bei den Judds Mädchen für alles. Und wenn der Doc nach einem harten Arbeitstag noch in der Nacht zu jemanden gerufen wird und er zu müde zum Fahren ist, dann jagt er mich aus dem Bett, und ich werde auch noch zum Chauffeur. Mit meinem schimmernden Plastikbein, das Doc zu einem Discountpreis für mich erstanden hat, kann ich es mit den Besten unter den Gaspedalrittern aufnehmen.

Dann donnern wir zu der Farm, wo es gilt, einem Baby auf die Welt zu helfen, oder Doc einer Großmutter den Hals auspinseln muß, während ich im Auto sitzen bleibe und zuhöre, wie sie voller Bewunderung über den alten Doc reden. Im Kreis Groppa erzählen sie, Doc Judd könne mit allem und jedem fertigwerden. Und ich nicke und lausche, nicke und lausche.

Aber die ganze Zeit über frage ich mich, was sie wohl sagen würden, wenn sie wüßten, wie er damit fertig wurde, als sein einziger Sohn sich in einen Vampir verliebte . . .

Es war ein schrecklich heißer Sommer, als Steve in den Ferien nach Hause kam – richtige Hundstage. Er wollte seinen Vater herumchauffieren und ihm ein wenig bei der Arbeit helfen, aber Doc meinte, nach dem ersten harten Jahr des Medizinstudiums hätte ein jeder Ferien verdient.

»Im Sommer ist es ziemlich ruhig in unserem Job«, sagte er zu dem Jungen. »Nichts außer ein paar Fällen von giftigem Efeu und dergleichen, bis im August die Saison für die Kinderlähmung anfängt. Außerdem willst du doch nicht den guten alten Tom um seinen Job bringen, nicht wahr? Nein, Stevie, du kannst ruhig mit deiner alten Kiste in der Gegend herumkutschieren und dich amüsieren.«

Steve nickte und haute ab. Und ich meine das wörtlich. Ungefähr eine Woche später begann er, so um fünf oder sechs am Morgen heimzukommen. Er schlief dann bis drei Uhr nachmittags, hing einige Stunden faul herum, und Schlag halb neun ratterte er mit seinem heißen Eisen davon. Rasthäuser, dachten wir, oder vielleicht irgendein Mädchen . . .

Doc gefiel das Ganze nicht, aber er hatte den Jungen recht frei erzogen und sah nicht ein, warum er ausgerechnet jetzt irgendwelche Einwände erheben sollte. Das alte Kindermädchen Tom aber – nun, ich dachte anders darüber. Ich hatte geholfen, den Jungen großzuziehen, seit seine Mutter gestorben war, und ihn auch hin und wieder versohlt, wenn ich ihm beim Plündern des Eisschranks erwischte.

Also ließ ich ab und zu eine Bemerkung fallen, eine Art Bitte oder Rat, nicht zu weit zu gehen. Der Wirkung nach zu urteilen hätte ich genausogut zu einem Stein reden können. Nicht daß Steve ungehobelt oder grob gewesen wäre. Er steckte ganz einfach zu tief drin in der Sache, was es auch sein mochte, um von mir Notiz zu nehmen.

Und dann begann diese andere Sache, und Doc und ich vergaßen Steve.

Irgendeine merkwürdige Epidemie brach unter den Kindern im Landkreis Groppa aus und streckte zwanzig, dreißig von ihnen nieder.

»Ich komme fast nicht dagegen an, Tom«, vertraute Doc mir an, während wir über staubige abgelegene Landstraßen holperten. »Es ist wie ein böses Fieber, doch der Temperaturanstieg ist kaum bemerkbar. Aber die Kinder werden sehr schwach, und ihr Blutdruck sinkt beachtlich. Und dabei bleibt es dann, was ich auch unternehme. Das einzig Gute daran ist, daß es nicht tödlich zu sein scheint – bis jetzt zumindest.«

Jedes Mal, wenn er davon sprach, spürte ich ein merkwürdiges Stechen in meinem Beinstumpf – dort, wo das Plastikbein befestigt ist. Es war so unangenehm, daß ich versuchte, vom Thema abzulenken, aber Doc ging nicht darauf ein. Er war es gewohnt, über seine Probleme mit mir zu sprechen, um sie zu klären, und diese Epidemiesache lastete schwer auf seinem Gemüt.

Er hatte eine Reihe von Universitäten um Rat angeschrieben, aber sie schienen ihm auch nicht helfen zu können. Und die ganze Zeit über schienen die Eltern der Kinder nur darauf zu warten, daß er ein in Zellophan verpacktes Wunder aus seiner kleinen schwarzen Tasche hervorholte, denn, wie sie im Kreis Groppa sagten, was auch immer einem Menschen fehlen mochte, Doc Judd konnte es auf die eine oder andere Art heilen. Doch die Kinder wurden schwächer und schwächer.

Um Docs Augen bildeten sich dunkle Ringe vom nächtelangen Durchforschen der neuesten Bücher und medizinischen Zeitschriften, die er sich in der Stadt bestellt hatte. Irgendwie war mir klar, daß er nichts darin finden würde, obwohl er viele Male fast so spät ins Bett ging wie Steve.

Und dann brachte er dieses Taschentuch nach Hause. Kaum bekam ich es zu Gesicht, stach mich mein Beinstumpf besonders heftig, und ich hatte nur den einen Wunsch, die Küche zu verlassen. Ein hübsches zierliches Tüchlein war es, aus besticktem Batist und mit Spitzen besetzten Rändern.

»Was hältst du davon, Tom? Ich habe es im Schlafzimmer der Stopes-Kinder auf dem Boden gefunden. Weder Betty noch Willy haben eine Idee, wo es hergekommen sein könnte. Eine Weile dachte ich, ich hätte eine Möglichkeit gefunden, den Infektionsherd aufzuspüren, aber diese Kinder lügen nicht. Wenn sie sagen, daß sie es nie zuvor gesehen haben, dann stimmt das.« Er ließ das Taschentuch auf den Küchentisch fallen, den ich gerade abräumte, und stand da und seufzte. »Bettys Anämie wird gefährlich. Ich möchte bloß wissen . . . ich wünschte . . . na ja.« Er ging in sein Arbeitszimmer, die Schultern gebeugt, als trüge er einen Sack Zement.

Ich betrachtete noch immer das Taschentuch – an meinen Fingernägeln kauend –, als Steve hereinplatzte. Er goß sich eine Tasse Kaffee ein, knallte sie auf den Tisch und sah das Taschentuch.

»He«, sagte er. »Das gehört ja Tatiana. Wie kommt denn das hierher?«

Ich schluckte und setzte mich dann vorsichtig ihm gegenüber. »Steve«, fragte ich und hielt inne, um mein schmerzendes Bein zu massieren. »Steve, du kennst ein Mädchen, dem dieses Taschentuch gehört? Ein Mädchen namens Tatiana?«

»Klar. Tatiana Latianu. Schau, hier in der Ecke sind ihre Initialen eingestickt – T.L. Sie stammt aus einer rumänischen Adelsfamilie, die über fünfhundert Jahre alt ist. Ich werde sie heiraten.«

»Ist sie das Mädchen, das du den ganzen letzten Monat lang jede Nacht gesehen hast?«

Er nickte. »Sie geht nur des Nachts aus. Haßt Sonnenlicht, ein poetisches Mädchen. Und, Tom, sie ist so schön . . .«

In der nächsten Stunde saß ich einfach nur da und hörte ihm zu. Und es ging mir schlechter und schlechter. Denn ich bin selbst mütterlicherseits Rumäne. Und ich wußte, was dieses Stechen in meinem Beinstumpf zu bedeuten hatte.

Sie lebte in der Gemeinde Brasket, ungefähr zwölf Meilen von hier. Steve war ihr eines Nachts auf der Landstraße begegnet, als ihr Kabriolett streikte. Er hatte sie nach Hause gebracht – sie hatte gerade das alte Landhaus der Meads gemietet – und war ihr mit Haut und Haar verfallen.

Viele Male, wenn er mit ihr verabredet war, war sie nicht da, sondern fuhr durch die kühle Nachtluft, und er mußte mit ihrer Magd, einer alten, krummnasigen Rumänin, Karten spielen, bis sie zurückkam. Ein- oder zweimal hatte er versucht, ihr mit seinem Wagen zu folgen, aber das hatte Ärger gegeben. Wenn sie allein sein wollte, hatte sie ihm gesagt, dann wollte sie allein sein. So war das. Er wartete auf sie Nacht für Nacht. Aber wenn sie zurückkam, entschädigte sie ihn für alles. Sie hörten zusammen Musik und redeten und tanzten und aßen fremdartige rumänische Gerichte, die ihre Magd zubereitete. Bis zum Morgengrauen. Dann kam er heim.

Steve legte seine Hand auf meinen Arm. »Tom, kennst du das Gedicht ›Die Eule und das Kätzchen?‹ Die letzte Zeile gefiel mir immer ganz besonders. ›Sie tanzten im Mondlicht, im Mondenschein, sie tanzten im Mondlicht.‹ So wird mein Leben mit Tatiana sein. Wenn sie mich nur nehmen würde. Ich habe noch immer Mühe, sie dazu zu überreden.«

Ich stieß einen Seufzer der Erleichterung aus. »Das ist die

erste gute Neuigkeit, die ich höre«, sagte ich ohne zu überlegen. »Heirat mit diesem Mädchen . . .«

Als ich Steves Augen sah, verstummte ich. Aber es war zu spät.

»Was zum Teufel soll das heißen, Tom: ›Dieses‹ Mädchen? Du hast sie ja noch gar nicht gesehen.«

Ich versuchte mich herauszureden, aber Steve ließ nicht locker. Er war ernstlich beleidigt. Also, dachte ich, war es das Beste, ihm die Wahrheit zu sagen.

»Steve. Hör zu. Lach nicht. Dein Mädchen ist ein Vampir.«

Er öffnete langsam den Mund. »Tom, du bist ja von . . .«

»Nein, bin ich nicht.« Und ich erzählte ihm alles, was ich über Vampire wußte. Ich hatte es von meiner Mutter gehört, die aus dem alten Land herübergekommen war, aus Transsilvanien, als sie zwanzig war. Wie sie leben und über wunderbare Kräfte verfügen – solange sie sich ab und zu an Menschenblut laben können. Die Anlage zum Vampir ist ererbt, meistens überträgt sie sich bloß auf ein Kind in der Familie. Und daß sie nur des Nachts ausgehen, weil das Sonnenlicht zu jenen Dingen gehört, die sie vernichten können.

Bei diesem Punkt erbleichte Steve. Aber ich fuhr fort. Ich erzählte ihm von der geheimnisvollen Epidemie, die die Kinder im Kreis Groppa befallen hat – und sie blutarm macht. Ich berichtete ihm davon, wie sein Vater das Taschentuch im Hause der Stopes gefunden hatte, in der Nähe der zwei kränksten Kinder. Und ich erzählte ihm . . . aber plötzlich sprach ich nur noch mit mir selbst. Steve stürmte aus der Küche. Ein oder zwei Sekunden später fuhr er in seinem Wagen davon.

Gegen halb zwölf kam er zurück. Er sah beinahe so alt aus wie sein Vater. Ich hatte recht, vollkommen recht. Als er Tatiana geweckt und geradeheraus gefragt hatte, war sie zusammengebrochen und hatte eimerweise Tränen vergossen. Ja, sie war ein Vampir. Aber sie hatte den Drang erst vor ein paar Monaten verspürt. Anfangs hatte sie dagegen angekämpft, bis sie fast den Verstand verlor, wenn das Verlangen sie überkam. Sie wagte sich nur Kindern zu nähern, weil sie vor Erwachsenen Angst hatte – sie könnten aufwachen und imstande sein, sie zu fangen. Aber sie hatte sich mit mehreren Kindern gleichzeitig befaßt, um zu vermeiden, daß eines zu viel Blut verlieren würde. Doch leider war ihr Verlangen immer stärker geworden . . .

Trotzdem hatte Steve sie gebeten, ihn zu heiraten! »Es muß einen Weg geben, es zu heilen«, sagte er. »Es ist eine Krankheit wie jede andere.« Aber sie – und glaubt mir, ich danke Gott dafür – hatte nein gesagt. Sie hatte ihn zurückgestoßen und aus dem Haus gewiesen. »Wo ist Vater?« fragte er. »Vielleicht weiß er etwas.«

Ich sagte ihm, sein Vater wäre etwa zur gleichen Zeit weggegangen und noch nicht zurückgekehrt. Also saßen wir beide da und dachten nach. Und dachten nach.

Als das Telefon klingelte, fielen wir fast vom Stuhl. Steve ging an den Apparat, und ich hörte ihn in den Hörer schreien.

Er kam in die Küche gerannt, packte mich beim Arm und hievte mich hinaus in seine Klappermühle. »Es war Tatianas Magd Magda«, erzählte er mir, während wir die Straße hinabdonnerten. »Sie sagt, Tatiana hätte nach meinem Weggang einen hysterischen Anfall bekommen und wäre vor ein paar Minuten mit ihrem Kabriolett weggefahren. Wohin, wollte sie nicht sagen. Magda fürchtet, daß Tatiana Schluß macht.«

»Selbstmord? Aber sie ist ein Vampir, wie . . .« Und plötzlich wußte ich ganz genau wie. Ich sah auf die Uhr. »Steve«, sagte ich, »fahr zur Crispin-Kreuzung hinauf! Und fahr wie der Teufel!«

Steve holte das letzte aus seiner Kiste heraus. Zeitweise schien es, als würde sie auseinanderbrechen. In manchen Kurven berührte nur noch ein Rad den Boden, wie mir noch lebhaft in Erinnerung ist.

Gleich bei der Auffahrt zum Crispin-Knoten sahen wir das Kabriolett. Es war an einer der drei Straßen, die durch die Stadt führen, geparkt. In der Mitte der verlassenen Kreuzung stand eine zierliche Gestalt in einem dünnen Nachthemdchen. Mein Beinstumpf fühlte sich an, als hätte er einen Schlag mit einem Hammer bekommen.

Die Kirchenuhr begann Mitternacht zu schlagen, als wir bei ihr anlangten. Steve sprang vor und schlug ihr das zugespitzte

Holzstück aus der Hand. Er zog sie in seine Arme, und sie ließ ihren Tränen freien Lauf.

Ich hatte ein ziemlich schlechtes Gewissen in diesem Augenblick, weil alle meine Gedanken nur um Steve gekreist waren, der sich in einen Vampir verliebt hatte. Von ihrem Standpunkt aus hatte ich die Sache nie betrachtet. Immerhin liebte sie ihn so sehr, daß sie auf die einzige Art, in der ein Vampir getötet werden kann, Hand an sich legen wollte – indem sie versuchte, sich um Mitternacht auf einer Wegkreuzung einen Holzpfahl durchs Herz zu stoßen.

Und sie war ein niedliches kleines Ding. Ich hatte mir eine dieser Sirenen vorgestellt: groß und schlank mit enganliegendem Abendkleid. Eine Hexe. Aber das hier war eine sehr erschrockene und verängstigte junge Dame, die sich ins Auto unter Steves freien Arm flüchtete, um dort Schutz zu suchen. Und sie war sogar noch jünger als Steve.

Und so dachte ich während der ganzen Rückfahrt immer nur: *Die armen Kinder stecken bis zum Hals in Schwierigkeiten.* Schlimm genug, sich in einen Vampir zu verlieben, aber ein Vampir zu sein, und sich in einen ganz gewöhnlichen Sterblichen zu verlieben . . .

»Wie kann ich dich denn heiraten?« schluchzte Tatiana. »Was für ein Familienleben sollen wir führen? Und eines Nachts, Steve, könnte es sogar geschehen, daß ich vor lauter Hunger dich anfalle!«

Aber niemand von uns rechnete mit Doc. Zumindest nicht ernsthaft. Nachdem Tatiana ihm erst einmal vorgestellt worden war, und er ihre Geschichte gehört hatte, strafften sich seine Schultern, und seine Augen leuchteten wieder auf. Den kranken Kindern würde es von nun an wieder gut gehen. Das war das Allerwichtigste. Und was Tatiana betraf . . .

»Unsinn«, sagte er zu ihr, »Vampirismus mag im fünfzehnten Jahrhundert eine unheilbare Krankheit gewesen sein, aber ich bin sicher, daß es im zwanzigsten Jahrhundert einen Weg gibt, um mit ihr fertigzuwerden. Fürs erste scheint mir dieses nächtliche Leben ein Hinweis auf eine mögliche Allergie gegenüber dem Sonnenlicht zu sein, vielleicht auch ein Anflug von Photophobie. Du wirst also eine Weile lang dunkle Brillengläser tragen müssen, mein Kind, und dann werden wir sehen, was sich mit Hormoninjektionen machen läßt. Ein etwas größeres Problem stellt da schon der notwendige Blutkonsum dar.«

Aber er löste es.

Heutzutage wird Blut in einer dehydrierten, kristallinen Form hergestellt. Also schüttet Mrs. Judd jede Nacht vor dem Schlafengehen ein wenig Pulver in ein Glas Wasser, gibt ein oder zwei Eiswürfel dazu, rührt um, und fertig ist ihr täglicher Blutpunsch. Soviel mir jetzt bekannt ist, leben sie und ihr Mann glücklich und zufrieden. Und wenn sie nicht gestorben sind . . .

David H. Keller

Erbanlagen

Dr. Theodore Overfield war beeindruckt.

Die Größe des Landsitzes, der urwaldhafte Baumbestand, das große, aus Stein erbaute Haus und, vor allem, der hohe Eisenzaun, der das Gut umgab, zeugten von Reichtum und sorgfältiger Planung. Das Haus war alt, die Bäume waren sehr alt, doch der Zaun war neu. Die scharfen, glänzenden Spitzen der Eisenstäbe ragten, einer Parade von aufgepflanzten Bajonetten gleich, drohend in die Höhe.

Als er die Einladung zu einem dienstlichen Besuch in jenem Haus annahm, hatte er bloß mit einem Fall von Neurasthenie oder weiblicher Hysterie, eventuell mit einer alkoholischen Psychose gerechnet. Doch beim Passieren des Eingangstores, dessen Eisenriegel er hinter sich zuschnappen hörte, war er sich keineswegs mehr so sicher, daß es sich hier um eine normale Situation mit einem ganz gewöhnlichen Patienten handelte. Aufgeschrecktes Wild flüchtete von den Straßenrändern in den Wald. Es war hübsch anzusehen. Ein guter Grund für den Zaun.

Ein mürrischer, schweigsamer Diener öffnete die Tür und scheuchte ihn in einen Raum, der die Bibliothek zu sein schien. Sie enthielt nicht nur eine Unzahl von Büchern, diese machten auch einen recht gebrauchten Eindruck. Es waren wenige mehrbändige Ausgaben darunter, hingegen zahlreiche merkwürdige Bücher – offensichtlich Erstausgaben. An dem einen Ende des Zimmers befand sich ein geflügelter Merkur, am anderen Ende eine schneeweiße Venus. Zwischen ihnen lag auf einer Seite des Raumes der offene Kamin mit mehreren einladenden Sesseln davor.

»Eine Woche bezahlten Aufenthaltes hier wäre gar nicht so schlecht«, überlegte der Doktor. Doch seine angenehmen Gedanken wurden durch das Eintreten eines kleinen Mannes in mittleren Jahren unterbrochen, dessen junge Augen im Gegensatz zu seinem fast weißen Haar standen. Er stellte sich vor.

»Ich bin Peterson, der Mann, der Ihnen geschrieben hat. Ich nehme an, Sie sind Dr. Overfield?«

Die beiden Männer schüttelten sich die Hände und nahmen vor dem Kamin Platz.

Es war Anfang September, und die Tage waren kühl in den Bergen.

»Ich habe gehört, daß Sie Psychiater sind, Dr. Overfield«, begann der weißhaarige Mann. »Zumindest wurde mir gesagt, daß Sie mir bei der Lösung meines Problems behilflich sein könnten.«

»Ich kenne Ihre Schwierigkeiten nicht«, antwortete der Doktor, »aber ich habe für die nächste Woche keinerlei Verabredungen getroffen, so daß ich Ihnen meine Zeit und meine Fähigkeiten voll zur Verfügung stellen kann. Sie haben in Ihren Briefen nicht erwähnt, um welche Schwierigkeiten es sich handelt. Wollen Sie es mir jetzt sagen?«

»Nicht jetzt. Vielleicht nach dem Abendessen. Möglicherweise werden Sie sich selbst ein Bild machen können. Jetzt begleite ich Sie auf Ihr Zimmer, und um sechs werden Sie dann den Rest der Familie kennenlernen.«

Das Zimmer, in das Overfield geführt wurde, schien in jeder Hinsicht äußerst komfortabel zu sein. Peterson verließ den Raum, zögerte und kam zurück.

»Etwas möchte ich Ihnen noch raten, Doktor. Wenn Sie sich allein hier drinnen aufhalten, achten Sie darauf, daß die Tür abgeschlossen ist.«

»Soll ich auch abschließen, wenn ich das Zimmer verlasse?«

»Nein, das ist nicht notwendig. Niemand wird Ihnen etwas stehlen.«

Der Doktor schloß die Tür, verriegelte sie, dem Rat seines Gastgebers folgend, und trat ans Fenster. Es gewährte eine gute Sicht auf den Wald. In der Ferne konnte er ein paar Rehe sehen. Etwas näher, auf dem Rasen, spielten einige weiße Kaninchen. Es war eine hübsche Aussicht, aber die Fenster waren vergittert!

»Ein Gefängnis?« fragte er sich selber. »Gitterstäbe vor den Fenstern! Der Rat, die Tür verschlossen zu halten! Wovor kann er Angst haben? Offensichtlich nicht vor Dieben. Vielleicht hat er eine Phobie. Fragt sich nur, ob alle Räume vergittert sind. Scheint interessant zu werden. Und dann dieser Zaun! Man muß schon sehr mutig sein, um sich da hinüber zu wagen, selbst wenn man eine Leiter hat. Er macht nicht den Eindruck eines Neurotikers auf mich, obwohl er versucht hat, die Befragung hinauszuzögern. Sein Gefühl muß ihm gesagt haben, daß es wahrscheinlich leichter ist, wenn ich einige Dinge selber herausfinde.«

Der Doktor war müde von der langen Fahrt, er nahm seinen Kragen ab, zog die Schuhe aus und versuchte zu schlafen. Die Stille war vollkommen. Das leiseste Geräusch verstärkte sich dadurch zu erschreckender Eindringlichkeit. Minuten verstrichen. Er glaubte zu hören, daß ein Türknauf sich drehte, und war sicher, daß es an seiner Tür war. Aber niemand klopfte an, und es waren keine Schritte zu vernehmen. Später, während er über das alles nachdachte, schlief er ein. Es begann schon zu dunkeln, als er aufwachte und auf seine Uhr blickte. Es war zehn Minuten vor sechs. Gerade Zeit genug, um sich fürs Abendessen umzuziehen. Er wußte zwar nicht, ob das hier Brauch war, aber schaden konnte es auf keinen Fall.

Unten wartete Peterson schon auf ihn. Auch Mrs. Peterson war da. Sie mußte gewußt haben, daß sich der Doktor zum Abendessen umziehen würde, und war daher, um ihn nicht in Verlegenheit zu bringen, gleichfalls dem Anlaß entsprechend gekleidet. Ihr Gatte trug jedoch denselben Anzug, den er den ganzen Tag über angehabt hatte. Er hatte es sogar versäumt, sich die Haare zu kämmen.

Bei Tisch blieb der weißhaarige Mann stumm. Seine Frau war eine brillante Gesellschafterin, und der Doktor schätzte ihre Unterhaltung ebensosehr wie das Mahl. Mrs. Peterson war viel in der Welt herumgekommen und hatte eine Menge gesehen, und ihre Art, darüber zu berichten, war lebhafter als die sonst üblichen Reisevorträge. Sie schien an allem interessiert zu sein.

»Eine Frau, die Kultur hat«, dachte Overfield. »Sie weiß über alles ein bißchen und ist imstande, es zur richtigen Zeit anzubringen.«

Eigentlich hätte er hinzufügen müssen, daß sie schön war. Tief im Unterbewußtsein fühlte er dies auch, und das war vielleicht auch der Grund, daß er sich fragte, warum eine solche Frau ein Fossil wie Peterson geheiratet hatte. Ein netter Mann zwar, aber ganz sicher kein angemessener Partner für eine solche Frau.

Die Frau war klein und zierlich gebaut, strahlte aber vor Gesundheit und Vitalität. Irgendwer in der Familie war krank, aber ganz offensichtlich nicht sie. Dr. Overfield studierte den Mann. Vielleicht war er der Patient? Schweigsam, launenhaft, mißtrauisch! Versperrte Türen und vergitterte Fenster! Vielleicht ein Fall von Paranoia, und die übertriebene Gesprächigkeit und Fröhlichkeit seiner Frau war einfach eine Art von Verteidigung.

War sie wirklich glücklich? Manchmal schien sich ihr Gesicht zu verdunkeln, doch wurde dieser Ausdruck sofort wieder durch ein Lächeln oder gar durch ein lustiges Lachen vertrieben. Ganz glücklich schien sie also nicht zu sein. Wie könnte sie auch, mit einem solchen Mann!

Der mürrische, schweigsame Diener bediente auch bei Tisch. Er schien jeden Wunsch seiner Herrin im voraus zu erahnen. Sein Benehmen war über jeglichen Tadel erhaben, aber irgendwie, aus irgendeinem Grund, konnte ihn der Doktor nicht leiden. Er versuchte sein Mißfallen zu analysieren, aber es gelang ihm nicht. Erst später fand er den Grund heraus. Sein Verstand arbeitete schnell, bemüht, die Ursache für seine Anwesenheit und die Einladung, eine Woche hier zu verbringen, zu ergründen. Plötzlich wurde ihm bewußt, daß es noch einen leeren Stuhl gab. Der Tisch war für vier Personen gedeckt worden, und genau in diesem Augenblick ging die Tür auf, und ein Junge kam herein, gefolgt von einem stämmigen Mann in Schwarz.

»Das ist mein Sohn Alexander, Dr. Overfield. Gib dem Herrn die Hand, Alexander.«

Dicht gefolgt von dem Mann in Schwarz, schritt der Junge um den Tisch herum, nahm des Doktors Hand und setzte sich dann auf den freien Platz. Eis wurde als Nachtisch gereicht. Der Mann in Schwarz stand hinter dem Stuhl des Jungen und überwachte sorgfältig eine jede seiner Bewegungen. Die Unterhaltung stockte. Das Dessert wurde schweigend gegessen. Danach ergriff Peterson das Wort.

»Du kannst Alexander auf sein Zimmer bringen, Yorry.«

»Jawohl, Mr. Peterson.«

Wiederum waren sie zu dritt, aber die Unterhaltung wurde nicht wieder aufgenommen. Schweigend wurden Zigaretten geraucht, und dann entschuldigte sich Mrs. Peterson:

»Ich entwerfe ein neues Kleid und bin an einer heiklen Stelle angelangt. Ich kann mich nicht zwischen Druckverschlüssen oder Knöpfen entscheiden. Und wenn ich Knöpfe verwende, dann muß es originell aussehen und zugleich zweckmäßig sein. Ich bitte Sie also, mich zu entschuldigen, meine Herren. Ich hoffe, Sie werden eine angenehme Woche bei uns verbringen, Dr. Overfield.«

»Davon bin ich überzeugt, Mrs. Peterson«, antwortete der Doktor und erhob sich, als sie die Tafel verließ. Der weißhaarige Mann blieb sitzen. Er blickte einfach weiter auf die Wand vor sich, ohne das Bild oder irgend etwas anderes darauf wahrzunehmen. Schließlich machte er seine Zigarette aus und stand auf.

»Gehen wir in die Bibliothek, ich möchte mit Ihnen reden.«

Dort ersuchte er den Doktor, es sich bequem zu machen.

»Legen Sie ruhig Rock und Kragen ab, wenn Sie es wünschen, und legen Sie die Beine auf den Stuhl. Wir werden heute nacht allein sein und können auf sämtliche Förmlichkeiten verzichten.«

»Ich habe den Eindruck, daß Sie nicht sehr glücklich sind, Mr. Peterson«, begann der Doktor. Es war eine bloße Eröffnungsfloskel, mit der er die mentale Katharsis einzuleiten hoffte. Es war in der Tat seine Lieblingsformel, mit der er die Untersuchung eines Patienten immer begann. Sie verlieh dem Kranken Vertrauen in den Doktor und gab ihm das Gefühl, persönlich verstanden zu werden. Und viele Leute kamen in seine Praxis, weil sie nicht glücklich waren.

»Nicht sehr«, lautete die Antwort. »Ich werde Ihnen einiges

darüber erzählen, aber ich möchte auch, daß Sie sich selber eine Meinung bilden. Es geht zurück auf die Zeit, als ich mich ins Geschäftsleben stürzte. Meine Eltern hatten mir den Namen Philip gegeben, Philip Peterson. In der Schule lernte ich über Philip von Mazedonien, dessen Leben ich zum Teil sehr bewunderte. Er war ein Bahnbrecher, ich hoffe, Sie verstehen, was ich meine. Er eroberte eine Anzahl von Ländern und vereinigte sie. Er reorganisierte das Heer. Er war das, was man im modernen Sprachgebrauch einen ›Macher‹ nennt. Natürlich hatte er auch seine Schwächen – zum Beispiel Wein und Frauen –, aber in der Hauptsache war er ein feiner Kerl.

Es besteht selbstverständlich ein Unterschied darin, ob man König von Mazedonien ist oder Präsident einer Lederfirma wird, aber ich dachte, daß sich hier dieselben Grundsätze anwenden ließen und auch zum Erfolg führen würden. Auf jeden Fall studierte ich das Leben Philips und versuchte davon zu profitieren. Zu guter Letzt wurde ich ein reicher Mann.

Dann heiratete ich. Wie Sie gesehen haben, ist meine Frau begabt und gebildet. Wir bekamen einen Sohn. Bei seiner Geburt gab ich ihm den Namen Alexander. Ich wollte in der Tradition der Mazedonier fortfahren. Ich beherrschte das Ledergeschäft in Amerika und hoffte, daß er einmal über die gesamte Welt herrschen würde. Sie sahen den Jungen vorhin beim Abendessen.«

»Ja, ich sah ihn.«

»Und ihre Diagnose?«

»Es stimmt zwar nicht genau mit dem äußeren Erscheinungsbild überein, doch dürfte es sich dennoch um jene Form von geistiger Zurückgebliebenheit handeln, die als *Mongoloismus* bezeichnet wird.«

»Das hat man mir gesagt. Wir behielten ihn zwei Jahre lang zu Hause und steckten ihn dann in eine der besten Privatschulen Amerikas. Aber als er das zehnte Lebensjahr erreichte, weigerten sie sich, ihn noch länger zu behalten, ungeachtet der Summe, die ich zahlen wollte. Ich ließ also dieses Anwesen herrichten, verkaufte meine Anteile und zog hierher, um hier zu leben. Er ist mein Sohn, und ich habe das Gefühl, daß ich für ihn sorgen muß.«

»Es ist ziemlich merkwürdig, daß sie ihn in einer Privatschule nicht haben wollen, bei Ihrem Reichtum . . .«

»Irgend etwas geschah. Sie dachten, sie könnten die Verantwortung für sein Wohlergehen nicht übernehmen.«

»Wie benimmt er sich denn? Wie denkt seine Mutter darüber?«

»Haben Sie im Umgang mit Müttern ganz allgemein eine gewisse Erfahrung?«

»Ein wenig.«

»Dann werden Sie es verstehen. Seine Mutter hält ihn für vollkommen. Manchmal weigert sie sich, zuzugeben, daß er geistesschwach ist. Sie benutzt das Wort ›zurückgeblieben‹ und glaubt, daß er aus diesem Zustand herauswachsen und eines Tages normal sein wird.«

»Sie befindet sich im Irrtum.«

»Das fürchte ich auch. Aber ich kann sie nicht überzeugen. Wenn wir darüber sprechen, wird sie zornig, und sie kann dann sehr unangenehm werden. Wir zogen hierher. Sie haben unsere Diener gesehen. Der Kammerdiener erfüllt verschiedene Belange. Er ist seit vielen Jahren in der Familie und absolut vertrauenswürdig. Er ist taubstumm.«

»Ich verstehe«, rief der Doktor aus. »Das ist der Grund für seine mürrische, schweigsame Persönlichkeit. Alle Stummen sind sonderbar.«

»Ich nehme an, das ist wahr. Er führt uns den Haushalt. Andere Diener sind kaum zu bekommen. Sie kommen zwar, wollen aber nicht bleiben, wenn sie von Alexander hören.«

»Haben sie etwas gegen seinen Geisteszustand einzuwenden?«

»Nein, es ist sein Benehmen, das ihnen Angst macht. Ich habe sie über alles unterrichtet. Sie wollen nicht hier bleiben. Yorry ist ein Ex-Boxer. Ohne Nerven und ohne Furcht. Er behandelt den Jungen sehr gut, und gleichzeitig erreicht er, daß er gehorcht. Seit er hier ist, kann der Junge bei Tisch anwesend sein, und das macht seine Mutter sehr glücklich. Aber er kann natürlich nicht ständig Dienst machen. Wenn er Ausgang hat, läßt er Alexander im Park herumlaufen.«

»Dem Knaben muß es da draußen sehr gefallen. Ich sah die Rehe und die Kaninchen.«

»Ja, es verschafft ihm Bewegung. Er jagt sie gern.«

»Glauben Sie nicht, daß er einige Spielkameraden haben sollte?«

»Das war auch meine Meinung. Ich ging sogar so weit, einen anderen Jungen zu adoptieren. Er starb. Danach konnte ich dieses Experiment nicht mehr wiederholen.«

»Aber jedes Kind kann doch sterben«, entgegnete der Doktor. »Warum lassen Sie denn nicht einen anderen Knaben kommen, und wenn es auch nur für ein paar Stunden am Tag ist, damit er jemanden zum Sprechen und Spielen hat?«

»Nein, nie wieder! Aber Sie werden hierbleiben und den Jungen beobachten. Untersuchen Sie ihn, und dann werden wir sehen, ob Sie mir einen Rat geben können.«

»Ich fürchte, daß außer einem gewissen Training und der Korrektur von schlechten Angewohnheiten, die er vielleicht hat, nicht viel für ihn getan werden kann.«

Der weißhaarige Mann sah erstaunt aus, als er antwortete:

»Das ist das Problem. Vor einigen Jahren habe ich einen Spezialisten zu Rate gezogen. Ich habe ihm alles erzählt, und er äußerte die Meinung, daß es besser wäre, dem Kind eine gewisse Handlungsfreiheit zu gewähren. Er sagte etwas über Triebe und Libido und glaubte, die einzige Chance für eine Besserung bestünde darin, ihn seiner Wege gehen zu lassen. Das ist einer der Gründe, warum wir hier mit den Rehen und Kaninchen leben.«

»Sie meinen, der Knabe findet Gefallen daran, mit ihnen zu spielen?«

»Nicht im eigentlichen Sinn. Aber untersuchen Sie ihn! Ich habe Yorry aufgetragen, all Ihre Fragen zu beantworten. Er kennt den Jungen besser als ich, und Gott vergebe mir, was ich jetzt sage, ich kenne ihn nur zu gut. Natürlich ist es schwer für mich, darüber zu sprechen. Es wäre mir lieber, wenn Sie die Einzelheiten von Yorry erfahren. Es wird spät, und vielleicht gehen Sie jetzt besser zu Bett. Vergessen Sie nicht, abzuschließen.«

»Das werde ich tun«, sagte der Doktor, »aber Sie sagten doch, es würde hier nichts gestohlen.«

Der Doktor ging auf sein Zimmer, gründlichst verwirrt. Er kannte die zahlreichen Spielarten der Geisteskrankheit, die als *Mongoloismus* bezeichnet wird. Er hatte bei der Untersuchung und Behandlung hunderter solcher Fälle geholfen. Klein-Alexander war zwar mongoloid, doch er war anders. Er hatte irgend etwas an sich, das mit dieser Diagnose nicht ganz übereinstimmte. Seine Gepflogenheiten? Vielleicht war es das. Hatte sein Vater Angst vor ihm? War das der Grund, warum er einen starken Mann mit seiner Erziehung beauftragt hatte? Und warum vor den Fenstern Gitterstäbe angebracht waren? Aber wozu die Kaninchen und die Rehe?

Er war schon fast eingeschlafen, als ihn ein Klopfen an der Tür aufschrecken ließ. Er ging zur Tür und rief, ohne diese zu öffnen:

»Wer ist draußen?«

»Yorry«, lautete die Antwort. »Ist alles in Ordnung?«

»Ja.«

»Lassen Sie mich ein.«

Der Doktor öffnete die Tür, gestattete dem Mann einzutreten, und sperrte hinter ihm wieder ab.

»Was ist los?«

»Alexander hat sein Zimmer verlassen. Wenn es am Tag vorkommt, macht es nichts, aber in der Nacht ist es schlimm. Schauen Sie zum Fenster!«

Hinter einem der Fenster befand sich eine weiße Gestalt, die sich an die Gitterstäbe klammerte und daran rüttelte, um sie gewaltsam herauszubrechen. Yorry schüttelte den Kopf.

»Der Junge, der Junge! Das ist kein Platz für ihn, aber was sollen denn die armen Leute tun? Nun, da Sie in Sicherheit sind, will ich hinausgehen und versuchen, ihn zu erwischen. Schließen Sie die Tür hinter mir ab!«

»Fürchten Sie sich vor ihm?«

»Nicht meinetwegen, aber wegen der anderen. Ich kenne keine Furcht. Mr. Peterson sagte, Sie wünschten, den Jungen zu untersuchen. Um welche Zeit morgen?«

»Um zehn Uhr, das wird genügen.«

»Ich werde ihn herbringen. Gute Nacht, und schließen Sie die Tür gut ab.«

Der Doktor war müde und schlief über all den ungelösten Fragen rasch ein. Am nächsten Morgen servierte ihm der Taubstumme das Frühstück auf seinem Zimmer. Um zehn kam Yorry mit Alexander. Der Knabe schien sich zu fürchten, gehorchte aber den Befehlen seines Wärters.

In vieler Hinsicht erbrachte die Untersuchung den Nachweis der körperlichen Gebrechen eines Mongoloiden. Allerdings gab es einige geringfügige Abweichungen. Obwohl der Junge für sein Alter recht klein war, hatte sich die Muskulatur gut entwickelt, und sein Gebiß war vollkommen. Kein einziges Loch war zu finden. Die oberen Eckzähne waren ungewöhnlich.

»Er hat sehr schöne Zähne, Yorry«, meinte der Doktor.

»Das hat er, Sir, und er benutzt sie auch«, antwortete der Mann.

»Sie meinen beim Verzehr seiner Nahrung?«

»Ja, genau.«

»Es sind die Zähne eines Fleischessers.«

»Ja, das ist er.«

»Ich möchte, daß Sie mir darüber etwas erzählen, ganz offen. Warum haben sie ihn aus der Privatschule hinausgeworfen?«

»Wegen seiner Gepflogenheiten.«

»Welche Gepflogenheiten?«

»Es ist vermutlich besser, wenn Sie es selbst sehen. Wir werden alle drei in den Wald gehen. Sie sind sicher, solange Sie mit mir zusammen sind. Sie dürfen aber nie allein gehen.«

Der Doktor lachte.

»Ich bin an Anormale gewöhnt.«

»Vielleicht, aber ich möchte nicht, daß Ihnen etwas zustößt. Komm mit mir, Alexander.«

Der Junge ging mit und schien überaus folgsam zu sein.

Im Wald angelangt, half Yorry dem Knaben beim Ausziehen. Der nackte Junge begann, durch den Wald zu laufen.

»Kann er nirgends hinaus?« fragte der Doktor.

»Nein, und die Rehe und die kleinen Hasen auch nicht. Wir

werden nicht den Versuch machen, ihm zu folgen. Wenn er genug hat, kommt er wieder zurück.«

Eine Stunde verging, dann zwei. Schließlich kam Alexander auf allen Vieren durch das Gras gekrochen. Yorry nahm ein feuchtes Handtuch aus seiner Tasche, wischte dem Knaben das Blut von Gesicht und Händen und zog ihn dann wieder an.

»Das ist es also, was er treibt«, sagte der Doktor.

»Ja, und manchmal noch mehr.«

»Und darum wollten sie ihn nicht in der Schule behalten?«

»Vermutlich. Sein Vater erzählte mir, daß er bereits, als er noch klein war, mit Fliegen, Käfern und Kröten anfing.«

Der Doktor überlegte schnell.

»Einmal wurde ein anderes Kind hierher gebracht, als Spielkamerad. Der Junge starb. Wissen Sie etwas darüber?«

»Nein, ich weiß nichts darüber und will auch gar nichts wissen. Wahrscheinlich ist es vor meiner Zeit hier passiert.«

Overfield wußte, daß der Mann nicht die Wahrheit sagte. Aber selbst mit der Lüge gab er ihm noch eine wertvolle Information. Der Doktor beschloß, noch ein weiteres Gespräch mit dem Vater des Knaben zu führen. Solange man ihm nicht sämtliche Tatsachen mitteilte, waren alle Versuche zu helfen sinnlos.

Beim Mittagsmahl war die Unterhaltung nicht so sprühend wie am Abend davor. Peterson schien schlecht gelaunt zu sein. Mrs. Peterson war höflich, aber deutlich zurückhaltend. Das Gespräch wirkte sehr gezwungen. Dennoch blieb dem Spezialisten ein Teil davon auch nach der Mahlzeit im Gedächtnis haften. Peterson bemerkte, daß ihn einer seiner Zähne plage und er einen Zahnarzt aufsuchen müsse. Seine Frau entgegnete: »Ich habe tadellose Zähne und war noch nie bei einem Zahnarzt.«

Dieser Satz fiel Dr. Overfield wieder ein, während er in der Bibliothek auf Peterson wartete.

»Ich habe Ihren Sohn untersucht, Mr. Peterson«, begann der Spezialist, »und ich habe ihn im Wald gesehen. Yorry hat mir von einigen Dingen berichtet und über andere gelogen. Bis zum jetzigen Augenblick scheint niemand gewillt zu sein, mir die volle Wahrheit zu sagen. Ich habe eine Frage, die mir beantwortet werden muß. Auf welche Weise starb der kleine Junge, der als Spielkamerad vorgesehen war?«

»Ich bin mir nicht sicher. Und wenn ich das sage, so meine ich es ehrlich. Wir fanden ihn eines Morgens tot in seinem Zimmer. Eine Scheibe im Schlafzimmerfenster war zerbrochen. Eine Menge Glasscherben lagen um ihn herum. Seine Kehle wies auf einer Seite einen tiefen Schnitt auf. Der Beamte, der den Fall untersuchte, kam zu dem Schluß, daß er im Schlaf gewandelt sei und die Fensterscheibe eingeschlagen habe, und daß ihm eine Scherbe die Schlagader verletzt habe. Er gab das als Todesursache an.«

»Und was glauben Sie, Mr. Peterson?«

»Ich habe aufgehört, darüber nachzudenken.«

»War es vor diesem Zwischenfall oder danach, daß die Gitterstäbe vor den Fenstern angebracht wurden?«

»Danach. Können Sie dem Jungen helfen?«

»Ich fürchte nicht. Der Rat, den Ihnen der andere Mann vor Jahren gegeben hat, war schlecht. Er verhalf zwar dem Knaben zu einer ausgezeichneten körperlichen Verfassung, aber es sind ja auch noch andere Dinge zu berücksichtigen als die körperliche Gesundheit. Wenn er mein Sohn wäre, dann würde ich das Wild und die Kaninchen entfernen, oder was davon noch übrig ist, und versuchen, ihm andere Manieren beizubringen.«

»Ich werde es mir überlegen. Ich habe Sie für Ihre Meinung bezahlt und nehme sie ernst. Jetzt noch eine Frage: Ist die Angewohnheit des Jungen ererbt? Glauben Sie, daß es unter seinen Vorfahren jemand gab, der etwas Ähnliches tat?«

Das war eine verwirrende Frage. Vielleicht tat Dr. Overfield gut daran, sie mit einer Gegenfrage zu beantworten.

»Irgendwelche Geisteskrankheiten in der Familie?«

»Nicht, daß ich davon gehört hätte.«

»Gut! Wie steht es mit der Familie Ihrer Frau?«

»So gut wie meine, wenn nicht besser.«

»Dann ist alles, was wir sagen können, daß Mongoloismus in jeder Familie vorkommen kann, und was die Gepflogenheiten des Jungen betrifft, so könnte man es einen Atavismus nennen. Es gab eine Zeit, in der alle unsere Vorfahren rohes Fleisch aßen. Geistesgestörtheit in Form von Mongoloismus geht auf die Wiege der Menschheit zurück. Vielleicht brachte der Junge bei seinem Sprung über zwei Millionen Jahre nicht nur die geschlitzten Augenlider, sondern auch das Verzehren von rohem Fleisch mit sich.«

»Ich wünschte, ich könnte sicher sein«, meinte der Vater. »Ich würde alles dafür geben, wenn ich sicher sein könnte, daß ich nicht am Zustand des Jungen schuld bin.«

»Oder Ihre Frau?« fragte der Doktor.

»Oh! Sie steht außer Zweifel«, kam halb lächelnd die Antwort. »Sie ist eine der nettesten Frauen, die Gott je erschaffen hat.«

»Vielleicht gibt es etwas in ihrem Unterbewußtsein, etwas, das sich nicht an der Oberfläche zeigt?«

Der Gatte schüttelte den Kopf.

»Nein. Sie ist einfach gut durch und durch.«

Damit endete die Unterredung. Der Doktor sagte zu, für den Rest der Woche zu bleiben, obwohl er sich nicht viel davon versprach. Er leistete dem früheren Lederfabrikanten und seiner Frau beim Abendessen Gesellschaft. Mrs. Peterson in ihrem weißen Abendkleid mit goldenen Verzierungen war schöner denn je. Peterson sah müde aus, aber seine Frau glänzte in jeder Hinsicht und vervollkommnete den Eindruck des Kleides. Sie plauderte unermüdlich, und alles, was sie sagte, war es wert, angehört zu werden. Sie hatte gerade bei der Gründung eines Milchfonds für unterernährte Kinder mitgewirkt. Wohltätigkeit schien eines ihrer Hobbys zu sein. Peterson sprach über Vererbbarkeit, aber ihm und seinen Gedanken wurde nur wenig Aufmerksamkeit gewidmet. Er hörte bald auf, sich am Gespräch zu beteiligen.

Doch da war etwas, was Dr. Overfield nicht verstand. Und als er dem weißhaarigen Mann gute Nacht wünschte, erzählte er ihm davon.

»Ich begreife es auch nicht«, meinte Peterson, »aber vielleicht werde ich es verstehen, ehe ich sterbe. Zwar komme ich von dem Gefühl nicht los, daß es etwas mit Vererbung zu tun hat, aber ich kann es nicht beweisen.«

Dr. Overfield schloß die Tür seines Schlafzimmers ab und legte sich sofort ins Bett. Er war schläfrig und nervös zugleich.

Er hoffte, daß ihm eine gute Nachtruhe helfen würde, aber er konnte nicht lange schlafen. Ein Hämmern an der Tür brachte ihn ins Bewußtsein zurück.

»Wer ist da?« fragte er.

»Ich bin es, Yorry. Öffnen Sie die Tür!«

»Was ist los?«

»Der Junge ist weg, Alexander. Er ist mir wieder entwischt, und ich kann ihn nicht finden.«

»Vielleicht ist er in den Wald gelaufen?«

»Nein. Die Außentüren sind alle verschlossen. Er muß im Haus sein.«

»Haben Sie gesucht?«

»Überall. Der Diener ist sicher in seinem Raum. Ich bin überall im Haus gewesen, außer im Zimmer vom Herrn.«

»Warum sehen wir nicht dort nach? Warten Sie, bis ich etwas angezogen habe. Nur eine Minute. Er schließt doch seine Türe ab, nicht wahr? Er hat mir aufgetragen, meine Türe immer zu verriegeln. Sind Sie sicher, daß er seine Türe abgeschlossen hat?«

»Vor einiger Zeit war sie verschlossen. Ich habe es überprüft. Ich mache das jede Nacht bei allen Schlafzimmern.«

»Hat jemand Zweitschlüssel?«

»Niemand außer Mrs. Peterson. Ich glaube, sie hat einen zweiten Schlüsselsatz, aber sie schläft in ihrem Zimmer, und ihre Tür war zu. Zumindest als ich die Runde machte.«

»Ich glaube, wir sollten ihre Zimmer aufsuchen. Der Knabe muß irgendwo sein. Vielleicht ist er bei einem Elternteil.«

»Wenn er bei seiner Mutter ist, ist es in Ordnung. Sie verstehen sich gut. Sie kann alles mit ihm machen.«

Sie eilten die Treppe hoch. Die Tür zu Mrs. Petersons Zimmer stand offen, der Raum war leer, das Bett unberührt. Das war ungewöhnlich. Die Tür zum nächsten Raum, Petersons Zimmer, war geschlossen – aber nicht verriegelt. Yorry öffnete und schaltete das elektrische Licht ein.

Noch ehe er den Schalter berührt hatte, drang aus dem dunklen Raum ein seltsames Geräusch, ein leises Fauchen. Dann ging das Licht an, und da war die ganze Familie – auf dem Fußboden. Peterson lag in der Mitte. Sein Hemd war zerrissen, und er war sehr still. Auf der rechten Seite kauerte Alexander, mit blutverschmiertem Gesicht und Händen riß er Fleischstücke aus dem Arm seines Vaters. Auf der anderen Seite machte sich Petersons Frau an seinem Hals zu schaffen und sog Blut aus der Schlagader. Gesicht und Kleid waren mit Blut besudelt, und als sie aufblickte, zeigte ihr Gesicht den Ausdruck eines irritierten, aber zufriedenen Dämons. Sie schien sich durch die Unterbrechung gestört zu fühlen, war aber zu beschäftigt, um sie zu begreifen. Sie trank weiter, doch der Knabe fauchte vor Ärger. Overfield stieß Yorry über die Schwelle, drehte das Licht ab und schlug hinter ihnen die Tür zu. Dann zerrte er den benommenen Mann die Treppe hinunter.

»Wo ist das Telefon?« rief er.

Endlich reagierte Yorry und zeigte es ihm. Der Doktor riß den Hörer von der Gabel.

»Hallo, hallo! Zentrale? Geben Sie mir den Untersuchungsrichter! Nein, ich habe die Nummer nicht. Wieso sollte ich die Nummer wissen? Verbinden Sie mich mit ihm! Hallo! Ist dort der Untersuchungsrichter? Hören Sie mich? Hier spricht der Doktor, Dr. Overfield. Kommen Sie sofort zu Philip Peterson. In seinem Haus ist ein Mord geschehen. Ja. Der Mann ist tot. Wodurch er umgebracht wurde? Erbanlagen. Sie verstehen das nicht? Wie sollten Sie auch? Jetzt hören Sie zu! Er hatte die Kehle durchgeschnitten, vielleicht mit einer Glasscherbe, vielleicht auch nicht. Verstehen Sie jetzt? Können Sie sich an den kleinen Jungen erinnern? Kommen Sie her, ich werde hier auf Sie warten.«

Der Doktor legte den Hörer wieder auf. Yorry sah ihn an.

»Der Herr hat sich immer Sorgen um den Jungen gemacht«, sagte Yorry.

»Das braucht er jetzt nicht mehr«, antwortete der Doktor.

Théophile Gautier

Clarimonda

Du fragst mich, Bruder, ob ich je geliebt habe; ja, ich habe geliebt. Es ist eine seltsame Geschichte, und obgleich ich sechzig Jahre alt bin, wage ich es kaum, diese Erinnerung wachzurufen. Ich möchte dir nichts abschlagen, aber einer weniger starken Seele würde ich diese Geschichte nie erzählen. Was sich ereignet hat, ist so seltsam, daß ich kaum zu glauben vermag, daß es geschah. Über drei Jahre lang war ich Spielball eines einzigartigen diabolischen Trugbildes. Ich, ein armer Priester, habe Nacht für Nacht im Traum (gebe Gott, daß es nur ein Traum war) das Leben eines Verdammten, eines Wüstlings geführt. Ein einziger Blick, den ich auf eine Frau warf, hat mich fast mein Seelenheil gekostet. Doch am Ende habe ich mit der Hilfe Gottes und meines Schutzheiligen den bösen Geist, der mich beherrschte, vertreiben können. Mein Leben war gespalten. Tagsüber war ich ein Diener des Herrn, fromm und züchtig, nur mit Gebeten und gottgefälligen Werken beschäftigt; nachts, von dem Augenblick an, da ich die Augen schloß, war ich ein junger Lebemann, einer, für den es nur Frauen, Hunde und Pferde gab, der würfelte, trank und fluchte; und wenn ich des Morgens aufwachte, dann schien es mir, als sei ich eingeschlafen und träumte nur, ein Priester zu sein.

Aus diesem somnambulen Leben blieben mir Dinge und Worte im Gedächtnis, die ich nicht vertreiben kann, und obschon ich meinen Kirchsprengel nie verlassen habe, könnte jemand, der mich reden hört, annehmen, ich sei ein Mann, der alles, was das Leben bietet, genossen und sich angeekelt von der Welt abgewendet hat, einer, der Zuflucht in der Religion suchte, um im Schoße der Kirche Ruhe zu finden. Niemand wird glauben, daß ich nur ein armseliger Priester war, der, völlig abgeschnitten von der Welt, sein ganzes Leben in einer kleinen Pfarrei mitten im Wald verbracht hat.

Ja, ich habe geliebt wie sonst niemand auf der Welt, mit einer unsinnigen, verzehrenden Leidenschaft, so wild, daß ich mich wundere, daß sie nicht mein Herz zerrissen hat. Ah, welche Nächte! Welche Nächte habe ich erlebt!

Von meiner frühesten Kindheit an fühlte ich mich zum Priesterdasein berufen. Alle meine Studien galten nur diesem Ziel, und mein Leben bis zum vierundzwanzigsten Lebensjahr war nichts als ein langes Noviziat. Nach Beendigung meines Theologiestudiums empfing ich rasch nacheinander die kleinen kirchlichen Weihen, und meine Vorgesetzten hielten mich trotz meiner Jugend des höchsten Amtes würdig. In der Osterwoche sollte ich zum Priester geweiht werden.

Ich war nie mit dem weltlichen Leben in Berührung gekommen. Meine Welt bestand aus dem Kollegium und dem Seminar. Mir war dunkel bewußt, daß es etwas gab, das man Frau nannte, doch ich verwandte keinen Gedanken daran; ich war von einer vollkommenen Unschuld. Zweimal im Jahr sah ich meine alte, kranke Mutter. Sie war alles, was mich mit der Außenwelt verband. Ich bereute nichts und zögerte keinen Augenblick vor dem unwiderruflichen Gelöbnis, das ich einzugehen im Begriff stand, sondern war voll Freude und Ungeduld. Nie hat ein junger Bräutigam die Stunden mit stärkerem Verlangen gezählt. Ich konnte vor Aufregung nicht schlafen, ich träumte davon, die Messe zu lesen. Für mich gab es nichts Schöneres auf der Welt als Priester zu sein. Ich hätte mit keinem König oder Dichter getauscht, denn mein Ehrgeiz kannte kein höheres Ziel.

Was ich dir erzähle, soll dir zeigen, daß, was mir zustieß, nicht hätte geschehen dürfen, und daß ich einem unbegreiflichen Zauber zum Opfer fiel.

Als der große Tag anbrach, ging ich so leichten Schrittes zur Kirche, daß es mir schien, als schwebte ich, als hätte ich Flügel. Ich fühlte mich wie ein Engel und staunte über die ernsten, düsteren Gesichter meiner Kameraden, denn wir waren mehrere. Ich hatte die Nacht mit Gebeten verbracht und befand mich in einem Zustand, der an Verzükkung grenzte. Der Bischof, ein ehrwürdiger Greis, erschien mir wie Gottvater selbst, der sich vom Firmament herabbeugt, und über der Wölbung des Domes taten sich die Himmel auf.

Du kennst die Einzelheiten der Zeremonie: den Segen, die Kommunion, die Salbung der Hände mit Katechumenenöl und schließlich das dem Bischof abgelegte Gelöbnis. Ich will mich damit nicht aufhalten. Oh, wie recht hat Hiob, wenn er sagt, daß unklug ist, wer seine Augen nicht im Zaume hält!

Ich hob zufällig den Kopf, den ich bis dahin geneigt gehalten hatte, und sah sie vor mir – so nahe, daß ich glaubte, sie berühren zu können, obwohl sie sich in Wirklichkeit ziemlich weit weg, auf der anderen Seite der Empore befand – ich sah eine junge Frau von seltener Schönheit in einem Kleid von königlicher Pracht. Es war, als fiele es mir wie Schuppen von den Augen. Ich fühlte mich wie ein Blinder, der plötzlich sehen kann. Der Bischof, der mir eben noch so strahlend erschien, verschwand vor meinen Augen, die Flammen der Kerzen in ihren goldenen Leuchtern verblaßten wie Sterne im Morgenlicht, die ganze Kirche versank in schattenhafter Dunkelheit. Von dem dunklen Hintergrund hob sich das liebliche Geschöpf ab wie eine Engelserscheinung, sie schien aus sich selbst zu leuchten und Licht zu spenden, nicht zu empfangen. Ich schlug die Augen nieder, fest entschlossen, sie nicht wieder zu heben, um mich nicht durch äußerliche Dinge ablenken zu lassen, denn meine Gedanken schweiften immer mehr ab, und ich wußte kaum, wie mir geschah. Aber schon einen Augenblick später öffnete ich die Augen wieder, denn durch den Schleier meiner Wimpern sah ich sie, schillernd in allen Farben des Prismas, umgeben von einem roten Schein, als hätte ich lange in die Sonne geblickt.

Oh, wie war sie schön! Die größten Maler, die im Himmel nach der idealen Schönheit suchten und das göttliche Bild der Madonna auf Erden festhielten, haben niemals diese märchenhafte Echtheit erreicht. Weder Dichterverse noch eines Malers Palette können ein Bild davon geben.

Sie war groß und hatte die Gestalt und Haltung einer Göttin. Ihr weiches Haar war gescheitelt und fiel über ihre Schläfen wie zwei Wogen von Gold, und nur ein Diadem fehlte ihr zur Königin. Ihre Stirn, die von einer bläulichen, durchscheinenden Blässe war, hob sich hoch und klar über fast braunen Augenbrauen, eine Besonderheit, welche die Wirkung ihrer meergrünen Augen, deren Glanz und Feuer schier unerträglich waren, noch verstärkte. Was für Augen! Mit einem Blick entschieden sie das Geschick eines Mannes. In ihnen war ein Leben, eine Klarheit, eine Inbrunst, eine Glut, wie ich es sonst nie in einem menschlichen Auge gesehen; Strahlen wie Pfeile drangen von ihnen mitten in mein Herz. Ich weiß nicht, ob das Feuer, das in ihnen brannte, vom Himmel oder aus der Hölle kam, doch ganz gewiß kam es von da oder dort. Diese Frau war ein Engel oder ein Dämon, vielleicht auch beides, jedenfalls war sie nicht Evas, unser aller Mutter, Schoß entsprungen. Zähne wie Perlen schimmerten zwischen dem Rot ihrer lächelnden Lippen hervor, und bei jeder Bewegung ihres Mundes zeigten sich kleine Grübchen in dem rosigen Satin ihrer wunderbaren Wangen. Ihre feingeschnittene, stolze Nase verriet die edelste Herkunft. Achatglanz umspielte die seidenzarte Haut ihrer halbenthüllten Schultern, und Reihen herrlicher Perlen, fast so weiß wie ihr Hals, fielen auf ihre Brust. Von Zeit zu Zeit hob sie mit der Geschmeidigkeit einer Schlange oder dem Hochmut eines Pfaues den Kopf, und dann bebten die Rüschen, die ihren Hals umschlossen, wie silbernes Flechtwerk. Sie trug ein Kleid aus rotem Samt, und aus den weiten, mit Hermelin besetzten Ärmeln sahen Hände von unendlicher Zartheit hervor, mit langen, sanft gerundeten Fingern, so fein und weiß, daß das Licht durch sie hindurch schien wie durch Auroras Finger.

Alle diese Einzelheiten stehen mir noch so deutlich vor Augen, als wäre es gestern gewesen, denn obgleich ich zutiefst verwirrt war, entging mir doch nichts: das kleinste Detail, der winzige schwarze Fleck an ihrem Kinn, der kaum wahrnehmbare Flaum am Rand ihrer Lippen, die seidige Glätte ihrer Stirn, der zitternde Schatten, den ihre Wimpern auf die Wangen warfen – ich sah alles mit erstaunlicher Klarheit.

Während ich sie ansah, war mir, als öffneten sich in meinem Innern bisher festgeschlossene Tore; als gingen nach allen Richtungen Fenster auf und gewährten mir ungeahnte Ausblicke; ja, das Leben erschien mir in einem völlig anderen Licht, als täte sich eine neue Welt des Denkens und Fühlens vor mir auf. Mir wurde schrecklich bang ums Herz, und jede Minute, die verging, erschien mir flüchtig wie eine Sekunde und endlos wie ein Jahrhundert.

Indessen nahm die Zeremonie ihren Fortgang und führte mich weit weg von der Welt, in die ich, gepackt von brennendem Verlangen, ungestüm Einlaß begehrte. Ich sagte »ja«, als ich »nein« sagen wollte, und alles in mir revoltierte und protestierte gegen den Zwang, den meine Zunge meiner Seele antat, doch eine geheimnisvolle Macht entriß gegen meinen Willen die Worte meiner Kehle. So ähnlich mag es vielen jungen Mädchen ergehen, die in der festen Absicht vor den Altar treten, den Mann, der ihnen aufgezwungen werden soll, zurückzuweisen, und von denen doch keine ihren Entschluß ausführt. Auf diese Weise nehmen zweifellos viele arme Novizinnen den Schleier, denn all ihre Entschlossenheit, ihn in Stücke zu zerreißen, schwindet in dem Augenblick, da sie ihr Gelübde sprechen. Man wagt einfach nicht, vor aller Welt einen solchen Skandal heraufzubeschwören oder die Hoffnungen so vieler Menschen zu enttäuschen. All die Wünsche, all die Blicke lasten auf einem wie Bleigewichte, und alles ist so gut vorbereitet, jeder Schritt so unwiderstehlich festgelegt, daß man sich den Umständen beugt und jeden Willen aufgibt.

Der Blick der schönen Unbekannten wechselte im Verlauf der Zeremonie seinen Ausdruck. Anfangs war er weich und zärtlich gewesen, nun sah sie mich verächtlich an, als hätte ich sie enttäuscht. Ich nahm all meine Kraft zusammen, um herauszuschreien, daß ich kein Priester werden wolle, doch es gelang mir nicht. Die Zunge klebte mir am Gaumen, und ich konnte meinen Wunsch nicht in die leiseste Geste der Ablehnung verwandeln. Obgleich hellwach, fühlte ich mich doch wie in einem Alptraum, in dem man das eine Wort ausstoßen will, von dem das Leben abhängt, und es nicht kann.

Sie schien zu merken, welche Qual ich litt, und als wollte sie mir Mut machen, richtete sie einen Blick auf mich, der voll göttlicher Verheißungen zu sein schien. Ihre Augen waren ein Gedicht und jeder ihrer Blicke eine Zeile daraus. Sie sagten:

»Wenn du mein sein willst, dann werde ich dich glücklicher machen, als Gott selbst es im Paradies ist. Die Engel werden dich beneiden. Zerreiße dieses Leichentuch, in das du dich gerade hüllst. Ich bin die Schönheit, bin die Jugend, bin das Leben; komm zu mir, wir wollen uns lieben. Was kann dein Gott dir statt dessen bieten? Unser Leben wird dahingleiten wie ein Traum, wird sein wie ein einziger unendlicher Kuß. Nimm diesen Becher von deinen Lippen, und du bist frei. Ich werde dich zu fernen Inseln tragen, du wirst an meiner Brust schlafen wie in einem goldenen Bett mit einem Baldachin aus Silber. Denn ich liebe dich und will dich deinem Gott entreißen, vor dessen Auge Fluten von Tränen vergossen werden, die ihn doch nicht rühren.«

Ich glaubte diese unsagbar süßen Worte wirklich zu hören, denn ihr Blick schien ganz deutlich zu mir zu sprechen, und die Worte, die mir ihre Augen sandten, hallten in der Tiefe meines Herzens wider, als hätten unsichtbare Lippen sie mir in die Seele gehaucht. Ich war bereit, Gott abzuschwören, doch meine Lippen sprachen mechanisch die vorgeschriebenen Worte. Die Schöne schickte mir einen zweiten Blick, so flehentlich, so verzweifelt, daß spitze Dolche mir durchs Herz zu dringen schienen, und ich fühlte tiefere Wunden in meiner Brust als selbst die Schmerzensmutter.

Dann war es vorbei, ich war ein Priester. Nie spiegelte ein menschliches Gesicht eine solche Qual! Das Mädchen, das seinen Verlobten plötzlich tot an seiner Seite niedersinken sieht, die Mutter an der leeren Wiege ihres Kindes, Eva auf der Schwelle des verlorenen Paradieses, der Geizhals, der anstelle seines Schatzes einen Stein findet, der Dichter, dem die einzige Niederschrift seines besten Werkes verbrannt ist – sie alle könnten nicht untröstlicher sein. Aus ihren lieblichen Wangen wich das Blut, und sie wurde weiß wie Marmor. Ihre schönen Arme sanken herab, als sei aus den Muskeln jede Kraft geschwunden, und sie lehnte sich an eine Säule, als versagten ihre Beine. Und ich – ich wankte bleich, die Stirn mit Schweiß bedeckt, zur Kirchentür. Ich glaubte zu ersticken, das Dachgewölbe schien sich auf meine Schultern zu senken, mein Kopf allein die ganze Last des Domes zu tragen.

Als ich eben über die Schwelle treten wollte, ergriff plötzlich eine Hand die meine – eine Frauenhand! Noch nie hatte ich eine berührt. Sie war kalt wie eine Schlange und brannte sich doch in mein Fleisch wie rotglühendes Eisen. Sie war es. »Unglückseliger! Unglückseliger!« sprach sie mit leiser Stimme. »Was hast du getan?« Dann verschwand sie in der Menge.

Der alte Bischof schritt vorbei, mit ernstem Blick sah er mich an. Man muß mir meinen Zustand angemerkt haben; ich errötete. Alles verschwamm vor meinen Augen. Einer meiner Gefährten hatte Mitleid mit mir und führte mich fort, allein hätte ich nicht den Weg zurück zum Seminar gefunden. An einer Straßenecke, als der junge Priester eben wegblickte, trat ein seltsam gekleideter Negerknabe auf mich zu und reichte mir, ohne stehenzubleiben, ein kleines Buch mit goldgefaßten Ecken, wobei er mir bedeutete, es zu verbergen.

Ich steckte es in meinen Ärmel und ließ es dort, bis ich allein in meiner Zelle war. Da nahm ich es heraus und öffnete es. Auf der ersten Seite standen die Worte: »Clarimonda, Palazzo Concini.« Ich war damals so weltfremd, daß ich von Clarimonda trotz ihrer Berühmtheit noch nie gehört hatte, auch wußte ich nicht, wo sich der Palazzo Concini befand. Ich stellte tausend Vermutungen an, eine verwegener als die andere, doch um die Wahrheit zu sagen: es war mir ganz gleich, was sie war, ob eine große Dame oder eine Kurtisane – wenn ich sie nur hätte wiedersehen können.

Diese junge Liebe hatte bereits unwiderruflich in mir Wurzeln geschlagen. Ich machte nicht einmal den Versuch, sie mir aus dem Herzen zu reißen, denn ich fühlte, daß es unmöglich war. Diese Frau hatte vollkommen von mir Besitz ergriffen; ein Blick von ihr hatte genügt, mich derart umzuwandeln; sie hatte mir ihre Seele eingehaucht, mein Leben gehörte ihr; ich lebte nur durch sie. Ich beging tausend Dummheiten; ich küßte die Stelle meiner Hand, die sie berührt hatte, und sagte stundenlang ihren Namen vor mich her. Ich brauchte nur die Augen zu schließen, um sie so deutlich zu sehen, als stünde sie wirklich vor mir, und ich wiederholte ständig die Worte, die sie am Kirchentor gesagt hatte: »Unglückseliger! Unglückseliger! Was hast du getan?«

Ich war mir meiner entsetzlichen Lage voll bewußt, und auch der düsteren erschreckenden Aussichten, die mir der Stand bot, in den ich soeben erhoben worden war. Priester sein! Das heißt keusch sein, nicht lieben dürfen, keinen Unterschied zwischen Geschlecht und Alter machen, sich von aller Schönheit abwenden, sich in den eisigen Schatten einer Kirche oder eines Klosters verkriechen, nichts als Sterbende sehen, Wache halten neben unbekannten Toten, seine eigene Trauer in Form der schwarzen Soutane stets mit sich tragen, bis schließlich das Priestergewand einem selbst zum Leichenhemd wird!

Und ich fühlte das Leben in mir aufsteigen wie einen unterirdischen Strom, der anschwillt und an die Erdoberfläche tritt. Das Blut pochte wild in meinen Adern. Meine Jugend, so lange unterdrückt, brach plötzlich auf wie eine Aloe, die nur alle hundert Jahre einmal blüht, sich dann aber öffnet wie mit einem Donnerschlag. Was konnte ich tun, um Clarimonda wiederzusehen? Ich fand keinen Vorwand, das Seminar zu verlassen, denn ich kannte keinen Menschen in der Stadt. Ich sollte nicht einmal mehr lange bleiben, sondern wartete nur darauf, daß mir die Pfarrei, die ich übernehmen sollte, zugeteilt wurde. Ich versuchte, die Gitterstäbe vor meinem Fenster zu lockern, doch meine Zelle lag zu hoch, und ohne Leiter hinabzusteigen wäre ganz unmöglich gewesen. Außerdem hätte ich es nur bei Nacht tun können, und wie sollte ich mich da in dem Gewirr der Straßen zurechtfinden? All diese Schwierigkeiten, die anderen überhaupt kein Kopfzerbrechen bereitet hätten, erschienen mir, dem armen Seminaristen ohne jede Erfahrung in der Liebe, ohne Geld und ohne Kleider, unüberwindlich.

»Oh, wäre ich kein Priester geworden, dann könnte ich sie jeden Tag sehen«, sprach ich zu mir in meiner Verblendung, »dann könnte ich ihr Geliebter, ihr Gatte sein.« Statt dieses schrecklichen schwarzen Gewandes hätte ich Kleider aus Samt und Seide tragen können, goldene Ketten, einen Degen an meiner Seite und eine Feder am Hut, wie die hübschen jungen Kavaliere. Mein Haar wäre nicht durch die Tonsur entstellt worden, sondern hätte in zierlichen Locken meinen Nacken umspielt. Ich hätte einen schönen gewichsten Schnurrbart getragen und wäre ein vornehmer junger Herr geworden! Doch eine einzige Stunde vor einem Altar, ein paar widerwillig hingesagte Worte hatten mich für immer und ewig vom Leben abgesondert; ich hatte mir selbst meinen Grabstein gesetzt und mit eigener Hand die Tür meines Kerkers verriegelt!

Ich trat ans Fenster. Der Himmel war herrlich blau, die Bäume hatten ihr Frühlingskleid angelegt, die ganze Natur schien meiner zu spotten. Der Platz war voller Menschen, sie kamen und gingen, junge Stutzer und schöne Mädchen wandelten durch Gärten und Laubengänge, fröhliche Zecher sangen Trinklieder. Dort unten war das Leben, war Bewegung und Fröhlichkeit, die mir mein Unglück und meine Einsamkeit noch stärker bewußt werden ließ. Eine junge Mutter saß auf einer Treppe und spielte mit ihrem Kind, küßte den kleinen rosigen Mund, an dem noch Milchtropfen hingen, neckte es mit all dem zärtlichen Übermut, dessen nur eine Mutter fähig ist. Der Vater betrachtete, ein wenig entfernt stehend, mit leisem Lächeln das reizende Bild und drückte mit verschränkten Armen sein Glück ans Herz. Ich konnte den Anblick nicht ertragen. Ich schloß das Fenster und warf mich, das Herz voller Haß und wilder Eifersucht, aufs Bett; ich biß in meine Finger und meine Decke wie ein Tiger, der tagelang gehungert hat.

Ich weiß nicht, wie lange ich so dalag, doch als ich mich einmal mit einer krampfhaften Bewegung herumwarf, sah ich, daß mein Beichtvater, Bruder Serapion, mitten in der Zelle stand und mich aufmerksam betrachtete. Scham überkam mich, und ich ließ den Kopf auf die Brust sinken und bedeckte die Augen mit den Händen.

»Romuald, mein Freund, was geht nur in dir vor?« sagte Serapion nach langem Schweigen. »Dein Benehmen ist wahrlich sonderbar. Du, einst so fromm, so ruhig, so sanft, tobst in deiner Zelle wie ein wildes Tier. Sei auf der Hut, mein Bruder, und horche nicht auf die Eingebungen des Teufels. Der Böse, erzürnt darüber, daß du dich auf ewig dem Herrn geweiht hast, umschleicht dich wie ein reißender Wolf und unternimmt einen letzten Versuch, dich an sich zu ziehen. Laß dich nicht niederwerfen, mein lieber Romuald, sondern schmiede dir einen Harnisch aus Gebeten, einen Schild aus Kasteiungen, und widersetze dich tapfer dem Feind. Du wirst ihn besiegen. Tugend will erprobt sein, und du wirst geläutert aus der Prüfung hervorgehen. Hab' keine Angst und verlier nicht den Mut, die wachsamsten und standhaftesten Seelen haben solche Augenblicke durchlitten. Bete, faste, meditiere, und der Böse wird von dir ablassen.«

Die Worte des Bruders ließen mich zu mir kommen, und ich beruhigte mich ein wenig.

»Ich bin gekommen«, fuhr er fort, »um dir mitzuteilen, daß dir die Pfarrei von C. übertragen worden ist. Der dortige Pfarrer ist eben gestorben, und Seine Hochwürden, der Bischof, hat mir aufgetragen, dich dort hinzubringen. Wir reisen morgen ab.«

Ich zeigte mit einem Kopfnicken, daß ich bereit sein würde, und Bruder Serapion ging. Ich öffnete mein Brevier und begann zu beten, doch bald verschwammen die Zeilen vor meinen Augen, meine Gedanken verirrten sich, und das Buch fiel mir, ohne daß ich es merkte, aus der Hand.

Morgen sollte ich abreisen, ohne sie noch einmal zu sehen! Zu all den anderen noch ein weiteres Hindernis! Die letzte Hoffnung verlieren, sie je wieder zu treffen! Ihr schreiben? Doch wer sollte ihr den Brief überbringen? Wem konnte ich als Priester mich anvertrauen? Zweifel und Ängste zerrissen mich. Dann fiel mir ein, was Bruder Serapion über die Listen des Teufels gesagt hatte. Die Seltsamkeit meines Erlebnisses, die unirdische Schönheit Clarimondas, der strahlende Glanz ihrer Augen, ihr brennender Händedruck, die tiefe Verwirrung, in die sie mich gestürzt, meine plötzliche Wandlung, das Schwinden meiner Frömmigkeit – all dies bewies doch, daß der Teufel seine Hand im Spiel hatte, daß jene weiche, zarte Hand vielleicht nur der Handschuh war, den er über seine Klauen gestreift hatte.

Diese Gedanken erfüllten mich mit großem Schrecken, und so hob ich das Brevier, das mir von den Knien gefallen war, auf und versenkte mich erneut ins Gebet.

Am nächsten Morgen holte Serapion mich ab. Vor dem Tor warteten zwei Maultiere mit unserem dürftigen Gepäck. Er bestieg das eine, ich das andere, so gut ich konnte. Als wir durch die Stadt ritten, blickte ich in der Hoffnung, Clarimonda zu sehen, zu allen Fenstern und Balkonen hinauf, doch es war zu früh und die Stadt noch nicht erwacht. Vergebens suchte mein Blick die Läden und Vorhänge der Paläste, an denen wir vorbeikamen, zu durchdringen. Serapion schrieb meine Neugier wohl der Bewunderung zu, welche die Schönheit der Architektur in mir erregte, denn er ließ sein Tier langsamer gehen, damit ich mich besser umschauen konnte. Schließlich erreichten wir das Stadttor und ritten den Hügel hinauf. Oben wandte ich mich um und warf einen letzten Blick auf die Stadt, in der Clarimonda lebte. Eine düstere Wolke hing darüber, und die blauen und roten Dächer, aus deren Schornsteinen hier und dort weißer Rauch stieg, waren in ödes Grau gehüllt. Durch einen optischen Effekt ragte, beleuchtet von einem einzigen Sonnenstrahl, ein Gebäude golden schimmernd hervor, das höher war als die benachbarten, völlig in Nebel gehüllten Häuser. Obgleich es sicher drei Meilen entfernt war, schien es ganz nah zu sein. Man sah die kleinsten Einzelheiten – die Türmchen, die Erker, die Fenster, ja sogar die schwalbenschwänzigen Wetterfahnen.

»Was ist das für ein Schloß dort unten, auf das der Sonnenstrahl fällt?« fragte ich Serapion.

Er legte die Hand über die Augen, blickte hinunter und sagte: »Das ist der alte Palazzo, den der Fürst Concini der Kurtisane Clarimonda geschenkt hat. Dort geschehen schreckliche Dinge.«

Im gleichen Augenblick sah ich – bis heute weiß ich nicht, ob es Wirklichkeit war oder Einbildung – eine schlanke weiße Gestalt auf die Terrasse treten und gleich wieder verschwinden. Es war Clarimonda!

Oh, wußte sie, daß ich in diesem Moment vom Gipfel der steilen Straße aus, die mich von ihr wegführte, glühend und ruhelos das Schloß anstarrte, in dem sie lebte, und das durch ein wundersames Lichtspiel mich einzuladen schien, es als sein Herr zu betreten? Kein Zweifel, sie wußte es, denn ihre Seele war mit der meinen zu innig verbunden, um nicht ihre leisesten Schwingungen zu spüren, und dieses Gefühl hatte sie getrieben, noch in ihr Nachtgewand gehüllt, ins kalte Morgengrauen hinauszutreten.

Nun hüllte der Schatten der Wolke auch den Palazzo ein, und man sah nur noch ein graues, regungsloses Meer von Dächern und Türmen, über dem der Nebel wallte. Serapion trieb sein Maultier an, mein eigenes fiel ebenfalls in Trab, und eine Straßenbiegung entrückte die Stadt S. auf ewig meinen Blicken, denn eine Rückkehr sollte es für mich nie mehr geben. Nach dreitägigem Ritt durch düsteres, ödes Land tauchte zwischen Bäumen der Wetterhahn der Kirche auf, in der ich fortan amtieren sollte, und nachdem wir auf krummen, schlechten Wegen zwischen armseligen, strohgedeckten Hütten hindurchgeritten waren, standen wir vor ihrer Tür, die alles andere als prunkvoll war. Ein kleiner, karg verzierter Vorbau, zwei oder drei grobgemeißelte Sandsteinsäulen, ein Schindeldach und Stützpfeiler aus dem gleichen Sandstein wie die Säulen, das war die Kirche; links lag der Friedhof, mit Unkraut überwuchert, in dessen Mitte ein großes Eisenkreuz stand, rechts im Schatten der Kirche das Pfarrhaus, ein äußerst einfaches, doch sauberes Häuschen.

Wir traten ein. Ein paar Hühner pickten vom Boden verstreute Körner auf, offenbar waren sie an das schwarze Priestergewand gewöhnt, denn sie kümmerten sich überhaupt nicht um uns und ließen uns kaum vorbei. Ein hartes, heiseres Bellen drang an unser Ohr, und ein alter Hund lief uns entgegen. Es war der Hund meines Vorgängers. Er war auf einem Auge blind, hatte eine graue Schnauze und schien uralt zu sein. Ich streichelte ihn sanft, und er trottete sogleich mit sichtlich befriedigter Miene neben mir her. Eine alte Frau, die Haushälterin des früheren Pfarrers, begrüßte uns und fragte mich, nachdem sie uns in ein niedriges Zimmer geführt hatte, ob ich sie behalten wolle. Ich sagte ja, und als ich ihr versicherte, daß ich auch den Hund, die Hühner und alle Möbel, die ihr verstorbener Herr ihr vermacht hatte, übernehmen wollte, war sie außer sich vor Freude. Bruder Serapion zahlte ihr sofort den Preis, den sie dafür verlangte.

Als ich mich eingerichtet hatte, begab sich Bruder Serapion wieder ins Seminar zurück. Ich war allein und völlig auf mich selbst gestellt. Der Gedanke an Clarimonda ergriff wieder Besitz von mir, und so sehr ich mich bemühte, ihn zu verbannen – es gelang mir nicht immer. Eines Abends, als ich in meinem kleinen, von Buchsbaumhecken eingesäumten Garten spazierenging, war es mir, als sähe ich durchs Gebüsch eine Frauengestalt, die meine Bewegungen verfolgte, ja, ich glaubte sogar, zwischen den Blättern zwei meergrüne Augen glänzen zu sehen, doch es war nur eine Einbildung, denn als ich das Ende des Weges erreichte, fand ich nichts als eine Fußspur im Sand, so klein, daß sie von einem Kind herrühren mußte. Der Garten war von hohen Mauern umgeben, ich suchte jeden Winkel, jede Ecke ab, doch es war nichts zu sehen. Ich habe nie eine Erklärung für dieses Geschehnis gefunden, doch im Vergleich zu den seltsamen Dingen, die ich noch erleben sollte, war es gänzlich unbedeutend.

So lebte ich ein Jahr und erfüllte sorgsam alle Pflichten meines Amtes. Ich betete, fastete, sorgte mich um die Seelen meiner kleinen Gemeinde, stand den Kranken bei und gab so viele Almosen, daß ich mich selbst des Notwendigsten entblößte. Und doch fühlte ich mich in meinem Inneren wie ausgedörrt, als seien die Quellen der Gnade versiegt. Ich spürte nichts von dem Glück, das die Erfüllung einer heiligen Aufgabe bringt. Meine Gedanken waren anderswo, und oft wiederholten unwillkürlich meine Lippen Clarimondas Worte. Bedenk es gut, mein Bruder! Nur weil ich einmal einen Blick zu einer Frau erhoben, nur eines scheinbar so geringen Fehlers wegen, mußte ich Jahre hindurch die tiefsten Qualen erleiden, mein ganzes Leben war zerstört, auf immer und ewig.

Ich will dich nicht langweilen mit meinen geheimen Niederlagen, mit den Siegen, denen stets ein um so schlimmerer Rückfall folgte, sondern gleich zu einem entscheidenden Ereignis übergehen. Eines Nachts läutete es heftig an der Haustür. Barbara, die alte Haushälterin, öffnete, und ein dunkelhäutiger Mann, kostbar, doch auf seltsam fremdländische Art gekleidet, einen langen Degen an der Seite, stand im Licht der Laterne. Sie fürchtete sich, doch der Mann beruhigte sie und sagte ihr, daß er mich dringend in einer Angelegenheit, die mein priesterliches Amt betraf, sprechen müsse. Barbara führte ihn die Treppe hinauf zu mir, ich wollte eben zu Bett gehen. Der Mann sagte mir, daß seine Herrin, eine sehr hohe Dame, im Sterben liege und nach einem Priester verlange. Ich erwiderte, daß ich gleich mit ihm kommen wolle, nahm alles, was ich zur letzten Ölung brauchte, und ging rasch hinunter.

Vor dem Haus standen zwei Pferde, schwarz wie die Nacht, die Nüstern schaumbedeckt, und scharrten ungeduldig. Der Mann hielt mir den Steigbügel und half mir in den Sattel, dann schwang er sich, den Sattelknauf umklammernd, auf das andere. Er drückte ihm die Knie in die Flanken, ließ die Zügel los, und es schoß vorwärts wie ein Pfeil. Das meine, dessen Zügel er hielt, galoppierte ebenfalls los und hetzte neben dem anderen her. Wir rasten dahin; grau schoß der Boden unter uns vorbei, und die schwarzen Schatten der Bäume glichen einer fliehenden Armee. Wir jagten durch den Wald, so dicht und finster, daß ein Schauer mich ergriff. Die Funken, die die Hufe unserer Pferde aus den Steinen schlugen, folgten uns wie ein Feuerschweif, und hätte uns jemand zu dieser nächtlichen Stunde gesehen, er würde uns für zwei Geisterreiter gehalten haben. Irrlichter tanzten dann und wann über den Weg, Eulen kreischten in den Tiefen des Waldes, und Wildkatzen blickten mit glühenden Augen durchs Gebüsch. Die Mähnen unserer Pferde wehten, Schweiß strömte über ihre Flanken, als Keuchen und Schnauben entwich der Atem ihren Nüstern. Doch immer, wenn sie zu ermüden schienen, stieß mein Begleiter einen grellen Schrei aus, der nichts Menschliches an sich hatte, und die wilde Jagd ging weiter.

Endlich hatte die Hatz ein Ende. Ein schwarzer Schatten, hier und dort von Licht durchbrochen, ragte plötzlich vor uns auf. Die Hufe unserer Pferde donnerten laut über einen eisenbeschlagenen Steg, und wir ritten durch ein großes Tor, das seinen dunklen Rachen zwischen zwei riesigen Türmen aufriß. Große Aufregung herrschte in dem Schloß; Diener mit Fackeln in den Händen eilten über den Hof, Lichter huschten über die Treppen. Ich sah undeutlich ein mächtiges Gebäude mit Säulen, Arkaden und Freitreppen, einen Bau, der majestätisch und phantastisch zugleich erschien. Ein schwarzer Knabe – ich erkannte ihn sofort: er war es, der mir Clarimondas kleines

Buch gegeben hatte – half mir vom Pferd, dann trat ein Majordomus, gekleidet in schwarzen Samt, mit einer goldenen Kette um den Hals und einem elfenbeinernen Stab in der Hand, auf mich zu. Tränen rannen ihm über die Wangen in den weißen Bart.

»Zu spät!« sagte er kopfschüttelnd. »Zu spät, Herr Pfarrer! Doch wenn Ihr schon nicht ihre Seele retten konntet, so kommt und wacht doch wenigstens an ihrem armen Körper.«

Er nahm mich am Arm und führte mich ins Sterbezimmer. Ich weinte ebenso bitterlich wie er, wußte ich jetzt doch, daß die Tote keine andere war als meine heißgeliebte Clarimonda.

Neben dem Bett stand ein Betpult. Eine bläuliche Flamme, die in einer Bronzeschale brannte, erfüllte den Raum mit schwachem, flackerndem Licht, das hier und da auf die vorspringende Kante eines Möbels oder Simses fiel. Auf dem Tisch stand, in einer Vase aus fein ziseliertem Silber, eine welke weiße Rose, deren Blütenblätter, bis auf eines, das sich noch an den Stengel klammerte, abgefallen waren und wie zarte Tränen zu Füßen der Vase lagen. Eine zerrissene schwarze Maske, ein Fächer, elegante Kleider lagen auf den Sesseln und zeigten, wie unerwartet und unangemeldet der Tod in dieses reiche Haus getreten war. Ohne zu wagen, einen Blick auf das Bett zu werfen, kniete ich nieder und begann voller Inbrunst Psalmen zu beten; ich dankte Gott, daß er den Tod zwischen diese Frau und mich hatte treten lassen, denn so konnte ich sie fortan ohne Skrupel in meine Gebete einschließen.

Doch allmählich ließ mein Eifer nach, und meine Gedanken schweiften ab. Der Raum hatte nichts von einem Sterbezimmer an sich. Statt des widerlichen Leichengeruchs, den ich sonst bei Totenwachen zu atmen gewohnt war, schwebte ein zarter Hauch orientalischen Parfums, ein unbestimmter weiblicher, verlockender Duft in der warmen Luft. Die fahle Flamme erfüllte den Raum anders, als der gelbe Schein einer Totenkerze, mit einem Zwielicht, das wie geschaffen schien für die Freuden der Liebe. Ich grübelte über den seltsamen Zufall, der mich Clarimonda wiederfinden und zugleich für immer verlieren ließ, und ich stieß einen tiefen Seufzer aus. Da schien es, als habe hinter meinem Rücken jemand geseufzt, und ich drehte mich rasch um. Es war das Echo. Als ich den Kopf wandte, fiel mein Blick, was ich bisher vermieden, auf das Bett. Zwischen den roten, mit großen Blumen bestickten und mit goldenen Fransen gesäumten Damastvorhängen lag die Tote, die Hände auf der Brust gefaltet. Sie war bedeckt mit einem Leinentuch von strahlendem Weiß, einem Weiß, welches den dunklen Purpur des Wandteppichs noch unterstrich, und das von solcher Zartheit war, daß es die wunderbaren Formen ihres Körpers durchschimmern ließ und dem Auge erlaubte, den Konturen, die schön geschwungen waren wie ein Schwanenhals, zu folgen. Sie sah aus wie eine Alabasterstatue, geschaffen von einem genialen Künstler für das Grab einer Königin, oder, besser noch, wie ein schlummerndes junges Mädchen, auf das Schnee gefallen ist.

Ich konnte mich nicht mehr beherrschen: die Luft berauschte mich, der betörende Duft der halbverwelkten Rose stieg mir zu Kopf. Ich stand auf und ging im Zimmer auf und nieder, und immer wenn ich an dem Bett vorbeikam, hielt ich inne und blickte auf die schöne Tote unter ihrem durchscheinenden Leichentuch. Seltsame Gedanken stiegen in mir auf; ich stellte mir vor, daß sie gar nicht tot wäre, daß dies nichts als eine List wäre, um mich in ihr Schloß zu locken und mir ihre Liebe zu gestehen. Einen Moment lang schien es mir gar, als rege ihr Fuß sich unter dem weißen Schleier, als bewegten sich die strengen Falten des Tuches.

Dann wieder sagte ich mir: »Ist es denn wirklich Clarimonda? Wäre es denn nicht möglich, daß der Negerknabe in die Dienste einer anderen Frau getreten ist? Wie dumm von mir, mich so zu grämen und aufzuregen!« Doch mein pochendes Herz erwiderte: »Sie ist's, sie ist's!« Und so trat ich wieder ans Bett und betrachtete sie genauer. Soll ich es gestehen? Diese vollendeten Formen, obgleich gereinigt und geheiligt durch den Tod, erregten mein Verlangen, mehr als es mir erlaubt war, und ihre Ruhe war nicht zu unterscheiden von der einer Schlafenden.

Ich vergaß, daß ich gekommen war, um eine Leichenwache zu halten; mir war, als sei ich ein junger Bräutigam, der das Gemach seiner Braut betritt, die schamhaft das Gesicht und ihre Reize verbirgt. Zerrissen von Schmerz, trunken vor Glück, zitternd vor Furcht und Entzücken, beugte ich mich über sie und ergriff den Zipfel des Tuchs; ich hob es zart und hielt den Atem an, bedacht, sie nicht zu wecken. Mein Herz pochte so wild, daß meine Schläfen zu zerspringen drohten, und meine Stirn war bedeckt mit Schweiß, als hätte ich einen Marmorblock verrückt.

Ja, es war Clarimonda, wie ich sie in der Kirche am Tage meiner Ordination gesehen hatte, ebenso bezaubernd, und der Tod schien nichts weiter als ein neues kokettes Spiel von ihr. Die Blässe ihrer Wangen, die zarte Röte ihrer Lippen, die langen, feingeschwungenen Wimpern, welche einen braunen Schatten auf die Blässe des Gesichtes warfen, verliehen ihr einen Ausdruck melancholischer Keuschheit und leidvoller Versunkenheit, der unsagbar verführerisch war. Ihr langes, offenes Haar, in das kleine blaue Blumen eingeflochten waren, lag wie ein Kissen unter ihrem Kopf und verdeckte mit seinen Locken ihre nackten Schultern. Die schönen Hände, reiner und durchsichtiger als Hostien, waren wie in stillem Gebet gefaltet und milderten den verführerischen Reiz, den selbst im Tode noch die wundervoll geformten, elfenbeinweißen Arme besaßen.

Lange blieb ich so stehen, versunken in stumme Betrachtung, und je länger ich sie betrachtete, desto weniger konnte ich glauben, daß das Leben für immer diesen schönen Körper verlassen hatte. Ich weiß nicht, war es Einbildung oder ein Flackern der Lampe, doch plötzlich schien es mir, als ströme wieder Blut unter dieser fahlen Blässe. Aber sie regte sich nicht. Ich berührte leicht ihren Arm. Er war kalt, doch nicht kälter, als es ihre Hand an jenem Tag gewesen war, da sie die meine am Portal der Kirche berührte. Wieder beugte ich mich über sie, und ließ den warmen Tau meiner Tränen ihre Wangen netzen. Ah, welch bittere Verzweiflung, welch Gefühl der Ohnmacht erfüllte mich! Wie grauenhaft war diese Totenwache! Ich hätte ihr mein Leben geben, dieser kalten Hülle das Feuer einhauchen mögen, das mich verzehrte. Allmählich wich die Nacht, und als ich fühlte, daß der Augenblick ewiger Trennung nahte, konnte ich mir nicht die letzte, die himmlische Wonne versagen, einen Kuß auf die toten Lippen zu drücken.

Aber, oh Wunder! Ein leiser Atemhauch vermischte sich mit meinem, und Clarimondas Mund erwiderte den Kuß: Sie schlug die Augen auf und seufzte und legte ihre Arme mit einem Blick voller Seligkeit um meinen Hals. »Ah, Romuald, du bist es«, sagte sie mit einer Stimme, die süß und schmachtend klang wie das letzte Zittern einer Harfe. »Ich habe so lange auf dich gewartet, daß ich daran gestorben bin. Doch jetzt, da wir verlobt sind, kann ich zu dir kommen. Leb wohl, Romuald, leb wohl! Ich liebe dich, das ist alles, was ich dir sagen möchte; ich gebe dir das Leben zurück, das du für eine Minute durch deinen Kuß in mir wiedererweckt hast. Leb wohl, auf bald!«

Ihr Kopf sank zurück, doch ihre Arme hielten mich noch immer umschlungen, als wollte sie mich nicht lassen. Ein schrecklicher Windstoß fuhr zum Fenster herein und fegte durch das Zimmer. Das letzte Blütenblatt der weißen Rose zitterte eine Sekunde lang wie ein Flügel an seinem Zweig, dann löste es sich und flog, Clarimondas Seele mit sich tragend, zum Fenster hinaus. Die Lampe verlöschte, und ich sank ohnmächtig auf die Brust der schönen Toten.

Als ich zu mir kam, lag ich in meinem kleinen Zimmer im Pfarrhaus auf dem Bett, und der alte Hund meines Vorgängers leckte meine Hand, die unter der Bettdecke herabhing. Barbara kramte mit ihren vor Altersschwäche zitternden Händen in den Schubladen und mischte dann verschiedene Pulver in einem Glas. Als sie sah, daß ich die Augen öffnete, stieß die alte Frau einen Freudenschrei aus, und der Hund bellte und wedelte mit dem Schwanz, doch ich war so schwach, daß ich kein Wort hervorbrachte und nicht die leiseste Bewegung machen konnte.

Später erfuhr ich, daß ich mich drei Tage lang in diesem Zustand befunden und außer einem fast unmerklichen Atmen kein Lebenszeichen von mir gegeben hatte. Diese drei Tage sind in meinem Leben ausgelöscht, und ich weiß nicht, wo mein Geist in dieser Zeit gewesen ist; ich erinnere mich nicht daran. Barbara berichtete mir, daß mich der gleiche dunkelhäutige Mann, der mich des Nachts abgeholt hatte, am nächsten Morgen in einer geschlossenen Sänfte zurückbrachte und sofort verschwand. Sobald ich meine Gedanken sammeln konnte, ging ich im Geiste noch einmal all die Ereignisse dieser schrecklichen Nacht durch. Zuerst glaubte ich, ich sei einer seltsamen Täuschung zum Opfer gefallen, doch die tatsächlichen, greifbaren Umstände zerstreuten bald diese Vermutung. Ich konnte nicht geträumt haben, denn Barbara hatte ebenso wie ich den Mann mit den zwei schwarzen Pferden gesehen, und sie beschrieb genau seine Kleidung und sein Aussehen. Andererseits kannte niemand in der ganzen Gegend ein Schloß, das jenem, in dem ich Clarimonda wiedergefunden hatte, ähnelte.

Eines Morgens trat Bruder Serapion ins Zimmer. Barbara hatte ihm eine Nachricht gesandt, daß ich krank sei, und er war sogleich herbeigeeilt. Obwohl sein schnelles Erscheinen mir seine Zuneigung und Besorgtheit bewies, war ich über seinen Besuch nicht so erfreut, wie ich es hätte sein müssen. Der Blick meines Beichtvaters hatte etwas Forschendes und Bohrendes, das mich mit Unbehagen erfüllte. Seine Gegenwart setzte mich in Verlegenheit und Schuldgefühl. Er hatte als erster entdeckt, daß etwas auf meiner Seele lastete, und ich verwünschte seinen Scharfblick.

Während er sich heuchlerisch in honigsüßem Ton nach meiner Gesundheit erkundigte, musterte er mich mit seinen gelben Löwenaugen und senkte seinen Blick wie ein Lot in mein Inneres. Dann stellte er mir einige Fragen: wie ich mit meiner Pfarre zurechtkäme, ob mir meine Arbeit gefalle, auf welche Weise ich meine freie Zeit verbringe, ob ich schon mit den Bewohnern des Ortes Bekanntschaft geschlossen hätte, welches meine Lieblingslektüre sei und tausend andere Dinge. Ich antwortete auf alles so knapp wie möglich, und er ging, ohne mich ausreden zu lassen, auf irgendein anderes Thema über. Ganz offensichtlich hatte diese Unterhaltung mit dem, was er eigentlich sagen wollte, nichts zu tun. Dann, ohne jede Überleitung, so, als wollte er mir irgendeine Neuigkeit mitteilen, die ihm eben eingefallen war und die er zu vergessen fürchtete, sagte er mit klarer donnernder Stimme, die in meinen Ohren schallte wie die Trompeten des Jüngsten Gerichts:

»Kürzlich ist die berühmte Kurtisane Clarimonda gestorben, nach einer Orgie, die acht Tage und acht Nächte dauerte. Es war ein höllisches, abscheuliches Fest, das denen Belsazars und Kleopatras nicht nachstand. Mein Gott! In welch einem Jahrhundert leben wir? Die Gäste wurden von kupferbraunen Sklaven bedient, die eine unbekannte Sprache redeten, und die, da bin ich ganz sicher, Teufel waren. Die Livree des Geringsten unter ihnen hätte einem Kaiser als Galauniform genügt. Über diese Clarimonda gingen schon immer sehr seltsame Geschichten um, und alle ihre Liebhaber nahmen ein schreckliches, gewaltsames Ende. Es heißt, sie sei ein Ghul, ein weiblicher Vampir gewesen, doch ich glaube, sie war Beelzebub in Person.«

Er hielt inne und sah mich aufmerksam an, um festzustellen, welche Wirkung seine Worte auf mich hatten. Ich konnte nicht umhin, zusammenzuzucken, als ich Clarimondas Namen hörte, und die Nachricht von ihrem Tod, die mich an mein merkwürdiges nächtliches Erlebnis erinnerte, versetzte mich in große Furcht und Erregung, die sich, so sehr ich mich zu beherrschen suchte, auf meinem Gesicht abzeichnete. Serapion warf einen ernsten und besorgten Blick auf mich und sagte:

»Mein Sohn, ich muß dich warnen. Du stehst am Rande eines Abgrunds; hüte dich, hineinzustürzen. Die Klauen Satans sind lang, und Gräber sind nicht immer fest geschlossen. Der Stein über Clarimondas Grab müßte dreifach versiegelt werden; nach allem, was die Leute sagen, ist sie nicht zum erstenmal gestorben. Möge Gott dich schützen, Romuald!«

Nach diesen Worten schritt er langsam zur Tür, und ich sah ihn nicht mehr, denn er reiste sogleich nach S. zurück.

Ich war indessen völlig genesen und ging wieder meinen gewohnten Pflichten nach. Die Erinnerung an Clarimonda und die Worte des alten Priesters gingen mir nicht aus dem Sinn; allein, es geschah nichts Ungewöhnliches, das Serapions dunkle Ahnungen bestätigte, und ich glaubte schon, daß seine Befürchtungen und Ängste übertrieben gewesen seien. Doch eines Nachts hatte ich einen Traum. Ich war kaum eingeschlafen, da hörte ich die Ringe klirren, mit denen mein Bettvorhang an der Stange befestigt war, und der Vorhang glitt zurück. Ich fuhr erschrocken auf und sah die dunkle Gestalt einer Frau vor mir stehen. Ich erkannte Clarimonda sofort.

In der Hand hielt sie eine kleine Lampe, wie man sie auf Gräber zu stellen pflegt, und der Lichtschein verlieh ihren schlanken Fingern eine rosenfarbene Durchsichtigkeit, die in das milchige Opalweiß ihrer Arme überging. Sie trug nichts als das Leinentuch, mit dem sie auf dem Totenbett bedeckt gewesen war, und hielt, als schäme sie sich dieses unzureichenden Gewandes, die Falten über ihrer Brust zusammen. Sie war so bleich, daß die Farbe des Tuches sich im schwachen Schein der Lampe mit der ihres Fleisches mischte. Gehüllt in das feine Tuch, das die Umrisse ihres Körpers durchscheinen ließ, glich sie eher einer antiken Marmorstatue als einer von Leben erfüllten Frau. Ob lebend oder tot, Statue oder Frau, Schatten oder Körper – ihre Schönheit war stets die gleiche, nur der grüne Glanz ihrer Augen war ein wenig ermattet, und ihr Mund, einst so rot, zeigte jetzt die gleiche rosafarbene Blässe wie ihre Wangen. Die kleinen blauen Blumen, die ich in ihrem Haar gesehen hatte, waren verwelkt und hatten fast alle ihre Blätter verloren. Und doch war sie bezaubernd, so bezaubernd, daß ich trotz der Seltsamkeit dieses Erlebnisses und der rätselhaften Weise, in der sie mein Zimmer betreten hatte, nicht die mindeste Furcht verspürte.

Sie stellte die Lampe auf den Tisch und setzte sich auf das Fußende meines Bettes, dann sprach sie, sich zu mir herüber kauend, mit jener silberhellen und samtweichen Stimme, die ich von keinen anderen Lippen als den ihren je gehört:

»Ich habe dich lange warten lassen, Romuald, und du hast sicher schon gedacht, ich hätte dich vergessen. Doch ich komme weit, weit her, von einem Ort, von dem noch nie jemand zurückgekehrt ist; in jenem Land gibt es weder Sonne noch Mond, nichts als Leere und Dunkel, weder Weg noch Steg, keinen Boden zum Gehen, keine Luft zum Fliegen, und doch bin ich nun hier, denn die Liebe ist stärker als der Tod und wird am Ende siegen. Ah, welch düstere Gesichter, welch schreckliche Dinge habe ich auf meiner Reise gesehen! Wie schwer war es für meine Seele, durch die Kraft des Willens in ihren Körper zurückzukehren! Welche Anstrengung kostete es mich, den Stein fortzuwälzen, der auf meinem Grab lag! Schau!

Meine armen Hände sind ganz aufgeschunden. Küsse sie, damit sie heilen, mein Geliebter!«

Sie drückte mir die kalten Handflächen nacheinander an die Lippen. Ich küßte sie unzählige Male, und sie sah mir selig lächelnd zu.

Ich muß es zu meiner Schande gestehen – Bruder Serapions Ratschläge hatte ich ebenso vergessen wie meine Priesterwürde. Ich fiel beim ersten Ansturm und ohne jeden Widerstand. Ich bemühte mich nicht einmal, der Versuchung zu widerstehen. Die Kühle von Clarimondas Hand durchdrang die meine, und Schauer der Wollust ergriffen meinen Körper. Armes Kind! Trotz allem, was ich mit ihr erlebt hatte, kann ich auch heute noch kaum glauben, daß sie ein Dämon war, und wenn sie einer war, so hat der Teufel seine Klauen und Hufe nie besser verborgen. Sie hatte ihre Füße eingezogen und saß in einer Haltung vollendeter Koketterie am Rande meines Bettes. Zuweilen fuhr sie mir mit ihrer kleinen Hand durchs Haar und drehte es zu Locken, als überlegte sie, in welcher Form es mir am besten stünde. Ich überließ mich ihren Zärtlichkeiten mit höchst verwerflicher Befriedigung, und sie verfiel in ein entzückendes Geplauder.

Seltsamerweise erfüllte mich nicht das geringste Staunen über dieses ungewöhnliche Abenteuer, und wie in einem Traum, in dem die bizarrsten Geschehnisse als ganz normal erscheinen, empfand ich alles als völlig natürlich.

»Ich liebte dich schon lange, bevor ich dich sah, mein liebster Romuald, überall habe ich dich gesucht. Du warst mein Ideal, und als ich dich damals, in jenem schrecklichen Augenblick in der Kirche sah, sagte ich mir sogleich: ›Das ist er!‹ Ich warf dir einen Blick zu, in den ich alle meine Liebe legte, einen Blick, der einen Kardinal verführt hätte, der einen König gezwungen hätte, vor seinem ganzen Hofstaat sich mir zu Füßen zu werfen. Doch du bliebst unerschütterlich und zogst mir deinen Gott vor. Ah, wie bin ich eifersüchtig auf deinen Gott, den du so geliebt hast, den du heute noch mehr liebst als mich! Wie unglücklich ich bin! Nie wird dein Herz nur mir allein gehören, mir, die du durch einen Kuß wieder zum Leben erweckt hast, mir, der toten Clarimonda, die um deinetwillen die Pforten des

Grabes gesprengt hat, die gekommen ist, dir das Leben zu weihen, in das sie nur zurückgekehrt ist, um dich glücklich zu machen!«

Diese Worte waren begleitet von berauschenden Zärtlichkeiten, die meine Sinne und meinen Verstand dermaßen betäubten, daß ich, um sie zu trösten, nicht davor zurückschreckte, eine entsetzliche Blasphemie zu begehen und ihr zu sagen, daß ich sie ebenso sehr liebte wie Gott.

Neues Leben erfüllte ihre Augen, sie strahlten wie Diamanten.

»Wirklich? Ist das wirklich wahr? So sehr wie Gott?« rief sie und umschlang mich mit ihren schönen Armen. »Wenn es so ist, dann wirst du auch mit mir kommen, wirst mir folgen, wohin ich will. Abwerfen wirst du dein häßliches schwarzes Gewand. Du wirst der stolzeste Kavalier sein, beneidet von aller Welt, du wirst mein Geliebter sein. Ah, welch glückliches, herrliches Leben werden wir führen! Wann brechen wir auf, mein Liebster?«

»Morgen! Morgen!« rief ich in meinem Wahn.

»Gut, morgen«, sagte sie, »dann habe ich noch Zeit, mein Kleid zu wechseln, denn dieses hier ist dürftig und taugt nicht für die Reise. Auch muß ich meinen Dienstboten Bescheid geben, die mich für tot halten und um mich trauern. Geld, Kleider, ein Wagen – alles wird bereit sein. Ich komme morgen zur gleichen Zeit und hole dich ab. Lebwohl, du mein Geliebter.« Ihre Lippen berührten meine Stirn.

Die Lampe verlöschte, die Vorhänge schlossen sich wieder, und ich sah nichts mehr. Ein bleierner, traumloser Schlaf senkte sich auf mich nieder und betäubte mich bis zum Morgen. Ich erwachte später als sonst, und die Erinnerung an diese seltsame Vision plagte mich den ganzen Tag, bis ich mir endlich einredete, das Ganze sei nur das Produkt überhitzter Phantasie gewesen. Doch alles stand so deutlich vor meinen Augen, daß es mir schwerfiel, zu glauben, es sei nicht wirklich gewesen, und abends ging ich voller Furcht, was meiner diese Nacht wohl harren mochte, zu Bett und betete zu Gott, er möge alle bösen Gedanken aus mir verbannen und meinen Schlaf bewachen.

Bald schlief ich tief und begann sogleich zu träumen. Der Vorhang wurde fortgezogen, und Clarimonda stand vor mir, doch nicht wie die Nacht zuvor in weißem Totenleinen und mit bleichen Wangen, sondern fröhlich, anziehend und elegant, in einem wundervollen Reisekleid aus grünem Samt mit Goldborten. Auf einer Seite hochgerafft, ließ es einen Unterrock aus Satin hervorschimmern. Ihre blonden Locken quollen unter einem großen, mit langen weißen Federn geschmückten Filzhut, und in der Hand hielt sie eine kleine Reitgerte, an deren Griff sich eine goldene Pfeife befand. Sie berührte mich leicht damit und sagte:

»Auf, schöner Schläfer! So triffst du deine Reisevorbereitungen? Ich hoffte, dich fertig zu finden. Rasch, komm, wir haben keine Zeit zu verlieren.«

Ich sprang aus dem Bett.

»Schnell, zieh dich an, wir müssen fort«, sagte sie, auf ein kleines Bündel deutend, das sie mitgebracht hatte. »Die Pferde sind ungeduldig. Wir sollten schon meilenweit fort sein.«

Ich zog mich in aller Eile an, und sie reichte mir die Kleidungsstücke, wobei sie laut über meine Unbeholfenheit lachte und mir half, wenn ich einen Fehler machte. Dann strich sie mir mein Haar zurecht, und als sie damit fertig war, hielt sie mir einen kleinen, in Silber gefaßten venezianischen Spiegel vor und sagte:

»Nun, wie gefällst du dir? Bin ich nicht ein guter Kammerdiener?«

Ich war ein völlig anderer Mensch und erkannte mich kaum. Meinem alten Selbst glich ich nicht mehr als eine Statue einem unbehauenen Marmorblock. Mein früheres Gesicht schien nichts als eine rohe Skizze dessen, das mir aus dem Spiegel entgegenblickte. Ich war schön, und diese Wandlung weckte meine Eitelkeit. Die eleganten Kleider wie die reich bestickte Weste machten einen gänzlich anderen Mann aus mir, und ich staunte über die Macht von ein paar Ellen gut geschnittenen Stoffes. Der Geist meines Gewandes schlüpfte unter meine Haut, und in kaum zehn Minuten war ich ein passabler Stutzer.

Ich ging ein paarmal im Zimmer auf und ab und mühte mich um eine lockere Haltung in meiner neuen Ausstattung.

Clarimonda betrachtete mich mit einer Miene mütterlichen Stolzes und schien von ihrem Werk sehr angetan.

»Genug der Kindereien«, rief sie endlich, »wir müssen fort, mein lieber Romuald! Wir haben eine weite Reise und kommen sonst nie an.«

Sie nahm mich an der Hand und zog mich fort. Alle Türen sprangen auf, sowie sie sie berührte, und der Hund erwachte nicht, als wir an ihm vorbeigingen.

Vor dem Haus wartete Margheritone, der Diener, der mich damals zu ihr gebracht hatte. Er hielt drei schwarze Pferde an den Zügeln, eins für mich, eins für sich selbst und eins für Clarimonda. Es mußten vollblütige Araber sein, denn sie waren so schnell wie der Wind, und der Mond, der bei unserem Aufbruch eben über den Horizont stieg, um uns den Weg zu weisen, schien wie ein Wagenrad über den Himmel zu rollen. Wir sahen ihn zu unserer rechten Seite, mühsam mit uns Schritt haltend, von Baum zu Baum springen. Bald kamen wir zu einer Wiese, wo unter dichten Bäumen ein mit vier starken Pferden bespannter Wagen unserer harrte. Wir stiegen ein, und der Kutscher trieb die Tiere an zu rasendem Galopp. Ich hatte meinen Arm um Clarimonda gelegt und hielt ihre Hand in der meinen. Sie lehnte den Kopf an meine Schulter, und ich spürte ihren halbentblößten Busen an meinem Arm. Nie hatte ich solch tiefes Glück empfunden. In diesem Augenblick vergaß ich alles. Ich erinnerte mich nicht mehr daran, ein Priester gewesen zu sein, so stark war die Verblendung, in die der böse Geist mich stürzte. Von dieser Nacht an war meine Natur gleichsam verdoppelt. Zwei Menschen verbargen sich in mir, von denen keiner den anderen kannte. Bald glaubte ich, Priester zu sein, der jede Nacht träumte, er sei ein Edelmann, bald, ein Edelmann, der träumte, er sei Priester. Ich konnte Traum und Leben nicht mehr unterscheiden; ich wußte nicht mehr, wo die Wirklichkeit begann und die Illusion endete. Der leichtsinnige, hochmütige Kavalier verspottete den Priester, und der Priester verabscheute die Ausschweifungen des Kavaliers. Mein doppeltes Leben glich zwei ineinander verschlungenen Spiralen, die sich gleichwohl nie berührten. So seltsam dies alles auch war, so glaubte ich doch nicht, daß ich wahnsinnig war. Ich war mir meiner beiden Existenzen stets voll bewußt. Nur einen absonderlichen Umstand gab es, den ich mir nicht erklären konnte: daß dieselbe Seele in zwei so verschiedenen Menschen wohnen konnte. Es war ein Rätsel, für das ich keine Lösung fand, weder als Pfarrer der kleinen Gemeinde F., noch als Signor Romualdo, Clarimondas erwählter Geliebter.

Sicher ist, zumindest bildete ich mir das ein, daß ich die ganze Zeit in Venedig war; es ist mir nie gelungen, Wirklichkeit und Illusion in diesem bizarren Abenteuer zu entwirren. Wir wohnten in einem großen Marmorpalast am Canale Grande, voller Fresken und Statuen, und in Clarimondas Schlafzimmer hingen zwei Bilder Tizians aus seiner besten Periode – ein Palast, der eines Königs würdig gewesen wäre. Jeder von uns verfügte über seine eigene Gondel mit Gondoliere und Dienerschaft in eigener Livree, hatte seinen Musiksalon und seine Lieblingstiere.

Clarimonda führte ein Leben in großem Stil; sie hatte etwas von Kleopatra an sich. Ich selbst legte mir die Allüren eines Prinzen zu und war so hochmütig, als stammte ich von einem der zwölf Apostel oder vier Evangelisten ab. Ich wäre nicht einmal beiseite getreten, um den Dogen vorbeizulassen, und glaubte nicht, daß seit Luzifers Sturz vom Himmel je einer so stolz und anmaßend war wie ich. Ich ging zum Ridotto und spielte voller Leidenschaft und Zügellosigkeit. Ich verkehrte in der besten Gesellschaft, doch auch mit den Söhnen ruinierter Adelsfamilien, mit Schwindlern, Parasiten und Halsabschneidern.

Doch trotz meines liederlichen Lebenswandels blieb ich Clarimonda treu. Ich liebte sie bis zum Wahnsinn und wäre wunschlos glücklich gewesen, hätte mich nicht Nacht für Nacht ein furchtbarer Alptraum gequält, in dem ich mich als Dorfpfarrer kasteite und Buße für die Ausschweifungen tat, die ich bei Tag beging. Ich hatte mich an das Leben mit ihr so gewöhnt, daß ich kaum noch daran dachte, auf welch seltsame Weise ich ihre Bekanntschaft gemacht hatte. Doch zuweilen gingen mir die Worte Bruder Serapions durch den Kopf und erfüllten mich mit Unruhe.

Seit einiger Zeit kränkelte Clarimonda, sie wurde von Tag zu

Tag blasser. Die Ärzte, die ich kommen ließ, wußten nicht, was ihr fehlte und wie sie sie behandeln sollten. Sie verschrieben ihr ein paar Arzneien, die weder nützten noch schadeten, und kamen nicht wieder. Indessen wurde sie immer bleicher – und kälter und kälter. Sie war schon fast so blaß und leblos wie in jener denkwürdigen Nacht in dem geheimnisvollen Schloß. Es zerriß mir das Herz, sie so dahinwelken zu sehen. Gerührt von meinem Schmerz, lächelte sie mich leise und traurig an, mit dem ergebenen Lächeln eines Menschen, der weiß, daß er bald sterben muß.

Eines Morgens frühstückte ich, um sie nicht eine Minute alleinzulassen, an einem kleinen Tisch neben ihrem Bett. Als ich eine Frucht zerteilte, schnitt ich mich mit dem Messer tief in den Finger. Das Blut schoß dunkelrot hervor, und einige Tropfen fielen auf Clarimonda herab. Da blitzten ihre Augen auf, und ihr Gesicht zeigte eine wilde, verzückte Freude, die ich noch nie an ihr gesehen hatte. Mit katzenartiger Flinkheit sprang sie aus dem Bett, stürzte sich auf meine Wunde und begann sie mit gräßlicher Wollust auszusaugen. Sie trank das Blut in kleinen Schlucken, langsam und genießerisch wie ein Feinschmecker den Wein von Jerez oder Syrakus, dabei schloß sie halb die Augen, und ihre grünen Pupillen zogen sich zu einem schmalen Spalt zusammen. Hin und wieder hielt sie inne und küßte meine Hand, dann preßte sie ihre Lippen wieder auf die Wunde, um ihr noch ein paar rote Tropfen zu entlocken. Als kein Blut mehr herauskam, erhob sie sich mit feucht schimmernden Augen, rosiger als ein Maienmorgen, mit vollen Wangen und warmen Händen, schöner denn je und scheinbar völlig genesen.

»Ich werde nicht sterben! Ich werde nicht sterben!« rief sie ganz außer sich vor Freude und umarmte mich. »Ich werde dich noch lange lieben können. Mein Leben ist in dir, und alles, was ich bin, kommt aus dir. Ein paar Tropfen deines edlen Blutes, kostbarer und stärker als alle Elixiere der Welt, haben mir das Leben wiedergegeben.«

Diese Szene beeindruckte mich tief und erfüllte mich mit seltsamen Zweifeln, und in der gleichen Nacht, als ich mich im Traum wieder in meinem Pfarrhaus befand, sah ich Bruder

Serapion ernster und besorgter denn je. Er musterte mich prüfend und sagte:

»Es genügt dir nicht, daß du deine Seele verloren hast, nun willst du auch noch deinen Körper zerstören. Unglückseliger Junge, in welche Falle bist du geraten!« Der Ton, in dem er diese Worte hervorstieß, erschreckte mich tief, doch trotz ihrer Deutlichkeit entschwanden sie, verdrängt durch tausend andere Dinge, bald meinem Sinn. Eines Abends jedoch sah ich in einem Spiegel, dessen verräterische Stellung sie nicht bedachte, wie Clarimonda ein Pulver in den Becher gewürzten Weins schüttete, den sie mir nach dem Essen zu kredenzen pflegte. Ich nahm den Becher und führte ihn zum Schein an meine Lippen, dann stellte ich ihn beiseite, wie um ihn später ganz zu leeren, und als sie mir einen Augenblick den Rücken wandte, schüttete ich den Inhalt unter den Tisch. Sodann zog ich mich in mein Zimmer zurück und ging, entschlossen, wachzubleiben und zu sehen, was geschehen würde, zu Bett. Ich brauchte nicht lange zu warten. Clarimonda trat ein und legte sich, nachdem sie ihr Nachtgewand abgestreift hatte, neben mich. Als sie sich überzeugt hatte, daß ich schlief, entblößte sie meinen Arm und zog eine goldene Nadel aus ihrem Haar, dann murmelte sie mit leiser Stimme:

»Nur einen Tropfen, einen einzigen, kleinen roten Tropfen, einen Rubin an der Spitze meiner Nadel! Solange du mich liebst, muß ich nicht sterben . . . Ah, mein armer Liebster! Dein schönes Blut, so rot, ich will es trinken! Schlafe, mein einziger Schatz, schlafe, mein Gott, mein Kind. Ich tu dir nicht weh, ich nehme nur soviel von deinem Leben, wie ich brauche, um meines nicht zu verlieren. Wenn ich dich nicht so sehr liebte, könnte ich mir andere Liebhaber suchen und deren Adern aussaugen, doch seit ich dich kenne, verabscheue ich alle anderen Männer . . . Ah! Wie schön ist dieser Arm! Wie rund! Wie weiß! Nie werde ich es über mich bringen, diese hübsche blaue Ader aufzustechen.«

Und während sie dies sagte, weinte sie, und ich spürte, wie ihre Tränen auf meinen Arm fielen. Endlich überwand sie sich, sie stach die Nadel in meinen Arm und trank das Blut, das aus ihm quoll. Doch kaum hatte sie ein paar Tropfen herausgepreßt, ergriff sie die Furcht, sie könnte mich erschöpfen. Sie umwickelte meinen Arm sorgfältig mit einer Binde, nachdem sie eine Salbe auf die Wunde getan hatte, die sie sofort schloß.

Jetzt gab es keinen Zweifel mehr. Bruder Serapion hatte recht. Und doch konnte diese Erkenntnis meine Liebe zu Clarimonda nicht mindern. Mit Freuden hätte ich ihr alles Blut gegeben, das sie brauchte, um ihr Leben zu erhalten. Überdies war meine Furcht gering: mochte sie auch ein Vampir sein, für mich blieb sie die Frau, die ich liebte, und was ich gehört und gesehen hatte, beruhigte mich. Ich hatte damals volle, kräftige Adern, die nicht so leicht zu leeren waren, und brauchte mit meinem Blut nicht zu geizen. Ich wäre bereit gewesen, selbst meinen Arm zu öffnen und ihr zu sagen: »Trink! Laß mein Leben mit meinem Blut in deinen Körper dringen!« Ich vermied jegliche Anspielung auf das Pulver, das sie mir in den Wein geschüttet, oder auf die Nadel, die sie mir in den Arm gestochen hatte, und wir lebten weiter in schönster Harmonie zusammen.

Als Priester jedoch quälten mich die schrecklichsten Skrupel, und ich sann nach immer neuen Bußen, mein Fleisch zu zähmen und zu kasteien. Obgleich ich schuldlos war an diesen Traumerlebnissen und mein anderes Ich keinen Anteil daran hatte, wagte ich mit meinen beschmutzten Händen und meiner von wirklichen oder eingebildeten Ausschweifungen besudelten Seele Christi Leib nicht mehr zu berühren. Um diesen erschöpfenden Halluzinationen zu entgehen, bemühte ich mich, wachzubleiben. Ich hielt die Augenlider mit den Fingern offen, stellte mich an die Wand und kämpfte mit aller Kraft gegen den Schlaf, doch meine Augen waren bald zu müde, und als ich spürte, daß all mein Kampf vergebens war, ließ ich entmutigt die Arme sinken, und der Schlummer entführte mich wieder in jene tückischen Gefilde.

Serapion machte mir die heftigsten Vorwürfe und schalt mich bitter wegen meiner Schwäche und meines mangelnden Eifers. Eines Tages, als er besonders verstört war, sagte er:

»Es gibt nur ein Mittel, dich von deiner Besessenheit zu befreien. Es ist ein schweres Mittel, doch wir müssen es versuchen. Böse Krankheiten erfordern bittere Arzneien. Ich weiß, wo Clarimonda begraben ist. Wir müssen sie ausgraben, damit du siehst, in welch gräßlichem Zustand deine Geliebte sich befindet. Dir wird die Lust vergehen, deine Seele für einen von Würmern zerfressenen, halb verwesten Leichnam zu opfern. Es wird dich wieder zur Vernunft bringen.«

Ich war dieses Doppellebens so überdrüssig, daß ich zustimmte. Ich wollte endlich wissen, ob der Priester oder der Edelmann das Opfer einer Illusion war, und beschloß, einen der beiden in mir zum Wohle des anderen zu töten – oder auch alle beide, denn dieses Leben war nicht länger zu ertragen. Bruder Serapion bewaffnete sich mit einer Hacke, einem Brecheisen und einer Laterne, und um Mitternacht machten wir uns auf zum Friedhof von . . ., dessen Lage und Anordnung der Gräber er genau kannte.

Nachdem er den Schein der Laterne auf verschiedene Grabsteine gerichtet hatte, stießen wir endlich auf einen halb im hohen Gras verborgenen und mit Moos und Schlingpflanzen überwucherten Stein, auf dem wir die ersten Zeilen einer Inschrift entzifferten:

Hier ruht Clarimonda,
In ihrem Leben
Die schönste Frau der Welt . . .

»Hier ist es«, sagte Serapion. Er stellte die Laterne auf den Boden, schob das Brecheisen unter den Stein und hob ihn an. Der Stein gab nach, und Serapion arbeitete mit der Hacke weiter. Düster schweigend sah ich ihm zu, wie er sich schwitzend und keuchend mühte.

Es muß ein seltsames Bild gewesen sein, und wenn uns jemand beobachtet hätte, so würde er uns wohl eher für frevlerische Grabschändler als für Priester gehalten haben. An Serapions Eifer war etwas Wildes und Grausames, das ihn mehr einem Dämon als einem Apostel oder Engel ähneln ließ, und sein Gesicht, auf dessen scharfe Züge das Licht der Laterne fiel, hatte etwas Furchterregendes. Ich spürte, wie eiskalter Schweiß meine Glieder hinablief, und auf meinem Kopf sträubten sich die Haare. Tief in meinem Innern erschien mir die Tat des erbarmungslosen Serapion als eine abscheuliche Entweihung, und ich wünschte, aus einer der dunklen Wolken, die sich über uns zusammenbrauten, möge ein Blitz herniederfahren und ihn zu Asche verbrennen. In den Zypressen hockten Eulen, sie flatterten, aufgescheucht durch den Schein der Laterne, mit ihren staubigen Flügeln gegen das Glas und stießen klagende Schreie aus. In der Ferne heulten Füchse, und tausend unheimliche Laute zerrissen die Stille.

Endlich stieß Serapions Hacke auf den Sarg, dessen Bretter ein dumpfes, hohles Geräusch erzeugten, jenes entsetzliche Geräusch, welches das Nichts von sich gibt, wenn man es berührt. Er hob den Deckel auf, und da lag Clarimonda, blaß wie Marmor, mit gefalteten Händen, vom Kopf bis zu den Füßen in ein weißes Tuch gehüllt. Ein kleiner roter Tropfen Blut lag wie ein Rosenblatt auf ihrem bleichen Mund. Serapion, als er sie sah, schrie wütend:

»Ah, da liegst du ja, Dämonin, schamlose Dirne, Blutsäuferin!« Dann besprengte er die Leiche und den Sarg mit Weihwasser und schlug darüber ein Kreuz.

Kaum hatte das heilige Wasser die arme Clarimonda benetzt, da zerfiel ihr schöner Leib zu Staub, und übrig blieb nichts als ein grauenhafter Haufen aus Asche, Fleisch und halb zerfallenen Knochen.

»Da liegt sie, deine Mätresse, edler Herr Romuald!« sagte der mitleidlose Priester und deutete auf die traurigen Überreste. »Verspürst du noch immer Lust, mit deiner schönen Geliebten am Lido zu wandeln?«

Ich senkte den Kopf. Etwas in mir hatte sich verändert. Ich kehrte in meine Pfarrei zurück, und der edle Herr Romuald, Clarimondas Liebhaber, trennte sich von dem armen Priester, dem er so lange und auf so seltsame Weise verbunden gewesen. Clarimonda sah ich nur noch einmal. In der folgenden Nacht erschien sie mir und rief wie bei unserer ersten Begegnung unter dem Kirchenportal:

»Unglückseliger! Unglückseliger! Was hast du getan? Warum hast du auf diesen dummen Priester gehört? Warst du nicht glücklich? Was habe ich dir getan, daß du mein armes Grab geschändet und mein erbärmliches Nichts aufgedeckt hast?

Alle Gemeinschaft zwischen unseren Körpern und unseren Seelen ist nun zerrissen. Lebwohl, du wirst noch um mich trauern.«

Sie löste sich auf wie Rauch, und ich sah sie niemals wieder. Ach! Sie sprach die Wahrheit! Ich dachte oft voller Trauer an sie, und noch heute habe ich sie nicht vergessen. Meinen Seelenfrieden habe ich teuer erkauft. Die Liebe Gottes war nicht groß genug, um die ihre zu ersetzen.

Dies, Bruder, ist die Geschichte meiner Jugend. Sieh nie eine Frau an, sondern richte den Blick stets zu Boden, denn so keusch und standhaft du auch sein magst, eine kurze Minute kann ausreichen, dich um das ewige Leben zu bringen.

Robert Bloch

Der Umhang

Die Sonne kroch sterbend in ihr Grab hinter den Hügeln, und ihr Blut färbte den Himmel. Der auffrischende Abendwind ließ das trockene Herbstlaub gen Westen wirbeln, als eile es, dem Begräbnis der Sonne beizuwohnen.

»Unsinn!« sagte Henderson zu sich selbst und hörte auf zu grübeln.

Die Sonne ging in einem schmutzigroten Himmel unter, und ein stürmischer kalter Wind fegte die halb verrotteten Blätter in die Gosse. Wozu sollte er seine Zeit damit verschwenden, sich banale Bilder auszumalen?

»Unsinn!« wiederholte Henderson.

An seiner düsteren Stimmung war vermutlich der Tag schuld, überlegte er. Schließlich war Halloween der Vorabend zu jener Nacht, in der die Geister umgehen und die Schreie der Toten aus ihren Gräbern unter der Erde zu hören sind.

Oder es war wieder eine jener feuchtkalten, nach Verwesung riechenden Herbstnächte? Henderson seufzte. Es hatte einmal eine Zeit gegeben, dachte er, in der das Herannahen dieser Nacht etwas bedeutete. Als Europa noch unter dem Joch schwärzesten Aberglaubens stöhnte, hatte es diesen Abend dem grinsenden Unbekannten gewidmet. Millionen Türen waren einst verriegelt und versiegelt worden gegen die unerwünschten Besucher, Millionen Gebete gestammelt und Millionen Kerzen angezündet worden. Dieser Gedanke hatte etwas Grandioses an sich, dachte Henderson. In jenen Zeiten war das Leben noch ein Abenteuer, und die Menschen wanderten voller Furcht vor den Gefahren, die hinter der nächsten Biegung lauern mochten, auf den mitternächtlichen Wegen dahin. Sie lebten in einer Welt voll von Dämonen und Ghulen und anderen bösen Geistern, die ihnen nach der Seele trachteten – und bei Gott, in jenen Tagen hatte eine Menschenseele noch eine Bedeutung. Diese neue Ära des Zweifels und des Unglaubens raubte dem Leben seinen Sinn. Die Menschen achteten nicht mehr auf ihre Seelen.

»Unsinn!« sagte Henderson wieder, ganz mechanisch. Das zwanzigste Jahrhundert meldete sich barsch zu Wort und beendete wie immer seine Gedankenflüge.

Die Stimme in seinem Gehirn, die das Wort »Unsinn« aussprach, stellte für Henderson die Menschheit dar – jene Menschheit, die denselben Gefühlen Ausdruck verleihen würde, könnte sie seine geheimen Gedanken hören. Henderson murmelte es wieder und wieder, bemüht, die Fragen und die blutroten Flecken am Himmel zu vergessen.

Er befand sich auf dieser Straße in der Abenddämmerung, weil er für die nächtliche Party ein Kostüm kaufen wollte, und er sollte sich lieber beeilen, um das Geschäft zu finden, ehe es schloß, statt seinen Tagträumen über Halloween nachzuhängen.

Seine Augen suchten in den dunkelnden Schatten der schmutzigen Gebäude, die die enge Gasse säumten. Er blickte nochmals auf die Adresse, die er im Telefonbuch gefunden und notiert hatte.

Warum zum Teufel schalteten sie in den Geschäften nicht die Beleuchtung ein, wenn es dunkel wurde? Er konnte keine Straßennummern erkennen. Das hier war zwar eine arme, heruntergekommene Gegend, aber dennoch . . .

Plötzlich erspähte Henderson auf der anderen Straßenseite den Laden und ging hinüber. Er kam am Schaufenster vorbei und sah hinein. Die letzten Sonnenstrahlen fanden ihren Weg über die Dächer der gegenüberliegenden Häuser und fielen genau auf das Fenster und seine Schaustücke. Henderson zog scharf die Luft ein.

Er blickte doch in ein Schaufenster voller Masken – oder starrte er in den Abgrund der Hölle? Warum leuchtete alles in rotem Feuer, aus dem ihn Teufelsfratzen angrinsten?

»Sonnenuntergang«, stammelte Henderson laut. Natürlich war es das, und die Gesichter waren nur kunstvolle und wirkungsvoll ausgestellte Masken. Seine Phantasie ging wieder einmal mit ihm durch. Er öffnete die Tür und trat ein.

Der Laden war dunkel und still. Ein Geruch von Verlassenheit lag in der Luft – ein Geruch, der allen abgeschiedenen Orten zu eigen ist – Gräbern oder Grüften tief in den Wäldern, und Höhlen tief in der Erde, und . . .

»Unsinn.«

Was zum Teufel war denn heute mit ihm los? Henderson lächelte entschuldigend in die leere Finsternis. Das war der Geruch eines Kostümladens, und er führte ihn zurück in die Schulzeit mit ihren Amateurtheateraufführungen. Er kannte diesen Geruch nach Mottenkugeln, schäbigen Pelzen, fettiger Schminke und Pomade. Er hatte einen Amateurhamlet gespielt und in seinen Händen einen greulichen Totenschädel gehalten, in dessen leeren Augenhöhlen sich alles Wissen der Welt verbarg – einen Totenschädel vom Maskenverleiher.

Er tauchte aus seinen Erinnerungen wieder auf, und der Totenschädel brachte ihn auf eine Idee. Es war schließlich und endlich Halloween! Und in dieser Stimmung verspürte er nicht im geringsten den Wunsch, sich als Maharadschah oder Türke oder Pirat zu verkleiden – das machten doch alle. Warum sollte er nicht als Teufel, Zauberer oder Werwolf gehen? Er stellte sich Lindstroms Gesicht vor, wenn er sein elegantes Penthouse in irgendwelchen Lumpen betrat. Es würde diesem Burschen einen harten Schlag versetzen, inmitten der feinen Gesellschaft mit ihrer teuren Elsa-Maxwell-Ausstattung. Henderson hatte ohnehin nicht viel übrig für Lindstroms versnobte Freunde, eine Bande von Noel-Coward-Amateuren und Walküren in juwelenbesetzten Harnischen. Warum sollte er sich nicht getreu dem Geist von Halloween als Monster verkleiden?

Henderson stand in dem düsteren Raum und wartete, daß jemand aus dem Hinterzimmer käme, um das Licht anzumachen und ihn zu bedienen. Nach einer Weile wurde er ungeduldig und klopfte heftig auf das Pult.

»Hallo, dort hinten! Bedienung!«

Stille. Dann ein scharrendes Geräusch aus dem Hintergrund, und – in der Dunkelheit äußerst unangenehm zu hören – ein lautes Krachen von unten und das Poltern von schwerfälligen

Schritten. Henderson stöhnte auf. Eine schwarze Gestalt hob sich vor ihm aus dem Boden!

Es war nur die Falltür zum Keller, die sich langsam öffnete. Ein Mann mit einer Lampe schlurfte hinter das Pult. Seine Augen blinzelten schläfrig in dem Lichtschein. Sein gelbliches Gesicht verzog sich zu einem Lächeln.

»Ich habe wohl geschlafen«, sagte der Mann mit sanfter Stimme. »Womit kann ich Ihnen dienen, Sir?«

»Ich bin auf der Suche nach einem Halloweenkostüm.«

»Oh, selbstverständlich. Und was haben Sie sich vorgestellt?«

Die Stimme klang müde, unendlich müde. Die Augen in dem welken gelben Gesicht hörten nicht auf zu blinzeln.

»Nichts von den üblichen Sachen, nehme ich an. Ich habe eher an irgendein Ungeheuer als Partyschreck gedacht. Vermutlich haben Sie gar nichts in dieser Richtung.«

»Ich könnte Ihnen einige Masken zeigen.«

»Nein, ich meine ein Werwolfkostüm oder etwas Ähnliches. Es sollte ziemlich echt wirken.«

»Ach so, etwas Echtes.«

»Ja.« Warum betonte der alte Dummkopf das Wort so merkwürdig?

»Es könnte sein, Sir, daß ich das Richtige für Sie habe.«

Seine Augen zwinkerten, und der dünne Mund verzog sich zu einem Lächeln. »Genau das Richtige für Halloween.«

»Und das wäre?«

»Haben Sie schon einmal die Möglichkeit in Betracht gezogen, ein Vampir zu sein?«

»Wie Dracula?«

»Äh, ja – Dracula, zum Beispiel.«

»Keine schlechte Idee. Glauben Sie, daß ich der Typ dafür wäre?«

Der Mann musterte ihn mit einem beifälligen Lächeln. »Soviel ich weiß, gibt es alle Arten von Vampiren. Sie würden sich gut dafür eignen.«

»Ein schönes Kompliment«, lachte Henderson. »Aber warum nicht? Wo ist das Kostüm?«

»Kostüm? Abendkleidung genügt, oder was immer Sie tragen. Für ein echtes Cape sorge ich schon.«

»Nur ein Cape – ist das alles?«

»Nur ein Cape. Aber es ist schon so abgenutzt wie ein Leichentuch. Es besteht auch aus demselben Material. Warten Sie, ich hole es.«

Mit schlurfenden Schritten entfernte sich der Mann und verschwand hinter der Falltür. Henderson wartete. Es folgte einiges Gepolter, und dann erschien der Alte wieder, den Umhang in der Hand. Im Dunkeln schüttelte er den Staub ab.

»Hier ist es – das authentische Cape.«

»Authentisch?«

»Gestatten Sie, daß ich es Ihnen umlege – es wird Wunder wirken, da bin ich ganz sicher.«

Der alte Umhang fiel in schweren Falten von Hendersons Schultern herab. Ein leichter Modergeruch stieg ihm in die Nase, als er zurücktrat, um sich im Spiegel zu mustern. Trotz des schwachen Lichts konnte Henderson erkennen, daß der Mantel eine schlagartige Verwandlung seiner Erscheinung bewirkte. Sein langes Gesicht erschien dünner, und seine Augen wurden durch den dunklen Umhang, der die Blässe seines Gesichts verstärkte, betont. Es war ein riesiges schwarzes Leichentuch.

»Das Original«, murmelte der alte Mann. Er mußte plötzlich hinter ihn getreten sein, denn Henderson hatte ihn nicht im Spiegel bemerkt.

»Ich nehme es«, sagte Henderson. »Was kostet es?«

»Sie werden viel Spaß damit haben, da bin ich sicher.«

»Wieviel?«

»Oh. Sagen wir fünf Dollar?«

»Hier.«

Der alte Mann nahm das Geld und zog Henderson augenzwinkernd das Cape von den Schultern. Als es herabglitt, wurde es Henderson plötzlich wieder wärmer. Im Keller mußte es sehr kalt sein – der Stoff war eisig.

Der Alte packte lächelnd das Kostüm ein und überreichte es ihm.

»Morgen bringe ich es zurück«, versprach Henderson.

»Nicht notwendig. Sie haben es gekauft. Es gehört Ihnen.«

»Aber . . .«

»Ich werde in Kürze das Geschäft aufgeben. Behalten Sie es.

Sie werden sicher eine bessere Verwendung dafür finden als ich.«

»Aber . . .«

»Ich wünsche Ihnen einen vergnügten Abend.«

Verwirrt ging Henderson zur Tür und drehte sich noch einmal um, um sich von dem blinzelnden alten Mann in dem trüben Licht zu verabschieden.

Hinter dem Pult starrten zwei brennende Augen hervor – Augen, die nicht blinzelten.

»Guten Abend«, sagte Henderson und schloß schnell die Tür hinter sich. Verwundert fragte er sich, ob er vielleicht gerade verrückt wurde.

Um acht hätte Henderson Lindstrom beinahe angerufen, um ihm zu sagen, daß er nicht kommen könne. Sobald er das Cape umlegte, durchliefen ihn eisige Schauer, und wenn er in den Spiegel sah, verschwamm ihm alles vor den Augen, und er konnte kaum sein Spiegelbild erkennen.

Nach einigen Drinks begann er sich jedoch besser zu fühlen. Er hatte nichts gegessen, und der Alkohol wärmte sein Blut. Er schritt auf und ab und probte verschiedene Haltungen mit dem Umhang. Er schlang ihn mit weit ausholender Geste um sich und hob dazu auf drohende Weise – wie ihm schien – die Augenbrauen. Er würde einen ausgezeichneten Vampir abgeben! Er bestellte ein Taxi und ging in die Halle hinunter. Der Fahrer kam herein, und Henderson, in das schwarze Cape gehüllt, erwartete ihn.

»Ich wünsche, daß Sie mich fahren«, sagte er mit leiser Stimme.

Der Fahrer warf ihm einen einzigen Blick zu und erbleichte.

»Waas?«

»Ich habe Sie herbestellt«, gab Henderson kehlig zurück, während er in seinem Inneren vor Vergnügen jubelte. Er blickte wild um sich, während er den Umhang zurückwarf.

»O.k., o.k.«

Der Fahrer rannte fast aus der Halle, während Henderson hinterher schritt.

»Wohin, Meister – Sir, meine ich?«

Das erschrockene Gesicht drehte sich nicht um, als Henderson die Adresse nannte und sich zurücklehnte.

Das Taxi fuhr mit einem Ruck los, was Henderson ein leises Lachen entlockte, wie es seiner Rolle entsprach. Beim Klang des Gelächters geriet der Fahrer in Panik und gab Gas, bis sie die erlaubte Höchstgeschwindigkeit fuhren. Henderson lachte lauthals, und der leicht zu beeindruckende Fahrer zitterte und bebte in seinem Sitz. Es war eine bemerkenswerte Fahrt, aber Henderson war nicht darauf gefaßt, daß der Fahrer die Tür hinter ihm zuschlug, nachdem er ausgestiegen war, und davonraste, ohne den Lohn zu kassieren.

»Ich muß ja toll aussehen«, dachte er befriedigt, als er in den Aufzug zum Penthouse stieg.

Es befanden sich noch drei oder vier Personen im Aufzug, die Henderson schon bei anderen Gelegenheiten bei Lindstrom gesehen hatte, doch niemand schien ihn zu erkennen. Langsam fand er Gefallen an dem Gedanken, welche Wandlung das bloße Tragen eines ungewöhnlichen Umhanges bei ihm zu bewirken schien. Die anderen Gäste hingegen hatten kunstvolle Verkleidungen angelegt – eine Frau trug das Kostüm einer Schäferin von Watteau, die andere war als spanische Tänzerin hergerichtet, der große, schlanke Mann war als Pagliacci verkleidet, und sein Gefährte trug das Kostüm eines Toreadors. Doch Henderson erkannte sie alle; er wußte, daß ihre teuren Kostüme keine Verkleidung im eigentlichen Sinn darstellten, sondern nur dazu dienen sollten, ihre Erscheinung zu unterstreichen. Meistens brachten die Teilnehmer von Kostümfesten ihre unterdrückten Sehnsüchte zum Ausdruck. Die Frauen stellten ihre Figur zur Schau, wogegen die Männer entweder ihre Männlichkeit betonten, wie zum Beispiel der Toreador, oder sie ins Lächerliche zogen. So etwas war jämmerlich – wie diese in ihren Konventionen gefangenen Narren eifrig den verabscheuten Geschäftsanzug abstreiften und zur Loge, ins Amateurtheater oder zum Maskenball stürzten, nur um ihrer erlahmten Vorstellungskraft etwas Befriedigung zu verschaffen. Warum kleideten sie sich nicht auf der Straße in grelle Farben? Henderson dachte des öfteren über diese Frage nach.

Sicher, die ganze im Aufzug versammelte Gesellschaft sah sehr gut aus, und die Frauen – so gesund, rotwangig und sprühend vor Lebenskraft. Sie hatten solch kräftige Hälse. Henderson blickte auf die plumpen Arme der Frau neben ihm. Lange, ohne es zu merken, starrte er sie an. Und plötzlich bemerkte er, daß sich seine Mitfahrer in die andere Ecke des Aufzugs zurückgezogen hatten, als fürchteten sie sich vor dem Umhang, vor seiner düsteren Miene und seinen stechenden, auf die Frau gerichteten Augen. Ihr Geplauder war verstummt. Die Frau sah ihn an, als wollte sie etwas sagen, doch da öffneten sich die Aufzugstüren und gewährten Henderson willkommenen Aufschub.

Was zum Teufel war denn los? Zuerst der Taxifahrer, und jetzt die Frau. Hatte er zuviel getrunken?

Nun, er hatte keine Zeit für weitere Grübeleien, hier war bereits Marcus Lindstrom und drückte ihm ein Glas in die Hand.

»Wen haben wir denn hier? Ah, den schwarzen Mann!« Man konnte auf den ersten Blick bemerken, daß Lindstrom, wie üblich bei solchen Anlässen, schon ziemlich tief ins Glas geblickt hatte. Der fette Gastgeber schwamm in Alkohol.

»Nimm dir einen Drink, Henderson, mein Freund! Ich nehme meinen gleich aus der Flasche. Dein Anzug hat mich vielleicht erschreckt! Woher stammt denn das Make-up?«

»Make-up? Ich trage doch kein Make-up.«

»Oh. Gewiß nicht. Wie . . . dumm von mir.«

Henderson fragte sich, ob er verrückt sei. War Lindstrom tatsächlich zurückgewichen? Zeigte sich in seinen Augen wirklich eine gewisse Abscheu?

»Bis . . . bis später«, stammelte Lindstrom und wandte sich den anderen Ankömmlingen zu. Henderson blickte auf Lindstroms Nacken. Er war fett und weiß. Er quoll über den Kragen seines Kostüms, und eine Ader trat hervor. Eine Schlagader in Lindstroms fettem Hals. Der furchtsame Lindstrom.

Henderson stand allein im Vorraum. Aus dem Zimmer dahinter drangen Musik und Gelächter, Partylärm. Henderson zögerte einzutreten. Er nahm einen Schluck aus dem Glas in seiner Hand – Baccardi-Rum, ziemlich kräftig. Zusammen mit seinen früheren Drinks brachte er ihn fast aus dem Gleichgewicht. Aber er trank weiter und grübelte. Was war so merkwürdig an ihm und seinem Kostüm? Warum machte er den Leuten Angst? Spielte er seine Vampirrolle so gut? Diese Anspielung Lindstroms auf Make-up . . .

Einem Impuls folgend trat Henderson vor den großen Spiegel in der Halle. Er taumelte ein bißchen und stand dann im grellen Licht. Er starrte in den Spiegel, und sah nichts.

Henderson begann leise zu lachen, kehlig und böse. Und während er in den leeren Spiegel starrte, schwoll sein Lachen zu düsterer Ausgelassenheit an.

»Ich bin betrunken«, flüsterte er. »Ich muß betrunken sein. Im Spiegel zu Hause war schon alles ganz verschwommen, jetzt ist es so weit, daß ich nicht mehr geradeaus sehen kann. Sicher bin ich betrunken. Benehme mich lächerlich und jage den Leuten einen Schreck ein. Jetzt habe ich Halluzinationen – oder eben keine. Visionen. Engel.«

Seine Stimme senkte sich. »Natürlich, Engel. Sie stehen hinter mir. Hallo, Engel!«

»Hallo!«

Henderson wirbelte herum. Da stand sie, in ihrem dunklen Umhang, ihr Haar bildete einen glänzenden Rahmen um das weiße, stolze Gesicht, ihre Augen waren von himmlischem Blau und ihre Lippen höllisch rot.

»Sind Sie wirklich?« fragte Henderson sanft. »Oder bin ich ein Narr, der an Wunder glaubt?«

»Dieses Wunder heißt Sheila Darrly und würde sich gerne die Nase pudern, wenn Sie gestatten.«

»Stephen Henderson bittet Sie untertänigst, diesen Spiegel benutzen zu wollen«, entgegnete der Verhüllte mit einem Grinsen. Er trat beiseite, die Augen aufmerksam auf sie geheftet.

Das Mädchen wandte den Kopf und schenkte ihm ein leises spöttisches Lächeln. »Haben Sie noch nie gesehen, wie man Puder aufträgt?« fragte sie.

»Ich wußte nicht, daß Engel sich der Kosmetik bedienen«, entgegnete Henderson. »Aber es gibt eine Menge, was ich nicht über Engel weiß. Von jetzt an werde ich mich ihrem Studium widmen. Es gibt eine Menge herauszufinden über sie, also werde ich Ihnen den ganzen Abend lang mit einem Notizblock folgen.«

»Ein Vampir mit Notizblock?«

»Oh, ich bin ein sehr intelligenter Vampir – nicht einer von diesen hinterwäldlerischen transsilvanischen Typen. Sie werden mich gewiß charmant finden.«

»Sie sehen mir ganz danach aus«, spöttelte das Mädchen. »Aber Engel und Vampir – ist das nicht eine merkwürdige Kombination?«

»Wir können einander reformieren«, erklärte Henderson. »Außerdem habe ich den Verdacht, daß ein Stückchen des Teufels auch in Ihnen steckt. Dieser dunkle Umhang über Ihrem Engelskostüm, ein schwarzer Engel sozusagen. Statt aus dem Himmel könnten Sie auch aus meiner Heimatstadt stammen.«

Henderson plauderte scherzhaft und angeregt, doch sein Gehirn arbeitete fieberhaft. Er erinnerte sich an Diskussionen aus der Vergangenheit, an zynische Bemerkungen, die er gemacht und an die er geglaubt hatte.

Einmal hatte er sogar erklärt, daß es so etwas wie Liebe auf den ersten Blick nicht geben könne, außer in Büchern oder auf der Theaterbühne, um die Handlung in Gang zu bringen. Er behauptete, die Leute lernten aus Büchern und Theaterstücken, was eine Romanze sei, und glaubten daher an Liebe auf den ersten Blick, obwohl man das Gefühl wohl höchstens als Verlangen bezeichnen durfte.

Und jetzt kam diese Sheila – dieser blonde Engel – daher und vertrieb sämtliche morbiden Gedanken, seine Betrunkenheit und seine verrückten Betrachtungen im Spiegel. Statt dessen verfiel er in Träumereien über rote Lippen, himmlisch blaue Augen und schlanke weiße Arme.

Etwas von seinen Gefühlen mußte sich in seinen Augen widerspiegeln, denn als das Mädchen ihn ansah, ahnte es, wie es um ihn stand.

»Nun«, hauchte sie, »ich hoffe, das Ergebnis gefällt.«

»Eine gewaltige Untertreibung, gelinde gesagt. Aber ich wollte da etwas ganz Spezielles über Göttlichkeit herausfinden. Tanzen Engel auch?«

»Ein taktvoller Vampir! Gehen wir?«

Arm in Arm betraten sie den nächsten Raum. Die Spaßmacher waren voll in Fahrt. Der Alkohol hatte die Wogen der Fröhlichkeit bereits zu ihrem Höhepunkt hochgepeitscht, doch getanzt wurde nicht mehr. Arm in Arm standen lachende Paare im Raum verteilt. Die üblichen Partylöwen gaben in den Ecken des Zimmers ihre uralten Späße zum besten. Das oberflächliche Getue, das Henderson von ganzem Herzen verachtete, war in vollem Gang.

Dies war auch der Grund, warum er sich zu seiner vollen Größe aufrichtete und das Cape über die Schulter warf. Und warum sich seine Miene wieder verfinsterte und er in düsterem Schweigen einherschritt. Sheila schien dies als großartigen Witz aufzufassen.

»Spiel ihnen den Vampir vor«, kicherte sie, seinen Arm fest drückend. Folgsam schnitt Henderson den Paaren ein finsteres Gesicht und grinste die Frauen furchteinflößend an. Wo er vorbeiging, reckten und drehten sich die Köpfe und verstummte das Geplauder. Er schritt durch den langgestreckten Raum wie die Verkörperung des Roten Todes. Getuschel folgte seinem Weg.

»Wer ist dieser Mann?«

»Wir sind mit ihm im Aufzug gefahren, und er . . .«

»Seine Augen . . .«

»Vampir!«

»Hallo, Dracula!« Es waren Marcus Lindstrom und eine dümmlich aussehende Brünette im Kleopatrakostüm, die auf Henderson zuwankten. Gastgeber Lindstrom konnte kaum mehr stehen, und seine Trinkgefährtin war gleichfalls stark angeschlagen. Henderson konnte den Mann, wenn er ihn nüchtern im Klub traf, gut leiden, doch sein Benehmen auf Parties hatte ihn schon immer irritiert. Sein jetziger Zustand war besonders verwerflich – er verleitete ihn zu Grobheiten.

»Meine Liebe, ich möchte dir einen guten Freund von mir vorstellen. Jawohl, wegen Halloween undsoweiter, habe ich Graf Dracula eingeladen, zusammen mit seiner Tochter. Ich habe seine Großmutter um ihr Kommen gebeten, aber sie muß heute zur Schwarzen Messe und hat keine Zeit. Ha! Graf, darf ich Ihnen meine kleine Spielgefährtin vorstellen.«

Die Frau lächelte Henderson anzüglich an.

»Oooh, Dracula, was für große Augen Sie haben! Oooh, was Sie für große Zähne haben! Oooh . . .«

»Also wirklich, Marcus«, protestierte Henderson. Doch der Gastgeber hatte sich bereits abgewandt und rief in den Raum.

»Leute, hier seht ihr den einzigen echten lebenden Vampir in Gefangenschaft! Dracula Henderson, der einzige Vampir mit falschen Zähnen.«

Unter anderen Umständen hätte Henderson Lindstroms Kinn einen gezielten, wirkungsvollen Schlag versetzt. Doch Sheila war an seiner Seite, es war eine gesellschaftliche Zusammenkunft und daher war es besser, auf den plumpen Scherz einzugehen. Warum sollte er nicht ein Vampir sein?

Dem Mädchen rasch zulächelnd, richtete Henderson sich auf und blickte drohend in die Menge. Seine Hände strichen über den Umhang. Seltsam, er fühlte sich noch immer kalt an. Als er an sich hinunterblickte, bemerkte er zum ersten Mal, daß der Saum etwas schmutzig war, ein wenig erdig oder staubig. Doch die kalte Seide glitt durch seine Finger, als er sie mit einer Hand über der Brust zusammenraffte. Die Geste schien ihn zu inspirieren. Er öffnete weit seine Augen und ließ sie erglühen. Sein Mund öffnete sich. Er war sich seiner dramatischen Wirkung bewußt. Er blickte auf Marcus Lindstroms weichen, fetten Hals und die sich in dem Weiß abzeichnende Schlagader. Er bemerkte, daß die Menge ihn beobachtete, und dann ergriff ihn der Impuls. Er neigte sich, die Augen noch immer auf den schmierigen, schwammigen Hals geheftet, über den fetten Mann.

Hände fuhren empor. Lindstrom quiekte wie eine erschreckte Ratte. Er war eine dicke, feiste weiße Ratte, berstend vor Blut. Vampire mögen Blut. Rattenblut, Blut aus dem Hals der Ratte, Blut aus der Ader im Hals der quiekenden Ratte.

»Warmes Blut.«

Die tiefe Stimme gehörte Henderson.

Die Hände waren seine eigenen.

Die Hände, die sich um Lindstroms Hals legten, während er sprach, die Hände, die die Wärme fühlten und nach der Ader tasteten. Hendersons Gesicht näherte sich dem Hals, und sein

Griff schloß sich fester um den zappelnden Lindstrom. Lindstroms Gesicht färbte sich purpurrot. Das Blut schoß ihm in den Kopf. Das war gut so. Blut!

Hendersons Mund öffnete sich. Er spürte die Luft auf seinen Zähnen. Er beugte sich über den Rattenhals, und dann – –

»Halt! Das reicht!«

Sheilas kühle, beruhigende Stimme. Ihre Finger auf seinem Arm. Bestürzt blickte Henderson auf. Er gab Lindstrom frei, der mit offenem Mund zusammensackte.

Die Menge war wie erstarrt, die Münder zu einem O des Erstaunens geformt.

Sheila flüsterte: »Bravo! Geschieht ihm recht – aber Sie haben ihn erschreckt!«

Henderson rang einen Augenblick lang um Fassung, dann drehte er sich lächelnd um.

»Meine Damen und Herren«, sagte er, »diese kurze Vorführung sollte Ihnen beweisen, wie zutreffend die Worte des Gastgebers über mich waren. Ich bin ein Vampir. Da Sie nun alle gewarnt sind, besteht auch keine weitere Gefahr mehr für Sie. Sollte sich ein Arzt hier im Haus befinden, dann kann ich ihn vielleicht zu einer Bluttransfusion veranlassen.«

Entspannung trat ein, und Gelächter entrang sich den erschreckten Kehlen. Ein hysterisches Gelächter zuerst, doch dann befreiend und echt. Henderson hatte die Lacher auf seiner Seite, nur Marcus Lindstrom stand stumm da, mit angsterfüllten Augen. *Er* wußte Bescheid.

Und dann war der Augenblick vorbei, denn einer der Witzbolde kam aus dem Aufzug ins Zimmer gerannt, mit der geborgten Mütze und Schürze eines Zeitungsjungen, die er sich von der Straße geholt hatte. Nun machte er die Runde mit einem Bündel Zeitungen unterm Arm.

»Extra! Extrablatt! Hier lesen Sie alles darüber. Grauenvolles Ereignis zu Halloween! Extra!«

Lachend kauften die Gäste Zeitungen. Eine Frau näherte sich Sheila, und wie betäubt beobachtete Henderson, wie sich das Mädchen entfernte.

»Bis später«, rief sie, und ihr Blick sandte Feuer durch seine

Adern. Dennoch konnte er das schreckliche Gefühl nicht vergessen, das ihn überkommen hatte, als er nach Lindstrom griff.

Warum? Automatisch nahm er von dem schreienden Pseudo-Zeitungsjungen eine Zeitung entgegen. »Grauenvolles Ereignis zu Halloween«, hatte er gerufen. Was war das?

Seine getrübten Augen durchforschten die Zeitung.

Dann schrak Henderson zurück. Die Schlagzeilen! Es war tatsächlich eine Extraausgabe. Henderson überflog die Spalten mit wachsendem Entsetzen.

»Kostümverleih in Flammen . . . kurz nach acht Uhr abends wurde die Feuerwehr zu dem Laden gerufen . . . Feuer außer Kontrolle . . . völlig zerstört . . . Schaden geschätzt auf . . . seltsamerweise Name des Besitzers unbekannt . . . Skelett aufgefunden . . .«

»Nein!« stieß Henderson keuchend hervor.

Er las es noch einmal. Das Skelett war in einer Kiste mit Erde im Keller unterhalb des Ladens aufgefunden worden. Die Kiste war ein Sarg. Es gab noch zwei weitere Kisten, die jedoch leer gewesen waren. Das Skelett war in einen Umhang gewickelt und von den Flammen unversehrt . . .

Am Ende der Spalte befand sich eine hastig zusammengestellte Kolumne mit den Berichten von Augenzeugen. Die Nachbarn hatten den Platz gemieden. Ungarische Nachbarschaft, Hinweise auf Vampirismus, auf Fremde, die in dem Laden verkehrten. Ein Mann sprach von einer Sekte, die dort ihre Treffen abhalte. Abergläubische Furcht vor den dort verkauften Waren – Liebestränke, fremdländische Zaubermittel und absonderliche Verkleidungen.

Absonderliche Verkleidungen – Vampire – Capes – seine Augen!

»Das ist ein echtes Cape.«

»Ich brauche es nicht mehr. Behalten Sie es.«

Die Erinnerung an diese Worte flammte in Hendersons Gehirn auf. Er stürzte aus dem Raum und lief zum Garderobenspiegel.

Einen Augenblick später schlug er die Hände vors Gesicht, um seine Augen vor dem Bild zu schützen, das nicht da war – das fehlende Spiegelbild. *Vampire haben kein Spiegelbild!*

Kein Wunder, daß er seltsam aussah. Kein Wunder, daß Arme

und Hälse ihn verleiteten. Er hatte Lindstrom begehrt. Großer Gott!

Der Umhang war schuld daran, der dunkle Umhang mit den Moderflecken, den Spuren von Erde, Graberde. Der kalte Umhang hatte ihm die Gefühle eines Vampirs verliehen. Es war ein verfluchtes Kleidungsstück, etwas, das den Körper eines Untoten bedeckt hatte. Der rostige Fleck auf dem einen Ärmel war Blut.

Blut. Es wäre schön, Blut zu sehen. Seine Wärme zu schmekken, sein rotes, fließendes Leben.

Nein. Das war Wahnsinn. Er war betrunken, verrückt.

»Ah! Mein bleicher Freund, der Vampir.«

Sheila war wieder da. Und trotz aller Schrecken begann Hendersons Herz, heftig zu schlagen. Wenn er in ihre strahlenden Augen blickte und ihren roten einladenden Mund sah, fühlte er eine Welle von Wärme in sich hochsteigen. Dann blickte er auf ihren weißen Hals, der aus dem dunklen, glänzenden Umhang stieg, und eine andere Woge erfaßte ihn. Liebe, Verlangen und – Hunger.

Sie mußte es in seinen Augen gelesen haben, doch sie wich nicht zurück. Mit brennenden Augen erwiderte sie seinen Blick.

Sheila liebte ihn auch!

Einem plötzlichen Impuls gehorchend, riß Henderson sich den Umhang von den Schultern. Das eisige Gewicht wich von seinen Schultern. Er war frei. Es war nicht sein Wunsch gewesen, den Umhang abzunehmen, aber er mußte es tun. Es war ein verfluchtes Ding, und vielleicht hätte er in der nächsten Minute das Mädchen in seine Arme genommen, um sie zu küssen, und dann . . .

Aber daran wagte er nicht zu denken.

»Genug von der Maskerade?« fragte sie. Mit ähnlicher Geste entfernte auch sie ihren Umhang und enthüllte die volle Schönheit ihres Engelsgewandes. Ihre blonde, statuenhafte Vollkommenheit ließ Henderson aufstöhnen.

»Engel«, flüsterte er.

»Teufel«, gab sie spöttisch zurück.

Und plötzlich umarmten sie sich. Henderson hatte ihrer beiden Mäntel auf den Arm genommen, und ihre Lippen suchten einander, bis Lindstrom mit einer Gruppe von Leuten lärmend in den Vorraum trat.

Bei Hendersons Anblick wich der fette Gastgeber zurück.

»Sie . . .« stammelte er. »Sie sind . . .«

». . . im Begriff zu gehen«, antwortete Henderson lächelnd. Er packte das Mädchen am Arm und zog es zum leeren Aufzug. Die Tür schloß sich vor Lindstroms blassem, furchterfülltem Gesicht.

»Wollten wir gehen?« flüsterte Sheila und kuschelte sich an seine Schulter.

»Wir wollten. Aber nicht zur Erde. Nicht hinunter in mein Reich, sondern hinauf – in deines.«

»In den Dachgarten?«

»Genau, mein Engel. Ich möchte in der Nähe deiner himmlischen Gefilde mit dir sprechen, dich unter den Wolken küssen, und . . .«

Ihre Lippen fanden die seinen, während die Kabine hinauffuhr.

»Engel und Teufel. Was für eine Kombination!«

»Das dachte ich auch«, gestand das Mädchen. »Werden unsere Kinder Heiligenscheine oder Hörner haben?«

»Sicher beides.«

Sie traten hinaus auf das verlassene Dach. Und wieder war es Halloween.

Henderson spürte es. Unten war Lindstrom mit seinen Freunden aus der Gesellschaft und feierte sein betrunkenes Kostümfest. Hier oben war Nacht, Stille, Dunkelheit. Kein Licht, keine Musik, kein Alkohol, kein Geschwätz, das eine Party der anderen gleichen ließ, und eine Nacht der anderen. Diese Nacht hier war eine besondere.

Der Himmel war nicht blau, sondern schwarz. Die Wolken glichen den grauen Bärten von Riesen, die um den Mond hockten und auf seine orangerote Scheibe starrten. Ein kalter Wind blies vom Meer herauf und erfüllte die Luft mit fernem Gemurmel.

Es war kalt.

»Gib mir meinen Umhang«, flüsterte Sheila. Ohne nachzudenken reichte Henderson ihr das Kleidungsstück, und der Körper des Mädchens verschwand unter dem dunklen Glanz des Tuches. Dem brennenden Flehen ihrer Augen konnte er nicht widerstehen. Zitternd küßte er sie.

»Du bist kalt«, sagte das Mädchen. »Zieh dein Cape an.«

Ja, dachte Henderson. Zieh dein Cape an, während du auf ihren Hals starrst. Und wenn du sie das nächste Mal küßt, wirst du ihren Hals begehren, und sie wird ihn dir in Liebe gewähren, und du wirst ihn gierig nehmen.

»Zieh es an, Liebling – ich bestehe darauf«, flüsterte sie. Ihre Augen waren ungeduldig und brannten mit einem Verlangen, das seinem nicht nachstand.

Henderson zitterte.

Den Umhang der Finsternis anlegen? Das Grabtuch, das Leichentuch, das Vampirgewand? Den Umhang des Bösen, erfüllt mit seinem eigenen kalten Leben, das sein Gesicht und seinen Verstand verwandelte?

»Hier.«

Die schlanken Arme des Mädchens umschlangen ihn und legten den Umhang über seine Schultern. Ihre Finger streiften seinen Nacken und fuhren liebkosend über seine Kehle, als sie das Cape befestigte.

Dann spürte er es. Er spürte, wie sich die eisige Kälte in eine noch schrecklichere Hitze verwandelte. Er spürte, wie er sich ausdehnte und wie ein Grinsen sein Gesicht überzog. Das war Macht!

Und vor ihm das Mädchen, ihre verführerischen, einladenden Augen. Er sah ihren Elfenbeinhals, ihren warmen schlanken Nacken warten. Er wartete auf ihn, auf seine Lippen.

Auf seine Zähne.

Nein – es durfte nicht sein. Er liebte sie. Seine Liebe mußte diesen Wahnsinn besiegen. Ja, den Mantel tragen, seiner Macht trotzen, und sie in seine Arme nehmen, als Mensch, und nicht als Ungeheuer. Er mußte es tun. Dies war die Prüfung.

»Sheila, ich muß dir etwas gestehen.«

Ihre Augen – so beschwörend. Es würde ein Leichtes sein!

»Sheila, bitte. Du hast doch die Zeitung gelesen.«

»Ja.«

»Ich . . . ich habe meinen Umhang von dort. Ich kann es nicht erklären. Du hast gesehen, was ich mit Lindstrom gemacht habe. Ich wollte nicht aufhören. Verstehst du mich? Ich wollte . . . ihn beißen. Wenn ich dieses Ding anhabe, fühle ich mich wie eine jener Kreaturen. Aber ich liebe dich, Sheila.«

»Ich weiß.« Ihre Augen glänzten im Mondlicht.

»Ich möchte es ausprobieren. Ich möchte dich küssen und dabei den Umhang tragen. Ich möchte spüren, daß meine Liebe stärker ist als dieses – Ding. Sollte ich schwach werden, so mußt du mir versprechen, dich loszureißen und schnell wegzulaufen. Doch versteh mich nicht falsch. Ich muß mich diesem Gefühl stellen und es bekämpfen. Ich will, daß meine Liebe für dich rein und sicher ist. Fürchtest du dich?«

»Nein.« Noch immer blickte sie ihn an, während er auf ihren Hals starrte. Wenn sie wüßte, was in ihm vorging!

»Du hältst mich doch nicht für verrückt? Ich ging zu diesem Kostümverleiher – es war ein absonderlicher, kleiner alter Mann – und er gab mir diesen Umhang. Er behauptete auch, er wäre echt. Ich dachte, er mache einen Scherz, aber dann konnte ich mich nicht im Spiegel sehen und begehrte Lindstroms Hals – und jetzt deinen. Aber ich muß es ausprobieren.«

Das Gesicht des Mädchens spottete über ihn. Henderson nahm all seine Kraft zusammen. Er beugte sich vor, im Widerstreit mit seinem Verlangen. Einen Moment lang stand er da unter dem abscheulich orangefarbenen Mond, sein Gesicht verzerrt vom inneren Kampf.

Und das Mädchen lockte ihn.

Ihre unglaublich roten Lippen teilten sich zu einem silberhellen Lachen, als sich die weißen Arme aus dem schwarzen Umhang hoben und sanft seinen Nacken umschlossen. »Ich weiß – ich wußte es, als ich in den Spiegel sah. Ich wußte, dein Umhang war wie meiner – stammte aus derselben Quelle.«

Seltsam, ihre Lippen schienen den seinen auszuweichen, als er vor Schreck erstarrte. Dann spürte er die eisige Härte ihrer scharfen kleinen Zähne an seiner Kehle, einen sonderbar wohligen Stich – und eine alles verschlingende Schwärze schlug über ihm zusammen.

F. Marion Crawford

Denn das Blut ist Leben

Wir hatten auf dem großen Dach des alten Turmes bei Sonnenuntergang zu Abend gegessen, weil es dort während der großen Sommerhitze kühler war. Da sich die kleine Küche in einem Winkel der großen quadratischen Plattform befand, war es zudem bequemer; sonst hätte man das Geschirr die steilen Steintreppen hinuntertragen müssen, die an manchen Stellen bereits zerbrochen und überall ziemlich ausgetreten waren. Der Turm war ein Teil der Befestigungsanlagen, die Kaiser Karl V. entlang der gesamten Westküste Kalabriens zu Beginn des 16. Jahrhunderts hatte bauen lassen. Sie sollten maurische Seeräuber abhalten, die sich mit Franz I. gegen Kaiser und Kirche verbündet hatten. Aber langsam verfielen die Türme, nur wenige waren noch gut erhalten, und meiner ist einer der größten. Wie ich in seinen Besitz kam, und warum ich jedes Jahr einige Zeit darin verbringe, ist für diese Geschichte ohne Bedeutung. Der Turm steht in einer der einsamsten Gegenden Süditaliens, an der äußersten Spitze eines geschwungenen felsigen Vorgebirges, das einen kleinen, aber sicheren natürlichen Hafen an der südlichen Landzunge des Golfs von Policastro bildet, genau nördlich von Kap Scalea, dem Geburtsort von Judas Ischariot, wie die hier beheimatete Legende berichtet. Der Turm steht allein auf dem gebogenen Felssporn, und im Umkreis von drei Meilen ist kein einziges Haus zu sehen. Wenn ich dorthin reise, nehme ich immer einige Seeleute mit, von denen einer ein recht guter Koch ist, und während meiner Abwesenheit wird der Turm von einem schmächtigen, gnomähnlichen Wesen betreut, einem ehemaligen Bergmann, der sich vor langer Zeit mir angeschlossen hat.

Mein Freund, der mich manchmal in meiner Sommereinsamkeit besucht, ist von Beruf Künstler, von Geburt Skandinavier und Kosmopolit gewisser Umstände halber. Wir hatten bei

Sonnenuntergang gespeist. Der Schein der niedersinkenden Sonne war röter und dann schwächer geworden, Abendröte überflutete die ausgedehnten Bergketten, die den tiefen Golf nach Osten hin einschlossen und sich in Richtung Süden immer höher und höher hinaufreckten. Es war heiß, und wir saßen auf der Landseite der Plattform und warteten auf die Abendbrise, die von den kleineren Hügeln herunterkam. Die Farben verblaßten, für kurze Zeit herrschte Zwielicht, nur aus der offenen Tür der Küche, wo die Mannschaft ihr Abendbrot einnahm, fiel der gelbe Schein einer Lampe.

Dann stieg plötzlich der Mond über dem Grat des Vorgebirges empor. Sein Licht überflutete die Plattform und beleuchtete jede kleine Felsspitze und die Grasbüschel unter uns, bis hin zu dem bewegungslosen Meer. Mein Freund zündete seine Pfeife an und blickte auf eine bestimmte Stelle am Abhang eines Hügels. Ich wußte, worauf er seine Blicke richtete, und fragte mich schon seit geraumer Zeit, ob er je etwas sehen würde, das seine Aufmerksamkeit verdiente. Ich kannte die Stelle sehr genau. Sein Interesse war verständlich, doch es dauerte sehr lange, bis er darüber sprach. Wie die meisten Maler traute er seinen Augen, wie ein Löwe seiner Kraft und ein Hirsch seiner Schnelligkeit vertraut, und war deshalb immer sehr verstört, wenn das Gesehene nicht mit dem Bild übereinstimmte, das er sehen zu müssen glaubte.

»Es ist seltsam«, sagte er. »Kannst du den kleinen Erdhügel neben dem Felsen dort erkennen?«

»Ja«, antwortete ich und ahnte bereits, was kommen würde.

»Sieht wie ein Grab aus«, erklärte Holger.

»Stimmt. Es sieht wirklich wie ein Grab aus.«

»Ja«, fuhr mein Freund fort, die Augen noch immer auf jene Stelle geheftet, »aber das Merkwürdige daran ist, daß ich den Leichnam obenauf liegen sehe. Natürlich«, hierbei neigte er den Kopf zur Seite, wie es Künstler häufig machen, »kann das ein Lichteffekt sein. Erstens muß es überhaupt kein Grab sein, und zweitens, wenn es eines wäre, befände sich der Leichnam drinnen und nicht draußen. Deshalb handelt es sich um einen Effekt des Mondlichts. Verstehst du?«

»Aber genau, in Mondnächten kann ich das immer sehen.«

»Es scheint dich nicht sehr zu interessieren«, stellte Holger fest.

»Im Gegenteil, es interessiert mich, obwohl ich schon daran gewöhnt bin. Aber du hast gar nicht so unrecht, der Erdhügel ist tatsächlich ein Grab.«

»Unsinn!« rief Holger ungläubig. »Fehlt nur noch, daß du mir jetzt erzählst, daß das, was ich darauf liegen sehe, tatsächlich eine Leiche ist.«

»Nein«, antwortete ich, »es ist keine Leiche. Ich weiß es, weil ich mir die Mühe gemacht habe, hinunterzugehen und nachzuschauen.«

»Aber was ist es dann?« fragte Holger.

»Nichts.«

»Du meinst, es ist eine optische Täuschung?«

»Vielleicht. Aber das Unerklärliche daran ist, daß es keinen Unterschied macht, ob der Mond auf- oder untergeht, zu- oder abnimmt. Sobald er scheint, ob von Osten oder Westen oder gerade über uns, sobald Mondlicht auf das Grab fällt, kann man die Umrisse eines Körpers darauf erkennen.«

Holger lockerte den Tabak in seiner Pfeife mit der Spitze seines Taschenmessers und benutzte dann seinen Finger als Pfeifenstopfer. Als der Tabak wieder ordentlich brannte, erhob er sich.

»Wenn du nichts dagegen hast«, meinte er, »gehe ich einmal hinunter und sehe mir das an.«

Er verließ mich, ging über das Dach und die dunklen Stufen hinunter. Ich rührte mich nicht, sondern sah nur nach unten, bis er aus dem Turm heraustrat. Ich hörte ihn ein altes dänisches Lied summen, als er die von dem Mond beschienene offene Fläche durchquerte. Er ging direkt auf den seltsamen Erdhügel zu. Als er noch zehn Schritte davon entfernt war, blieb er abrupt stehen, ging zwei Schritte weiter, dann drei oder vier zurück, und blieb dann wieder stehen. Ich wußte, was das bedeutete. Er hatte die Stelle erreicht, an der das DING nicht mehr sichtbar war – wo, wie er sich ausdrückte, der Lichteffekt sich änderte.

Dann ging er weiter, bis er die Kuppe des Hügels erreichte, wo er stehenblieb. Ich konnte das DING immer noch sehen, aber jetzt lag es nicht mehr, es kniete und schlang seine weißen Arme um Holgers Körper und sah zu ihm auf. In diesem Augenblick fuhr mir eine kühle Brise durchs Haar – der Nachtwind wehte von den Hügeln herunter, aber mir war zumute, als hätte mich der Hauch aus einer anderen Welt gestreift.

Das DING schien zu versuchen, auf die Füße zu kommen, wobei es sich an Holgers Körper festhielt, während er aufrecht dastand und das Ganze gar nicht bemerkte. Er blickte offensichtlich in Richtung des Turmes, der einen sehr malerischen Anblick bietet, wenn das Mondlicht auf diese Seite fällt.

»Komm zurück!« schrie ich. »Bleib doch nicht die ganze Nacht dort draußen!«

Mir schien, daß er sich nur widerstrebend und unter Schwierigkeiten bewegte, als er von dem Erdhügel herabstieg. Ich sah auch warum. Die Arme des DINGS umfaßten noch immer seine Taille, doch seine Füße konnten nicht aus dem Grab heraus. Und als Holger langsam vorwärts schritt, wurde es in die Länge gezerrt wie ein Nebelstreif, so dünn und weiß. Dann sah ich deutlich, daß Holger sich schüttelte, wie jemand, der einen kalten Lufthauch verspürt. Im gleichen Moment trug mir die Brise einen leisen Schmerzenslaut zu – es hätte auch der Ruf der kleinen Eule sein können, die in den Felsen lebte –, und dann zog sich das neblige Etwas schnell von Holgers sich entfernender Gestalt zurück und lag wieder in seiner ganzen Länge auf dem Erdhügel.

Wieder spürte ich die kühle Brise in meinem Haar, und diesmal lief mir ein eisiger Schauer den Rücken entlang. Ich erinnerte mich noch sehr gut daran, daß ich einmal allein im Mondlicht dort hinuntergegangen war, und daß ich, als ich nahe bei dem Erdhügel stand, nichts gesehen hatte. Wie Holger war ich auf den Hügel gestiegen, und nun fiel mir ein, daß mich auf dem Rückweg, obwohl ich genau wußte, daß dort nichts war, plötzlich die Gewißheit überfallen hatte, daß ich dort doch etwas sehen würde, wenn ich mich nur umdrehte. Ich erinnerte mich an die starke Versuchung, zurückzuschauen, eine Versuchung, die ich als Mann mit Verstand bekämpft hatte, bis ich, um sie loszuwerden, mich schüttelte, wie Holger es eben getan hatte.

Und jetzt wußte ich, daß sich damals diese weißen, nebligen Arme auch um mich gelegt hatten. Ich erkannte dies blitzartig und schauderte bei der Erinnerung, daß auch ich seinerzeit die Nachteule gehört hatte. Es war nicht die Eule gewesen, sondern der Schrei des DINGS.

Ich stopfte erneut meine Pfeife und schenkte mir ein Glas von dem starken südlichen Wein ein. In weniger als einer Minute saß Holger wieder neben mir.

»Natürlich ist dort nichts«, erklärte er, »aber es ist trotzdem gruselig. Weißt du, als ich zurückging, war ich sicher, daß da irgend etwas hinter mir war, so daß ich mich umdrehen und zurückblicken wollte. Es kostete mich Mühe, es nicht zu tun.«

Er lachte kurz auf, klopfte die Asche aus seiner Pfeife und schenkte sich ebenfalls ein Glas Wein ein. Eine Zeitlang schwiegen wir. Der Mond stieg höher, und wir blickten beide auf das DING, das auf dem Erdhügel lag.

»Du könntest eine Geschichte darüber schreiben«, sagte Holger nach geraumer Weile.

»Es gibt schon eine«, erwiderte ich. »Wenn du nicht zu müde bist, erzähle ich sie dir.«

»Fang schon an!« sagte Holger, der Geschichten mag.

»Der alte Alario lag in dem Dorf dort hinter den Hügeln im Sterben. Du kannst dich bestimmt an ihn erinnern. Die Leute behaupten, er habe sein Geld durch den Verkauf von falschem Schmuck in Südafrika verdient und sei mit dem Gewinn geflohen, ehe sie ihm auf die Schliche kamen. Wie jeder von diesen Burschen – wenn sie etwas mit zurückbringen – machte er sich sofort daran, sein Haus zu erweitern. Da es hier keine Maurer gibt, ließ er von dem entfernten Paola zwei Arbeiter kommen. Es waren zwei wüst aussehende Halunken: der eine ein einäugiger Neapolitaner und der andere ein Sizilianer mit einer zentimetertiefen Narbe auf seiner linken Wange. Ich habe sie oft gesehen, denn sonntags angelten sie meistens dort unten auf den Felsen.

Als Alario dann das Fieber erwischte, das ihn getötet hat, waren die beiden Maurer noch am Werk. Da er zugestimmt hatte, daß ein Teil ihres Lohnes freie Kost und Logis wären, ließ er sie im Haus schlafen. Seine Frau war tot, und er hatte nur einen Sohn, Angelo, der ein viel besserer Kerl als sein Vater war. Angelo sollte die Tochter des reichsten Mannes im Dorf heiraten. So merkwürdig es scheinen mag, es wurde behauptet, daß die beiden jungen Leute sich liebten, obwohl die Hochzeit von ihren Eltern geplant worden war.

Das ganze Dorf war in Angelo verliebt, darunter auch ein wildes, sehr schönes Mädchen namens Cristina, das einer Zigeunerin mehr ähnelte, als irgendein Mädchen, das ich je hier gesehen habe. Sie hatte blutrote Lippen und kohlschwarze Augen. Sie führte die Zunge eines Teufels und war schlank und geschmeidig wie ein Windhund. Doch Angelo kümmerte sich nicht im geringsten um sie. Er war ein ziemlich einfältiger Bursche, ganz anders als sein Vater, dieser alte Halunke. Ich glaube, daß er unter normalen Umständen niemals auch nur ein einziges Mädchen angeschaut hätte, außer dieser hübschen, rundlichen Person mit der fetten Mitgift, die er gemäß dem Willen seines Vaters heiraten sollte. Aber es ereigneten sich Dinge, die weder normal noch natürlich waren.

Auf der anderen Seite war da ein junger hübscher Schäfer aus den Hügeln oberhalb von Maratea, der Cristina liebte, die sich aber nicht viel aus ihm zu machen schien. Cristina hatte keinen geregelten Unterhalt, aber sie war ein gutes Mädchen, bereit zu jeder Arbeit oder zu den weitesten Botengängen, wenn sie nur einen Laib Brot oder ein Bohnengericht und die Erlaubnis, unter einem Dach zu schlafen, dafür bekam. Wenn sie irgend etwas im Hause von Angelos Vater verrichten konnte, war sie besonders froh.

Im Dorf gab es keinen Doktor, und als die anderen merkten, daß der alte Alario an dem Fieber zu sterben drohte, sandten sie Cristina nach Scalea, um einen Arzt zu holen. Es war bereits spät am Nachmittag, und sie hatten so lange gewartet, weil der sterbende Geizhals sich eine solche Verschwendung verbeten hatte, solange er sprechen konnte.

Während Cristina fort war, wurde das Fieber immer schlimmer, und man holte einen Priester an das Bett des Sterbenden. Nachdem dieser getan hatte, was er tun konnte, bedeutete er den um das Bett Versammelten, daß der alte Mann tot sei, und verließ das Haus.

Du kennst diese Menschen. Sie haben körperliche Angst vor dem Tod. Bis der Priester ihnen den Tod mitgeteilt hatte, war das Zimmer mit Menschen überfüllt gewesen. Aber er hatte noch nicht ausgesprochen, da war es schon leer. Es war Nacht. Alle eilten die dunklen Stufen hinunter und hinaus auf die Straße.

Wie ich schon sagte, Angelo war nicht da, Cristina war noch nicht zurück, die einfache Pflegerin, die den Kranken betreut hatte, floh mit den übrigen, und so lag die Leiche allein in dem flackernden Licht der Öllampe.

Fünf Minuten später lugten zwei Männer hinein und schlichen vorsichtig auf das Bett zu. Es waren der einäugige Neapolitaner und sein sizilianischer Gefährte. Sie wußten genau, was sie wollten. Im Nu hatten sie unter dem Bett eine kleine, aber schwere, eisenbeschlagene Kiste hervorgezogen, und lange bevor irgend jemand daran dachte, zum Haus des Toten zurückzukehren, hatten sie schon das Haus und das Dorf im Schutz der Dunkelheit verlassen. Das war einfach genug, denn Alarios Haus ist das letzte vor der Schlucht, die hier herunterführt. Die Diebe verließen das Haus durch die Hintertür, kletterten über die Steinmauer und hatten nichts mehr zu befürchten, außer vielleicht die Möglichkeit, einem verspäteten Bauern zu begegnen. Aber diese Gefahr war ziemlich gering, denn nur wenige Leute benutzten diesen Pfad. Sie trugen Hacke und Schaufel mit sich und fanden den Weg ohne Zwischenfall.

Ich berichte dir die Geschichte so, wie sie sich zugetragen haben muß, denn natürlich gibt es für diesen Teil keine Zeugen. Die Männer brachten die Kiste die Schlucht hinunter, um sie zu vergraben, bis sie zurückkehren und sie mit dem Boot wegschaffen konnten. Sie waren gerissen genug, zu vermuten, daß ein Teil des Geldes aus Papiernoten bestehen würde, denn sonst hätten sie die Kiste am Strand in dem nassen Sand vergraben, wo sie viel sicherer gewesen wäre. Das

Papier jedoch wäre durch die Nässe verfault, wenn die Kiste dort lange geblieben wäre. Deshalb buddelten sie sie dort unten nahe bei dem Felsblock ein. Ja, genau dort, wo jetzt der Erdhügel ist.

Cristina traf den Doktor in Scalea nicht an, da er zu jemandem oberhalb des Tales, halb auf dem Weg nach San Domenico, gerufen worden war. Hätte sie ihn gefunden, dann wäre er auf seinem Muli die obere Straße entlang geritten, die besser, aber viel länger ist. Cristina aber nahm nun die Abkürzung über die Felsen, die ungefähr fünfzig Fuß oberhalb des Erdhügels entlangführt und dann eine Biegung macht. Die Männer waren bei der Arbeit, als sie vorbeikam, und sie hörte sie graben. Es war nicht ihre Art, vorbeizugehen, ohne herauszufinden, woher der Lärm rührte, denn sie hatte sich in ihrem ganzen Leben noch nie gefürchtet. Zudem kamen hier auch manchmal die Fischer nachts an Land, weil sie einen Stein als Anker benötigten, oder um Holz für ein kleines Feuer zu sammeln.

Die Nacht war pechschwarz, und Cristina kam wahrscheinlich sehr nahe an die beiden heran, bevor sie erkennen konnte, was sie dort trieben. Sie kannte die beiden Männer, und die beiden Männer kannten sie und begriffen sofort, daß sie ihr ausgeliefert waren. Es gab nur eins, was sie zu ihrer Sicherheit tun konnten, und sie führten es sogleich aus. Sie schlugen ihr auf den Kopf, vertieften das Loch und begruben sie eilig zusammen mit der eisenbeschlagenen Kassette. Sie müssen erkannt haben, daß die einzige Möglichkeit, keinen Verdacht zu erregen, darin bestand, im Dorf zu sein, bevor ihre Abwesenheit bemerkt wurde. Deshalb kehrten sie schleunigst zurück, und eine halbe Stunde später sah man sie seelenruhig mit dem Mann schwatzen, der an Alarios Sarg arbeitete. Er war ihr Kumpel und hatte sich an den Reparaturarbeiten an Alarios Haus beteiligt. Soviel ich herausbekommen konnte, waren die einzigen Leute, von denen man annahm, sie wüßten, wo Alario seinen Schatz verwahrte, sein Sohn Angelo und die Pflegerin, die ich schon erwähnt habe. Angelo war nicht da, und so entdeckte die Frau den Diebstahl.

Es ist leicht verständlich, warum sonst niemand wußte, wo

das Geld versteckt war. Der Alte hielt seine Tür verschlossen und hatte den Schlüssel in der Tasche, wenn er nicht im Hause war. Nicht einmal die Frau ließ er zum Saubermachen hinein, solange er nicht da war. Doch wußte das ganze Dorf, daß er irgendwo Geld versteckt hatte, und die Maurer hatten wahrscheinlich das Versteck der Kassette entdeckt, als sie während seiner Abwesenheit heimlich durch ein Fenster in das Haus einstiegen. Wenn die Sinne des Alten nicht schon vor seiner Bewußtlosigkeit verwirrt gewesen wären, hätte er bestimmt schreckliche Angst um seine Reichtümer gehabt.

Die getreue Pflegerin vergaß deren Vorhandensein nur für einen Augenblick, als sie angesichts des Todes von Furcht erfüllt zusammen mit den anderen floh. Noch keine zwanzig Minuten waren vergangen, als sie auch schon mit den beiden gräßlichen alten Weibern zurückkam, die man immer rief, um die Toten für die Beerdigung vorzubereiten. Selbst jetzt hatte sie erst noch nicht den Mut, sich mit den beiden dem Bett zu nähern. Sie gab vor, etwas fallen zu lassen, kniete nieder, wie um es aufzuheben, und sah unter das Bett. Die Zimmerwände waren erst kürzlich bis zum Boden frisch geweißt worden, und sie konnte auf den ersten Blick erkennen, daß die Kassette verschwunden war. Am Nachmittag war sie noch dagewesen. Sie mußte also in dem kurzen Zeitraum gestohlen worden sein, in dem sie nicht im Haus gewesen war.

In dem Dorf sind keine Polizisten stationiert; so etwas wie einen Wachtposten gibt es nicht, da es keine Stadtobrigkeit gibt. Der Ort Scalea soll dort in irgendeiner geheimnisvollen Weise nach dem Rechten sehen, und es dauert immer einige Stunden, bis man von dort jemanden geholt hat.

Da die alte Frau ihr ganzes Leben in dem Dorf verbracht hatte, kam es ihr überhaupt nicht in den Sinn, eine staatliche Autorität zu Hilfe zu rufen. Sie stieß einfach ein Geheul aus, rannte durch die Dunkelheit und schrie, daß das Haus ihres toten Herrn beraubt worden sei. Viele sahen aus ihren Fenstern, aber zunächst fühlte sich niemand verpflichtet, ihr zu helfen. Die meisten schlossen einfach, daß wahrscheinlich sie die Diebin wäre. Der erste, der sich rührte, war der Vater des Mädchens, das Angelo heiraten sollte. Nachdem er seinen

Haushalt zusammengerufen hatte, von denen jeder ein persönliches Interesse an dem Reichtum hatte, der in die Familie kommen sollte, erklärte er, daß seiner Meinung nach die beiden hergelaufenen Maurer, die in dem Haus logierten, das Geld gestohlen hätten. Er organisierte eine Suche nach ihnen, die natürlich in Alarios Haus begann und in der Werkstatt des Schreiners endete. Dort fand man die beiden beim Licht einer Talglampe, wie sie mit dem Schreiner einen Krug Wein bei dem halbfertigen Sarg leerten. Sofort beschuldigte die Suchtruppe die beiden Verdächtigen des Diebstahls und drohte, die beiden so lange im Keller einzusperren, bis die Carabinieri aus Scalea kommen würden. Die beiden Männer blickten sich kurz an, bevor sie ohne Zögern die einzige Beleuchtung des Raumes ausbliesen. Dann schoben sie den halbfertigen Sarg zwischen sich und die anderen und schlugen in der Dunkelheit auf ihre Gegner ein, indem sie den Sarg wie einen Rammbock benutzten. Nach ein paar Augenblicken waren sie außer Gefahr.

Hier endet der erste Teil der Geschichte. Der Schatz war verschwunden, und da später keine Spur von ihm auftauchte, nahm man natürlich an, den Dieben sei es gelungen, ihn fortzuschaffen. Der alte Mann wurde begraben, und als Angelo schließlich zurückkam, mußte er sich sogar noch Geld für das dürftige Begräbnis borgen, was gar nicht so einfach war.

Man brauchte ihm nicht zu sagen, daß er, nachdem seine Erbschaft fort war, auch seine Braut verloren hatte. In diesem Teil der Welt werden Ehen nach rein kaufmännischen Gesichtspunkten geschlossen. Wenn das versprochene Geld an dem vereinbarten Tag nicht vorhanden ist, müssen sich die Braut oder der Bräutigam, deren Eltern das Geld nicht aufbringen konnten, zurückziehen, und die Hochzeit findet nicht statt. Der arme Angelo wußte dies alles ganz genau. Sein Vater hatte kaum Land besessen, und jetzt, da das Bargeld, das er aus Südafrika mitgebracht hatte, verschwunden war, blieben nur noch die Schulden für das Baumaterial, das für die Vergrößerung und Verbesserung des Hauses verwendet werden sollte. Angelo war jetzt bettelarm, und das nette, rundliche Mädchen, das die Seine hätte werden sollen, rümpfte in bewährter Manier hochmütig über ihn das Näschen.

Cristina wurde erst nach einigen Tagen vermißt, da sich niemand mehr daran erinnerte, daß sie aus Scalea den Doktor hatte holen sollen, der niemals gekommen war. Sie verschwand oft einige Tage, wenn sie auf einem der vereinzelten Gehöfte in den Bergen Arbeit finden konnte. Aber als sie überhaupt nicht mehr zurückkam, begannen die Leute, sich Gedanken zu machen, und schließlich nahmen sie an, Cristina habe mit den beiden Maurern gemeinsame Sache gemacht und sei mit ihnen geflohen.«

Ich machte eine Pause und leerte mein Glas.

»So etwas könnte nirgendwo sonst geschehen«, bemerkte Holger, der seine stetig brennende Pfeife stopfte. »Wundervoll, welch natürlicher Charme in einem so romantischen Land wie diesem über einem Mord oder einem plötzlichen Tod liegt. Taten, die überall brutal und abscheulich wären, erscheinen dramatisch und geheimnisvoll, nur weil dies hier Italien ist, und wir in einem Turm leben, den Karl V. noch persönlich hat errichten lassen gegen echte maurische Piraten.«

»Da ist etwas dran«, gab ich zu. Im Grunde ist Holger der größte Romantiker der Welt, aber er hält es immer für nötig, Erklärungen für seine Gefühle abzugeben.

»Ich vermute, die Leiche des armen Mädchens wurde zusammen mit der Kassette gefunden«, sagte er unvermittelt.

»Da es dich zu interessieren scheint«, antwortete ich, »will ich dir noch den Rest der Geschichte erzählen.«

Der Mond stand mittlerweile schon sehr hoch, und die Umrisse des DINGS auf dem Erdhügel waren klarer zu sehen als vorher.

»Das Dorf fiel bald in sein eintöniges und langweiliges Leben zurück. Niemand vermißte den alten Alario, der durch seine Reisen ohnehin recht häufig abwesend und dadurch nie richtig heimisch in seinem Geburtsort gewesen war. Angelo lebte in dem halbfertigen Haus, und da er kein Geld hatte, um die alte

Dienerin zu bezahlen, wohnte sie nicht mehr bei ihm, sondern kam lediglich aus alter Freundschaft ab und zu, um ihm ein Hemd zu waschen. Außer dem Haus hatte er noch ein kleines Stück Land in einiger Entfernung vom Dorf geerbt. Er versuchte, es zu bebauen, aber mit dem Herzen war er nicht so recht dabei, denn er wußte, daß er weder hierfür noch für das Haus die Steuern aufbringen konnte, und daß alles bald von der Regierung eingezogen oder für die Kosten des Baumaterials versteigert werden würde, das der Mann, der es geliefert hatte, nicht mehr zurücknehmen wollte.

Angelo war sehr unglücklich. Solange sein Vater noch gelebt hatte und reich war, war jedes Mädchen im Dorf in ihn verliebt gewesen. Aber das hatte sich jetzt alles geändert. Es war angenehm gewesen, bewundert zu werden und von Vätern, die Töchter im heiratsfähigen Alter hatten, zu einem Gläschen Wein eingeladen zu werden. Es war hart für ihn, die kalten Blicke zu ertragen, ja manchmal sogar ausgelacht zu werden, weil er sich seine Erbschaft hatte rauben lassen. Er bereitete sich seine ärmlichen Mahlzeiten selbst, und da er immer trauriger wurde, überfielen ihn bald Melancholie und Trübsinn.

Am Abend, nach getaner Arbeit, pflegte er sich nicht wie die anderen jungen Burschen in der Dämmerung vor der Kirche herumzutreiben, sondern wanderte bis zum Einbruch der Dunkelheit zu einsamen Plätzen außerhalb des Dorfes. Dann schlich er wieder nach Hause und legte sich zu Bett, um das Geld für Licht zu sparen. Aber in diesen einsamen Stunden der Dämmerung kamen ihm seltsame Tagträume. Nicht immer war er allein, denn oft, wenn er auf dem Baumstumpf saß, dort, wo der kleine Pfad die Schlucht hinunterführt, war er sich sicher, daß eine Frau lautlos über die rauhen Steine heraufkam, als ob sie barfuß wäre. Sie blieb nur wenige Meter entfernt unter einer Kastaniengruppe stehen und winkte ihm schweigend zu. Obwohl sie im Schatten stand, wußte er, daß sie rote Lippen hatte, die, wenn sie sich teilten und ihm zulächelten, zwei kleine spitze Zähne freigaben. Anfangs wußte er es eher, als daß er es sah. Und er wußte auch, daß es Cristina war, und daß sie tot war. Und doch hatte er keine Angst; er fragte sich nur, ob er träume, denn im Wachen hätte er sich bestimmt gefürchtet.

Außerdem hatte die tote Frau rote Lippen, und so etwas gab es nur im Traum. Wann auch immer er sich nach Sonnenuntergang der Schlucht näherte, stand sie schon wartend da oder erschien sehr bald. Er war sicher, daß sie ihm jeden Tag ein wenig näherkam. Erst hatte er nur ihren blutroten Mund bemerkt, allmählich aber wurde jeder einzelne Zug deutlicher, und ihr blasses Gesicht blickte ihn mit dunklen, hungrigen Augen an.

Es waren die Augen, die ihn gefangen nahmen. Nach und nach erkannte er, daß eines Tages der Traum nicht damit enden würde, daß er sich abwandte, um nach Hause zu gehen, sondern, daß er ihn in die Schlucht hinunter führen würde, aus der die Erscheinung kam. Sie war ihm jetzt schon sehr nahe gekommen, wenn sie ihm zuwinkte. Ihre Wangen waren nicht so fahl wie die der Leichen, sondern blaß vor Hunger. Der wütende und ungestillte Hunger ihrer Augen schien ihn zu verschlingen. Sie ergötzten sich an seiner Seele und warfen einen Zauber über ihn. Schließlich waren sie nahe vor den seinen und hielten ihn gebannt. Er konnte nicht sagen, ob ihr Atem so heiß wie Feuer oder so kalt wie Eis war, und ob ihre roten Lippen die seinen verbrannten oder gefrieren ließen. Er konnte nicht sagen, ob ihre Finger wie brennende Narben sein Handgelenk versengten oder wie Frost in sein Fleisch stachen. Er konnte nicht sagen, ob er wach war oder schlief, ob sie tot war oder lebendig. Aber er wußte, daß sie ihn liebte. Sie war das einzige Geschöpf, irdisch oder unirdisch, das ihn liebte, und ihr Zauber hatte Gewalt über ihn.

Als der Mond in jener Nacht emporstieg, lag das Ding nicht allein auf dem Erdhügel.

Angelo wachte, von Tau bedeckt, im kühlen Morgengrauen auf, die Kälte schüttelte seinen ganzen Körper. Er öffnete seine Augen in dem schwachen Licht und bemerkte, daß die Sterne noch immer hoch über ihm leuchteten. Er war sehr schwach, und sein Herz schlug so langsam, daß er sich einer Ohnmacht nahe fühlte. Vorsichtig drehte er seinen Kopf auf dem Erdhügel, wie auf einem Kissen, aber das andere Gesicht war nicht mehr dort. Plötzlich stieg Furcht in ihm auf, eine unaussprechliche und unbekannte Furcht. Er sprang auf, floh die Schlucht hinauf und sah sich nicht um, ehe er die Tür seines Hauses am Dorfrand erreicht hatte. An diesem Tag ging er trübselig an die Arbeit, und die Stunden schleppten sich träge dahin, bis die Sonne endlich das Meer berührte und in ihm versank, wobei sie die hohen spitzen Hügel über Maratea in purpurnes Licht eintauchte.

Angelo schulterte seine schwere Hacke und verließ das Feld. Er fühlte sich jetzt viel weniger müde als am Morgen, als er mit der Arbeit begonnen hatte, aber er nahm sich vor, nach Hause zu gehen, ohne noch an der Schlucht herumzusitzen. Er wollte das beste Abendmahl essen, das er sich bereiten konnte, und die ganze Nacht wie ein guter Christenmensch in seinem Bett schlafen. Nicht noch einmal würde er von einem Schattenwesen mit roten Lippen und eisigem Atem in Versuchung geführt werden, nicht noch einmal jenen schrecklichen und zugleich lustvollen Traum träumen.

Er war schon nahe beim Dorf. Die Sonne war vor einer halben Stunde untergegangen, und die gesprungene Kirchenglocke schickte leise, mißtönende Klänge über die Felsen und Schluchten, um den braven Leuten zu verkünden, daß das Tagwerk nun vollbracht sei. Angelo verharrte eine Weile an der Weggabelung, wo der Weg nach links zum Dorf, nach rechts zur Schlucht hinunterführte, vorbei an der Kastaniengruppe, die den schmalen Pfad überschattete. Einen Augenblick lang stand er still, er hatte den abgetragenen Hut abgenommen und blickte auf das dunkelnde Meer im Westen. Sein Mund formte lautlos das vertraute Abendgebet. Seine Lippen bewegten sich, aber die Worte bekamen in seinem Gehirn einen anderen Sinn, bis sie einen Namen formten, den er laut aussprach – Cristina! Mit dem Namen schwand seine Willenskraft, die Wirklichkeit verblaßte, und der Traum erfaßte ihn wieder und trug ihn schnell und sicher wie einen Schlafwandler den steilen Pfad hinunter in die zunehmende Dunkelheit. Cristina flüsterte ihm, als sie neben ihn glitt, seltsame, süße Worte ins Ohr, von denen er wußte, daß er sie nicht verstanden hätte, wäre er wach gewesen. Aber jetzt waren es die wunderschönsten Worte, die er jemals in seinem Leben vernommen hatte. Und sie küßte ihn, aber nicht auf seinen Mund. Er fühlte ihre scharfen Küsse auf seiner weißen Kehle und wußte, daß ihre Lippen rot waren. So eilte der wilde Traum durch Zwielicht und Dunkelheit, der Mond ging auf, und die herrliche Sommernacht verstrich.

Doch in der Kälte des Morgengrauens lag er wieder wie ein Halbtoter dort unten auf dem Erdhügel. Er erinnerte sich und konnte sich doch nicht erinnern, sein Blut war ausgesogen, und dennoch sehnte er sich danach, jenen roten Lippen mehr davon zu geben. Dann kam die Furcht, die grauenvolle, namenlose Panik, der tödliche Schrecken, der die Schwelle jener Welt hütet, die keiner von uns kennt, die wir aber fühlen, wenn ihre eisige Kälte unsere Knochen frieren und unser Haar sich sträuben läßt, wie von Geisterhand berührt. Wieder sprang Angelo auf und floh von dem Erdhügel die Schlucht hinauf dem anbrechenden Morgen entgegen. Aber diesmal war sein Schritt nicht so sicher, und er mußte nach Atem ringen, als er rannte. Und als er zu der kleinen Quelle kam, die dort auf halbem Weg aus der Bergwand sprudelt, fiel er auf Knie und Hände, tauchte sein ganzes Gesicht in das klare Wasser und trank, wie er nie zuvor getrunken hatte – denn es war der Durst eines verwundeten Mannes, der die ganze Nacht blutend auf dem Schlachtfeld gelegen hatte.

Sie hatte ihn jetzt fest in ihrer Gewalt, er konnte nicht mehr entkommen. Jeden Abend bei Einbruch der Dämmerung mußte er zu ihr kommen, bis sie den letzten Blutstropfen aus ihm herausgesogen hatte. Vergeblich versuchte er nach der Tagesarbeit einen anderen Weg zu nehmen, der nicht so nahe an der Schlucht vorbeiführte. Vergeblich gab er sich jeden Morgen das Versprechen, wenn er seinen einsamen Weg von der Küste ins Dorf hinaufkletterte. Es war alles vergebens, denn wenn die Sonne flammend im Meer versank, und die Abendkühle sich aus ihrem Versteck stahl, um die müde Welt zu erfrischen, wandten sich seine Füße wieder dem alten Pfad zu, wo sie schon im Schatten der Kastanien auf ihn wartete. Und dann geschah stets das gleiche wie an den Vorabenden. Sie küßte seine weiße Kehle, selbst wenn sie leichtfüßig neben ihm den Weg hinunterhuschte, wobei sie einen Arm um ihn gelegt hatte. Sein Blut wurde immer weniger, sie wurde jeden Tag hungriger und durstiger. Und jeden Tag, wenn er im frühen Morgengrauen erwachte, kostete es ihn größere Mühe, den steilen Pfad zum Dorf hinaufzuklettern. Zur Arbeit schleppte er sich mit schmerzenden Füßen, und seine Arme hatten kaum noch die Kraft, die schwere Hacke zu schwingen. Er sprach kaum noch mit irgend jemandem, doch die Leute erzählten, »er verzehre sich« aus Liebe zu dem Mädchen, das er heiraten sollte, ehe er seine Erbschaft verlor. Dabei lachten sie aus vollem Herzen, denn dies ist kein sehr romantisches Land.

Zu jener Zeit kehrte Antonio, der sich hier um meinen Turm kümmert, von einem Besuch bei seinen Leuten zurück, die in der Nähe von Salerno wohnen. Er war schon vor Alarios Tod aufgebrochen und wußte daher nichts von dem, was sich hier ereignet hatte. Er erzählte mir, daß er am späten Nachmittag zurückgekommen sei und sich im Turm eingeschlossen habe, um zu essen und dann schlafen zu gehen, da er sehr müde war. Mitternacht war schon vorüber, als er aufwachte. Als er nach draußen sah, ging der abnehmende Mond gerade über den Hügelkuppen auf. Er sah auf den Erdhügel, und dort bemerkte er etwas, was ihn die ganze Nacht nicht mehr schlafen ließ. Als er am Morgen wieder ins Freie trat, war es schon heller Tag, und auf dem Erdhügel gab es außer losen Steinen und lockerem Sand nichts zu sehen. Er ging aber nicht in seine Nähe, sondern eilte geradewegs ins Dorf hinauf und sofort zum Haus des alten Priesters.

»Heute nacht habe ich eine böse Sache gesehen«, sagte er. »Ich sah eine Tote das Blut eines Lebenden trinken. Und das Blut ist Leben.«

»Erzähl mir, was du gesehen hast«, antwortete der Priester.

Antonio erzählte ihm alles, was er erblickt hatte.

»Sie müssen heute nacht Ihr Buch und das Weihwasser mitbringen«, fügte er hinzu. »Ich werde vor Sonnenuntergang hier sein, um mit Ihnen hinunterzugehen. Wenn Hochwürden mit mir zu Abend essen möchten, während wir warten, werde ich es vorbereiten.«

»Ich werde kommen«, antwortete der Priester. »Ich habe in alten Büchern über diese seltsamen Wesen gelesen, die weder tot noch lebendig sind. Sie liegen unversehrt in ihren Gräbern und stehlen sich bei Einbruch der Dunkelheit hervor, um Leben und Blut zu schmecken.«

Antonio kann nicht lesen, aber er war froh, daß der Priester etwas von der Sache zu verstehen schien. Natürlich mußten die Bücher ihn auch gelehrt haben, mit welchen Mitteln man dieses halb-lebendige DING für immer zur Ruhe bringen konnte.

Danach kehrte Antonio zu seiner Arbeit zurück, die vor allem darin besteht, auf der Schattenseite des Turms zu sitzen, wenn er nicht mit einer Angelrute auf einem Felsen hockt, und doch nichts fängt. Aber an diesem Tag ging er zweimal zu dem Erdhügel, um ihn im hellen Sonnenlicht zu untersuchen. Er suchte und suchte nach einer Öffnung, durch die das DING ein- und ausgehen könnte. Aber er konnte nichts finden. Als die Sonne sank, und die Luft kühler wurde, ging er wieder ins Dorf hinauf, um den alten Priester abzuholen. Dabei trug er einen kleinen Weidenkorb mit sich, in den sie eine Flasche mit Weihwasser, eine Schale, einen Weihwasserwedel und die Stola legten, die der Priester benötigte. Am Turm angelangt, warteten sie unter der Turmtür, bis es dunkel war. Als das Licht grau und schwach wurde, bemerkten sie zwei Gestalten, die eines Mannes, der ging, und die einer Frau, die neben ihm herhuschte. Ihr Kopf lag auf seiner Schulter, und sie küßte ihn auf den Hals. Der Priester hat mir dasselbe erzählt, und auch, daß seine Zähne klapperten, und er nach Antonios Arm griff. Die Erscheinung ging vorüber und verschwand im Schatten. Darauf holte Antonio die Lederflasche mit dem starken Branntwein, die er für besondere Gelegenheiten verwahrte. Er flößte dem Priester einen so gewaltigen Schluck ein, daß der alte Mann sich beinahe wieder jung fühlte. Dann reichte er ihm die Stola und das Weihwasser, ergriff Pickel und Schaufel und seine Laterne, und sie gingen gemeinsam zu der Stelle, wo die Arbeit getan werden sollte. Antonio erzählte, daß ihm trotz des Rums die Knie zitterten, und der Priester über sein Latein strauchelte. Als sie nur noch ein paar Meter von dem Erdhügel entfernt waren, fiel das flackernde Licht der Laterne auf Angelos weißes Gesicht, der ohnmächtig dalag. Aus seiner nach oben gebogenen Kehle rann ein dünner Blutfaden in seinen Kragen. Und das flackernde Licht ließ noch ein anderes Gesicht erkennen, das von dem Festmahl aufsah. Aus ihm blickten zwei dunkle, tote Augen hervor, die trotz des Todes sehen konnten – über geteilten Lippen, die röter waren als das Leben selbst, über zwei glitzernden Zähnen, an denen ein rosiger Tropfen blitzte.

Der Priester, ein alter, tapferer Mann, kniff fest die Augen zusammen, versprengte das Weihwasser, und seine brüchige Stimme erhob sich zu einem Schrei. Antonio, der schließlich auch kein Feigling ist, hob seine Spitzhacke in der einen und die Laterne in der anderen Hand, als er, ohne zu wissen, wie das ausgehen würde, nach vorn sprang. Er schwört, daß er dann den Schrei einer Frau gehört habe und daß das DING verschwunden sei. Angelo lag jetzt ganz allein bewußtlos auf dem Erdhügel, mit dem rötlichen Blutsfaden auf seiner Kehle und den Tropfen des Todesschweißes auf seiner kalten Stirn. Sie hoben den Halbtoten auf und legten ihn in der Nähe auf der Erde nieder. Dann machte Antonio sich an die Arbeit, und der Priester half ihm dabei, obwohl er alt war und nicht viel tun konnte. Sie gruben tief, und schließlich beugte Antonio sich mit der Laterne hinunter, um zu sehen, was es dort in der Tiefe gab.

Er hatte damals dunkelbraunes Haar, mit grauen Strähnen über den Schläfen. Kaum einen Monat nach diesem Tag war sein Haar so grau wie das eines Dachses. Als er noch jung war, hatte er im Bergwerk gearbeitet. Und die meisten dieser Burschen haben ab und zu, wenn Unfälle passieren, gräßliche Dinge gesehen. Aber was er in dieser Nacht sah, hatte er noch nie zuvor gesehen – das DING, das weder lebendig noch tot war, das DING, das weder auf der Erde noch im Grab blieb. Antonio hatte etwas mitgebracht, was der Priester nicht bemerkte. Er hatte es an diesem Nachmittag angefertigt – einen scharfen Pflock, den er aus zähem Treibholz geschnitzt hatte. Er hielt ihn jetzt in der Hand und hatte auch seine schwere Spitzhacke und die Laterne mit ins Grab genommen.

Ich glaube nicht, daß irgendeine Macht der Erde ihn dazu bewegen könnte, über das nun folgende zu sprechen, und der alte Priester war zu ängstlich, um hineinzusehen. Er berichtete, daß Antonios Atem wie der eines wilden Tieres geklungen und er sich so heftig bewegt habe, als kämpfe er mit etwas, das genau so stark sei, wie er selbst. Und dann hörte er ein fürchterliches Geräusch, mit Schlägen vermischt, so, als ob irgend etwas mit Macht durch Fleisch und Knochen getrieben würde – und schließlich den gräßlichen Aufschrei einer Frau, den unirdischen Schrei einer Frau, die weder tot war noch lebte, aber vor vielen Tagen schon begraben worden sein mußte. Der arme alte Priester ließ sich zitternd auf die Knie nieder und stieß laut seine Gebete hervor, um den Teufel auszutreiben und diese schrecklichen Laute verstummen zu lassen. Dann wurde plötzlich eine kleine, eisenbeschlagene Kassette nach oben geworfen, die gegen die Knie des alten Mannes stieß. Im nächsten Moment stand Antonio mit kreidebleichem Gesicht in dem flackernden Licht neben ihm. In grimmiger Hast schaufelte er Sand und Kieselsteine in das Grab zurück und blickte über den Rand, bis die Grube halbvoll war. Der Priester behauptete, daß sehr viel frisches Blut an Antonios Händen und Kleidern geklebt habe.«

Ich war zum Ende meiner Geschichte gekommen. Holger leerte sein Glas und lehnte sich in den Sessel zurück.

»So erhielt Angelo sein Eigentum zurück«, sagte er. »Hat er diese gezierte, rundliche Person, mit der er verlobt war, dann doch noch geheiratet?«

»Nein. Er war zu Tode erschrocken und ging nach Südamerika. Man hat nie wieder etwas von ihm gehört.«

»Und die Leiche des armen Mädchens ist immer noch dort, nehme ich an«, sagte Holger. »Ob sie jetzt wohl ganz tot ist?«

Das fragte ich mich auch. Aber gleichgültig, ob tot oder lebendig, ich legte kaum Wert darauf, sie zu sehen, auch nicht bei strahlendem Tageslicht. Antonio ist jetzt so grau wie ein Dachs, und seit dieser Nacht war er nie mehr der alte.

Manly Wade Wellman

Das letzte Grab von Lill Warran

Aus der Landstraße wurde ein ausgefahrener, zerfurchter Forstweg mitten durch die Föhren hindurch, und aus dem Forstweg ein Pfad. John Thunstone überlegte, daß er vorher hätte wissen müssen, daß sein Auto diese Strecke nicht schaffen würde. Jedenfalls schien es in diesen uralten, völlig naturbelassenen Wäldern fehl am Platz zu sein. Ein Holzkarren oder ein Maultier wären da viel geeigneter, vorausgesetzt, er hätte das richtige Gewicht dafür und wäre kleiner und leichter. Er stieg also aus dem Auto und schloß Fenster und Türen. Vor ihm schlängelte sich ein Pfad durch das Dickicht, schmal, aber gut erkennbar durch die Spuren, die wer weiß wie viele Jahre der Benutzung hinterlassen hatten.

Nun betraten seine großen Füße den Pfad. Sein Riesenkörper bewegte sich mit lautloser Geschmeidigkeit. John Thunstone war in den Wäldern, oder an noch wilderen Orten, zu Hause.

Er hatte für diese Expedition derbe Kleidung gewählt, um bei den Leuten der Sandhill-Wälder nicht den Eindruck eines geschniegelten fremden Eindringlings zu erwecken. Er trug alte Kordhosen, eine Lederjacke, die aus den Häuten der von ihm selbst erlegten Tiere für ihn angefertigt worden war, und einen schäbigen Filzhut. Sein grobknochiges Gesicht mit dem sauber gestutzten Schnurrbart war ernsthaft und aufmerksam. Seine Miene verriet weder die Erwartung noch die Erregung, auf die er am Ende seiner Suche hoffte. In seiner mächtigen Rechten trug er einen Spazierstock aus altem dunklem Holz.

»Ja, ja«, hatten die stadtbekannten Faulenzer, die auf der gepflasterten Straße herumlungerten, ihm auf seine Fragen zur Antwort gegeben. »Lill Warran – das ist ihr Name. Lill, nicht Lilly. Aber mit Lilie hat das auch nichts zu tun. Sie war nicht so süß und rein, sie war eine Hexe, Mister. Sicher, sie wurde ausgegraben aus ihrem Grab. Nein, dabei waren wir nicht, wir haben bloß davon gehört. Sie soll auf dem Biberdamm-Friedhof bestattet worden sein. Und einer oder vielleicht auch mehrere haben sie ausgegraben und ihren Leichnam vom Friedhof weggebracht. Es gibt noch immer Leute hier, die wie in den alten Zeiten glauben, daß es Unglück bringt, wenn man eine Hexe in geweihtem Boden bestattet. Die Kirche kann man dann auch vergessen, Mister, es liegt kein Segen mehr auf ihr. Das soll nicht heißen, daß wir selber auch daran glauben. Das Landvolk glaubt es.«

Aber die städtischen Müßiggänger hatten nicht die Notwendigkeit bestritten, daß man eine Hexe ausgraben mußte. Einer oder zwei von ihnen lieferten auch Geschichten von Lill Warran. Sie war keineswegs eine vertrocknete, bucklige alte Hexe gewesen, sondern ein gut gewachsenes Weibsbild, groß und füllig, aber gut gebaut, mit einer dichten Mähne schwarzer Haare. Sie trug es im Nacken zu einem großen Knoten geflochten, und es glänzte wie frisch geschmolzener Teer. Ihre Augen, sagten sie, waren so grün wie grünes Glas, und der Mund in ihrem braunen Gesicht . . .

»Ha! Mister!« stimmten sie Thunstone zu, »Sie sind von weit hergekommen, und es scheint, Sie haben schon viele gut aussehende Frauen gesehen, aber darüber kann es keinen Zweifel geben: Einmal Lill Warran und ihren roten Mund sehen, und Sie hätten Ihre unsterbliche Seele für einen Kuß von ihr verpfändet.«

Das hieß im Klartext so viel wie, daß mehr als einer seine unsterbliche Seele für einen Kuß von Lill Warrans Mund verpfändet hatte. Und jetzt war sie tot. Wodurch? Eine Kugel, sagten die einen, ein Unfall, sagten die anderen. Aber sie war tot, und zweimal war sie bestattet und beide Male wieder ausgegraben worden.

Diese und andere Informationen hatte John Thunstone gesammelt, während er dem Ende der Geschichte auf der Spur war. Denn John Thunstone hatte es sich zur Aufgabe gemacht, solche Geschichten bis an ihr Ende zu verfolgen. Seine »Geschichtsforschungen« hatten ihm so manche Abenteuer eingebrockt, von denen er nur ein Zehntel zum besten geben konnte, und bei diesem Zehntel handelte es sich um den einfachsten und glaubwürdigsten Teil. In den meisten Fällen behielt er seine Erfahrungen für sich. Sie haben vielleicht dabei mitgeholfen, die grauen Fäden in seinem glatten schwarzen Haar zu verteilen, und seinem ruhigen, gut geschnittenen Gesicht den ernsten Ausdruck zu verleihen.

Der Pfad schlängelte sich den steilen bewaldeten Berghang hinauf. Dornengestrüpp wucherte unter den Nadelbäumen und hakte sich fest, so daß John Thunstone sich mit Gewalt seinen Weg bahnen mußte, wie ein Bulle in einem Sumpf. Die Dornen zupften an seinen lederbekleideten Armen und Beinen wie kleine nach ihm heischende Finger.

Auf der Bergkuppe fand er die gesuchte Lichtung.

Es war eine Lichtung im wörtlichen Sinne. Die hohen Föhren waren gefällt und ihre mächtigen, geraden Stämme unzweifelhaft zum Bau des Blockhauses in der Mitte verwendet worden. Zypressenholz aus den nahegelegenen Sümpfen war gespalten worden und deckte als schwere Schindel das Dach. Rund um das Haus war reiner Sand. Nicht ein einziger Grashalm wuchs dort. Nackter Sand wie am Meeresstrand. Nichts bewegte sich auf dieser nackten Fläche, doch hinter dem Haus drang Lärm hervor. Ein rhythmisches Pink . . . Pink, wie von Metall, das gegen etwas Festes, Stein oder Mauerwerk, schlägt.

Lautlos wie ein Indianer schlich sich John Thunstone an die Ecke des Blockhauses heran, hielt inne, um zu erspähen, was sich dahinter befand, und ging dann darauf zu.

Ein Mann kniete dort, so groß wie John Thunstone, doch schlank und hager nach Art der Bewohner der Sandhill-Wälder. Er trug ein abgetragenes kariertes Hemd und blaue, durchgescheuerte und ausgefranste Baumwollhosen, deren Farbe verschlissen war. Die Ärmel waren hochgerollt und zeigten ausgemergelte, blasse Arme mit spitzen Ellenbogen und knotigen Händen. Er wandte Thunstone den Rücken zu. Der Scheitel seines Flachskopfes begann sich bereits zu lichten. Vor ihm auf der Erde lag ein flacher, rechteckiger Stein von der Farbe roher Leber. Er hielt einen Hammer mit kurzem Stiel und schwerem Kopf in seiner rechten Hand, und in der linken einen scharfen, spitzen Keil, wie man ihn auch zum Spalten eines Holzscheites benutzt. Die Spitze des Keils hielt er gegen die Steinfläche, und mit dem Hammer schlug er auf das stumpfe Ende des Keils. Pink, pink! Er bewegte die Spitze. Pink.

Geräuschlos wie eine über den Himmel ziehende Wolke schlich Thunstone hinter ihn. Er konnte erkennen, was der abgezehrte Mann in den Stein meißelte. Den letzten Buchstaben einer Reihe von Worten, deren Buchstaben unregelmäßig und eckig, aber tief eingehauen waren:

HIER LIEGT
LILL WARRAN
VON FEIGLINGEN UND NARREN
ZWEIMAL EIN- UND AUSGEGRABEN
MÖGE SIE NUN
IN FRIEDEN RUH'N
SIE WAR EINE ROSE VON SHARON
EINE LILIE AUS DEM TALE

John Thunstone beugte sich vor, um das letzte Wort zu lesen, und die helle Nachmittagssonne warf seinen Schatten auf den Stein. Sofort sprang der hagere Mann auf und war auf der anderen Seite seines Werkes, schnell und verstohlen wie ein Wiesel. Aufgerichtet stand er da und starrte John Thunstone an, den Hammer gesenkt, den scharfkantigen Keil ein wenig erhoben.

»Wer bist du?« stieß der Ausgemergelte keuchend hervor. Er hatte ein scharf geschnittenes Gesicht, dessen Nase wie ein spitzer Schnabel hervorstach, während Stirn und Kinn zurückwichen. Seine kleinen dunklen Augen standen eng beieinander. Seine Gesichtshaut war gelb und ledrig, und selbst das Weiße seiner Augen war so getrübt, als hätte er ein Gallenleiden.

»Mein Name ist John Thunstone«, sagte Thunstone so beiläufig wie möglich. »Ich suche Mr. Parrell.«

»Das bin ich. Pos Parrell.«

Pos . . . Warum der Name zu dem Mann paßte, war klar zu erkennen. Hagere, spitze Schnauze, mageres Kinn und Stirn, stechende Augen – all dies verlieh ihm das Aussehen eines Opossums. Ein mißtrauisches, wütendes, gefährliches Opossum.

»Was kann ich für Sie tun?« sagte Pos Parrell. Es klang, als plante er etwas Gewalttätiges.

»Ich möchte Ihnen einige Fragen über Miss Lill Warran stellen«, sagte Thunstone im beruhigenden, schmeichelnden Tonfall, als spräche er zu einem widerspenstigen Hund oder Pferd. »Wie ich sehe, machen Sie einen Grabstein für sie.« Er zeigte mit seinem Stock darauf.

»Und warum nicht?« entgegnete Pos Parrell, wobei er seine dünnen Lippen zurückzog und seine langen, starken Zähne entblößte, die blutigen Fängen ähnelten. »Hat sie denn kein Recht darauf, eine Weile in Frieden in ihrem Grab zu ruhen?«

»Ich hoffe, das wird sie«, sagte Thunstone. »In der Kreisstadt habe ich gehört, wie man sie aus ihrem Grab auf dem Friedhof gezerrt hat.«

Pos Parrell schnaubte. Seine Hände umfaßten Hammer und Meißel fester. »Nun, Mister, was geht Sie das an? Sind Sie einer vom Gesetz? Wenn ja, dann packen Sie Ihr Gesetz ein und nehmen Sie es mit in die Kreisstadt zurück. Ich bin nicht neugierig darauf. Am Biberdamm wollen sie sie nicht ruhen lassen, da hab' ich sie hier begraben, und hier wird sie auch bleiben.«

»Nein«, versicherte Thunstone ihm, »ich bin keiner vom Gesetz.«

»Was sind Sie denn? Einer von den Zeitungsreportern? Wer Sie auch sind, verschwinden Sie von meinem Grund und Boden.«

»Nicht ehe wir uns ein wenig unterhalten haben, Mr. Parrell.«

»Ich werde Sie fortjagen. Ich habe das Recht, Sie fortzujagen.«

Thunstone setzte sein gewinnendstes Lächeln auf. »Das Recht steht Ihnen zu, aber ob es Ihnen gelingt?«

Pos Parrell musterte ihn mit seinen Knopfaugen. »Sie sind zwar zweimal so dick wie ich, aber . . .«

Er ließ den Hammer fallen, der mit einem dumpfen Laut auf

dem Rand aufschlug. Der Keil glitt in seine rechte Hand, und er umfaßte ihn wie einen Dolch.

»Das würde ich nicht versuchen«, warnte Thunstone, der seinen Spazierstock gleichfalls hob.

Pos Parrell machte einen heftigen Ausfall nach vorne. Seine linke Hand griff nach der Spitze von Thunstones Stock, die rechte hob den Meißel.

Thunstone zog den Griff seines Stockes zurück. Ein metallisches Klicken folgte, und der untere Teil des Stockes, der sich in Parrells Hand befand, löste sich ab, wie die Scheide eines Schwerts, und enthüllte eine lange, biegsame, glitzernde Klinge. Als Parrell mit gezücktem Meißel vorwärts stürzte, fuhr Thunstone gewandt mit der Spitze seiner Schwertklinge über Parrells Faust. Parrell heulte vor Schmerz auf und ließ den Meißel fallen. Im nächsten Augenblick wich er zurück. Ruhig und mühelos folgte Thunstone ihm nach, die zitternde Schwertspitze stets nur wenige Zoll von Parrells Kehle entfernt.

»He!« protestierte Parrell. »He!«

»Es tut mir leid, aber Sie werden mich anhören müssen.«

»Nehmen Sie das Ding weg. Ich gebe mich geschlagen!«

Thunstone senkte die Klinge ein wenig und lächelte.

»Am besten geben wir uns beide geschlagen und reden miteinander.«

Parrell fügte sich. Er hielt noch immer das hohle Ende des Stocks in der Hand. Thunstone nahm es ihm ab und stülpte es über die Klinge.

»Soll ich Ihnen was sagen?« meinte Parrell ziemlich kleinlaut. »Das ist die merkwürdigste Art, eine Waffe zu tragen, die ich je gesehen habe.«

»Es ist ein Stockschwert«, erklärte Thunstone, nun wieder freundlich. »Es wurde vor einigen hundert Jahren angefertigt. Der Mann, der es mir gab, sagte, Saint Dunstan selber hätte es gemacht.«

»Wer war das?«

»Ein Engländer.«

»Ein Fremder, was?«

»Saint Dunstan war ein Silberschmied«, antwortete Thunstone. »Die Klinge in meinem Stock ist aus Silber. Saint Dunstan soll unter anderem den Teufel in die Nase gekniffen haben.«

»Lassen Sie mich das Ding noch einmal sehen«, sagte Parrell, und Thunstone gab die Klinge wieder frei. »Ha!« grunzte Parrell, »es sind Wörter darauf. Ich kann sie erkennen.«

Thunstones großer Finger zeigte auf die eingravierten Buchstaben. *»Sic pereant omnes inimici tui, Domine«*, las er laut. »Das heißt: Mögen all deine Feinde verderben, o Herr!«

»Bibelworte oder Zauberworte?«

»Vielleicht beides«, sagte Thunstone. »Nun, Parrell, ich möchte Ihr Freund sein. Die Leute in der Stadt reden ziemlich schlecht über Sie.«

»Und über Lill«, sagte Parrell so leise, daß Thunstone es kaum hören konnte, »Aber ich liebte sie. Eine Menge Männer haben sie geliebt, aber ich bin wahrscheinlich der einzige, der sie auch nach ihrem Tod noch liebt.«

»Erzählen Sie«, drängte Thunstone.

Parrell stapfte zur Hütte zurück, und Thunstone folgte ihm. Parrell setzte sich auf die Türschwelle und scharrte mit den derben Schuhen im Sand. Er betrachtete seinen rechten Handrücken, wo ihn Thunstones geschickter Schlag mit der silbernen Klinge geritzt hatte und ein Blutstropfen hervordrang.

»Sie hätten mich viel schlimmer verletzen können, wenn Sie es im Sinn gehabt hätten«, sagte er.

»Ich hatte es nicht im Sinn«, entgegnete Thunstone.

Wieder scharrten die Schuhe im Sand. »Ich hab' den Stein von meiner Türschwelle hochgewuchtet, um den Grabstein für Lills Grab daraus zu machen.«

»Es ist ein schöner Stein.«

Parrell deutete zum Rand der Lichtung. Dort, im Schatten der Föhren, zeigte ein Hügel aus frischem dunklem Sand die Größe und Form eines Körpers.

»Ich habe sie dort begraben«, sagte er, »und dort soll sie auch bleiben. Zu guter Letzt, denke ich, wußte sie, daß ich sie liebte, und daß nichts dies ändern konnte.«

Eine Rose von Sharon, eine Lilie aus dem Tale. Lill Warran sei keine süße Lilie gewesen, hatten die Müßiggänger in der Kreisstadt behauptet. Thunstone hockte auf den Fersen.

»Wenn Sie mit jemand darüber reden, der Ihnen zuhört«, meinte er, »werden Sie sich besser fühlen.«

»Denke schon.«

Und Pos Parrell redete.

Später schrieb Thunstone Parrells Geschichte aus dem Gedächtnis nieder, als einen höchst interessanten Bericht über den Glauben an das Übernatürliche und an eine wunderschöne, eigenwillige Frau.

Sie nannten Lill Warran eine Hexe, weil ihre Mutter eine war und ihre Großmutter auch. Die Leute sagten, sie könne Schweine verfluchen, daß sie abmagerten, und Hühner, daß sie aufhörten, zu legen, und sei imstande, Bäume auf Männer fallen zu lassen, die sie fällen wollten. Daß sich solche Dinge aus Zufall ereigneten, wollten sie nicht glauben. Der Priester am Biberdamm hatte geschworen, daß sie das Vaterunser falsch aufsagte – »Unser Vater, der du warst im Himmel«. Womit sie Satan meinte, der aus den Himmeln stürzte, wie es im Buch Jesaja heißt. Nein, der Priester hatte Lill Warran nicht aus der Kirche ausgeschlossen, aber sie ging nicht mehr hin und lachte über die tuschelnden Leute. Die Alten haßten sie, die Kinder fürchteten sich vor ihr, die Frauen mißtrauten ihr, die Männer aber . . .!

»Sie konnte jeden Mann haben«, sagte Parrell. »Und sie hat auch praktisch alle gehabt. Um ihretwillen ließ der Jäger seine Flinte im Stich, der Trinker die volle Whiskyflasche und der Farmer seinen Pflug im Feld. Viele Frauen vergossen Tränen, weil ihre Männer des Nachts Lill Warran nachstellten. Und jeder weiß, daß Nobe Filder sich erhängte, weil er Lill treffen sollte, und sie nicht kam, sondern in jener Nacht mit Newton Henley zum Tanz ging. Und Newton begann, sie zu hassen, aber er wurde krank, und als er starb, rief er ihren Namen.«

Pos Parrell hatte sie einfach geliebt. Sie versprach ihm nie ein

Stelldichein, sie schenkte ihm bloß hie und da ein Lächeln und ein paar Worte, so wie man einem Hund ein paar Brosamen zuwirft. Vielleicht war es auch gut so. Alle jene, die ihre Liebhaber waren, vergötterten sie zuerst, später aber fürchteten und haßten sie Lill Warran.

Das Ganze war eine Hexengeschichte, wie Thunstone sie immer wieder gelesen und erforscht hatte. Die Bücher der alten Gelehrten waren voll der Beweise über solch verführerische Zauberinnen, bis hin zu den alten Göttinnen der dunklen Liebe – Ischtar, Aschtoret, Astarte, verschiedene Namen für die gleiche Kraft, so schrecklich in der Liebe wie der Kriegsgott im Kampf. Thunstone fiel ein Fragment aus dem Gilgamesch-Epos ein, das vor fünftausend Jahren auf einer chaldäischen Tontafel festgehalten worden war. Mit höhnischen Worten geißelt Gilgamesch Ischtars Verführungskünste:

Hirte und Ackersmann umgarnst Du mit Deiner Liebe,
Der alles Korn für Dich vergeudet,
Und täglich ein Zicklein Dir schlachtet,
Ihn schlägst Du mit Begierde,
Verwandelst ihn in einen reißenden Wolf . . .

»Das alles bewies überhaupt nichts«, wandte Parrell ein, »außer, daß ihre Liebe leicht entflammbar, aber schwer zu halten war.«

»Wovon lebte sie denn?« fragte Thunstone. »Hatte ihre Familie Besitz?«

»Du meine Güte, nein. Sie war verwaist. Lebte ganz auf sich gestellt – ihre Hütte haben sie jetzt verbrannt. Es hieß, sie wüßte Zaubersprüche und könnte sich Fleisch aus den Räucherhäusern in ihren Topf hexen, ein Hexenmahl aus den Speisekammern auf ihren Tisch.«

»Ich habe von Leuten gehört, die einen solchen Verdacht gegen Hexen hegen«, pflichtete Thunstone ihm bei, um ihn bei Laune zu halten. »Nichts leichter, als sich selbst einzureden, an derartige Geschichten zu glauben.«

»Ich habe nie daran geglaubt, nicht einmal, als . . .«

Nun kam Parrell zum Höhepunkt der traurigen und schrecklichen Geschichte. Vor einer Woche war es geschehen. Es hatte etwas mit einer Silberkugel zu tun.

Denn Silberkugeln bedeuten für Dämonen den sicheren Tod, und das war einem jungen Mann namens Taylor Howatt, der als letzter um die verführerische Flamme Lill Warran herumflatterte, gut bekannt. Seine Freunde warnten ihn vor ihr, aber er wollte nicht hören. Taylor doch nicht! Bis etwas um seine Hütte herumschlich, etwas, das wie ein wildes Tier winselte und jaulte – ein Wolf, würden die Alten sagen, nur, daß Wölfe in dieser Gegend seit der Pionierzeit nicht mehr gesehen worden sind. Und Taylor Howatt hatte das Ding ein oder zweimal bei Mondlicht erspäht. Es war zottig, hatte spitze Ohren und eine spitze Schnauze, aber es stand auf zwei Beinen, zuweilen.

»Die Werwolfgeschichte«, bemerkte Thunstone, aber Parrell fuhr fort.

Taylor Howatt wußte, was zu tun war. Er hatte eine alte, heißgeliebte Flinte, die Art von Flinten, wie sie die Waffenschmiede auf dem Land angefertigt haben, als wir noch mit dem Norden im Krieg lagen. Eine Kugelform besaß er auch; er schmolz einen halben Silberdollar und goß sich eine Kugel. Mit geladener Flinte lauschte er mehrere Nächte lang dem Geheul. Als das Ding durch ein offenes Fenster spähte, konnte er seine Umrisse gegen den aufgehenden Mond genau erkennen und feuerte.

Am nächsten Tag wurde Lill Warran tot auf dem Fußweg, der zu ihrem Heim führte, gefunden, und ihr Herz war durchschossen.

Natürlich sandte der Sheriff einen Vertreter her. Taylor Howatt konnte plausibel machen, daß es ein Unfall gewesen sei. Die Leute versammelten sich bei Lills Hütte, und dort fanden sie verschiedene Dinge, behaupteten sie. Einer erhob Anspruch auf eine Speckseite und sagte, sie hätte in seinem Kamin gehangen. Ein anderer fand ein Buch.

»Ein Buch?« sagte John Thunstone schnell. Denn in einer Geschichte wie der von Lill Warran sind Bücher für gewöhnlich ein recht interessanter Besitz.

»Drei Leute haben mir davon erzählt und geschworen, sie hätten es gesehen«, entgegnete Parrell. »Ich selbst habe es nicht gesehen, daher kann ich auch nicht darüber urteilen.«

»Was haben denn jene Leute darüber erzählt?«

»Ziemlich haarsträubende Dinge. Der Einband war so haarig und dunkel wie das Fell eines schwarzen Bären. Und drinnen hatte es drei Teile.«

»Der erste Teil«, sagte Thunstone, »war mit roter Tinte auf weißem Papier geschrieben. Der zweite Teil mit schwarzer Tinte auf rotem Papier. Und der dritte Teil, schwarzes Papier, beschrieben mit . . .«

»Sie haben schon mit den anderen gesprochen!« warf Parrell ihm vor und machte Anstalten, sich zu erheben.

»Nein. Obwohl ich hörte, daß es bei Gericht erwähnt wurde. Aber ich habe von solchen Büchern schon früher gehört. Der dritte Teil des Buches, schwarzes Papier, ist mit weißer Tinte beschrieben, die in der Dunkelheit leuchtet, damit man sie ohne Licht lesen kann.«

»Dann haben die anderen bloß dasselbe gehört wie Sie und sich über mich lustig gemacht. Sie haben es erfunden, um meine Seele in Verwirrung zu stürzen.«

»Vielleicht«, sagte Thunstone, obwohl er bezweifelte, daß die Bewohner der Sandhill-Wälder über solch klassische und rare Werke Bescheid wußten. »Weiter!«

Wie Parrell aus den Erklärungen über das Buch entnommen hatte, bestand der erste Teil – rote Tinte auf weißem Papier – aus ziemlich einfachen Zaubersprüchen, um Rheumatismus oder Triefaugen zu heilen, mit ein oder zwei interessanteren Sprüchen darunter, um einerseits die Liebe eines Mannes zu gewinnen und andererseits unliebsame Liebhaber wieder loszuwerden. Der zweite Teil – schwarze Tinte auf Rot – enthielt die Unterweisungen für das Herbeizaubern von Speis und Trank aus den nachbarlichen Häusern, das Unsichtbarmachen des Adepten und die Anfertigung eines Spiegels, mit dem man weit entfernte Geschehnisse wahrnehmen konnte.

»Und der schwarze Teil des Buches?« fragte Thunstone gelassener, als er sich fühlte.

»So weit ist keiner gekommen.«

»Gut«, sagte Thunstone. Er selbst hätte es sich zweimal überlegt – und häufiger –, ehe er die leuchtenden Buchstaben im schwarzen Abschnitt eines solchen Buches gelesen hätte.

»Der Priester nahm es. Sagte, er hätte es in seinem Pult eingeschlossen. Am nächsten Tag war es weg. Die Leute glauben, der Teufel selbst hätte es geholt.«

Da mochten sie gar nicht so unrecht haben, dachte Thunstone, hütete sich aber, dies laut zu sagen.

Parrells Stimme klang verzweifelt, als er seine Erzählung beendete. Lill Warran hatte keine Verwandten gehabt, niemanden, der auf ihren Leichnam Anspruch erhoben hätte. Also erhob er, Parrell, Anspruch darauf, kaufte einen Sarg und ein Grab auf dem Biberdamm-Friedhof. Er war mit dem Gehilfen des Leichenbestatters allein, als sie Lill Warran begruben.

»Da keiner ein Christ sein wollte, wurde beim Begräbnis nichts aus der Bibel gelesen«, sagte Parrell zu Thunstone. »Ich sagte ein paar Zeilen aus einem Lied auf, das mir einfiel – das mir immer einfiel, wenn ich an sie dachte. Es geht so . . .«, halb krächzend zitierte er den Vers:

Kohl, kohlschwarz ist des Raben Rock,
der Eichelhäher ist blau,
Eh' ich mein fein's Liebchen vergeß,
soll das Herz mir schmelzen wie Tau.

Thunstone fragte sich, wie alt das Lied wohl war. »Und weiter?« meinte er.

»Den Rest kennen Sie. Am Morgen danach wurde sie aus dem Grab und hier herauf gezerrt. Ich fand sie vor meiner Schwelle, jener Stufe, aus der ich jetzt ihren Grabstein gemeißelt habe.« Parrell deutete nickend darauf. »Ich nahm sie und begrub sie noch einmal. Und heute morgen war es wieder dasselbe. Dort lag sie. Sollen sie doch alle verflucht sein. Ich hab' sie dort drüben begraben, und dort drüben soll sie auch bleiben, und wenn einer etwas dagegen hat, dann werde ich mir etwas anderes als das Gesetzbuch zur Hilfe nehmen. Hab' ich denn etwas falsch gemacht, Mister?«

»Sie nicht«, sagte Thunstone. »Sie taten, was Ihr Herz Ihnen sagte.«

»Danke. Ich danke Ihnen. Wie Sie gesagt haben, jetzt, nachdem ich geredet habe, fühle ich mich besser.« Parrell erhob sich. »Ich will jetzt den Stein aufstellen.«

Thunstone half ihm dabei. Das Gewicht des Brockens machte ihnen zu schaffen. Parrell trieb ihn am Kopfende des Grabes in den Sand. Dann warf er einen Blick auf die hinter den Föhren versinkende Sonne.

»Vor Einbruch der Dunkelheit werden Sie kaum von hier weg sein, und der Weg ist schwer zu finden. Es wäre mir eine Ehre, wenn Sie über Nacht hier blieben. Bett und Abendbrot werden zwar bescheiden sein, aber wenn Sie die Güte hätten . . .«

»Vielen Dank«, sagte Thunstone, der bereits überlegt hatte, wie er es anstellen sollte, über Nacht bleiben zu können.

Sie traten in den vorderen Raum der Hütte. Sie war mit roten und ungehobelten Brettern verkleidet, aber ebenmäßig verfugt. Es gab einen alten Tisch, alte Sessel, einen uralten Küchenherd, und Pfannen hingen an den Wänden. Parrell deutete auf ein Bild, das an die Wand genagelt war.

»Das ist sie«, sagte er.

Es war eine billige Fotografie, und der Fotograf hatte sie mit künstlerischem Eifer koloriert. Aber Thunstone konnte trotzdem erkennen, zu welcher Sorte Frauen Lill Warran gehört hatte. Das Bild zeigte sie bis zur Taille, und sie trug ein hübsches Kleid mit großen Blumen darauf. Sie lächelte mit dem großen vollen Mund, von dem er gehört hatte, in die Kamera. Ihre Augen waren mandelförmig, spöttisch und wollüstig. Stolz saß der Kopf auf den schön geformten Schultern. Rund und prall war der Busen, den die Silberkugel aus der alten Flinte Taylor Howatts durchbohrt hatte.

»Verstehen Sie jetzt, warum ich sie geliebt habe?« fragte Parrell.

»Ich verstehe«, versicherte Thunstone.

Parrell bereitete das Essen zu. Es gab Maisbrot und Sirup und ein Gericht aus Schweinsrippchen, ziemlich herzhaft. Trotz seines Kummers langte Parrell bei seiner eigenen Küche kräftig zu. Als sie gegessen hatten, verneigte sich Parrell und murmelte einen alten Tischsegen. Sie gingen hinaus vor die Hütte. Parrell stapfte langsam zum Grab von Lill Warran hinüber und starrte darauf. Thunstone verschwand zwischen den Bäumen, sah eine Pflanze und beugte sich hinunter, um sie auszureißen.

»Was pflücken Sie dort?« rief Parrell.

»Nur ein etwas seltsames Gewächs«, rief Thunstone zurück und zog noch eines heraus. Es handelte sich um die Wurzeln, die im ganzen Süden unter dem Namen von Johann dem Eroberer bekannt waren und als gutes Mittel gegen Zauberei galten. Thunstone füllte seine Taschen damit und spazierte dann zu Parrell zurück.

»Ich bin froh, daß Sie gekommen sind, Mr. Thunstone«, sagte Parrell. Auf seinem Opossumgesicht breitete sich ein scheues Lächeln aus. »Zwei Jahre lang habe ich allein gelebt, aber niemals war ich so einsam wie in der letzten Woche.«

Sie traten zusammen ins Haus. Parrell zündete eine Öllampe an, und sofort spürte Thunstone, welche Wirkung die Augen auf der anderen Seite des Raumes ausübten. Er wandte sich ihnen zu und blickte in Lill Warrans Gesicht auf dem Porträt. Das Lächeln der Abgebildeten schien ihn herauszufordern und zu verhöhnen, aber ungleich auch ihn einzuladen. Was hatte man ihm in der Stadt anzüglich zugeflüstert? *Sie würden Ihre unsterbliche Seele verpfänden, um einen Kuß von ihr zu bekommen.*

Das Bild genügte, um ihn zu überzeugen, daß bessere Männer als der spindeldürre, jämmerliche Pos Parrell Lill Warran unwiderstehlich finden konnten.

»Ich werde Ihnen hier Ihr Lager bereiten«, bot Parrell ihm an.

»Sie brauchen sich meinetwegen kein Mühe zu machen«, sagte Thunstone. Aber Parrell öffnete eine arg mitgenommene, alte Holztruhe und entnahm ihr eine Steppdecke, dann noch eine. Als er sie ausbreitete, erkannte Thunstone die alten und berühmten Muster, mit denen man früher die Steppdecken schmückte.

»Die hat noch meine Mutter gemacht«, bemerkte Parrell.

Parrell bereitete ihm entlang der Wand aus den Decken eine Lagerstatt. »Ist es Ihnen hier recht? Wollen Sie nicht lieber in meinem Bett schlafen?«

»Ich habe schon auf Härterem als diesem Lager geschlafen«, versicherte Thunstone schnell.

Sie saßen am Tisch und redeten. Parrells Gedanken hingen noch immer seiner verlorenen Liebe nach. Offen und ernst sprach er von ihr. Ein- oder zweimal ertappte Thunstone ihn bei dem Versuch, ins Dichterische abzuschweifen.

»Wenn ich sie anblickte«, sagte Parrell, »war es mehr ein Hören als ein Sehen.«

»Hören? Was hörten Sie?«

»Ich hörte – am ehesten kann man es mit dem Klang einer Fiedel vergleichen, schöner gespielt als Sie je gehört haben. Viel schöner, als ich selbst spielen kann.«

Thunstone hatte den arg zugerichteten Geigenkasten auf dem handgemachten Bord neben der Tür zum hinteren Zimmer, offensichtlich Parrells Schlafquartier, gesehen, aber ihn nicht erwähnt. »Wie wär's, wenn Sie uns jetzt etwas spielten«, schlug er vor.

Parrell schluckte. »Musik machen? Während sie dort draußen in ihrem Grab liegt?«

»Sie würde nichts dagegen haben, wenn sie es wüßte. Es macht Ihnen doch Freude, die Fiedel zu spielen, nicht wahr?«

Parrell ließ sich nicht länger bitten. Er stand auf, öffnete den Kasten und nahm die Fiedel heraus. Sie war alt und das Holz dunkel, und er drehte sie schüchtern zwischen seinen geschickten Fingern. Thunstone blickte ihn an. »Woher haben sie sie? Die Fiedel, meine ich.«

»Oh, mein Großvater hat sie mir vererbt. Ich war der einzige von seinen Enkelsöhnen, dem er etwas beigebracht hat.«

»Woher hatte er sie?«

»Ich weiß nicht genau, wie ich Ihnen das erklären soll. Ich habe immer gehört, daß ein fremder Kerl – ich meine ein richtiger Fremder aus Europa oder so und nicht irgendeiner aus einem anderen Landesteil – sie meinem Großvater entweder gegeben oder im Tausch überlassen hat.«

Thunstone kannte sich bei Violinen ein wenig aus und schätzte, daß diese eine Summe wert war, die Parrell überraschen würde. Doch er behielt es für sich und sagte nur: »Warum spielen Sie nicht etwas darauf?«

Parrell grinste und entblößte dabei seine schiefen Zähne. Er klemmte sich das Instrument unters Kinn und spielte. Sein Spiel war sprunghaft, aber kraftvoll, mit einiger Übung hätte er brillant sein können. Die Musik strömte, säuselte, donnerte und erstarb. »Das klang interessant«, sagte Thunstone, »was war das?«

»Nur etwas, was ich mir selbst ausgedacht habe«, sagte Parrell entschuldigend. »Ich mache das manchmal, aber nicht sehr oft. Die Leute wollen lieber die alten Lieder hören – Sachen, die sie kennen, wie ›Arkansasreiter‹ und ›Feuer in den Bergen‹. Mein eigenes Zeug spiele ich im allgemeinen nur hier, an den Abenden, wenn ich allein bin.« Parrell legte das Instrument beiseite. »Meine Fiedel hat mir Gesellschaft geleistet, wenn ich mir manchmal des nachts gewünscht habe, Lill wäre hier.«

»Ist Ihnen bekannt«, sagte Thunstone, »warum wir in den ländlichen Gegenden von Amerika so viele Fiedeln haben?«

»Nie darüber gehört, soweit ich mich erinnern kann.«

»In den Pioniertagen von Amerika«, sagte Thunstone, »waren die Heimstätten der Menschen einsam und von wilden Tieren umgeben. Meistens Wölfen.«

»Jetzt nicht mehr«, warf Parrell ein. »Erinnern Sie sich, wie dieser Schwachkopf Taylor Howatt behauptet hat, einen Wolf erschossen zu haben, und ich weiß gar nicht, wie lange es her ist, daß man hier den letzten Wolf gesehen hat.«

»Vielleicht jetzt nicht mehr, aber in den alten Zeiten gab es noch Wölfe. Und die Fiedelklänge schmerzen ihnen in den Ohren und halten sie fern.«

»An dem, was Sie sagen, mag schon was dran sein«, meinte Parrell und legte die Fiedel in ihren Kasten zurück, »aber ich bin müde. In den letzten sechs Nächten habe ich nicht genug geschlafen. Doch jetzt, wo Sie hier sind und mir so viel Gescheites erzählt haben . . .«, Parrell hielt inne, um sich zu strecken und zu gähnen. »Wenn es Ihnen recht ist, will ich jetzt eine Weile schlafen.«

»Gute Nacht, Parrell«, sagte Thunstone und blickte seinem Gastgeber nach, der sich ins Hinterzimmer zurückzog und die Tür schloß.

Dann ging Thunstone hinaus. Es war ruhig und sternenklar. Der Mond ging auf, fahl leuchtete die halbierte Scheibe. Er nahm die Wurzeln von Johann dem Eroberer aus den Taschen und befestigte eine über der Tür und eine über dem Fenster auf der Vorderseite, und so ging es weiter um die ganze Hütte herum. Schließlich kehrte er in den vorderen Raum zurück, drehte den Docht der Lampe etwas höher und breitete ein Stück Papier aus. Er holte eine Feder hervor und begann zu schreiben:

Mein lieber de Grandin:

Ich weiß, Ihre Nachforschungen hielten Sie davon ab, mit mir hierher zu kommen, doch frage ich mich, ob nicht diese Sache interessanter, wenn nicht wichtiger ist, als Ihr Vorhaben in New Jersey.

Die Gerüchte um Lill Warran, wie in dem Brief von heute morgen kurz umrissen, wurden zum großen Teil bestätigt. Nun jedoch zu den neuen Einzelheiten, die ich entdeckt habe:

Starke Beweise für das Vorhandensein eines Grimoires der schlimmsten Art. Ich beziehe mich auf ein Buch mit weißen, roten und schwarzen Abschnitten. Da es in diesem Fall erwähnt wird, bin ich geneigt, an seine Existenz zu glauben – die Landbevölkerung hier wäre kaum in der Lage, ein solches Werk zu erfinden. Es scheint, daß Lill Warran eine Kopie davon besaß, die später aus einer verschlossenen Schublade verschwand. Auf natürliche oder übernatürliche Weise!

Anwesenheit eines Werwolfs. Ein gewisser Taylor Howatt war sich so sicher darüber, daß er eine Silberkugel anfertigte und sie höchst wirkungsvoll benutzte. Er feuerte auf ein haariges, spitzohriges Ungeheuer, und am nächsten Morgen wurde Lill Warran tot aufgefunden. Dieser Punkt schafft die Voraussetzungen für den nächsten.

Niemand kennt die Person oder Personen, die Lill Warran zweimal aus dem Grab warfen. Die meisten Leute dieser Gegend sind eher erfreut über die Tatsache, daß es Lill Warran nicht vergönnt war, in geweihter, kirchlicher Erde zu ruhen, und Pos Parrell, gramgebeugt, begrub sie auf seinem Grund und Boden, mit der Absicht, ihr dort Frieden zu schenken. Doch, de Grandin, Sie werden die Wahrheit schon erraten haben, die sich die Leute hier nicht einmal träumen lassen: Wenn Lill Warran tatsächlich ein Werwolf war – und der schwarze Teil des Buches unterwies sie ohne Zweifel darin, willentlich zu einem zu werden –, wenn also wie gesagt Lill Warran ein Werwolf war . . .

Thunstone, die Feder in den Fingern, richtete sich kerzengerade in seinem Sessel auf. Irgendwas oder irgendeiner bewegte sich verstohlen draußen in der Dunkelheit.

Etwas klopfte leise an das Fliegengitter, das Pos Parrell über das Fenster genagelt hatte. Standhaft unterließ es Thunstone, hinzublicken. Er täuschte ein Gähnen vor, bedeckte mit der breiten Hand den Mund – eine Reflexbewegung, dachte er, in gähnende Meditation versunken, von früheren Generationen, die fürchteten, ansonsten könnte ein Dämon ihnen die Seele durch den offenen Mund entreißen. Langsam schraubte er die Kappe auf seine Feder und legte diese auf den unvollendeten Brief an de Grandin. Er stand auf, streckte sich und legte seine Lederjacke ab. Dann gab er vor, seine Schuhe aufzuschnüren, behielt sie aber an. Schließlich hielt er seine gewölbte Hand über das obere Ende des Lampenzylinders und blies die Lampe aus. Er begab sich zu der Lagerstätte, die Parrell ihm aus den Decken bereitet hatte, und legte sich darauf nieder. Er begann, tief und regelmäßig zu atmen. Eine Hand ruhte, anscheinend völlig entspannt, nur ein wenig von seinem Stockschwert entfernt.

Nun erreichte das Abenteuer seinen Höhepunkt, das wußte er sehr gut, aber in den folgenden Augenblicken galt es, sich zu beherrschen. Um auch den mißtrauischen Beobachter zu täuschen, mußte es scheinen, als schliefe er tief und fest.

Mit grimmiger Entschlossenheit begann er, sich zu entspannen, von den Zehenspitzen an aufwärts. Er ließ seinen großen Kinnladen herabsinken und die großen Hände sich öffnen. Wie ein Schläfer fuhr er fort, tief und regelmäßig zu atmen. Am schwierigsten war die Aufgabe, den raschen Schlag von Herz und Puls herabzusetzen, doch John Thunstone hatte, der Not gehorchend, schon bei vielen früheren Anlässen auch dies gelernt. So vollkommen gelang es ihm, sich schlafend zu stellen, daß selbst sein Verstand in Träumereien versank. Er schien fast ein wenig über seinem Lager zu schweben, mit dem Bewußtsein, knapp vor der Schwelle in das Reich der Träume zu verweilen.

Doch seine Ohren lauschten gespannt auf jedes Geräusch. Und draußen in der Finsternis zog das unbekannte Wesen weiter seine heimliche Runde.

Nun hielt es inne – genau vor der Tür, wie John Thunstone glaubte. Es wußte, daß die Wurzel von Johann dem Eroberer dort lag, ein Hindernis zwar, aber keines, daß seine Pläne völlig durchkreuzte. Um das zu vertreiben, was – wie Thunstone mit Sicherheit spürte – die Hütte belagerte, brauchte man ein Kraut wie Wolfsbann oder Knoblauch oder den in diesem Teil der Welt wild gedeihenden französischen Flieder. Der Große oder der Kleine Hans – in jene Arten unterscheiden Kräutersammler die Wurzel von Johann dem Eroberer – wurde nur benutzt, »um zu gewinnen«, konnte aber den Sieg nicht garantieren. Alles was er vermochte, war, den Angriff des Belagerers zu verlangsamen, doch das gewiß.

Mit verhaltenem Atem, langsam und leise, begann John Thunstone einen Spruch zu murmeln, den ihn ein weißer Magier in einer fernen Stadt gelehrt hatte, halb Gebet und halb Bann gegen böse Feinde:

»Zwei böse Augen überschatten uns, doch zwei heilige Augen wachen über uns, die Augen des Heiligen Dunstan, der den Teufel besiegte und beschämte. Nimm dich in acht, Böser, nimm dich zweimal in acht, Böser, nimm dich dreimal in acht . . .«

Aus dem nächsten Raum hörte Thunstone jetzt Geräusche. Es war ein dumpfes, vorsichtiges Klopfen. Es kam aus der Richtung, in der sich, wie er gesehen hatte, das geschlossene Flügelfenster von Pos Parrells Schlafkammer befand.

Mit der völligen Lautlosigkeit, die Thunstone zu eigen war,

rollte er von seinem Lager und blieb einen Augenblick mit dem Gesicht auf dem Fußboden liegen. Dann stützte er ein Knie und beide Arme auf und erhob sich zu seiner vollen Größe. In der einen Hand hielt er das Stockschwert.

Das Klopfen dauerte an, während er einen Fuß über die rohen Planken des Fußbodens gleiten ließ und betete, daß keine Diele knarren möge. Es gelang ihm ein Schritt, ein zweiter, ein dritter. Nun war er an der Tür, die in das angrenzende Zimmer führte.

Seine freie Hand tastete nach dem Türknauf. Es gab keinen, nur einen Strick. Thunstone zog daran, und die Tür ging lautlos auf.

Er blickte in ein Zimmer, das vom hereinfallenden Mondlicht schwach erhellt wurde. Vor den vier Scheiben des Fensters zeichneten sich schattenhaft ein Kopf und Schultern ab. Ein leises Klirren, und eine der Scheiben fiel herein und zerschellte mit klingendem Ton auf dem Fensterbrett. Irgendwas hatte den Kitt herausgepickt. Ein dunkler Arm schlängelte sich herein und machte sich an dem Riegel zu schaffen. Einen Augenblick später war das Fenster offen, etwas zwängte sich hindurch und landete auf dem Fußboden.

Das Mondlicht ließ ihn die Gestalt besser erkennen, als sie sich von allen Vieren erhob und der Pritsche zuwandte, auf der Pos Parrell lag, stumm und schlaff, als wäre er betäubt.

John Thunstone kannte dieses Gesicht von jenem Bild, das sich in dem anderen Zimmer befand. Es hatte die schrägen, glänzenden Augen, das dichte Haar, das wie eine dunkle Gewitterwolke die Seiten umrahmte. Und der breite, volle Mund zeigte kein Lächeln, sondern zuckte wie in ungebärdiger Erwartung.

»Pos«, flüsterte der Mund von Lill Warran.

Sie trug ein weißes, weites Gewand, wie man es in jenem Landesteil den toten Frauen anlegt. Seine weiten, flügelähnlichen Ärmel umfächerten die Arme, und er fiel frei von den glatten, blassen Schultern und der fein gewölbten Linie des Busens zu Boden herab. Jetzt, so wie einst im Leben, war Lill Warran ein verboten schönes Geschöpf. Sie schien zu schwanken und auf Parrell zuzuschweben.

»Du liebst mich«, hauchte sie ihm zu.

Der Schläfer regte sich zum ersten Mal. Er drehte sich ihr zu, eine Hand bewegte sich schläfrig, fast so, als ob er sie heranwinke. Lill Warran erreichte das Bett.

»Halt ein, wo du bist!« rief John Thunstone und stürmte ins Zimmer und auf das Bett zu.

Sie hielt inne, eine Hand auf der Decke, die Parrell verhüllte. Sie wandte Thunstone ihr Gesicht zu, auf dem das Mondlicht spielte. Ein spöttisches Lächeln lag auf ihren Lippen.

»Du warst klug genug, um das meiste über mich zu erraten«, sagte sie, »willst du nun so dumm sein, das, was geschehen muß, verhindern zu wollen?«

»Du wirst ihn nicht berühren«, sagte Thunstone.

Sie kicherte. »Du kannst ruhig schreien. Pos Parrell kannst du heute nacht nicht aufwecken – nicht, so lange ich hier stehe. Er liebt mich. Er hat mich immer geliebt. Die anderen liebten und dann haßten sie mich. Aber er liebt mich – obwohl er glaubt, ich sei tot . . .«

Sie klang archaisch, als zitiere sie schlecht geprobte Zeilen aus einem alten Stück. Das mußte so sein, wie Thunstone wußte.

»Er liebt dich, daß ist gewiß«, pflichtete Thunstone ihr bei. »Das heißt, du weißt um seine Hilflosigkeit. Du glaubst, seine Liebe läßt ihn zu einer leichten Beute für dich werden. Du hast nicht mit mir gerechnet.«

»Wer bist du?«

»Meine Name ist John Thunstone.«

Lill Warran starrte ihn wütend an, ihre Lippen verzerrten sich. Es schien, als wollte sie fauchen.

»Den Namen kenne ich. John Thunstone! Soll ich dich unschädlich machen, jetzt und für immer, du Narr?«

Sie tat einen Schritt vom Bett zurück. Ihre Hände hoben sich, die flügelähnlichen Ärmel glitten zurück. Sie krümmte ihre Finger, Klauen gleich, und Thunstone sah die Länge und Schärfe ihrer Nägel.

Lill Warran !achte.

»Narren erhalten einen besonderen Lohn. Vernichtung!«

Thunstone stand mit gegrätschten Beinen vor ihr. Der Stock

lag quer über seinem Leib, den Griff hielt er in der rechten Faust, die Finger seiner linken Hand umschlossen den unteren Schaft, der die Scheide bildete.

»Du hast einen Stock«, sagte Lill Warran. »Glaubst du mich damit verjagen zu können, wie einen Hund?«

»Ja.«

»Du kannst dich ja nicht einmal bewegen, John Thunstone!« Ihre Hände webten ein Muster in der Luft wie die Hände eines Hypnotiseurs. »Du bist nur ein Spielzeug für mich! Ich erinnere mich an ein Gedicht, das ich einmal gehört habe: ›Es war ein Narr . . .‹«, sie hielt lachend inne.

»Erinnerst du dich, wie das Gedicht hieß?« fragte er mit süßer Stimme, und sie schrie, schrill und laut wie eine riesige Fledermaus, und tat einen Satz auf ihn zu.

In diesem Augenblick zog Thunstone das lange Silberrapier aus seinem Versteck und streckte es ihr entgegen.

An der nadelspitzen Klinge vernichtete sich Lill Warran selbst. Er spürte, wie die Klinge leicht und ohne Widerstand ins Fleisch ihres Busens drang. Lill Warrans Körper schnellte bis zum Griff vor, und für einen Augenblick war sie nur noch durch eine Armeslänge von ihm getrennt. Ihre Augen traten hervor, der Mund öffnete sich weit, doch nur ein Seufzer drang daraus hervor.

Dann fiel sie zurück, schlaff wie ein leeres Gewand, und als Thunstone seine Klinge herauszog, sank sie zu Boden und lag mit ausgebreiteten Armen da, als hätte man sie gekreuzigt.

Thunstone holte ein Taschentuch aus seiner Hosentasche und wischte das Blut ab, das vom Griff bis zur Spitze der silbernen Waffe rann, die vor vielen Jahrhunderten Saint Dunstan geschmiedet hatte, der Patron all jener, die mit den Kreaturen des Bösen den Kampf aufnehmen.

Seine Lippen formten die auf der Klinge eingravierten Worte, und er begann laut das Gebet zu wiederholen: »*Sic pereant omnes inimici tui, Domine* . . . Mögen all Deine Feinde verderben, o Herr.«

»Ha?« sagte Pos Parrell schlaftrunken und setzte sich auf seinem Lager auf. Er strengte sich in der Dunkelheit die Augen an. »Was sagen Sie, Mister? Was ist geschehen?«

Thunstone ging auf die Kommode zu, während er das silberne Schwert in die Scheide steckte. Er strich ein Zündholz an, hob den Zylinder von der Lampe auf der Kommode und zündete sie an. Das Zimmer füllte sich mit warmem Licht.

Parrell sprang aus dem Bett. »He, sehen Sie! Das Fenster ist offen – eine Scheibe ist zerbrochen. Wer hat das getan?«

»Jemand von draußen«, sagte Thunstone, der ihn still beobachtete.

Parrell drehte sich um und erblickte, was auf dem Boden lag. »Es ist Lill!« stammelte er mit versagender Stimme. »Mögen ihre verderbten Seelen zur Hölle fahren, sie haben sie wieder ausgegraben und hier hereingeworfen!«

»Das glaube ich nicht«, sagte Thunstone und hob die Lampe. »Schauen Sie gut hin!«

Er bewegte die Lampe, so, daß das Licht auf die stille Gestalt von Lill Warran fiel. Parrell kniete an ihrer Seite, seine zitternden Hände berührten den dunklen Fleck auf ihrer Brust.

»Blut!« stieß er hervor. »Das ist frisches Blut. Ihre Wunde hat jetzt geblutet. Sie war gar nicht tot, dort unten in ihrem Grab!«

»Nein«, bemerkte Thunstone ruhig. »Sie war nicht tot dort unten in ihrem Grab. Aber jetzt ist sie tot.«

Parrell betrachtete sie, unglücklich und sorgfältig. »Ja, Sir. Sie ist jetzt tot. Sie wird nimmermehr aufstehen.«

»Nimmermehr«, pflichtete Thunstone ihm bei. »Und sie ist aus eigener Kraft aus dem Grab entwichen. Niemand hat sie ausgegraben, tot oder lebendig.«

Parrell starrte kniend zu ihm empor. Ein ungläubiges Staunen zeichnete sich auf seinem vom Gram zerfurchten Gesicht ab.

»Kommen Sie mit hinaus«, lud Thunstone ihn ein und griff nach der Lampe. Er durchschritt den vorderen Raum und ging zur Tür hinaus. Parrell stapfte dicht hinter ihm her.

Die Nacht war ruhig, die schwache Brise ließ kaum die Flamme flackern. Thunstone führte Parrell zur Längsseite des Grabes, blieb dort stehen und hielt die Lampe hoch über das frisch gegrabene Loch.

»Sehen Sie, Parrell«, sagte Thunstone. »Dieses Grab wurde von innen geöffnet, nicht von außen.«

Vornübergebeugt starrte Parrell auf das Grab. Langsam hob er eine Hand und wischte sich mühsam über die niedere fliehende Stirn.

»Sie haben wohl recht«, sagte Parrell schließlich. »Wenn ein Fuchs aus seinem Bau ausbricht, sieht es genauso aus – die Erde ist von innen herausgeworfen worden, nur daß es größer als ein Fuchsloch ist.« Parrell richtete sich auf. Im Licht der Lampe war sein Gesicht krankhaft bleich. »Dann stimmt es, obwohl es unmöglich zu sein scheint. Sie war lebendig hier drinnen und kam heute nacht heraus.«

»Sie kam auch in den anderen beiden Nächten heraus«, sagte Thunstone. »Ich glaube kaum, daß ich Ihnen genau erklären kann warum, aber die Nacht war die Zeit ihrer Stärke. Und jedesmal kam sie hier herauf – ging oder kroch den ganzen Weg. Und jedesmal konnte sie sich nicht mehr bewegen, wenn der Morgen graute.«

»Lill kam zu mir!«

»Sie liebten sie. Das ist der Grund, warum sie zu Ihnen kam.«

Parrell wandte sich dem Haus zu. »Und sie muß mich auch geliebt haben«, flüsterte er, »daß sie zu mir aus dem Grab gekommen ist. Heute nacht hatte sie es nicht weit, wäre sie am Leben geblieben . . .«

Thunstone ging auf das Haus zu. »Daran dürfen Sie nicht denken, Parrell. Jetzt ist sie tot, und was sie getan hätte, wenn sie am Leben geblieben wäre, daran dürfen wir nicht denken.«

Parrell erwiderte nichts. Sie traten durch die Vordertür ins Haus und gingen in den hinteren Raum, wo Lill Warran lag, so wie sie sie verlassen hatten. Das Licht der Lampe, die Thunstone trug, verfeinerte ihre Züge.

Es war ein ruhiges Gesicht, ein friedliches Gesicht, doch ein wenig kummervoll. Ja, ein süßes Gesicht. Weder in ihrem Leben, noch als Untote mochte Lill Warran so ausgesehen haben, aber nun, da sie richtig tot war, strahlten ihre Züge eine sanfte schlafende Schönheit aus. Thunstone konnte erkennen, warum Parrell oder irgendein anderer Mann sich in ein solches Gesicht verlieben mochte.

»Und sie kam zu mir, sie liebte mich«, flüsterte Parrell wieder.

»Ja, sie liebte Sie«, nickte Thunstone zustimmend. »Auf ihre Weise liebte sie Sie. Bringen wir sie in ihr Grab zurück.«

Sie trugen sie hinaus und zu dem Loch. Auf seinem Grund stand der einfache Sarg aus Fichtenbrettern, der aus seinen Halterungen gerissene Sargdeckel lag daneben. Die beiden Männer legten die Leiche in den Sarg, zogen die schlaffen Glieder zurecht und legten den Deckel an seinen Platz. Parrell brachte Spaten und Schaufel, und sie schaufelten das Grab zu und strichen die Erde glatt.

»Ich werde jetzt wieder mein kleines Gedicht aufsagen«, meinte Parrell, und mit gesenktem Kopf murmelte er:

Kohl, kohlschwarz ist des Raben Rock,
der Eichelhäher ist blau.
Eh' ich mein fein's Liebchen vergeß,
soll das Herz mir schmelzen wie Tau.

Er blickte Thunstone mit tränenüberströmtem Gesicht an.

»Jetzt wird sie in Frieden ruhen.«

»Ja. Sie wird in Frieden ruhen und nicht mehr aufstehen.«

»Hätten Sie etwas dagegen, ins Haus zurückzugehen? Ich werde hier bis morgen früh Wache halten. Das wird doch nicht schaden, oder?«

Thunstone lächelte.

»Nein, das kann nicht schaden. Es geht schon in Ordnung, niemand wird Sie stören.«

»Oder sie«, fügte Parrell hinzu.

»Oder sie«, pflichtete Thunstone ihm bei. »Niemand wird sie stören. Behalten Sie sie einfach in Erinnerung als jemanden, der Sie liebte, und dessen Ruhe nie wieder gestört werden wird.«

Im Haus stellte Thunstone die Lampe auf den Tisch, wo er seinen Brief an de Grandin unterbrochen hatte. Er nahm die Feder und begann wieder zu schreiben:

Ich wurde von Ereignissen unterbrochen, die dieses Abenteuer zu einem guten Abschluß geführt haben. Vielleicht werde ich Ihnen darüber erst bei unserer nächsten Zusammenkunft berichten.

Doch um meine früheren Ausführungen zu beenden:

Wenn Lill Warran ein Werwolf war und in dieser Gestalt getötet wurde, dann ist es üblich, daß sie nach ihrem Tod zum Vampir wurde. Das kann man sowohl bei Montague Summers, als auch im Werk Ihres Landsmannes, Cyprien Robert, nachlesen.

Und sie kehrte tatsächlich als Vampir zurück und suchte in vampirhafter Verkehrung ihrer Zuneigung die einzige lebende Person auf, deren Herz noch immer für sie schlug.

Da ich bereits Verdacht schöpfte, als ich Wind von der Geschichte Lill Warrans bekam, nahm ich die silberne Klinge mit, die Saint Dunstan für solche Kämpfe geschmiedet hat, und sie wurde zu meiner Siegeswaffe.

Er beendete den Brief und faltete ihn zusammen. Draußen erhellte der Mond die ruhige Nacht, und es schien, als könne sich nichts Böses in ihr regen.

Fritz Leiber

Das Mädchen mit den hungrigen Augen

In Ordnung, ich will euch erzählen, warum es mir vor dem Mädchen gruselt. Warum ich es nicht leiden kann, in die Stadt zu fahren und zu sehen, wie der Mob sie anhimmelt, dort oben auf dem Turm mit der Limoflasche oder der Zigarettenpakkung, oder was sonst gerade neben ihr steht. Warum ich es jetzt hasse, Zeitschriften durchzublättern, weil ich weiß, daß sie irgendwo mit einem Büstenhalter oder in einem Schaumbad auftauchen wird. Und warum ich nicht gern an die Millionen Amerikaner denke, die jenes giftige Halblächeln in sich aufnehmen. Eine schöne Geschichte! Und es steckt vermutlich mehr dahinter, als ihr denkt.

Nein, es handelt sich nicht um einen Anfall von Entrüstung oder Empörung über die Übel der Werbung und des nationalen Glamour-Girl-Kultes. Das wäre bei einem Mann in meiner Branche lachhaft, oder? Obwohl ihr mir rechtgeben werdet, denke ich, daß es leicht ans Perverse grenzt, zu versuchen, auf diese Weise aus Sex Kapital zu schlagen. Aber für mich ist das okay. Und ich weiß, wir hatten schon das Gesicht und den Körper und den Blick und alles mögliche, warum sollte also nicht eine kommen, die all das so ideal in sich vereinigt, daß wir sie einfach das Mädchen nennen, und sämtliche Plakatwände vom Times Square bis zum Telegraph Hill mit ihrem Bild bepflastern?

Aber dieses Mädchen ist anders als die anderen. Sie ist unnatürlich. Sie ist morbide. Sie ist dämonisch.

Oh, wir leben in einer modernen Zeit, werdet ihr sagen, und die Dinge, auf die ich hier anspiele, starben mit den Hexen aus. Aber ihr seht, daß ich selbst nicht genau weiß, worauf ich anspiele, jedenfalls von einem gewissen Punkt an. Es gibt Vampire und Vampire, und nicht alle saugen Blut.

Und da waren die Morde, wenn es überhaupt Morde waren. Und erlaubt mir bitte eine Frage. Warum finden wir nicht mehr über das Mädchen heraus, wenn ganz Amerika von ihr besessen ist? Warum zierte sie noch kein *Time*-Titelbild samt einer amüsanten Biographie im Innern des Blattes? Warum gab es keine Artikel in *Life* oder *Poet*? Kein Porträt im *New Yorker*? Warum hat *Charm* oder *Mademoiselle* nicht ihre sagenhafte Karriere geschildert? Noch nicht soweit? Unsinn.

Warum hat der Film noch nicht zugegriffen? Warum ist sie noch in keiner Talkshow gewesen? Warum sieht man sie nicht auf Wahlkampagnen die Kandidaten küssen? Warum wurde sie nicht auf irgendeiner Veranstaltung zur Königin von irgendeiner Sache gewählt?

Warum liest man nichts über ihre Neigungen und Hobbys, ihre Ansichten über die Lage in Rußland? Warum haben sie die Reporter noch nicht im Kimono in der obersten Etage des höchsten Hotels von Manhattan interviewt und uns berichtet, mit welchen Jungs sie befreundet ist?

Schließlich – und das ist der wahre Knüller –, warum ist sie niemals gezeichnet oder gemalt worden?

O nein, das wurde sie nie. Wenn ihr etwas von Kommerzkunst verstündet, würdet ihr es wissen. All diese gottverdammten Bilder wurden nach Fotos gemacht. Gut gemacht? Selbstverständlich. Sie haben die besten Leute eingesetzt. So wird es nun mal gemacht.

Und jetzt werde ich euch sagen, warum das so ist. Es ist, weil es in der gesamten Werbebranche, von ganz unten nach ganz oben, in der gesamten Zeitungs- und Geschäftswelt keine einzige Menschenseele gibt, die weiß, woher das Mädchen kommt, wo sie wohnt, was sie macht, wer sie ist, wie sie heißt – nicht einmal das.

Ihr habt richtig gehört. Und noch was, keine einzige Menschenseele bekommt sie jemals zu Gesicht – außer einem armen verdammten Fotografen, der mit ihr mehr Geld verdient, als er sich je erhofft hat, und der den ganzen Tag Angst hat und todunglücklich ist.

Nein, ich habe nicht die geringste Ahnung, wer er ist, oder wo er sein Studio hat. Aber ich weiß, daß es einen solchen

Mann geben muß, und ich bin todsicher, daß er sich genauso fühlt, wie ich eben sagte.

Ja, ich könnte sie vielleicht finden, wenn ich es versuchte. Ich bin allerdings nicht sicher – inzwischen hat sie wahrscheinlich neue Sicherheitsvorkehrungen getroffen. Außerdem will ich es auch gar nicht.

Oh, ich spinne ein bißchen, nicht wahr? Solche Sachen können im Atomzeitalter nicht mehr passieren? Man kann sich nicht so verstecken, nicht einmal die Garbo?

Nun, ich weiß zufällig, daß man es kann, weil ich letztes Jahr der arme verdammte Fotograf war, von dem ich euch erzählt habe. Ja, letztes Jahr, als das Mädchen ihr erstes Gift hier in unserer großen kleinen Stadt verspritzte.

Ja, ich weiß, ihr wart letztes Jahr nicht da, und ihr wißt nichts darüber. Sogar das Mädchen mußte klein anfangen. Würdet ihr die Archive der Lokalpresse durchkämmen, dann fänden sich bestimmt ein paar Annoncen, und ich könnte vielleicht noch ein paar von den alten Schautafeln für euch auftreiben – ich glaube, Lovelybelt benutzt immer noch eine von ihnen. Ich hatte früher selbst einen Berg Fotos, bis ich sie verbrannte.

Ja, ich habe mich von ihr losgesagt. Ich hatte damals in jenem Rattenloch vom Hauser-Gebäude, nicht weit vom Ardleigh Park, ein Studio im vierten Stock.

Ich hatte in den Marsh-Mason-Studios gearbeitet, bis ich die Nase davon voll hatte und beschloß, mich selbständig zu machen. Das Hauser-Gebäude war fürchterlich – ich werde nie vergessen, wie die Stufen knarrten –, aber es war billig, und es gab ein Dachfenster.

Das Geschäft ging saumäßig. Ich machte dauernd bei allen Werbeleuten und Agenten die Runde, und einige von ihnen hatten gegen mich persönlich nicht allzu viel einzuwenden, aber mein Zeug kam nie an. Ich war fast am Ende. Ich war mit der Miete in Rückstand. Teufel, ich hatte nicht einmal genug Geld für ein Mädchen.

Es war einer von diesen dunklen, grauen Nachmittagen. Das Gebäude war sehr still – ich hatte gerade ein paar Bilder fertig entwickelt, die ich auf gut Glück für Lovelybelt-Mieder und Budfords Spielhallen machte. Mein Modell war gegangen. Eine

Miss Leon. Sie unterrichtete an einer der High Schools Staatsbürgerkunde und spielte nebenbei ein bißchen Modell für mich, ebenfalls auf gut Glück. Nach einem Blick auf die Abzüge fand ich, daß Miss Leon wahrscheinlich nicht genau das war, was Lovelybelt suchte – und auch nicht das, was ich suchte. Ich wollte gerade Schluß machen.

Und dann schlug vier Etagen unter mir die Haustür zu, und auf der Treppe ertönten Schritte, und sie trat ein.

Sie trug ein billiges, glänzendes schwarzes Kleid. Schwarze Pumps. Keine Strümpfe. Und außer dem grauen Stoffmantel über einem Arm waren ihre mageren Arme nackt. Ihr wißt doch, daß ihre Arme ganz schön mager sind, oder könnt ihr derartige Dinge nicht mehr sehen?

Und dann der dünne Hals, das etwas hagere, beinahe affektierte Gesicht, die wirre schwarze Haarmasse, und darunter blickten die hungrigsten Augen der Welt hervor.

Wißt ihr, das ist der wahre Grund, weshalb heute das ganze Land mit ihr bepflastert ist – diese Augen. Nicht vulgär, aber sie sehen einen mit einem Hunger an, der nichts als Sex und noch etwas mehr als Sex ist. Es ist das, was alle Männer von der Stunde Null an gesucht haben – etwas mehr als Sex.

Also, Jungs, da stand ich, allein mit dem Mädchen, in einem Atelier, das langsam dunkel wurde, in einem beinahe leeren Gebäude. Eine Situation, die sich bestimmt schon eine Million Amerikaner in allen Einzelheiten ausgemalt haben. Was ich für ein Gefühl hatte? Angst.

Ich weiß, daß Sex beängstigend sein kann. Dieses kalte Herzklopfen, wenn man mit einem Mädchen allein ist und spürt, daß man es gleich berühren wird. Aber wenn es diesmal Sex war, dann wurde es von etwas anderem überlagert.

Zumindest dachte ich nicht im geringsten an Sex.

Ich weiß noch, daß ich einen Schritt rückwärts machte und meine Hand derart zusammenzuckte, daß die Fotos, die ich betrachtete, auf die Erde segelten.

Ich verspürte ein ganz schwaches Gefühl von Benommenheit, als würde etwas aus mir herausgezogen. Nur ein bißchen.

Das war alles. Dann öffnete sie den Mund, und eine Weile war alles wieder normal.

»Wie ich sehe, sind Sie Fotograf, Mister«, sagte sie. »Könnten Sie ein Modell gebrauchen?«

Ihre Stimme klang nicht sehr gebildet.

»Kaum«, sagte ich, während ich die Bilder aufsammelte. Seht ihr, ich war nicht beeindruckt. Mir waren die kommerziellen Möglichkeiten ihrer Augen noch nicht aufgegangen, noch nicht. »Was haben Sie bisher gemacht?«

Nun, sie erzählte mir irgendeine vage Geschichte, und ich fing an zu checken, was sie über Modellagenturen und Studios und Gagen wußte und was nicht, und nach ziemlich kurzer Zeit sagte ich ihr: »Wissen Sie, Sie haben noch nie im Leben als Modell gearbeitet. Sie sind auf gut Glück hier reingekommen.«

Sie gab zu, daß es mehr oder weniger so war.

Während unserer Unterhaltung hatte ich das Gefühl, sie erkunde das Terrain, wie jemand, der sich auf fremdes Gebiet verirrt hat. Nicht, daß sie sich ihrer selbst oder meiner nicht sicher war – nur ganz allgemein.

»Und Sie glauben, jeder kann Modell stehen?« fragte ich mitleidig.

»Sicher«, sagte sie.

»Sehen Sie«, sagte ich, »ein Fotograf kann ein Dutzend Negative verschwenden, um ein halbwegs menschliches Bild von einer Durchschnittsfrau zu machen. Wie viele, glauben Sie, muß er verschwenden, bis er ein wirklich aufregendes, umwerfendes Bild von ihr hinkriegt?«

»Ich glaube, ich könnte es schaffen«, sagte sie.

Zu dem Zeitpunkt hätte ich sie rausschmeißen sollen. Vielleicht bewunderte ich bloß, wie kaltblütig sie sich mit ihren erbärmlichen Waffen verteidigte. Vielleicht rührte mich ihr unterernährtes Aussehen. Wahrscheinlich wurde ich aber gemein und wollte mich an ihr dafür rächen, daß alle Leute über meine Bilder die Nase gerümpft hatten, indem ich es ihr zeigte.

»Okay, ich werd's mal versuchen«, erklärte ich ihr. »Ich werde ein paar Probeaufnahmen schießen. Es ist natürlich nur ein Versuch. Wenn jemand ein Foto von Ihnen haben will, wofür die Chance ungefähr eins zu zwei Millionen ist, werde ich Ihnen das Übliche zahlen. Sonst nicht.«

Sie schenkte mir ein Lächeln. Das erste. »Das finde ich super«, sagte sie.

Nun, ich machte drei oder vier Aufnahmen, Nahaufnahmen von ihrem Gesicht, da mir ihr billiges Kleid nicht übermäßig gefiel, und sie hielt wenigstens meinem Sarkasmus stand. Dann fiel mir ein, daß ich noch das Zeug von Lovelybelt da hatte, und weil immer noch eine Portion Gemeinheit in mir steckte, gab ich ihr einen Hüftgürtel und sagte ihr, sie solle hinter den Paravent gehen und ihn anziehen, und sie tat es, ohne verlegen zu werden, wie ich eigentlich vermutet hatte, und da wir schon einmal so weit waren, fand ich, wir könnten ebensogut auch noch die Strandszene machen, um es abzurunden, und das war's.

Die ganze Zeit fühlte ich nichts Besonderes, außer, daß ich ab und zu einen dieser Anflüge von Benommenheit hatte und mich fragte, ob mit meinem Magen etwas nicht in Ordnung war, oder ob ich bei den Chemikalien vielleicht nicht aufgepaßt hatte.

Aber wißt ihr, ich glaube, das Unbehagen verließ mich die ganze Zeit nicht.

Ich schob ihr eine Karte und einen Bleistift hin. »Schreiben Sie Ihren Namen mit Adresse und Telefonnummer auf«, sagte ich und ging in die Dunkelkammer.

Wenig später ging sie hinaus. Ich rief ihr keinen Abschiedsgruß zu. Ich ärgerte mich, weil sie weder aufgeregt noch um ihr Aussehen besorgt zu sein schien. Außerdem hatte sie sich nicht bedankt, wenn man von dem einen Lächeln absieht.

Ich entwickelte die Negative, machte ein paar Abzüge, warf einen Blick darauf und fand, daß sie nicht viel schlechter waren als die von Miss Leon. Einem Impuls folgend steckte ich sie zu den Bildern, mit denen ich am nächsten Morgen die Runde machen wollte.

Inzwischen hatte ich genug getan, war also ein bißchen ausgepumpt und nervös, aber ich wagte nicht, soviel Geld für Schnaps auszugeben, um das runterzuspülen. Ich hatte nicht viel Hunger. Ich glaube, ich ging in ein billiges Kino.

Ich dachte überhaupt nicht an das Mädchen, wunderte mich vielleicht nur ein bißchen, weshalb ich in meinem damaligen frauenlosen Zustand keine Annäherungsversuche gemacht hatte. Sie schien zu einer . . . nun, zu einer entschieden zugänglicheren Gesellschaftsschicht zu gehören als Miss Leon. Aber es gab da natürlich alle möglichen Vernunftgründe, weshalb ich es nicht getan hatte.

Am nächsten Morgen machte ich die Runde. Mein erster Besuch galt Munsch's Brauerei. Sie suchten ein »Munsch-Mädchen«. Papa Munsch hatte eine gewisse Zuneigung für mich, obgleich er sich über meine Fotos lustig machte. Er hatte auch in der Hinsicht ein gesundes Urteilsvermögen. Vor fünfzig Jahren hätte er einer von diesen Schuhputzerjungen sein können, die Hollywood aufbauten.

Im Moment ging er in der Braustube seiner Lieblingsbeschäftigung nach. Er stellte das schäumende Bierglas ab, schmatzte mit den Lippen, brabbelte etwas Technisches über Hopfen zu irgend jemand, wischte sich seine fetten Hände an der großen Schürze ab, die er trug, und grapschte nach meinem kleinen Bilderstapel.

Er hatte ihn ungefähr halb durchgesehen und schnalzte mit der Zunge, als er zu ihr kam. Ich hätte mich ohrfeigen können, daß ich sie überhaupt dazugetan hatte.

»Das ist sie«, sagte er. »Das Foto ist nicht gerade umwerfend, aber das ist das Mädchen.«

Es war beschlossene Sache. Ich frage mich heute, wieso Papa Munsch schon damals spürte, was in dem Mädchen steckte, während ich es nicht merkte. Ich glaube, es war, weil ich sie zuerst in Fleisch und Blut gesehen hatte, wenn man es so nennen kann.

Damals wurde mir nur ein bißchen schwach in den Beinen.

»Wer ist sie?«

»Eins meiner neuen Modelle«, versuchte ich so beiläufig wie möglich zu sagen.

»Bringen Sie sie morgen früh her«, erklärte er mir. »Und Ihr Zeug. Wir werden sie hier fotografieren.«

»Hier, reißen Sie sich zusammen«, fügte er hinzu. »Trinken Sie ein Bier.«

Nun, ich zog weiter, mit der festen Überzeugung, daß es

bestimmt nur ein Zufall war, und sie morgen die Sache wegen ihrer Unerfahrenheit schmeißen würde, und so weiter.

Trotzdem, als ich meinen nächsten Bilderstapel unterwürfig auf Mr. Fitchs – von Lovelybelts – rosa Löschpapier legte, hatte ich sie ganz oben.

Mr. Fitch spürte wieder einmal das Verlangen, sich als Kunstkritiker zu gebärden. Er lehnte sich zurück, kniff die Augen zusammen, wedelte mit seinen langen Fingern und sagte: »Hm, was meinen Sie, Miss Willow? Hier, in diesem Licht, sieht man auf dem Foto natürlich nicht den schrägen Schnitt. Aber das Mädchen . . . Kommen Sie her, Binns!« Mehr Fingerwedeln. »Ich möchte die Reaktion eines verheirateten Mannes sehen.«

Er konnte die Tatsache nicht verbergen, daß er angebissen hatte.

Genau dasselbe passierte bei Budfords Spielhallen, nur daß Da Costa nicht das Gerede vom verheirateten Mann brauchte.

»Heiße Sache«, sagte er, sich die Lippen leckend. »Oh, Mann, ihr Fotografen!«

Ich eilte zurück ins Atelier und griff nach der Karte, die ich ihr für ihren Namen und die Adresse gegeben hatte.

Sie war leer.

Ich brauche euch wohl kaum zu erzählen, daß die nächsten fünf Tage die schlimmsten waren, die ich je durchgemacht habe, in normalen Zeiten jedenfalls. Als der nächste Morgen vorbei war, und ich sie immer noch nicht gefunden hatte, mußte ich anfangen, die Sache hinauszuzögern.

»Sie ist krank«, erklärte ich Papa Munsch am Telefon.

»Im Krankenhaus?« fragte er mich.

»Nicht so ernst«, erklärte ich ihm.

»Bringen Sie sie her. Was ist schon 'ne kleine Migräne?«

»Tut mir leid, ich kann nicht.«

Papa Munsch wurde mißtrauisch. »Haben Sie das Mädchen wirklich an der Hand?«

»Natürlich.«

»Also, ich weiß nicht. Ich könnte fast glauben, es ist ein New Yorker Modell, aber ich habe Ihr verdammtes Foto erkannt.«

Ich lachte.

»Also, hören Sie, Sie bringen sie morgen früh her, ja?«

»Ich werd's versuchen.«

»Keine Versuche. Sie bringen sie her.«

Er erfuhr nicht die Hälfte von dem, was ich alles versuchte. Ich ging zu allen Modellagenturen und Stellenvermittlungen. Ich spionierte in den Studios der Fotografen und Werbeleute herum. Ich kratzte meine letzten Moneten zusammen, um in allen drei Zeitungen Anzeigen aufzugeben. Ich sah die Jahrbücher der High School und die Angestelltenfotos der hiesigen Institutionen durch. Ich ging in Restaurants und Drugstores, um mir die Kellnerinnen, und in Kramläden und Kaufhäuser, um mir die Verkäuferinnen anzusehen. Ich beobachtete die Menschenmassen, die aus den Kinos strömten. Ich durchkämmte die Straßen.

Abends strich ich ziemlich lange an der Straße mit den leichten Mädchen herum. Das schien mir irgendwie der richtige Ort zu sein.

Am fünften Nachmittag wußte ich, daß es aus war. Papa Munsch's Ultimatum – er hatte mir mehrere gestellt – lief um sechs Uhr ab. Mr. Fitch hatte bereits abgesagt.

Ich war am Studiofenster und blickte auf den Ardleigh-Park hinunter. Sie spazierte herein.

Ich hatte mir jenen Augenblick vorher so oft ausgemalt, daß ich keine Mühe hatte, meine Nummer abzuziehen. Selbst das schwache Gefühl der Benommenheit warf mich nicht um.

»Hallo«, sagte ich, sie kaum anblickend.

»Hallo«, sagte sie.

»Noch immer nicht entmutigt?«

»Nein.« Es klang nicht gezwungen oder herausfordernd. Es war nur eine Feststellung.

Ich blickte kurz auf meine Uhr, stand auf und sagte knapp: »Hören Sie, ich will Ihnen eine Chance geben. Ein Kunde von mir sucht ein Mädchen, ungefähr Ihren Typ. Wenn Sie sich Mühe geben, schaffen Sie vielleicht den Sprung ins Modellgeschäft. Wir können noch heute nachmittag zu ihm, wenn wir uns beeilen«, sagte ich. Ich sammelte mein Zeug zusammen. »Los, kommen Sie! Und wenn Sie nächstes Mal was von mir wollen, lassen Sie besser Ihre Telefonnummer da.«

»Hm, hm«, sagte sie und rührte sich nicht.
»Was meinen Sie?« fragte ich.
»Ich werde zu keinem Ihrer Kunden gehen.«
»Sie sind wohl verrückt geworden«, sagte ich. »Sie kleines Biest, ich gebe Ihnen eine echte Chance.«
Sie schüttelte langsam den Kopf. »Sie können mir nichts vormachen, Baby. Sie können mir gar nichts vormachen. Die wollen mich haben.« Und sie schenkte mir das zweite Lächeln.
Damals dachte ich, sie hätte meine Anzeige gesehen. Heute bin ich nicht mehr so sicher.
»Und jetzt will ich Ihnen sagen, wie wir arbeiten werden«, fuhr sie fort. »Sie werden meinen Namen oder die Adresse oder die Telefonnummer nicht bekommen. Niemand kriegt sie. Und wir werden alle Bilder hier machen. Nur Sie und ich.«
Ihr könnt euch die Szene vorstellen, die ich da machte. Ich war alles – wütend, sarkastisch, geduldig und logisch, völlig aus dem Häuschen, drohend, bettelnd.
Ich hätte ihr das Gesicht zerschlagen können, aber es war fotografisches Kapital.
Am Ende konnte ich nur noch Papa Munsch anrufen und ihm ihre Bedingungen mitteilen. Ich wußte, daß ich keine Chance hatte, aber ich mußte mich damit abfinden.
Er brüllte mich wütend an, sagte ein paarmal »nein« und legte auf.
Es beunruhigte sie nicht. »Wir fangen morgen früh um zehn mit den Aufnahmen an«, sagte sie.
So war sie, redete wie eine aus diesen Filmzeitschriften.
Gegen Mitternacht rief Papa Munsch an.
»Ich weiß nicht, aus welcher Irrenanstalt Sie dieses Mädchen geholt haben«, sagte er, »aber ich nehme sie. Kommen Sie morgen früh vorbei, und dann versuche ich, Ihnen einzutrichtern, wie ich die Bilder haben will. Und es freut mich, daß ich Sie aus dem Bett geholt habe.«
Danach ging alles wie am Schnürchen. Sogar Mr. Fitch überlegte es sich noch einmal, und nachdem er mir zwei Tage lang erklärt hatte, es sei ganz unmöglich, akzeptierte er die Bedingungen ebenfalls.
Natürlich steht ihr schon alle unter dem Bann des Mädchens,

könnt also nicht verstehen, was für ein Opfer es für Mr. Fitch bedeutete, als er sich bereit erklärte, auf die Überwachung der Aufnahmen meines Modells in der Lovelybelt-Kaiserin oder -Wildkatze, oder was auch immer es war, zu verzichten.

Am nächsten Morgen erschien sie pünktlich zu der Zeit, die sie angegeben hatte, und wir gingen an die Arbeit. Eines muß ich zu ihren Gunsten sagen, sie wurde nie müde und pfuschte mir nie ins Handwerk. Ich kam gut zurecht, nur, daß ich immer noch jenes Gefühl hatte, man zöge mir langsam den Boden unter den Füßen weg. Vielleicht habt ihr es auch ein bißchen gespürt, wenn ihr die Bilder von ihr angeschaut habt.

Als wir fertig waren, stellte ich fest, daß es noch mehr Regeln gab. Es war mitten am Nachmittag. Ich wollte mit ihr weggehen, auf ein Sandwich und Kaffee.

»Hm, hm«, sagte sie. »Ich gehe allein runter. Und hören Sie, Baby, wenn Sie je versuchen sollten, mir zu folgen, wenn Sie auch nur den Kopf aus dem Fenster stecken, wenn ich gehe, können Sie sich ein anderes Modell suchen.«

Ihr könnt euch vorstellen, wie mir all das verrückte Zeug auf den Wecker fiel – und meine Phantasie beschäftigte. Ich weiß noch, daß ich das Fenster öffnete, als sie gegangen war – ich wartete zuerst ein paar Minuten –, und dort stand, um ein bißchen frische Luft zu tanken, und versuchte, mir vorzustellen, was wohl dahinter steckte, ob sie sich vor der Polizei versteckte, oder die gefallene Tochter von irgend jemandem war, oder ob sie sich vielleicht einbildete, es sei schick, extravagant zu spielen, oder ob – und das war wahrscheinlicher – Papa Munsch recht hatte, und sie ein bißchen irre war.

Aber ich mußte meine Bilder fertig machen.

Im Rückblick kann man sich kaum noch vorstellen, wie schnell ihr Zauber die ganze Stadt ergriff. Wenn ich daran denke, habe ich Angst davor, was mit dem ganzen Land passiert – und vielleicht mit der ganzen Welt. Gestern las ich im *Time*-Magazin, das Bild des Mädchens tauche jetzt schon auf Reklameschildern in Ägypten auf.

Der Rest der Geschichte wird helfen, euch zu zeigen, weshalb ich eine so große, überwältigende Angst habe. Aber ich habe auch eine Theorie, die zur Erklärung beiträgt, obgleich sie zu den Dingen gehört, die jenseits von jenem »gewissen Punkt« liegen. Sie dreht sich um das Mädchen. Ich werde sie euch kurz erläutern.

Ihr wißt, wie die heutige Werbung alle Leute gleichpolt, sie dazu bringt, sich dasselbe zu wünschen, dasselbe vorzustellen. Und ihr wißt, daß die Psychologen heute der Telepathie nicht mehr so skeptisch gegenüberstehen wie früher.

Packt die beiden Ideen zusammen. Nehmen wir einmal an, die identischen Wünsche von einer Million Menschen konzentrieren sich auf eine telepathische Person. Sagen wir, auf ein Mädchen, das ihren Vorstellungen entspricht.

Stellt euch vor, sie kennt die geheimsten Wünsche von Millionen Männern. Stellt euch vor, sie durchschaut diese Wünsche besser als die Leute selbst, sie erkennt den Haß und das Todesverlangen dahinter. Stellt euch vor, sie paßt sich diesen Vorstellungen genau an, bleibt aber selbst kalt wie Marmor. Und stellt euch den Hunger vor, mit dem sie auf den Hunger der Leute reagiert.

Aber damit entferne ich mich zu weit von den Fakten meiner Geschichte. Und einige dieser Fakten sind verdammt greifbar. Das Geld zum Beispiel. Wir machten eine Menge Geld.

Das war das Lustige, das ich euch gerade erzählen wollte. Ich fürchtete, das Mädchen würde mich ausnehmen. Sie hatte mich richtig in der Hand, wißt ihr.

Aber sie verlangte nur den üblichen Tarif. Später bestand ich darauf, ihr mehr Geld zu geben, eine ganze Menge. Aber sie nahm es immer mit dem gleichen verächtlichen Ausdruck, als würde sie es in den nächsten Gully werfen, wenn sie draußen wäre.

Vielleicht tat sie es.

Jedenfalls hatte ich Geld. Zum erstenmal seit Monaten hatte ich genug Geld, um mich zu betrinken, um neue Sachen zu kaufen, Taxis zu nehmen. Ich konnte es bei jedem Mädchen versuchen, das mich reizte. Ich brauchte nur auszusuchen.

Und deshalb mußte ich natürlich losziehen und aussuchen . . . Aber laßt mich zuerst von Papa Munsch erzählen.

Papa Munsch war nicht der erste von den Jungs, die versuchten, mein Modell kennenzulernen, aber ich glaube, er war der erste, der wirklich verrückt nach ihr war. Ich konnte die Veränderung in seinen Augen beobachten, wenn er ihre Bilder ansah. Sie wurden langsam sentimental, schmachtend. Mama Munsch war vor zwei Jahren gestorben.

Er legte sich einen schlauen Plan zurecht. Er brachte mich dazu, ein paar Worte darüber fallenzulassen, wann sie immer zur Arbeit kam, und dann kam er eines Morgens ein paar Minuten vorher die Treppe heraufgestampft.

»Ich muß sie sehen, Dave«, erklärte er mir.

Ich diskutierte mit ihm, ich zog ihn auf, ich erklärte, er wisse ja gar nicht, wie todernst es ihr mit ihren verrückten Ideen sei. Ich wies ihn sogar darauf hin, daß er uns beiden das Messer an die Kehle setze. Ich überraschte mich sogar selbst dabei, wie ich ihn anbrüllte.

Er reagierte auf nichts davon in seiner gewohnten Weise. Er wiederholte nur: »Aber, Dave, ich muß sie sehen.«

Die Haustür wurde zugeschlagen.

»Das ist sie«, sagte ich mit leiser Stimme. »Sie müssen raus.«

Er wollte nicht, also schob ich ihn in die Dunkelkammer. »Und seien Sie ja ruhig«, flüsterte ich. »Ich werde ihr sagen, daß ich heute nicht arbeiten kann.«

Ich wußte, daß er versuchen würde, sie zu sehen, daß er wahrscheinlich ins Zimmer platzen würde, aber ich konnte nichts anderes machen.

Die Schritte näherten sich der vierten Etage. Aber sie tauchte nicht in der Tür auf. Mir wurde unbehaglich zumute.

»Schmeißen Sie diesen Trunkenbold da raus!« schrie sie plötzlich hinter der Tür. Nicht sehr laut, aber mit ihrer gemeinsten Stimme.

»Ich gehe jetzt zum nächsten Treppenabsatz«, sagte sie. »Und wenn dieser fette Trunkenbold nicht direkt auf die Straße runtergeht, wird er nie mehr ein Bild von mir kriegen, außer, wo ich in sein Scheißbier spucke.«

Papa Munsch kam aus der Dunkelkammer. Er war weiß. Er blickte mich nicht an, als er hinausging. Er sah sich in meiner Gegenwart nie wieder ihre Bilder an.

Soweit Papa Munsch. Jetzt erzähle ich von mir. Ich redete um das Thema herum, ich machte Andeutungen, schließlich machte ich einen Annäherungsversuch.

Sie schob meine Hand weg wie einen nassen Lappen.

»Nein, Baby«, sagte sie. »Jetzt wird gearbeitet.«

»Aber danach . . .« drängte ich.

»Die Regeln gelten immer noch.« Und ich bekam, glaube ich, das fünfte Lächeln.

Es ist kaum zu glauben, aber sie wich nie einen Zoll von ihren verrückten Vorsätzen ab. Ich durfte im Studio keine Annäherungsversuche machen, weil unsere Arbeit sehr wichtig war, sie liebte sie, und Ablenkung durfte es nicht geben. Und woanders konnte ich sie nicht sehen, denn wenn ich das versuchte, würde ich nie mehr ein Bild von ihr schießen – und all das, während dauernd mehr Geld hereinkam, und ich nie so dumm war, mir einzubilden, es hätte irgend etwas mit meiner Fotografiertechnik zu tun.

Ich wäre kein normaler Mann, wenn ich es nicht doch noch mal versucht hätte. Aber sie behandelte mich jedesmal wie einen nassen Lappen, und es gab kein Lächeln mehr.

Ich änderte mich. Ich wurde irgendwie verrückt und schwindlig – nur manchmal war mir, als würde mein Kopf zerspringen. Und ich begann, ihr dauernd etwas zu erzählen. Über mich.

Es war wie ein ständiges Delirium, das aber nie dem Geschäftlichen in die Quere kam. Ich beachtete das benommene Gefühl gar nicht. Es erschien mir ganz natürlich.

Ich bewegte mich wie im Traum, und dann sah der Scheinwerfer plötzlich wie ein weißglühendes Stahlstück aus, oder die Schatten wie Armeen von Motten, oder die Kamera war ein großes schwarzes Kohlenauto. Aber im nächsten Augenblick war alles wieder in Ordnung.

Ich glaube, manchmal hatte ich tödliche Angst vor ihr. Dann schien sie der seltsamste, fürchterlichste Mensch der Welt zu sein. Aber dann wieder . . .

Und ich redete. Ganz egal, was ich gerade machte – sie ausleuchten, posieren lassen, mit Stativen hantieren, meine Bilder schießen – oder wo sie war – auf dem Podest, hinter dem

Paravent, über eine Illustrierte gebeugt – ich quatschte pausenlos.

Ich erzählte ihr alles, was ich von mir wußte. Ich erzählte ihr von meinem ersten Mädchen. Ich erzählte ihr von dem Fahrrad meines Bruders Bob. Ich erzählte ihr, wie ich auf einem Güterzug ausgerissen war und wie Pa mich versohlte, als ich wieder nach Hause kam. Ich erzählte ihr, wie ich mit dem Schiff nach Südamerika ging, und vom blauen Nachthimmel. Ich erzählte ihr von Betty. Ich erzählte ihr, wie meine Mutter an Krebs gestorben war. Ich erzählte ihr, wie ich bei einer Schlägerei in einer Gasse hinter einer Bar zusammengeschlagen wurde. Ich erzählte ihr von Mildred. Ich erzählte ihr von dem ersten Bild, das ich verkauft hatte. Ich erzählte ihr, wie ich Chicago vom Segelboot aus erlebte. Ich erzählte ihr von der längsten Zechtour, die ich je gemacht hatte. Ich erzählte ihr von Marsh-Mason. Ich erzählte ihr von Gwen. Ich erzählte ihr, wie ich hinter ihr her war. Ich erzählte, wie ich mich jetzt fühlte.

Nie schenkte sie meinen Worten die geringste Aufmerksamkeit. Ich weiß nicht einmal, ob sie mich überhaupt hörte.

Dann, als wir unseren ersten Fisch von den großen Werbeagenturen an der Angel hatten, beschloß ich, ihr zu folgen, wenn sie nach Hause ging.

Halt, ich ziehe es besser anders auf. Da stand etwas in der auswärtigen Presse, vielleicht erinnert ihr euch noch daran – jene mutmaßlichen Morde, von denen ich schon sprach. Ich glaube, es waren sechs.

Ich sage »mutmaßlich«, weil die Polizei nie sicher sein konnte, daß es keine Herzanfälle waren. Aber man muß mißtrauisch werden, wenn Leute, deren Herz in Ordnung gewesen ist, plötzlich Herzanfälle haben, und immer nachts, wenn sie allein und nicht zu Hause waren, und man nicht genau wußte, was sie eigentlich gerade gemacht hatten.

Die sechs Toten führten zu einer von diesen »geheimnisvollen Giftmörder«-Paniken. Und danach glaubte man, daß sie nicht wirklich aufgehört hätten, sondern auf weniger verdächtige Art weitergingen.

Das ist eines der Dinge, die mir jetzt Angst machten.

Aber damals fühlte ich mich nur erleichtert, daß ich mich zu dem Entschluß durchgerungen hatte, ihr zu folgen.

Ich ließ sie eines Nachmittags arbeiten, bis es dunkel wurde. Ich brauchte keine Entschuldigungen, weil wir bis zum Hals in Aufträgen steckten. Ich wartete, bis die Haustür zugeschlagen wurde, und lief dann hinunter. Im Eingang blieb ich stehen, bis ich sie sah. Sie ging am Ardleigh-Park vorbei in Richtung Stadtmitte. Es war eine jener warmen Herbstnächte. Ich hatte Schuhe mit Gummisohlen an. Außerdem hatte ich einen dunklen Mantel angezogen, in dem sie mich noch nie gesehen hatte, und einen dunklen Hut aufgesetzt. Ich ging ihr auf der anderen Straßenseite nach. An dem Abend wollte ich nur herausfinden, wo sie wohnte. Dann hatte ich etwas in der Hand.

Sie blieb vor einem Schaufenster von Everleys Warenhaus stehen. Sie stand da und sah hinein.

Ich erinnerte mich, daß wir ein großes Foto von ihr für Everleys gemacht hatten für ein Wäschebild. Das war es, was sie betrachtete.

Damals fand ich es ganz in Ordnung, daß sie sich selbst anbetete, wenn es wirklich das war, was sie tat.

Wenn Leute vorbeikamen, wandte sie sich ein wenig ab oder trat weiter in den Schatten.

Dann kam ein einzelner Mann vorbei. Ich konnte sein Gesicht nicht genau erkennen, aber er schien in den mittleren Jahren zu sein. Er blieb stehen und sah ins Schaufenster.

Sie trat aus dem Schatten und stellte sich neben ihn.

Was für ein Gefühl würdet ihr haben, Jungs, wenn ihr ein Plakat von dem Mädchen sähet, und plötzlich stände sie neben euch, Arm in Arm mit euch?

Die Reaktion jenes Burschen war eindeutig. Für ihn hatte sich ein verrückter Traum erfüllt.

Sie unterhielten sich einen Augenblick. Dann winkte er ein Taxi heran. Sie stiegen ein und fuhren los.

In jener Nacht betrank ich mich. Es war fast, als hätte sie gewußt, daß ich ihr folgte, und hätte sich so verhalten, um mich zu verletzen. Vielleicht war es so. Vielleicht war dies das Ende.

Aber am nächsten Morgen erschien sie zur gewohnten Zeit, und ich war wieder im Delirium, nur daß jetzt ein paar neue Aspekte hinzugekommen waren.

Als ich ihr an jenem Abend nachging, suchte sie sich eine Stelle unter einer Straßenlaterne aus, gegenüber von einer Reklametafel mit dem Munsch-Mädchen.

Jetzt habe ich Angst, wenn ich daran denke, wie sie auf Jagd geht.

Nach etwa zwanzig Minuten bremste ein Kabrio, das an ihr vorbeisauste, wendete, und an den Bürgersteig fuhr.

Ich war diesmal näher. Ich konnte das Gesicht des Burschen gut sehen. Er war ein bißchen jünger, ungefähr mein Alter.

Am nächsten Morgen blickte mir dasselbe Gesicht von der ersten Seite meiner Zeitung entgegen. Man hatte das parkende Kabrio in einer Nebenstraße gefunden. Er war darin gewesen. Wie bei den anderen mutmaßlichen Morden war die Todesursache unbestimmt.

Mir wirbelten an jenem Tag alle möglichen Gedanken im Kopf herum, aber es gab nur zwei Dinge, die ich sicher wußte. Daß ich den ersten echten Auftrag von einer nationalen Werbeagentur bekommen hatte und daß ich den Arm des Mädchens nehmen und mit ihr hinausgehen würde, wenn die Arbeit getan war.

Sie schien nicht überrascht. »Sie wissen, was Sie tun?« sagte sie.

»Ich weiß.«

Sie lächelte. »Ich fragte mich schon, wann Sie es merken würden.«

Es begann mir gut zu gehen. Ich sagte allem Lebewohl, aber ich hatte meinen Arm um sie gelegt.

Es war noch einer dieser warmen Herbsttage. Wir gingen in den Ardleigh-Park hinüber. Es war dunkel dort, doch überall ringsum war der Himmel von den Leuchtschriften blaßrosa gefärbt.

Wir gingen lange im Park spazieren. Sie sagte nichts, und sie sah mich nicht an, aber ich konnte sehen, wie ihre Lippen zuckten, und nach einer Weile wurde der Griff ihrer Hand um meinen Arm fester.

Wir blieben stehen. Wir waren über den Rasen gegangen. Sie ließ sich fallen und zog mich mit. Sie legte mir die Hände auf die Schultern. Ich sah auf ihr Gesicht hinab. Es bestand aus dem schwächsten Blaßrosa vom leuchtenden Himmel. Die hungrigen Augen waren düstere, glimmende Feuer.

Ich fingerte an ihrer Bluse. Sie nahm meine Hand weg, aber nicht so wie im Studio. »Ich will das nicht«, sagte sie.

Zuerst werde ich euch erzählen, was ich hinterher tat. Dann werde ich euch erzählen, warum ich es tat. Dann werde ich euch erzählen, was sie sagte.

Was ich tat, war weglaufen. Ich erinnere mich nicht mehr an alles, weil ich ganz benommen war, und der rosa Himmel rutschte gegen die dunklen Bäume. Doch nach einer Weile stolperte ich in die Lichter der Straße. Am nächsten Tag machte ich das Studio dicht. Das Telefon klingelte, als ich die Tür abschloß, und auf dem Boden lagen ungeöffnete Briefe. Ich sah das Mädchen nie wieder in Fleisch und Blut, wenn man es so nennen kann.

Ich tat es, weil ich nicht sterben wollte. Ich wollte nicht, daß das Leben aus mir herausgezogen wurde. Es gibt Vampire und Vampire, und diejenigen, die Blut saugen, sind nicht die schlimmsten. Ohne die Warnung jener Anfälle von Benommenheit und von Papa Munsch und des Gesichts in der Morgenzeitung wäre ich den gleichen Weg wie die anderen gegangen. Aber ich begriff, was mir bevorstand, als ich noch Zeit hatte, mich loszureißen. Ich begriff, daß sie, woher sie auch kam, was immer sie auch so geschaffen hatte, die Quintessenz des Grauens hinter dem glänzenden Reklameschild ist. Sie ist das Lächeln, das einen dazu bringt, Geld und Leben fortzuwerfen. Sie ist das Augenpaar, das einen weiter und weiter führt und einem dann den Tod zeigt. Sie ist das Geschöpf, für das man alles gibt und das man nie richtig bekommt. Sie ist das Wesen, das alles nimmt, was man hat, und nie etwas dafür gibt. Denkt daran, wenn ihr euch nach ihrem Gesicht sehnt. Sie ist der Köder. Sie ist die Lockspeise. Sie ist das Mädchen.

Und das sagte sie: »Ich will dich. Ich will deine Höhepunkte. Ich will alles, was dich glücklich gemacht, und alles, was dich so schlimm verletzt hat. Ich will dein erstes Mädchen. Ich will das glänzende Fahrrad. Ich will die Tracht Prügel. Ich will die kleine Kamera. Ich will Bettys Beine. Ich will den blauen Himmel voller Sterne. Ich will den Tod deiner Mutter. Ich will dein Blut auf dem Kopfsteinpflaster. Ich will Mildreds Mund. Ich will das erste Bild, das du verkauft hast. Ich will die Lichter von Chicago. Ich will den Gin. Ich will Gwens Hände. Ich will, daß du mich willst. Ich will dein Leben. Gib mir zu essen, Baby, gib mir zu essen.«

Julian Hawthorne

Kens Geheimnis

An einem kühlen Oktoberabend – es war der letzte Tag des Monats und außergewöhnlich kühl für diese Jahreszeit – beschloß ich, mich auf den Weg zu machen und meinem Freund Keningale auf ein oder zwei Stündchen einen Besuch abzustatten. Keningale war ein Maler (ebenso Amateurmusiker und Dichter) und hatte sich ein ganz wunderbares Studio auf seinem Haus errichten lassen, in dem er sich abends aufzuhalten pflegte. Das Studio besaß einen höhlenartigen Kamin, gebaut im Stil der altmodischen offenen Kamine elisabethanischer Herrenhäuser, und dort errichtete er, wenn es die Außentemperaturen rechtfertigten, ein freundliches Feuer aus trockenen Holzscheiten. Es würde mir außerordentlich gut passen, so dachte ich mir, meinen Freund aufzusuchen und bei einer ruhigen Pfeife mit ihm vor dem Kamin zu plaudern.

Solch einen Schwatz hatte es schon seit sehr langer Zeit nicht mehr gegeben – um genau zu sein, nicht, seit Keningale (oder Ken, wie ihn seine Freunde nannten) im letzten Jahr von seiner Europareise zurückgekehrt war. Er ging, wie er damals versicherte, »aus Studienzwecken« ins Ausland, worüber wir alle lächelten, denn Ken, so wie wir ihn kannten, würde wahrscheinlich alles andere anstellen als studieren. Er war ein junger Bursche von überschäumendem Temperament, lebhaft und gesellig in seiner Art, ein brillanter und vielseitiger Kopf, und im Genuß eines Einkommens von zwölf bis fünfzehntausend Dollar im Jahr; er war ein gewandter Sänger, Musiker, Zeichner und Maler, und einige seiner Portraits und Körperstudien waren tatsächlich gut gelungen, wenn man in Betracht zog, daß er nie richtigen Kunstunterricht erhalten hatte. Aber er war nicht besonders fleißig. Seine Erscheinung war angenehm, groß und von guter Statur, er war aktiv, gesund, und mit einer bemerkenswert feinen Stirn und klaren, offenen

Augen. Niemand war überrascht von seinem Plan, nach Europa zu reisen, niemand erwartete von ihm, dort irgend etwas anderes zu tun, als sich zu amüsieren, und kaum einer sah voraus, daß man ihn bald wieder in New York sehen würde. Er war der Typ, dem Europa zusagen würde. So zog er also los; und im Laufe von einigen Monaten erreichte uns das Gerücht, daß er mit einer hübschen und reichen jungen Dame aus New York, die er in London kennengelernt hatte, verlobt war. Dies war beinahe alles, was wir von ihm hörten, bis er, kurze Zeit später und zu jedermanns Erstaunen, auf der Fifth Avenue auftauchte; jenen, die wissen wollten, warum er Europa so schnell überdrüssig geworden war, gab er keine zufriedenstellende Antwort, und was die gemeldete Verlobung betraf, so schnitt er jegliche Anspielung darauf in einer derart endgültigen Art und Weise ab, daß es klar wurde, daß dies in seiner Gegenwart kein erlaubtes Gesprächsthema war. Es wurde vermutet, daß die junge Dame ihm den Laufpaß gegeben hatte; allerdings kehrte sie selbst nicht viel später nach Hause zurück, und obwohl sie eine Menge Gelegenheiten gehabt hätte, hat sie bis auf den heutigen Tag nicht geheiratet. Mag die Angelegenheit sein wie sie will, es wurde jedenfalls bald bemerkt, daß Ken nicht mehr der sorglose und fröhliche Bursche von einst war; im Gegenteil, er wirkte ernst und launisch, mied die Öffentlichkeit und war, selbst in der Gesellschaft seiner engsten Freunde, immer wortkarg und verschlossen. Offensichtlich war ihm etwas zugestoßen, oder er selbst hatte etwas getan. Aber was? Hatte er einen Mord begangen? Oder sich den Nihilisten angeschlossen? War seine unglückliche Liebesaffäre der Grund von allem? Einige versicherten, die dunkle Wolke wäre nur vorübergehend und würde schnell vorbeiziehen. Dennoch hatte sie sich bis zu dem Zeitpunkt, von dem ich jetzt schreibe, noch nicht verzogen, sondern schien eher noch mehr Schatten um sich versammelt zu haben, und drohte von Dauer zu sein.

Währenddessen traf ich ihn zwei- oder dreimal im Club, in der Oper oder auf der Straße, hatte aber noch nicht die Gelegenheit gehabt, meine Freundschaft mit ihm wieder aufzufrischen. In alten Zeiten standen wir auf mehr als freundschaftlichem Fuß zueinander, und ich war nicht gewillt zu glauben, daß er sich weigern würde, unsere frühere Bekanntschaft zu erneuern. Doch was ich über seinen veränderten Zustand gehört und auch selbst gesehen hatte, gab der Freude, mit dem ich diesem Abend entgegenblickte, einen anregenden Beigeschmack von Spannung und Neugierde. Sein Haus stand zwei oder drei Meilen außerhalb der damaligen New Yorker Stadtgrenze, und während ich in der klaren Luft der Dämmerung schnell dahinschritt, hatte ich ausreichend Zeit, vor meinem geistigen Auge all das vorüberziehen zu lassen, was ich von Ken wußte und über seinen Charakter dachte. Denn, war da nicht immer etwas in seiner Natur gewesen – tief im Inneren und gezähmt von der Lebhaftigkeit seiner Sinne –, irgend etwas Seltsames und Absonderliches, das sich unter geeigneten Umständen entwickeln konnte zu – ja, zu was? Während ich mir diese Frage stellte, war ich vor seiner Tür angekommen, und mit einem Gefühl der Erleichterung spürte ich im nächsten Moment seinen herzlichen Händedruck und vernahm seine Stimme, die mich willkommen hieß in einem Ton, der ehrliche Freude über mein Erscheinen ausdrückte. Er führte mich sofort in das Studio, nahm mir Hut und Stock ab und legte dann seine Hand auf meine Schulter.

»Ich bin froh, dich zu sehen«, wiederholte er mit eigentümlicher Ernsthaftigkeit. »Froh, dich zu sehen und zu spüren; und vor allem heute nacht.«

»Warum besonders heute nacht?«

»Ach, laß nur. Es war auch gut, daß du mich nicht hast vorher wissen lassen, daß du kommst; Überraschung ist alles, um den Dichter zu zitieren. Mit deiner Hilfe werde ich jetzt ein Glas Whisky und Wasser trinken und ein Pfeifchen rauchen. Dies wäre eine bittere Nacht geworden, wenn ich meiner eigenen Gesellschaft überlassen geblieben wäre.«

»Und das inmitten dieser luxuriösen Umgebung!« sagte ich und betrachtete das strahlende Feuer im Kamin, die niedrigen, bequemen Sessel, die ganze gediegene und prachtvolle Ausstattung des Raumes. »Ich hätte gedacht, selbst ein zum Tode verurteilter Mörder könnte es sich hier gemütlich machen.«

»Vielleicht, aber das ist im Moment nicht mein Fach. Aber

hast du vergessen, was für eine Nacht heute ist? Diese Nacht am Vorabend des Novembers, in der, wie die Überlieferung sagt, die Toten sich erheben und umherwandeln, und Elfen und Kobolde und Geisterwesen aller Art mehr Freiheit und Macht haben, als an jedem anderen Tag des Jahres. Man merkt, daß du nie in Irland gewesen bist.«

»Bis jetzt war mir auch nicht klar, daß du dort gewesen bist.«

»Ja, ich war in Irland. Ja . . .« Er hielt inne, seufzte und verfiel in einen nachdenklichen Zustand, von dem er sich jedoch mit einiger Anstrengung wieder löste, und ging zu einer Vitrine in einer Ecke des Zimmers, um Getränke und Tabak zu holen. Während er derart beschäftigt war, schlenderte ich durch das Studio und betrachtete die verschiedenartigsten Prachtstücke, Absurditäten und Raritäten. Viele Gegenstände lohnten der genauen Betrachtung und riefen Bewunderung hervor, denn Ken war ein ausgezeichneter Sammler mit vorzüglichem Geschmack und im Besitz der nötigen Mittel. Im großen und ganzen interessierten mich jedoch vor allem einige Studien eines weiblichen Kopfes, grob skizziert in Öl, und, wie aus der abgesonderten Lage, in der ich sie vorfand, zu schließen war, vom Künstler nicht für Ausstellungen oder öffentliche Kritik vorgesehen. Es gab drei oder vier dieser Studien, alle vom selben Antlitz, doch in unterschiedlichen Posen und Kleidungen. In einer war der Kopf umhüllt von einer dunklen Kapuze, die die Gesichtszüge überschattete und teilweise verbarg; in einer anderen schien sie, beleuchtet von fahlem Mondschein, mit dunklem Blick hinter einem vergitterten Fensterflügel hervorzuspähen; eine dritte Studie zeigte sie prachtvoll angetan in Abendgarderobe, mit Juwelen, die in ihren Haaren, an ihren Ohren und an ihrem schneeweißen Busen schimmerten. Der Gesichtsausdruck war so vielfältig wie die Posen; hier eine ernsthafte, tiefsinnige Miene, da ein zarter, einladender Blick, dort brennende Leidenschaft und dann wieder ein Ausdruck von schelmischem, schwer faßbarem Spott. Doch gleichgültig von welcher Seite, dieses Gesicht strahlte eine einzigartige und durchdringende Faszination aus, nicht nur wegen seiner Schönheit, obwohl diese sehr bemerkenswert war, sondern gleichermaßen wegen seiner Persönlichkeit und Integrität.

»Hast du dieses Modell im Ausland gefunden?« wollte ich schließlich wissen. »Offensichtlich hat sie dich inspiriert, was nicht verwunderlich ist.«

Ken, der die Getränke gemixt und mein Umherschlendern nicht wahrgenommen hatte, blickte jetzt auf und sagte: »Diese Bilder waren nicht zum Ansehen gedacht. Sie stellen mich nicht zufrieden, und ich werde sie vernichten; aber ich hatte keine Ruhe, bevor ich nicht den Versuch unternommen hatte, wiederzugeben, was . . . Was hattest du gefragt? Im Ausland? Ja – oder Nein. Sie wurden hier innerhalb der letzten sechs Wochen gemalt.«

»Ob sie dich zufriedenstellen oder nicht, sie sind mit Abstand das Beste, was ich je von dir gesehen habe.«

»Gut, laß sie sein, und sag mir lieber, was du von diesem Getränk hältst. Meiner Meinung nach ist es gut gelungen. Es verdankt seine Existenz deinem Erscheinen hier. Ich kann nicht alleine trinken, und diese Portraits sind keine Gesellschaft, obwohl sie, soviel ich weiß, heute nacht vielleicht aus der Leinwand gekommen wäre und sich hier in diesen Sessel gesetzt hätte.« Dann, als er meinen fragenden Blick sah, fügte er mit einem hastigen Lachen hinzu: »Es ist der Vorabend des November, wo alles geschehen kann, vorausgesetzt, es ist merkwürdig genug. Nun, auf unser Wohl.«

Beide nahmen wir einen tiefen Zug des rauchig-aromatischen Getränkes und stellten unsere Gläser mit Genugtuung nieder. Der Drink war ausgezeichnet. Ken öffnete eine Schachtel mit Zigarren, und wir ließen uns vor dem Feuer nieder.

»Alles, was wir jetzt brauchen«, bemerkte ich nach einer kurzen Pause, »ist ein wenig Musik. Ganz nebenbei, Ken, hast du noch das Banjo, das ich dir gab, bevor du ins Ausland gefahren bist?«

Er zögerte solange, bevor er antwortete, daß ich annahm, er hätte meine Frage nicht gehört. »Ich habe es«, sagte er endlich, »aber es wird nie wieder einen Laut von sich geben.«

»Es ist kaputt, wie? Kann man es nicht reparieren? Es ist ein gutes Instrument.«

»Es ist nicht zerbrochen, aber es ist nicht wieder zu reparieren. Du wirst es selbst sehen.«

Während er sprach, erhob er sich und ging in einen anderen Teil des Studios. Er öffnete eine schwarze Eichentruhe und entnahm ihr einen länglichen Gegenstand, der in ein Stück verblichene gelbe Seide gewickelt war. Er überreichte mir den Gegenstand, und als ich ihn enthüllt hatte, kam etwas zum Vorschein, das einmal ein Banjo gewesen sein könnte, aber jetzt wenig Ähnlichkeit damit hatte. Es trug alle Anzeichen extremen Alters. Das Holz des Griffbrettes war wabenartig zerfressen von Würmern und von Trockenfäule staubig. Die Pergamentoberfläche war grün von Schimmel und hing in schrumpeligen Fetzen herunter. Der Reifen, aus solidem Silber gearbeitet, war so schwarz und beschlagen, daß er altem Eisen ähnelte. Die Saiten waren nicht mehr vorhanden, und fast alle Saitenspanner waren aus ihren verrotteten Befestigungen gefallen. Alles in allem erweckte der Gegenstand den Anschein, als wäre er vor der Sintflut entstanden und seitdem auf dem Vorderdeck von Noahs Arche vergessen worden.

»Das ist wirklich ein kurioses Relikt«, stellte ich fest. »Wo hast du das aufgegabelt? Ich hatte keine Ahnung, daß das Banjo schon vor so langer Zeit erfunden wurde. Es ist auf keinen Fall weniger als zweihundert Jahre alt, und es könnte gut noch sehr viel älter sein.«

Ken lächelte düster. »Du hast ganz recht«, sagte er, »es ist mindestens zweihundert Jahre alt, und dennoch ist es genau das Banjo, das du mir vor einem Jahr gegeben hast.«

»Wohl kaum«, gab ich zurück, und lächelte ebenfalls, »denn das wurde erst in meinem Auftrag angefertigt, mit der Absicht, es dir zu schenken.«

»Das weiß ich; aber die zweihundert Jahre sind seitdem vergangen. Ja, das ist absurd und unmöglich, ich weiß, aber nichts entspräche mehr der Wahrheit. Dieses Banjo, das letztes Jahr angefertigt wurde, existierte im 16. Jahrhundert und fault seitdem vor sich hin. Warte! Überlaß es mir für einen Augenblick, und ich werde dich überzeugen. Du erinnerst dich, daß dein Name und meiner und das Datum in den Silberreifen eingraviert wurden?«

»Ja, und daneben war auch noch eine persönliche Markierung von mir.«

»Gut«, sagte Ken, während er ein Stück des Reifens mit einem Ende der gelben Seidenumhüllung blankrieb, »schau' dir das an.«

Ich nahm das altersschwache Instrument und untersuchte die Stelle, die er blankgerieben hatte. Es war unglaublich, aber hier standen tatsächlich die Namen und das Datum, genauso wie ich sie hatte eingravieren lassen, und da war auch noch meine persönliche Markierung, die ich vor nicht mehr als achtzehn Monaten in einer müßigen Stunde mit einer alten Radiernadel eingeritzt hatte. Nachdem ich mich davon überzeugt hatte, daß kein Irrtum vorliegen konnte, legte ich das Banjo über meine Knie und starrte meinen Freund voller Bestürzung an. Er saß da, seine Augen auf die flammenden Holzscheite geheftet, und rauchte mit einer Art verbissener Gelassenheit.

»Ich muß zugeben, ich bin verblüfft«, bemerkte ich. »Komm, erkläre mir den Scherz! Welche Methode hast du entdeckt, daß du den Zerfallsprozeß von Jahrhunderten an diesem unglückseligen Banjo innerhalb von wenigen Monaten erzeugen kannst? Und warum hast du das getan? Ich habe von einem Elixier gehört, das dem Zahn der Zeit entgegenwirkt, aber dein Rezept scheint genau das Gegenteil zu bewirken – irgendwo rast die Zeit zweihundertmal schneller vorbei, als es ihrem normalen Tempo entspricht, während sie anderswo in ihrer gewöhnlichen Gangart dahintrottet. Enthülle dein Geheimnis, Zauberer. Wirklich, Ken, wie um Himmels willen ist das geschehen?«

»Ich weiß nicht mehr darüber als du«, war seine Antwort. »Entweder sind du und ich und der Rest der Welt wahnsinnig, oder aber es hat ein Zauber gewirkt, der alle überlieferten Geschichten übertrifft. Wie soll ich das erklären? Es ist eine Binsenwahrheit – eine allgemeine Erfahrung, wenn man so will –, daß wir aufgrund bestimmter kritischer und ungeheurer Anlässe Jahre in Augenblicken durchleben können. Aber das ist eine geistige Erfahrung und keine körperliche, und zudem eine, die ausschließlich die Menschheit betrifft, und nicht gefühllose Dinge wie Holz und Metall. Du glaubst, irgendein Trick oder Schwindel steckt dahinter. Wenn das so ist, dann kenne ich das Geheimnis nicht. Ich habe noch nie von einem chemischen Mittel gehört, das ein Stück hartes Holz innerhalb weniger Monate in diesen Zustand verwandeln könnte, und auch nicht innerhalb einiger Jahre. Und es geschah weder im Lauf einiger Jahren noch einiger Monate. Heute vor einem Jahr, zu genau dieser Stunde, war dieses Banjo so intakt, wie es aus den Händen seines Erbauers kam, und vierundzwanzig Stunden später – dies ist die reine Wahrheit – war es so, wie du es jetzt siehst.«

Die Schwere und die Ernsthaftigkeit, mit der Ken diese verwunderliche Erklärung von sich gab, waren offenkundig nicht vorgetäuscht. Er glaubte jedes Wort, das er sagte. Ich wußte nicht, was ich denken sollte. Natürlich konnte mein Freund wahnsinnig geworden sein, obwohl er keine der üblichen Symptome des Irrsinns zeigte, aber wie immer man darüber dachte, so blieb da noch das Banjo, ein Zeuge, dessen lautlose Aussage nicht bestritten werden konnte. Je mehr ich über die Angelegenheit nachdachte, desto ungeheuerlicher schien sie mir. Zweihundert Jahre – vierundzwanzig Stunden; dies waren die Faktoren der aufgestellten Gleichung. Ken und das Banjo bestätigten, daß die Gleichung stimmte; aber alles weltliche Wissen und alle Erfahrung bestätigten die Unmöglichkeit dieser Gleichung. Was war des Rätsels Lösung? Was ist Zeit? Was ist Leben? Ich spürte, wie ich begann, die Wirklichkeit aller Dinge anzuzweifeln. Dies war also das Geheimnis, das meinen Freund seit seiner Rückkehr aus dem Ausland belastete? Kein Wunder, daß es ihn verändert hatte. Vielmehr war es verwunderlich, daß es ihn nicht noch viel stärker verwandelt hatte.

»Willst du mir nicht die ganze Geschichte erzählen?« bat ich ihn schließlich.

Ken nahm noch einen Schluck aus seinem Glas und strich mit der Hand durch seinen dichten, braunen Bart. »Bis jetzt habe ich mit niemandem darüber gesprochen«, sagte er, »und ich hatte auch niemals die Absicht, davon zu sprechen. Aber ich werde versuchen, dir eine Ahnung davon zu vermitteln, was es war. Du kennst mich besser als jeder andere; du wirst diese Sache verstehen, soweit sie jemals verstanden werden kann, und vielleicht lindert es ein wenig die Bedrücktheit, in die ich dadurch geraten bin. Denn ich kann dir versichern, daß dies eine zu gräßliche Erinnerung ist, wenn man sich alleine damit herumschlagen muß!«

Und hierauf, ohne weitere Vorreden, erzählte Ken die folgende Geschichte. Ich möchte nebenbei bemerken, daß er ein geborener Geschichtenerzähler war. Seine Stimme besaß einen tiefen und vollen Klang, und er vermochte den komischen oder pathetischen Effekt eines Satzes eindrucksvoll zu verstärken, indem er hier und da auf einer Silbe verweilte. Seine Gesichtszüge waren gleichermaßen empfänglich für humorvolle oder ernste Empfindungen, und die Farbe und Schattierung seiner Augen waren wundervoll geeignet, mannigfaltige Gefühle auszudrücken. Ihr schwermütiger Blick war aufrichtig und anrührend, und als Ken einem mysteriösen Punkt seiner Geschichte Gefühl verleihen wollte, nahmen sie einen zweifelnden und melancholischen Ausdruck an, der die Phantasie unwiderstehlich anzog. Aber mein Interesse an seiner Geschichte war zu stark, als daß ich in diesem Moment von diesen zusätzlichen Ausschmückungen Notiz hätte nehmen können, obwohl sie mich ohne Zweifel stark beeinflußten.

»Wie du weißt, verließ ich New York mit einem Dampfer der Inman-Linie«, begann Ken, »und ging in Le Havre von Bord. Auf dem Kontinent absolvierte ich die übliche Tour der Sehenswürdigkeiten und erreichte London im Juli, auf dem Höhepunkt der Saison. Da ich gute Referenzen hatte, lernte ich zahllose angenehme und bekannte Leute kennen. Darunter auch eine junge Dame, eine Landsmännin von mir – du weißt, von wem ich rede –, die mich sehr interessierte, und bevor ihre Familie London verließ, verlobten wir uns. Wir trennten uns einstweilen, da sie die Reise zum Festland noch vor sich hatte, und ich die Gelegenheit benutzen wollte, Nordengland und Irland zu besuchen. Um den ersten Oktober kam ich in Dublin an und, nachdem ich kreuz und quer durch das Land gereist war, traf ungefähr zwei Wochen später im County Cork ein.

In dieser Gegend gibt es einige der bezauberndsten Landschaften, auf denen das menschliche Auge jemals verweilen durfte, und sie scheint unter Reisenden viel weniger bekannt zu sein, als viele unendlich weniger malerische Orte. Auch ist es eine einsame Gegend: Auf meiner Wanderung begegnete ich keinem Fremden, und auch kaum Einheimischen. Es scheint unglaublich, daß ein so schönes Land so verlassen sein sollte. Nachdem man zwölf irische Meilen gewandert ist, trifft man auf eine Gruppe von zwei oder drei Einzimmerhütten, von denen wahrscheinlich eine oder zwei kein Dach mehr haben und die Mauern eingestürzt sind. Doch sind die wenigen Bauern, denen man begegnet, umgänglich und gastfreundlich, um so mehr, wenn sie erfahren, daß du von jenem irdischen Paradies kommst, in welches die meisten ihrer Freunde und Verwandten ihnen vorausgeeilt sind. Auf den ersten Blick wirken sie recht einfach und primitiv, und doch sind sie merkwürdiger und unfaßbarer als die meisten Völker der Erde. Sie sind ebenso abergläubisch und vertrauensselig gegenüber Wundern, Feen, Zauberern und Omen, wie die Männer, zu denen der Heilige Patrick gepredigt hatte, zugleich aber sind sie durchtrieben, skeptisch, intelligent und bodenlose Lügner. Alles in allem bin ich auf meinen Reisen keinem Volk begegnet, dessen Gesellschaft mich so erfreut hat und das mich so erfüllt hat mit Herzlichkeit, Neugierde und Widersprüchen.

Schließlich kam ich zu einem Ort an der Küste, den ich nicht näher beschreiben möchte, nur daß er nicht weit entfernt ist von Ballymacheen an der Südküste. Ich sah Venedig und Neapel, ich bin auf der Küstenstraße gefahren, ich habe einige Monate an unserem Mount Desert verbracht, und ich behaupte, daß dies alles zusammen nicht so wundervoll ist, wie dieser leuchtende, dunkelschattige, zart schimmernde, silberglänzende, altertümliche Hafen und die Stadt mit den hohen Hügeln, die sich um sie drängen, und den schwarzen Klippen und den Landzungen, die ihre eisernen Füße in das blaue, glasklare Wasser verankern.

Dies ist ein uralter Ort, der eine Geschichte besitzt, die er schon viele Zeitalter überdauert hat. Vielleicht hatte er einst zwei- oder dreitausend Bewohner; heute sind es kaum fünf- oder sechshundert. Die Hälfte der Häuser sind Ruinen oder verschwunden, die meisten anderen stehen leer. Alle Leute dort sind arm, die meisten leben im tiefsten Elend; sie laufen barfüßig und mit unbedeckten Häuptern umher, die Frauen in kuriosen schwarzen oder tiefblauen Umhängen, die Männer in einem derartig abnormen Gewand, wie es nur einem Iren einfallen kann, und die Kinder sind halbnackt. Die einzigen, die in angenehmen Verhältnissen zu leben scheinen, sind die Mönche, die Priester und die Soldaten des Forts. Denn es gibt dort ein Fort, hineingebaut in die gewaltige Ruine einer Festung, die vielleicht einst ihren Dienst unter der Herrschaft von Edward, dem Schwarzen Prinzen, leistete. Vielleicht war sie noch älter. In ihren bemoosten Schießscharten sind ein paar Kanonen errichtet worden, die ab und zu einen oder zwei Übungsschüsse zum Kliff auf der anderen Seite des Hafens schicken. Die Garnison besteht aus einem Dutzend Soldaten und drei oder vier Offizieren und Unteroffizieren. Ich nehme an, daß sie von Zeit zu Zeit abgelöst werden, aber jene, die ich traf, schienen ein fester Bestandteil ihrer Umgebung geworden zu sein.

Ich ließ mich in einem bezaubernden alten Gasthaus, dem einzigen des Ortes, nieder und nahm meine Mahlzeiten in einem Speisesaal ein, der fünf mal drei Meter groß war, mit einem Portrait von George I. (ein Druck, der mit Lack überzogen war, um ihn haltbarer zu machen) über dem Kaminsims. Am zweiten Abend trat nach dem Abendessen ein junger Herr ein – der Speisesaal war der Öffentlichkeit zugänglich – und bestellte Brot, Käse und eine Flasche Dublin Stout. Wir kamen sofort ins Gespräch; es stellte sich heraus, daß er ein Offizier aus dem Fort war, Leutnant O'Connor, und ein erstklassiges Exemplar eines jungen, irischen Soldaten. Nachdem er mir alles, was er über die Stadt, die Umgebung, seine Freunde und sich selbst wußte, erzählt hatte, deutete er seine Bereitschaft an, jeder Geschichte, die ich ihm erzählen möge, ein wohlwollendes Ohr zu leihen, und der Versuch, es mit seiner Freimütigkeit aufzunehmen, bereitete mir Vergnügen. Wir wurden gute Freunde; wir ließen eine halbe Flasche Kinahan-Whisky kommen, und der Leutnant tat seine hohe Achtung vor meinen Landsleuten, meinem Land und meinen eigenen speziellen Zigarren kund. Als er aufbrechen mußte, begleitete ich ihn – denn draußen war ein herrlicher Mond – und verabschiedete mich von ihm am Eingang des Forts, nachdem ich versprochen hatte, am nächsten Tag vorbeizukommen und die Bekanntschaft der anderen zu machen. ›Und paß jetzt gut auf, wenn du zurückgehst, alter Knabe‹, rief er, als ich mich Richtung Heimat umwandte. ›Ich sag dir, das ist ein schauriger Ort, dieser Friedhof, und du hast bessere Chancen als sonstwo, der Schwarzen Frau zu begegnen!‹

Der Friedhof war ein verlassener und öder Flecken am Abhang des Hügels, diesseits des Forts; dreißig oder vierzig grobe Grabsteine, von denen kaum einige Ähnlichkeit mit der Senkrechten hatten, während viele so zerschlagen und verwittert waren, daß sie nur unregelmäßige, natürliche Erhebungen am Boden zu sein schienen. Wer die Schwarze Frau sein mochte, wußte ich nicht zu sagen, und verweilte auch nicht, um nachzuforschen. Ich war niemals Opfer von Geistererscheinungen gewesen und Tatsache war, daß ich ohne irgendein Abenteuer meinen Gasthof erreichte, obwohl der Pfad, dem ich folgen mußte, an manchen Stellen kaum begehbar war, und ich blindlings über eine verfallene Brücke stolperte, die über einen tief darunterliegenden Bach führte.

Am nächsten Tag ging ich wie verabredet zum Fort, und ich hatte keinen Grund, dies zu bereuen; meine freundschaftlichen Gefühle wurden in reichem Maße erwidert, wohl auch vor allem dank meines Banjos, das ich mitgebracht hatte und das unter den Zuhörern so neuartig wie beliebt war. Neben meinem Freund, dem Leutnant, waren die Hauptpersonen dieses gesellschaftlichen Zirkels Major Molloy, der Befehlsinhaber, ein flotter alter Haudegen mit einem Gesicht wie ein Sonnenuntergang, und der Stabsarzt, Dr. Dudeen, ein langes, dürres, komisches Genie mit einem Repertoire an Anekdoten und volkstümlichen Überlieferungen, das seinesgleichen sucht. Wir verbrachten einen fröhlichen Abend, dem noch viele in der gleichen Art folgen sollten. Die verbleibenden Tage des Oktobers glitten schnell vorüber, und ich war gezwungen, mir in Erinnerung zu rufen, daß ich ein Reisender in Europa und kein Bewohner Irlands war. Der Major, der Arzt und der

Leutnant protestierten aufrichtig, aber da dies alles nichts nutzte, vereinbarten sie ein Abendessen, das an Halloween im Fort stattfinden sollte.

Ich wünschte, du hättest mit an diesem Essen teilnehmen können! Es war die Quintessenz irischer Geselligkeit. Dr. Dudeen war in Höchstform, der Major besser als die besten Romane von Leber, der Leutnant floß über vor gutmütigem Humor, fröhlichen Neckereien und sentimentalen Schwärmereien über dieses oder jene hübsche Mädchen aus der Nachbarschaft. Ich für meinen Teil ließ das Banjo erklingen, wie es noch nie geklungen hat, und die anderen stimmten mit der Kraft voller Lungen in den Refrain ein, wie man es außerhalb Irlands selten zu hören bekommt. Unter den Geschichten, mit denen Dr. Dudeen uns ergötzte, gab es eine über den Grafen von Querin und seine Frau, Ethelind Fionguala – was übersetzt soviel bedeutet wie ›die mit den weißen Schultern‹. Die Dame, so hieß es, war ursprünglich einem O'Connor versprochen (an dieser Stelle schnalzte der Leutnant mit der Zunge), wurde aber am Abend der Hochzeit von einer Bande von Vampiren, die, so scheint es, damals eine große Rolle im irischen Leben spielten, entführt. Doch als man sie davontrug – sie war bewußtlos – zu dem Mahl, bei dem sie nicht speisen, sondern verspeist werden sollte, traf der junge Graf von Querin, der zufällig gerade auf Entenjagd war, auf die Gesellschaft und schoß seine Büchse leer. Die Vampire flohen, und der Graf trug die schöne, noch immer bewußtlose Dame in sein Haus. ›Und übrigens, Mr. Keningale‹, bemerkte der Doktor, während er die Asche aus seiner Pfeife klopfte, ›müßt Ihr auf dem Weg hierher an eben diesem Haus vorbei. Es ist das mit dem dunklen Torbogen unten und dem großen, geteilten Eckfenster, das über die Straße reicht, ich möchte fast sagen . . .‹

›Hör auf mit dem Haus, Dr. Dudeen, mein Bester‹, unterbrach ihn der Leutnant, ›du mußt doch sehen, daß wir alle umkommen vor Neugierde, wie es der lieblichen Miss Fionguala erging. Gott steh' ihr bei, nachdem ich sie gerade oben in Sicherheit bringen wollte . . .‹

›Gemach, ich selbst kann Euch das erzählen, Mr. O'Connor‹,

rief der Major aus und versetzte die Whiskeyreste in seinem Glas in kreisende Bewegungen. ›Dies ist eine Frage, die man nur allgemein beantworten kann, wie damals Colonel O'Halloran sagte, als man ihn fragte, was er getan hätte, wenn er der Graf von Wellington gewesen wäre, in Waterloo, und die Preußen nicht im allerletzten Moment aufgetaucht wären. Gemach‹, beruhigte der Colonel, ›ich werd's Euch erzählen.‹

›Aber was, Major, warum wollt Ihr den Doktor unterbrechen. Und Mr. Keningale läßt sein Glas leer stehen, bis er erfährt – Der Herr rette uns! Die Flasche ist leer!‹

In der Aufregung, die aus dieser Entdeckung resultierte, verlor der Doktor den Faden seiner Geschichte, und bevor man ihn wieder aufnehmen konnte, war der Abend soweit vorangeschritten, daß ich mich gezwungen sah, aufzubrechen. Es brauchte eine gewisse Zeit, bis meine Ankündigung gehört und auch verstanden wurde, und noch viel mehr Zeit, bis sie schließlich in die Tat umgesetzt werden konnte, so daß es Schlag Mitternacht war, als ich in der kühlen, klaren Luft draußen vor dem Fort stand. Die Abschiedswünsche meiner wohlmeinenden Freunde klangen mir noch immer in den Ohren.

Wenn man bedachte, daß es dort drinnen ein ziemlich feuchter Abend gewesen war, befand ich mich in einem erstaunlich guten Zustand, und führte es daher mehr auf die Rauheit des Weges als auf den Alkohol zurück, als ich, nachdem ich ein paar Schritte gegangen war, stolperte und stürzte. Während ich mich wieder aufrappelte, glaubte ich, ein Lachen zu hören, und nahm an, daß sich der Leutnant, der mich bis zum Tor begleitet hatte, über mein Mißgeschick lustig machte.

Aber als ich mich umdrehte, mußte ich feststellen, daß das Tor geschlossen und niemand in Sicht war. Außerdem schien das Lachen aus meiner Nähe zu kommen und eher in einer weiblichen als in einer männlichen Tonlage zu klingen. Selbstverständlich hatte ich mich getäuscht; niemand war in meiner Nähe. Meine Phantasie hatte mir einen Streich gespielt, oder aber es war mehr Wahrheit als Dichtung in dem Glauben, daß Halloween der Karneval der Geister sei. In diesem Moment kam es mir nicht in den Sinn, daß die abergläubischen Iren Stolpern für ein böses Omen halten, und hätte ich mich daran erinnert, hätte ich nur gelacht. Auf jeden Fall habe ich mich nicht verletzt und setzte meinen Weg sogleich fort.

Aber der Weg war außerordentlich schwer zu finden, oder vielmehr schien der Pfad, dem ich folgte, nicht der richtige zu sein. Ich erkannte ihn nicht wieder, ich hätte schwören können (obwohl ich wußte, daß das nicht der Fall war), daß ich ihn niemals zuvor gesehen hatte. Der Mond war aufgegangen, sein Licht aber war von den Wolken verdeckt, und weder meine unmittelbare Umgebung noch der Anbick der ganzen Landschaft schienen mir vertraut. Dunkle, schweigende Wolken türmten sich auf beiden Seiten, und der Pfad führte die meiste Zeit steil abwärts, als ob er mich in die Eingeweide der Erde lenken wollte. Der Ort war erfüllt von geheimnisvollen Echos, so daß es mir manchmal schien, als würde ich inmitten murmelnder Stimmen und mysteriösen Geflüsters dahinschreiten; ein ferner Klang von tollem Gelächter schien ein ums andere Mal durch die Täler der Hügel zu hallen. Kalte Luftströme, die durch schmale Hohlwege und dunkle Spalten ächzten berührten mein Gesicht mit körperlosen Fingern. Obwohl kein erklärbarer Grund dafür vorlag, außer, daß ich verspätet nach Hause zurückkehrte, wurde ich von einem Gefühl der Unruhe und der Beklemmung überwältigt. Mit dem verhängnisvollen Instinkt jener, die sich verirrt haben, beschleunigte ich meine Schritte, und hin und wieder verspürte ich den Drang, mich umzublicken, weil ich das Gefühl hatte, verfolgt zu werden. Aber es war kein lebendes Wesen in Sicht. Jedoch war der Mond emporgestiegen, und die langsam über den Himmel ziehenden Wolken, deren Formen manchmal eine vage Ähnlichkeit mit gigantischen menschlichen Körpern hatten, warfen düstere Schatten über das verlassene Tal.

Ich kann nicht sagen, wie lange ich so dahinhastete, als mit unerklärlicher Plötzlichkeit ein Friedhof vor mir auftauchte. Er war auf dem Vorsprung eines Hügels gelegen, ohne Zaun oder sonst etwas, das ihn vor dem Eindringen der Vorübergehenden geschützt hätte. Irgend etwas am äußeren Erscheinungsbild dieses Orts ließ mich fast glauben, daß ich ihn schon einmal gesehen hätte. Auch hätte ich diesen Platz für den Friedhof gehalten, den ich so oft auf meinem Weg zum Fort gesehen hatte, aber jener lag nur einige hundert Yards vom Fort entfernt, während ich mittlerweile mindestens einige Meilen zurückgelegt haben mußte. Als ich näherkam, bemerkte ich außerdem, daß die Grabsteine nicht so alt und verfallen waren wie auf jenem anderen Friedhof. Aber was meine Aufmerksamkeit in erster Linie auf sich zog, war eine Gestalt, die sich an einen der größten aufrechtstehenden Grabsteine lehnte oder darauf saß. Es war eine in schwarz gehüllte, weibliche Gestalt und bei näherer Prüfung – denn ich war nur noch wenige Yards von ihr entfernt – zeigte sich, daß sie eine Calla trug, einen langen Umhang mit Kapuze, das gebräuchlichste und auch das traditionellste Bekleidungsstück irischer Frauen, das ohne Zweifel seinen Ursprung in Spanien hat.

Ich war etwas erschrocken über diese Erscheinung, auf die ich so plötzlich gestoßen war; auch schien es merkwürdig, daß eine menschliche Kreatur zu dieser Stunde der Nacht an so einem verlassenen und düsteren Ort verweilen wollte. Unwillkürlich zögerte ich, als ich ihr gegenüberstand und starrte sie voller Spannung an. Aber das Mondlicht befand sich hinter ihr, und die lange Kapuze ihres Umhanges verdunkelte ihr Gesicht so vollkommen, daß ich nicht in der Lage war, irgend etwas auszumachen außer dem Glitzern eines Augenpaares, das meinen Blick voller Munterkeit erwiderte.

›Ihr scheint hier zu Hause zu sein‹, sagte ich schließlich, ›könnt Ihr mir sagen, wo ich mich befinde?‹

Darauf brach diese geheimnisvolle Person in ein helles Lachen aus, das eigentlich wohlklingend und angenehm war, und doch mein Herz schneller schlagen ließ, als mein gerade zurückgelegter Fußmarsch es rechtfertigte; es war das gleiche Lachen (so sagte mir zumindest meine Einbildung), das vor ein oder zwei Stunden in meinen Ohren geklungen hatte, als ich mich von meinem Sturz erhob. Ansonsten war es das Lachen einer jungen, vermutlich auch hübschen Frau, und doch hatte es etwas Wildes, Körperloses und Spöttisches, das kaum irdisch zu sein schien. Aber mein Eindruck wurde zweifellos von den ungewöhnlichen und unheimlichen Umständen unserer Begegnung geprägt.

›Sicher, mein Herr‹, antwortete sie, ›Ihr seid am Grab von Ethelind Fionguala.‹

Während sie sprach, erhob sie sich und deutete auf die Inschrift des Grabsteines. Ich beugte mich vor und konnte ohne Schwierigkeiten den Namen entziffern und ein Datum, das anzeigte, daß der Inhaber dieses Grabes vor zwei- oder dreihundert Jahren in den körperlosen Zustand übergewechselt war. ›Und wer seid Ihr‹, war meine nächste Frage.

›Man nennt mich Elsie‹, gab sie zurück. ›Aber wohin könnten wohl Euer Gnaden am Vorabend des Novembers gehen?‹

Ich nannte mein Ziel und fragte sie, ob sie mir die Richtung weisen könne.

›Oh, ja, dorthin will ich selbst‹, antwortete Elsie, ›und wenn Euer Gnaden mir folgen und eine Weise auf dem hübschen Instrument spielen wollen, wird's nicht lang dauern.‹

Sie zeigte auf das Banjo, das ich eingewickelt unter dem Arm trug. Woher sie wußte, daß dies ein Musikinstrument war, konnte ich mir nicht erklären, doch dachte ich mir, daß sie mich möglicherweise hatte darauf spielen sehen, während ich durch die Umgebung der Stadt spazierte. Mag es sein, wie es will, ich legte keinen Widerspruch gegen den Handel ein und deutete auch an, daß ich sie bei unserer Ankunft noch stattlicher belohnen würde. Darüber lachte sie wiederum und machte eine merkwürdige Geste mit der Hand über ihrem Kopf. Ich enthüllte mein Banjo, strich mit den Fingern über die Saiten und schlug eine schnelle Tanzweise an, zu deren Klängen wir uns auf den Weg machten. Elsie ging voran; ihre Füße schritten im Takt zu der graziösen Melodie. Tatsächlich ging sie so leicht, mit geschmeidigen, federnden Bewegungen, daß sie fast wie ein Geist schwebte. Die ungewöhnliche Blässe ihrer Füße zog meine Aufmerksamkeit auf sich, und ich war überrascht, daß sie nicht nackt waren, wie ich erwartet hatte, sondern in weißen, mit Goldfaden eigentümlich altmodisch bestickten Satinslippern steckten.

›Elsie‹, sagte ich und vergrößerte meine Schritte, um auf

gleicher Höhe mit ihr zu sein, ›wo wohnst du und womit verdienst du dir dein Brot?‹

›Nun, ich lebe allein‹, antwortete sie, ›und wenn Ihr unbedingt wissen wollt, wie, dann müßt Ihr mich schon besuchen und selbst sehen.‹

›Ist es deine Angewohnheit, nachts in diesen Schuhen durch die Hügel zu wandern?‹

›Warum sollte ich nicht?‹ fragte sie zurück. ›Und woher hat Euer Gnaden diesen hübschen Goldring am Finger?‹

Der Ring, der selbst nicht viel Wert besaß, war mir bei einem alten Trödler in Cork ins Auge gefallen. Es war eine Antiquität mit einem sehr alten Schliff und hatte möglicherweise (der Verkäufer versicherte es zumindest) einmal einem der frühen Könige oder Königinnen Irlands gehört.

›Gefällt er dir?‹ fragte ich.

›Haben Euer Gnaden die Absicht, Elsie damit ein Geschenk zu machen?‹ antwortete sie in schmeichelndem Ton und leichtem Kopfnicken.

›Vielleicht mache ich das, Elsie, aber unter einer Bedingung. Ich bin ein Künstler, ich male Bilder von Leuten. Wenn du versprichst, in mein Studio zu kommen und mir Modell zu sitzen, dann werde ich dir den Ring geben und auch noch etwas Geld.‹

›Und gebt Ihr mir den Ring jetzt?‹ fragte Elsie.

›Ja, wenn du es mir versprichst.‹

›Und wollt Ihr auch Musik für mich spielen?‹ fuhr sie fort.

›Soviel du willst.‹

›Aber vielleicht bin ich nicht hübsch genug für Euch‹, sagte sie und sah mich unter der dunklen Kapuze an.

›Das Risiko übernehme ich‹, antwortete ich lachend, ›obwohl ich nichts dagegen hätte, schon jetzt einen Blick zu riskieren, damit ich an dich denken kann.‹ Dabei streckte ich die Hand aus, um die verhüllende Kapuze zurückzuziehen. Aber Elsie wich mir aus, ich weiß nicht wie, und lachte ein drittes Mal in der gleichen elfischen, spöttischen Art.

›Gebt mir zuerst den Ring, und dann sollt Ihr mich sehen‹, sagte sie einschmeichelnd.

›Dann streck' deine Hand aus‹, antwortete ich und nahm den

Ring vom Finger. ›Wenn wir uns erst besser kennen, Elsie, wirst du nicht mehr so mißtrauisch sein.‹

Sie reichte mir eine schlanke, zarte Hand, auf deren Zeigefinger ich den Ring schob. Dabei öffneten sich die Falten ihres Umhangs ein wenig und gestatteten mir einen flüchtigen Blick auf eine weiße Schulter und ein Gewand, das in diesem trügerischen Halbdunkel erschien, als wäre es aus einem edlen und kostbaren Material gefertigt, und ich erhaschte auch einen Blick, zumindest bildete ich mir das ein, auf das kalte Glitzern wertvoller Steine.

›He, paßt auf, wo Ihr hintretet‹, rief Elsie in einem unerwartet scharfen Ton.

Ich blickte um mich und bemerkte zum ersten Mal, daß wir uns fast in der Mitte einer baufälligen Brücke befanden, die einen reißenden Fluß überquerte, der in beträchtlicher Tiefe dahinrauschte. Auf der einen Seite war das Brückengeländer zerbrochen, und ich war tatsächlich in Gefahr, ins Leere zu treten. Vorsichtig ging ich über das zerfallene Bauwerk, aber als ich mich umwandte, um Elsie behilflich zu sein, war sie nirgendwo zu sehen.

Was war mit dem Mädchen passiert? Ich rief ihren Namen, bekam aber keine Antwort. Ich starrte nach jeder Seite, aber es war keine Spur von ihr zu sehen. Wenn sie nicht in den schmalen Abgrund zu meinen Füßen gesprungen war, gab es keinen anderen Ort, an dem sie sich hätte verstecken können – wenigstens keinen, den ich entdecken konnte. Und dennoch, sie war verschwunden; und da ihr Verschwinden geplant gewesen sein muß, kam ich schließlich zu dem Entschluß, daß der Versuch, sie zu finden, sinnlos war. Entweder würde sie sich zu gegebener Zeit wieder zeigen, oder aber nicht. Sie war mir sehr geschickt entwischt, und ich mußte das Beste daraus machen. Vielleicht war das Abenteuer den Ring wert.

Als ich meinen Weg fortsetzte, war ich nicht wenig erleichtert, festzustellen, daß ich wieder wußte, wo ich mich befand. Die Brücke, die ich soeben überquert hatte, war keine andere als die, die ich vor einer Weile erwähnt hatte; ich war ungefähr eine Meile vor der Stadt, und mein Weg lag klar vor mir. Zudem hatte der Mond die Wolken fast gänzlich vertrieben und schien mit leuchtendem Glanz. Was immer ihre Schwächen sein mochten, Elsie war ein vertrauenswürdiger Führer; sie hatte mich aus der Tiefe des Elfenreiches in die reale Welt zurückgeführt. Es war sicherlich ein einzigartiges Erlebnis, und ich sinnierte mit eigentümlichem Vergnügen darüber nach; ich summte Bruchstücke von Melodien und begleitete mich auf den Saiten, während ich dahinschlenderte. Horch! Was war das für ein leichter Schritt hinter mir? Es klang wie Elsie, aber nein, Elsie war nicht da. Der gleiche Sinneseindruck oder die Halluzination kehrte jedoch mehrmals wieder, bevor ich den Stadtrand erreicht hatte – der Tritt eines leichten Fußes hinter oder neben mir. Die Einbildung machte mich nicht nervös, im Gegenteil, ich war erfreut über die Vorstellung, auf diese Weise verfolgt zu werden, und gab mich romantischen und überaus angenehmen Träumen hin.

Nachdem ich zwei moosbewachsene Hütten ohne Dach hinter mir gelassen hatte, erreichte ich die enge, gewundene Straße, die durch die Stadt führte. Nach kurzer Entfernung verbreitert sich diese Straße ein wenig, so, als wollte sie dem Reisenden Raum geben, um ein bemerkenswertes, altes Haus auf der Nordseite zu begutachten. Das Haus war aus Stein gebaut und von edlem architektonischem Stil; es erinnerte mich an gewisse alte italienische Adelssitze, die ich auf dem Kontinent gesehen hatte, und sehr wahrscheinich wurde es auch von einem der italienischen oder spanischen Immigranten im 16. oder 17. Jahrhundert gebaut. Die vorspringenden Fenster und der Torbogen waren reich verziert, und auf der Vorderfront des Hauses prangte ein geschmiedetes Wappenrelief, dessen Motto ich allerdings nicht entziffern konnte. Das Mondlicht, das auf das pittoreske Gebäude fiel, erhöhte seinen Zauber, und es erschien mir wie eine Vision, die sich mit dem Verschwinden des Mondes in Nichts auflösen würde. Ich mußte oft an diesem Haus vorbeigegangen sein, und dennoch hatte ich keine klare Erinnerung daran; ich hatte es sozusagen nie zuvor mit offenen Augen gesehen. An einer Mauer auf der anderen Straßenseite lehnend, ließ ich mir lange Zeit, es mit Muße zu betrachten. Das Eckfenster war ohne Zweifel eine ausgesprochen feine und gediegene Sache. Es erstreckte sich über einen darunter vorbeiführenden Weg, über den es dunkle Schatten warf; die Umrandungen der rautenförmigen Fensterscheiben waren aus starkem Holz gefertigt. Wie oft mag wohl dieses Gitterfenster in vergangenen Tagen von zarter Hand geöffnet worden sein, um den bezaubernden Anblick seiner noblen Hausherrin preiszugeben? Jene stolzen Zeiten waren lange vorbei.

Wer weiß, wie lange das große Haus schon leer stand; seine einzigen Bewohner waren Fledermäuse und Ungeziefer. Wohin waren jene gegangen, die es einst errichtet hatten? Und wer waren sie gewesen? Wahrscheinlich war selbst ihr Name schon in Vergessenheit geraten.

Während ich unverwandt nach oben starrte, kam mir plötzlich ein Verdacht in den Sinn, der sich schnell zur Überzeugung verdichtete. War das nicht das Haus, das Dr. Dudeen gerade heute abend als den Wohnsitz des Grafen von Querin und seiner geheimnisvollen Braut beschrieben hatte? Da war das vorspringende Fenster, der Torbogen. Ja, ohne jeden Zweifel, dies war es. Ich stieß einen leisen, freudigen Laut aus, und meine Mutmaßungen wurden immer fantastischer, aber auch zielstrebiger.

Welches Schicksal widerfuhr jener schönen Dame, nachdem sie der Graf bewußtlos in seinen Armen nach Hause getragen hatte? Vielleicht erholte sie sich, die beiden heirateten und lebten glücklich bis an ihr Lebensende. Oder vielleicht gab es eine tragische Fortsetzung? Ich erinnerte mich, gelesen zu haben, daß die Opfer der Vampire häufig selbst Vampire werden. Dann wandten sich meine Gedanken dem Grab auf dem Hügel zu. Mit Sicherheit war das ungeweihte Erde. Warum war sie dort begraben worden? Ethelind mit der weißen Schulter. Oh, warum hatte ich nicht damals gelebt; warum gab es keinen Zauber, der sie für mich wieder zum Leben erwecken konnte? Dann würde ich um Mitternacht diese Straße aufsuchen, ich würde leicht über die Saiten meiner Laute streichen, bis sich die Fensterflügel öffneten, und sie würde herabschauen. Was für ein süßer Traum! Und was hinderte mich daran, ihn in die Tat umzusetzen? Nur ein paar Jahrhunderte! Aber war denn die Zeit, die von Dichtern und Philosophen so gering geachtet wurde, eine so starre und unverrückbare Angelegenheit, daß sie nicht mit ein wenig Glauben und Phantasie überwunden werden konnte? Auf jeden Fall hatte ich mein Banjo, geradliniger und legitimer Nachfahre der Laute, und die Erinnerung an Fionguala sollte ein Liebesliedchen wert sein.

Ich stimmte mein Instrument und schlug ein altes, spanisches Liebeslied an, das ich auf meinen Reisen in einer verstaubten Bibliothek entdeckt und selbst mit einer Melodie versehen hatte. Ich sang sehr leise, denn in der verlassenen Straße hallte der schwächste Ton wider, und mein Gesang war nur für die Ohren meiner Liebsten bestimmt. Die Worte brannten mit dem Feuer vergangener spanischer Ritterlichkeit, und ich erfüllte sie mit der Leidenschaft romantischer Liebhaber. Fionguala mit der weißen Schulter mußte mich hören, sie mußte aus ihrem jahrhundertelangen Schlaf erwachen und vom Gitterfenster herabschauen! Sch! Sieh da! Was für ein Licht – was für ein Schatten, der von Zimmer zu Zimmer dieses verlassenen Hauses flackert, und sich jetzt dem geteilten Fenster nähert? Verwirrt das Spiel des Mondlichtes meine Augen oder bewegen sich die Fensterflügel wirklich – öffnen sie sich? Nein, das ist keine Täuschung, das ist keine Verwirrung der Sinne. Da ist nur eine Frau, jung, schön und prachtvoll gekleidet, die sich aus dem Fenster lehnt und mich schweigend näher winkt.

Zu überrascht, um mir dessen überhaupt gewahr zu werden, überquerte ich die Straße, bis ich direkt unter dem Fenster stand und das Antlitz der Dame, als sie sich zu mir herunterbeugte, nicht mehr als zwei Manneslängen von mir entfernt war. Sie lächelte und küßte ihre Fingerspitzen; etwas Weißes flatterte in ihrer Hand und glitt dann durch die Luft auf den Boden zu meinen Füßen. Im selben Moment hatte sie sich zurückgezogen, und ich hörte das Schließen des Fensters.

Ich hob auf, was sie hatte herunterfallen lassen; ein zartes Spitzentuch, das um den Griff eines kunstvoll geschmiedeten Bronzeschlüssel gebunden war. Offenbar war dies der Schlüssel des Hauses und eine Einladung, das Haus zu betreten. Ich löste ihn aus dem Taschentuch, dem ganz schwach der Duft eines köstlichen Parfüms entströmte, wie der Duft der Blumen eines mittelalterlichen Gartens, und ging zum Torbogen. Ich hatte keinerlei Zweifel und verschwendete keinen Gedanken an die Merkwürdigkeit der Situation. Alles war so, wie ich es mir ausgemalt hatte und wie es sein sollte; das Mittelalter war zu neuem Leben erwacht, und ich selbst spürte den Purpurumhang auf meinen Schultern und den Degen an meiner Seite. Vor der Tür angekommen, schob ich den Schlüssel ins Loch, drehte ihn und fühlte, wie das Schloß nachgab. Im nächsten Augenblick öffnete sich die Tür, als würde sie von innen gezogen. Ich überschritt die Schwelle, die Tür fiel hinter mir ins Schloß, und ich stand allein in der Dunkelheit.

Nein, nicht allein! Als ich meine Hand ausstreckte, um nach dem Weg zu tasten, traf ich auf eine andere Hand, weich, schmal und kalt, die sich sanft in die meine schmiegte und mich vorwärts zog. Und vorwärts ging ich, ohne Widerwillen. Die Dunkelheit war undurchdringlich, aber in meiner Nähe konnte ich das leise Rascheln eines Kleides hören und dasselbe Parfüm, das dem Tuch entströmt war, versüßte die Luft, die ich atmete, während die zarte Hand, die die meine drückte, oder von meiner Hand gedrückt wurde, sich schließlich zusammenpreßte und dann den Halt ihrer weichen, kalten Finger löste. So durchquerten wir mit leichtem Schritt das, was ich für einen langen, gewundenen Flur hielt, und klommen eine Treppe empor. Dann ein weiterer Korridor, bis wir schließlich anhielten. Eine Tür öffnete sich, und sanftes Licht strömte uns entgegen. Wir tauchten, noch immer Hand in Hand, darin ein.

Das Zimmer hatte imposante Ausmaße und war mit dem Prunk einer vergangenen Ära eingerichtet. Die Wände bekleideten Tapeten in zarten Farbtönen. In polierten Silberleuchtern brannten Bündel von Kerzen, die von langen Spiegeln in den Zimmerecken vielfach reflektiert wurden, die massiven, dunklen Eichenbalken der Decke kreuzten sich im rechten Winkel und waren kunstvoll verziert; die Vorhänge und die Bezüge der Sessel waren von schwerem Damast. An einem Ende des Zimmers stand eine ausladende Ottomane mit einem Tisch davor, auf dem in schweren Silberschüsseln ein üppiges Mahl angerichtet war, mit Wein in Kristallschalen. Daneben war ein Kamin von ungeheuren Ausmaßen, dessen breiter Rost genügend Raum bot, um ganze Baumstämme zu verbrennen. Es brannte jedoch kein Feuer, nur ein Haufen verkohlter Glutreste, und das Zimmer war, trotz seiner Pracht, kalt – kalt wie ein Grab oder die Hand meiner Dame – und über mein Herz jagte ein feiner, kalter Schauer.

Aber meine Herzensdame! Wie wunderschön sie war! Ich warf nur einen flüchtigen Blick auf das Zimmer; meine Gedanken und meine Augen suchten nur sie. Sie war ganz in Weiß gekleidet, wie eine Braut; Diamanten glitzerten in ihrem dunklen Haar und auf ihrem schneeweißen Busen, ihr bezauberndes Antlitz und ihre zarten Lippen waren bleich, und der dunkle Glanz ihrer Augen ließ sie noch mehr erbleichen. Sie sah mich mit einem merkwürdigen, schwer faßbaren Lächeln an, und doch hatte ihr Anblick und ihre Gestalt etwas Vertrautes, wie der Klang eines längst vergessenen Liedes, an das man sich plötzlich unter anderen Umständen und Gegebenheiten wiedererinnert. Es war, als ob etwas in mir sie wiedererkannte, sie immer gekannt hatte. Sie war die Frau meiner Träume, der Inhalt einer Vision, deren Stimme mich seit meiner Knabenzeit verfolgt hatte. Ich wußte nicht, ob wir uns tatsächlich einmal begegnet waren, so wie sich Menschen begegnen; vielleicht hatte ich auf der ganzen Welt blindlings nach ihr gesucht, während sie mich in diesem prachtvollen Zimmer erwartete, am erloschenen Kamin sitzend, bis alle Wärme aus ihrem Blut gewichen war, die jetzt nur das Feuer, das meine Liebe ihr zu geben vermochte, wiederbringen konnte.

›Ich dachte, du hättest mich vergessen‹, sagte sie und nickte mit dem Kopf, wie als Antwort auf meine Gedanken. ›Es war so spät in der Nacht – unserer einzigen Nacht des Jahres! Wie glücklich war mein Herz, als ich deine geliebte Stimme das Lied spielen hörte, das mir so vertraut ist! Küß' mich – meine Lippen sind kalt.‹

Kalt waren sie tatsächlich – kalt wie die Lippen des Todes. Aber die Wärme meiner Lippen schien sie wieder mit Leben zu erfüllen. Ein Anflug von zarter Farbe erschien auf ihren Lippen, und ihre Wangen zeigten ein blasses Rosa. Sie atmete tief, so, als erwachte sie aus einer tiefen Ohnmacht. War es mein Leben, das das ihre speiste? Ich war bereit, ihr alles zu geben. Sie zog mich zum Tisch und verwies auf die köstlichen Speisen und den Wein.

›Iß und trink‹, sagte sie, ›du bist weit gereist und mußt dich stärken.‹

›Wirst du mit mir essen und trinken?‹ fragte ich und schenkte den Wein ein.

›Du bist die einzige Nahrung, derer ich bedarf‹, war ihre Antwort. ›Dieser Wein ist schwach und kalt. Gib' mir Wein, so rot wie dein Blut, und so warm, und ich werde einen Becher bis zur Neige leeren.‹

Bei diesen Worten – ich weiß nicht warum – überkam mich ein leichtes Grausen. Es schien, als würde sie mit jedem Moment an Kraft und Stärke gewinnen, während mich die Kälte des Raumes mehr und mehr überfiel.

Wilde Freude brach aus ihr heraus, sie klatschte in die Hände und tanzte wie ein Kind um mich herum. Wer war sie? Und wer war ich, oder hatte sie sich über mich lustig gemacht, als sie andeutete, daß wir einander seit langem gehörten? Endlich blieb sie vor mir stehen und kreuzte die Arme über der Brust. An ihrem Zeigefinger sah ich den Schimmer eines alten Rings.

›Woher hast du den Ring‹, verlangte ich zu wissen.

Sie schüttelte den Kopf und lächelte. ›Warst du mir treu?‹ fragte sie. ›Es ist mein Ring, es ist der Ring, der uns vereint; es ist der Ring, den du mir gabst, als unsere Liebe jung war. Das ist der Ring der Grafen – der Zauberring, und ich bin deine Ethelind – Ethelind Fionguala.‹

›So soll es sein‹, sagte ich, alle Zweifel und Ängste abwerfend und mich ganz dem Zauber ihrer unergründlichen Augen und ihrer lockenden Lippen hingebend. ›Du bist mein, ich bin dein, laß uns glücklich sein, solange noch Zeit ist.‹

›Du bist mein, und ich bin dein‹, wiederholte sie mit einem Kopfnicken und ihrem elfenhaften Lächeln. ›Komm und setz' dich neben mich, und sing' das bezaubernde Lied, das du einst für mich gesungen hast. Oh, jetzt werde ich hundert Jahre leben.‹

Wir ließen uns auf der Ottomane nieder, und während sie sich genüßlich in die Kissen schmiegte, griff ich nach meinem Banjo und sang für sie. Das Lied und die Melodie hallten in dem hohen Raum wider und warfen ein pulsierendes Echo. Und vor mir, während ich sang, sah ich das Antlitz und die Gestalt von Ethelind Fionguala in ihrem juwelengeschmückten Brautkleid, wie sie mich mit glühenden Augen anstarrte. Sie war nicht mehr bleich, sondern rotwangig und warm, das Leben brannte in ihr wie eine Flamme. Ich war es, der kalt und blutleer wurde, doch hätte ich ihr mit dem letzten Leben, das in mir war, von ewig währender Liebe gesungen. Aber schließlich wurden meine Augen trübe, das Zimmer schien sich zu verdüstern. Die Gestalt von Ethelind wurde abwechselnd heller und dunkler, wie im letzten Flackern eines Feuers. Ich taumelte auf sie zu; ich fühlte, wie ich in Bewußtlosigkeit versank, mit meinem Kopf an ihrer weißen Schulter.«

An dieser Stelle unterbrach Keningale seine Geschichte für einen Moment und warf ein neues Holzscheit auf das Feuer, und fuhr dann fort:

»Ich weiß nicht, wieviel später ich erwachte. Ich befand mich in einem riesigen, leeren Raum in einem zerfallenen Gebäude. Verrottete Fetzen von Vorhängen hingen von der Wand, schwere, vor Staub graue Spinnwebengirlanden bedeckten die Fenster, die bar jeglicher Fensterscheibe oder Rahmen waren; man hatte sie mit rohen Holzbrettern verbarrikadiert, die selbst schon vom Alter angenagt waren und durch Löcher und Risse blasse Lichtstrahlen und kalte Luft eindringen ließen. Eine Fledermaus, aufgescheucht durch diesen Lichtschimmer oder durch meine Bewegung, verließ ihren Schlafplatz an einer schimmeligen Tapete neben mir und schwebte, nachdem sie benommen um meinen Kopf gekreist war, auf ihren geräuschlosen Schwingen in eine dunklere Ecke. Als ich mich auf unsicheren Beinen von dem Haufen von Schutt und Plunder, auf dem ich gelegen hatte, erhob, fiel etwas klappernd von meinen Knien auf den Boden. Ich hob es auf, und sah, daß es mein Banjo war – so wie du es jetzt vor dir siehst.

Nun, das ist alles, was ich zu berichten habe. Meine Gesundheit war ernstlich angegriffen; es schien, als wäre alles Blut aus meinen Adern gesogen worden, und ich war bleich und ausgezehrt, und diese Kälte – ach, diese Kälte«, murmelte Keningale, während er näher an das Feuer rückte, um seine Hände auszustrecken und die Wärme einzufangen. »Ich werde niemals darüber hinwegkommen. Ich werde sie mit in mein Grab nehmen.«

Seabury Quinn

Ruhelose Seelen

»Zehntausend kleine grüne Teufel! Was für eine Nacht; was für eine abscheuliche Nacht.« Jules de Grandin hielt unter dem Vordach des Theaters inne und blickte grimmig in den niederprasselnden Regen.

»Na ja, der Sommer ist vorbei, und der Winter hat noch nicht angefangen«, sagte ich besänftigend. »Im Oktober muß man zwangsläufig mit einer gewissen Menge Regen rechnen. Das Herbstäquinoktium . . .«

»Mögen die erlesensten Helfershelfer des Teufels mit dem Herbstäquinoktium zur Hölle fahren!« unterbrach mich der kleine Franzose. »*Morbleu,* es ist nur, weil ich seit weiß-der-Himmel-wie-lange keine Sonne mehr gesehen habe; außerdem habe ich einen fürchterlichen Hunger!«

»Diesem Zustand können wir zumindest abhelfen«, versprach ich und schob ihn weg von der schützenden Markise in Richtung meines geparkten Autos. »Ich schlage vor, wir schauen mal ins Café Bacchanale. Gewöhnlich haben sie etwas Gutes auf der Speisekarte.«

»Ausgezeichnet, großartig«, stimmte er mir enthusiastisch zu, hüpfte behende ins Auto und strich den hochgezogenen Kragen seines Regenmantels glatt. »Du bist ein wahrer Philosoph, *mon vieux.* Immer erzählst du mir das, was ich gerade hören möchte.«

Im Cabaret war die Hölle los, denn es war der Abend des 31. Oktobers, und die Geschäftsleitung hatte anläßlich der Halloweenfeier ein Sonderprogramm arrangiert. Als wir das purpurne Seil, das den Eingang zum Speisesaal versperrte, passierten, empfing uns ein Schwall phrygischer Musik, und ein Dutzend beweglicher, spärlich bekleideter junger Frauen vollführte komplizierte Bewegungen unter Führung einer offenbar mit Gummiknochen ausgestatteten Maid, deren

Garderobe hauptsächlich aus klimpernden Glöckchen bestand, die in Ketten um Hals und Hand- und Fußgelenke geschlungen waren.

»Überbackenen Käse?« schlug ich vor. »Sie bereiten ihn sehr schmackhaft zu.« Er nickte mir nur geistesabwesend zu, während er ein Paar, das am Nebentisch speiste, beobachtete.

Endlich, gerade als der Kellner unsere backofenheiße Stärkung brachte: »Bitte, schau' sie dir einmal näher an, mein Freund Trowbridge«, flüsterte er. »Sag' mir, wenn möglich, was du von ihnen hältst.«

Das Mädchen war, wie man so schön sagt, umwerfend. Sie war groß, geschmeidig, wunderschön anzusehen, und trug ein einfaches, schwarzes Abendkleid ohne eine Spur von Schmuck, mit der Ausnahme einer einreihigen Kette aus kleinen, gleichmäßigen Perlen um den schlanken und sehr langen Hals. Ihre Haare waren leuchtend kastanienrot, fast kupfern und in Zöpfen wie ein griechischer Stirnreif um ihren schmalen Kopf geschlungen; in diesem frischen Rahmen wirkte das Gesicht wie eine seltsame Blüte auf einem hohen Stengel. Ihre dunklen Lider, karminroten Lippen und bleichen Wangen bildeten eine interessante Kombination.

Als ich ihr einen zweiten, verstohlenen Blick zuwarf, schien mir, als hätte sie vage, aber unmißverständliche Anzeichen irgendeines Gebrechens an sich. Es war nichts Auffälliges, sondern nur eine Kombination bestimmter Faktoren, die den Schleier rein männlicher Bewunderung bei mir durchbrachen und die Jahre meiner Erfahrung als praktischer Arzt zum Vorschein brachten – ein gewisser bläulicher Ton der Gesichtsfarbe, der dem Laien nur als »interessante Blässe« auffiel, dem Arzt aber ungenügende Sauerstoffanreicherung des Blutes bedeutete; ein leichtes Zusammenziehen der Muskeln um den Mund, das ihre bezaubernden, schmollenden Lippen in den Mundwinkeln fast bemitleidenswert nach unten sinken ließ, und eine kaum wahrnehmbare Anspannung in den Nasenwinkeln, die auf Ermüdung der Nerven oder der Muskeln, vermutlich sogar beides, schließen ließen.

Gedankenverloren verband ich Bewunderung mit Diagnose, bis mein Blick auf ihren Begleiter fiel. Mit einem leichten

Lächeln notierte ich mir in Gedanken »Goldgräber!« Der Mann hatte kräftige Knochen und grobe Gesichtszüge, einen dicken Schädel und einen Stiernacken, und die teigige, graugrünliche Gesichtsfarbe von jemandem, der zu viel trinkt und zu wenig Bewegung und Schlaf hat. Er verzog keine Miene, während das Mädchen aufgeregt in unterdrücktem Flüsterton sprach. Seine ganze Haltung war besitzergreifend, so, als wäre sie sein Eigentum und seine Sklavin, gekauft und bezahlt; seine Fischaugen schweiften beständig durch den Raum und blieben lüstern an attraktiven Frauen hängen, die an anderen Tischen dinierten.

»Ich, ich mag das überhaupt nicht«, de Grandins Bemerkung riß mich aus meinen Gedanken. »Es ist sowohl eigenartig als auch verdächtig; es ist nicht recht.«

»Was?« gab ich zurück. »Ach so, ja, ich stimme dir zu. Es ist eine Schande, daß sich so ein Mädchen verkauft – oder vielleicht auch nur vermietet – an so eine Gestalt . . .«

»Non, non«, unterbrach er streng. »Ich denke nicht daran, über ihre Moral zu richten, das ist ihre eigene Angelegenheit. Es ist ihre Art, mit dem Essen umzugehen, die mich interessiert.«

»Essen?« wiederholte ich.

»Oui-da, Essen. Bei drei unterschiedlichen Anlässen bestellten sie etwas zu essen, aber jedesmal ließen sie es kalt werden und rührten es nicht an, bis der *Garçon* es wieder mitnahm. Ich frage dich, ist das richtig?«

»Aber – äh . . .« versuchte ich Zeit zu gewinnen, aber er sprach schnell weiter:

»Einmal, als ich sie beobachtete, wollte die Frau fast das Glas an ihre Lippen heben, aber eine Bewegung ihres Begleiters hielt sie zurück; sie stellte das Getränk unberührt zurück. Was für Leute sind das, die den Wein ignorieren – die lebendige Seele der Trauben?«

»Nun, wirst du Nachforschungen anstellen?« fragte ich ihn grinsend. Ich wußte, daß seine Neugierde fast so grenzenlos war wie sein Selbstbewußtsein, und es hätte mich kaum gewundert, wenn er zum Tisch dieses seltsamen Paares marschiert wäre und eine Erklärung gefordert hätte.

»Nachforschungen?« wiederholte er gedankenverloren. »Hm. Vielleicht sollte ich.«

Er klappte den Zinndeckel seines Bierkruges hoch, nahm einen langen, nachdenklichen Zug, lehnte sich dann vor und sah mich mit seinen kleinen, runden Augen durchdringend an. »Du weißt, was das heute für eine Nacht ist?« wollte er wissen.

»Natürlich, Halloween. Alle kleinen Teufelchen schleichen sich durch Vorgärten und klopfen an Haustüren . . .«

»Vielleicht sind die großen Teufel auch unterwegs.«

»O komm«, protestierte ich, »du meinst das doch nicht ernst . . .«

»Bei Zeus, das tue ich«, versicherte er ernsthaft. *»Regardez, s'il vous plait.«* Er wies mit einem Kopfnicken auf das Paar am Nebentisch. Direkt gegenüber dem merkwürdigen Paar saß ein junger Mann allein an einem Tisch. Es war ein gutaussehender Jüngling mit glatt zurückgekämmten Haaren, von der Art, wie man sie in Massen auf einem Universitätscampus antrifft. De Grandin hätte ihn der gleichen Essensverschwendung bezichtigen können, die er den beiden anderen vorgeworfen hatte, denn der Junge ließ eine aufwendige Bestellung gänzlich unangetastet stehen, während seine völlig vernarrten Augen jeden Zentimeter des Mädchens am Nebentisch verschlangen.

Als ich mich nach ihm umwandte, bemerkte ich aus den Augenwinkeln, daß der Begleiter des Mädchens einmal kurz in die gleiche Richtung nickte, sich dann erhob und den Tisch abrupt verließ. Als er zur Tür ging, stellte ich fest, daß sein Gang mehr dem schnellen Wieseln eines Tieres glich, als dem Schritt eines Mannes.

Alleingelassen wandte sich das Mädchen halb zurück und warf mit gesenkten Wimpern dem jungen Mann einen unmißverständlichen Blick zu.

Mit gespielter Gleichgültigkeit beobachtete de Grandin, wie sich der junge Mann erhob und zu ihr setzte, und abgesehen von einem gelegentlich verstohlenen Blick schenkte er ihnen keinerlei Aufmerksamkeit, während sie die geistlosen Liebenswürdigkeiten, die bei solchen Anlässen üblich sind, austauschten. Als sie sich jedoch einige Minuten später erhoben, um zu gehen, forderte er mich mit einem Wink auf, es ihnen gleichzutun. »Es ist von Bedeutung, daß wir sehen, wohin sie gehen«, sagte er voller Ernst zu mir.

»Ach, um Himmels willen, sei vernünftig!« tadelte ich ihn. »Laß sie flirten, wenn sie wollen. Ich kann garantieren, daß sie sich jetzt in besserer Gesellschaft befindet als vorher . . .«

»Précisément, genau, gerade deshalb!« stimmte er mir zu. »Es ist diese ›bessere Gesellschaft‹, an die ich denke, wenn ich mir Gedanken mache.«

»Hm, das *war* ein übel aussehener Bursche, mit dem sie da war«, räumte ich ein. »Und trotz ihrer unschuldsvollen Schönheit könnte sie der Lockvogel in einem abgekarteten Spiel –«

»Ein abgekartetes Spiel? *Mais oui,* mein Lieber. Ein Kartenspiel, in dem der Einsatz unermeßlich hoch ist!« Er fragte den livrierten Portier: »Jenes Paar – der junge Mann und die Frau –, wohin sind sie gegangen, *Monsieur le Concierge?«*

»Häh?«

»Der junge Mann und die junge Frau – Sie haben sie weggehen sehen? Wir würden gerne wissen, in welche Richtung . . .«, eine verknitterte Dollarnote wechselte den Besitzer, und das Erinnerungsvermögen des Portiers frischte sich wie durch ein Wunder auf.

»Ach, die. Ja, die hab' ich gesehen. Sie sind die Straße lang, dorthin, in einem großen, schwarzen Taxi. Kleiner englischer Bursche hat sie gefahren. Sieht aus, als hätte der Typ 'ne Flamme aufgerissen. Und er wird brennen, wenn der Gorilla, der die Braut hier angeschleppt hat, ihn dabei erwischt, wie er mit ihr 'rummacht. Der Bruder ist ein gemeinaussehender Muskelmann, und . . .«

»Ganz richtig«, stimmte ihm de Grandin zu. »Und dieser Monsieur le Muskelmann, von dem Sie sprechen, in welche Richtung ging er, bitte schön?«

»Er kam hier rausgeschossen, vor ungefähr zehn Minuten, wie 'ne Fledermaus aus der Hölle. War auch was Komisches mit ihm. Er ging die Straße lang, und ich hab' ihm nachgeguckt, ohne Grund, nur so, und dann hab' ich für 'n Moment weggeguckt, und als ich wieder hingeschaut hab', war er weg. Er war nicht mehr als 'n paar Häuser weiter, als ich ihn zuletzt gesehen hab', und als ich wieder geguckt hab', war er nicht mehr da. Verdammt noch mal, wenn ich wüßte, wie er es so schnell um die Ecke geschafft hat.«

»Ich glaube, Ihr Erstaunen ist gerechtfertigt«, antwortete de Grandin gerade, als ich das Auto am Rinnstein bremste, und dann zu mir gewandt: »Beeil dich, mein Freund Trowbridge. Ich hoffe, daß wir sie in Sicht haben, bevor sie im Sturm verloren sind.«

Es dauerte nur ein paar Minuten, die Spur der Schlußlichter des großen Wagens ausfindig zu machen, in dem die Pflichtvergessenen den Vororten der Stadt entgegenrasten. Ab und zu verloren wir sie aus den Augen, aber nur, um sie im nächsten Moment wiederzufinden, denn ihr Weg führte schnurgerade den Orient Boulevard entlang zum Old Turnpike. »Das ist das Verrückteste, was wir jemals gemacht haben«, brummte ich. »Wir haben nicht mehr Aussicht, sie einzuholen, als – gute Güte, sie haben angehalten!«

Unbegreiflicherweise hielt der große Wagen vor dem imposanten Glockentor des Friedhofs »Schattiger Rasen«. De Grandin beugte sich im Polster vor wie der Jockey im Sattel. »Schnell, schnell, spute dich, mein Freund«, sagte er beschwörend. »Wir müssen sie erwischen, bevor sie aussteigen!«

So sehr ich mich auch bemühte, meine Anstrengungen blieben erfolglos. Als wir am Friedhof mit rasselndem Motor anhielten, erwarteten uns nur eine leere Limousine und ein ehrlich bestürzter Chauffeur.

»Wohin, mein Freund, wohin sind sie gegangen?« De Grandin schoß aus dem Auto, bevor wir richtig angehalten hatten. »In den Friedhof!« antwortete der Fahrer. »Was zum Teufel soll man dazu sagen? Schicken mich den ganzen Weg hier raus, wo sich die Teufel ›Gute Nacht!‹ sagen, und dann lassen sie mich hier sitzen, arm wie 'ne verdammte Kirchenmaus.« Eine Frau nachahmend, sprach er mit einer schrillen Fistelstimme: »›Sie brauchen nicht auf uns zu warten, Fahrer, wir werden nicht zurückkommen‹, sagte sie. Allmächtiger, wer zum Teufel, außer Leichen, geht auf den Friedhof und kommt nicht zurück?«

»Tja, tatsächlich«, wiederholte der Franzose, und dann zu mir: »Komm', mein Freund Trowbridge, wir müssen uns beeilen, wir müssen sie alle sehr schnell finden, oder es ist zu spät!«

Feierlich, wie der Zweck, dem er geweiht war, erstreckte sich der Friedhofsgrund dunkel und bedrohlich vor uns, als wir durch ein in dem imposanten, steinernen Tor angebrachtes Gitterfenster stiegen. Die gewundenen Schotterwege, von zwei Reihen Schierling gesäumt, dehnten sich wie die Wege in einem Irrgarten, und der dunkle Rasen, gelegentlich unterbrochen von erhobenen Grabfurchen und hellen Marmorplatten, fiel in der Ferne steil nach unten ab, wie es schien, bis in alle Ewigkeit. Wie ein Spürhund auf der Fährte eilte de Grandin vorwärts, duckte sich ab und zu unter einem herunterhängenden, regennassen Strauch von Immergrün hindurch und hastete noch schneller weiter.

»Mein Freund Trowbridge, du kennst diesen Ort?« wollte er während einer seiner kurzen Pausen wissen.

»Besser als mir lieb ist«, gab ich zu. »Ich war hier zu mehreren Beerdigungen.«

»Gut!«, antwortete er. »Dann kannst du mir sagen, wo die – wie sagt man? – die Einsegnungsgruft ist?«

»Dort drüben, fast in der Mitte des Friedhofs«, antwortete ich, und er nickte und nahm sogleich seinen Weg im Laufschritt wieder auf.

Schließlich erreichten wir die viereckige Einsegnungshalle aus grauem Stein, und er versuchte nacheinander die schweren Türen zu öffnen. »Ein Zeitverlust!« rief er enttäuscht aus, nachdem sich jede der schweren Metalltüren, die zur Gruft führten, seinen Anstrengungen widersetzt hatte. »Es scheint, wir müssen anderswo suchen.«

Er trabte zu der offenen Fläche, die als Parkplatz für Leichenwagen reserviert war, und warf einen schnellen, prüfenden Blick um sich, dann faßte er einen Entschluß und begann mit der Schnelligkeit eines Langstreckenläufers, die sich an einer Reihe Familienmausoleen vorbeiwindende Straße entlang zu rennen. Vor jedem blieb er stehen, und während er versuchte, die schweren Metallgitter zu öffnen, spähte er mit Hilfe seiner Taschenlampe in das düstere Innere.

Wir besuchten Grab um Grab, bis mein Atem und meine Geduld erschöpft waren. »Was soll dieser Unsinn?« fuhr ich ihn an. »Was suchst du?«

»Das, was ich zu finden befürchte«, schnaufte er und fuchtelte mit seiner Taschenlampe herum. »Wenn wir es nicht schaffen? Oh! Schau' mein Freund und sag' mir, was du siehst.«

Im schmalen Lichtkegel seiner elektrischen Lampe wurde ich einer dunklen Form gewahr, die auf den Stufen des Mausoleums lag.

»Aah – aber, das ist ja ein Mann!« rief ich aus.

»Das hoffe ich«, antwortete er. »Es kann sein, daß wir nur noch die bloße Hülle von einem finden, aber – ah? Ja. Er atmet noch.«

Ich nahm ihm die Taschenlampe aus der Hand und ließ die Strahlen über die leblose, auf den Stufen ausgestreckte Gestalt wandern. Es war der junge Mann, der zusammen mit der jungen Frau das Café verlassen hatte. Auf seiner Stirn war eine häßliche Platzwunde, wie von einem stumpfen Gegenstand, der mit einer unheimlichen Kraft benutzt worden war – zum Beispiel ein Totschläger.

Schnell und geschickt tastete de Grandin mit flinken, geübten Händen über den Körper des Jungen, preßte seine Finger an den Puls und beugte sich über seine Brust, um zu lauschen. »Er lebt«, verkündete er am Ende seiner Inspektion, »aber sein Herz, das gefällt mir nicht. Komm', laß' ihn uns fortbringen, mein Freund.«

»Und jetzt, *mon brave*«, verlangte er eine halbe Stunde später, nachdem wir den bewußtlosen Mann mit Riechsalzen und kalten Umschlägen wieder zum Leben erweckt hatten, »werden Sie vielleicht so freundlich sein und erzählen, warum Sie die Orte der Lebenden verlassen haben, um sich mit den Toten zu treffen?«

Der Patient machte einen schwachen Versuch, sich vom Untersuchungstisch zu erheben, fand dies aber zu schwierig und gab auf. »Ich dachte, ich wäre tot«, gestand er.

»Hmh?« Der Franzose betrachtete ihn gründlich. »Sie haben unsere Frage nicht beantwortet, junger Monsieur.«

Zum zweiten Mal versuchte der Junge, sich aufzurichten. Er verzog gequält das Gesicht, seine Hand schoß an die linke Brust, und er sank, halb zusammengekrümmt, halb sich windend, auf den Untersuchungstisch zurück.

»Schnell, Freund Trowbridge, das Amylnitrat, wo ist es?« fragte de Grandin.

»Dort«, ich zeigte mit der Hand zum Medizinschrank. »In der dritten Flasche sind einige Drei-Drachmen-Kaspeln.«

Innerhalb von Sekunden fand er die kleinen, glänzenden Kügelchen, zerbrach eine in seinem Taschentuch und hielt sie dem bewußtlosen Jungen unter die Nase. »So, das ist besser, *n'est-ce-pas,* mein Armer?«

»Ja, danke«, antwortete der andere und atmete noch einmal das kräftige Stärkungsmittel ein. »Sehr viel besser.« Und dann: »Woher wußten Sie, welche Medizin Sie mir geben mußten? Ich dachte nicht . . .«

»Mein Freund«, unterbrach ihn der Franzose mit einem Lächeln, »ich habe schon eine Angina pectoris behandelt, als man an Sie noch gar nicht dachte. Jetzt, wenn Sie sich ausreichend erholt haben, würden Sie uns bitte erzählen, warum Sie das Café Bacchanale verlassen haben und was dann passiert ist. Wir warten.«

Langsam, gestützt von de Grandin auf der einen Seite und mir auf der anderen, stieg der junge Mann vom Untersuchungstisch und ließ sich in einem bequemen Sessel nieder. »Mein Name ist Donald Rochester«, stellte er sich vor, »und dies sollte meine letzte Nacht auf Erden sein.«

»Aha?« murmelte Jules de Grandin.

»Vor sechs Monaten«, fuhr der junge Mann fort, »teilte mir Dr. Simmons mit, daß ich Angina pectoris habe. Mein Fall war schon sehr weit fortgeschritten, als er meine Diagnose erstellte, und er gab mir nur noch kurze Zeit zu leben. Vor zwei Wochen sagte er mir, daß ich Glück hätte, wenn ich das Ende dieses Monats erleben würde, die Schmerzen verschlimmerten sich und die Anfälle wurden häufiger; deshalb beschloß ich heute, daß ich ein letztes Fest für mich geben und dann nach Hause gehen würde, um dort schnelle, saubere Arbeit zu leisten.«

»Verdammt!« murmelte ich. Ich kannte Dr. Simmons, ein eingebildeter, alter Idiot, ein erstklassiger Mann für Diagnosen und Herzkrankheiten, aber absolut brutal im Umgang mit seinen Patienten.

»Ich bestellte mir das Menü, das man mir im letzten halben Jahr immer verboten hatte«, erzählte Rochester weiter, »und wollte es gerade genießen, als – als ich sie hereinkommen sah.«

»Haben Sie« – er wandte sich von de Grandin zu mir, als ob er von einem Landsmann mehr Verständnis erwarten würde – »haben Sie sie auch gesehen?« Auf seinem Gesicht verbreitete sich ein Ausdruck von fast religiöser Entrückung.

»Aber sicher, *mon vieux«*, entgegnete de Grandin. »Wir alle haben sie gesehen. Erzählen Sie weiter.«

»Ich dachte immer, dieses Gerede von Liebe auf den ersten Blick sei Blödsinn, aber jetzt weiß ich es besser. Ich vergaß darüber sogar mein Abschiedsmahl, ich konnte nichts anderes sehen oder denken, als an sie. Selbst wenn ich nur noch zwei Jahre mehr hätte, dann würde ich sie verfolgen und sie fragen, ob sie mich heiraten möchte . . .«

»Précisément, selbstverständlich, ganz recht«, unterbrach ihn der Franzose gereizt. »Wir billigen Ihnen zu, daß Sie fasziniert waren, Monsieur, aber, um der Liebe zwanzigtausend blaßblauer Affen willen, ich flehe Sie an, sagen Sie uns, was Sie taten, und nicht, was Sie dachten.«

»Ich saß einfach da und glotzte sie an, Sir. Konnte nichts anderes tun. Als dieses Riesenvieh, mit dem sie da war, aufstand und ging, und sie mich anlächelte, da ist, das kann ich Ihnen versichern, mein armes, altes Herz beinahe zerrissen. Als sie mich ein zweites Mal anlächelte, hätten alle Ketten in diesem Land nicht mehr ausgereicht, mich von ihr wegzubekommen.

Von der Art und Weise, wie sie sich meinem Schritt anpaßte, als wir aus dem Café kamen, hätte man annehmen können, sie hätte mich schon ihr ganzes Leben lang gekannt. Sie hatte ein großes, schwarzes Auto, das draußen wartete, und ich bin einfach mit ihr eingestiegen. Bevor ich wußte, was geschah, hatte ich ihr schon erzählt, wer ich war, wie lange ich noch zu leben hatte, und daß es meine einzige Sorge war, sie jetzt zu verlieren, nachdem ich sie gerade erst kennengelernt hatte. Ich . . .«

»*Parbleu,* Sie sagten ihr das?«

»Genau das, und noch eine ganze Menge mehr – ich platzte damit heraus, daß ich sie liebte, bevor ich überhaupt wußte, was los war.«

»Und sie . . .«

»Meine Herren, ich bin nicht sicher, ob man bei dieser Krankheit üblicherweise ein Delirium bekommt oder nicht, aber ich bin mir ziemlich sicher, daß ich einen Anflug von irgend etwas in der Art hatte. Bevor ich weitererzähle, möchte ich Ihnen versichern, daß ich nicht verrückt bin, aber vielleicht hatte ich einen Herzanfall oder irgend etwas ähnliches, und bin dann eingeschlafen und habe alles geträumt.«

»Reden Sie weiter, Monsieur«, befahl de Grandin ziemlich gereizt. »Wir hören.«

»Nun gut. Als ich sagte, daß ich sie liebte, legte dieses Mädchen nur die Hände auf ihre Augen – etwa so –, als ob sie ein paar ungeweinte Tränen wegwischen wollte. Ich erwartete fast, daß sie ärgerlich werden oder vielleicht kichern würde, aber sie tat nichts dergleichen. Alles, was sie sagte, war, ›Zu spät – oh, zu spät.‹

›Das weiß ich‹, antwortete ich. ›Ich sagte dir bereits, daß ich so gut wie tot bin, aber ich kann nicht über den Jordan gehen, ohne dir gesagt zu haben, was ich fühle.‹

Dann sagte sie, ›O nein, nicht das, mein Lieber. Das habe ich überhaupt nicht gemeint. Denn ich liebe dich auch, obwohl ich kein Recht habe, das zu sagen – ich habe kein Recht, irgend jemanden zu lieben – es ist auch für mich zu spät.‹

Daraufhin schloß ich sie einfach in meine Arme und hielt sie fest, und sie weinte, als ob ihr Herz brechen müßte. Schließlich bat ich sie, mir ein Versprechen zu geben. ›Ich werde besser in meinem Grab ruhen können, wenn du mir versprichst, daß du nie wieder mit diesem Scheusal, mit dem ich dich heute nacht gesehen habe, ausgehen wirst‹, sagte ich ihr, und sie stieß einen kleinen Schrei aus und weinte noch viel mehr als vorher.

Dann hatte ich den schrecklichen Gedanken, daß sie mit ihm verheiratet sei, und daß sie das mit ihrer Bemerkung gemeint hatte, daß es zu spät wäre. Und so fragte ich sie geradeheraus.

Daraufhin sagte sie etwas teuflisch Merkwürdiges. ›Ich muß zu ihm gehen, wann immer er nach mir verlangt. Obwohl ich ihn mehr hasse, als du dir jemals vorstellen kannst; wenn er ruft, muß ich gehen. Dies ist das erste Mal, daß ich mit ihm gegangen bin, aber ich muß es wieder tun, und wieder und wieder!‹ Sie schrie dieses Wort heraus, bis ich ihr den Mund mit Küssen verschloß.

Im selben Moment hielt das Auto an, und wir stiegen aus.

Wir befanden uns in einer Art von Park, nehme ich an, aber ich war so damit beschäftigt, sie zu beruhigen, daß ich nichts anderes wahrnahm.

Sie führte mich durch ein großes Tor und einen gewundenen Weg entlang. Schließlich hielten wir vor einer Art Haus, und ich nahm sie für einen letzten Kuß in meine Arme.

Ich weiß nicht, ob sich das weitere wirklich ereignet hat, oder ob ich bewußtlos wurde und alles nur geträumt habe. Ich *glaubte* aber, es sei folgendes passiert: anstatt ihre Lippen auf meine zu pressen, legte sie sie über meine Lippen und schien tatsächlich die Luft aus meiner Lunge zu ziehen. Ich fühlte, wie ich das Bewußtsein verlor, wie ein Schwimmer, der in die Brandung geraten ist und hin und her gerissen und geworfen wird, bis die Luft aus ihm herausgeprügelt ist. Meine Augen schienen sich durch eine Art von Nebel zu verschleiern; dann wurde alles um mich herum grün und meine Knie gaben nach. Ich konnte noch immer ihre Arme um mich spüren, und ich erinnere mich, daß ich überrascht war über ihre Stärke, aber dann schien es, als hätte sie ihre Lippen von meinem Mund an meine Kehle verlagert. Ich wurde schwächer und schwächer, mit einer Art von sehnsuchtsvoller Ekstase, falls Ihnen das etwas sagt. Es war ungefähr, als versänke ich in Schlaf mit einem großen Glas Brandy im Bauch, nachdem ich hundemüde vor Wind und Kälte wäre. Das nächste, an das ich mich erinnern kann, ist, daß ich umkippte und die Treppe hinunterfiel, mit Beinen wie die einer Stoffpuppe. Ich muß einen fürchterlichen Schlag auf den Kopf bekommen haben, als ich fiel, denn ich war sofort ohne Bewußtsein, und das nächste, was ich weiß, ist, daß ich aufwachte, während Sie, meine Herren, sich um mich bemühten. Sagen Sie mir, habe ich das alles geträumt? Ich – bin– völlig – am Ende.«

Der Satz verlor sich langsam im Raum, so, als ob der junge Mann einschliefe, sein Kopf fiel nach vorne, und seine Hand glitt willenlos vom Schoß und sank schlaff auf den Boden hinunter.

»Ist er tot?« flüsterte ich, als de Grandin quer durch das Zimmer rannte und seinen Kragen aufriß.

»Noch nicht«, entgegnete er. »Bitte, mehr Amylnitrat; er wird sich in einem Augenblick wieder erholen, aber nach Hause gehen soll er nicht, es sei denn, er verspricht, sich nicht selbst zu zerstören. *Mon Dieu,* zerstört würde er sein, in Körper und Seele, wenn er sich eine Kugel durch den Kopf schießen würde, bevor – aah-ha? Sieh da, mein Freund Trowbridge, es ist so, wie ich befürchtet habe!«

An der Kehle des jungen Mannes waren zwei winzige, lochartige Wunden zu sehen, so, als ob man eine dünne Nadel durch eine Hautfalte gestoßen hätte.

»Hmm«, kommentierte ich. »Wenn es vier wären, würde ich sagen, daß ihn eine Schlange gebissen hat.«

»Sie hat! Im Namen des kleinen blauen Mannes, sie hat!« gab er zurück. »Eine Schlange, giftiger und heimtückischer als irgendeine, die auf dem Bauch kriecht, hat ihre Fänge in ihn geschlagen; er ist vergiftet, als ob er das Opfer eines Kobrabisses gewesen wäre; aber, bei den Schwingen von Jakobs Engeln, wir werden ihre Pläne durchkreuzen, mein Freund. Wir werden ihr zeigen, daß mit Jules de Grandin gerechnet werden muß – ihr und ihrem fischäugigen Geliebten auch, oder ich esse gekochte weiße Rüben zu Weihnachten und spüle sie mit Waschwasser hinunter!«

Zum Frühstück am nächsten Morgen erschien er mit ernster Miene.

»Hast du vielleicht diesen Morgen eine halbe Stunde frei?« fragte er, während er seine vierte Tasse Kaffee leerte.

»Hm, ich nehme an, ja. Irgend etwas Besonderes, das du unternehmen möchtest?«

»Ja, tatsächlich. Ich würde gerne noch einmal zum Friedhof ›Schattiger Rasen‹ gehen. Ich möchte ihn gern bei Tageslicht näher ansehen.«

»Schattiger Rasen?« wiederholte ich erstaunt. »Was um alles in dieser Welt . . .?«

»Nur teilweise«, unterbrach er. »Wenn ich mich nicht wesentlich mehr irre, als ich glaube, dann hat unser Geschäft ebenso viel mit der nächsten Welt wie mit dieser zu tun. Komm jetzt, du mußt dich um deine Patienten kümmern, ich habe auch meine Pflichten. Laß uns gehen.«

In der Nacht war der Regen vorübergezogen und es schien eine helle Novembersonne, als wir den Friedhof erreichten. Geradewegs auf das Grab zusteuernd, bei dem wir gestern abend den jungen Rochester gefunden hatten, blieb de Grandin davor stehen und untersuchte es gründlich. Er lenkte meine Aufmerksamkeit auf das einzige eingemeißelte Wort, das über der Schwelle der gewaltigen Eingangstür stand:

HEATHERTON

Er stützte sein schmales, spitzes Kinn nachdenklich auf Daumen und Zeigefinger. »Diesen Namen muß ich mir merken, mein Freund Trowbridge.«

Im Mausoleum, in zwei übereinandergelagerten Reihen geordnet, befanden sich die Gruften mit den Überresten der verstorbenen Heathertons, jede war mit einer weißen Marmorplatte, die in einen Bronzerahmen zementiert war, versiegelt, und eine zweireihige Inschrift gab Auskunft über Namen und Lebensdaten des Inhabers. Die vertrockneten Überreste eines Kranzes waren mit einem Strick oder einem Band am bronzenen Ringbolzen, der die Marmortäfelung der am weitest entfernten Gruft verzierte, befestigt, und unter dem verdörrten Kreis von Rosenblättern konnte ich lesen:

ALICE HEATHERTON
Sept. 28, 1906 Oct. 2, 1928

»Siehst du?« fragte er.

»Ich sehe, daß ein Mädchen namens Alice Heatherton vor einem Monat im Alter von 22 Jahren gestorben ist«, gab ich zu, »aber was das mit der vergangenen Nacht zu tun hat, übersteigt mein . . .«

»Natürlich«, fiel er mir mit einem glucksenden Lachen, dem die Fröhlichkeit fehlte, ins Wort. »Aber sicher. Da sind viele Dinge, die du nicht siehst, mein Alter, und da sind noch mehr, die du nicht sehen willst, wie ein Kind, das die unangenehmen Seiten eines Bilderbuches überblättert. Nun, wenn du jetzt die Freundlichkeit hättest, mich alleine zu lassen, dann werde ich den *Monsieur l'Intendant* dieses bezaubernden Parks interviewen, und auch noch einige andere Leute. Falls möglich, komme ich bis zum Dinner zurück, aber«, – er hob die Schultern mit einem gleichgültigen Achselzucken – »manchmal muß man ein Mahl auslassen, weil die Pflicht ruft. Ja, das ist leider so.«

Die Consommé war bereits kalt und der Lammbraten im Ofen vertrocknet, als mich das Klingeln meines Bürotelefons rief. »Trowbridge, mein Freund«, drang de Grandins Stimme, schrill vor Aufregung, durch die Leitung, »komm zu den Adelphi Mansions, so schnell du kannst. Ich möchte dich als Zeugen!«

»Zeuge?« wiederholte ich. »Was . . .« Ein scharfes Klicken signalisierte mir, daß er aufgelegt und mich verwirrt am stillen Telefon zurückgelassen hatte.

Als ich eintraf, wartete er schon am Eingang des modernen Apartmenthauses auf mich und weigerte sich, meine ungeduldigen Fragen zu beantworten, während er mich durch die reichverzierte Eingangstür und durch das mit Teppichen ausgelegte Foyer zum Aufzug zog. Als der Aufzug nach oben fuhr, griff er in seine Tasche und zog eine glänzende, mit Daumenabdrücken verschmierte Fotografie heraus. »Das habe ich Le Journal abgebettelt«, erklärte er. »Sie hatten keine weitere Verwendung dafür.«

»Große Güte!« rief ich aus, als ich die Fotografie sah. »Aber, das ist . . .«

»Aber mit Sicherheit«, antwortete er mit ruhiger Stimme. »Es ist das Mädchen, das wir gestern abend gesehen haben, ohne Zweifel; das Mädchen, dessen Grab wir heute morgen besucht haben; das Mädchen, das dem jungen Rochester den Todeskuß gab.«

»Aber das ist unmöglich. Sie ist . . .«

Er unterbrach mit einem kurzen Lachen. »Ich war überzeugt, du würdest genau das sagen, mein Freund Trowbridge. Komm', laß uns sehen, was Madame Heatherton uns erzählen kann.«

Ein herausgeputztes schwarzes Dienstmädchen in schwarz-weißer Uniform kam auf unser Klingeln und brachte unsere Karten zur Hausherrin. Als sie das ziemlich aufwendige Empfangszimmer verlassen hatte, sah ich mich begierig um und entdeckte Teppiche aus China und dem Nahen Osten, frühe amerikanische Mahagonimöbel und einen kunstvoll gewebten Wandteppich aus dem Mittelalter, der eine Szene aus dem Nibelungenlied darstellte, mit einer Inschrift in feierlichen, gotischen Lettern: *»Hic Siegriedum Aureum Occidunt* – Hier wird der Goldene Siegfried gemeuchelt.«

»Dr. Trowbridge? Dr. de Grandin?« Die sanfte, wohlklingende Stimme holte mich aus dem Studium des gewobenen Teppichs wieder zurück, als eine eindrucksvolle, weißhaarige Dame eintrat.

»Madame, tausend Pardons für unser Eindringen!« De Grandin schlug seine Hacken zusammen und verneigte sich steif aus der Hüfte.

»Bitte, glauben Sie mir, wir möchten nicht ihre Ruhe stören, aber eine Angelegenheit von höchster Bedeutung zwingt uns dazu. Sie werden mir vergeben, wenn ich Sie nach den Umständen des Todes ihrer Tochter frage, denn ich bin von der

Pariser *Sûreté* und beschäftige mich mit wissenschaftlichen Nachforschungen.«

Mrs. Heatherton war, um einen überstrapazierten Ausdruck zu gebrauchen, eine »perfekte Dame«. Neun von zehn Frauen wären bei de Grandins Ankündigung zur Salzsäule erstarrt, aber sie war die Zehnte. Der offene Blick, den ihr der kleine Franzose schenkte, und seine offensichtliche Ernsthaftigkeit, zusammen mit den perfekten Manieren und seiner tadellosen Kleidung, waren überzeugend. »Bitte nehmen Sie Platz, meine Herren«, lud sie uns ein. »Ich verstehe nicht, wie die Tragödie meines armen Kindes einen Beamten der Pariser Geheimpolizei interessieren kann, aber ich habe keine Einwände, all das zu erzählen, was ich weiß; den Zeitungen könnten Sie doch nur eine verfälschte Version entnehmen.

Alice war mein jüngstes Kind. Sie und mein Sohn Ralph waren fast auf den Tag genau zwei Jahre auseinander. Ralph erhielt seinen Abschluß als Stadtplaner vor zwei Jahren von der Cornell-Universität und ging nach Florida, um dort Bauarbeiten zu überwachen. Alice starb, während sie ihn dort besuchte.«

»Aber – verzeihen Sie mein Taktlosigkeit, Madame – Ihr Sohn, ist er nicht ebenfalls verstorben?«

»Ja«, stimmte unsere Gastgeberin zu. »Auch er ist tot. Sie starben fast zusammen. Dort gab es einen Mann, ebenfalls aus unserer Stadt hier, Joachim Palenzeke – nicht die Art Person, mit der man verkehrt, aber er war Ralphs Vorgesetzter. Ich glaube, er hatte etwas mit der Förderung der Erschließung von Baugelände zu tun. Als Alice Ralph besuchte, mißbrauchte dieser Mann seine Position und die Tatsache, daß wir alle aus Harrisonville kamen, und versuchte sich ihr aufzudrängen.«

»Und dann?« half de Grandin sanft nach.

»Ralph nahm ihm seine Annäherungsversuche übel. Palenzeke ließ einige beleidigende Bemerkungen fallen – einige unverschämte Andeutungen über Alice und mich, so sagte man mir –, und sie wurden handgreiflich. Ralph war klein, aber gut trainiert. Palenzeke war fast ein Riese, aber durch und durch feige. Als Ralph zu siegen drohte, zog er eine Pistole und feuerte fünf Schüsse auf meinen armen Sohn ab. Ralph starb am nächsten Tag nach Stunden unendlicher Qualen.

Sein Mörder floh in die Sümpfe, wo es schwierig war, seine Spur mit Hunden zu verfolgen, und laut Aussagen einiger Siedler beging er Selbstmord, aber es muß ein Irrtum vorgelegen haben, denn . . .« sie brach ab und preßte das zerdrückte Taschentuch gegen den Mund, so als ob, sie die Schluchzer zurückdrängen wollte.

De Grandin lehnte sich vor und tätschelte ihre Hand, als ob er ein Kind trösten wollte. »Meine arme Frau«, murmelte er, »ich bin untröstlich, glauben Sie mir, aber bitte glauben Sie mir auch, daß ich diese so herzzerreißenden Fragen nicht ohne guten Grund stelle. Erzählen Sie mir freundlicherweise, warum Sie annehmen, daß diese Selbstmordgeschichte jenes abscheulichen Bösewichtes ein Irrtum ist.«

»Weil – weil man ihn noch einmal gesehen hat! Er hat Alice getötet!«

»*Nom d'un nom!* Was Sie nicht sagen!« Sein Kommentar war ein unterdrückter Ausruf. »Erzählen Sie, erzählen Sie mir, Madame, wie kam diese Schändlichkeit zustande? Dies ist von außerordentlicher Bedeutung. Sprechen Sie weiter, *chère Madame,* ich flehe Sie an!«

»Alice war gramgebeugt über den tragischen Mord an Ralph – sie machte sich selbst verantwortlich dafür –, aber nach einigen Tagen erholte sie sich soweit, daß sie Vorbereitungen treffen konnte, um mit Ralphs Leichnam nach Hause zurückzukommen.

Im Umkreis von fünfzehn Meilen gab es keine Bahnstation, und da sie einen frühen Zug nehmen wollte, fuhr sie am Vorabend vor der Abfahrt des Zuges mit einem Wagen los. Als sie über eine einsame, unbeleuchtete Wegstrecke zwischen zwei nicht trockengelegten Sumpfgebieten entlangfuhren, tauchte eine Gestalt aus dem hohen Schilfgras auf – wir haben hier eine Aussage des Fahrers – und sprang auf das Trittbrett. Mit einem einzigen Schlag streckte er den Chauffeur bewußtlos nieder, aber nicht, bevor er identifiziert werden konnte. Es war Joachim Palenzeke. Der Wagen rollte in den Sumpf, als der Fahrer das Bewußtsein verlor. Glücklicherweise war der Schlamm zwar tief genug, um den Motor abzuwürgen, aber nicht so tief, um den Wagen ganz versinken zu lassen. Nach kurzer Zeit erholte sich der Fahrer und schlug Alarm.

Ein Suchtrupp des Sheriffs fand beide am nächsten Morgen. Palenzeke war offensichtlich im Schlamm ausgerutscht, als er fliehen wollte, und war ertrunken. Alice war tot – durch den Schock sagten die Ärzte. Ihre Lippen waren schrecklich zugerichtet, und am Hals hatte sie eine Wunde, die allerdings nicht ernsthaft genug war, um ihren Tod herbeizuführen; und sie wurde . . .«

»Genug! Nicht weiter, Madame, ich bitte Sie! *Sang de Saint Denis,* ist Jules de Grandin ein Monster, daß er einen Stein über das brechende Herz einer Mutter rollen würde? *Dieu de Dieu, non!* Aber sagen Sie mir noch, falls Sie es wissen, und dann werde ich keine weiteren Fragen mehr haben – was passierte mit diesem zehntausendmal-verfluchten – verzeihen Sie, Madame! –, diesem so abscheulichen Cochon von Palenzeke?«

»Man brachte ihn nach Hause, um ihn hier zu beerdigen«, antwortete Mrs. Heatherton leise. »Seine Familie ist sehr reich. Einige von ihnen waren während der Prohibition Alkoholschmuggler, andere sind Grundstücksspekulanten und Politiker. Er bekam das aufwendigste Begräbnis, das jemals in der griechisch-orthodoxen Kirche hier stattfand – man sagt, die Blumen allein hätten über fünftausend Dollar gekostet –, aber Hochwürden Apostolakos weigerte sich, für ihn die Messe zu lesen, sondern hielt nur ein kurzes Gebet und verweigerte ihm den geheiligten Boden des Kirchenfriedhofes.«

»Aha!« De Grandin sah mich bedeutungsvoll an, als ob er sagen wollte, »das habe ich dir gleich gesagt!«

»Dies könnte Sie vielleicht auch interessieren, ich bin mir nicht sicher«, fügte Mrs. Heatherton hinzu: »Ein Freund von mir, der einen Reporter des *Journal* kennt, Zeitungsleute wissen alles«, bemerkte sie mit umwerfender Naivität, »berichtete mir, daß dieser Feigling tatsächlich einen Selbstmordversuch unternommen haben mußte, der wohl fehlschlug, denn an seiner Schläfe war eine Schußwunde, die natürlich nicht zum Tod geführt haben kann, da man ihn ja im Sumpf ertrunken fand. Nehmen Sie an, daß er sich absichtlich Schaden zufügte, um von den Bewohnern des Sumpfes gesehen zu werden, damit sie die Geschichte seines Selbstmordes verbreiten und die Polizei die Suche nach ihm abbrechen würde?«

»Das ist gut möglich«, räumte de Grandin ein, als er sich erhob. »Madame, wir sind mehr in Ihrer Schuld, als Sie sich vorstellen können, und obwohl Sie davon nichts wissen können, haben wir Sie heute nacht vor einem weiteren Schmerz bewahrt. *Adieu, chère Madame,* und mag der gütige Gott über Sie – und die Ihren – wachen.« Er drückte seine Lippen auf ihre Finger und verließ unter Verbeugungen den Raum.

Als wir durch die Eingangstür schritten, hörten wir das Echo eines Schluchzens und Mrs. Heathertons verzweifelte Stimme: »Ich und die Meinen – es gibt keine ›Meinen‹ mehr. Alle, sie sind alle tot!«

»La pauvre!« murmelte de Grandin, während er die Tür sanft ins Schloß zog. »Um so mehr Grund für die Wachsamkeit des *bon Dieu,* obwohl sie das nicht weiß!«

»Und was jetzt?« wollte ich wissen, während ich meine Augen vergeblich mit einem Taschentuch betupfte.

Der Franzose machte keine Anstrengungen, seine Tränen zu verbergen. Sie rollten über sein Gesicht, als wäre er ein halbwüchsiger Schuljunge. »Geh' nach Hause, mein Freund«, befahl er. »Ich, ich werde den Priester der griechischen Kirche besuchen. Aus dem, was ich über ihn gehört habe, schließe ich, daß er ein fabelhafter Bursche ist. Ich denke, er wird meiner Geschichte Glauben schenken. Wenn nicht, *parbleu,* dann müssen wir die Sache selbst in die Hand nehmen. In der Zwischenzeit versuche von der großartigen Nora Vergebung zu bekommen, daß wir ihr Essen vernachlässigt haben und bitte sie, eine Kleinigkeit vorzubereiten, und dann halte dich bereit, mich wieder zu begleiten, nachdem wir uns gestärkt haben. Beim *Nom d'un canard vert,* wir haben eine arbeitsreiche Nacht vor uns, mein Alter und Einziger!«

Es war fast Mitternacht, als er zurückkehrte, aber aus dem Funkeln seiner Augen konnte ich entnehmen, daß er einige seiner »Ämter« erfolgreich erledigt hatte.

»Barbe d'une chèvre«, rief er aus, nachdem er sein sechstes Lammsandwich und sein achtes Glas Ponte Canet weggeputzt

hatte, »dieser Hochwürden Apostolakos ist kein Dummkopf, mein Lieber. Er ist kein hohlköpfiger Moderner, der so viel weiß, daß er nichts mehr im Kopf hat; ein Mann, der mit dem Okkulten vertraut ist, kann offen mit ihm sprechen und Verständnis finden. Ja. Er wird uns helfen.«

»Hm?« brummte ich unverbindlich, den Mund voll mit Lammsandwich.

»Genau«, stimmte er mir zu, füllte sein Glas nach und nahm noch ein Sandwich vom Tablett. »Richtig, mein Lieber. Der gute Vater ist eine Autorität in allen geistlichen Dingen, und morgen wird er die nötigen Anweisungen erteilen, ohne auch nur ein ›mit Ihrer Erlaubnis‹ von den ehrwürdigen Alkoholschmugglern, Grundstücksmaklern und Politikern, aus denen sich der illustre Palenzeke-Klan zusammensetzt, einzuholen.

»Die Sandwiches sind alle weg, und die Flasche ist leer? Also gut, dann sollten wir uns auf den Weg machen.«

»Wohin?« verlangte ich zu wissen.

»Zum jungen Rochester. Ich, ich möchte mich noch ein wenig mit ihm unterhalten.«

Als wir das Haus verließen, sah ich, wie er einen schmalen, länglichen Gegenstand aus seiner Jackettasche in seinen Mantel steckte. »Was ist das?«, fragte ich.

»Etwas, das mir der gute Vater geliehen hat. Ich hoffe, wir haben keine Gelegenheit, es zu benutzen, aber es könnte unter Umständen nützlich sein.«

Ein leichter Nebel, hier und da begleitet von kalten Regenschauern, senkte sich über die Straße, als wir uns auf den Weg zu Rochester begaben. Eine vorsichtige Autofahrt von ungefähr einer halben Stunde brachte uns ans Ziel, und als wir am Straßenrand anhielten, deutete der Franzose zu einem erleuchteten Fenster im siebten Stock hinauf. »Das Licht brennt in seinem Apartment«, ließ er mich wissen. »Kann es sein, daß er um diese Zeit noch Gesellschaft hat?«

Der diensthabende Aufzugführer schnarchte auf einem Stuhl in der Vorhalle. Geführt von de Grandins achtsamen Bewegungen, folgte ich ihm die Treppe hinauf. »Wir brauchen unsere

Ankunft nicht anzumelden«, flüsterte er, als wir um den Treppenabsatz der sechsten Etage gingen. »Es ist besser, wenn wir als Überraschung kommen, denke ich.«

Wir erklommen schweigend ein weiteres Stockwerk und blieben vor Rochesters Tür stehen. De Grandin klopfte einmal ganz sachte, dann noch einmal mit mehr Autorität, und er wollte schon den Türgriff probieren, als wir Schritte hinter der Tür hörten.

Der junge Rochester trug einen Seidenmantel über seinem Pyjama, sein Haar war etwas durcheinander geraten, aber er sah weder verschlafen aus, noch besonders erfreut, uns zu sehen.

»Wir kommen unerwartet, scheint es«, verkündete de Grandin, aber wir sind dennoch hier. Seien Sie so freundlich und treten Sie zur Seite, damit wir eintreten können, bitte.«

»Nicht jetzt«, lehnte der junge Mann ab. »Ich kann Sie jetzt nicht empfangen. Wenn Sie morgen früh wiederkommen wollen . . .«

»Es ist morgen früh, *mon vieux*«, unterbrach ihn der kleine Franzose. »Mitternacht hat vor einer Stunde geschlagen.« Er wischte an unserem zögernden Gastgeber vorbei und sauste den langen Flur zum Wohnzimmer entlang.

Das Zimmer war auf eine typisch männliche Weise geschmackvoll eingerichtet, schwere Stühle aus Walnuß- und Ahornholz, türkische Teppiche, ein Tisch mit einer beschirmten Lampe, eine lange Couch mit zahlreichen Kissen vor dem Kamin, in dem Kohle auf einem Kupferrost glühte. Ein leichter Geruch von Zigarettenrauch hing in der Luft, vermischt mit einem zarten, aufreizenden Duft von Heliotrop.

De Grandin zögerte auf der Türschwelle, warf seinen Kopf in den Nacken uns schnüffelte wie ein irritierter Spürhund. Genau gegenüber der Eingangstür befand sich ein weiter Türbogen, der von zwei Paisleyschals, die in der Art eines drapierten Quervorhangs von einer Kupferstange hingen, verdeckt war, und genau dorthin richtete de Grandin seine Schritte, seine rechte Hand in der Tasche seines Mantels. Der Ebenholzstock, in dem, wie ich wußte, eine Schwertklinge verborgen war, lag leicht in seiner Linken.

»De Grandin!« protestierte ich schockiert, entsetzt über seine besitzergreifende Haltung.

»Nicht«, rief Rochester warnend. »Sie dürfen nicht . . .«

Die Vorhänge vor dem Türbogen teilten sich und ein Mädchen trat daraus hervor. Das lange, enganliegende Abendkleid aus purpurnem Stoff, das sie trug, war durchsichtig wie Rauch und ließ die weißen Umrisse ihres Körpers erkennen. Ihr kupferfarbenes Haar floß in einer zweigeteilten Flut über das Gesicht und ihre schmalen Schultern. In der Bewegung innehaltend, hob sich ihr kleiner, nackter Fuß in seiner blaugeäderten Weiße in einer hartumrissenen Silhouette gegen den rostroten Bokhara-Teppich ab.

Als sie de Grandin erblickte, erstarrte sie und zog die Luft mit einem zischenden Laut ein, ihre Augen weiteten sich mit angstvollem Blick. Es war kein schamvoller Blick, den sie ihm zuwarf, kein Ausdruck der Verwirrung, weil sie ertappt wurde, oder gar der Versuch, eine hoffnungslos peinliche Situation niederzustarren. Es war ein Ausdruck höchster Bedrohung, ein Blick, mit dem sie eine auf sie zukriechende Klapperschlange betrachtet hätte.

»So!« sagte sie heftig, und ich konnte sehen, wie sich das dünne Material ihres Kleides über der Brust spannte. »Dann wissen Sie es also! Ich hatte das befürchtet, aber . . .« Sie hielt inne, als er einen weiteren Schritt in ihre Richtung machte und sich dabei drehte, bis seine rechte Manteltasche nur eine Armlänge von ihr entfernt war.

»Mais oui, mais oui, Mademoiselle la Morte«, gab er zurück und verbeugte sich dabei feierlich, ohne seine Hand aus der Manteltasche zu nehmen. »Ich weiß es, wie Sie sagen. Nun erhebt sich die Frage, ›Was machen wir damit?‹«

»Seht her«, warf sich Rochester zwischen die beiden, »was ist der Grund für dieses unverschämte Eindringen?«

Der kleine Franzose wandte sich ihm mit einem nachsichtigen, fragenden Blick zu. »Sie verlangen eine Erklärung? Wenn hier Erklärungen angebracht sind, dann . . .«

»Sehen Sie, verdammt noch mal, ich bin ein freier Mann, und muß mich bei niemandem rechtfertigen. Alice und ich lieben uns. Sie kam heute nacht aus eigenem, freiem Willen zu mir.«

»En vérité?« warf der Franzose ein. »Wie kam sie, Monsieur?«

Der junge Mann schnappte nach Luft, wie ein Läufer am Ende eines harten Rennens. »Ich – ich bin für eine Weile ausgegangen«, stammelte er, »und als ich zurückkam –«

»Mein Armer«, schaltete sich de Grandin voller Sympathie ein. »Sie lügen wie ein Gentleman, aber Sie lügen sehr schlecht. Sie brauchen noch etwas Übung. Hören Sie mir zu, ich werde Ihnen sagen, wie sie kam: heute nacht, ich weiß nicht genau zu welcher Stunde, aber irgendwann nach Sonnenuntergang hörten Sie ein Klopfen am Fenster oder an der Tür; und als Sie nachschauten, voilà, da war die bezaubernde Demoiselle. Sie dachten, Sie träumen, aber da klopften die hübschen Finger schon wieder an die Scheibe, und die sanften, schönen Augen versprachen Ihnen Liebe, und Sie öffneten Tür oder Fenster und ließen sie ein, zufrieden damit, zumindest eine Vision von ihr zu haben, denn es gab ja keine Chance, daß sie jemals in Fleisch und Blut kommen würde. Sagen Sie mir, junger Mann, und auch Sie, schöne Mademoiselle, sage ich nicht, wie es war?«

Rochester und das Mädchen starrten ihn voller Verwunderung an. Nur das Beben der Augenlider des jungen Mannes und das Zittern der sensiblen Lippen des Mädchens zeugten davon, daß er die Wahrheit gesprochen hatte.

Für einen Moment herrschte angespanntes, erregtes Schweigen; dann stürzte das Mädchen mit einem leisen, atemlosen Schrei und weichen, lautlosen Schritten nach vorne und warf sich de Grandin zu Füßen. »Haben Sie Mitleid – seien Sie gnädig!« flehte sie. »Seien Sie mir gnädig, wie Sie auch eines Tages auf Gnade hoffen werden. Es ist so wenig, was ich verlange. Sie wissen, *was* ich bin; wissen Sie auch, wer ich bin, und warum ich jetzt – warum ich jetzt die Schuldige bin, die Sie sehen?« Sie vergrub ihr Gesicht in ihre Hände. »Oh, es ist so grauenvoll – zu grausam!« schluchzte sie. »Ich war so jung; ich hatte mein ganzes Leben vor mir. Ich wußte nie, was wirklich Liebe ist, bis es zu spät war. Sie können nicht so herzlos sein, mich jetzt wegzujagen; das können Sie nicht tun!«

»Ma Pauvre!« De Grandin legte seine Hand auf den gebeugten, hellen Kopf des Mädchens. »Mein armes, unschul-

diges Lamm, das dem Schlächter begegnet ist, bevor es das Recht zum Spielen erhielt! Ich weiß alles, was man über dich wissen kann. Deine anbetungswürdige Mutter hat mir heute abend viel mehr erzählt, als sie ahnen konnte. Ich bin nicht herzlos, meine kleine Schöne: ich bin ganz Mitleid und Kummer, aber das Leben ist grausam und der Tod ist noch grausamer. Außerdem weißt du, was das unvermeidliche Ende wäre, wenn ich meiner Pflicht nicht nachkommen würde. Wenn ich ein Wunder vollbringen könnte, dann würde ich die Mauern des Todes öffnen und dir befehlen, zu leben und zu lieben, bis deine Stunde gekommen ist, aber . . .«

»Es ist mir egal, wie das Ende sein wird.« Das Mädchen glühte vor Wut und sank zurück, bis es auf den Fußsohlen kauerte. »Das einzige, was ich weiß, ist, daß man mich um das Geburtsrecht jeder Frau betrogen hat. Jetzt habe ich Liebe gefunden und ich will sie; ich will sie! Er gehört mir, das weiß ich, er ist mein . . .« Sie duckte sich und kroch fast vor ihm. »Es ist nur so wenig, um was ich bitte!« Auf den Knien zentimeterweise vorwärts rutschend, nahm sie seine Hand und streichelte sich damit über die Wangen. »Alles was ich möchte, ist ein kleiner Tropfen Blut ab und zu: nur ein kleiner, winziger Tropfen, um meinen Körper schön zu erhalten. Wenn ich wie andere Frauen wäre und Donald wäre mein Geliebter, dann gäbe er mir nur zu gerne eine Transfusion – er würde mir sofort einen Viertel- oder halben Liter seines Blutes geben, wenn ich es bräuchte. Ist es denn soviel verlangt, wenn ich nur ab und zu um einen Tropfen bitte? Hie und da einen Tropfen, und gelegentlich einen Zug lebendigen Atems aus seinen Lungen . . .«

»Um seinen armen, kranken Körper zu töten, um dann seine junge, unschuldige Seele zu zerstören!« unterbrach der Franzose mit sanfter Stimme. »Ich denke nicht so sehr an die Lebenden, sondern an die Toten. Würdest du ihm die Ruhe im Grab verweigern, wenn er sein Leben durch dich verloren hat? Würdest du ihm den sanften Schlaf bis zur Morgendämmerung von Gottes großer Ewigkeit versagen?«

»O-o-oh!« Der Schrei, der sich von ihren zitternden Lippen wand, war wie das Wehklagen einer verlorenen Seele. »Sie haben recht – es ist seine Seele, die wir schützen müssen. Ich würde sie sicher töten, so wie meine in der Nacht im Sumpf getötet wurde. Oh, hab' Erbarmen, Herr, hab' Erbarmen! Der, der Du die Aussätzigen geheilt und Magdalena nicht verachtet hast, hab' Erbarmen mit mir, der Beschmutzten, der Unreinen!«

Brennende Tränen der Qual rannen zwischen ihren langen, fast durchsichtigen Fingern, die sie vor das Gesicht gepreßt hielt. Dann: »Ich bin bereit«, verkündete sie und schien den Mut zur völligen Selbstaufgabe gefunden zu haben. »Machen Sie mit mir, was Sie tun müssen. Wenn es das Messer oder der Pfahl sein muß, dann schlagen Sie schnell zu, ich werde nicht weinen und nicht schreien, wenn ich es verhindern kann.«

Für einen langen Moment sah er ihr ins Gesicht, so, als stände er am Sarg eines guten Freundes. »*Ma pauvre*«, flüsterte er mitleidsvoll. »Meine arme, tapfere Schöne!«

Abrupt wandte er sich zu Rochester. »Monsieur«, sagte er mit Schärfe in der Stimme. »Ich werde Sie untersuchen. Ich werde den Stand Ihrer Gesundheit feststellen.«

Wir sahen ihn erstaunt an, während er sich anschickte, dem jungen Mann die Pyjamajacke auszuziehen, um ihm sorgfältig die Brust abzuhören und abzuklopfen. Er fühlte ihm den Puls und betastete langsam seine Arme. »Hm«, bemerkte er am Ende seiner Untersuchung kritisch. »Sie befinden sich in einem schlechten Zustande, mein Lieber. Mit Medikamenten, guter Pflege und mehr Glück, als Ärzte gewöhnlich haben, können wir Sie noch einen Monat am Leben erhalten. Andererseits können Sie auch jeden Moment tot umfallen. Aber in meinem ganzen Leben habe ich noch nie einem Patienten sein Todesurteil mit soviel Freude gesprochen.«

Zwei von uns sahen ihn in stummer Verwunderung an; es war das Mädchen, das ihn verstand. »Sie meinen«, jubelte sie mit einem Lachen und mit einem nie dagewesenen Leuchten in den Augen, »Sie meinen, daß er mir gehört, bis er . . .«

Er strahlte sie entzückt an. Als er antwortete, lag ein ausgelassenes Kichern in seiner Stimme: »Richtig, absolut, gerade so, Mademoiselle.« Dann wandte er sich an Rochester. »Sie und Mademoiselle Alice werden sich lieben, soviel wie

Sie wollen, solange das Leben reicht. Und danach« – er streckte seine Hand aus, um die Finger des Mädchens zu ergreifen – »danach werde ich das Nötige tun – für euch beide. Hah, *Monsieur Diable,* ich habe Sie clever ausgetrickst; Jules de Grandin hat aus Ihnen einen Idoten gemacht!« Er warf seinen Kopf zurück und nahm eine Pose der Verachtung ein, seine Augen leuchteten, seine Lippen zitterten vor Aufregung und Optimismus.

Das Mädchen beugte sich vor, nahm seine Hand und bedeckte sie mit Küssen. »Oh, Sie sind so gut – zu gut!« schluchzte sie auf. »Kein anderer Mensch auf der Welt, der wüßte, was Sie wissen, hätte getan, was Sie tun!«

»Mai non, mais certainement non, Mademoiselle«, stimmte er ungerührt zu. »Sie dürfen nicht vergessen, ich bin Jules de Grandin.«

»Komm, Trowbridge, mein Lieber«, ermahnte er mich, »wir stören hier ganz ungemein. Was haben wir, die wir den purpurnen Wein der Jugend schon vor so vielen Jahren getrunken haben, mit jenen zu tun, die die Nächte liebend und lachend verbringen? Laß uns gehen.«

Hand in Hand begleiteten uns die Liebenden zur Tür, aber als wir an der Schwelle innehielten . . .

Ra-tat-tat! Irgend etwas schlug gegen die nebelverschleierten Fenster, und als ich herumfuhr, fühlte ich den Atem in meiner Kehle brennen. Hinter dem Fenster, offenbar im Nebel umherschwebend, war eine menschliche Gestalt. Ein zweiter Blick zeigte mir, daß es der grobschlächtige Mann war, den wir am vorigen Abend im Café gesehen hatten. Aber jetzt war sein häßliches, boshaftes Gesicht nicht mehr nur böse, sondern eine Fratze des Teufels.

»Eh bien, Monsieur, sind Sie es tatsächlich?« fragte de Grandin freundlich. »Ich dachte schon, daß Sie vielleicht kommen würden, deshalb habe ich mich vorbereitet.«

»Laden Sie ihn nicht ein«, erteilte er einen scharfen Befehl an Rochester. »Er kann nicht ohne Aufforderung hereinkommen. Halten Sie Ihre Liebste fest, legen Sie Hände oder Lippen auf ihren Mund, so daß sie, seine, wenn auch unfreiwillige Sklavin, ihm nicht die Erlaubnis zum Eintritt gibt. Vergessen Sie nicht, er kann das Zimmer nicht betreten, ohne die Erlaubnis von irgend jemand aus diesem Raum!«

Er schob das Fenster hoch und bedachte die Erscheinung mit einem sardonischen Blick. »Und was haben Sie zu sagen, *Monsieur le Vampire,* bevor ich Sie zum Teufel jage?« fragte er.

Das Ding draußen öffnete und schloß den Mund und brachte vor Wut keinen Ton heraus. Schließlich: »Sie gehört mir!« kreischte es. »Ich habe sie zu dem gemacht, was sie ist, und sie gehört mir. Ich werde sie besitzen, und dieses sterbende Milchgesicht, das sie in ihren Armen hält, auch. Alle, ihr alle gehört mir! Ich werde König sein, ich werde der Herr der Toten sein! Du nicht, und auch kein anderer Sterblicher kann mich aufhalten. Ich bin allmächtig, allgewaltig, ich bin . . .«

»Du bist der größte Lügner außerhalb der brennenden Hölle«, schnitt ihm de Grandin mit eisiger Stimme das Wort ab. »Was Ihre Macht und Ihre Ansprüche anbetrifft, Monsieur Affengesicht, so werden Sie morgen nichts mehr haben, nicht einmal eine Handvoll Erde für Ihr Grab. In der Zwischenzeit, sieh her, du Teufelsbrut; sieh her und fürchte dich!«

Plötzlich zog er die Hand aus seiner Manteltasche und brachte ein schmales, flaches Kästchen, etwa wie eine Lederhülle für Fotografien, hervor, drückte eine verborgene Feder und klappte den Deckel zurück. Einen Augenblick lang starrte die Gestalt mit verzweifeltem, ungläubigem Schrecken auf den Gegenstand, dann fiel sie mit einem wilden Schrei nach hinten; die grobschlächtigen Bewegungen erinnerten an einen Karpfen an der Angel.

»Ich sehe, du magst das nicht«, spöttelte der Franzose. *Parbleu,* du stinkender Knochen aus dem Beinhaus, laß uns sehen, was ein näherer Kontakt bewirkt!« Er streckte seine Hand aus, bis der lederumhüllte Gegenstand das Phantomgesicht vor dem Fenster beinahe berührte.

Ein gellender, unmenschlicher Schrei hallte durch die Nacht, und als das Dämonengesicht sich entfernte, sahen wir einen roten Streifen quer auf seiner Stirn, so, als hätte der Franzose ihn mit einem heißen Eisen gebrannt.

»Schließt die Fenster, *mes amis*«, gab er fröhlich seine

Anweisungen, so, als ob da draußen nichts Schreckliches lauern würde.

»Macht sie fest zu und haltet einander fest, bis der Morgen kommt und die Schatten fliehen. *Bonne nuit!*«

»Um Gottes willen«, flehte ich ihn an, als wir uns auf die Heimfahrt machten. »Was bedeutet das alles? Du und Rochester habt das Mädchen Alice genannt, und sie ist das sprechende Ebenbild des Mädchens, das wir vergangene Nacht im Café sahen. Aber Alice Heatherton ist tot. Heute abend erzählte uns ihre Mutter, wie sie starb. Gibt es zwei Alice Heathertons, oder ist dieses Mädchen ihre Doppelgängerin?«

»In gewisser Weise«, antwortete er. »Es war Alice Heatherton, die wir eben sahen, mein Freund, aber nicht jene Alice Heatherton, von der ihre Mutter heute abend sprach, und noch nicht die, an deren Grab wir heute morgen waren.«

»Um Himmels willen«, platzte ich heraus, »hör' auf mit diesem zweideutigen Gerede! War es oder war es nicht Alice Heatherton?«

»Hab Geduld, mein Alter«, riet er mir. »Im Moment kann ich es dir nicht sagen, aber später werde ich eine vollständige Erklärung haben – hoffe ich.«

Die Morgendämmerung hatte eben erst begonnen, als er an meine Schlafzimmertür klopfte und mich aus einem ohnmachtähnlichen Schlaf weckte. »Aufstehen, Freund Trowbridge!« rief er und unterstrich seine Aufforderung mit einem weiteren Klopfen. »Steh' auf und zieh' dich an, so schnell du kannst. Wir müssen sofort los. Die Tragödie hat sie eingeholt!«

Kaum begreifend, was geschehen war, stolperte ich aus dem Bett, tastete mich in die Kleider und lief mit schlafverschleierten Augen nach unten, wo er, vor Aufregung fast zitternd, auf mich wartete.

»Was ist passiert?« fragte ich ihn, als wir in Richtung von Rochesters Haus losfuhren.

»Das Schlimmste«, antwortet er. »Vor zehn Minuten wurde ich vom Telefon geweckt. ›Das gilt Freund Trowbridge‹, sagte ich mir. ›Irgendein Patient mit Magenschmerzen möchte ein wenig Medizin und viel Sympathie. Ich werde ihn nicht wecken, denn er ist sehr müde von den Anstrengungen dieser Nacht.‹ Aber das Telefon klingelte weiter, und so hob ich ab. Mein Freund, es war Alice. Hélas, so stark wie ihre Liebe auch war, ihre Leibeigenschaft war stärker. Aber als das Unheil angerichtet war, hatte sie den Mut, uns anzurufen. Vergiß' das nicht, wenn du über sie urteilen wirst.«

Ich wollte innehalten, um weitere Erklärungen zu bekommen, doch er trieb mich ungeduldig an. »Beeile dich! Oh, schnell, schneller!« drängte er. »Wir müssen sofort zu ihm. Vielleicht ist es jetzt sogar schon zu spät.«

Da kaum Verkehr auf der Straße war, schafften wir die Fahrt zu Rochesters Apartment in Rekordzeit. Fast bevor wir es begreifen konnten, standen wir ein weiteres Mal vor seiner Tür, und diesmal hatte de Grandin nichts für Höflichkeiten übrig. Er riß die Tür auf, rannte den Flur entlang bis zum Wohnzimmer, blieb auf der Schwelle stehen und holte tief Luft. »So!« atmete er aus. »Er war sehr gründlich, dieser . . .«

Das Zimmer war ein Schlachtfeld. Die Stühle waren umgeworfen, die Bilder hingen schief, Scherben von zerbrochenen Nippes lagen verstreut, die große Tischdecke war heruntergerissen, die daraufstehende Lampe umgestürzt, und Aschenbecher und Zigarettenschachteln lagen gleichermaßen umher.

Donald Rochester lag auf dem Teppich vor dem erloschenen Feuer, ein Bein seltsam abgeknickt unter sich, den rechten Arm schlaff auf dem Boden ausgestreckt und in einem scharfen rechten Winkel am Handgelenk abgeknickt.

Der Franzose lief mit schnellen Schritten durch den Raum und öffnete dabei den Verschluß seiner Arzttasche. Vor dem jungen Mann sank er in die Knie und lauschte einen Moment lang aufmerksam an seiner Brust, dann streifte er den Ärmel seines Hemdes zurück, betupfte den Arm mit Alkohol und gab ihm eine Spritze in eine Hautfalte. »Es ist ein verzweifeltes Risiko, das ich da eingehe«, murmelte er, als er die Spritze hochzog, »aber der Fall ist dringend; *le bon Dieu* weiß, wie dringend.«

Rochesters Augenlider flatterten, als das kräftige Stärkungsmittel zu wirken begann. Er stöhnte und drehte seinen Kopf mit großer Mühe, aber er versuchte nicht, ihn hochzuheben. Als ich neben de Grandin kniete, um ihm zu helfen, den Verletzten hochzuheben, verstand ich den Grund seiner Bewegungslosigkeit. Sein Rückgrat war am vierten Rückenwirbel gebrochen, Paralyse war das Ergebnis.

»Monsieur«, flüsterte der Franzose sanft, »Sie sterben. Ihre Minuten sind jetzt gezählt auf dem großen Ziffernblatt. Sagen Sie uns und sagen Sie es schnell, was geschehen ist.« Er spritzte noch einmal ein Stärkungsmittel in Rochesters Arm.

Der junge Mann befeuchtete seine bläulichen Lippen mit der Zungenspitze, versuchte tief Luft zu holen; aber diese Anstrengung war zu groß. »Er war es – der Bursche, den Sie gestern verjagt hatten«, flüsterte er heiser.

»Nachdem Sie gegangen waren, lagen Alice und ich auf dem Kaminvorleger und zählten unsere Minuten, so wie der Geizhals sein Geld zählt. Ich türmte Kohlen auf das Feuer, denn ihr war kalt, aber es schien nichts zu nutzen. Schließlich begann sie zu keuchen und nach Luft zu ringen, und ich ließ sie Luft aus meiner Lunge ziehen. Dies belebte sie wieder etwas, und als sie noch ein bißchen Blut an meinem Hals gesaugt hatte, war sie fast wieder sie selbst, obwohl ich ihr Herz nicht schlagen hören konnte, während sie neben mir lag.

Es muß ganz kurz vor Tagesanbruch gewesen sein – ich weiß nicht genau wann, denn ich war in ihren Armen eingeschlafen, als ich ein Poltern am Fenster hörte, und jemanden sah, der um Einlaß bat. Ich erinnerte mich an Ihre Warnung und versuchte, Alice festzuhalten, aber sie schüttelte mich ab. Sie rannte zum Fenster, riß es weit auf und rief, ›Tritt ein, Meister; jetzt ist niemand da, der dich aufhalten könnte.‹

Er kam geradewegs auf mich zu, und als sie begriff, was er vorhatte, versuchte sie ihn zurückzuhalten, aber er schleuderte sie zur Seite als wäre sie eine Stoffpuppe – griff sie bei den Haaren und warf sie gegen die Wand. Ich hörte ihre Knochen krachen, als sie dagegenschlug.

Ich rang mit ihm, aber ich war ihm genauso wenig gewachsen wie ein dreijähriges Kind. Er warf mich zu Boden und brach meine Arme und meine Beine mit seinen Füßen. Der Schmerz war fürchterlich. Dann riß er mich wieder hoch und schmetterte mich nochmals zu Boden, und danach fühlte ich keinen Schmerz mehr, außer diesen schrecklichen Kopfschmerz. Ich konnte mich nicht bewegen, aber ich war bei Bewußtsein, und das letzte, an das ich mich erinnern kann, war Alice, wie sie mit ihm Hand in Hand aus dem Fenster stieg. Sie drehte sich nicht einmal um.«

Er zögerte einen Moment und kämpfte verzweifelt um Luft, dann, noch leiser, »Oh, Alice – wie konntest du das tun? Und ich habe dich so geliebt!«

»Ruhig, mein Armer«, bat de Grandin. »Sie tat dies nicht aus freiem Willen. Dieser Satan hält sie in einer Leibeigenschaft, gegen die sie sich nicht wehren kann. Sie gehört ihm wie seine Sklavin und sein Eigentum, mehr als jemals ein schwarzer Sklave seinem Herren gehörte. Hören Sie mir zu; gehen Sie mit diesem einzigen Gedanken in Ihrem Kopf: sie liebt dich, sie liebt dich. Wir sind jetzt hier, weil sie uns gerufen hat, und ihr letztes Wort war, daß sie Sie liebt. Hören Sie mich? Können Sie mich verstehen? Es ist traurig zu sterben, mein Armer, aber es ist immerhin etwas, dabei zu lieben und geliebt zu werden. Viele Menschen leben ihr ganzes, langes Leben, ohne soviel zu haben, und viele würden mit Freude eine volle Lebensspanne von 80 Jahren tauschen, für die fünf Minuten Ekstase, die Ihnen vergangene Nacht gehörten.

Monsieur Rochester – hören Sie mich?« fragte er scharf, denn das Gesicht des jungen Mannes nahm die wächserne Farbe des unmittelbaren Todes an.

»Ja-a. Sie liebt mich – sie liebt mich. Alice!« Mit diesem Namen auf seine Lippen gehaucht, lösten sich seine Gesichtszüge und seine Augen nahmen den glasigen, starren Blick von Augen an, die nie mehr sehen werden.

De Grandin drückte sanft die Lider über die blicklosen Augen und hob den heruntergeklappten Kiefer an, dann machte er sich daran, das Zimmer mit methodischer Eile aufzuräumen. »Als praktizierender Arzt wirst du die Todesurkunde ausstellen«, verkündete er ganz nebenbei. »Unser junger Freund litt an Angina pectoris. Heute morgen hatte er einen Anfall, und nachdem er uns telefonisch benachrichtigte, fiel er von dem Stuhl, auf den er gestiegen war, um seine Medizin zu holen.

Dabei brach er sich mehrere Knochen. Er erzählte uns das alles, als wir eintrafen, um ihn hier sterbend vorzufinden. Verstehst du?«

»Ich freß 'nen Besen, wenn ich's täte«, verneinte ich. »Du weißt so gut wie ich . . .«

». . . daß uns die Polizei einige unangenehme Fragen stellen würde«, erinnerte er mich. »Wir waren die letzten, die ihn lebend gesehen haben. Kannst du dir vorstellen, daß sie uns die Wahrheit glauben würden?«

So sehr es mir auch mißfiel, ich führte seine Befehle aufs Wort genau aus, und innerhalb einer Stunde wurde der Leichnam des Jungen dem Leichenbestatter Martin übergeben.

Da Rochester eine Waise ohne Familie war, übernahm Grandin die Rolle des nächsten Familienangehörigen, erledigte alle Formalitäten für das Begräbnis und befahl, die Überreste ohne Verzögerung einzuäschern und ihm dann die Asche zur Bestattung zu überlassen.

Der größte Teil des Tages wurde von diesen Erledigungen und meinen Hausbesuchen in Anspruch genommen. Nachmittags um vier war ich völlig erschöpft, aber der geschäftige, unermüdliche de Grandin wirkte immer noch so frisch wie bei Tagesanbruch.

»Noch nicht, mein Freund«, warnte er mich, als ich beinahe in die Umarmung eines Sessels versunken wäre, »da ist immer noch etwas zu erledigen. Hast du nicht gehört, was ich gestern abend diesem Nie-genug-zu-verfluchenden-Palenzeke versprochen hatte?«

»Hm, dein Versprechen?«

»*Précisement*. Für ihn haben wir noch eine große Überraschung auf Lager.«

Murrend, aber mit einer Neugierde, die meine Müdigkeit vertrieb, fuhr ich ihn zu der kleinen, griechisch-orthodoxen Pfarrei. Neben der Tür parkte ein strenger, schlichter Leichenwagen des Beerdigungsinstitutes, der Fahrer gähnte hörbar wegen der Verzögerung bei der Erledigung seines Auftrages.

De Grandin rannte leichten Schrittes die Treppe hinauf, wurde eingelassen und kam einige Minuten später mit dem ehrwürdigen, in voller Amtstracht herausstaffierten Priester zurück. »*Allons, mon enfant*«, sagte er zum Chauffeur, »machen Sie sich auf den Weg; wir folgen.«

Auch als die beeindruckenden Granitwände des North-Hudson-Krematoriums näherrückten, konnte ich seine unverhohlene Freude noch nicht verstehen.

Offensichtlich war alles schon vorbereitet worden. In der kleinen Kapelle über der Verbrennungsanlage hielt Vater Apostolakos die griechisch-orthodoxen Beerdigungsriten ab, und der Sarg verschwand mittels eines verborgenen Aufzuges, der ihn nach unten in die Verbrennungskammer transportieren sollte, von der Bildfläche.

Der alte Priester verneigte sich höflich in unsere Richtung, verließ das Gebäude und setzte sich in mein Auto. Ich wollte ihm gerade folgen, als de Grandin mich gebieterisch zu sich winkte. »Noch nicht, mein Freund Trowbridge«, sagte er. »Komm mit nach unten, und ich werde dir etwas zeigen.«

Wir machten uns auf den Weg zu der unterirdischen Kammer, in der sich die Verbrennungsöfen befanden. Der Sarg stand auf einem niedrigen Wagen vor der gähnenden Höhle des Verbrennungsofens, aber de Grandin hielt die Angestellten, die im Begriff waren, den Wagen hineinzurollen, zurück. Auf Zehenspitzen ging er über den gekachelten Boden, beugte sich über den Sarg, und forderte mich auf, das gleiche zu tun.

Als ich neben ihm stand, erkannte ich die grobschlächtigen, boshaften Gesichtszüge des Mannes wieder, den wir zuerst in Begleitung von Alice gesehen hatten, dasselbe bestialische, wütende Gesicht, das uns vergangene Nacht vor Rochesters Fenster mit Flüchen überschüttet hatte. Ich wäre zurückgewichen, aber der Franzose hielt mich am Ellbogen fest und zog mich näher an den Sarg.

»*Tiens, Monsieur le Cadavre*«, flüsterte er, während er sich über den toten Körper beugte, »was halten Sie nun davon, hm? Sie, der Sie König und Herrscher der Toten sein wollten, Sie, der Sie sich damit brüsteten, daß keine Macht der Erde Sie zurückhalten könnte – hat Ihnen Jules de Grandin nicht versprochen, daß Sie nichts haben sollten, nicht einmal ein armseliges Fleckchen Erde, das man Grab nennen könnte? Buuh, du Mörder und Vergewaltiger von Frauen, du Mörder von Männern, wo ist deine Macht jetzt? Geh – geh durch das Feuer des Ofens zum Höllenfeuer, und nimm das mit!« Er schürzte die Lippen und spuckte der kalten, offen daliegenden Visage der Leiche voll ins Gesicht.

Es mag ein Streich meiner überdrehten Nerven oder eine optische Täuschung, hervorgerufen durch das elektrische Licht, gewesen sein, doch ich glaube immer noch, daß sich der tote, lang vergraben gewesene Körper in seinem Sarg wand und ein Blick schrecklichen, unbeschreiblichen Hasses die wächsernen Gesichtszüge entstellte.

De Grandin trat zurück, nickte den Angestellten zu, und der Sarg glitt geräuschlos in den Ofen. Ein Surren erklang, als sich die Druckpumpe in Bewegung setzte, und im selben Moment ertönte das unterdrückte Brausen der Ölflammen aus den Verbrennungsdüsen.

De Grandin zog seine schmalen Schultern zu einem Achselzucken hoch. »Diese Affäre ist abgeschlossen.«

Es war kurz nach Mitternacht, als wir uns wieder einmal auf dem Weg zum Friedhof »Schattiger Rasen« befanden. Unbeirrbar, als wäre er auf dem Weg zu einer Verabredung, führte de Grandin uns zum Mausoleum der Heathertons, trat mit Hilfe eines Schlüssels, den er irgendwo aufgetrieben hatte, durch die schwere Bronzetür, und befahl mir, draußen Wache zu halten.

Mit Hilfe eines Lichtstrahls seiner elektrischen Taschenlampe betrat er das Grab mit einem langen, stoffverhüllten Paket unter seinen Arm. Kurze Zeit später hörte ich das Klicken von Metall auf Metall und das Geräusch eines über den Boden schleifenden, schweren Gegenstandes; dann, als mich die lang anhaltende Stille schon beinahe verrückt machte, hörte ich einen kurzen, halb-unterdrückten, atemlosen Schrei, die Art von Schrei, die ein Patient in einem Zahnarztstuhl ausstoßen würde, dem ein Zahn ohne Betäubung gezogen wird.

Dann wieder eine Weile Stille, unterbrochen vom Scharren schwerer Gegenstände, die hin- und hergeschoben wurden, und schließlich kam der Franzose mit tränenüberströmtem Gesicht aus dem Mausoleum heraus. »Frieden«, verkündete er mit tränenerstickter Stimme. »Ich brachte ihr Frieden, Freund Trowbridge, aber oh, wie schlimm, sie stöhnen zu hören, und noch viel schlimmer, diesen bezaubernden, so lebensvoll erscheinenden Körper in der unnachgiebigen Umarmung des Todes erschauern zu sehen. Es ist nicht so schwer, die Lebenden sterben zu sehen, mein Alter, aber die Toten! *Mordieu,* meine Seele wird ewig gepeinigt sein bei dem Gedanken an das, was ich heute um der Barmherzigkeit willen tun mußte!«

Jules de Grandin wählte eine Zigarre aus dem Behälter und zündete sie mit jener Präzision an, die all seine Bewegungen auszeichnete. »Ich gebe zu, daß die Ereignisse der letzten drei Tage recht sonderbar waren«, pflichtete er bei, während er eine Wolke duftenden Rauches an die Decke blies. »Aber was soll man sagen? All das, was außerhalb unserer tagtäglichen Erfahrung liegt, ist seltsam. Für jemanden, der nicht Biologie studiert hat, ist der Anblick einer Amöbe unter dem Mikroskop sonderbar, und die Eskimos hielten Monsieur Byrds Flugzeug ohne Zweifel für sehr komisch; wir halten die Ereignisse, die wir in den vergangenen Nächten erlebt haben, für außergewöhnlich. Es ist unser Glück – und das der ganzen Menschheit –, daß sie das sind.

Um einen Anfang zu machen: so wie heute noch bestimmte Urtiere existieren, die wahrscheinlich identisch sind mit den ersten Lebensformen auf Erden, so gibt es noch immer, obwohl sich ihre Zahl ständig verringert, Überbleibsel des uralten Bösen. Es gab eine Zeit, da es auf Erden nur so von ihnen wimmelte – Teufel und Teufelchen, Kobolde, Waldgeister und Dämonen, Urgeister, Werwölfe und Vampire. Sie alle gab es einst in großer Zahl; vielleicht gibt ja auch noch heute viele davon, aber wir wissen das nicht, und die meisten von uns haben überhaupt noch nichts von ihnen gehört. Es war der Vampir, mit dem wir es diesmal zu tun hatten. Du kennst ihn, nicht wahr?

Genaugenommen ist der Vampir ein Bewohner der Erde, ein Geist, der wegen seiner vielfältigen Sünden und Niederträchtigkeiten an die Welt gebunden ist, auf der er einmal soviel Böses verursacht hatte, und von der er sich nicht aus eigener Kraft entfernen kann. In Indien ist er sehr zahlreich vertreten, und auch in Rußland, Ungarn, Rumänien und dem gesamten Balkan – wo immer er alte und dekadente Zivilisationen vorfindet, fällt er auf fruchtbaren Boden. Manchmal stiehlt er den Körper eines Toten, manchmal behält er den Körper, den er als Lebender hatte, und dann ist er am schlimmsten, denn er braucht Nahrung für diesen Körper, aber nicht die Art von Nahrung, die du oder ich benötigen. Nein, er erhält sich durch die Lebenskraft der Lebenden, die er durch das Blut aufsaugt, denn Blut ist Leben. Er muß den Atem der Lebenden saugen, sonst kann er nicht atmen; er muß ihr Blut trinken, sonst verhungert er. Und in diesem Punkt liegt die Gefahr: ein Selbstmörder oder jemand, der durch einen Fluch stirbt, *oder jemand, der den Vampirvirus eingeimpft bekam,* weil ein Vampir sein Blut saugte, wird nach seinem Tod zu einem Vampir. Er mag so unschuldig sein wie er will, und oft ist er es, aber er ist dazu verdammt, Nacht für Nacht auf der Erde umherzuwandern, immer auf der Jagd nach den Lebenden, immer dabei, Nachwuchs für seine schreckliche Sippschaft zu rekrutieren. Verstehst du?

Nun betrachte diesen Fall: Der verfluchte Palenzeke wird zu einem Vampir, nachdem er selbst gemordet hat, wegen seines Mordes und Selbstmordes, vielleicht zum Teil auch wegen seiner slawischen Vorfahren oder wegen vieler anderer Sünden. Madame Heathertons Informant hatte recht, er hat sich selbst zerstört; sein übler Körper und sein noch viel üblerer Geist blieben Partner, eine zehntausendmal größere Bedrohung für die Menschheit, als ihre Partnerschaft im natürlichen Leben darstellte.

Sich der übernatürlichen Kraft seines Lebens-im-Tod erfreuend, erhob er sich aus den Sümpfen, überfiel Mademoiselle Alice, griff ihren Chauffeur an, und schleppte sie dann in den Morast und verübte an ihr seine bösen Taten, zum einen, um seine bestialische Lust zu befriedigen, zum anderen, um seinen Vampirdurst zu stillen und sich an ihr für die Zurückweisung seines Werbens zu rächen. Nachdem er sie getötet hatte, machte er sie zu seinesgleichen. Schlimmer noch, denn er hatte die Herrschaft über sie. Sie war sein Spielzeug und sein Automat, ohne eigene Willenskraft. Was er befahl, mußte sie ausführen, egal wie sehr sie es hassen mochte. Vielleicht kannst du dich erinnern, daß sie dem jungen Rochester erzählte, daß sie mit dem Unhold ausgehen müsse, obwohl sie ihn haßte? Oder auch, daß sie ihn aufforderte, das Apartment zu betreten, in dem sie und ihr Geliebter einander in den Armen lagen, obwohl sein Eintreten den Ruin ihres Geliebten bedeutete?

Wenn der Vampir die ganze Kraft der Lebenden mit seiner dunklen Macht vereinen könnte, dann hätten wir keine Möglichkeit zu unserer Verteidigung, aber glücklicherweise ist er unbeugsamen Gesetzen unterworfen. Er kann von sich aus keinen fließenden Strom überqueren, er muß getragen werden; er kann kein Haus und keine Behausung betreten, ohne von jemandem aus dem Haus hereingebeten zu werden; er kann durch die Lüfte fliegen, durch Schlüssellöcher, Fensterritzen oder Türspalten kriechen, aber er kann sich nur nachts bewegen – zwischen Sonnenuntergang und dem ersten Hahnenschrei. Zwischen Sonnenaufgang und Dunkelheit ist er nur eine Leiche wie jede andere und muß wie ein Toter in seinem Grab liegen. Zu dieser Zeit kann er leicht getötet werden, aber nur auf bestimmte Weise. Erstens, er ist wirklich und wahrhaftig tot, wenn man sein Herz mit einem Pfahl aus Eschenholz durchbohrt und seinen Kopf vom Leib trennt. Zweitens soll man ihn völlig zu Asche verbrennen, bis nichts mehr von ihm übrig ist, denn das Feuer reinigt alle Dinge. Und jetzt kannst du mit diesen ganzen Informationen das Puzzle zusammensetzen, das dich so verwirrt: In jener Nacht im Café Bacchanale mochte ich sein Gesicht überhaupt nicht leiden. Er hatte das Gesicht eines toten Mannes und den Blick eines geborenen Übeltäters, und obendrein noch die Augen eines Fisches. Mit seiner Begleiterin war ich aus ganzem Herzen einverstanden, obwohl auch sie ein unirdisches Aussehen hatte. Während ich mich über sie wunderte, beobachtete ich sie aus den Augenwinkeln, und als ich bemerkte, daß sie das Essen unberührt ließen, fand ich das nicht nur seltsam, sondern bedrohlich. Normale Leute machen so etwas nicht; abnormale Leute sind meist gefährlich.

Nachdem Palenzeke die junge Frau verlassen hatte, nicht ohne vorher angedeutet zu haben, daß sie mit dem jungen Rochester flirten könne, mochte ich die Sache noch ein bißchen weniger. Meine erste Idee war, daß es ein Lockvogel-und-Raub-Spiel sein könnte – wie nennst du es? – ein abgekartetes Spiel? Folglich dachte ich, es wäre das Beste, ihnen zu folgen, um zu sehen, was wir sehen würden. *Eh bien*, mein Freund, wir haben jede Menge gesehen, *n'est-ce-pas?*

Du erinnert dich sicher an das Erlebnis des jungen Rochester auf dem Friedhof. Als er uns davon berichtete, wußte ich sofort, mit welcher Art Feind wir ringen mußten, obwohl ich damals noch nicht wußte, wie unschuldig Mademoiselle Alice an der ganzen Sache war. Die Informationen von Madame Heatherton bestätigten meine schlimmsten Befürchtungen. Was wir in jener Nacht in Rochesters Apartment zu Gesicht bekamen, übertraf all meine Erwartungen.

Aber ich, ich war inzwischen nicht untätig. O nein. Ich hatte den braven Vater Apostolakos aufgesucht, und ihm erzählt, was ich wußte. Er verstand sofort und traf augenblicklich Anweisungen, Palenzekes stinkenden Körper ausgraben zu lassen und zur Verbrennung ins Krematorium zu transportieren. Er lieh mir außerdem noch eine heilige Ikone, das gesegnete Bild eines Heiligen, dessen Stärke, Dämonen in die Flucht zu schlagen, schon mehr als einmal bewiesen wurde. Vielleicht hast du bemerkt, wie Mademoiselle Alice vor mir zurückschreckte, als ich mich ihr mit der Reliquie in meiner Tasche näherte? Und wie Palenzekes ruhelose Seele zurückfuhr, so wie Fleisch vor dem glühendheißen Eisen zurückweicht?

Nun gut. Rochester liebte diese bereits tote Frau. Er selbst war dem Tod geweiht. Warum sollte man ihn für die wenigen Tage, die er noch zu leben hatte, nicht die Liebe zu dem Schatten einer Frau, die seine Leidenschaft erwiderte, genießen lassen? Wenn er starb, und sterben mußte er, war ich darauf vorbereitet, seine arme Asche so zu behandeln, daß er, obwohl er durch die Vampirküsse an seinem Hals schon fast selbst einer war, keinen Schaden anrichten konnte. Du weißt, daß ich das getan habe. Das reinigende Feuer beraubte Palenzeke all seiner Macht. Außerdem hatte ich mir geschworen, das gleiche für die arme, bezaubernde, geschundene Alice zu tun, wenn ihr kurzer Nachgeschmack irdischer Freuden verflogen war. Du hast mich gehört, als ich ihr das Versprechen gab, und ich habe mein Wort gehalten.

Ich hätte es nicht ertragen können, sie unnötig zu quälen, und so ging ich heute nacht zu ihr mit Pfahl und Messer, aber auch mit einer Spritze mit 5 Gran Morphium. Bevor ich mein Werk begann, gab ich ihr die Spritze. Ich glaube nicht, daß sie sehr gelitten hat. Ihr Schrei des Todes und das Zucken ihres Körpers, als der Pfahl ihr Herz durchbohrte, waren nur körperliche Reflexe, und nicht die Zeichen bewußter Qual.«

»Aber schau' mal«, protestierte ich, »wenn Alice ein Vampir ist, wie du sagst, und bei Einbruch der Dunkelheit davonschweben kann, warum lag sie dann in ihrem Sarg, als du heute nacht dort hingingst?«

»Oh, mein Freund«, seine Augen füllten sich mit Tränen, »sie hat auf mich gewartet. Wir hatten eine feste Verabredung; die Arme lag in ihrem Sarg in Erwartung des Pfahls und des Messers, die sie aus ihrer Gefangenschaft befreien sollten. Sie – sie lächelte mich an und drückte meine Hand, als ich sie aus dem Grab zerrte!«

Er wischte seine Augen und goß ungefähr einen halben Liter Cognac in ein knospenförmiges Cognacglas. »Auf dich, junger Rochester, und auf deine bezaubernde Frau«, sprach's und hob das Glas zum Gruß. »Obwohl es dort, wo ihr seid, keine Heirat und keinen Altar, zu dem die Braut geführt wird, gibt, mögen eure ruhelosen Seelen ewige Ruhe und Frieden finden – zusammen.«

Das dünne Glas zerbrach klirrend, als er es geleert in den Kamin warf.

August Derleth

Schneetreiben

Kurz vor dem Tisch verstummten Tante Marys Schritte plötzlich, und Clodetta drehte sich um, um zu sehen, was sie aufhielt. Sie stand stocksteif da, ihre Augen auf die französischen Fenster direkt gegenüber der Tür gerichtet, durch die sie hereingekommen war, ihren Stock starr in der Hand haltend.

Clodetta warf ihrem Mann, dessen Aufmerksamkeit ebenfalls auf seine Tante gerichtet war, einen schnellen Blick über den Tisch zu; sein Gesicht zeigte keine Regung. Sie drehte sich erneut um, nur um festzustellen, daß der Blick der alten Dame jetzt ihr galt, sie betrachtete sie schweigend mit steinerner Miene. Clodetta fühlte sich unbehaglich.

»Wer hat die Vorhänge der Westfenster zurückgezogen?«

Clodetta erinnerte sich und wurde rot. »Ich war's, Tante. Es tut mir leid, ich hatte vergessen, daß du sie nicht geöffnet haben wolltest.«

Die alte Dame gab einen seltsamen, ächzenden Laut von sich und verlagerte ihren Blick wieder auf die französischen Fenster. Eine kaum wahrnehmbare Bewegung, und Lisa kam aus dem Schatten des Flurs herausgerannt, von wo aus sie die beiden am Tisch mit strengem Mißfallen beobachtet hatte. Die alte Dienerin ging geradewegs zu den Westfenstern und zog die Vorhänge zu.

Tante Mary trat langsam zum Tisch und nahm ihren Platz am Kopfende ein. Sie lehnte ihren Stock an die Seite ihres Stuhles, zog an der Kette um ihren Hals, so daß die Lorgnette in den Schoß fiel, und sah von Clodetta zu ihrem Neffen Ernest.

Dann richtete sie ihren Blick auf den leeren Stuhl am gegenüberliegenden Ende des Tisches und sprach, ohne die anderen anzusehen.

»Ich habe euch gesagt, daß keiner der Vorhänge an den Westfenstern nach Sonnenuntergang geöffnet werden darf, und ihr müßt auch gesehen haben, daß keines dieser Fenster nachts auch nur für einen Moment unbedeckt ist. Ich habe besonders darauf geachtet, daß ihr alle in Zimmern, die nach Osten gehen, untergebracht seid, und auch das Wohnzimmer ist auf der Ostseite.«

»Ich bin sicher, daß Clodetta nicht gegen deinen Wunsch handeln wollte, Tante Mary«, sagte Ernest plötzlich.

»Nein, ganz sicher nicht, Tante.«

Die alte Dame hob die Augenbrauen und fuhr ungerührt fort. »Ich dachte nicht, daß es klug wäre, den Grund meines Wunsches zu erklären. Ich werde ihn auch nicht erklären. Aber ich möchte zumindest soviel sagen, daß eine ganz bestimmte Gefahr vom Öffnen der Vorhänge ausgeht. Ernest hat das schon gehört, aber du, Clodetta, noch nicht.«

Clodetta warf ihrem Mann einen überraschten Blick zu.

Die alte Dame bemerkte den Blick und sagte: »Es fällt leicht, anzunehmen, daß ich phantasiere oder daß ich exzentrisch werde, aber ich würde dir raten, es nicht dabei zu belassen.«

Ein junger Mann kam plötzlich ins Zimmer, stürzte sich auf den Stuhl am Ende des Tisches und warf sich mit einer kaum hörbaren Begrüßung in den Stuhl.

»Wieder einmal zu spät, Henry«, bemerkte die alte Dame.

Henry murmelte irgend etwas und begann schnell zu essen. Die alte Dame seufzte und begann ebenfalls mit dem Essen, worauf Clodetta und Ernest es ihr gleichtaten. Die alte Dienstbotin, die noch hinter Tante Marys Stuhl gewartet hatte, zog sich zurück, nicht ohne Henry einen verächtlichen Blick zuzuwerfen.

Nach einer Weile sah Clodetta um sich und wagte zu sprechen: »Du bist nicht so abgeschnitten hier oben, wie ich angenommen hatte, Tante Mary.«

»Nein, das sind wir nicht, meine Liebe, nicht mit Telefonen und Autos und allem. Aber ich kann dir versichern, daß das vor zwanzig Jahren noch eine ganz andere Geschichte war.« In Erinnerungen schwelgend, lächelte sie und sah Ernest an. »Dein Großvater lebte damals noch, und wie oft war er eingeschneit, ohne die Möglichkeit, irgend jemand Bescheid zu sagen.«

»Wenn sie unten in Chicago von ›oben im Norden‹ oder den ›Wäldern von Wisconsin‹ sprechen, scheint das sehr weit weg zu sein«, sagte Clodetta.

»Aber ja, es *ist* weit weg«, warf Henry plötzlich ein. »Und ich hoffe, Tante, daß du Vorkehrungen getroffen hast für den Fall, daß wir hier ein oder zwei Tage eingeschlossen sind. Draußen sieht es nach Schnee aus und im Radio haben sie einen Blizzard gemeldet.«

Die alte Dame brummte und sah ihn an. »Ach, Henry – mir scheint, du machst dir unnötige Gedanken. Ich fürchte, du bereust diese Reise, seit du deinen Fuß in mein Haus gesetzt hast. Wenn dich der Schneesturm beunruhigt, dann kann ich Sam sagen, daß er dich runter nach Wausau fährt, und morgen bist du schon in Chicago.«

»Natürlich nicht.«

Schweigen breitete sich über den Tisch, und bald darauf rief die alte Dame leise: »Lisa«, und die Dienstbotin kam ins Zimmer, um ihr aus dem Stuhl zu helfen, obwohl sie, wie Clodetta zuvor zu ihrem Mann gesagt hatte, »keine Hilfe bräuchte.«

An der Tür wünschte Tante Mary allen eine gute Nacht, und sie sah ausgesprochen achtunggebietend aus mit dem Stock in einer Hand und ihrer ungeöffneten Lorgnette in der anderen. Dann verschwand sie in der Dämmerung des Flures, aus der die sich entfernenden Schritte herüberklangen. Tante Mary und Lisa, die nicht von ihrer Seite wich, lebten die meiste Zeit allein in dem Haus, und nur die sehr kurzen Zeiten, in denen die alte Dame ihren Neffen Ernest, »der Junge vom lieben John«, oder Henry, über dessen Vater sie nie sprach, einlud, brachten Abwechslung in die angenehme Verschlafenheit ihres ruhigen Lebens. Sam, der gewöhnlich über der Garage schlief, zählte nicht.

Clodetta sah ihren Ehemann unsicher an, aber es war Henry, der aussprach, was sie alle dachten.

»Ich glaube, sie verliert den Verstand«, verkündete er nüchtern. Er schnitt Clodettas Protest, der ihr auf der Zunge lag, ab, erhob sich und ging ins Wohnzimmer, von wo aus kurz darauf Musikklänge aus dem Radio zu hören waren.

Clodetta spielte gedankenverloren mit dem Löffel in ihrer Hand und sagte schließlich: »Ich glaube doch, daß sie etwas komisch wird, Ernest.«

Ernest lächelte nachgiebig. »Nein, das denke ich nicht. Ich glaube, ich habe eine Ahnung, warum sie die Westfenster bedeckt hält. Mein Großvater starb da draußen – eines Nachts wurde er von der Kälte überwältigt und erfror an der Böschung des Hügels. Ich weiß nicht genau, wie es geschah – ich war nicht hier zu jener Zeit. Ich nehme an, daß sie nicht daran erinnert werden will.«

»Aber wo ist dann die Gefahr, von der sie gesprochen hatte?«

Er zuckte die Achseln. »Vielleicht in ihr – vielleicht wird sie davon beeinflußt, was sich dann wiederum auf uns auswirken würde.« Er zögerte einen Augenblick, dann fügte er noch hinzu: »Ich kann mir vorstellen, *daß* sie dir ein bißchen merkwürdig erscheint – aber sie war schon immer so, seit ich zurückdenken kann; bis zu deinem nächsten Besuch wirst du dich daran gewöhnt haben.«

Clodetta sah ihren Mann einen Moment lang an, bevor sie eine Antwort gab. Schließlich sagte sie: »Ich glaube, ich mag dieses Haus nicht, Ernest.«

»Ach, Unsinn, Liebling.« Er wollte aufstehen, aber Clodetta hielt ihn zurück.

»Hör' mir zu, Ernest, ich konnte mich sehr genau daran erinnern, daß Tante Mary diese Vorhänge nicht zurückgezogen haben wollte – aber ich hatte einfach das Gefühl, daß ich es tun müßte. Ich wollte es nicht tun – aber *irgend etwas* hat mich dazu *gezwungen!*«

Ihre Stimme zitterte.

»Aber Clodetta«, sagte er leicht beunruhigt. »Warum hast du mir das nicht vorher gesagt?«

Sie hob die Schultern. »Tante Mary hätte denken können, daß ich vielleicht eine Träumerin bin.«

»Nun, es ist nichts von Bedeutung, aber du hast dich davon beunruhigen lassen, und das ist nicht gut für dich. Vergiß es; denk an was anderes. Komm mit Radiohören.«

Sie erhoben sich und gingen zusammen ins Wohnzimmer. An der Tür trafen sie auf Henry. Er trat einen Schritt zur Seite und sagte: »Ich hätte es mir ja denken können, daß wir hier zusammen wie auf einer verlassenen Insel ausgesetzt sein würden«, und als Clodetta widersprechen wollte, fügte er hinzu, »genau das werden wir nämlich sein. Es kommt Wind auf, und es hat angefangen zu schneien, und ich weiß, was das heißt.«

Er ging an ihnen vorbei in das verlassene Eßzimmer und starrte einen Moment lang auf den zu großen Tisch. Dann wandte er sich zur Seite, ging zu den französischen Fenstern hinüber, zog die Vorhänge zurück und spähte hinaus in die Dunkelheit. Ernest sah ihn am Fenster und protestierte.

»Tante Mary möchte nicht, daß diese Vorhänge geöffnet werden, Henry.«

Henry wandte sich halb um und antwortete: »*Sie* mag das vielleicht für gefährlich halten, aber ich kann's riskieren.«

Clodetta, die an Henry vorbei durch die französischen Fenster in die Nacht gestarrt hatte, sagte plötzlich: »Nanu, da draußen ist jemand!«

Henry warf einen hastigen Blick durch die Scheiben und gab zurück: »Nein, das ist nur der Schnee; er fällt ganz dicht, und der Wind treibt ihn hin und her.« Er ließ die Vorhänge fallen und trat von den Fenstern zurück.

Clodetta sagte unsicher: »Aber ich hätte schwören können, daß ich da draußen jemand gesehen habe, er lief am Fenster vorbei.«

»Ich nehme an, daß dies von hier aus so wirkt«, erklärte Henry, der ins Wohnzimmer zurückgekommen war, bereitwillig. »Aber, um ehrlich zu sein, glaube ich, daß du dich von Tante Marys Verschrobenheiten zu sehr hast beeindrucken lassen.«

Ernest machte eine unwirsche Bewegung und Clodetta schwieg. Henry ließ sich vor dem Radiogerät nieder und begann, den Programmknopf langsam zu drehen. Ernest fand ein Buch und begann sich einzulesen, nur Clodetta saß weiterhin da und starrte auf die noch leicht schwingenden Vorhänge, die den Blick auf die französischen Fenster verdeckten. Schließlich erhob sie sich, verließ das Zimmer, lief den langen Flur zum Ostflügel des Hauses entlang und klopfte sanft an Tante Marys Tür.

»Herein«, rief die alte Dame.

Clodetta öffnete die Tür und betrat den Raum, in dem Tante Mary in ihrem Morgenrock saß, die Zeichen ihrer Würde in Gestalt der Lorgnette und des Stockes ruhten auf dem Schreibtisch und in der Ecke. Sie sah außergewöhnlich freundlich drein, wie Clodetta gestehen mußte.

»Hah, du dachtest, ich wäre ein Ungeheuer in Verkleidung, nicht wahr?« sagte die alte Dame und mußte lächeln. »Das bin ich wirklich nicht, glaube mir, aber ich sehe eine Art von Schreckgespenst in diesen Westfenstern, wie du vielleicht bemerkt hast.«

»Ich wollte dir etwas wegen dieser Fenster erzählen, Tante Mary«, sagte Clodetta. Doch sie schwieg unvermittelt. Der Ausdruck auf dem Gesicht der alten Dame war einem merkwürdigen, erschrockenen Blick gewichen. Es war nicht Ärger oder Widerwille – es war lauerndes Bangen. Die alte Dame hatte ja Angst!

»Was?« fragte sie Clodetta kurz angebunden.

»Ich sah nach draußen – nur für einen Moment –, und ich dachte, ich hätte jemand gesehen da draußen.«

»Das hast du natürlich nicht, Clodetta. Vielleicht war es deine Phantasie oder auch nur das Schneetreiben.«

»Meine Phantasie? Mag sein. Aber da war kein Wind, um den Schnee zu verwehen, obwohl seitdem einer aufgekommen ist.«

»Ich wurde schon oft auf die gleiche Art getäuscht, meine Liebe. Manchmal bin ich morgens hinausgegangen, um nach Fußspuren zu suchen – ich habe nie welche gefunden. In einem Schneesturm sind wir trotz aller Telefone und Radios doch sehr weit von der Zivilisation entfernt. Unser nächster Nachbar wohnt am Fuß des langabfallenden Hügels – mehr als drei Meilen entfernt – und es ist nur bewaldetes Gebiet dazwischen. Die Straße ist genauso weit entfernt.«

»Ich habe es so deutlich gesehen. Ich hätte darauf schwören können.«

»Möchtest du morgen früh rausgehen und nachsehen?« fragte die alte Frau kurz angebunden.

»Natürlich nicht.«

»Dann hast du also nichts gesehen?«

Es war halb Frage, halb Befehl. Clodetta gab zurück:

»Oh, Tante Mary, du machst jetzt eine große Angelegenheit daraus.«

»Hast du oder hast du nichts gesehen, deiner Meinung nach, Clodetta?«

»Ich nehme an, ich habe nichts gesehen, Tante Mary.«

»Nun gut. Und denkst du, wir könnten jetzt über etwas Angenehmeres sprechen?«

»Natürlich, sicher – es tut mir leid, Tante. Ich wußte nicht, daß Ernests Großvater dort draußen umgekommen ist.«

»Hah, er hat dir das erzählt, nicht wahr?«

»Ja, er meinte, das wäre der Grund, daß du den Hügel nach Sonnenuntergang nicht sehen willst – weil du nicht an seinen Tod erinnert werden möchtest.«

Die alte Dame sah Clodetta ausdruckslos an. »Vielleicht wird er nie erfahren, wie nah er der Wahrheit gekommen ist.«

»Was meinst du damit, Tante Mary?«

»Nichts, was du wissen solltest, meine Liebe.« Sie lächelte wieder, und ihre ganze Strenge fiel von ihr ab. »Und jetzt denke ich, gehst du besser, Clodetta; ich bin müde.«

Clodetta erhob sich gehorsam und wollte zur Tür gehen, als die alte Dame sie zurückhielt. »Was macht das Wetter?«

»Es schneit – sehr viel, sagt Henry – und der Wind weht.«

Die Nachricht gefiel der alten Dame nicht. »Das paßt mir überhaupt nicht, überhaupt nicht. Und wenn heute nacht jemand zu diesem Hügel gehen sollte?« Sie sprach zu sich selbst und hatte Clodetta an der Tür völlig vergessen. Als sie sie wieder bemerkte, sagte sie unvermittelt: »Aber du weißt ja nichts davon, Clodetta. Gute Nacht.«

Clodetta blieb mit dem Rücken zur geschlossenen Tür stehen und überlegte, was die alte Dame wohl gemeint haben könnte. *Aber du weißt ja nichts davon, Clodetta.* Das war seltsam. Einen Moment lang hatte die alte Dame sie völlig vergessen.

Sie verließ die Tür und traf auf Ernest, der gerade in den Ostflügel ging.

»Oh, da bist du ja«, sagte er. »Ich habe mich gewundert, wo du hingegangen bist.«

»Ich habe mich ein bißchen mit Tante Mary unterhalten.«

»Henry war schon wieder an den Westfenstern – und jetzt denkt *er*, daß da draußen jemand ist.«

Clodetta hielt inne. »Glaubt er das wirklich?«

Ernest nickte mit ernster Miene. »Aber das Schneetreiben ist ganz fürchterlich, und ich kann mir vorstellen, wie diese Idee von dir in seinem Kopf gearbeitet hat.«

Clodetta drehte sich um und ging den Flur entlang zurück. »Ich sage es Tante Mary.«

Er wollte ihr widersprechen, aber es war nutzlos, denn sie klopfte schon an die Tür der alten Dame und hatte die Tür bereits geöffnet und war eingetreten, bevor er die richtigen Worte gefunden hatte.

»Tante Mary«, begann sie, »ich wollte dich nicht schon wieder stören, aber Henry war an den französischen Fenstern im Eßzimmer und behauptet, er hätte draußen jemand gesehen.«

Dies wirkte Wunder auf die alte Dame. »Er hat sie gesehen!« schrie sie auf. Dann sprang sie auf die Füße und ging hastig auf Clodetta zu. »Wann war das?« wollte sie wissen und packte Clodetta beinahe grob am Arm. »Komm, sag schnell. Wie lange ist es her, daß er sie gesehen hat?«

Clodetta schwieg einen Moment erstaunt, aber schließlich sprach sie und fühlte die durchdringenden Augen der alten Frau auf sich gerichtet. »Es ist schon eine Weile her, Tante Mary, nach dem Abendessen.«

Der Griff der alten Dame lockerte sich und damit auch ihre Anspannung. »Oh«, sagte sie, wandte sich um und ging langsam zurück zu ihrem Sessel. Dann holte sie den Stock aus der Ecke, in der sie ihn für die Nacht abgestellt hatte.

»Dann *ist* jemand da draußen?« fragte Clodetta herausfordernd, als die alte Dame ihren Sessel erreicht hatte.

Es schien eine halbe Ewigkeit zu dauern, bis die Antwort

kam. Dann nickte die alte Dame leise mit dem Kopf und ein kaum hörbares »Ja« kam von ihren Lippen.

»Aber dann sollten wir sie hereinholen, Tante Mary.«

Die alte Dame blickte Clodetta eine Sekunde lang ernst in die Augen, dann antwortete sie mit leiser und fester Stimme. »Wir können sie nicht hereinholen, Clodetta, weil sie nicht lebendig sind.«

Henrys Worte zuckten Clodetta durch den Kopf – »Sie hat den Verstand verloren« – und ihr unbedachter Blick verriet ihre Gedanken.

»Ich fürchte, ich bin nicht verrückt, meine Liebe – zuerst hoffte ich, ich wäre es, aber ich war es nicht. Ich bin es auch jetzt nicht. Zuerst war da draußen nur eine von ihnen – das Mädchen; Vater ist der andere. Vor langer Zeit, als ich noch jung war, tat mein Vater etwas, das er sein Leben lang bereute. Eines Nachts fand er heraus, daß einer meiner Brüder – Henrys Vater – einen sehr vertrauten Umgang mit einem der Dienstmädchen gepflegt hatte, einem sehr hübschen Mädchen, ein wenig älter als ich. Er dachte, sie wäre die Schuldige – obwohl sie das nicht war, und er fand die Wahrheit erst heraus, als es zu spät war. Er jagte sie auf der Stelle aus dem Haus. Der Winter hatte noch nicht begonnen, aber es war ziemlich kalt und sie mußte mehr als fünf Meilen laufen, um nach Hause zu kommen. Wir flehten Vater an, sie nicht wegzuschicken – obwohl wir da noch nicht wußten, was geschehen war –, aber er beachtete uns nicht. Das Mädchen mußte gehen.

Nicht lang, nachdem sie gegangen war, kam ein eisiger Wind auf und gleich darauf ein schlimmer Sturm. Vater bereute bereits seine überstürzte Tat und schickte einige der Männer, um sie zu suchen. Sie konnten sie nicht finden, erst am Morgen fand man sie zu Tode erfroren am westlichen Abhang des Hügels.«

Die alte Dame seufzte, zögerte einen Moment, und fuhr dann fort: »Jahre danach – war sie wieder da. Sie kam mit einem Schneesturm, so wie sie gegangen war; aber sie war zu einem Vampir geworden. Wir haben sie alle gesehen. Wir saßen beim Abendessen, und Vater sah sie zuerst. Die Jungs waren schon alle nach oben gegangen, und Vater und wir zwei Mädchen, meine Schwester und ich, erkannten sie nicht. Sie war nur ein dunkler Schatten, der im Schnee vor den französischen Fenstern umhertrieb. Vater rannte zu ihr nach draußen und rief uns noch zu, wir sollten die Jungs nachschicken. Wir haben ihn nie wieder lebend gesehen. Am Morgen fanden wir ihn an der gleichen Stelle, wo vor Jahren das Mädchen gefunden worden war. Auch er war erfroren.

Dann, ein paar Jahre danach – kehrte sie mit dem Schnee zurück und brachte ihn mit; auch er war ein Vampir. Sie blieben bis zum letzten Schnee, immer darauf lauernd, jemanden nach draußen locken zu können. Von da an begriff ich und hielt die Vorhänge in den Winternächten von Sonnenuntergang bis zum Sonnenaufgang geschlossen, denn sie kamen niemals näher als an den westlichen Abhang.

Jetzt weißt du es, Clodetta.«

Was immer Clodetta sagen wollte, schnelle Schritte auf dem Flur hielten sie zurück; ein hastiges Klopfen, und Ernests Kopf erschien in der geöffneten Tür.

»Kommt ihr zwei«, rief er fast vergnügt, »da draußen am Westhügel *sind* Leute – ein Mädchen und ein alter Mann – und Henry ist hinausgelaufen, um sie hereinzuholen!«

Triumphierend lief er wieder davon. Clodetta sprang auf die Füße aber die alte Dame war schneller, eilte im Laufschritt an ihr vorbei und rannte fast den Flur entlang, wobei sie laut nach Lisa rief. Lisa, in Nachthemd und Häubchen, kam sofort aus ihrem Zimmer.

»Ruf Sam, Lisa«, befahl die alte Dame, »und schick ihn zu mir ins Eßzimmer.«

Sie lief in das Eßzimmer, Clodetta folgte ihr. Die französischen Fenster waren geöffnet, Ernest stand auf der verschneiten Terrasse und rief nach seinem Cousin. Die alte Dame ging direkt auf ihn zu, sie stapfte sogar durch den Schnee, um zu ihm zu gelangen, obwohl ihr der Wind mit eisiger Kraft den Schnee ins Gesicht blies. Der bewaldete Westhügel war im Schneenebel verschwunden; die nächstgelegenen Bäume waren nur noch undeutlich auszumachen.

»Wohin können sie nur gegangen sein?« fragte Ernest und wandte sich zur alten Dame um, die er für Clodetta hielt.

Erstaunt bemerkte er: »Aber Tante Mary – und auch noch so dünn angezogen! Du wirst dir den Tod holen.«

»Kümmere dich nicht darum, Ernest«, erwiderte die alte Dame, »ich bin in Ordnung. Ich ließ Sam wecken, damit er dir hilft, Henry zu suchen – aber ich fürchte, ihr werdet ihn nicht finden.«

»Er kann nicht weit sein; er ist gerade erst losgelaufen.«

»Er ging, bevor du sehen konntest, wohin; das ist weit genug.«

Sam, bekleidet mit einem dicken Wintermantel, rannte durch das Eßzimmer in den tobenden Sturm hinaus. Er war um einiges älter als Ernest, fast im Alter der alten Dame. Er warf ihr einen fragenden Blick zu und sagte: »Sind sie wieder zurück?«

Tante Mary nickte. »Du mußt nach Henry suchen. Ernest wird dir helfen. Und vergiß nicht, trennt euch nicht. Und entfernt euch nicht so weit vom Haus.«

Clodetta brachte Ernests Wintermantel, und dann standen die beiden Frauen nebeneinander und blickten den Männern nach, bis sie von der weißen Wand des Schneetreibens verschluckt wurden. Dann gingen sie langsam zurück ins Haus.

Die alte Dame sank in einen Sessel, der am Fenster stand. Sie sah bleich und abgespannt aus, so, als wäre sie, wie Clodetta es später beschrieb, »in sich zusammengefallen«. Lange Zeit sprach sie kein Wort. Schließlich wandte sie sich mit einem leisen kleinen Seufzer an Clodetta und sprach:

»Jetzt gibt es da draußen drei von ihnen.«

Plötzlich, so schnell, daß niemand wußte, was geschah, erschienen Ernest und Sam vor den Fenstern, und zwischen sich schleppten sie Henry. Die alte Dame riß eilig die Fenster auf, und die drei, über und über mit Schnee bedeckt, kamen ins Zimmer.

»Wir haben ihn gefunden – aber ich fürchte, die Kälte hat ihn ziemlich erwischt«, rief Ernest.

Die alte Dame schickte Lisa nach kaltem Wasser, und Ernest lief hinaus, um sich umzuziehen. Clodetta folgte ihm und erzählte ihm in ihrem Zimmer alles, was sie von der alten Dame gehört hatte.

Ernest lachte. »Ich habe beinahe das Gefühl, du hast das alles geglaubt! Ich weiß, daß Sam und Lisa es glauben, weil Sam mir vor langer Zeit diese Geschichte erzählt hat. Ich glaube, daß der Schock über Großvaters Tod für alle drei zuviel war.«

»Aber die Geschichte mit dem Mädchen, und dann . . .«

»Da ist etwas Wahres dran, fürchte ich. Eine üble Geschichte, aber sie ist tatsächlich passiert.«

»Aber diese Leute, die Henry und ich gesehen haben!« widersprach Clodetta schwach.

Ernest stand ganz still. »Das stimmt«, sagte er, »ich habe sie auch gesehen. Dann sind sie immer noch da draußen, und wir müssen sie finden!« Erneut griff er nach seinem Mantel und rannte aus dem Zimmer, während Clodetta versuchte, ihn mit schriller Stimme zurückzuhalten. Die alte Dame erwartete ihn an der Eßzimmertür. »Nein, Ernest – du kannst nicht noch einmal da raus gehen«, sagte sie. »Da draußen ist niemand.«

Sanft versuchte er, sich an ihr vorbeizudrängen und rief nach Sam. »Kommst du, Sam? Da sind immer noch zwei draußen – wir hätten sie fast vergessen.«

Sam warf ihm einen merkwürdigen Blick zu. »Was meinen Sie?« fragte er scharf. Er sah die alte Dame auffordernd an, und sie schüttelte den Kopf.

»Das Mädchen und der alte Mann, Sam. Wir müssen sie auch hereinholen.«

»Ach, die«, sagte Sam. »Sie sind tot!«

»Dann geh' ich alleine«, sagte Ernest.

Henry sprang plötzlich mit benommenem Blick auf. Er trat einige Schritte vor, seine Augen wanderten von einem zum anderen, offenbar ohne sie zu sehen. Dann begann er unvermittelt mit unnatürlicher Kinderstimme zu sprechen.

»Der Schnee«, murmelte er, *»der Schnee – die wunderschönen Hände, so klein, so bezaubernd – ihre wunderschönen Hände – und der Schnee, der wunderschöne, bezaubernde Schnee, der auf sie fällt und über sie weht . . .«*

Er drehte sich langsam um und sah zu den französischen Fenstern hinüber, die anderen folgten seinem Blick. Da draußen war eine weiße Wand, die der Wind an das Haus geweht hatte. Einen Moment lang sah Henry ruhig in den

Schnee hinaus; dann tauchte plötzlich eine weiße Gestalt aus dem Schnee auf – ein junges Mädchen, eingehüllt in Schneeschleier, mit seltsam anziehenden, glitzernden Augen.

Die alte Dame warf sich nach vorne, die Arme weit ausgebreitet, um Henry zu halten, aber sie kam zu spät. Henry war zu den Fenstern gelaufen, hatte sie aufgerissen, und unter Clodettas Schrei verschwand er in der Schneemauer.

Ernest wollte hinterherstürzen, aber die alte Dame warf ihre Arme um ihn und hielt ihn fest: »Du darfst nicht gehen! Henry ist nicht mehr zu helfen!«

Clodetta eilte zu ihr, um zu helfen, und Sam stand drohend bei den Fenstern, die jetzt vor dem Wind und dem unheilvollen Schnee geschlossen waren. Sie hielten Ernest fest und ließen ihn nicht los.

»Und morgen«, flüsterte die alte Dame mit krächzender Stimme, »müssen wir zu ihren Gräbern gehen und sie zu Tode pfählen. Wir hätten schon längst gehen sollen.«

Am Morgen fanden sie Henrys Leiche am Stamm einer alten Eiche, an der Stelle, wo man Jahre zuvor schon zwei andere gefunden hatte. Im Schnee waren fast verwischte Spuren, wo man ihn entlanggeschleift hatte, ein langer, ungleichmäßiger Streifen im Schnee, aber keine Fußspuren, nur seltsame, ausgehöhlte Stellen in der Schleifspur, als ob der Wind, und nur der Wind, den Schnee weggeblasen hätte.

Aber auf seiner Haut waren die Zeichen des Schneevampirs zu erkennen – die zierlichen, schmalen Abdrücke der Hand eines jungen Mädchens.

Manly Wade Wellman

Als der Mond schien

Laß' mein Herz ruhig sein für einen Augenblick,
um dieses Geheimnis zu erforschen.

Der Rabe

Seine Hand, dürr wie eine weiße Klaue, tauchte eine Feder in die Tinte und schrieb das Datum auf eine Ecke des Papiers – 3. März 1842.

DAS VORZEITIGE BEGRÄBNIS
von Edgar A. Poe

Er haßte seinen zweiten Namen, den Namen seines geizigen und boshaften Stiefvaters. Einen Moment lang überlegte er, auch noch den Anfangsbuchstaben zu streichen, aber dann schalt er sich einen Träumer, der nur die Plackerei des Schreibens hinauszögern wollte. Und schreiben mußte er, oder verhungern – die *Dollar-Zeitung* aus Philadelphia verlangte lauthals nach einer Geschichte, die er zugesagt hatte. Nun gut, heute hatte er ein Gerücht gehört – seine Schwiegermutter hatte es von der Nachbarin –, das in seiner Phantasie ein Thema wieder aufleben ließ, das ihn schon seit jeher faszinierte.

Hastig begann er zu schreiben, in einer gestochen feinen Handschrift:

> Es gibt gewisse Themen, die zwar überall auf tiefes Interesse stoßen, aber für die Absichten der höheren Literatur zu scheußlich sind . . .

Das könnte eigentlich ein Essay werden, keine Erzählung, und er würde seine wahren Fähigkeiten unter Beweis stellen können. Oft stellte er sich die ganze Welt als einen einzigen Friedhof von ungeheuren Ausmaßen vor – dicht aneinandergereihte Gräber, deren Bewohner noch nicht alle die ewige Ruhe gefunden hatten – zu viele, die vergeblich mit den sie erdrückenden Leichentüchern und den versiegelten und beschwerten Sargdeckeln fochten. Denn, so dachte er müßig, seine eigenen literarischen Anstrengungen waren nichts anderes, als der verzweifelte Versuch, sich nicht von einer Gesellschaft, die so schwer und düster und sinnlos war wie die Erdklumpen von der Schaufel eines Totengräbers, fesseln und würgen zu lassen.

Er hielt inne, um eine Kerze vom schiefergedeckten Kaminsims zu holen. Seine Kerosinlampe war schon vor langer Zeit verpfändet worden, und es war sogar für März ein düsterer Nachmittag. Irgendwo im Haus war seine Schwiegermutter eifrig beim Putzen, und im Zimmer nebenan war der ruhige Atem seiner bettlägerigen Frau zu hören. Die arme Virginia schlief und litt, zumindest für diesen Moment, keine Schmerzen. Er kehrte mit dem Licht in der Hand zurück, tauchte seine Feder wieder ein und schrieb weiter:

> Lebend begraben zu werden, ist ohne Frage das schrecklichste der Extreme, die je einem Sterblichen zuteil werden können. Daß das schon häufig, sehr häufig geschehen ist, wird wohl kaum bestritten werden . . .

Wieder kostete seine düstere Phantasie von jener Geschichte, die er an diesem Tag gehört hatte. Es geschah hier in Philadelphia, genau in diesem Stadtteil, vor weniger als einem Monat. Ein Witwer war nach Wochen der Trauer mit Blumen zum Grab seiner Frau gegangen. Als er sich bückte, um sie auf der Marmorplatte niederzulegen, hörte er Geräusche von unten. Gleichermaßen erfreut und entsetzt, holte er Männer und Brecheisen und grub den von der Verwesung unberührten Körper aus. Zu Hause erlangte die Frau noch in der gleichen Nacht das Bewußtsein. So ging das Gerücht, vielleicht übertrieben, vielleicht auch nicht. Das Haus war nur sechs Straßenzüge von der Frühlingsgartenstraße entfernt, wo er hauste.

Poe zog seine Notizbücher hervor und begann, die Skizzen und Ideen für seinen Aufsatz zu ordnen – die unheimliche Geschichte einer Wiederauferstehung in Baltimore, eine weitere aus Frankreich, ein wirklich grausiges Zitat aus dem Chirurgen-Journal von Leipzig, der beeidigte Fall der Wiedererweckung eines toten Mannes mittels elektrischer Impulse in London. Dann fügte er noch ein persönliches Erlebnis hinzu, einen romantisch ausgeschmückten Traum aus seiner Kindheit in Virginia. Gerade als er zum Ende kommen wollte, kam ihm eine neue Idee.

Warum sollte er nicht mehr über das angebliche Begräbnis in Philadelphia und die Scheintote in Erfahrung bringen? Es würde seiner Geschichte die nötige Würze geben, ihr einen zeitlichen und örtlichen Höhepunkt verschaffen und ihm die Zustimmung der Zeitung sichern – eine Ablehnung konnte er kaum riskieren. Schließlich und endlich würde es seine Neugierde befriedigen. Er legte die Feder nieder und erhob sich. Er nahm seinen weitkrempigen, schwarzen Hut vom Haken und holte den Militärmantel, den er seit jenen unglückseligen Kadettentagen in West Point trug. Er warf den Mantel über seinen schmalen, mageren Körper, öffnete die Haustür und trat hinaus.

Der März hatte die Stadt angefallen wie ein Löwe, er tobte und brüllte über Philadelphia. Der Wind blies trockenen, kalten Staub in Poes große, graue Augen und verhärtete seinen Mund unter seinem fröhlichen, schwarzen Schnurrbart. An den Beinen prickelte Gänsehaut; seine gestreiften Hosen waren zu dünn für diese Jahreszeit, und die Schuhe hätten dringend der Reparatur bedurft. Wohin führte sein Weg?

Er erinnerte sich an den Namen der Straße und an einen ungepflegten Garten. Schließlich fand er den Ort – dies mußte das Haus sein. Der Garten war zweifellos verwildert, vertrocknete, kahle Gräser und Sträucher, die dem harten Winter in hohen, struppigen Büscheln getrotzt hatten. Poe öffnete gewaltsam das knarrende Gartentor und folgte dem mit groben Steinplatten bedeckten Weg zur Veranda. Er entdeckte ein Namensschild aus Bronze – »Gauber« war darauf zu lesen. Ja, das war der Name, den er gehört hatte. Er schlug kräftig mit dem Türklopfer gegen die Tür und glaubte, das leise Geräusch einer Bewegung zu hören. Aber die Tür blieb verschlossen.

»Da wohnt niemand, Mr. Poe«, sagte jemand auf der Straße. Es war der Junge, der Lebensmittel auslieferte, mit einem schweren Korb am Arm. Poe machte auf der Türschwelle kehrt. Er kannte den Burschen, genauer gesagt, er schuldete dem Inhaber des Ladens noch elf Dollar.

»Bist du sicher?« fragte Poe rasch.

»Na ja«, der Junge verlagerte das Gewicht seiner Last auf die andere Seite, »wenn jemand hier leben würde, würden sie bei uns einkaufen, oder? Und ich würde liefern, nicht wahr? Aber ich habe diesen Job seit sechs Monaten und habe diesen Garten noch nie betreten.«

Poe dankte ihm und lief die Straße entlang, aber nicht in die Richtung seines Hauses. Statt dessen suchte er den Laden eines gewissen Pemberton auf, ein Drucker und ein Freund von ihm, mit dem er ein wenig schwatzen und den er nebenbei um Geld bitten wollte.

Pemberton wollte ihm noch nicht einmal einen Dollar leihen – die Zeiten waren schlecht –, aber er bot ihm ein Glas Monongahela-Whisky an – Poe zwang sich, dies abzulehnen – und ein Abendessen aus Kräcker, Käse und Knoblauchsoße, was Poe dankbar annahm. Falls seine Schwiegermutter nicht irgend etwas von den Nachbarn erbettelt oder geborgt hatte, würde es zu Hause nur Brot und Melasse geben. Es war bereits nach Sonnenuntergang, als der Schriftsteller Pemberton die Hand zum Abschied reichte, sich bei ihm mit herzlicher Höflichkeit für seine Gastfreundschaft bedankte und in den Abend hinaustrat.

Gott sei Dank, es regnete nicht. Stürme machten Poe schwermütig. Der Wind hatte nachgelassen, und der Märzhimmel war klar, mit Ausnahme einiger winziger, tieftreibender Wolkenfetzen und einer dunklen Wolkenbank am Horizont. Ein voller bleicher Mond stieg am Himmel empor. Poe zwinkerte unter seiner Hutkrempe dem Schattenmuster der Mondscheibe zu. Sollte er nicht noch eine Geschichte über eine Mondreise schreiben – wie die über Hans Pfaal, aber diesmal todernst. Während er darüber nachdachte, spazierte er die

Straßen entlang, über die die Dämmerung hereinbrach, bis er wiederum dem verwilderten Garten gegenüberstand, dem knarrenden Gartentor und dem Haus mit dem Türschild namens »Gauber«.

Hallo, der Lieferjunge hatte unrecht. Durch das große Fenster schimmerte Licht, wasserblaues Licht – oder nicht? Auf jeden Fall bewegte sich etwas – ja, eine Gestalt beugte sich dort vor, als ob sie nach ihm ausspähen würde.

Poe trat durch das Gartentor und klopfte noch einmal an die Tür.

Vier oder fünf Sekunden Stille; dann hörte er das alte Schloß ächzen. Die Tür öffnete sich langsam und geräuschvoll nach innen. Poe dachte plötzlich, daß er sich über das blaue Licht getäuscht haben mußte, denn im Innern war alles tiefdunkel. Eine Stimme sprach:

»Nun, mein Herr.«

Die beiden Worte klangen heiser, aber sanft, so, als ob der Türöffner kaum atmete. Poe zog seinen breiten, schwarzen Hut und machte eine seiner eleganten Verbeugungen.

»Wenn Sie gestatten . . .« Er zögerte, da er nicht wußte, ob er zu einer Frau oder zu einem Mann sprach. »Ist dies das Haus der Gauber?«

»Das ist es«, war die Antwort, rauh und geschlechtslos. »In welcher Angelegenheit, mein Herr?«

Poe sprach mit militärischer Forschheit; er war Hauptfeldwebel der Artillerie gewesen, bevor er 21 war; er wußte den richtigen Ton zu treffen. »Ich bin hier im Dienste der Öffentlichkeit«, verkündete er. »Ich bin Journalist und einem merkwürdigen Bericht auf der Spur.«

»Journalist?« wiederholte der Fragende. »Merkwürdiger Bericht? Treten Sie ein, mein Herr.«

Poe leistete der Aufforderung Folge, und die Tür hinter ihm fiel sofort mit einem rostigen Klicken ins Schloß. Die Zeit seines früheren Gefängnisaufenthalts kam ihm in den Sinn, in der die Tür seiner Zelle mit dem gleichen Geräusch zugeschlagen war. Keine angenehme Erinnerung. Aber nun konnte er alles deutlicher erkennen – seine Augen gewöhnten sich an das schwache Mondlicht, das durchsickerte.

Er stand in einer dunklen, gänzlich mit Holz verkleideten Diele ohne Möbel, Vorhänge oder Bilder. Neben ihm stand eine Frau in einem weiten, langen Rock und einem ins Gesicht gezogenen Spitzenhäubchen, eine Frau, so groß wie er und mit aufmerksamen Augen, die wie von innen heraus leuchteten. Sie bewegte sich nicht, noch sprach sie, sondern wartete darauf, daß er ihr mehr über den Grund seines Kommens erzählte.

Dies tat Poe, er nannte seinen Namen und, um sich in einem günstigeren Licht zu präsentieren, gab sich als Redakteur der *Dollar-Zeitung* mit einem festen Auftrag für ein Interview aus. »Und nun, gnädige Frau, diese Geschichte betreffend, die überall verbreitet wird, von diesem vorzeitigen Begräbnis . . .«

Sie war sehr nahe an ihn herangetreten, aber als er ihr den Kopf zuwandte, wich sie zurück. Poe hatte das Gefühl, als hätte sein Atem sie davongeblasen wie eine Feder, dann erinnerte er sich an Pembertons Knoblauchsoße und ärgerte sich. Wie um seinen Gedanken zu bestätigen, bot ihm die Frau Wein an – um seinen Atem zu versüßen.

»Möchten Sie ein Glas Burgunder, Herr Poe?« lud sie ihn ein und öffnete eine Seitentür. Er folgte ihr in ein Zimmer, das in einem blassen Blau tapeziert und in Mondlicht getaucht war. Das Licht des Mondes wurde von den Wänden reflektiert und erzeugte den Eindruck künstlichen Lichtes. Das also hatte er von draußen gesehen. Seine Gastgeberin hob eine Flasche von einem Tisch ohne Tischdecke, goß Wein in einen Zinnbecher und reichte ihm das Glas.

Poe hätte es gerne angenommen, aber er hatte seiner kranken Frau erst vor kurzem hoch und heilig versprochen, auch nicht einen Fingerhut des Getränkes anzurühren, das ihn so leicht aus der Fassung bringen konnte. Deshalb sagte er mit durstigen Lippen: »Ich danke Ihnen herzlich, aber ich enthalte mich des Alkohols.«

»Oh«, lächelte sie. Poe sah weiße Zähne aufblitzen. Dann: »Ich bin Elva Gauber – Frau John Gauber. Die Angelegenheit, nach der Sie sich erkundigt haben, ist mir selbst unerklärlich, aber sie ist wahr. Mein Mann wurde im Eastman-Luterhan-Friedhof begraben . . .«

»Frau Gauber, ich hatte gehört, daß es das Begräbnis einer Frau war.«

»Nein, es war mein Mann. Er war krank gewesen. Er war kalt und atmete nicht mehr. Ein Arzt, ein Doktor Mecham, erklärte ihn für tot, und er wurde unter einer Marmorplatte in unserem Familiengrab beigesetzt.« Sie klang müde, aber ihre Stimme war ruhig. »Das war kurz nach Neujahr. Am Valentinstag brachte ich ihm Blumen. Er rang und wand sich unter der Marmorplatte. Ich ließ ihn herausholen. Und er lebt – mehr schlecht als recht – bis heute.«

»Lebt bis heute?« wiederholte Poe. »In diesem Haus?«

»Möchten Sie ihn sehen? Mit ihm sprechen?«

Poes Herz klopfte bis zum Hals, Kälte kroch sein Rückgrat empor. Es war seine Eigenart, daß ihm diese Empfindungen angenehm waren. »Es gibt nichts, was ich lieber täte«, versicherte er ihr. Sie ging auf eine andere Tür zu, die ins Innere des Hauses führte.

Sie öffnete die Tür und zögerte einen Moment auf der Schwelle, als müßte sie ihren ganzen Mut zusammennehmen, um in kaltes, reißendes Wasser zu springen. Dann begann sie eine Treppe hinabzusteigen.

Poe folgte ihr, in Gedanken die Tür hinter sich schließend.

Die Dunkelheit der Mitternacht, die Düsterkeit eines Gefängnisses – ja, eines Grabes – fiel sofort über die Stufen. Er hörte Elva Gauber keuchen:

»Nein – das Mondlicht – öffnen Sie die Tür . . .« Und dann stürzte sie, schwer und schlaff rollte sie die Treppe hinunter.

Entgeistert tastete Poe durch die Dunkelheit und versuchte schnell zu ihr zu gelangen. Sie lag vor einer Tür am Fuß der Treppe, eingekeilt zwischen Tür und Treppe. Er berührte sie – sie war kalt und starr, ohne die Wärme und Biegsamkeit des Lebens. Seine dünne Hand tastete nach dem Türknauf, er riß die Tür auf. Der Mond reflektierte sein schwaches Licht, und Poe schleppte und zerrte die Frau in den Raum.

Augenblicklich stieß sie einen tiefen Seufzer aus, hob den Kopf und stand auf. »Wie dumm von mir«, entschuldigte sie sich mit rauher Stimme.

»Es war meine Schuld«, widersprach Poe. »Ihre Nerven und

Ihre Gesundheit sind natürlich angegriffen. Die plötzliche Dunkelheit – die Enge – hatten sie überwältigt.« Er wühlte in seiner Jackentasche nach Streichhölzern. »Erlauben Sie mir, ein Licht anzuzünden.«

Aber sie streckte schnell die Hand aus, um ihn daran zu hindern. »Nein, nein. Der Mond ist ausreichend.« Sie ging zu einem schmalen, länglichen Fenster. Ihre Hände, so knochig wie die von Poe, mit langen, schmutzigen Nägeln, krümmten sich um den Fenstersims. Ihr Gesicht, in das volle Licht des Mondes getaucht, entspannte sich und wurde ruhig. Sie zog den Atem tief, fast lüstern, ein. »Ich habe mich wieder erholt«, sagte sie. »Machen Sie sich keine Gedanken um mich. Sie brauchen nicht so nahe bei mir zu stehen, mein Herr.«

Er hatte seinen Knoblauchatem vergessen und wich zerknirscht zurück. Sie mußte Gerüchen gegenüber so empfindlich sein wie . . . wie . . . was ekelte sich vor Knoblauch und wurde davon verjagt? Poe konnte sich nicht darauf besinnen, und er brauchte eine Weile, bis er bemerkte, daß sie sich in einem Kellerraum befanden, mit Steinmauern und einem staubigen Boden. In einer Ecke tropfte wohl Wasser und bildete eine Pfütze aus feuchtem Schlamm. Gleich daneben, eingesetzt in die Wand, befand sich eine verriegelte Falltür aus groben, breiten, kreuzweise vernagelten Brettern, wie um ein Fenster zu verbarrikadieren. Aber kein Fenster wurde soweit in der Tiefe angebracht. Der Raum roch dumpf und erdig, als ob schon seit Jahrzehnten kein frischer Luftzug mehr hereingekommen wäre.

»Ist Ihr Ehemann hier?« fragte er nach.

»Ja.« Sie ging zu der Falltür, die einem Fensterladen ähnelte, entriegelte das Schloß und klappte die Tür hoch.

Die Wandnische war so schwarz wie Tinte, aus der Tiefe kam ein schwaches Murmeln. Poe folgte Elva Gauber und starrte ins Dunkel. In der kleinen Nische aus Steinplatten war ein Bett hergerichtet. Auf ihm lag ein Mann, der fast bis auf die Haut entblößt war. Seine Haut war so weiß wie gebleichte Knochen, und nur in seinen Augen, die sich jetzt öffneten, flackerte Leben. Er starrte zuerst auf Elva Gauber und dann, an ihr vorbei, zu Poe.

»Geht weg«, murmelte er.

»Mein Herr«, begann Poe sehr höflich. »Ich bin gekommen, um zu hören, wie Sie im Grab wieder zu Leben erwacht sind . . .«

»Das ist eine Lüge«, fuhr der Mann auf dem Bett dazwischen. Mühevoll, als kämpfte er gegen eine schwere Last, krümmte er sich zu einer halb sitzenden Stellung. Der Strahl des Mondes offenbarte seinen ausgezehrten, gebrechlichen Zustand. Sein Gesicht mit den starrenden Augen und den entblößten Zähnen erinnerte an einen Totenkopf. »Eine Lüge, sage ich!« schrie er mit einer plötzlichen Kraft, die auch ein letztes Aufbäumen sein konnte. »Verbreitet von diesem Monster, das nicht – meine Frau ist . . .«

Die Falltür krachte auf sein Geschrei. Elva Gauber sah Poe ins Gesicht und trat dabei einen Schritt zurück, um seinen Knoblauchatem zu meiden.

»Sie haben meinen Mann gesehen«, sagte sie. »War es ein angenehmer Anblick, mein Herr?«

Er gab keine Antwort, und sie lief über den staubigen Fußboden zur Treppe. »Würden Sie zuerst gehen?« fragte sie. »Oben halten Sie die Tür auf, denn ich brauche« – sie sagte »Leben« oder vielleicht auch »Licht«, Poe war sich nicht sicher.

Es war offensichtlich, daß sie, die sein Eindringen erst fast begrüßt hatte, ihn jetzt möglichst schnell verabschieden wollte. Ihre Augen, so bezwingend wie laut gerufene Befehle, waren auf ihn gerichtet. Er spürte ihre Macht und widerstand ihr nicht.

Gehorsam erklomm er die Stufen und blieb, die obere Tür weit geöffnet, stehen. Elva Gauber folgte ihm. Oben angekommen, nahmen ihn ihre Augen wieder gefangen. Poe fühlte mehr denn je die mesmerischen Impulse, über die er zu schreiben liebte. »Ich hoffe«, betonte sie, »daß Ihr Besuch nicht vergeblich war. Ich lebe allein hier – ich sehe niemanden und kümmere mich nur um den armen Körper, der einmal mein Mann John Gauber war. Meine Gedanken sind verworren. Vielleicht ist mein Benehmen nicht richtig. Verzeihen Sie mir, und gute Nacht.«

Poe fand sich aus der Tür geschoben, draußen heulte wieder

der Wind. Die Haustür schloß sich hinter ihm, das Schloß ächzte.

Die frische Luft, der Wind, der ihm ins Gesicht blies, und die Abwesenheit von Elva Gaubers beherrschendem Blick rissen ihn plötzlich wie aus einem Traum und brachten ihn zur Besinnung über das, was geschehen – oder nicht geschehen – war.

An diesem unwirtlichen Märzabend war er aus dem Haus gegangen, um den Bericht eines vorzeitigen Begräbnisses zu überprüfen. Er hatte ein gräßliches Etwas gesehen, das das Gerücht eine Lüge genannt hatte. Irgendwie wurde er dann weggezogen – gehindert an einer gründlichen Untersuchung des vielleicht geheimnisvollsten Abenteuers, das je einem Schriftsteller vom Glück beschert wurde. Warum gab er dann seine Absichten genau an diesem Punkt auf?

Er beschloß, nicht aufzugeben. Das wäre schlimmer, als der Sache von Anfang an nicht nachgegangen zu sein.

Schnell hatte er seinen Entschluß gefaßt und entwickelte ebenso schnell einen Plan. Er verließ die Stufen vor der Eingangstür, schlug einen Bogen um das Gartentor und schlich um das Haus herum. Neben dem Fundament an der Seite des Hauses kniete er an der Stelle nieder, an der eine schmale, längliche Fensterscheibe zu ebener Erde in die Mauer eingelassen war.

Mit zur Seite geneigtem Kopf stellte er fest, daß er den vom Mondlicht überfluteten Innenraum klar und deutlich ausmachen konnte – ein Phänomen, wie ihm bewußt wurde, denn gewöhnlich wird ein Zimmer nur durch Innenbeleuchtung von außen einsichtig. Die geöffnete Tür zur Treppe, die sumpfige Schlammpfütze in einer Ecke und die aufgeklappte Falltür waren erkennbar. Und irgend etwas, das an der aufgedeckten Nische stand oder kauerte – etwas, das sich über den gebrechlichen Körper John Gaubers beugte.

Weiter Rock, weiße Haube – es war Elva Gauber. Sie beugte sich vornüber, ihr Gesicht berührte das Gesicht oder die Schulter ihres Mannes.

Poes Herz, noch nie ein besonders gesundes Organ, klopfte und raste. Um einen besseren Einblick in das Geschehen im

Keller zu bekommen, preßte er sich enger an die Scheibe. Sein Schatten verdeckte einen Teil der Mondstrahlen. Elva Gauber wandte sich zum Fenster.

Ihr Gesicht war so bleich wie der Mond selbst, und wie der Mond war es mit unregelmäßigen Schatten überzogen. Sie eilte zum Fenster, an dem Poe sich duckte. Er sah sie nahe vor sich.

Auf Mund und Wangen hatte sie dunkle, feuchte, klebrige Flecken. Ihre Zunge schoß hervor, leckte an den Flecken . . .

Blut!

Poe sprang auf und rannte zur Vorderfront des Hauses. Er zwang seine dünnen, zittrigen Finger, nach dem Türklopfer zu greifen und damit immer wieder heftig gegen die Tür zu schlagen. Als keine Antwort kam, warf er sich selbst gegen die Tür – sie gab nicht nach. Er lief zu einem Fenster, klopfte an die Scheibe, rüttelte am Rahmen und hob die Faust, um das Glas einzuschlagen.

Ein Schatten bewegte sich hinter dem Fenster und riß es auf. Etwas schoß auf ihn zu wie eine angreifende Schlange – bevor er zurückspringen konnte, hatten sich Finger in den Kragen seines Mantels gekrallt. Elva Gauber starrte ihm haßerfüllt in die Augen.

Ihre Haube war heruntergefallen, ihre dunklen Haare hingen in wildem Durcheinander um den Kopf. Blut war noch immer auf ihren Wangen verschmiert und benetzte ihren Mund.

»Du bist zu weit gegangen«, sagte sie mit einer Stimme, die so gleichmäßig und eisig war wie das Tropfen eines Eiszapfens. »Ich wollte dich verschonen wegen des Geruchs, der dich umgibt und der mich abstößt – Knoblauch. Ich habe dich ein bißchen sehen lassen, genug, um jede intelligente Person zu warnen, und habe dich dann laufenlassen. Aber jetzt . . .«

Poe rang mit ihr, um sich zu befreien. Ihr Griff war wie eine Klammer, wie der stählerne Riegel einer Mausefalle. Voller Triumph verzerrte sie ihr Gesicht, aber sie konnte ihm dennoch nicht ins Gesicht sehen – der Knoblauchgeruch war zu stark.

»Sieh mir in die Augen«, befahl sie ihm. »Schau – du kannst mir nicht widerstehen, du kannst mir nicht entkommen. Du wirst sterben, zusammen mit John – und im Sterben werdet ihr zwei wieder auferstehen und so sein wie ich. Ich werde zwei

Lebensquellen haben, solange noch Leben in euch ist – und Begleiter, nachdem ihr gestorben seid.«

»Frau«, stieß Poe hevor, während er ihrem bohrenden Blick auszuweichen suchte, »du bist wahnsinnig.«

Sie brach in ein lautes, wieherndes Lachen aus. »Ich bin normal, und du auch. Wir wissen beide, daß ich die Wahrheit sage. Wir wissen beide, daß dein Widerstand zwecklos ist.« Ihre Stimme hob sich ein wenig. »Durch eine Ritze in dem Grab, in dem ich wie tot lag, strömte ein Strahl des Mondes. Ich kämpfte. Ich wurde befreit. Und jetzt, nachts, wenn der Mond scheint – Bah! Hör auf, dieses Kraut in mein Gesicht zu blasen!«

Sie drehte ihren Kopf weg. Im selben Moment hatte Poe das Gefühl, als würde ein Vorhang pechschwarzer Finsternis niedersinken, und mit ihm sank die Gestalt Elva Gaubers.

Poe spähte in die plötzliche Dunkelheit. Sie war über dem Fenstersims zusammengebrochen, wie eine vergessene Marionette im Puppentheater. Ihre Hand krümmte sich noch immer um den Ausschnitt seines Mantels, und er befreite sich, Klaue um stählerne Klaue. Dann machte er kehrt, um von diesem Ort finsterer Gefahren für Leib und Seele zu flüchten.

Als er sich umwandte, sah er, was die plötzliche Finsterkeit verursacht hatte. Eine Wolke hatte ihren Platz am Horizont verlassen – die pralle, rußschwarze Wolkenbank, die er bereits bei Sonnenuntergang bemerkt hatte – und verdunkelte jetzt den Mond. Poe hielt inne und überlegte.

Sein nachdenklicher Blick taxierte die Größe und Geschwindigkeit der Wolke. Sie verdeckte den Mond, würde ihn für – vielleicht zehn weitere Minuten verdecken. Und diese zehn Minuten lang würde Elva Gauber bewegungs- und besinnungslos daniederliegen. War sie nicht wie eine hinterrücks Ermordete zusammengesunken, als sie auf der Treppe von der Dunkelheit überfallen wurde? Entschlossen kombinierte Poe die einzelnen Indizien miteinander.

Es war Elva Gauber, nicht ihr Mann, der starb und in der Familiengruft beigesetzt wurde. Durch die Strahlen des Mondes war sie zum Leben, oder vielmehr einer Farce des Lebens, zurückgekehrt. Diese Strahlen hatten eine unberechenbare

Macht, sie konnten Hunde heulen lassen, sie konnten Wahnsinnige zu Gewalttaten antreiben, sie lösten Angst und düstere Schwermut aus, aber auch Ekstase, alte Legenden machten sie verantwortlich für die Geburt der Feen und die Verwandlung der Werwölfe, sie nannten sie als die treibende Kraft der besenreitenden Hexen. Mit Sicherheit waren sie auch die Quelle der bösen Kräfte, die Elva Gaubers Leiche beseelten – und er selbst, Poe, sollte hier nicht herumstehen und träumen.

Er nahm all seinen Mut zusammen und kroch durch das Fenster, hinter dem sich der Körper der Frau befand. Sich durch den Raum tastend, fand er die Kellertür, öffnete sie, stieg die Stufen hinab, passierte die untere Tür und trat in den gemauerten Keller.

Hier herrschte schwarze, mondlose Ruhe. Poe blieb nur lang genug stehen, um seine Zündhölzer hervorzuholen, ein Streichholz anzuzünden und damit das Ende eines festgezwirbelten Stofflappens in Flammen zu setzen. Das Tuch warf ein schwaches, aber gleichmäßiges Licht, mit dessen Hilfe er den Weg zu der Türlade fand. Er öffnete den Verschlag und berührte die nackte, dürre Schulter John Gaubers.

»Stehen Sie auf«, sagte er. »Ich bin gekommen, um Sie zu retten.«

Der Totenkopf änderte zaghaft die Stellung, um einen Blick in seine Richtung zu werfen. Unter Stöhnen gelang es dem Mann zu sprechen:

»Sinnlos. Ich kann mich nicht bewegen – es sei denn, sie läßt mich. Ihre Augen halten mich hier gefangen – mehr tot als lebendig. Ich bin schon längst gestorben, aber irgendwie . . .«

Poe fühlte sich an eine jämmerliche Spinne erinnert, die vom Stich einer Wespe gelähmt wurde und jetzt hilflos in einer engen Höhle gefangenliegt und auf die Stunde der Fütterung wartet. Er konnte Gaubers Kehle sehen, eine einzige Masse winzigkleiner, punktierter Wunden, auf denen sich wie auf einer Perlenschnur frische und getrocknete Blutstropfen aneinanderreihten. Unwillkürlich zuckte er zusammen, aber er wich nicht von der Stelle.

»Lassen Sie mich raten«, sagte er schnell. »Man hat Ihre Frau vom Grab nach Hause zurückgetragen und sie erwachte zu einem lebensähnlichen Zustand. Sie schlug Sie in ihren Bann, spielte Ihnen einen üblen Streich. Sie machte Sie zu ihrem hilflosen Gefangenen. Das letztere widerspricht übrigens nicht der Natur. Ich habe Mesmerismus studiert.«

»Es stimmt alles«, murmelte John Gauber.

»Und jede Nacht kommt sie, um von Ihrem Blut zu saugen?«

Gauber nickte schwach mit dem Kopf. »Ja. Eben fing sie damit an, aber dann rannte sie plötzlich nach oben. Sie wird gleich wieder zurückkommen.«

»Gut«, sagte Poe grimmig, »vielleicht bekommt sie mehr, als sie erwartet hat. Haben Sie je etwas von Vampiren gehört? Wohl kaum, aber ich habe auch sie studiert. Ich schöpfte den ersten Verdacht, als sie so angewidert war von dem Knoblauchgeruch. Am Tag sind Vampire bewegungsunfähig, sie essen und existieren nur nachts. Sie sind Kreaturen des Mondes – ihre Nahrung ist Blut. Kommen Sie.«

Poe verstummte abrupt, löschte das Licht und hob den Mann auf den Arm. Gauber war leicht wie ein Kind. Der Schriftsteller trug ihn zu dem schutzbietenden Raum unter der eingebauten Treppe, lehnte ihn dort gegen die Wand und breitete seinen alten Kadettenmantel über ihn aus. Das Dämmerlicht im Keller verschmolz das Grau des Mantels mit dem Grau der Mauersteine. Der arme Kerl würde gut versteckt sein.

Als nächstes riß sich Poe Jacke, Weste und Hemd vom Leib. Seine Kleider warf er im dunklen Schatten unter der Treppe auf einen Haufen. Er stand da, nackt bis zur Taille. Seine Haut war fast so bleich und blutleer wie Gaubers, Brust und Arme fast ebenso ausgemergelt. Er konnte hoffen, zumindest auf den ersten Blick für den unglückseligen Mann gehalten zu werden.

Der Keller wurde wieder vom Licht durchflutet. Die Wolke mußte am Mond vorbeigezogen sein. Poe lauschte. Von oben kam ein schleppendes Geräusch, dann Schritte.

Elva Gauber, die nächtliche Blutsaugerin, war wieder zu sich gekommen.

Jetzt ging's ums Ganze. Poe rannte zu dem Verschlag, sprang hinein und zog die Falltür über sich zu.

Er schnitt eine Grimasse. Er hatte von den legendären Wegen gehört, Vampire zu vernichten – durchbohrende Pfähle,

Weihwasser, Gebete, Feuer. Aber er, Edgar A. Poe, hatte sich eine neue Methode ausgedacht. Unzählige, furchterregende Geschichten raunten von Bösewichtern, die brave Leute in den Hinterhalt lockten und überfielen, aber wer hatte je von einem gewöhnlichen Mann gehört, der einem Dämonen auflauerte? Nun, er hatte sich selbst nie für gewöhnlich gehalten, weder im Geist noch in seinen Gedanken oder in seinen Vorlieben.

Er streckte sich, die Füße zusammengepreßt, die Hände über seiner entblößten Brust gekreuzt. Sie würde es auch im Grab sein, durchfuhr es ihn plötzlich. Er erinnerte sich an die Zeile eines Gedichtes, geschrieben von einem Mann namens Bryant, das vor langer Zeit in einer neuenglischen Zeitschrift abgedruckt worden war – »Atemberaubende Finsternis, und ein enges Heim«. Es war, weiß Gott, atemberaubend und dunkel genug in diesem Loch, und eng dazu. Fast hysterisch vertrieb er den furchtbaren Gedanken, begraben zu sein. Um ihn in Bann zu schlagen, drehte er sich zur Wand; den nackten Arm legte er über Wange und Schläfe.

Als sein Ohr das moderige Lager berührte, hörte er den Hall von Schritten, Schritte, die die Kellerstufen hinabstiegen. Sie klangen regelmäßig, siegessicher. Sie klangen erwartungsvoll.

Elva Gauber war zurückgekehrt, um ihr unterbrochenes Mahl fortzusetzen.

Jetzt durchquerte sie den Keller. Sie zögerte nicht und sie sah nicht um sich – sie bemerkte ihren Ehemann nicht, der im Schatten der Treppe unter dem Kadettenmantel lag. Die Schritte wandten sich direkt zur Falltür; er hörte sie nach dem Riegel tasten.

Licht, bläulich wie Milch, floß in seinen Verschlag. Ein Schatten folgte und fiel direkt über ihn. Seine Phantasie, die immer die Wirklichkeit übertraf, wisperte ihm zu, daß der Schatten so schwer wie Blei war – niederdrückend, unheilvoll.

»John«, flüsterte die Stimme Elva Gaubers in sein Ohr. »Ich bin zurückgekommen. Du weißt, warum – du weißt weswegen.« Ihre Stimme klang gierig, als käme sie durch einen aufgerissenen, zitternden Mund. »Du bist jetzt meine einzige Quelle der Kraft. Heute nacht dachte ich, daß vielleicht ein

Fremder – aber er entwischte. Aber er stank sowieso ganz fürchterlich.«

Ihre Hand berührte die Haut seiner Kehle. Sie drückte ihn, wie ein Metzger ein dem Untergang geweihtes Tier abtastete.

»Versuch nicht, dich vor mir zu verkriechen, John«, befahl sie mit schroffem Spott in der Stimme. Du weißt, daß das nichts nützen würde. Dies ist die Vollmondnacht, und ich besitze Macht über alles, alles!« Sie versuchte, seinen Arm vom Gesicht zu zerren. »Du besserst deine Lage nicht . . .« Sie verstummte abrupt, entgeistert. Dann, mit einem wilden, tiefen, rauhen Schrei:

»Du bist nicht John!«

Poe fuhr herum und warf sich auf den Rücken, seine krallenähnlichen Finger stießen hervor und packten sie – eine Hand klammerte sich in das sich schlängelnde Durcheinander ihres Haares, die Fingerspitzen der anderen gruben sich in das kalte Fleisch ihrer Arme.

Der Schrei verhallte zitternd in einem grausigen, atemlosen Röcheln. Poe zerrte seine Gefangene unter Aufbringung all seiner Kräfte brutal in den Verschlag. Er riß ihre Füße vom Boden, und sie stürzte, über und um Poes zurückgelehnten Körper wirbelnd, in den Verschlag. Mit einem krachenden, knochenbrechenden Aufprall schlug sie gegen die Steine im Innern, und sie wäre über Poe zusammengebrochen, wenn er sie nicht im selben Moment losgelassen hätte und auf den Boden des Kellers hinausgeglitten wäre.

In rasender Geschwindigkeit ergriff er die Kante der zurückgeworfenen Falltür. Elva Gauber hatte sich zwischen den zerwühlten Bettlaken des Verschlages auf Hände und Knie hochgerappelt; Poe warf die Falltür krachend ins Schloß.

Wie ein Tier in der Falle jammernd und heulend, warf sie sich von innen dagegen. Ihre Kräfte konnten sich fast mit seinen messen, und eine Sekunde lang dachte er, daß sie den Kampf um die Tür gewinnen würde. Er stemmte seine Füße gegen den Boden und preßte die Schulter schwitzend und keuchend gegen die Balken. Seine Finger fanden den Riegel, schoben ihn hoch, zwängten ihn gewaltsam ins Schloß.

»Finsternis«, stöhnte drinnen Elva Gauber. »Finsternis – kein Mond . . .« Ihre Stimme verlor sich.

Poe ging zu der sumpfigen Lache in der Ecke und tauchte seine Hände hinein. Der Schlamm war glitschig, aber formbar. Er drückte eine gewaltige Handvoll gegen die Falltür und versiegelte die Ritzen und Kanten. Noch eine Handvoll und noch eine. Er benutzte seine Handflächen als Maurerkellen und bedeckte die Bretter mit zentimeterdickem Schlamm.

»Gauber«, rief er außer Atem, »wie geht's Ihnen?«

»Ganz gut – glaube ich.« Die Stimme war erstaunlich kräftig und klar. Über seine Schulter blickend, sah Poe, daß Gauber alleine auf die Füße gekommen war, immer noch bleich, aber doch sicher stehend. »Was machen Sie da?« fragte Gauber.

»Einmauern«, keuchte Poe, während er noch mehr Schlamm aufschaufelte. »Ich mauere sie ein für die Ewigkeit, mit ihrer ganzen finsteren Macht.«

Eine plötzliche Eingebung durchzuckte ihn, der symbolische Keim einer Geschichte; ein Mann versiegelte eine Frau in genauso einem Verschlag in der Wand, und mit ihr die Verkörperung eines lebendigen Übels – etwa in der Gestalt einer schwarzen Katze.

Schließlich hielt er inne, um Luft zu schöpfen. Er lächelte in sich hinein. Selbst inmitten der größten Gefahr, in den Momenten, in denen das Herz vor Qual und Angst stockt, mußte er Pläne für neue Geschichten schmieden.

»Ich kann Ihnen niemals genug danken«, sagte Gauber zu ihm. »Ich fühle, daß jetzt doch noch alles gut enden wird – wenn sie nur dort unten bleibt.«

Poe legte sein Ohr an die Mauer. »Nicht die leiseste Spur einer Bewegung, Sir. Sie ist vom Mondlicht abgeschnitten – von aller Kraft und Leben. Können Sie mir beim Ankleiden behilflich sein? Mir ist furchtbar kalt.«

Seine Schwiegermutter erwartete ihn auf der Türschwelle, als er nach Hause zurückkehrte. Unter der Witwenhaube war ihr kantiges Gesicht vor Sorge angespannt.

»Eddie, bist du krank?« In Wirklichkeit wollte sie wissen, ob er getrunken hatte. Ein Blick überzeugte sie. »Nein«, gab sie sich selbst zur Antwort, »aber du warst so lange weg. Und du bist schmutzig, Eddie – dreckig. Du mußt dich waschen.«

Willig folgte er ihr, und sie goß heißes Wasser in eine Schüssel. Während er sich wusch, formulierte er Entschuldigungen, irgendeine banale Lüge über einen langen Spaziergang auf der Suche nach Inspirationen, ein momentaner Schwindel, ein Stolpern in eine schlammige Pfütze.

»Ich mache dir eine schöne Tasse Kaffee«, erbot sich seine Schwiegermutter.

»Bitte«, nahm er das Angebot an und ging in sein Zimmer mit dem schiefergedeckten Kaminsims. Er zündete eine Kerze an, setzte sich und griff zur Feder.

In Gedanken schmückte er seine Idee für die neue Geschichte aus, die ihm in jenem düsteren Moment im Keller des Gauber-Hauses gekommen war. Morgen würde er daran arbeiten. Die *United States Saturday Post* würde sie vielleicht abkaufen, hoffte er. Überschrift? Er würde die Geschichte einfach »Die schwarze Katze« betiteln.

Aber erst hieß es, die begonnene Geschichte zu beenden! Er tauchte die Feder in die Tinte. Wie sollte er weitermachen? Wie abschließen? Und wie würde er sich gegen das lauter werdende Gerücht seines Wahnsinns wehren, nachdem er einen derartigen Bericht verfaßt und veröffentlicht hatte?

Er beschloß, die ganze Sache zu vergessen, falls ihm das möglich war – zumindest aber, sich normale Gesellschaft zu suchen, etwas Komfort, Ruhe –, vielleicht sogar ein paar lustige Verse zu schreiben, humorvolle Anekdoten und Erzählungen. Zum ersten Mal in seinem Leben hatte er die Nase voll von allem Makabren. Schnell schrieb er den letzten Absatz:

> Es gibt Augenblicke, in denen selbst für das nüchterne Auge der Vernunft das Universum unserer jämmerlichen menschlichen Natur Ähnlichkeit mit einer Hölle hat – die Vorstellungskraft des Menschen ist nicht Carathis, daß es ihr möglich wäre, eine jede Höhle ungestraft zu erforschen. Ach! Die schreckliche Legion der Schrecken des Grabes kann leider nicht als bloße Phantasie betrachtet werden – doch wie die Dämonen, in deren Gesellschaft

Afrasiab seine Reise entlang des Oxus unternahm, müssen sie ruhen – müssen wir sie schlummern lassen, oder wir werden davon vernichtet.

Edgar Allan Poe beschloß, daß dies für die Allgemeinheit ausreichen würde. Auf jeden Fall würde es die *Dollar-Zeitung* zufriedenstellen.

Seine Schwiegermutter brachte den Kaffee.

Mary Wilkins Freeman

Luella Miller

Gleich an der Dorfstraße steht das einstöckige Haus, in dem Luella Miller, die einen üblen Ruf im Dorf hatte, einst wohnte. Sie war schon seit Jahren tot, aber es gab immer noch Leute im Dorf, die trotz der klareren Sicht, die eine zeitliche Entfernung von einer längst vorübergegangenen Bedrohung mit sich bringt, immer noch ein wenig an die Geschichten glaubten, die sie in ihrer Kindheit gehört hatten. Obwohl sie es kaum zugegeben hätten, trugen sie in ihren Herzen die Erinnerung an das wilde Grauen und die rasende Angst ihrer Vorfahren, die das Zeitalter mit Luella Miller geteilt hatten. Sogar junge Leute starrten im Vorübergehen mit Schaudern auf das alte Haus, und Kinder spielten niemals in seiner Nähe, wie sie es gewöhnlich bei unbewohnten Behausungen zu tun pflegten. In dem alten Miller-Haus war keine einzige Fensterscheibe zerbrochen: in den Scheiben spiegelte sich die Morgensonne in smaragdgrünen und blauen Flecken, und der Riegel der aus den Angeln hängenden Haustür wurde niemals zurückgeschoben, obwohl er von keinem Bolzen gesichert wurde. Seit man Luella Miller hinausgetragen hatte, kannte das Haus keinen Bewohner mehr, mit Ausnahme einer alten, freundeslosen Seele, die nur die Wahl zwischen diesem Ort und dem weiten Schutz des Himmelszeltes hatte. Diese alte Frau, die ihre ganze Familie und Freunde überlebt hatte, wohnte eine Woche lang in dem Haus, bis eines Morgens kein Rauch mehr aus dem Schornstein stieg: Eine Gruppe von Nachbarn, zwanzig Mann, drang in das Haus ein und fand sie tot in ihrem Bett auf. Über die Ursache ihres Todes gab es viele dunkle Andeutungen, und es gab jene, die von einem derart starken Ausdruck der Angst sprachen, daß man die Verfassung der scheidenden Seele von dem toten Gesicht hätte ablesen können. Die alte Frau war gesund und munter, als sie das Haus betreten hatte: innerhalb von sieben Tagen war sie tot; der Gedanke drängte sich auf, daß sie einer unheimlichen Macht zum Opfer gefallen war. Der Pfarrer predigte von der Kanzel mit versteckter Schärfe gegen die Sünde des Aberglaubens, aber das Gerücht hielt sich. Keine Seele im Dorf, die nicht das Armenhaus dieser Unterkunft vorgezogen hätte. Kein Landstreicher, der, sowie er von der Geschichte hörte, Schutz unter dem alten Dach gesucht hätte, das von fast einem halben Jahrhundert abergläubischer Angst entweiht worden war.

Im Dorf gab es nur eine Person, die Luella Miller tatsächlich gekannt hatte. Diese Person war eine Frau, weit in den Achtzigern, aber ein Wunder an Vitalität und fortdauernder Jugendkraft. Sie hielt sich kerzengerade, auf der Straße lief sie mit der Elastizität eines jungen Menschen, und sie ging bei jedem Wind und Wetter zur Kirche. Sie hatte nie geheiratet und lebte jahrelang allein in einem Haus gegenüber von Luella Miller.

Sie hatte nichts von der Redseligkeit des Alters, aber noch nie in ihrem Leben hatte sie auf Wunsch irgendeiner anderen Person den Mund gehalten, und sie verschwieg niemals die Wahrheit, wenn sie gerade dabei war. Sie war es, die auch wissentlich und absichtlich Zeugnis ablegte vom Leben und der Boshaftigkeit Luella Millers, und von ihrer persönlichen Erscheinung. Wenn diese alte Frau sprach – und sie hatte ein Talent zum Geschichtenerzählen, obwohl sie ihre Gedanken in den rauhen Dialekt ihres Heimatdorfes kleidete –, dann konnte man Luella Miller leibhaftig vor sich sehen. Nach den Worten dieser Frau, sie hieß Lydia Anderson, war Luella Miller eine Schönheit gewesen, von einem Typ, den man in Neuengland recht selten antrifft. Sie war eine schmächtige, biegsame Kreatur, die sich schnell in ihr Schicksal fügte und dabei doch so unzerbrechlich war wie eine Weide. Sie hatte schimmernde Fluten glatten, hellen Haares, das sich sanft um ihr längliches, bezauberndes Antlitz wand. Sie hatte blaue Augen, die immer voll sanfter Bitten standen, kleine, schmale, klammernde Hände, und eine wundervolle Anmut in Bewegungen und Haltung.

»Luella Miller pflegte auf eine Art und Weise zu sitzen, die ihr niemand gleichtun konnte, und wenn man es eine Woche voller Sonntage lang geübt hätte«, sagte Lydia Anderson, »und es war eine Sehenswürdigkeit, sie spazierengehen zu sehen. Wenn eine der Weiden drüben am Rand des Baches ihre Wurzeln aus dem Boden ziehen und sich bewegen könnte, dann hätte sie den gleichen Gang, wie Luella Miller ihn hatte. Und sie hatte auch ein grünes, changierendes Seidenkleid, das sie immer trug, und einen Hut mit grünen, flatternden Bändern, und einen Spitzenschleier, den der Wind über ihr Gesicht fächelte, und grüne Bänder, die um ihre Taille spielten. Mit all dem zeigte sie sich als Braut, als sie Erastus Miller heiratete. Ihr Name vor der Heirat war Hill. Es gab immer einen Haufen ›l‹ in ihrem Namen, verheiratet oder ledig. Erastus Miller sah ebenfalls gut aus, er sah sogar besser aus als Luella. Manchmal dachte ich, daß sie überhaupt nicht so schön war. Erastus verehrte sie geradezu. Ich kannte ihn früher recht gut. Er wohnte nebenan, und wir gingen zusammen zur Schule. Die Leute pflegten zu sagen, daß er mir den Hof machte, aber das tat er nicht. Ich habe das nie gedacht, außer vielleicht ein- oder zweimal, als er etwas sagte, von dem andere Mädchen hätten annehmen können, daß es mehr bedeutet. Das war, bevor Luella Miller hierherkam, um an der Kreisschule zu unterrichten. Es war eigenartig, wie sie dazugekommen war, denn die Leute sagten, daß sie überhaupt keine Ausbildung hatte, und daß eines der großen Mädchen, Lottie Henderson, immer den ganzen Unterricht für sie übernahm, während sie hinten saß und an Stickereien an einem Taschentuch aus Kambrikstoff arbeitete. Lottie Henderson war ein wirklich gescheites Mädchen, eine hervorragende Schülerin, und sie vergötterte Luella, wie alle Mädchen. Lottie hätte eine wirklich kluge Frau abgegeben, aber sie starb, als Luella ungefähr ein Jahr hier war – sie wurde einfach immer weniger und starb: Niemand wußte, was ihr fehlte. Sie schleppte sich in dieses Schulhaus und half Luella beim Unterrichten bis zur letzten Minute. Im Vorstand wußten sie alle, daß Luella selbst nicht allzuviel Arbeit leistete, aber sie drückten ein Auge zu. Es war nicht lang nach Lotties Tod, daß Erastus sie heiratete. Ich dachte immer, daß er sich so beeilt hatte, weil sie nicht zum Unterrichten taugte. Einer der großen Jungen half ihr gewöhnlich, nachdem Lottie gestorben war, aber er konnte sich nicht durchsetzen, und in der Schule ging's drunter und drüber, und vielleicht hätte Luella es bald aufgeben müssen, denn der Vorstand hätte die Sache nicht mehr länger mit ansehen können. Der Junge, der ihr half, war ein durch und durch ehrlicher, harmloser Bursche, und er war auch ein guter Schüler. Die Leute behaupteten, daß er zuviel studiert hätte und daß das der Grund war, warum er, ein Jahr, nachdem Luella geheiratet hatte, verrückt wurde, aber ich weiß es nicht. Und ich weiß auch nicht, warum Erastus Millers Blut schlecht wurde, ein Jahr, nachdem er verheiratet war; keiner in seiner Familie hatte Leukämie. Er wurde einfach immer schwächer und schwächer, und er ging völlig gebeugt, wenn er auf Luella wartete, und er sprach mit zittriger Stimme, wie ein alter Mann. Er plagte sich ganz schrecklich bis zum Ende, um noch etwas für Luella zusammenzusparen. Ich habe ihn im schlimmsten Sturm draußen auf einem Holzschlitten gesehen – er fällte und verkaufte Holz –, er kauerte obendrauf und sah mehr tot als lebendig aus. Einmal hielt ich es einfach nicht mehr aus: Ich ging hinüber und half ihm, Holz auf den Wagen zu laden – ich hatte immer Kraft in meinen Armen. Ich hätte nicht damit aufgehört, trotz allem, was er sagte, und ich nehme an, daß er ganz froh war über die Hilfe. Das war nur eine Woche, bevor er starb. Er stürzte auf den Boden in der Küche, während er das Frühstück machte. Er bereitete immer das Frühstück, während Luella im Bett blieb. Er tat alles, was zu putzen und zu waschen und zu bügeln war, und meist kochte er auch. Er konnte es nicht ertragen, daß Luella auch nur einen Finger krümmte, und sie ließ ihn alles für sie machen. Mit all der Arbeit, die sie hatte, lebte sie wie eine Königin. Sie nähte noch nicht einmal selbst. Sie behaupete, sie hätte Schmerzen in den Schultern beim Nähen, und Lily, die Schwester des armen Erastus, erledigte all ihre Näharbeiten. Und sie war dazu kaum in der Lage; sie hatte immer ein schwaches Kreuz, aber die machte es ganz wundervoll. Das mußte sie auch, um Luella zufriedenzustellen; sie war so schrecklich anspruchsvoll. Ich habe nie wieder so etwas gesehen wie die Kreuz- und Hohlsaumstickereien, die

Lily Miller für Luella machte. Sie nähte Luellas gesamte Hochzeitsausstattung und das grüne Seidenkleid, nachdem Maria Babbit es zugeschnitten hatte. Maria schnitt das umsonst zu, und sie machte auch noch eine ganze Menge mehr Zuschnitte und Anproben für Luella, ohne Geld zu bekommen. Lily Miller zog zu Luella, nachdem Erastus starb. Sie gab ihr Haus auf, obwohl sie sehr daran hing und kein bißchen Angst hatte, allein zu leben. Sofort nach der Beerdigung vermietete sie es, um bei Luella zu wohnen.«

Dann erzählte die alte Frau, Lydia Anderson, die sich an Luella Miller erinnerte, die Geschichte von Lily Miller. Es schien, daß der Umzug Lily Millers in das Haus ihres toten Bruders, um bei der Witwe zu wohnen, die Dorfbewohner zuerst zum Tratschen brachte. Jene Lily Miller war kaum über ihre erste Jugend hinaus und eine außerordentlich gesunde und blühende Frau mit rosigen Wangen, mit kräftigem, schwarzgelocktem Haar, das über runde, freimütige Brauen und leuchtende, dunkle Augen fiel. Es dauerte keine sechs Monate, nachdem sie sich bei ihrer Schwägerin häuslich eingerichtet hatte, bis ihre rosige Gesichtsfarbe verblaßte und ihre hübschen Rundungen verschwanden. Weiße Schatten zeigten sich in den schwarzen Kringeln ihrer Haare, das Licht in ihren Augen starb, ihr Gesicht wurde spitz, und um den Mund gruben sich mitleiderregende Linien ein. Dennoch trug sie stets einen Ausdruck äußerster Freundlichkeit und sogar Glückseligkeit. Sie war ihrer Schwägerin ergeben; es bestand kein Zweifel, daß sie sie von ganzem Herzen liebte und völlig zufrieden war mit ihrer Dienstbotenarbeit. Ihre einzige Sorge war, daß sie vielleicht sterben würde und Luella allein zurücklassen mußte.

»Die Art, wie Lily Miller über Luella zu sprechen pflegte, war genug, um einen wahnsinnig zu machen und einem die Tränen in die Augen zu treiben«, sagte Lydia Anderson. »Ich bin manchmal zu ihr gegangen, als es aufs Ende zuging und sie zu schwach zum Kochen war, und brachte ihr Pudding oder Brei – irgendwas, von dem ich annahm, daß sie es gern essen würde, und sie dankte mir, und wenn ich sie dann fragte, wie es ihr geht, sagte sie, besser als gestern und fragte mich, ob ich nicht meinte, daß sie schon besser aussehen würde, armes, bedauernswertes Ding, und dann sagte sie, daß die arme Luella so eine schwere Zeit durchmachen müßte, mit der Pflege für sie und der ganzen Arbeit – sie war nicht kräftig genug, um irgend etwas zu tun –, während Luella die ganze Zeit nicht einen Finger hob und die arme Lily keine Pflege bekam, außer der der Nachbarn, und Luella alles verschlang, was für Lily hereingetragen wurde. Ich habe wirklich genau gesehen, was sie machte. Luella saß einfach da und heulte und tat nichts. Sie tat so, als ob sie Lily wirklich gern hätte, und sie grämte sich auch ganz beträchtlich. Es gab einige, die dachten, es würde auch mit ihr zu Ende gehen. Aber nachdem Lily gestorben war, kam ihre Tante Abby Mixter, und dann ging es Luella wieder besser, und sie wurde fetter und rosiger denn je. Aber die arme Tante Abby begann immer schwächer zu werden, genau wie Lily, und ich nehme an, irgend jemand schrieb an ihre verheiratete Tochter, eine Mrs. Sam Abbot, die in Barre lebte, denn sie schrieb ihrer Mutter, daß sie auf der Stelle dort weggehen und zu ihr kommen und ihr einen Besuch abstatten sollte, aber Tante Abby wollte einfach nicht gehen. Ich seh' sie jetzt noch vor mir. Sie war eine wirklich gutaussehende Frau, groß und stattlich, mit einem großen, eckigen Gesicht und einer hohen Stirn, die schon allein mild und gütig aussah. Sie sorgte sich um Luella, als wäre sie ein kleines Kind, und als die verheiratete Tochter nach ihr rief, rührte sie sich keinen Zentimeter von der Stelle. Sie hielt immer eine ganze Menge von ihrer Tochter, aber sie sagte, daß Luella sie brauchte und ihre verheiratete Tochter brauchte sie nicht. Ihre Tochter schrieb einen Brief nach dem anderen, aber es nützte überhaupt nichts. Schließlich kam sie selbst, und als sie sah, wie schlecht ihre Mutter aussah, brach sie zusammen und weinte und warf sich ihr fast zu Füßen, damit sie mit ihr wegging. Und sie sagte Luella auch die Meinung. Sie sagte ihr, daß sie ihren Mann und alle, die irgend etwas mit ihr zu tun hatten, umgebracht hätte, und daß sie bitteschön ihre Mutter in Ruhe lassen sollte. Luella bekam einen hysterischen Anfall und Tante Abby bekam solche Angst, daß sie mich rufen ließ, nachdem ihre Tochter gegangen war. Mrs. Sam Abbot heulte richtiggehend laut in dem Einspänner, mit dem sie abreiste, alle Nachbarn konnten sie hören, und sie hatte guten Grund, denn sie sah ihre Mutter nicht mehr lebend wieder. Ich ging hinüber in jener Nacht, als Tante Abby in der Tür stand mit ihrem dünnen, grünkarierten Schal über dem Kopf und nach mir rief. Ich sehe sie noch vor mir. ›Sie müssen herüberkommen, Miß Anderson‹, rief sie laut und schnappte dabei fast nach Luft. Mich konnte nichts aufhalten. Ich rannte hinüber, so schnell ich konnte, und als ich dort ankam, war Luella halb am Lachen und halb am Weinen, alles durcheinander, und Tante Abby versuchte sie zu beruhigen, und dabei war sie die ganze Zeit selbst so weiß wie ein Bettuch und zitterte so, daß sie sich kaum aufrecht halten konnte. ›Um des gütigen Himmels willen, Mrs. Mixter‹, rief ich, ›Sie sehen schlimmer aus als sie. Sie sind nicht in der Lage aufzustehen und umherzulaufen.‹

›Ach, mir fehlt überhaupt nichts‹, sagte sie. Dann fuhr sie fort, auf Luella einzureden. ›Da, schau, nicht, nicht, mein armes, kleines Lämmchen‹, sagte sie. ›Tante Abby ist hier. Sie wird nicht weggehen und dich alleine lassen. Nein, nicht, armes Lämmchen.‹

›Sie müssen sie mir überlassen, Mrs. Mixter, und selbst in Ihr Bett zurück‹, sagte ich, denn in letzter Zeit hatte Tante Abby sehr häufig das Bett gehütet, obwohl sie es nebenbei fertigbrachte, die Arbeit zu erledigen.

›Mir geht es gut genug‹, sagte sie. ›Glauben Sie nicht, daß sie einen Arzt braucht, Miß Anderson?‹

›Den Arzt‹, antwortete ich, ›ich glaube, Sie selbst brauchen den Arzt. Ich glaube, Sie hätten ihn sehr viel nötiger als einige Leute, die ich nicht mit Namen nennen möchte.‹ Und ich sah dabei geradewegs Luella Miller an, die lachte und weinte und sich aufführte, als wäre sie der Nabel der Welt. Während der ganzen Zeit, während sie sich so benahm – man dachte, sie wäre zu hysterisch, um irgend etwas mitzukriegen –, beobachtete sie uns ganz genau. Ich sehe sie vor mir. Auf Luella Miller bin ich nie 'reingefallen. Schließlich wurde ich wirklich wütend, und ich rannte nach Hause und holte eine Flasche Baldrian, und ich goß kochendheißes Wasser über eine Handvoll echter Katzenminze, und ich mischte diesen Katzenminzentee mit mehr als einem halben Weinglas voll Baldrian, und damit ging ich rüber zu Luellas Haus. Ich baute mich damit vor Luella auf und hielt ihr, vor Wut kochend, die Tasse unter die Nase. ›Und jetzt‹, sagte ich, ›Luella Miller, *schluck' das runter!*‹

›Was ist – was ist das, oh, was ist das?‹ kreischt sie auf. Dann fängt sie wieder an zu lachen, genug, um einen umzubringen.

›Armes Lämmchen, armes kleines Lämmchen‹, Tante Abby steht neben ihr, ganz wackelig, und versucht, ihre Stirn mit Kampfer zu betupfen.

›*Du schluckst das jetzt ganz runter*‹, schrie ich. Und ich verschwendete auch keine Zeit mit irgendwelchen Feierlichkeiten. Ich packte Luella Miller einfach am Kinn, beugte ihren Kopf nach hinten, und erwischte ihren Mund, weit aufgerissen vor Lachen, ich hielt ihr die Tasse an die Lippen und brüllte sie förmlich an: ›Schluck' das, schluck's runter, schluck's!‹ Und sie stürzte es tatsächlich in großen Schlucken runter. Es blieb ihr nichts anderes übrig, und ich denke, es hat ihr gutgetan. Auf jeden Fall hörte sie auf zu heulen und zu lachen, und ließ sich von mir ins Bett bringen, und innerhalb von einer halben Stunde schlummerte sie wie ein kleines Baby. Der armen Tante Abby erging es schlechter. Sie lag die ganze Nacht wach, und ich blieb bei ihr, obwohl sie mich davon abhalten wollte; behauptete, sie wäre nicht krank genug für Zuschauer. Aber ich blieb, und ich kochte eine gute Haferschleimsuppe und fütterte sie damit teelöffelweise die ganze Nacht hindurch. Es kam mir vor, als würde sie einfach vor lauter Erschöpfung sterben. Am Morgen, sobald es hell wurde, rannte ich rüber zu den Bisbees und schickte Johnny Bisbee nach dem Doktor. Ich trug ihm auf, dem Doktor zu sagen, daß er sich beeilen soll, und er kam auch ziemlich schnell. Die arme Tante Abby schien von seinem Besuch kaum etwas mitzubekommen. Man wußte kaum, ob sie überhaupt noch schnaufte, so fix und fertig war sie. Als der Doktor gegangen war, kam Luella ins Zimmer und sah aus wie ein Baby in ihrem gerüschten Nachthemd. Ihre Augen ganz blau und ihr Gesicht rosig und milchweiß wie eine Blüte, und sie sah Tante Abby im Bett unschuldig und ein bißchen überrascht an. ›Aber was denn‹, sagte sie, ›Tante Abby ist ja noch gar nicht aufgestanden?‹

›Nein, ist sie nicht‹, sagte ich kurz angebunden.

›Ich dachte schon, ich rieche noch gar keinen Kaffee‹, sagte Luella.

›Kaffee‹, gab ich zurück. ›Ich schätze, wenn du heute früh Kaffee willst, dann machst du ihn dir selbst.‹

›Ich habe in meinem ganzen Leben noch keinen Kaffee gekocht‹, sagte sie, ganz erstaunt. ›Solang er lebte, kochte Erastus immer den Kaffee, und dann war es Lily, die ihn kochte, und dann machte ihn Tante Abby. Ich glaube nicht, daß ich Kaffeekochen *kann*, Miß Anderson.‹

›Du kannst ihn machen, oder du kannst es auch sein lassen, ganz wie du willst‹, antwortete ich.

›Steht Tante Abby denn nicht auf?‹ fragte sie.

›Ich denke, so krank wie sie ist, wird sie nicht aufstehen.‹ Ich wurde wütender und immer wütender. Da war etwas an diesem schmächtigen rosig weißen Ding, wie sie dastand und über Kaffee redete, wo sie doch so viele bessere Leute als sie selbst umgebracht hatte, und jetzt gerade wieder jemand umbrachte, das mir den Wunsch eingab, daß irgend jemand drangehen und sie umbringen sollte, bevor sie die Gelegenheit hatte, noch mehr Schlimmes anzurichten.

›Ist Tante Abby krank‹, fragte Luella so, als hätte man sie ungerecht behandelt und gekränkt.

›Ja‹, sagte ich, ›sie ist krank und sie wird sterben, und dann bist du dir selbst überlassen, und mußt alleine klarkommen und dich selbst bedienen, oder eben ohne auskommen.‹ Ich glaube, ich war ziemlich grob, aber es war die reine Wahrheit, und wenn ich grausamer war als Luella Miller je gewesen war, dann nehme ich alles zurück. Ich hab's nie bereut, daß ich es so gesagt habe. Na ja, und Luella, sie fuhr hoch und hatte wieder einen hysterischen Anfall, aber ich beachtete sie einfach nicht. Alles, was ich tat, war, sie in das Zimmer auf der anderen Seite der Haustür zu packen, damit Tante Abby sie nicht hören konnte, falls sie das noch kümmern konnte – was mich betrifft, so nahm ich das nicht an – und setzte sie richtig grob auf einen Stuhl und verbot ihr, in das andere Zimmer zu gehen, und sie hörte auf mich. Da drin hatte sie ihre hysterischen Anfälle, bis sie müde wurde. Als sie merkte, daß niemand kommen würde, um sie zu hätscheln und aufzupäppeln, hörte sie auf damit. Zumindest nehme ich das an. Ich hatte alle Hände voll zu tun, damit die arme Tante Abby nicht den letzten Atemzug tat. Der Doktor hatte mir gesagt, daß es ihr fürchterlich schlecht ging und hatte mir eine ganz starke Medizin für sie gegeben, die ich ihr immerzu tropfenweise geben sollte, und mir eingeschärft, ganz genau mit dem Stärkungsmittel zu sein. Nun, ich machte genau das, was er mir gesagt hatte, bis sie nichts mehr runterschlucken konnte. Dann ließ ich nach ihrer Tochter schicken. Mir war klargeworden, daß es nicht mehr lange dauern würde. Ich hatte nicht früher daran gedacht, obwohl ich es zu Luella gesagt hatte. Der Doktor kam, und dann Mrs. Sam Abbot, aber es war schon zu spät, als sie eintraf; ihre Mutter war tot. Tante Abbys Tochter warf nur einen Blick auf ihre Mutter, wie sie dort lag, dann machte sie plötzlich auf dem Absatz kehrt und sah mich an.

›Wo ist sie?‹ fragte sie, und ich wußte, sie meint Luella.

›Draußen in der Küche‹, antwortete ich. »Sie ist zu nervös, um Leute sterben zu sehen. Sie hat Angst, sie könnte davon krank werden.‹

Dann sprach der Doktor. Er war noch ein junger Mann. Der alte Doktor Park war vor einem Jahr gestorben, und der neue war ein junger Bursche, frisch von der Universität. ›Mrs. Miller ist nicht sehr kräftig‹, sagte er, ziemlich scharf, ›und sie tut ganz recht daran, sich vor Aufregung zu bewahren.‹

›Du bist auch so einer, junger Mann; sie hat ihre hübschen Krallen schon in dir‹, dachte ich mir im Stillen, aber ich sagte nichts zu ihm. Ich wiederholte noch einmal zu Mrs. Sam Abbot, daß Luella in der Küche sei, und Mrs. Sam Abbot ging hinaus, und ich ging hinterher. Nie im Leben hatte ich jemanden so reden hören, wie sie zu Luella Miller sprach. Ich selbst hatte auch überhaupt kein Mitleid mit Luella Miller, aber das war mehr, als ich jemals zu sagen gewagt hätte. Luella hatte zuviel Angst, um hysterisch zu werden. Sie duckte sich nur. Sie schien einfach zu einem Nichts zusammenzuschrumpfen in diesem Küchenstuhl, während Mrs. Sam Abbot vor ihr stand und schimpfte und ihr die Meinung sagte. Ich fürchte, die Wahrheit war einfach zuviel für Luella und nichts anderes, denn sie fiel gleich darauf in Ohnmacht, und ganz ohne Simulieren, was ich immer bei ihren hysterischen Anfällen vermutete. Sie fiel einfach um wie tot, und wir mußten sie flach auf den Boden legen, und der Doktor kam hereingerannt und sagte ganz böse zu Mrs. Sam Abbot irgend etwas über ein schwaches Herz. Aber sie war kein bißchen ängstlich. Sie starrte ihn einfach an, so weiß wie Luella Miller, die dort wie tot lag, während der Doktor nach ihrem Puls fühlte.

›Schwaches Herz‹, sagt sie, ›schwaches Herz, dummes Zeug! An der Frau ist nichts Schwaches. Sie hat genug Kraft, um sich an andere Leute 'ranzuhängen, bis sie sie umgebracht hat. Schwach? Meine arme Mutter, die war schwach; diese Frau hat sie umgebracht, so sicher, als hätte sie sie mit einem Messer erstochen.‹

Aber der Doktor hörte überhaupt nicht auf sie. Er beugte sich über Luella, wie sie da lag, und ihr Haar floß nach allen Seiten, und ihr hübsches Milch-und-Rosen-Gesicht ganz bleich, und ihre blauen Augen wie erloschene Sterne, und er hielt ihre Hand und streichelte ihre Stirn, und befahl mir, den Brandy aus Tante Abbys Zimmer zu holen, und ich war mir so sicher, wie ich nur sein konnte, daß Luella, nachdem Tante Abby sie verlassen hatte, jemand Neues zum festhalten gefunden hatte, und ich mußte an den armen Erastus Miller denken, und mir tat der arme junge Doktor fast leid, getäuscht von einer hübschen Larve, und ich beschloß, alles nur Mögliche zu tun.

Ich wartete ab, bis Tante Abby fast einen Monat tot und begraben war, und der junge Doktor Luella jeden Tag besuchte, und die Leute schon anfingen zu reden; dann, eines Abends, als ich wußte, daß der Doktor außerhalb des Dorfes zu tun hatte und nicht stören würde, ging ich rüber zu Luellas Haus. Ich fand sie herausstaffiert in einem blauen Musselinkleid mit weißen Punkten, und ihre Haare ebenso bezaubernd in Locken gedreht; im ganzen Ort war kein junges Mädchen, das sich mit ihr vergleichen konnte. Da war etwas an Luella Miller, das einem das Herz richtig aus der Brust reißen konnte, aber *mein* Herz bekam sie nicht. Sie saß da an ihrem Wohnzimmerfenster und wippte mit dem Schaukelstuhl, und Maria Brown war nach Hause gegangen. Maria Brown war hier gewesen, um ihr zu helfen, oder, genauer gesagt, um die Arbeit zu machen, denn Luella konnte man nur helfen, wenn man alles für sie machte. Maria Brown war wirklich tüchtig, und sie hatte keine Verpflichtungen; sie war nicht verheiratet und lebte allein, deshalb hatte sie sich erboten. Ich sah nicht ein, warum sie besser für die Arbeit geeignet war als Luella; sie war nicht besonders kräftig; aber sie schien zu denken, daß alles so seine Ordnung hatte, und Luella schien das gleiche zu denken, und so ging sie jeden Tag hin und machte die ganze Arbeit – waschen und bügeln und backen, während Luella in ihrem Schaukelstuhl saß und schaukelte. Maria hatte nicht lang zu leben. Sie fing an, immer schwächer zu werden, genau auf die gleiche Art, wie die anderen auch. Nun gut, sie wurde gewarnt, aber sie war ganz außer sich, wenn die Leute irgendwas sagten; behauptete, Luella wäre eine arme, mißverstandene Frau, zu gebrechlich, um sich selbst helfen zu können, und daß sie sich alle schämen sollten, und wenn sie sterben sollte, weil sie denen geholfen hatte, die sich selbst nicht helfen können, dann würde sie auch das tun – und das tat sie dann.

›Ich nehme an, Maria ist nach Hause gegangen‹, sagte ich zu Luella, als ich hereinkam und mich ihr gegenübersetzte.

›Ja, Maria ging vor einer halben Stunde, nachdem sie das Abendessen gemacht und das Geschirr abgewaschen hat‹, antwortete Luella auf ihre bezaubernde Art.

›Ich nehme an, sie hat heute abend noch jede Menge in ihrem eigenen Haushalt zu erledigen‹, sagte ich mit einer gewissen Bitterkeit, die aber bei Luella ganz verschwendet war. Für sie war das ganz in Ordnung, wenn andere Leute, die auch nicht besser als sie dazu geeignet waren, sie bedienten, und es fiel ihr nicht im Traum ein, daß es irgend jemanden gab, der das *nicht* für richtig halten konnte.

›Ja‹, sagte Luella, zuckersüß und auf ihre reizende Art, ›ja, sie sagte, sie müßte heute abend ihre Wäsche erledigen. Sie konnte sich die letzten vierzehn Tage nicht darum kümmern, weil sie hier zu tun hatte.‹

›Warum bleibt sie nicht zu Hause und macht ihre Wäsche, anstatt hierher zu kommen, um *deine* Arbeit zu machen, wenn du gerade so gut und noch viel besser als sie selbst dazu in der Lage bist?« fragte ich.

Daraufhin sah mich Luella an wie ein Baby, dem man mit der Kinderrassel vor der Nase klappert. Sie lächelte so unschuldig, wie man sich nur vorstellen konnte. ›Oh, aber ich kann die Arbeit nicht selbst machen, Miß Anderson‹, sagt sie. ›Ich habe das noch nie gemacht. Maria muß die Arbeit machen.‹

Und dann brach es aus mir heraus: ›Muß das machen!‹, sagte ich. ›Muß das machen! Sie muß das überhaupt nicht machen. Maria Brown hat ihr eigenes Haus und genug zum Leben. Sie ist nicht verpflichtet, hierher zu kommen und sich für dich abzuschuften und umzubringen!‹

Luella saß einfach da und starrte mich an wie ein Puppenbaby, das man so mißhandelt hatte, daß es anfing zu schreien.

›Ja‹, fuhr ich fort, ›sie bringt sich um. Sie wird genauso sterben wie Erastus und Lily und deine Tante Abby. Du bringst sie geradeso um, wie du die anderen auch umgebracht hast. Ich weiß nicht, was es ist, aber du scheinst einen Fluch an dir zu haben‹, sagte ich. ›Du bringst jeden um, der einfältig genug ist, sich um dich zu sorgen und dir zu helfen.‹

Sie starrte mich an und wurde reichlich blaß.

›Und Maria ist nicht die einzige, die du töten wirst‹, sagte ich. ›Du wirst Doktor Malcolm ins Grab bringen, bevor du fertig bist mit ihm.‹

Da brannte ihr ganzes Gesicht flammend rot. ›Ich werde ihn überhaupt nicht umbringen‹, schrie sie und fing an zu weinen.

›Ja, du tust's!‹ schrie ich,. Und dann redete ich, wie ich noch nie zuvor geredet habe. Denn, verstehen Sie mich richtig, ich dachte das alles wegen Erastus. Ich sagte ihr, daß sie kein Recht hätte, überhaupt an einen anderen Mann zu denken, nachdem sie schon einen geheiratet hatte, der sich für sie zu Tode geschuftet hatte: sie sei eine schreckliche Frau; und das war sie wahrhaftig, aber in letzter Zeit frage ich mich manchmal, ob sie das wußte – ob sie nicht ein kleines Kind war mit einem Messer, das auf alles einstach, ohne zu wissen, was es da anrichtete.

Luella, sie wurde immer blasser und bleicher, und ihre Augen ließen mich keine Sekunde lang los. Da war irgend etwas Fürchterliches an der Art, wie sie mich anstarrte und keinen Ton sagte. Nach einer Weile hörte ich auf zu reden und ging nach Hause. In dieser Nacht blieb ich auf und hielt Wache, aber ihr Licht erlosch, bevor es neun Uhr war, und als der Doktor vorbeikam und seine Fahrt verlangsamte, konnte er kein Licht sehen und fuhr weiter. Am nächsten Sonntag sah ich, wie sie ihm richtiggehend aus dem Weg ging, und ich wollte schon fast denken, daß sie trotz allem doch noch ein Gewissen zu haben schien. Nur eine Woche später starb Maria Brown – am Ende ging es plötzlich sehr schnell, obwohl alle Welt es hatte kommen sehen. Nun ja, das verursachte eine Menge böses Blut und viel übles Gerede. Die Leute sagten, daß die Zeit der Hexerei wieder da wäre, und alle gingen Luella aus dem Weg. Sie verhielt sich dem Doktor gegenüber ziemlich reserviert, und er ging nicht mehr zu ihr, und es gab niemanden mehr, der irgend etwas für sie tat. Ich weiß nicht, wie sie *damit* klarkam. Ich hatte absolut nicht die Absicht, rüberzugehen und ihr zu helfen – nicht, weil ich Angst vor dem Sterben gehabt hätte, wie all die anderen, sondern, weil ich dachte, daß sie genauso gut in der Lage war, ihre eigene Arbeit zu tun, wie ich es für sie hätte tun können, und ich dachte weiter, daß es höchste Zeit wäre, daß sie damit anfing und aufhörte, andere umzubringen. Aber es dauerte nicht lange, und die Leute fingen an zu erzählen, daß Luella selbst immer schwächer wurde, genau wie ihr Ehemann, und Lily, und Tante Abby, und all die anderen, und ich konnte mit eigenen Augen sehen, daß sie ziemlich schlecht aussah. Ich sah sie immer, wie sie sich auf dem Rückweg vom Kaufmann mit einem Bündel abschleppte, so, als ob sie kaum kriechen konnte, aber dann mußte ich an Erastus denken, wie er sie bedient und verhätschelt hatte, wenn er selbst kaum einen Fuß vor den anderen setzen konnte, und so ging ich nicht hinaus, um ihr zu helfen.

Aber schließlich, eines Nachmittags, sah ich den Doktor, wie er mit seinem Arztkoffer wie ein Wahnsinniger zu ihrem Haus raste, und nach dem Abendessen kam Mrs. Babbit vorbei, und erzählte, daß Luella sterbenskrank sei.

›Ich würde ja anbieten, rüberzugehen und sie zu pflegen,

aber ich muß an meine Kinder denken, und vielleicht stimmt's ja auch gar nicht, was die Leute sagen, aber es ist doch komisch, wie viele Leute, die ihr halfen, gestorben sind.‹

Ich sagte nichts, aber ich dachte, daß sie schließlich Erastus' Frau war, und wie er sie vergöttert hatte, und ich beschloß, am nächsten Morgen rüberzugehen, wenn es ihr nicht besser ging bis dahin, und nach dem Rechten zu sehen; aber am nächsten Morgen, da seh' ich sie am Fenster, und prompt kommt sie heraus, munter wie ein Fisch im Wasser, und kurz darauf kommt Mrs. Babbit, und erzählt mir, daß der Doktor ein Mädchen von außerhalb gefunden hätte, die hingehen würde, eine gewisse Sarah Jones, und sie sagte, sie wäre sich ziemlich sicher, daß der Doktor Luella heiraten werde.

Am gleichen Abend sah ich selbst, wie er sie in der Tür küßte, und dann wußte ich, daß es tatsächlich stimmte. Das Mädchen traf an diesem Nachmittag ein, und die Art, wie sie durch das Haus wirbelte, war eine Sehenswürdigkeit. Ich glaube nicht, daß Luella einmal geputzt hatte seit dem Tod Marias. Das Mädchen putzte und staubte ab, und wusch und bügelte; nasse Wäsche und Staubtücher und Teppiche wirbelten den ganzen Tag lang herum, und jedes Mal, wenn Luella ihren Fuß vor die Tür setzte und der Doktor nicht da war, kam Sarah Jones und half ihr die Treppe hinauf und hinunter, als ob sie noch nicht gelernt hätte, zu laufen.

Nun gut, jeder wußte, daß Luella und der Doktor heiraten wollten, aber es dauerte nicht lange, bis alle darüber redeten, wie schlecht er doch aussah, gerade so, wie sie über die anderen auch geredet hatten; und sie redeten auch über Sarah Jones.

Nun gut, der Doktor starb tatsächlich, und er wollte vorher heiraten, um Luella noch ein bißchen was zu hinterlassen, aber er starb, bevor der Pfarrer eintraf, und Sarah Jones starb eine Woche später.

Damit war die Sache für Luella Miller erledigt. Im ganzen Dorf fand sich keine einzige Seele mehr, die auch nur einen Finger krumm gemacht hätte für Luella. Es gab so was wie eine Panik. Und dann begann sich ihr Zustand wirklich zu verschlechtern. Jetzt mußte sie immer selbst zum Laden gehen, denn Mrs. Babbit hatte Angst, Tommy für sie zu schicken, und ich konnte sie vorbeigehen sehen, und jeden zweiten oder dritten Schritt hielt sie an, um Luft zu holen. Was soll ich sagen, ich sah mir das an, so lang wie ich konnte, aber eines Tages sehe ich sie entlangkommen mit beiden Armen bepackt, und sie hält an, um sich gegen den Babbit-Zaun zu lehnen, und da bin ich hinausgerannt und habe ihr die Pakete abgenommen, und brachte sie in ihr Haus. Dann ging ich nach Hause, ohne ein einziges Wort mit ihr zu sprechen, obwohl sie mir ganz schrecklich mitleiderregend hinterhergerufen hat. Tja, und in dieser Nacht wurde ich krank mit Schüttelfrost, und zwei Wochen lang war ich so krank, wie es nur ging. Mrs. Babbit hatte mich hinausrennen und Luella helfen sehen, und sie kam zu mir und sagte mir, daß ich jetzt deshalb sterben müßte. Ich wußte nicht, ob ich sterben würde oder nicht, aber ich dachte, daß ich nur recht und billig gehandelt hatte für Erastus' Frau.

In diesen letzten zwei Wochen hatte Luella eine ganz schlimme Zeit. Sie war sterbenskrank, und soweit ich das feststellen konnte, traute sich niemand in ihre Nähe. Ich glaube nicht, daß sie wirklich so sehr viel gebraucht hätte, denn es gab genug zu essen in ihrem Haus, und es war warmes Wetter, und ich wußte, daß sie gelernt hatte, sich jeden Tag ein bißchen Haferschleimsuppe zu kochen, aber ich nehme an, da es für sie, die ihr ganzes Leben lang so verwöhnt und hinten und vorne bedient worden war, doch eine ganz schlimme, harte Zeit war.

Als ich wieder soweit war, daß ich hinaus konnte, ging ich eines Morgens hinüber. Mrs. Babbit war eben gekommen, um zu sagen, daß sie überhaupt keinen Rauch gesehen hätte, und sie wußte es ja nicht genau, und es wäre doch eine Christenpflicht, nach dem Rechten zu sehen, aber sie mußte immer an ihre Kinder denken, und ich stand sofort auf, obwohl ich seit zwei Wochen das Haus nicht mehr verlassen hatte, und ich ging rüber, und Luella lag auf dem Bett, und sie lag im Sterben.

Es dauerte noch den ganzen Tag und in die Nacht hinein.

Und ich wachte bei ihr, nachdem der neue Doktor gegangen war. Niemand sonst traute sich, dahin zu gehen. Es war ungefähr um Mitternacht, als ich sie für eine Minute allein ließ, um nach Hause zu laufen und meine Medizin zu holen, denn ich fing an, mich selbst ziemlich schlecht zu fühlen.

In dieser Nacht war Vollmond, und gerade, als ich aus meiner Tür kam, um über die Straße zurück zu Luella zu laufen, blieb ich stehen, denn ich sah etwas.«

An dieser Stelle sagte Lydia Anderson immer mit einer gewissen Herausforderung in der Stimme, daß sie nicht erwartete, daß man ihr Glauben schenken würde, und dann fuhr sie in einer geheimnisvollen Wisperstimme fort:

»Ich habe gesehen, was ich gesehen habe, und ich weiß, daß ich es gesehen habe, und ich werde auch auf meinem Totenbett schwören, daß ich es gesehen habe. Ich sah Luella Miller und Erastus Miller, und Lily, und Tante Abby, und Maria, und den Doktor, und Sarah, wie sie alle aus der Tür kamen, und alle, außer Luella, schimmerten weiß im Mondlicht, und sie stützten sie alle beim Gehen, bis sie fast in ihrer Mitte zu schweben schien. Dann verschwand das Bild. Eine Minute lang blieb ich mit klopfendem Herzen stehen, dann ging ich hinüber. Ich dachte daran, Mrs. Babbit zu holen, aber ich nahm an, daß sie sich fürchten würde. Deshalb ging ich allein, obwohl ich wußte, was passiert war. Luella lag, richtig friedlich, tot auf ihrem Bett.«

Dies war die Geschichte, die die alte Frau, Lydia Anderson, zu erzählen wußte, aber jene, die sie überlebten, hatten eine Fortsetzung zu erzählen, die im Dorf zur Legende wurde.

Lydia Anderson starb mit 87 Jahren. Bis ungefähr zwei Wochen vor ihrem Tod war sie außergewöhnlich gesund und munter gewesen für jemanden in ihrem Alter.

Eines hellen, mondbeschienenen Abends saß sie an einem Fenster in ihrem Wohnzimmer, als sie einen plötzlichen Schrei ausstieß, aus dem Haus und über die Straße rannte, bevor die Nachbarin, die sich um sie kümmerte, sie zurückhalten konnte. So schnell es ging, folgte sie ihr und fand Lydia Anderson, der Länge nach auf der Erde liegend, vor der Tür von Luella Millers verlassenem Haus, und sie war mausetot.

In jener Nacht lief ein roter Schimmer quer durch das Mondlicht, und das alte Haus von Luella Miller brannte bis auf die Grundmauern nieder. Bis auf ein altes Kellergemäuer und einen Fliederbusch ist nichts mehr übriggeblieben, und im Sommer wächst eine zaghafte Spur von Purpurwinden unter dem Unkraut, wie ein Sinnbild von Luella.

Richard Matheson

Das Kleid aus weißer Seide

Ruhe ist hier und überall in mir.

Oma hat mich in mein Zimmer gesperrt und läßt mich nicht mehr raus. Weil es passiert ist, sagt sie. Ich glaube, ich war böse. Es war das Kleid. Mamas Kleid, meine ich. Sie ist weggegangen, für immer. Oma sagt, deine Mama ist im Himmel. Wie, weiß ich nicht. Kann sie in den Himmel, wenn sie tot ist?

Jetzt höre ich Oma. Sie ist in Mamas Zimmer. Sie legt Mamas Kleid in die Schachtel. Warum macht sie das immer? Und schließt es auch noch ein. Ich möchte nicht, daß sie das macht. Es ist ein schönes Kleid, und es riecht so gut. Und warm. Ich spüre es so gern an meiner Wange. Aber das kann ich nie wieder. Ich nehme an, daß Oma deshalb so wütend ist auf mich.

Aber ich bin nicht sicher. Den ganzen Tag über war es wie jeden Tag. Mary Jane kam rüber zu mir. Sie wohnt gegenüber. Jeden Tag kommt sie zu mir zum Spielen. Heute auch. Ich habe sieben Puppen und ein Feuerwehrauto. Heute sagt Oma, spiel mit deinen Puppen und so. Und daß du mir nicht ins Zimmer von deiner Mama gehst, sagt sie. Sie sagt das immer. Sie meint einfach nur, mach keinen Quatsch, denke ich. Weil sie das immerzu sagt. Geh nicht ins Zimmer von deiner Mama. Genau so.

Aber es ist schön in Mamas Zimmer. Wenn es regnet, geh' ich dahin. Oder wenn Oma ihr Schläfchen hält, geh' ich auch. Ich mach' keinen Lärm. Ich sitze einfach nur auf dem Bett und berühre die weiße Bettdecke. So wie damals, als ich noch klein war. Das Zimmer riecht wie Süßigkeiten.

Ich tu so, als ob Mama sich anzieht, und ich darf dabei sein. Ich rieche ihr weißes Seidenkleid. Ihr Abend-Ausgehkleid. Sie hat es, ich weiß nicht mehr wann, so genannt.

Wenn ich ganz fest lausche, kann ich hören, wie es sich bewegt. Ich tue so, als ob ich sie an ihrem Frisiertisch sitzen sehe. Parfüm auftupfen oder irgendwas, meine ich. Und ich sehe ihre dunklen Augen. Ich kann mich erinnern.

Es ist so schön, wenn es regnet und ich Augen sehe an den Fensterscheiben. Der Regen klingt, als ob draußen ein großer Riese wär'. Er sagt Schuschschusch, damit alle ruhig sind. Ich stell' mir das gern vor in Mamas Zimmer.

Was ich fast am liebsten mag, ist, an Mamas Frisierkommode zu sitzen. Sie ist rosa und riesengroß und riecht auch süß. Der Stuhl davor hat ein aufgenähtes Kissen. Es gibt Flaschen und Flaschen mit Beulen und mit farbigem Parfüm drin. Und man kann sich fast von oben bis unten im Spiegel sehen.

Wenn ich hier sitze, dann stelle ich mir vor, ich bin Mama. Ich sage, sei ruhig, Mutter, ich gehe aus, und du kannst mich nicht daran hindern. Das ist etwas, was ich, ich weiß nicht warum, so sage, als könnte ich es in mir hören. Und, o Mutter! Hör' auf zu heulen, sie werden mich nicht kriegen, ich habe mein Zauberkleid an.

Wenn ich mir das vorstelle, dann bürste ich ganz lang meine Haare. Aber ich benutze nur meine eigene Bürste aus meinem Zimmer. Ich habe niemals Mamas Bürste benutzt. Ich glaube nicht, daß Oma deshalb auf mich böse ist, denn ich habe nie Mamas Bürste genommen. Das würde ich niemals tun.

Manchmal habe ich die Schachtel aufgemacht. Denn ich weiß, wo Oma den Schlüssel versteckt. Ich habe sie einmal gesehen, als sie nicht wußte, daß ich sie beobachte. Sie hängt den Schlüssel an den Haken in Mamas Schrank. Hinter der Tür, meine ich.

Ich könnte die Schachtel immerzu aufmachen. Weil ich Mamas Kleid so gern anschaue. Das mag ich am allerliebsten: es anschauen. Es ist so schön und fühlt sich so weich an und seidig. Ich könnte es millionenjahrelang anfassen.

Ich knie auf dem Teppich mit dem Rosenmuster drauf. Ich halte das Kleid in meinen Armen, so, als ob ich daraus atmen könnte. Ich halte es an meine Wange. Ich wünschte, ich könnte es mit in mein Bett nehmen und es beim Einschlafen festhalten. Ich würde das so gern tun. Aber ich darf das nicht. Weil Oma das sagt. Und sie sagt, ich sollte es verbrennen, aber sie mochte es so gern. Und sie weint wegen dem Kleid.

Ich werde niemals schlecht deswegen. Ich lege es ganz sorgfältig wieder zurück, so, als wäre es nie berührt worden. Oma hat nie was gemerkt. Ich mußte lachen, weil sie nie zuvor was gemerkt hat. Aber ich glaube, jetzt weiß sie, daß ich es getan habe. Und sie wird mich bestrafen. Was macht es ihr aus? Es ist doch das Kleid von meiner Mama, oder?

Was ich am allerallerliebsten mag in Mamas Zimmer, ist, das Bild von Mama anzugucken. Es hat was Goldenes außen herum. Ein Rahmen, sagt Oma. Es hängt an der Wand über dem Sekretär.

Mama ist schön. Deine Mama war schön, sagt Oma. Warum sagt sie das? Ich sehe, wie Mama mich von dort anlächelt, und sie *ist* hübsch. Für immer.

Ihr Haar ist schwarz. Wie meines. Ihre Augen sind fast schwarz. Ihr Mund ist rot, so rot. Ich mag das Kleid, und es ist das Weiße. Es ist ganz runter bis über ihre Schultern. Ihre Haut ist fast so weiß wie das Kleid. Und so sind auch ihre Hände. Sie ist so schön. Ich liebe sie, auch wenn sie für immer weggegangen ist, ich liebe sie so sehr.

Ich glaube, daran lag's, daß ich so schlecht war. Zu Mary Jane, meine ich.

Mary Jane kam nach dem Mittagessen, so wie immer. Oma ging, um ihr Nickerchen zu halten. Sie sagte, denke dran, nicht in das Zimmer deiner Mama zu gehen. Ich sagte zu ihr, nein, Oma. Und ich habe die Wahrheit gesagt, aber da spielten Mary Jane und ich mit dem Feuerwehrauto. Mary Jane sagte, ich wette, du hast gar keine Mutter, ich wette, du hast dir das nur ausgedacht, sagte sie.

Ich wurde wütend auf sie. Ich habe eine Mama, das weiß ich. Sie machte mich sauer mit ihrem Gerede, daß ich mir das nur alles ausgedacht hätte. Sie sagte, ich wäre eine Lügnerin. Ich meine wegen dem Bett und dem Frisiertisch und dem Bild und sogar wegen dem Kleid und wegen allem.

Ich sagte, ich werd's dir zeigen, du Schlaumeier.

Ich schaute in Omas Zimmer. Sie hielt immer noch ihr

Schläfchen. Ich ging runter und sagte zu Mary Jane, daß sie mitkommen sollte, weil Oma nichts merken würde.

Da war sie plötzlich nicht mehr so schlau. Sie kicherte, wie sie das immer macht. Sie machte sogar ein ängstliches Geräusch, als sie gegen den Tisch im Flur oben rannte. Ich sagte zu ihr, du bist ein Angsthase. Sie sagte, in *meinem* Haus ist es aber nicht so dunkel wie hier. Als ob es so schlimm wäre.

Wir gingen in Mamas Zimmer. Es war dunkel, und man konnte nichts sehen. Deshalb zog ich die Vorhänge zurück. Nur ein bißchen, damit Mary Jane was sehen konnte. Ich sagte, das ist das Zimmer von meiner Mama, ich nehme an, ich habe mir alles ausgedacht.

Sie stand neben der Tür, und sie war jetzt überhaupt kein Schlaumeier mehr. Sie sagte überhaupt kein Wort. Sie sah sich im Zimmer um. Sie zuckte zusammen, als ich ihren Arm anfaßte. Los, komm jetzt, sagte ich.

Ich setzte mich auf das Bett und sagte, das ist das Bett von meiner Mama, fühl' mal, wie weich es ist. Sie sagte keinen Ton. Angsthase, sagte ich. Bin ich nicht, sagte sie, wie sie es immer macht.

Ich sagte ihr, daß sie sich setzen soll, wie kannst du wissen, daß es weich ist, wenn du dich nicht draufsetzt. Sie setzte sich neben mich. Ich sagte, fühl mal, wie weich es ist. Riech mal, wie süß es riecht.

Ich machte meine Augen zu, aber komisch, es war nicht wie sonst immer. Weil Mary Jane da war. Ich sagte ihr, sie sollte aufhören, die Decke anzufassen. Du hast gesagt, ich soll, sagte sie. Dann hör jetzt auf, sagte ich.

Guck mal, sagte ich und zog sie hoch. Das ist die Frisierkommode. Ich nahm sie und zog sie dorthin. Sie sagte, laß mich los. Es war so ruhig und so wie immer. Ich fing an, mich schlecht zu fühlen. Weil Mary Jane da war. Weil es im Zimmer meiner Mama war und Mama Mary Jane nicht dahaben wollte.

Aber weil ich ihr die Sachen zeigen mußte. Ich zeigte ihr den Spiegel. Wir sahen uns darin gegenseitig an. Sie sah weiß aus. Mary Jane ist ein Angsthase, sagte ich. Bin ich nicht, bin ich nicht, sagte sie, und außerdem ist bei niemand sonst das Haus so still und so dunkel innen drin. Außerdem riecht es hier.

Ich wurde so böse auf sie. Nein, es riecht nicht, sagte ich.

Tut es doch, sagte sie, du hast gesagt, es riecht. Ich wurde noch wütender. Es riecht wie Zucker, sagte sie. Es riecht nach kranken Leuten im Zimmer von deiner Mama.

Sag nicht, das Zimmer von meiner Mama ist wie kranke Leute, sagte ich zu ihr.

Und du hast mir kein Kleid gezeigt, und du lügst, sagte sie, es gibt gar kein Kleid. Ich war innen drin ganz heiß, deshalb zog ich sie an den Haaren. Ich werd's dir zeigen, sagte ich, und sag niemals wieder, ich wär' eine Lügnerin.

Sie sagte, ich geh nach Hause und sag's meiner Mama. Das wirst du nicht, sagte ich, du wirst das Kleid von meiner Mama sehen, und du sagst besser nicht mehr Lügnerin zu mir.

Ich befahl ihr, ganz still stehenzubleiben, und ich nahm den Schlüssel vom Haken. Ich kniete nieder. Ich öffnete die Schachtel mit dem Schlüssel.

Mary Jane sagte buuuh, das riecht wie Abfall.

Ich grub meine Fingernägel in sie, und sie riß sich los und wurde sauer. Trau dich nicht, mich zu zwicken, sagte sie, und sie war ganz rot. Ich erzähl' das alles meiner Mutter, sagte sie. Und außerdem ist es kein weißes Kleid, es ist dreckig und häßlich, sagte sie.

Es ist nicht dreckig, sagte ich. Ich sagte das so laut, daß ich mich wunderte, daß Oma nichts hörte. Ich zog das Kleid aus der Schachtel. Ich hielt es hoch, um ihr zu zeigen, wie weiß es ist. Es breitete sich aus wie flüsternder Regen, und der Saum berührte den Teppich.

Es ist doch weiß, sagte ich, ganz weiß und sauber und seidig.

Nein, sagte sie, sie war ganz wütend und rot, es hat ein Loch. Ich wurde noch wütender. Wenn meine Mama hier wäre, dann würde sie es dir zeigen, sagte ich. Du hast keine Mama, sagte sie ganz häßlich. Ich hasse sie.

Habe ich doch. Ich sagte das ganz laut. Ich zeigte mit dem Finger auf Mamas Bild. Wer kann in diesem blöden, dunklen Zimmer schon irgendwas sehen, sagte sie. Ich schubste sie ganz arg, und sie stieß gegen den Sekretär. Guck jetzt, sagte ich ganz gemein, schau das Bild an. Das ist meine Mama, und sie ist die wunderschönste Dame auf der ganzen Welt.

Sie ist häßlich, sie hat komische Hände, sagte Mary Jane. Hat sie nicht, sagte ich, sie ist die allerschönste Frau auf der Welt!

Nein, nein, sagte sie, *sie hat vorstehende Zähne.*

Dann kann ich mich an nichts mehr erinnern. Ich glaube, das Kleid bewegte sich in meinen Armen. Mary Jane schrie. Ich weiß nicht mehr was. Es wurde dunkel, und die Vorhänge waren zugezogen, glaube ich. Ich konnte sowieso nichts sehen. Ich konnte nichts hören außer vorstehende Zähne, komische Hände, vorstehende Zähne, komische Hände, sogar als niemand was sagte.

Da war noch etwas, denn ich glaube, ich hörte jemand rufen *laß' nicht zu, daß sie das sagt!* Ich konnte das Kleid nicht festhalten. Und ich hatte es plötzlich an, ich kann mich nicht erinnern. Weil ich plötzlich wie erwachsen war. Stark. Aber ich glaube, ich war immer noch ein kleines Mädchen. Ich meine von außen.

Ich glaube, ich war dann fürchterlich böse.

Ich nehme an, Oma brachte mich weg von dort. Ich weiß es nicht.

Sie schrie, Gott steh uns bei! Es ist passiert, es ist passiert. Immer wieder. Ich weiß nicht warum. Sie schleifte mich den ganzen Weg von dort zu meinem Zimmer und sperrte mich ein. Sie läßt mich nicht raus. Aber ich habe nicht so viel Angst. Es ist mir egal, wenn sie mich eine Million-Billion-Jahre einsperrt. Sie braucht mir noch nicht mal was zu essen zu bringen. Ich habe gar keinen Hunger.

Ich bin satt.

Tanith Lee

Rot wie Blut

Die wunderschöne Hexenkönigin hob den Deckel von dem Elfenbeinkasten des Zauberspiegels. Aus dunklem Gold war der Spiegel, dunkelgolden wie das Haar der Hexenkönigin, das ihr weit über den Rücken fiel. Aus dunklem Gold war der Spiegel und ebenso alt wie die sieben verkrüppelten schwarzen Bäume, die hinter dem blaßblauen Glas des Fensters wuchsen.

»Speculum, speculum«, sagte die Hexenkönigin zu dem Zauberspiegel. *»Dei Gratia.«*

»Volente Deo. Audio.«

»Spiegel«, sagte die Hexenkönigin. »Wen kannst du sehen?«

»Ich sehe Euch, Herrin«, erwiderte der Spiegel. »Und jedes Lebewesen im ganzen Land. Bis auf eines.«

»Spiegel, Spiegel, wer ist es, den du nicht sehen kannst?«

»Es ist Bianca.«

Die Hexenkönigin bekreuzigte sich. Sie schloß das Behältnis des Spiegels, schritt langsam zum Fenster und blickte durch die Scheiben aus blaßblauem Glas auf die sieben alten Bäume.

Vor vierzehn Jahren hatte eine andere Frau an diesem Fenster gestanden, aber sie glich in nichts der Hexenkönigin. Jene Frau hatte schwarzes Haar, das bis zu ihren Knöcheln reichte, sie trug ein rotes Gewand, das dicht unter ihren Brüsten geschnürt wurde, denn sie war hochschwanger. Und jene Frau hatte die Fenster zu dem winterlichen Garten geöffnet, wo die Bäume sich in den Schnee duckten. Dann hatte sie sich mit einer spitzen Knochennadel in den Finger gestochen und drei schimmernde Tropfen zu Boden fallen lassen. »Es soll meine Tochter haben«, sagte die Frau, »Haar so schwarz wie meines, so schwarz wie das Holz dieser mißgestalteten und geheimnisvollen Bäume. Sie soll haben eine Haut wie meine, so weiß wie dieser Schnee. Und sie soll meinen Mund haben, so rot wie mein Blut.« Und die Frau hatte gelächelt und die kleine Wunde an ihrem Finger geleckt. Sie trug eine Krone auf dem Kopf, welche in der Dunkelheit leuchtete wie ein Stern. Niemals trat sie vor Einbruch der Abenddämmerung ans Fenster: sie liebte den Tag nicht. Sie war die erste Königin, und sie hatte keinen Spiegel.

Die zweite Königin, die Hexenkönigin, wußte all das. Sie wußte, daß die erste Königin gestorben war, während sie ihrem Kind das Leben schenkte. Man hatte ihren Sarg in die Kathedrale getragen, und es wurden Messen gelesen. Es gab ein häßliches Gerücht – daß ein Tropfen geweihten Wassers auf den Leichnam gefallen sei und das tote Fleisch versengt habe. Aber man war der Meinung gewesen, die erste Königin hätte dem Reich Unglück gebracht. Eine Seuche plagte das Land, seit sie dort lebte, eine auszehrende Krankheit, für die es keine Heilung gab.

Sieben Jahre vergingen. Der König heiratete die zweite Königin, die von der ersten so verschieden war wie Weihrauch von Myrrhe.

»Und das ist meine Tochter«, sagte der König zu seiner zweiten Gemahlin.

Da stand ein kleines Mädchen, ungefähr sieben Jahre alt. Das schwarze Haar reichte bis zu ihren Knöcheln, ihre Haut war so weiß wie Schnee. Ihr Mund so rot wie Blut, und sie lächelte.

»Bianca«, sagte der König, »du mußt deine neue Mutter lieben.«

Bianca lächelte strahlend. Ihre Zähne schimmerten wie spitze Knochennadeln.

»Komm«, sagte die Hexenkönigin, »komm, Bianca. Ich zeige dir meinen Zauberspiegel.«

»Bitte, Mama«, entgegnete Bianca leise, »ich mag keine Spiegel.«

»Sie ist bescheiden«, erklärte der König. »Und zart. Sie geht niemals bei Tage aus. Die Sonne bekommt ihr nicht.«

In dieser Nacht öffnete die Hexenkönigin den Kasten ihres Spiegels.

»Spiegel. Wen kannst du sehen?«

»Ich sehe Euch, Herrin. Und alle Lebewesen im ganzen Land. Bis auf eines.«

»Spiegel, Spiegel, wer ist es, den du nicht sehen kannst?«

»Es ist Bianca.«

Die zweite Königin gab Bianca ein kleines Kruzifix aus Goldfiligran. Bianca wollte es nicht nehmen. Sie lief zu ihrem Vater und flüsterte: »Ich fürchte mich. Ich mag nicht daran denken, wie der Sohn Gottes unter Qualen am Kreuze starb. Sie will mir Angst machen. Sag ihr, daß sie es wegnehmen soll.«

Die zweite Königin pflanzte wilde weiße Rosen in ihrem Garten und lud Bianca ein, nach Sonnenuntergang dort spazierenzugehen. Aber Bianca wich vor ihr zurück. Sie flüsterte ihrem Vater zu: »Die Dornen werden mich stechen. Sie will, daß ich mir wehtue.«

Als Bianca zwölf Jahre alt war, sagte die Hexenkönigin zu ihrem Gemahl: »Bianca sollte konfirmiert werden, damit sie mit uns zusammen das Heilige Abendmahl einnehmen kann.«

»Das ist unmöglich«, erwiderte der König. »Ihr müßt wissen, daß sie nicht getauft wurde, denn so war der letzte Wunsch meiner ersten Frau. Sie bat mich darum, denn ihre Religion war nicht wie die unsere. Den letzten Wunsch einer Sterbenden muß man erfüllen.«

»Würde es dir nicht gefallen, von der Kirche gesegnet zu werden?« fragte die Königin Bianca. »An dem goldenen Geländer vor dem Marmoraltar zu knien? Zu Gott zu beten, von dem heiligen Brot zu kosten und den heiligen Wein zu trinken?«

»Sie will, daß ich meine richtige Mutter betrüge«, sagte Bianca dem König. »Wann wird sie aufhören, mich zu quälen?«

An dem Tag, als sie dreizehn Jahre alt wurde, erhob Bianca sich von ihrem Bett, und es war ein roter Fleck auf dem Laken, wie eine rote, rote Blume.

»Jetzt bist du eine Frau«, sagte ihre Amme.

»Ja«, antwortete Bianca. Und sie öffnete die Schmuckschatulle ihrer leiblichen Mutter und nahm die Krone ihrer Mutter heraus und setzte sie sich auf den Kopf.

Als sie in der Dämmerung unter den alten schwarzen Bäumen einherging, leuchtete die Krone wie ein Stern.

Die Seuche, die seit dreizehn Jahren in dem Land erloschen schien, brach wieder aus, und es gab keine Heilung.

Die Hexenkönigin saß in einem hohen Stuhl vor einem Fenster aus hellgrünem und mattweißem Glas, und in den Händen hielt sie eine Bibel mit dem Einband aus rosenfarbener Seide.

»Majestät«, sagte der Jäger und verneigte sich sehr tief.

Er war ein Mann, vierzig Jahre alt, kräftig und gutaussehend, und er wußte um die Geheimnisse des Waldes und des offenen Landes. Er konnte auch ohne Zaudern töten, denn das war sein Gewerbe. Die schlanken, zierlichen Rehe konnte er töten und die Vögel mit ihren raschen Schwingen und die samtenen Hasen mit den traurigen, wissenden Augen. Sie taten ihm leid, aber trotzdem tötete er sie. Mitleid konnte ihn nicht davon abhalten. Es war sein Gewerbe.

»Sieh in den Garten«, sagte die Hexenkönigin.

Der Jäger blickte durch eine mattweiße Scheibe. Die Sonne war untergegangen, und ein Mädchen schritt unter den Bäumen einher.

»Prinzessin Bianca«, sagte der Jäger.

»Was außerdem?« fragte die Hexenkönigin.

Der Jäger bekreuzigte sich.

»Bei unserem Herrn im Himmel, Majestät, ich werde es nicht aussprechen.«

»Aber du weißt es.«

»Wer wüßte es nicht?«

»Der König weiß es nicht.«

»Der König nicht.«

»Bist du ein tapferer Mann?« fragte die Hexenkönigin.

»Im Sommer habe ich den Elch gejagt und erlegt. Im Winter habe ich Wölfe getötet.«

»Aber bist du tapfer genug?«

»Wenn Ihr es befehlt, Herrin«, erwiderte der Jäger, »so werde ich mein Bestes tun.«

Die Hexenkönigin öffnete die Bibel an einer bestimmten

Stelle und nahm ein flaches, silbernes Kruzifix heraus, das bei den Worten gelegen hatte: *Du sollst dich nicht fürchten vor dem Schrecken in der Nacht . . . Noch vor der Seuche, die in der Dunkelheit wandelt.*

Der Jäger küßte das Kruzifix und hängte es sich so um den Hals, daß es von seinem Hemd verdeckt wurde.

»Komm näher«, sagte die Hexenkönigin, »und ich werde dich unterweisen in dem, was du sagen sollst.«

So betrat der Jäger den Garten, als die Sterne hoch am Himmel brannten. Er ging zu der Stelle, wo Bianca unter einem verkrüppelten, zwergwüchsigen Baum stand, und kniete nieder.

»Prinzessin«, sagte er, »vergebt mir, aber ich bringe schlechte Nachricht für Euch.«

»Bringe sie also«, antwortete das Mädchen und spielte mit dem langen Stiel einer bleichen Nachtblume, die sie gepflückt hatte.

»Eure Stiefmutter, die verfluchte, eifersüchtige Hexe, will Euch umbringen lassen. Rettung ist nur möglich, wenn Ihr noch in dieser Nacht aus dem Palast flieht. Wenn Ihr einverstanden seid, werde ich Euch in den Wald begleiten. Dort gibt es solche, die sich um Euch kümmern werden, bis Ihr gefahrlos hierher zurückkehren könnt.«

Bianca betrachtete ihn, aber sanft, vertrauensvoll.

»Dann will ich mit Euch gehen«, meinte sie.

Sie verließen den Garten auf einem geheimen Weg, durch einen Tunnel unter der Erde, durch einen verwilderten Obsthain, eine geborstene Straße zwischen hohen, wuchernden Hecken entlang.

Die Nacht war ein flackernder, tiefblauer Pulsschlag, als sie den Wald erreichten. Die Zweige der Bäume waren miteinander verflochten und verwoben wie die Bleiadern in einem Fenster, und der Himmel dahinter schimmerte matt wie blaugefärbtes Glas.

»Ich bin müde«, seufzte Bianca. »Darf ich mich einen Moment ausruhen?«

»Aber natürlich«, erwiderte der Jäger. »Auf diese Lichtung dort kommen des Nachts die Füchse, um zu spielen. Schaut nur hin, und Ihr werdet sie sehen.«

»Wie klug du bist«, sagte Bianca. »Und wie hübsch.«

Sie setzte sich auf den Boden und schaute zu der Lichtung.

Der Jäger zog leise seinen Dolch und verbarg ihn in den Falten seines Umhangs. Er beugte sich über das Mädchen.

»Was flüstert Ihr da?« verlangte der Jäger zu wissen und legte seine Hand auf ihr ebenholzschwarzes Haar.

»Nur einen Reim, den meine Mutter mich lehrte.«

Der Jäger packte sie bei ihrem Haar und wirbelte sie herum, so daß ihre weiße Kehle sich dem Messer entgegenwölbte. Aber er stach nicht zu, denn in seinen Händen hielt er die dunkelgoldenen Locken der Hexenkönigin, und ihr lachendes Gesicht blickte zu ihm auf, und lachend schlang sie die Arme um ihn.

»Guter Mann, liebster Mann, dies war doch nur eine Prüfung für dich. Bin ich nicht eine Hexe? Und liebst du mich nicht?«

Der Jäger zitterte, denn er liebte sie, und sie war ihm so nahe, daß er glaubte, ihr Herz schlüge in seinem Körper.

»Steck das Messer weg. Wirf das alberne Kruzifix fort. Beides brauchen wir nicht. Der König ist nicht einmal halb der Mann, der du bist.«

Und der Jäger gehorchte ihr und warf das Messer und das Kruzifix weit fort, zwischen die Wurzeln der Bäume. Er zog sie an sich, und sie vergrub ihr Gesicht an seinem Hals, und der Schmerz ihres Kusses war das letzte Gefühl, das er in dieser Welt empfand.

Der Himmel war jetzt dunkel. Der Wald war dunkler. Keine Füchse spielten in der Lichtung. Der Mond ging auf und wob ein weißes Spitzenmuster zwischen die Zweige, das sich in den leeren Augen des Jägers widerspiegelte. Bianca wischte sich mit einer welken Blume den Mund ab.

»Sieben im Schlafe, sieben erwacht«, sagte Bianca. »Holz zu Holz, Blut zu Blut. Ihr zu mir.«

Ihr antwortete das Geräusch eines siebenfachen, gewaltsamen Berstens über die Entfernung einiger Bäume, einer selten benutzten Straße, eines Obsthaines und eines unterirdischen Ganges hinweg. Dann gab es ein Geräusch wie das wuchtige Auftreten sieben riesiger einzelner Füße. Näher. Und näher.

Hopp, hopp, hopp, hopp. Hopp, hopp, hopp.

In dem Obsthain siebenfaches schwarzes Erschauern.

Auf der geborstenen Straße siebenfaches schwarzes Huschen.

Gebüsch raschelte, Äste brachen.

Durch den Wald, auf die Lichtung, drängten sich sieben verkrüppelte, mißgestaltete, krummrückige, zwergenhafte Gestalten. Ebenholzschwarzer, moosiger Pelz, ebenholzschwarze kahle Masken. Augen wie glitzernde Astlöcher, Münder wie feuchte Höhlen. Moosbärte. Finger wie knorrige Zweige. Grinsen, gebeugte Knie. Gesichter auf den Boden gepreßt.

»Willkommen«, sage Bianca.

Die Hexenkönigin stand vor einem Fenster, dessen Glasscheiben an mit Wasser gemischten Wein erinnerten. Sie schaute in den Zauberspiegel.

»Spiegel. Wen kannst du sehen?«

»Ich sehe Euch, Herrin. Ich sehe einen Mann im Wald. Er ging auf die Jagd, aber nicht nach Wild. Seine Augen sind offen, aber er ist tot. Ich sehe jedes Lebewesen im ganzen Land. Bis auf eines.«

Die Hexenkönigin drückte die Handflächen gegen ihre Ohren.

Vor dem Fenster lag der Garten, aber die sieben schwarzen und verkrüppelten Zwergbäume waren verschwunden.

»Bianca«, sagte sie Königin.

Die Fenster waren verhangen und ließen kein Licht hindurch. Das Licht strömte aus einer flachen Schale, gebündeltes Licht, wie eine Garbe aus mattgelbem Weizen. Es glitzerte auf vier Schwertern, die nach Osten und Westen deuteten und nach Norden und Süden.

Vier Winde waren durch das Zimmer geweht und das grausilberne Pulver der Zeit.

Die Hände der Hexenkönigin schwebten gleich Blütenblättern in der Luft, und mit ausgedörrten Lippen sang die Hexenkönigin:

»Pater omnipotens, mitere digneris sanctum Angelum tuum de Infernis.«

Das Licht verblaßte und wurde wieder heller.

Zwischen den Griffen der vier Schwerter stand der Engel Lucifer, eine Gestalt aus dunklem Licht, das Gesicht in den Schatten verborgen, die goldenen Schwingen weit ausgebreitet.

»Da du mich gerufen hast, kenne ich deinen Wunsch. Es ist ein unerquicklicher Wunsch. Du bittest um Schmerz!«

»Du sprichst von Schmerz, Fürst Lucifer, der du den grausamsten Schmerz von allen erdulden mußt. Schlimmer als die Nägel in den Füßen und den Handgelenken. Schlimmer als die Dornen und den bitteren Trank und den Speer in der Seite. Nur um des Bösen willen angerufen zu werden, was ich nicht tue, da ich deine wahre Natur begreife, Sohn Gottes, Bruder des Sohnes.«

»Du erkennst mich also. Ich werde dir geben, worum du bittest.«

Und Lucifer (von manchen Satan genannt, Rex Mundi, aber trotzdem die linke Hand, die strenge Hand Gottes) entriß dem Himmel einen Blitzstrahl und schleuderte ihn auf die Hexenkönigin.

Er traf sie in die Brust. Sie stürzte.

Die Garbe aus Licht in der flachen Schale spiegelte sich in den goldenen Augen des Engels, die schrecklich waren und doch voller Mitleid, während die Schwerter zerbrachen und er verschwand.

Die Hexenkönigin erhob sich von dem Boden der Kammer, nicht länger eine Schönheit, sondern eine runzlige, sabbernde alte Vettel.

In das Herz des Waldes schien, selbst am Mittag, niemals die Sonne. Blumen vermehrten sich im Gras, aber sie hatten keine Farbe. Von dem schwarz-grünen Dach über ihnen hingen Netze aus dickem grünem Zwielicht herab, in dem Albinoschmetterlinge und grauweiße Motten umhertaumelten. Die Stämme der Bäume waren so glatt wie die Stengel von

Unterwasserpflanzen. Fledermäuse gab es, die den Tag nicht scheuten, und Vögel, die nichts anderes dachten, als daß sie auch Fledermäuse wären.

Da war ein Grabmal, ganz von Moos überwuchert. Die Knochen waren hinausgeworfen worden, vor die Füße von sieben verkrüppelten, zwergenhaften Bäumen. Sie sahen aus wie Bäume. Manchmal bewegten sie sich. Manchmal glitzerte etwas wie ein Auge oder ein Zahn in den feuchten Schatten.

Unter der Tür der Grabstätte saß Bianca und kämmte ihr Haar.

Eine Bewegung rührte das dumpfe Zwielicht auf.

Die sieben Bäume wandten ihre Köpfe.

Eine alte Vettel trat aus den Schatten. Sie hatte einen krummen Rücken, und ihr Kopf stach wie der eines Geiers zwischen den Schultern hervor, raubgierig, runzlig und beinahe haarlos.

»Endlich am Ziel«, krächzte die Alte mit der Stimme eines Geiers.

Sie kam näher und ließ sich mühsam auf die Knie nieder und neigte ihr Gesicht in das Gras und die farblosen Blumen.

Bianca saß still und sah ihr zu. Die Alte stand auf. Ihre Zähne waren wie gelbe Zaunpfähle.

»Ich bringe Euch die Huldigung aller Hexen und drei Geschenke«, sagte die Alte.

»Warum solltest du das tun?«

»So ein kluges Kind und erst vierzehn Jahre alt. Warum? Weil wir Euch fürchten. Ich bringe Geschenke, um Euch gnädig zu stimmen.«

Bianca lachte. »Zeig sie her.«

Die Vettel griff mit der Hand in die grüne Luft. Sogleich hielt sie eine seidene Schnur in der Hand, die auf seltsame Art mit geflochtenem Menschenhaar durchwirkt war.

»Hier ist ein Gürtel, der Euch vor den Künsten der Priester schützt, vor Kruzifix, Kelch und dem verfluchten Weihwasser. Er ist durchwoben mit dem Haar einer Jungfrau und dem einer Frau, die nicht besser war als eben nötig, und mit dem einer Frau, die tot ist. Und hier« – ein zweiter Griff in die Luft, und sie hatte einen Kamm, der blau und grün lackiert war – »ein

Kamm aus den Tiefen des Meeres, das Spielzeug einer Seejungfrau, um zu betören und gefügig zu machen. Kämmt Eure Locken damit, und die Männer werden den Duft des Meeres riechen und das Rauschen der Gezeiten hören, und dieser Duft und dieser Klang fesseln einen Mann sicherer, als Ketten es vermögen. Endlich«, sprach die Alte weiter, »das uralte Symbol der Bosheit, die Frucht, die Eva pflückte – der Apfel so rot wie Blut. Beißt hinein, und das Wissen um das, was Sünde ist und dessen die Schlange sich rühmte, ist Euer.« Und die Alte griff ein letztesmal in die Luft und hielt Bianca den Apfel, den Gürtel und den Kamm entgegen.

Bianca schaute zu den sieben zwergenhaften Bäumen.

»Ihre Geschenke gefallen mir, aber ich traue ihr nicht so recht.«

Die kahlen Masken lugten zwischen den zottigen Moosbärten hervor. Augenschlitze glitzerten. Zweigfinger knackten.

»Und weil das so ist«, sagte Bianca, »soll sie selbst mir den Gürtel umlegen und mir das Haar kämmen.«

Die Alte gehorchte mit albernem Kichern. Wie eine Kröte watschelte sie auf Bianca zu. Sie legte ihr den Gürtel um. Sie kämmte das ebenholzschwarze Haar. Funken sprühten auf, weiß von dem Gürtel, bunt wie Pfauenaugen von dem Kamm.

»Und jetzt, Alte, beiß ein kleines Stück von dem Apfel ab.«

»Es wird mein größter Stolz sein«, erwiderte die Hexe, »meinen Schwestern zu erzählen, daß ich diese Frucht mit Euch geteilt habe.« Und die Alte biß in den Apfel, kaute geräuschvoll, schluckte und schmatzte mit den Lippen.

Dann nahm Bianca den Apfel und biß hinein.

Bianca schrie auf – und rang nach Luft.

Sie sprang auf. Ihr Haar flog um ihre Gestalt wie eine Sturmwolke. Ihr Gesicht wurde blau, dann wächsern, dann wieder schneeweiß. Sie lag auf den bleichen Blumen und bewegte sich nicht und atmete nicht.

Die sieben verkrüppelten Bäume schwenkten die Äste und wackelten mit den zottigen Köpfen, aber ohne Erfolg. Ohne Biancas Zauberkünste konnten sie sich nicht fortbewegen. Sie reckten ihre Zweigkrallen und zerrten an dem spärlichen Haar der alten Vettel und an ihrem Umhang. Sie lief zwischen ihnen hindurch. Sie floh zu den sonnigen Plätzen des Waldes, die alte Straße entlang, durch den Obsthain und durch einen geheimen Tunnel. Die Alte betrat den Palast durch diesen geheimen Gang und das Zimmer der Königin über eine geheime Treppe. Sie ging vornübergebeugt. Sie preßte die Hand auf ihr Herz. Mit einer knochigen Hand öffnete sie den elfenbeinernen Kasten des Zauberspiegels.

»*Speculum, speculum. Dei gratia.* Wen kannst du sehen?«

»Ich sehe Euch, Herrin. Und jedes Lebewesen im ganzen Land. Und ich sehe einen Sarg.«

»Wessen Leichnam liegt in diesem Sarg?«

»Das kann ich nicht sehen. Es muß Bianca sein.«

Die Vettel, die die wunderschöne Hexenkönigin gewesen war, sank in ihren hochlehnigen Stuhl vor dem Fenster mit Scheiben aus flaschengrünem und mattweißem Glas. Ihre Salben und Tränke standen bereit, um diese fürchterliche Gestalt, die der Engel Lucifer ihr gegeben hatte, wieder von ihr zu nehmen, aber noch rührte sie sie nicht an.

Der Apfel hatte ein Stück von dem Fleisch Christi enthalten, die geheiligte Oblate, die Eucharistie.

Die Hexenkönigin nahm ihre Bibel und öffnete sie aufs Geratewohl.

Und las, voller Angst, das Wort: *Resurgat.*

Er sah aus wie Glas, der Sarg, wie milchiges Glas. Er war so entstanden: Dünner weißer Dampf war von Biancas Haut aufgestiegen. Es war wie bei einem Feuer, in das ein Tropfen Wasser fällt. Das Stück der Eucharistie war in ihrer Kehle steckengeblieben. Die Eucharistie, Wasser auf ihr Feuer, ließ Dampf von ihrem Körper aufsteigen.

Dann fiel der kalte Abendtau, und ihm folgte die kältere Luft der Mitternacht. Der Dampf von Biancas verlöschendem Feuer gefror um sie herum. Reif überzog den Block aus milchigem Eis mit einem erlesenen Muster aus silbrigen Verzierungen.

Biancas kaltes Herz konnte das Eis nicht erwärmen. Und das grüne Zwielicht, das nie einen Sonnenstrahl gesehen hatte, ebensowenig.

Durch das Glas konnte man sie in ihrem Sarg liegen sehen. Wie lieblich sie aussah, Bianca. Schwarz wie Ebenholz, weiß wie Schnee, rot wie Blut.

Die Bäume neigten sich über den Sarg. Jahre vergingen. Die Bäume wuchsen um den Sarg herum, bargen ihn in ihren Armen. Ihre Augen weinten schwammige Pilze und grünes Harz. Grüne Bernsteintropfen erstarrten wie Juwelen auf dem Sarg aus Glas.

»Wer ist das, der da unter den Bäumen liegt?« fragte der Prinz, als er in die Lichtung ritt.

Er schien einen goldenen Mond mit sich zu bringen, dessen Licht um sein goldenes Haupt schimmerte, auf seiner goldenen Rüstung und seinem Umhang aus weißem Satin, der mit Gold, Blut, Tinte und Saphiren geschmückt war. Das weiße Pferd trat auf die farblosen Blumen, aber die Blumen richteten sich wieder auf, sobald die Hufe sich hoben. Ein Schild hing vom Sattelknauf, ein seltsamer Schild. Von einer Seite zeigte er den Kopf eines Löwen, aber von der anderen den Kopf eines Lammes.

Die Bäume ächzten, und in ihren Häuptern öffneten sich riesige Münder.

»Ist das Biancas Sarg?« fragte der Prinz.

»Laß sie bei uns bleiben«, antworteten die sieben Bäume. Sie zerrten an ihren Wurzeln. Der Boden erbebte. Ein gewaltiger Ruck ging durch den Sarg aus Eis-Glas, und er zerbrach in zwei Teile.

Bianca hustete.

Durch die Erschütterung war das Stück der Eucharistie, das Bianca abgebissen hatte, aus ihrem Hals gefahren.

Der Sarg zerbrach in tausend Scherben, und Bianca richtete sich auf. Sie sah den Prinzen an und lächelte.

»Willkommen, Geliebter«, sagte Bianca.

Sie stand auf und schüttelte ihr Haar und näherte sich dem Prinzen auf dem weißen Pferd.

Aber sie schien in einen Schatten hineinzugehen, in eine purpurne Kammer und dann in eine rote Kammer, deren Strahlen sie wie Messer durchbohrten. Dann gelangte sie in eine gelbe Kammer, in der sie Weinen und Schluchzen hörte, und das schmerzte ihren Ohren.

Ihr Körper schien sich aufzulösen, sie war ein schlagendes Herz. Die Schläge ihres Herzens wurden zu zwei Flügeln. Sie flog. Sie war ein Rabe, dann eine Eule. Sie flog in eine glitzernde Scheibe. Alle Farbe an ihr verbrannte. Sie war weiß. Schneeweiß. Sie war eine Taube.

Sie ließ sich auf der Schulter des Prinzen nieder und barg ihren Kopf unter einem Flügel. Es gab nichts mehr an ihr, das schwarz war oder rot.

»Fange also noch einmal an, Bianca«, sagte der Prinz. Er hob sie von seiner Schulter. An seinem Handgelenk war ein Mal. Einst hatte man einen Nagel dort hineingeschlagen.

Bianca flog davon, durch das Dach des Waldes. Sie flog durch ein Fenster, das die Farbe von kostbarem Wein hatte. Sie war in dem Palast. Sie war sieben Jahre alt.

Die Hexenkönigin, ihre neue Mutter, legte ihr ein Filigrankruzifix um den Hals. »Spiegel«, sagte die Hexenkönigin. »Wen kannst du sehen?«

»Ich sehe Euch, Herrin«, antwortete der Spiegel. »Und jedes Lebewesen im ganzen Land. Ich sehe Bianca.«

Sheridan Le Fanu

Carmilla

Ein früher Schrecken

In Styria bewohnen wir, obwohl wir keineswegs bedeutende Leute sind, ein Schloß, oder ein »Castle«. In diesem Teil der Welt kommt man mit einem geringen Einkommen sehr, sehr weit. Acht- oder neunhundert im Jahr bewirken wahre Wunder. Zu Hause würde das Unsere den reichen Leuten wohl kaum genügen. Mein Vater ist Engländer, und ich trage einen englischen Namen, obwohl ich England nie gesehen habe. Aber hier, an diesem einsamen und primitiven Ort, wo alles so wunderbar billig ist, kann ich mir nicht vorstellen, wie selbst sehr viel mehr Geld unseren materiellen Wohlstand, ja sogar unseren Reichtum vergrößern würde.

Mein Vater diente in der österreichischen Armee, und setzte sich mit einer Pension und seinem väterlichen Erbteil zur Ruhe. Er erstand dieses Lehnsgut und das Land, auf dem es steht, ein wirklich günstiger Kauf.

Es gibt nichts Malerischeres oder Einsameres. Es steht auf einer kleinen Anhöhe in einem Wald. Die Straße, sehr alt und eng, führt an der Zugbrücke des Schlosses, die zu meiner Zeit nie hochgezogen wurde, und an dem von Wasservögeln bevölkerten Burggraben vorbei, auf dem viele Schwäne segeln und auf dessen Oberfläche weiße Flotten von Wasserlilien treiben.

Über all dem thront das Schloß mit der vielfenstrigen Fassade, den Türmen und der gotischen Kapelle.

Vor unserer Tür öffnet sich der Wald auf eine unregelmäßige und ungewöhnlich malerische Lichtung, zur Rechten geht die Straße über eine steil ansteigende, gotische Brücke, die einen Fluß überspannt, der sich im tiefen Schatten durch den Wald windet.

Ich sagte, daß dies ein sehr einsamer Ort ist. Urteilen Sie selbst, ob ich die Wahrheit sage. Blickt man von der Vorhalle aus zur Straße, dann erstreckt sich der Forst, in dem unser Schloß steht, rechterhand über fünfzehn und linkerhand über zwölf Meilen. Das nächste bewohnte Dorf liegt ungefähr sieben unserer englischen Meilen zur Linken. Das nächste bewohnte »Castle« mit einem historischen Hintergrund ist das des Generals Spielsdorf und liegt fast zwanzig Meilen zu unserer Rechten. Ich sagte, »das nächste *bewohnte* Dorf«, da nur drei Meilen in westlicher, das heißt, in Richtung General Spielsdorfs Schloß, ein verlassenes Dorf steht mit einem kuriosen, kleinen Kirchlein, dessen Dach eingefallen ist und in dessen Seitenschiff die vermoderten Gräber der einst stolzen, aber jetzt ausgestorbenen Familie Karnstein ruhen. Einst bewohnten sie das ebenso verfallene Château, das verborgen im Dickicht des Waldes über den schweigenden Ruinen des Dorfes thront.

Bezüglich der Gründe, die zur Aufgabe dieses ebenso malerischen wie melancholischen Ortes führten, gibt es eine Legende, die ich bei einer anderen Gelegenheit zum besten geben will. Jetzt möchte ich Ihnen schildern, wie klein die Gesellschaft ist, aus der sich die Bewohner unseres Schlosses zusammensetzen. Dabei beziehe ich die Bediensteten und deren Familienangehörige, die die Räume in den zum Schloß gehörenden Wirtschaftsgebäuden bewohnen, nicht mit ein. Man höre und staune: Mein Vater, der gütigste Mann auf Erden, der aber nun langsam alt wird; und ich, die ich zum Zeitpunkt dieser Geschichte nur neunzehn Lenze zählte. Seitdem sind acht Jahre vergangen. Die Familie des Schlosses bestand nur aus mir und meinem Vater. Meine Mutter, eine Dame aus der Steiermark, starb in meiner frühesten Kindheit, aber ich hatte eine warmherzige Gouvernante, die, ich kann fast sagen, seit meiner Geburt bei uns war. Ich kann mich nicht an eine Zeit erinnern, in der ihr rundes, gütiges Gesicht nicht ein vertrauter Anblick gewesen wäre. Dies war Madame Perrodon, eine gebürtige Bernerin, deren Fürsorge und warmherzige Natur mir zumindest teilweise den Verlust der Mutter ersetzten, die ich so früh verloren habe, daß ich mich nicht an sie erinnern kann. Madame Perrodon war die Dritte bei unseren abendlichen Mahlzeiten. Und es gab auch eine Vierte im Bunde, Mademoiselle de Lafontaine, die man, glaube ich, eine Gesellschaftsdame nennen würde. Sie sprach Französisch und Deutsch, Madame Perrodon sprach Französisch und ein paar Brocken Englisch, und mein Vater und ich konnten noch mit Englisch aufwarten, das wir, zum einen um zu verhindern, daß es in unserer Mitte ausstarb, zum anderen aus patriotischen Gründen, täglich sprachen. Das Ergebnis war babylonisch, was Fremde immer sehr amüsierte, was ich in dieser Erzählung aber nicht wiedergeben will. Zudem hatte ich noch zwei oder drei Freundinnen in meinem Alter, die ab und zu, für kurze oder auch längere Zeit, zu Besuch kamen; diese Besuche erwiderte ich von Zeit zu Zeit.

Daraus bestand normalerweise unser gesellschaftlicher Umgang, aber natürlich gab es auch gelegentliche Besuche von unseren fünfzehn bis zwanzig Meilen entfernt lebenden Nachbarn. Dennoch muß ich sagen, daß ich ein ziemlich einsames Leben führte.

Meine Erzieherinnen hatten alle Hände voll zu tun, mich im Zaum zu halten, wie man es bei zwei so gutmütigen Damen im Fall eines reichlich verwöhnten Mädchens, dessen alleinstehender Elternteil in allem und jedem seinen Willen durchgehen ließ, erwarten konnte.

Das erste Ereignis meines Lebens, das einen fürchterlichen und wirklich unauslöschlichen Eindruck in mir hinterließ, ist auch eine meiner ersten Erinnerungen überhaupt. Manche Leute halten es vielleicht für zu nebensächlich, als daß es hier erwähnt werden sollte. Man wird jedoch nach und nach feststellen, warum ich es wiedergebe. Das Kinderzimmer, wie es genannt wurde, obwohl nur ich allein es bewohnte, war ein riesiger Raum im oberen Stockwerk des Schlosses mit einem steilen Eichendach. Ich kann nicht älter als sechs gewesen sein, als ich eines Nachts aufwachte und mich vom Bett aus im Zimmer umsah und das Kindermädchen nicht sehen konnte. Auch meine Gouvernante war nicht im Raum; ich fühlte mich alleingelassen. Ich hatte keine Angst, denn ich war eines jener glücklichen Kinder, bei denen man bemüht war, sie in Unkenntnis zu lassen über Geistergeschichten, Märchen, und all jene Sagen, die uns den Kopf unter die Decke stecken lassen, wenn die Tür plötzlich knarrt oder das Flackern einer verlöschenden Kerze die Schatten eines Bettpfostens an der Wand tanzen und sich uns nähern läßt. Ich war verärgert und beleidigt, mich, so wie ich es empfand, verlassen zu sehen und begann, als Auftakt zu einem anständigen Gebrüll, zu schluchzen, als ich zu meinem großen Erstaunen ein ernsthaftes, aber sehr hübsches Gesicht erblickte, das mich von der Bettkante aus beobachtete. Es war das Antlitz einer jungen Dame, die vor dem Bett niederkniete und ihre Hände unter die Decke schob. Ich betrachtete sie mit freudiger Verwunderung und hörte auf, zu wimmern. Sie streichelte mich mit ihren Händen, legte sich neben mich aufs Bett und zog mich mit einem Lächeln an sich; sofort fühlte ich mich aufs Wunderbarste getröstet und schlief wieder ein. Ich erwachte mit einer Empfindung, als ob sich zwei Nadeln gleichzeitig tief in meine Brust bohrten, und ich schrie laut auf. Die Dame wich mit unverwandt auf mich gerichteten Augen zurück, dann glitt sie auf den Boden, um sich, wie ich dachte, unter dem Bett zu verstecken.

Jetzt hatte ich zum ersten Mal Angst und schrie aus vollem Hals. Gouvernante, Kindermädchen, Haushälterin, alle kamen angerannt, und nachdem sie meine Geschichte gehört hatten, machten sie eine Nichtigkeit daraus, während sie mich zugleich trösteten, so gut sie konnten. Kind, das ich war, bemerkte ich dennoch, daß ihre Gesichter blaß waren und sie ungewöhnlich besorgt dreinschauten, und ich sah sie unter dem Bett und im ganzen Raum suchen; sie spähten unter Tische und sie rissen Schranktüren auf, und die Haushälterin flüsterte dem Kindermädchen zu: »Legen Sie Ihre Hand mal in diese Grube im Bett; dort *hat* jemand gelegen, so sicher, wie wir wissen, daß Sie es nicht waren; die Stelle ist noch warm.«

Ich erinnere mich, daß das Kindermädchen mich streichelte, und alle drei untersuchten meine Brust an der Stelle, an der ich die Einstiche spürte; sie verkündeten, keine sichtbaren Anzeichen dafür zu finden, daß mir irgend etwas Derartiges zugestoßen sei.

Die Haushälterin und zwei weitere Hausangestellte, die für das Kinderzimmer verantwortlich waren, blieben die ganze

Nacht über auf; und von da an wachte immer ein Diener im Kinderzimmer, bis ich ungefähr vierzehn war.

Noch lange Zeit danach war ich sehr nervös. Ein Arzt wurde herbeigerufen, er sah blaß und ältlich aus. Wie gut ich mich an sein langes, sauertöpfisches, leicht von Pockennarben gezeichnetes Gesicht und seine kastanienbraune Perücke erinnern kann. Für eine ziemlich lange Zeit kam er jeden zweiten Tag und verabreichte mir Medizin, was ich natürlich haßte.

Am Morgen, nachdem ich die Erscheinung gesehen hatte, befand ich mich in einem Zustand furchtbaren Schreckens und konnte es trotz des Tageslichtes nicht ertragen, auch nur eine Sekunde alleingelassen zu werden.

Ich erinnere mich, wie mein Vater heraufkam, an meinem Bett stand, munter plauderte, der Kinderschwester einige Fragen stellte, sehr herzlich über eine ihrer Antworten lachte; meine Schulter tätschelte, mich küßte, und mir versicherte, daß ich keine Angst zu haben brauchte, es wäre nichts als ein Traum, der mir nichts anhaben könne.

Aber ich konnte nicht getröstet werden, denn ich wußte, daß der Besuch der fremden Frau *kein* Traum gewesen war; und ich hatte *furchtbare* Angst.

Ich wurde erst ein wenig ruhiger, als mir das Kindermädchen versicherte, daß sie es gewesen sei, die hereinkam, um nach mir zu schauen, und sich neben mich in das Bett gelegt habe; ich hätte wohl halb geträumt, so daß ich ihr Gesicht nicht erkannte. Dies wurde von der Gouvernante bestätigt, doch es stellte mich nicht ganz zufrieden.

Ich erinnere mich, daß im Lauf des Tages ein ehrwürdiger, alter Mann in einer schwarzen Soutane ins Zimmer kam, zusammen mit der Kinderschwester und der Haushälterin; er unterhielt sich ein wenig mit ihnen, und dann sprach er sehr freundlich zu mir; sein Gesicht war sehr sanft und gütig, er sagte mir, daß sie jetzt beten würden, und legte meine Hände aneinander und bedeutete mir sehr freundlich, während ihres Gebetes zu sprechen; »Herr, erhör unsere Gebete, um Jesu willen.« Ich glaube, das waren genau die Worte, denn ich wiederholte sie oft für mich allein, und mein Kindermädchen ließ mich die Worte noch jahrelang im Gebet sprechen.

Ich kann mich so gut an das nachdenkliche, gütige Gesicht des alten, weißhaarigen Mannes in seiner schwarzen Soutane erinnern, wie er in jenem primitiven, hohen, braunen Zimmer stand, umgeben von derben Möbeln, die vor dreihundert Jahren einmal modern gewesen waren, im spärlichen Licht, das durch ein kleines Gitterfenster in die düstere Atmosphäre drang. Er kniete nieder, mit ihm die drei Frauen, und in einer ernsten, zittrigen Stimmte betete er laut und, wie mir schien, sehr lange Zeit. Ich kann mich an nichts erinnern, was vor diesem Vorfall geschah, und auch die Zeit kurz danach liegt für mich im Dunkel, aber die Szenen, die ich eben geschildert habe, sind so lebendig wie die von der Dunkelheit umgebenen Bilder einer Laterna magica.

Ein Gast

Jetzt werde ich von etwas so Merkwürdigem berichten, daß es Ihres ganzen Vertrauens in meine Glaubwürdigkeit bedarf, um dies für wahr zu halten. Aber es ist nicht nur wahr, sondern eine Wahrheit, die ich mit eigenen Augen gesehen habe.

Es war ein lieblicher Sommerabend, als mein Vater mich, wie er es oft zu tun pflegte, zu einem kleinen Spaziergang über die schöne Waldlichtung vor dem Schloß einlud, die ich bereits beschrieben habe.

»General Spielsdorf kann nicht so bald zu uns kommen, wie ich es gewünscht hätte«, bemerkte mein Vater, als wir uns auf den Weg machten.

Er hatte uns einen Besuch von mehreren Wochen abstatten wollen, und wir erwarteten seine Ankunft am nächsten Tag. Er wollte eine junge Dame mitbringen, seine Nichte und Mündel, Mademoiselle Rheinfeldt, die ich noch nie gesehen hatte, die man mir aber als ein sehr charmantes Fräulein geschildert und von deren Gesellschaft ich mir viele vergnügte Tage versprochen hatte. Meine Enttäuschung war größer, als sich eine in der Stadt oder in einer belebten Nachbarschaft wohnende junge Dame überhaupt vorstellen kann. Dieser Besuch und die neue

Bekanntschaft, die er versprach, hatten seit Wochen meine Tagträume verschönert.

»Und wann kommt er?« fragte ich.

»Nicht vor Herbst. Nicht vor zwei Monaten, fürchte ich«, antwortete er. »Und jetzt bin ich sehr froh, daß du Mademoiselle Rheinfeldt nie kennengelernt hast, mein Liebling.«

»Und warum?« fragte ich, gleichermaßen gekränkt und neugierig.

»Weil das arme, junge Fräulein tot ist«, gab er zurück. »Ich hatte fast vergessen, daß ich dir das noch nicht gesagt habe, aber du warst nicht im Zimmer, als ich heute abend den Brief des Generals erhielt.«

Ich war sehr schockiert. In seinem ersten Brief vor sechs oder sieben Wochen hatte der General zwar erwähnt, daß sie sich nicht so wohl fühlte, wie es wünschenswert wäre, aber es gab nicht die entferntesten Anzeichen einer Bedrohung.

»Hier ist der Brief des Generals«, sagte er und reichte ihn mir. »Ich fürchte, er ist sehr niedergeschlagen; der Brief scheint mir fast in Verzweiflung geschrieben worden zu sein.«

Wir ließen uns auf einer roh gezimmerten Bank unter einer Gruppe von prachtvollen Limonenbäumen nieder. Hinter dem steiermärkischen Horizont ging die Sonne mit all ihrer melancholischen Pracht unter, und der Fluß, der, wie ich bereits erwähnte, an unserem Haus vorbei und unter der steilen, alten Brücke durchfließt, schlängelte sich fast genau zu unseren Füßen durch stattliche Baumgruppen, den verblassenden Purpur des Himmels in seiner Strömung reflektierend. General Spielsdorfs Brief war so außergewöhnlich, so heftig und an manchen Stellen so widersprüchlich, daß ich ihn zweimal las – das zweite Mal laut für meinen Vater – und dann immer noch nicht in der Lage war, ihn zu begreifen. Der Schmerz mußte ihn aus seinem seelischen Gleichgewicht geworfen haben.

Darin stand, »Ich habe meine geliebte Tochter, denn als das habe ich sie geliebt, verloren. Während der letzten Tage von Berthas Krankheit war ich nicht in der Lage, Ihnen zu schreiben. Davor hatte ich keine Ahnung von der Gefahr, in der sie sich befand. Ich habe sie verloren und verstehe jetzt *alles*, zu spät. Sie starb mit dem Frieden der Unschuld und in der glorreichen Hoffnung auf eine selige Zukunft. Der Satan, der unsere vernarrte Gastfreundschaft mißbrauchte, ist an allem schuld. Ich dachte, ich würde Unschuld, Fröhlichkeit, charmante Gesellschaft für meine verlorene Bertha in meinem Haus willkommen heißen. Himmel! Was für ein Dummkopf war ich doch! Ich danke Gott, daß mein Kind ohne einen Verdacht bezüglich der Ursache ihrer Leiden starb. Sie ist von mir gegangen, ohne die geringste Ahnung von der Ursache ihrer Krankheit zu haben, und die verfluchte Neigung der Urheberin all dieses Elends zu kennen. Ich werde meine restlichen Tage damit verbringen, ein Monster zu verfolgen und auszurotten. Mir wurde gesagt, daß ich hoffen kann, mein gerechtfertigtes und barmherziges Ziel zu erreichen. Im Augenblick gibt es kaum den Schimmer eines Lichtes, das mir den Weg weisen könnte. Ich verfluche meine selbstgefällige Skepsis, meine verabscheuungswürdige, überlegene Haltung, meine Blindheit, meine Halsstarrigkeit – alles – zu spät. Ich kann jetzt nicht mit Fassung schreiben oder reden. Ich bin wahnsinnig vor Schmerz. Sowie ich mich etwas beruhigt habe, möchte ich meine Zeit einigen Nachforschungen widmen, die mich möglicherweise bis nach Wien führen werden. Irgendwann im Herbst, in zwei Monaten, oder früher, falls ich es erlebe, werde ich Sie besuchen – das heißt, wenn Sie mir dies gestatten; dann werde ich Ihnen alles berichten, was ich jetzt kaum zu Papier zu bringen wage. Leben Sie wohl. Lieber Freund, beten Sie für mich!«

Mit diesen Worten endete der merkwürdige Brief. Obwohl ich Bertha Rheinfeldt nie kennengelernt hatte, füllten sich meine Augen mit Tränen ob der überraschenden Kunde; ich war erschrocken und tief enttäuscht.

Die Sonne war inzwischen untergegangen, und es dämmerte, als ich den Brief des Generals an meinem Vater zurückgab.

Es war ein lieblicher, klarer Abend, und wir schlenderten dahin, während wir über die möglichen Deutungen dieser heftigen und unverständlichen Sätze, die ich gelesen hatte, spekulierten. Wir hatten fast eine Meile zurückzulegen, bis wir die Straße, die an der Vorderseite des Schlosses vorbeiführt, erreicht hatten, und inzwischen leuchtete der Mond. An der Zugbrücke trafen wir Madame Perrodon und Mademoiselle De Lafontaine, die ohne ihre Hüte hinausgegangen waren, um das köstliche Mondlicht zu genießen.

Als wir uns näherten, hörten wir ihre Stimmen in angeregtem Dialog schnattern. An der Zugbrücke schlossen wir uns ihnen an und drehten uns um, um die wundervolle Szenerie zu genießen.

Die Lichtung, durch die wir eben spaziert waren, lag vor uns. Zu unserer Linken wand sich die enge Straße durch Gruppen erhabener Bäume und verlor sich inmitten des dichter werdenden Waldes. Zur Rechten überquerte dieselbe Straße die hohe und malerische Brücke, in deren Nähe ein zerfallener Turm stand, der einst den Durchgang bewachte; unterhalb der Brücke erhob sich abrupt ein baumbedeckter Hügel, in dessen Schatten sich einige graue efeuüberwachsene Felsen zeigten.

Über die grasbewachsene, tiefer liegende Ebene stahl sich ein feiner Nebelhauch, wie Rauch, der die Ferne mit einem durchsichtigen Schleier anzeigte; hier und da konnten wir den Fluß schwach im Mondlicht aufblitzen sehen.

Man kann sich keine sanftere, bezauberndere Landschaft vorstellen. Die Nachricht, die ich gerade gehört hatte, ließ sie melancholisch wirken, aber nichts konnte den Charakter ihrer tiefen Ruhe, ihrer verzaubernden Pracht und ihres romantischen Ausblicks stören.

Mein Vater, der das Malerische liebte, und ich blickten schweigend über die Ebene unter uns. Die beiden gutherzigen Gouvernanten standen ein wenig hinter uns, unterhielten sich über den Ausblick und wußten viel über den Mond zu sagen.

Madame Perrodon war dick, mittleren Alters und romantisch, sie redete und seufzte in poetischer Sprache. Mademoiselle De Lafontaine – die sich aufgrund ihres Vaters, der ein Deutscher war, psychologisch, metaphysisch und ein bißchen mystisch gab – verkündete nun, daß es eine allseits bekannte Tatsache wäre, daß, wenn der Mond in einem derart intensiven Licht strahlte, eine besondere spirituelle Aktivität angezeigt wurde. Die Auswirkungen des vollen Mondes in einem derartigem brillanten Zustand wären vielseitig. Er beeinflußte

Träume, er beeinflußte Geisteskrankheiten, er beeinflußte nervöse Menschen. Mademoiselle erzählte die Geschichte ihres Vetters, eines Offiziers auf einem Handelsschiff, der in so einer Nacht, auf dem Rücken liegend, mit seinem Gesicht gänzlich im Schein des Mondes, ein Nickerchen an Deck gemacht hatte und durch einen Traum aufgewacht war, in dem sich eine alte Frau in seine Wangen gekrallt hatte. Seine Gesichtszüge waren ganz fürchterlich nach einer Seite verzerrt; sein Gesichtsausdruck hatte nie wieder völlig das Gleichgewicht zurückerlangt.

»Der Mond in dieser Nacht«, sagte sie, »ist voll von idyllischen und magnetischen Einflüssen – und seht, wenn ihr zurückschaut zur Schloßfassade, wie all die Fenster in silbrigem Glanz aufblinken und blitzen, so, als würde eine unsichtbare Hand die Zimmer erleuchten, um Feenbesucher zu empfangen.«

Es gibt jene Gemütsstimmungen, in denen, da man selbst dem Reden abgeneigt ist, das Gespräch anderer angenehm ist für unsere eigenen, teilnahmslosen Ohren; und ich blickte weiterhin in die Umgegend, zufrieden mit dem Wortgeklingel der Unterhaltung der beiden Damen.

»Ich bin heute abend in einer meiner trübsinnigen Stimmungen«, sagte mein Vater nach langem Schweigen und zitierte Shakespeare, den er, um unser Englisch flüssig zu halten, oft vorlas:

Fürwahr, ich weiß nicht, warum ich so traurig bin:
Es macht mich müde; du sagst, es macht dich müde;
Aber wie wurde ich es – wie ist es geschehen?

»Den Rest habe ich vergessen. Aber ich fühle mich, als ob ein großes Verhängnis über uns schweben würde. Ich nehme an, daß der niedergeschlagene Brief des armen Generals etwas damit zu tun hat.«

In diesem Moment nahm der ungewöhnliche Klang von Kutschenrädern und zahlreichen Hufschlägen auf der Straße unsere Aufmerksamkeit gefangen.

Sie schienen sich von der Erhöhung, die die Brücke übersah, zu nähern, und kurz darauf erschien an dieser Stelle eine elegante Kutsche. Zuerst überquerten zwei Reiter die Brücke, dann folgte die von vier Pferden gezogene Kutsche, und am Ende ritten zwei Männer.

Es schien das Reisegefährt einer Person von Stand zu sein, und dieser ungewöhnliche Anblick schlug uns in Bann. In wenigen Momenten wurde es noch aufregender, denn gerade als die Kutsche den höchsten Punkt der steilen Brücke überquerte, scheute eines der Leittiere und übertrug seine Panik auf die anderen, und nach ein oder zwei schnellen Sprüngen brach das ganze Gespann in wilden Galopp aus. Die Pferde stürzten an den beiden Reitern, die vorneweg ritten, vorbei und kamen die Straße entlang auf uns zugedonnert, schnell wie ein Wirbelsturm.

Der Schreck vergrößerte sich, als man deutlich langgezogene Schreie einer weiblichen Stimme aus dem Kutschenfenster vernahm.

Wir alle liefen vorwärts, getrieben von Neugierde und Angst; mein Vater schwieg, die anderen stießen Schreckensschreie aus.

Wir wurden nicht lange auf die Folter gespannt. Gerade bevor man die Zugbrücke erreicht, stand in der Richtung, aus der sie kamen, ein riesiger Limonenbaum an der Straße und gegenüber auf der anderen Seite ein altertümliches Steinkreuz, bei dessen Anblick die Pferde, die sich jetzt mit einer entsetzlichen Geschwindigkeit vorwärtsbewegten, derartig aus ihrer Spur ausbrachen, daß die Räder auf die hervorstehenden Wurzeln des Baumes gerieten.

Ich wußte, was jetzt kommen würde. Ich bedeckte meine Augen und drehte meinen Kopf zur Seite; im gleichen Moment hörte ich meine Gefährtinnen, die ein wenig vorausgeeilt waren, aufschreien.

Die Neugierde ließ mich die Augen öffnen, und ich sah ein Bild totaler Konfusion. Zwei der Pferde lagen am Boden, die Kutsche lag auf der Seite mit zwei Rädern in der Luft; die Männer nahmen hastig die Pferdegeschirre ab, und eine Dame von respekteinflößender Miene und Gestalt war aus der Kutsche gestiegen. Sie stand mit gefalteten Händen und führte ein Taschentuch, das sie darin hielt, immer wieder an ihre

Augen. Durch den Kutschenschlag wurde jetzt eine junge Dame herausgehoben, die bewußtlos zu sein schien. Mein geliebter, alter Vater stand bereits neben der älteren Dame, Hut in der Hand, und bot wohl seine Hilfe und die Resourcen des Schlosses an. Die Dame schien ihn nicht zu hören, sie schien für nichts anderes Augen zu haben, als für das zierliche Mädchen, das jetzt gegen die Böschung des Straßenrandes gelehnt wurde.

Ich kam näher; die junge Dame stand offensichtlich unter Schock, aber sie war keinesfalls tot. Mein Vater, der sich gerne damit brüstete, Ahnung von Medizin zu haben, hatte gerade seine Finger an ihren Puls gelegt und versicherte der Dame, die sich als die Mutter zu erkennen gab, daß der Puls zwar schwach und unregelmäßig sei, aber ohne Zweifel zu spüren war. Die Dame rang die Hände und blickte zum Himmel, als würde sie von Dankbarkeit übermannt; doch dann trug sie wieder ihr recht theatralisches Gehabe zur Schau, das, so glaube ich, manchen Leuten angeboren ist.

Für ihr Alter war sie das, was man eine gutaussehende Dame nennt, und mußte einst eine Schönheit gewesen sein; sie war groß, aber nicht mager, sie war in schwarzen Samt gekleidet und sah sehr blaß aus; aber sie hatte einen stolzen und befehlsgewohnten Blick, obwohl sie jetzt sehr erregt war.

»Wann wurde jemals so ein Unglücksrabe geboren?« hörte ich sie unter Händeringen sagen, als ich mich näherte. »Da steh' ich nun, auf einer Reise, bei der es um Leben oder Tod geht, bei deren Durchführung der Verlust einer Stunde den Verlust von allem bedeuten kann. Mein Kind wird sich nicht bis wer-weiß-wann ausreichend erholt haben, um die Reise fortzusetzen. Ich muß sie hier lassen; ich kann nicht, ich wage nicht, mich hier aufzuhalten. Mein Herr, können Sie mir sagen, wie weit das nächste Dorf entfernt ist? Ich muß sie dort lassen; und ich werde meinen Liebling nicht sehen, ja nicht einmal von ihr hören, bis ich in drei Monaten wieder zurückkomme.«

Ich zupfte meinen Vater an der Jacke und flüsterte ihm bittend ins Ohr: »Oh, Papa, ich flehe dich an, frag' sie, ob sie bei uns bleiben kann – es wäre so wunderschön. Bitte, ich flehe dich an.«

»Wenn Madame ihr Kind der Pflege meiner Tochter und ihrer ausgezeichneten Gouvernante, Madame Perrodon, anvertrauen und ihr erlauben wollen, unter meiner Verantwortung unser Gast zu sein, bis Sie wiederkehren, dann wird uns dies eine Auszeichnung und eine Verantwortung sein, und wir werden sie mit aller Sorgfalt und Aufopferung, die einem so wertvollen Gut würdig ist, behandeln.«

»Das kann ich nicht annehmen, mein Herr, denn dies hieße Ihrer Güte und Ritterlichkeit zuviel abzuverlangen«, antwortete die Dame voller Verzweiflung.

»Ganz im Gegenteil, es würde uns eine große Freude bereiten, in dem Augenblick, in dem wir sie am nötigsten brauchen. Meine Tochter wurde gerade durch ein schreckliches Unglück in der Erwartung eines Besuches enttäuscht, dem sie lange mit großer Vorfreude entgegengesehen hatte. Wenn Sie diese junge Dame unserer Obhut anvertrauen, wäre das ihr schönster Trost. Das nächste Dorf auf Ihrem Weg ist weit entfernt und bietet kein Gasthaus, in dem Sie wagen würden, Ihre Tochter unterzubringen; Sie können es nicht zulassen, daß sie ihre Reise für eine längere Strecke fortsetzt, ohne sie zu gefährden. Wenn Sie, wie Sie sagen, Ihre Reise nicht unterbrechen können, dann müssen Sie sich noch heute von ihr trennen, und dies könnten Sie nirgendwo mit einer ehrlicheren Zusicherung von Sorgfalt und Liebe tun als hier.«

An Miene und Auftreten der Dame war etwas so Vornehmes, ja so Imposantes, und ihr Benehmen war so einnehmend, daß man sich, auch ohne die Würde ihrer feinen Kutsche, nicht des Eindrucks erwehren konnte, daß sie eine Person von Rang war.

Mittlerweile war die Kutsche wieder aufgerichtet und die zurückgeholten Pferde aufgezäumt worden.

Die Dame warf ihrer Tochter einen Blick zu, von dem ich mir einbildete, daß er nicht ganz so zärtlich war, wie man vom Beginn der ganzen Geschichte eigentlich hätte erwarten können; dann gab sie meinem Vater ein unauffälliges Zeichen und zog sich mit ihm ein paar Schritte aus Hörweite zurück und sprach zu ihm in einer bestimmten und strengen Haltung, die sich ganz und gar von ihrer bisherigen unterschied.

Ich war verwundert, daß mein Vater den Wechsel nicht zu

bemerken schien, und schrecklich neugierig, zu erfahren, über was sie wohl mit so viel Ernsthaftigkeit und Hastigkeit sprechen möge, wobei sie fast in sein Ohr flüsterte.

Ich würde sagen, daß sie allerhöchstens zwei oder drei Minuten damit verbrachte, dann drehte sie sich um und war mit einigen Schritten dort, wo ihre Tochter in den Armen von Madame Perrodon ruhte. Für einen Moment kniete sie neben ihr nieder und flüsterte, wie Madame Perrodon vermutete, einen kleinen Segenswunsch in ihr Ohr; dann küßte sie sie hastig, stieg in die Kutsche, der Schlag wurde geschlossen, die Lakaien in stattlichen Livreen sprangen hinten auf, die Reiter gaben den Pferden die Sporen, die Kutscher ließen die Peitsche knallen, die Pferde sprangen vor und brachen plötzlich in einen schnellen Kanter aus, der fast wieder zum Galopp zu werden drohte, und die Kutsche stob davon, im gleichen schnellen Schritt gefolgt von den zwei Reitern in der Nachhut.

Wir vergleichen Erinnerungen

Wir sahen dem Gefolge nach, bis sein Anblick in den nebeligen Wäldern verschwand und der Klang der Hufe und der Räder in der stillen Nachtluft erstarb.

Nichts blieb zurück, das uns versichern konnte, daß das Abenteuer nicht eine momentane Illusion war, außer der jungen Dame, die in diesem Moment die Augen aufschlug. Ich konnte sie nicht sehen, denn ihr Gesicht war von mir abgewandt, aber sie hob den Kopf und sah sich um, dann hörte ich eine sehr süße Stimme klagend fragen: »Wo ist Mama?«

Unsere gute Madame Perrodon antwortete sanft und fügte viele tröstliche Versicherungen hinzu.

Dann hörte ich sie fragen:

»Wo bin ich? Was für ein Ort ist dies?« und danach sagte sie: »Ich kann die Kutsche nicht sehen; und Matska, wo ist sie?«

Madame beantwortete alle Fragen, soweit sie sie verstehen konnte; und nach und nach erinnerte sich die junge Dame, wie sich das Unglück ereignet hatte, und war froh, zu hören, daß niemand in oder auf der Kutsche verletzt worden war; und als sie erfuhr, daß ihre Mama sie hier zurückgelassen hatte bis zu ihrer Wiederkehr in ungefähr drei Monaten, begann sie zu weinen.

Ich wollte zu Madame Perrodons tröstlichen Worten meine eigenen hinzufügen, als Mademoiselle De Lafontaine ihre Hand auf meinen Arm legte und sagte:

»Nähere dich ihr jetzt nicht, im Moment kann sie nur mit einem auf einmal sprechen; die geringste Aufregung ist jetzt wahrscheinlich schon zu viel für sie.«

Sobald sie behaglich im Bett liegt, dachte ich bei mir, werde ich in ihr Zimmer laufen und sie sehen.

In der Zwischenzeit hatte mein Vater einen berittenen Diener zum Arzt gesandt, der ungefähr sechs Meilen entfernt wohnte; ein Schlafzimmer wurde für den Empfang der jungen Dame hergerichtet.

Die Fremde erhob sich nun und schritt, auf Madames Arm gestützt, über die Zugbrücke und durch das Portal des Schlosses.

In der Vorhalle warteten Bedienstete darauf, sie zu empfangen, und sie wurde unverzüglich auf ihr Zimmer geführt.

Der Raum, den wir gewöhnlich als unseren Salon nutzten, war länglich und hatte vier Fenster, die über den Burggraben und die Zugbrücke auf die Waldlandschaft, die ich schon beschrieben habe, blickten.

Er war möbliert mit alter, geschnitzter Eiche, mit großen geschnitzten Schränken, und die Sessel waren mit karmesinrotem Utrechtsamt gepolstert. Die Wände wurden von Wandgobelins verkleidet, die von schweren, goldenen Rahmen umgeben waren; die Figuren hatten fast Lebensgröße, in altertümliche und sehr seltsame Gewänder gekleidet, die abgebildeten Motive waren die Jagd, die Falknerei und allgemeine Festlichkeiten. Das Zimmer war nicht zu vornehm, um nicht äußerst behaglich zu sein; hier nahmen wir unseren Tee ein, denn mein Vater, in seiner bekannt patriotischen Erziehung, bestand darauf, daß das nationale Getränk gleichfalls mit unserem Kaffee und unserer Schokolade in Erscheinung treten sollte.

In dieser Nacht saßen wir hier bei Kerzenschein und sprachen über die Ereignisse des Abends.

Madame Perrodon und Mademoiselle de Lafontaine leisteten uns Gesellschaft. Die junge Fremde hatte sich kaum zur Ruhe begeben, als sie in einen tiefen Schlaf sank, und die beiden Damen hatten sie der Obhut einer Dienerin überlassen.

»Wie gefällt Ihnen unser Gast?« fragte ich sofort, als Madame eintrat. »Erzählen Sie mir alles über sie!«

»Ich finde sie außerordentlich nett«, antwortete Madame, »sie ist, möchte ich fast sagen, das bezauberndste Geschöpf, das ich jemals sah; ungefähr in deinem Alter, und so sanft und freundlich.«

»Sie ist unwahrscheinlich schön«, warf Mademoiselle ein, die einen Moment in das Zimmer der Fremden gespäht hatte.

»Und so eine bezaubernde Stimme!« fügte Madame Perrodon hinzu.

»Haben Sie in der Kutsche, nachdem sie wieder aufgerichtet wurde, eine Frau bemerkt, die nicht ausstieg«, wollte Mademoiselle wissen, »sondern nur aus dem Fenster blickte?«

»Nein, wir haben sie nicht gesehen.«

Dann beschrieb sie eine häßliche schwarze Frau mit einer Art buntem Turban auf dem Kopf, die die ganze Zeit nickend und den Damen höhnisch zugrinsend aus dem Kutschenfenster geblickt hatte, mit glitzernden Augen und großen, weißen Augäpfeln, und mit zusammengebissenen Zähnen, als wäre sie wütend.

»Haben Sie bemerkt, was für ein unangenehmer Haufen von Männern die Diener doch waren?«

»Ja«, sagte mein Vater, der gerade hereinkam, »so schurkische Galgenvögel, wie ich sie je in meinem Leben erblickt habe. Ich hoffe, sie werden die arme Dame nicht im Wald überfallen. Allerdings waren es schlaue Gauner, sie hatten alles innerhalb weniger Minuten wiederhergestellt.«

»Ich würde sagen, daß sie erschöpft waren von einer zu langen Reise«, sagte Madame. »Abgesehen davon, daß sie böse aussahen, waren ihre Gesichter so merkwürdig hager, und dunkel und mürrisch. Ich bin sehr neugierig, gebe ich zu; aber ich nehme doch an, daß uns die junge Dame morgen, wenn sie sich ausreichend erholt hat, alles erzählen wird.«

»Ich glaube nicht, daß sie das tun wird«, sagte mein Vater mit mysteriösem Lächeln und einem leichten Kopfnicken, als wüßte er mehr.

Das machte uns nur noch neugieriger, zu erfahren, was zwischen ihm und der Dame in schwarzem Samt in jenem kurzen, aber ernsthaften Gespräch unmittelbar vor ihrer Abreise gesprochen worden war.

Kaum waren wir allein, bat ich ihn inständig, mir alles zu erzählen. Er bedurfte meiner Aufforderung nicht.

»Es gibt keinen besonderen Grund, warum ich es dir nicht erzählen sollte. Sie brachte ihre Abneigung zum Ausdruck, uns die Pflege ihrer Tochter aufzubürden, da sie von zarter Gesundheit sei, und nervös, jedoch nicht Opfer von irgendeiner Art von Anfällen – dies gab sie freiwillig zu – noch von irgendwelchen nervösen Einbildungen; tatsächlich sei sie geistig absolut gesund.«

»Wie merkwürdig, all dies zu erzählen!« warf ich ein. »Es ist so unnötig.«

»Auf jeden Fall wurde es erzählt«, lachte er, »und da du Bescheid wissen wolltest über alles, was gesagt wurde, was tatsächlich sehr wenig war, berichte ich es dir. Dann sagte sie, ›Ich begebe mich auf eine lange Reise von entscheidender Bedeutung‹ – sie betonte diese Worte –, ›schnell und geheim; ich werde in drei Monaten zurückkehren, um meine Tochter zu holen; in der Zwischenzeit wird sie schweigen zu allen Fragen, die uns betreffen, wer wir sind, woher wir kommen, wohin unsere Reise uns führen wird.‹ Das ist alles, was sie sagte. Sie sprach ein sehr gutes Französisch. Als sie das Wort ›geheim‹ aussprach, hielt sie für einige Sekunden inne, und blickte mich mit sehr strengen Augen an. Ich bildete mir ein, daß sie sehr viel Wert darauf legte. Du hast gesehen, wie schnell sie verschwunden war. Ich hoffe, ich habe keine Dummheit gemacht, als ich die junge Dame in meine Obhut nahm.«

Ich für meinen Teil war entzückt. Ich sehnte mich danach, sie zu sehen und mit ihr zu sprechen, und wartete nur darauf, daß mir der Arzt die Erlaubnis gab. Jene, die in Städten leben, können sich keinen Begriff davon machen, von welcher Bedeutung die Bekanntschaft eines neues Freundes ist in dieser Einöde, die uns umgibt.

Der Arzt kam erst kurz vor ein Uhr, aber ich hätte genausowenig zu Bett gehen und schlafen können wie zu Fuß die Kutsche überholen, in der die Prinzessin in schwarzem Samt davongefahren war.

Als der Doktor schließlich in den Salon herunterkam, konnte er uns einen sehr positiven Bericht über seine Patientin geben. Sie war jetzt auf den Beinen, ihr Puls war ziemlich regelmäßig, offenbar war alles in Ordnung. Sie hatte keine Verletzungen zurückbehalten, und der kleine Nervenschock war ohne Schaden vorübergegangen. Wenn wir beide es wünschten, würde mein Besuch bei ihr sicher keinen Schaden anrichten, und mit dieser Erlaubnis sandte ich jemanden, um sie zu bitten, mir für ein paar Minuten einen Besuch in ihrem Zimmer zu ermöglichen.

Der Diener kehrte sofort mit der Nachricht zurück, daß es nichts gäbe, was sie sich mehr wünschte.

Sie können sicher sein, daß ich nicht lange zögerte, von dieser Erlaubnis Gebrauch zu machen.

Unser Besuch war in einem der schönsten Zimmer des Schlosses untergebracht. Es war vielleicht ein wenig zu prunkvoll. Gegenüber dem Bett gab es einen dunklen Wandteppich, der Kleopatra mit der Natter an ihrem Busen zeigte; an den anderen Wänden waren ebenfalls, ein wenig verblaßt, feierliche, klassische Szenen dargestellt. Aber es gab Goldschnitzereien und ausreichend warme und bunte Farben in den anderen Gegenständen des Zimmers, um den düsteren Schimmer der alten Wandteppiche etwas zu mildern.

Neben dem Bett standen Kerzen. Sie saß aufrecht im Bett, die zarte Gestalt eingehüllt in einen blumenbestickten, weichen, seidenen Morgenmantel mit eingenähter, wattierter Seide, den ihre Mutter ihr über die Füße geworfen hatte, als sie ohnmächtig auf der Erde gelegen hatte.

Was war es, das mich, als ich an ihrem Bett stand und gerade mit meinem kleinen Willkommensgruß begonnen hatte, für einen Augenblick wie ein Blitz traf und mich einen Schritt oder zwei vor ihr zurückweichen ließ? Ich werde es Ihnen erzählen.

Ich blickte in dasselbe Gesicht, das mich in jener Nacht meiner Kindheit heimgesucht hatte, das sich so in meine

Erinnerung eingeprägt hatte, und über das ich so viele Jahre lang angstvoll nachgegrübelt hatte, wenn ich ungestört war.

Es war hübsch, ja schön, und als ich es im ersten Augenblick ansah, trug es denselben melancholischen Ausdruck wie damals. Aber es leuchtete sofort auf in einem seltsamen, starren Lächeln des Wiedererkennens.

Eine volle Minute lang herrschte Schweigen, dann schließlich sprach sie; *ich* war dazu nicht in der Lage.

»Wie wundervoll!« rief sie aus. »Vor zwölf Jahren sah ich dein Gesicht in einem Traum, und es hat mich seither verfolgt.«

»Wirklich wundervoll!« wiederholte ich, während ich mit Mühe den Schrecken überwand, der für einen Augenblick meine Geistesgegenwart außer Gefecht setzte.

»Vor zwölf Jahren sah *ich* dich mit Sicherheit, im Traum oder in Wirklichkeit. Ich konnte dein Gesicht nicht vergessen. Seitdem blieb es vor meinem inneren Auge bestehen.«

Ihr Lächeln wurde weicher. Was immer ich daran merkwürdig empfunden hatte, es war verschwunden, und ihr Gesicht und ihre Wangen mit den kleinen Grübchen waren jetzt betörend hübsch und klug.

Ich war beruhigt und fuhr fort, wie es die Gastfreundschaft gebot, indem ich sie willkommen hieß und ihr versicherte, wieviel Freude uns ihre zufällige Ankunft bereitet hätte, und wieviel Glück es vor allem für mich bedeutete.

Ich nahm ihre Hand, während ich sprach. Ich war ein wenig schüchtern, wie es einsame Leute eben sind, aber die Situation machte mich gesprächig, ja mutig. Sie drückte meine Hand, legte die ihre auf die meine, und ihre Augen leuchteten, als sie schnell in die meinen blickte. Sie lächelte wieder und errötete.

Sie wußte charmante Antworten auf meinen Willkommensgruß zu geben. Ich setzte mich neben sie, immer noch verwundert, und dann sprach sie:

»Ich muß dir von meiner Vision von dir berichten; es ist so seltsam, daß du und ich, eine jede von der anderen, so einen lebendigen Traum hatten, daß jede die andere, ich dich und du mich, sehen sollte, so wie wir jetzt aussehen, wo wir damals doch nur Kinder waren. Ich war ein Kind, ungefähr sechs Jahre alt, als ich von einem wirren und beängstigenden Traum erwachte und mich in einem Zimmer wiederfand, das, ganz im Gegenteil zu meinem Kinderzimmer, mit einer plumpen Täfelung aus irgendeinem dunklen Holz verkleidet war, und in dem Schränke, Betten, Stühle und Bänke kreuz und quer standen. Die Betten, so dachte ich, waren alle leer, und im ganzen Zimmer war niemand außer mir; und ich, nachdem ich mich eine Weile umgesehen hatte und besonders den zweiarmigen, eisernen Kerzenständer bewundert hatte, den ich sicher wiedererkennen würde, kroch unter eines der Betten, um das Fenster zu erreichen; aber als ich unter dem Bett hervorkam, hörte ich jemand weinen, und als ich aufblickte, noch immer auf den Knien, sah ich dich – ganz sicher dich –, so wie ich dich jetzt sehe; eine wunderschöne junge Dame mit goldenen Haaren und großen blauen Augen, und Lippen – deinen Lippen – dich, wie du jetzt hier bist. Dein Anblick verzauberte mich; ich kletterte ins Bett und legte meine Arme um dich, und ich glaube, wir sind beide eingeschlafen. Von einem Schrei wurde ich geweckt; du hattest dich aufgerichtet und weintest. Ich bekam Angst, und kroch auf den Boden und, so schien es mir, verlor für einen Moment das Bewußtsein; als ich wieder zu mir kam, war ich zu Hause in meinem Kinderzimmer. Seither konnte ich dein Gesicht nicht mehr vergessen. Bloße Ähnlichkeiten könnten mich nicht irreführen. Du *bist* die Dame, die ich damals sah.«

Jetzt war es an mir, meine Vision zu erzählen, und ich tat es zur unverhohlenen Verwunderung meiner neuen Freundin.

»Ich weiß nicht, wer mehr Angst vor der anderen haben sollte«, bemerkte sie, wiederum lächelnd. »Wenn du weniger bezaubernd wärst, dann, so denke ich, hätte ich große Angst vor dir, aber so wie du aussiehst, und wir beide so jung, fühle ich mich, als hätte ich schon vor zwölf Jahren deine Bekanntschaft geschlossen und als hätte ich ein Recht auf dein Vertrauen; auf jeden Fall scheint es, daß es uns von unserer frühesten Kindheit an vorherbestimmt war, Freunde zu werden. Ich frage mich, ob du dich auch so seltsam von mir angezogen fühlst wie ich von dir; ich hatte noch nie eine Freundin – werde ich jetzt eine haben?« Sie seufzte, und ihre schönen, dunklen Augen blickten mich leidenschaftlich an.

Die Wahrheit ist, daß ich ganz außerordentlich von der schönen Fremden fasziniert war. Ich fühlte mich, wie sie es ausdrückte, »von ihr angezogen«, aber da war auch ein Gefühl von Abscheu. Doch die Zuneigung war stärker. Sie interessierte mich und bezauberte mich; sie war so wunderschön und so unbeschreiblich anziehend.

Ich bemerkte, wie sie eine gewisse Müdigkeit und Erschöpfung überkam, und beeilte mich, ihr eine gute Nacht zu wünschen.

»Der Arzt glaubt«, fügte ich noch hinzu, »daß du ein Mädchen haben solltest, das bei dir wacht; eines unserer Dienstmädchen wartet draußen, und du wirst in ihr eine sehr hilfsbereite und ruhige Person finden.«

»Wie liebenswürdig von dir, aber ich könnte nicht schlafen: Ich konnte nie mit einer Dienerin im Zimmer schlafen. Ich benötige keine Hilfe – und ich muß noch eine Schwäche eingestehen, ich werde von einer Angst vor Einbrechern heimgesucht. In unser Haus wurde einmal eingebrochen, zwei Dienstboten wurden ermordet, und deshalb schließe ich immer meine Tür ab. Es ist mir zur Gewohnheit geworden – und du siehst so freundlich aus, daß ich weiß, du wirst mir verzeihen. Ich sehe, daß ein Schlüssel im Schloß steckt.«

Einen Moment lang hielt sie mich fest in ihren weichen Armen und flüsterte in mein Ohr: »Gute Nacht, meine Liebste, es fällt mir schwer, mich von dir zu trennen, doch gute Nacht; morgen, allerdings nicht so früh, werde ich dich wiedersehen.«

Sie sank in die Kissen zurück, während mich ihre schönen Augen mit einem zärtlichen und melancholischen Blick betrachteten und sie noch einmal murmelte: »Gute Nacht, meine liebe Freundin.«

Junge Menschen vertrauen und lieben aufgrund einer spontanen Eingebung. Ich fühlte mich geschmeichelt durch die so offensichtliche und doch so unverdiente Zuneigung, die sie mir zeigte. Mich freute das Vertrauen, mit dem sie mich sofort empfangen hatte. Sie war so entschlossen, daß wir enge Freunde werden sollten.

Der nächste Tag kam und brachte uns ein Wiedersehen. Ich

war entzückt von meiner Gefährtin, und zwar in vieler Hinsicht.

Ihr Aussehen verlor nicht durch das Tageslicht – sie war mit Sicherheit die schönste Kreatur, die ich jemals gesehen hatte, und die unangenehme Erinnerung meines frühen Traumes hatte nicht mehr den gleichen Effekt wie bei unserem ersten, unerwarteten Wiedersehen.

Sie gab zu, daß sie einen ähnlichen Schock verspürt hatte, als sie mich sah, und die gleiche, unbestimmte Abneigung, die sich mit meiner Bewunderung ihr gegenüber vermischt hatte. Jetzt lachten wir zusammen über unseren kurzen Schrecken.

Ihre Gewohnheiten – eine Bummlerin

Ich habe gesagt, daß ich verzaubert war von den meisten ihrer Eigenschaften.

Doch es gab einige, die mich nicht so erfreuten.

Ich werde mit ihrer Beschreibung beginnen. Sie war größer, als es Frauen im Durchschnitt sind. Sie war schmal und wundervoll anmutig. Ihre Bewegungen waren träge – tatsächlich sehr träge –, aber es gab nichts an ihrer Erscheinung, das auf eine schwächliche Konstitution schließen ließ. Ihr Teint war weich und schimmernd; ihre Gesichtszüge zart und wundervoll geformt; die Augen waren groß, dunkel und strahlend; ihr Haar war herrlich. Niemals habe ich so prächtiges, volles und langes Haar gesehen, wie das ihre, wenn es über die Schultern fiel; oft hielt ich es in meiner Hand und lachte erstaunt über sein Gewicht. Es war außerordentlich fein und weich und von einer samtigen, sehr dunklen braunen Farbe mit einem goldenen Schimmer darin. Ich liebte es, ihre Haare zu öffnen und zu sehen, wie sie durch ihr eigenes Gewicht herunterfielen, wenn sie in ihrem Zimmer, zurückgelehnt in ihrem Sessel, saß und mit ihrer lieblichen, leisen Stimme sprach. Ich pflegte ihre Haare zu kämmen und zu flechten und auszubreiten und damit zu spielen. Gütiger Himmel! Wenn ich nur alles gewußt hätte!

Ich sagte bereits, daß es Einzelheiten gab, die mir nicht

gefielen. Ich erzählte auch, daß mich ihr Vertrauen für sie einnahm, in der ersten Nacht, in der ich sie sah; aber ich mußte feststellen, daß sie in bezug auf sich selbst, auf ihre Mutter, ihre Lebensgeschichte, alles, was mit ihrem Leben, ihren Zukunftsplänen und Leuten zusammenhing, eine strenge Zurückhaltung übte. Ich nehme an, ich war unvernünftig, vielleicht hatte ich auch Unrecht; ich muß wohl sagen, daß ich das ernste Gebot, das meinem Vater von der stattlichen Dame in schwarzem Samt auferlegt wurde, hätte respektieren sollen. Aber Neugierde ist eine rast- und gewissenlose Leidenschaft, und keine junge Dame kann es mit Geduld hinnehmen daß ihr Wissensdrang von einer anderen gebremst wird. Welches Unheil konnte es schon für irgendjemanden bedeuten, wenn sie mir erzählte, was ich so glühend zu wissen begehrte? Hatte sie kein Vertrauen in meinen Verstand und meine Ehre? Warum wollte sie mir nicht glauben, wenn ich ihr so feierlich versicherte, daß ich keiner lebenden Menschenseele auch nur eine Silbe preisgeben würde von dem, was sie mir erzählte?

Mir schien, da war eine Kälte, die über ihre Jahre hinausging, in ihrer lächelnden, melancholischen, hartnäckigen Weigerung, mir auch nur den kleinsten Schimmer preiszugeben.

Ich kann nicht behaupten, daß wir uns um diesen Punkt gestritten hätten, denn sie würde um nichts streiten. Es war natürlich äußerst unfair und ungezogen von mir, sie zu drängen, doch ich konnte es mir nicht verkneifen; ich hätte es aber genauso gut bleiben lassen können.

Was sie mir erzählte, war meiner unmäßigen Ansicht nach – nichts.

Es konnte in drei sehr vagen Enthüllungen zusammengefaßt werden:

Erstens – ihr Name war Carmilla.

Zweitens – ihre Familie war sehr alt und adelig.

Drittens – ihr Zuhause lag in westlicher Richtung.

Sie wollte mir weder den Namen ihrer Familie noch ihr Wappen, noch den Namen ihres Besitzgutes, ja noch nicht einmal das Land, in dem sie lebte, sagen.

Man sollte doch annehmen, daß ich sie unablässig mit diesem Thema belästigte. Ich wartete auf Gelegenheiten, und spielte mehr auf meine Fragen an, als daß ich drängte. Ein- oder zweimal griff ich sie tatsächlich etwas direkter an. Aber welche Taktik ich auch anwandte, das Ergebnis war immer ein völliger Fehlschlag. Dabei muß ich hinzufügen, daß ihre Ausflüchte immer mit einer derart feinen und melancholischen Abwehr vorgetragen wurden, mit so vielen, fast leidenschaftlichen Versicherungen ihrer Liebe zu mir und ihres Vertrauens in meine Ehrlichkeit, und mit so vielen Versprechungen, daß ich irgendwann einmal alles erfahren sollte, daß ich es nicht über mich brachte, ärgerlich auf sie zu sein.

Sie pflegte ihre weichen Arme um meinen Hals zu legen, mich an sich zu ziehen, ihre Wange an die meine zu legen und mit ihren Lippen nahe meines Ohres zu murmeln: »Liebste, dein kleines Herz ist verletzt; halte mich nicht für grausam, weil ich den unumgänglichen Gesetzen meiner Stärke und Schwäche gehorche; wenn dein geliebtes Herz verwundet ist, dann blutet mein wildes Herz mit dem deinen. Im Rausch meiner fürchterlichen Erniedrigung lebe ich in deinem warmen Leben, und du wirst sterben – sterben, sanft sterben – in meines. Ich kann es nicht ändern; wenn ich dich an mich ziehe, wirst du, auf deiner Seite, andere an dich ziehen und das Entzücken dieser Grausamkeit erfahren, die noch immer die Liebe ist; deshalb suche für jetzt nicht mehr über mich und die meinen herauszufinden, sondern vertraue mir mit all deiner Liebe.«

Und nachdem sie so eine Rhapsodie gesprochen hatte, nahm sie mich noch enger in ihre bebende Umarmung, und ihre Lippen wärmten mir mit sanften Küssen die Wangen.

Ihre Aufregung und ihre Sprache waren für mich unverständlich. Gewöhnlich wünschte ich mich aus diesen albernen Umarmungen, die zugegebenermaßen nicht sehr häufig waren, zu befreien; aber immer schien mich die Kraft zu verlassen: Ihre gemurmelten Worte klangen wie ein Schlaflied in meinem Ohr und brachten meinen Widerstand in einen Trancezustand, von dem ich mich nur zu erholen schien, wenn sie ihre Arme zurückzog.

In diesen geheimnisvollen Stimmungen mochte ich sie überhaupt nicht. Ich verspürte eine merkwürdige, tumultartige Aufregung, die ein ums andere Mal angenehm war, aber mit einem unbestimmten Gefühl der Angst und des Abscheus verbunden war. Ich hatte keinen klaren Gedanken an sie während dieser Szenen, aber ich war mir einer Liebe bewußt, die zur Verzehrung anwuchs, und auch einer tiefen Abneigung. Ich weiß, daß dies paradox klingt, aber ich kann dieses Gefühl nicht anders erklären.

Ich schreibe nun, nach einem Zeitraum von mehr als zehn Jahren, mit zitternder Hand und mit einer verwirrten und schrecklichen Erinnerung an bestimmte Ereignisse und Situationen dieser schweren Prüfung, die ich ahnungslos über mich ergehen lassen mußte; doch habe ich eine lebendige und sehr klare Erinnerung an den Hauptstrang meiner Geschichte. Aber ich nehme an, daß es in jedem Leben bestimmte Gefühlsszenen gibt, in denen jene unserer Leidenschaften ungezügelt und fürchterlich wachgerüttelt werden, die im Vergleich zu allen anderen am unbestimmtesten und am schwächsten in unserer Erinnerung haften blieben.

Manchmal, nach einer Stunde voller Apathie, nahm meine wunderschöne und geheimnisvolle Freundin meine Hand, um sie immer wieder zärtlich zu drücken; sie errötete sanft, sah mich mit schläfrigen und doch brennenden Augen an, und atmete so schwer, daß sich ihr Kleid mit ihrem stürmischen Atem hob und senkte. Es war wie die Glut eines Liebhabers, es war mir peinlich; es war mir verhaßt, und doch überwältigte es mich; mit gierigen Augen zog sie mich an sich, und ihre heißen Lippen wanderten unter Küssen über meine Wangen; und sie flüsterte, fast mit Schluchzen: »Du gehörst mir, du *wirst* mir gehören, du und ich sind für immer eins.« Dann warf sie sich in ihren Stuhl zurück, ihre feingliedrigen Hände über den Augen und ließ mich zitternd stehen.

»Sind wir miteinader verwandt?« fragte ich manchmal; »was meinst du mit all dem? Vielleicht erinnere ich dich an jemanden, den du liebst; aber das sollst du nicht, ich hasse es; ich kenne dich nicht – ich erkenne mich nicht mehr, wenn du so schaust und so sprichst.«

Sie pflegte über mein Ungestüm zu seufzen und sich dann abzuwenden und meine Hand fallenzulassen.

Betreffend dieser sehr ungewöhnlichen Äußerungen versuchte ich vergeblich, irgendeine zufriedenstellende Erklärung zu finden – ich konnte sie keiner Heuchelei oder Betrügerei zuschreiben. Es war ohne Zweifel der plötzliche Ausbruch eines unterdrückten Instinktes oder Gefühles. War sie, ungeachtet der Zusicherung ihrer Mutter, das Opfer von kurzen Heimsuchungen des Wahnsinns? Oder war dies ein Fall von Maskierung und Romantik? In alten Erzählungen hatte ich von diesen Dingen gelesen. Wenn nun ein knabenhafter Verehrer seinen Weg in dieses Haus gefunden hatte, um in einer Maskierung und mit Hilfe einer schlauen alten Abenteuerin sein Werben vorzutragen? Aber es gab eine Menge Einwände gegen diese Hypothese, so sehr sie auch meiner Eitelkeit schmeichelte.

Ich konnte mich nicht mit den kleinen Aufmerksamkeiten brüsten, die männliche Galanterie so angenehm zu offerieren hat. Zwischen jenen leidenschaftlichen Augenblicken gab es lange Intervalle des Alltäglichen, der Fröhlichkeit und auch der düsteren Schwermut, während der ich ihr zuzeiten nichts zu bedeuten schien, obwohl ich manchmal ihre mit melancholischem Feuer gefüllten Augen sah, die mich verfolgten. Abgesehen von diesen Zeiten geheimnisvoller Erregung, war ihr Auftreten mädchenhaft; und da war auch immer jene Schläfrigkeit an ihr, die gänzlich unvereinbar war mit einem männlichen Organismus im Zustand körperlicher Gesundheit.

Ihre Angewohnheiten waren in mancher Hinsicht merkwürdig. Vielleicht scheinen sie in den Anschauungen der Damen aus der Stadt, wie Sie es sicher sind, nicht so einzigartig wie für uns schlichte Leute vom Land. Sie pflegte erst sehr spät herunterzukommen, gewöhnlich nicht vor ein Uhr, dann nahm sie eine Tasse Schokolade zu sich, aß aber nichts; anschließend machten wir einen Spaziergang, eigentlich nur einen kleinen Bummel, denn sie schien fast sofort erschöpft zu sein, und sie kehrte entweder zum Schloß zurück oder ließ sich auf einer der Bänke, die hier und dort zwischen den Bäumen standen, nieder. Immer war sie sehr gesprächig und eine intelligente Gesprächspartnerin.

Manchmal machte sie Anspielungen auf ihr eigenes Haus oder erwähnte ein Abenteuer, ein Ereignis oder eine frühe

Erinnerung, die auf ein Volk mit seltsamen Gebräuchen schließen ließ, und sie beschrieb Sitten, die wir nicht kannten. Aus diesen zufälligen Hinweisen folgerte ich, daß ihr Heimatland wesentlich weiter entfernt lag, als ich zuerst angenommen hatte.

Als wir eines Nachmittags so unter den Bäumen saßen, zog ein Leichenzug an uns vorbei. Es war die Beerdigung eines hübschen jungen Mädchens, dem ich oft begegnet war, die Tochter von einem der Förster des Waldes. Der arme Mann ging hinter dem Sarg seines Lieblings, sie war sein einziges Kind, und er sah aus, als sei ihm das Herz gebrochen. Bauern folgten in Zweierreihen und sangen eine Beerdigungshymne.

Als sie vorüberzogen, erhob ich mich, um mein Beileid zu bekunden, und stimmte mit in das Lied ein, das sie so lieblich zu singen wußten.

Meine Begleiterin stieß mich fast grob an, und ich drehte mich überrascht um.

Schroff fragte sie: »Merkst du nicht, wie mißtönend dies klingt?«

»Ganz im Gegenteil, ich finde es sehr schön«, gab ich zurück, verärgert über die Unterbrechung und unbehaglich aus Furcht, daß die Leute, aus denen sich die kleine Prozession zusammensetzte, den Vorgang bemerkt hätten und ihn übelnehmen könnten.

Deshalb begann ich, augenblicklich wieder in das Lied einzustimmen, und wurde wiederum unterbrochen. »Du löcherst meine Ohren«, sagte Carmilla, beinahe ärgerlich, und hielt sich die Ohren mit ihren schmalen Fingern zu. »Wie kannst du außerdem behaupten, daß deine und meine Religion dieselbe wären; eure Riten verletzen mich, und ich hasse Beerdigungen. Was für ein Theater! Schließlich mußt *du* sterben – *jedermann* muß sterben, und alle werden glücklicher sein, wenn sie gestorben sind. Komm mit nach Hause.«

»Mein Vater ist schon mit dem Pfarrer zum Kirchhof vorgegangen. Ich dachte, du wüßtest, daß man sie heute beerdigen würde.«

»Sie? Ich belaste meinen Kopf nicht mit Bauern. Ich weiß

nicht, wer sie ist«, antwortete Carmilla mit einem Aufblitzen ihrer hübschen Augen.

»Sie ist das arme Mädchen, das vor zwei Wochen glaubte, einen Geist gesehen zu haben, und seither dahinsiechte, bis es gestern schließlich starb.«

»Erzähl mir nichts von Geistern. Ich werde sonst heute nacht nicht schlafen können.«

»Ich hoffe, daß keine Seuche oder Fieber auftreten wird; es sieht sehr danach aus«, fuhr ich fort. »Die junge Frau des Schweinehirten starb erst vor einer Woche, und sie dachte, irgend etwas hätte sie am Hals gepackt, während sie im Bett lag, und sie beinahe erwürgt. Papa sagt, daß einige Fieberarten von solch fürchterlichen Einbildungen begleitet werden. Am Tag zuvor war sie noch wohlauf. Danach stand es immer schlechter um sie, und sie starb, bevor die Woche um war.«

»Nun, ich hoffe, daß ihre Beerdigung vorbei ist und ihre Hymne schon gesungen wurde; und daß unsere Ohren nicht mit Mißklängen und Dialekt gequält werden. Es hat mich nervös gemacht. Setz dich neben mich; komm näher; halte meine Hand; drück sie fest – fester – noch fester.«

Wir waren ein wenig zurückgegangen und an einer anderen Bank angekommen.

Sie nahm Platz. Ihr Gesichtsausdruck veränderte sich derart, daß ich beunruhigt, ja für einen Moment entsetzt war. Ihr Gesicht verdüsterte sich und wurde schrecklich bleich; ihre Zähne waren zusammengepreßt, ihre Fäuste geballt, und sie zog die Stirn in Falten und preßte die Lippen aufeinander, während sie auf den Boden zu ihren Füßen starrte und am ganzen Leib fortwährend zitterte, wie bei einem unbezähmbaren Schüttelfrost. Sie schien ihre ganze Energie zusammenzunehmen, um einen Anfall zu unterdrücken, mit dem sie sich atemlos abmühte; schließlich brach sie in einen leisen, krampfartigen Leidensschrei aus, und langsam fiel die Hysterie von ihr ab. »Da! Das kommt davon, wenn man Leute mit Beerdigungshymnen stranguliert!« sagte sie schließlich. »Halt mich, halt mich fest. Es geht vorbei.«

Und so geschah es auch nach und nach. Vielleicht, um den düsteren Eindruck, den dieses Schauspiel in mir hinterlassen hatte, zu zerstreuen, wurde sie plötzlich sehr lebendig und gesprächig, und in dieser Stimmung kamen wir nach Hause.

Dies war das erste Mal, daß ich sie sichtbare Symptome ihrer schwachen Gesundheit, von der ihre Mutter gesprochen hatte, an den Tag legen sah. Es war auch das erste Mal, daß ich an ihr so etwas wie Launenhaftigkeit entdeckte.

Beides ging vorbei wie eine Sommerwolke; und nur einmal danach wurde ich Zeuge eines momentanen Anfalls von Ärger ihrerseits. Ich will berichten, wie dies geschah.

Sie und ich schauten aus einem der Fenster des langen Salons, als von der Zugbrücke her die Gestalt eines Wanderers, den ich gut kannte, den Schloßhof betrat. Gewöhnlich besuchte er das Schloß zweimal im Jahr.

Es war die Gestalt eines Buckligen mit den scharfen, hageren Gesichtszügen, die oft zusammen mit Mißbildungen auftreten. Er trug einen schwarzen Spitzbart und grinste von einem Ohr zum anderen und zeigte seine weißen Zähne. Er war in schwarzes und rotes Ochsenleder gekleidet und angetan mit mehr Riemen und Gürtel, als ich zählen konnte, und an denen alle Arten von Gegenständen baumelten. Auf seinem Rücken trug er eine Laterna magica und zwei Schachteln, die mir wohlbekannt waren; in der einen war ein Salamander und in der anderen ein Mandrill. Diese Monster brachten meinen Vater immer zum Lachen. Sie waren zusammengefügt aus Teilen von getrockneten Affen, Papageien, Eichhörnchen, Fischen und Stachelschweinen und mit großer Sorgfalt und Geschick zusammengenäht. Er hatte eine Fiedel, einen Kasten mit einem Zauberapparat, ein Paar Florette und Gesichtsmasken, die von seinem Gürtel baumelten, mehrere geheimnisvolle Schachteln, die ihm am Leib hingen, und hielt einen schwarzen Stab mit Kupferbeschlägen in seiner Hand. Sein Gefährte war ein struppiger, magerer Hund, der ihm auf den Fersen folgte, aber an der Zugbrücke mißtrauisch innehielt und nach einer kurzen Weile ganz trostlos zu heulen begann.

In der Zwischenzeit stand der Scharlatan in der Mitte des Hofes, zog seinen grotesken Hut, bot uns einen sehr feierlichen Kratzfuß dar und machte uns wortgewandt seine Aufwartung in einem fürchterlichen Französisch und einem Deutsch, das nicht viel besser war. Dann band er seine Fiedel los und begann, eine fröhliche Weise zu schrubben, zu der er mit vergnügten Mißtönen sang und mit absurder Miene und grotesken Bewegungen tanzte, so daß ich trotz des Hundegeheuls lachen mußte.

Dann trat er lächelnd und mit vielen Verbeugungen vor das Fenster. Mit dem Hut in der linken Hand und der Fiedel unter dem Arm und mit einem Redefluß, den er auch zum Luftholen nicht unterbrechen mußte, rasselte er eine Ankündigung all seiner Fähigkeiten und seiner Talente in den unterschiedlichsten Künsten herunter, die er uns alle zu Diensten stellte, und warb mit Kuriositäten und Zerstreuungen, die in seiner Macht lagen, und die er auf unseren Wunsch darbieten wollte.

»Würde es Euer Ladyschaft Vergnügen bereiten, ein Amulett gegen den Vampir zu erstehen, der, wie ich höre, wie der Wolf durch die hiesigen Wälder zieht?« fragte er und ließ seinen Hut zu Boden fallen. »Sie sterben wie die Fliegen, aber hier ist ein Zauber, der nie versagt; einfach an das Kopfkissen geheftet, und Ihr könnt ihm geradewegs ins Gesicht lachen.«

Dieser Talisman bestand aus länglichen Pergamentstreifen mit kabalistischen Geheimschriften und Diagrammen.

Carmilla kaufte auf der Stelle ein Amulett, und ich tat es ihr gleich.

Er blickte nach oben, und wir lächelten amüsiert auf ihn herab, zumindest soweit ich für mich sprechen kann. Als er uns ins Gesicht blickte, schienen seine durchdringenden schwarzen Augen etwas zu entdecken, was für einen Moment lang seine Neugierde erweckte.

Augenblicklich öffnete er eine Lederrolle, die alle Arten von kuriosen, schmalen Stahlgeräten enthielt.

»Schaut her, gnädiges Fräulein«, sprach er mich an und bot die Rolle dar. »Ich betreibe neben anderen, weniger nützlichen Dingen auch die Kunst der Zahnheilkunde. Möge die Pest den Köter holen!« warf er dazwischen. »Ruhe, du Untier! Er heult so laut, daß Eure Ladyschaften kaum ein Wort verstehen können. Ihre verehrte Freundin, die junge Dame zu Ihrer Rechten, hat die spitzesten Zähne – lang, dünn, spitz, wie ein Schusterpfriem, wie eine Nadel; ha, ha! Mit meinen scharfen und klaren Augen konnte ich es ganz deutlich sehen, als ich nach oben blickte; nun, wenn es so sein sollte, daß es dem jungen Fräulein Ungemach bereitet, und ich bin sicher, daß dies der Fall ist, dann bin ich zur Stelle mit meiner Feile, meiner Zange und meiner Pinzette; wenn es Ihrer Ladyschaft gefällt, werde ich sie rund und stumpf machen; kein Fischzahn mehr, sondern Zähne einer hübschen, jungen Dame, die sie ja auch ist. He? Ist die junge Dame verärgert? War ich zu frech? Habe ich sie beleidigt?«

Die junge Dame sah in der Tat außerordentlich wütend aus und wich vom Fenster zurück.

»Wie kann uns dieser Scharlatan so beleidigen? Wo ist dein Vater? Ich werde Genugtuung von ihm verlangen. Mein Vater hätte diesen Wicht an den Pumpenschwengel gebunden und mit einer Pferdepeitsche ausgepeitscht und ihn mit dem Brandzeichen bis auf die Knochen gebrandmarkt!« Sie trat einen oder zwei Schritte vom Fenster zurück und setzte sich; kaum hatte sie den Übeltäter aus den Augen verloren, als ihr Zorn so schnell von ihr wich, wie er gekommen war. Nach und nach fand sie ihre normale Stimme wieder und schien den kleinen Buckligen und seine Dummheiten vergessen zu haben.

Mein Vater war an diesem Abend sehr niedergeschlagen. Als er nach Hause kam, berichtete er uns, daß ein neuer Krankheitsfall aufgetreten sei, der den beiden, die gerade tödlich geendet waren, sehr ähnelte. Die Schwester eines jungen Bauern auf unserem Besitz, kaum eine Meile von hier, war sehr krank, und war, nach ihren Beschreibungen, auf die gleiche Weise attackiert worden wie die anderen, jetzt siechte sie langsam dahin.

»All das«, so mein Vater, »ist nur auf natürliche Ursachen zurückzuführen. Diese armen Leute stecken sich gegenseitig mit ihrem Aberglauben an und wiederholen so in ihrer Phantasie die Schreckensbilder, von denen ihre Nachbarn befallen wurden.«

»Aber allein diese Tatsache kann einem fürchterliche Angst machen«, bemerkte Carmilla.

»Wie das?« fragte mein Vater.

»Ich habe solche Angst, ich könnte mir einbilden, derartige

Dinge zu sehen; ich glaube, es wäre genauso schlimm, wie wenn es Wirklichkeit wäre.«

»Wir sind alle in Gottes Hand; nichts kann ohne seinen Willen geschehen, und alles wird gut enden, für die, die ihn lieben. Er ist unser gütiger Schöpfer; er hat uns alle erschaffen, und wird uns behüten.«

»Schöpfer! *Natur!*« gab die junge Dame meinem guten Vater zur Antwort. »Diese ganze Seuche, die das Land überfällt, ist natürlich. Natur. Alle Dinge entstehen aus der Natur – nicht wahr? Alle Dinge im Himmel, auf Erden, und unter der Erde, handeln und leben, wie die Natur es befiehlt. Das denke ich mir jedenfalls.«

»Der Arzt sagte, er würde heute vorbeikommen«, bemerkte mein Vater nach langem Schweigen. »Ich möchte wissen, wie er darüber denkt, und was er uns zu tun empfiehlt.«

»Ärzte haben mir noch nie geholfen«, sagte Carmilla.

»Dann warst du also noch nie krank?« fragte ich.

»Kranker, als du jemals warst«, antwortete sie.

»Vor langer Zeit?«

»Ja, vor langer Zeit. Ich litt an genau dieser Krankheit; aber jetzt habe ich mein ganzes Leid und meine ganze Schwäche vergessen, und es war nicht so schlimm wie manch andere Krankheit.«

»Du warst damals sehr jung?«

»Das will ich wohl sagen; laßt uns nicht mehr davon sprechen. Du würdest einen Freund doch nicht verletzen wollen?« Sie sah mir verträumt in die Augen, legte zärtlich ihren Arm um meine Taille und führte mich aus dem Zimmer. Mein Vater stand am Fenster und war mit einigen Papieren beschäftigt.

»Warum versetzt uns dein Vater so gern in Angst und Schrecken?« fragte das hübsche Mädchen mit einem Seufzer und einem kleinen Schauder.

»Aber das will er nicht, Carmilla, er würde nicht im Traum daran denken.«

»Hast du Angst, mein Liebstes?«

»Das hätte ich sehr wohl, wenn ich mir vorstellen könnte,

daß ich tatsächlich Gefahr laufen würde, so überfallen zu werden wie diese armen Leute.«

»Hast du Angst zu sterben?«

»Ja, jedermann hat Angst davor.«

»Aber zu sterben wie Liebende – zusammen zu sterben, um zusammen leben zu können. Mädchen sind Raupen in dieser Welt, um sich in Schmetterlinge zu verwandeln, wenn der Sommer kommt, aber siehst du nicht, daß es dazwischen auch Maden und Larven gibt – eine jede mit den ihr gemäßen Neigungen, Bedürfnissen und Strukturen. So sagt jedenfalls Monsieur Buffon in seinem dicken Buch im Zimmer nebenan.«

Später an diesem Tag kam der Doktor und schloß sich eine Weile mit Vater zusammen ein. Er war ein fähiger Mann von sechzig oder mehr Jahren, er puderte sich und rasierte sein blasses Gesicht, bis es so glatt wie ein Kürbis war. Er kam gemeinsam mit Vater aus dem Zimmer, ich hörte Vater lachen und, während sie aus der Tür traten, sagen:

»Nun, tatsächlich, ich bin doch sehr erstaunt bei einem so gelehrten Mann wie Sie. Was halten Sie von Hippogryphen und Drachen?«

Der Doktor lächelte, und antwortete unter Kopfschütteln: »Dennoch sind Leben und Tod geheimnisvolle Zustände, und wir wissen wenig über die Quellen von beiden.«

Und so gingen sie weiter, bis ich sie nicht mehr hören konnte. Damals wußte ich nicht, auf welches Thema der Arzt angespielt hatte, aber ich glaube, heute ahne ich es.

Eine wunderbare Ähnlichkeit

An jenem Abend traf der schweigsame, ernste Sohn des Bilderreinigers aus Graz ein, mit Pferd und Wagen, der mit zwei großen Packkisten voller Bilder beladen war. Es war eine Reise von dreißig Meilen, und wann immer ein Botschafter aus unserer kleinen Hauptstadt Graz im Schloß eintraf, pflegten wir uns in der Halle um ihn zu versammeln, um Neuigkeiten zu hören. Dieser Ankömmling war eine richtige Sensation in unserer abgeschiedenen Behausung. Die Kisten blieben in der

Halle, und der Botschafter wurde in die Obhut der Dienstboten genommen, bis er sein Abendessen bekommen hatte. Danach kam er, bewaffnet mit Meißel und Schraubenzieher und seinen Gehilfen, in die Halle, wo wir uns bereits versammelt hatten, um bei der Öffnung der Kisten zugegen zu sein.

Carmilla schaute lustlos zu, während ein altes Bild nach dem anderen – fast ausschließlich Portraits –, die alle einem Renovierungsprozeß unterzogen worden waren, ans Licht gebracht wurden. Meine Mutter stammte aus einer alten ungarischen Familie, und der größte Teil der Bilder, die jetzt wieder an ihre Plätze zurückgebracht werden sollten, war durch sie zu uns gekommen.

Mein Vater hielt eine Liste in seinen Händen, von der er ablas, während der Künstler die dazu passenden Nummern heraussuchte. Ich weiß nicht, ob die Bilder irgendeinen Wert hatten, aber sie waren zweifellos sehr alt, und einige von ihnen waren auch sehr merkwürdig. Zumindest stand ihnen der Verdienst zu, daß ich sie größtenteils zum ersten Mal bewußt erblickte; denn der Rauch und der Staub der Zeit hatten sie fast gänzlich unkenntlich gemacht.

»Da ist ein Bild, das ich noch nicht gesehen habe«, sagte mein Vater. »Soviel ich lesen konnte, steht oben in einer Ecke ein Name, ›Marcia Karnstein‹, und ein Datum ›1698‹, und ich bin neugierig, zu sehen, wie es geworden ist.«

Ich konnte mich daran erinnern; es handelte sich um ein kleines Bild, vielleicht eineinhalb Fuß hoch, und fast quadratisch, ohne Rahmen; aber es war von den Jahren so schwarz geworden, daß ich nichts hatte erkennen können.

Jetzt zog der Künstler es mit offensichtlichem Stolz hervor. Es war außerordentlich schön, ja verblüffend; es schien zu atmen. Es war das Bildnis von Carmilla!

»Carmilla, Liebste, das ist ein Wunder. Hier bist du, wie du leibst und lebst, lächelnd, auf diesem Bild. Ist es nicht wunderschön, Papa? Und schau' mal, sogar das kleine Muttermal an ihrem Hals.«

Mein Vater lachte und sagte, »ohne Zweifel ist da eine erstaunliche Ähnlichkeit«, aber er sah kaum hin und schien zu meiner Verwunderung nur wenig überrascht zu sein; er fuhr fort in seinem Gespräch mit dem Bilderrestaurator, der auch ein wenig von einem Künstler an sich hatte, und sprach interessiert über Portraits und andere Werke, die die Kunst des Restaurators wieder ans Licht gebracht hatte, während *mein* Erstaunen immer mehr anwuchs, je länger ich das Bild betrachtete.

»Erlaubst du mir, das Bild in meinem Zimmer aufzuhängen, Papa?« fragte ich.

»Aber gewiß, mein Liebes«, antwortete er lächelnd. »Es freut mich, daß du so viel Ähnlichkeit siehst. Es muß ja noch schöner sein, als ich erwartet hatte.«

Die junge Dame nahm diese charmante Rede nicht zur Kenntnis, schien sie nicht einmal zu hören. Sie hatte sich in ihrem Sessel zurückgelehnt, unter ihren langen Wimpern blickten mich ihre schönen Augen nachdenklich an, und sie lächelte in einer Art von Verzauberung.

»Und jetzt kannst du auch den Namen, der in der Ecke geschrieben steht, ganz deutlich lesen. Es heißt nicht Marcia; es sieht fast aus, als wäre es in Gold geschrieben. Der Name lautet Mircalla, Gräfin Karnstein, und da steht ein kleines Krönchen obendrüber, und darunter A.A. 1698. Ich stamme von den Karnsteins ab; genauer gesagt, Mama stammte von ihnen ab.«

»Ah!« sagte die junge Dame träumerisch, »ich glaube, ich auch. Eine sehr alte Linie, uralt. Gibt es jetzt noch lebende Karnsteins?«

»Niemand, der den Namen weiterführt, soviel ich weiß. Ich glaube, die Familie ging in irgendeinem Bürgerkrieg zugrunde, vor langer Zeit, aber die Ruinen des Schlosses stehen nur drei Meilen von hier.«

»Wie interessant!« sagte sie schläfrig. »Aber sieh' doch, was für ein herrliches Mondlicht! Sie warf einen Blick durch die Tür der Halle, die ein wenig offen stand. »Ich schlage vor, wir machen einen kleinen Spaziergang durch den Hof, und genießen den Ausblick über die Straße und den Fluß.«

»Es ähnelt der Nacht, in der du zu uns kamst«, sagte ich.

Sie seufzte und lächelte.

Sie erhob sich, und in freundschaftlicher Umarmung traten wir auf das Pflaster hinaus.

Schweigend liefen wir langsam hinunter zur Zugbrücke, wo sich die herrliche Landschaft vor uns ausbreitete.

»Und du dachtest an die Nacht, in der ich zu euch kam?« Sie flüsterte beinahe. »Bist du froh, daß ich gekommen bin?«

»Überglücklich, meine liebste Carmilla«, gab ich zurück.

»Und du verlangtest nach dem Bild, in dem du so eine Ähnlichkeit mit mir siehst, um es in dein Zimmer zu hängen«, murmelte sie mit einem Seufzer, während sie ihren Arm enger um meine Taille zog und ihren hübschen Kopf an meine Schulter sinken ließ.

»Wie romantisch du doch bist, Carmilla«, bemerkte ich. »Wenn du mir je deine Geschichte erzählst, dann wird sie hauptsächlich von einem großen, romantischen Abenteuer handeln.«

Sie küßte mich schweigend.

»Ich bin mir sicher, Carmilla, daß du verliebt bist; daß jetzt, in diesem Moment, eine Angelegenheit des Herzens im Schwange ist.«

»Ich war in niemanden verliebt, und ich werde es nie sein«, flüsterte sie, »es sei denn in dich.«

Wie wunderschön sie im Mondlicht aussah.

Scheu und geheimnisvoll war ihr Blick, mit dem sie hastig ihr Gesicht an meinem Hals und in meinen Haaren verbarg, mit vielen heftigen Seufzern, die fast wie ein Schluchzen klangen, und ihre Hand, die sich in meine preßte, bebte.

Ihre weiche Wange brannte an der meinen. »Liebste, meine Liebste«, murmelte sie, »ich lebe in dir, und du würdest für mich sterben, ich liebe dich so sehr.«

Ich wich jäh vor ihr zurück.

Sie starrte mich an mit Augen, aus denen alles Leuchten, alles Leben geflohen war; ein aschgraues und apathisches Gesicht.

»Ist da ein Frösteln in der Luft, Liebes?« fragte sie schläfrig. »Ich zittere fast; habe ich geträumt? Laß' uns hineingehen. Komm; komm, komm hinein.«

»Du siehst krank aus, Carmilla; ein wenig matt. Du mußt unbedingt ein wenig Wein zu dir nehmen«, drängte ich.

»Ja, das werde ich tun. Ich fühle mich jetzt besser. In ein paar

Minuten wird es mir wieder gutgehen. Ja, gib mir doch ein wenig Wein«, antwortete Carmilla, als wir uns der Tür näherten. »Laß' uns noch einen Moment schauen; vielleicht ist es das letzte Mal, daß ich mit dir zusammen den Mondschein betrachte.«

»Wie geht es dir jetzt, Carmilla? Fühlst du dich wirklich besser?« fragte ich.

Ich begann, mich zu ängstigen, daß sie vielleicht von der geheimnisvollen Krankheit befallen worden wäre, von der man sagte, daß sie unser Land heimsuchte.

»Es würde Papa unendlichen Kummer bereiten«, fügte ich hinzu, »wenn er wüßte, daß du dich auch nur ein ganz klein wenig unwohl fühlst, ohne es uns sofort wissen zu lassen. Wir haben hier einen ganz ausgezeichneten Arzt in der Nähe, der Mediziner, der heute bei Papa war.«

»Das will ich gerne glauben. Ich weiß, wie liebenswürdig ihr alle seid; mein liebes Kind, mir geht es wieder gut. Mir fehlt nie etwas, außer einem kleinen Schwächezustand. Man sagt, ich wäre träge; ich bin unfähig zu jeder körperlichen Anstrengung; ich kann kaum so weit laufen wie ein dreijähriges Kind; und ab und zu verläßt mich auch das bißchen Kraft, das ich habe, und es geht mir so, wie du eben gesehen hast. Aber trotz allem erhole ich mich wieder sehr schnell; in einem kurzen Moment bin ich wieder ganz ich selbst. Sieh nur, wie ich mich wieder erholt habe.«

Und das hatte sie in der Tat; und sie und ich redeten eine Menge; sie war sehr lebendig, und der Rest des Abends ging ohne eine Wiederholung dessen vorüber, was ich als ihre Schwärmerei bezeichnete, womit ich ihre wirren Reden und Blicke meine, die mir peinlich waren und mich ängstigten.

Aber in jener Nacht ereignete sich etwas, das meinen Gedanken eine völlig neue Richtung gab, und das sogar Carmillas träge Natur in einen Zustand momentaner Kraftanstrengung zu versetzen schien.

Ein sehr geheimnisvoller Schmerz

Als wir in den Salon gingen, um unseren Kaffee und Schokolade einzunehmen, schien Carmilla, obwohl sie selbst nichts trank, wieder ganz die alte zu sein. Madame und Mademoiselle schlossen sich uns an, und wir bildeten eine kleine Kartenspielrunde, in deren Verlauf Papa zu seiner, wie er es zu nennen pflegte, »Schüssel Tee« hereinkam.

Als das Spiel beendet war, ließ er sich neben Carmilla nieder und fragte sie ein wenig besorgt, ob sie seit ihrer Ankunft etwas von ihrer Mutter gehört hätte.

Ihre Antwort war »Nein«.

Dann fragte er sie weiter, ob sie wüßte, wohin sie einen Brief adressieren könnte.

»Das kann ich nicht sagen«, antwortete sie zweideutig, »aber ich dachte bereits daran, euch zu verlassen; ich habe eure Gastfreundschaft und Liebenswürdigkeit bereits mehr als genug beansprucht. Ich habe euch unendlich viel Umstände gemacht, und morgen möchte ich eine Postkutsche nehmen, um meiner Mutter nachzureisen; ich weiß, wo ich sie schließlich finden werde, obwohl ich nicht wage, euch zu sagen wo.«

»Aber daran dürfen Sie nicht einmal im Traum denken«, rief mein Vater zu meiner großen Erleichterung aus. »Wir können unmöglich auf Sie verzichten, und ich werde nicht erlauben, daß Sie uns verlassen, es sei denn in der Obhut Ihrer Mutter, die so liebenswürdig war, Ihren Aufenthalt bei uns zu gestatten, bis sie wiederkehrt. Ich wäre sehr froh gewesen, wenn Sie Nachricht von ihr gehabt hätten; an diesem Abend werden die Nachrichten über die seltsame Krankheit, die unsere Gegend heimsucht, immer beunruhigender; und, mein anmutiger Gast, die Verantwortung für Sie, ohne den Rat Ihrer Mutter, lastet sehr auf mir. Aber ich werde nach bestem Wissen und Gewissen handeln; und eines ist sicher: Sie dürfen nicht daran denken, uns ohne eine entsprechende, klare Anweisung von Ihrer Mutter zu verlassen. Wir würden auch zu sehr unter einer Trennung von Ihnen leiden, um unsere Zustimmung leichten Herzens zu geben.«

»Ich danke Ihnen tausendmal, mein Herr, für Ihre Gastfreundschaft«, antwortete sie mit einem scheuen Lächeln. »Sie alle waren zu gütig zu mir; selten zuvor in meinem Leben war ich so glücklich wie in Ihrem bezaubernden Château, unter Ihrer Obhut und in der Gesellschaft Ihrer Tochter.«

Er küßte ihr in seiner altmodischen Art galant die Hand, lächelte und dankte ihr für ihre kleine Rede.

Wie gewöhnlich begleitete ich Carmilla auf ihr Zimmer, setzte mich und unterhielt mich mit ihr, während sie sich zum Schlafengehen vorbereitete.

»Glaubst du«, fragte ich schließlich, »daß du mir jemals völlig vertrauen wirst?«

Sie wandte sich lächelnd zu mir um, gab aber keine Antwort.

»Du willst mir darauf keine Antwort geben?« fragte ich. »Du kannst mir darauf keine freundliche Antwort geben; ich hätte dich nicht fragen sollen.«

»Du hast ganz recht, mich dies oder jenes zu fragen. Du weißt nicht, wie teuer du mir bist, sonst würdest du keinen Vertrauensbeweis meinerseits für unmöglich halten. Aber ich habe ein Gelübde abgelegt, das schwerer wiegt, als das jeder Nonne, und ich wage es noch nicht, meine Geschichte zu erzählen, noch nicht einmal dir. Die Zeit ist nah, in der du alles erfahren wirst. Du wirst mich für grausam halten, für selbstsüchtig, aber Liebe ist immer selbstsüchtig; je glühender, desto selbstsüchtiger. Du mußt mit mir gehen, und mich bis zum Tode lieben; oder du wirst mich hassen, aber du wirst immer noch mit mir gehen müssen, und mich bis zum Tod und danach hassen. In meiner apathischen Natur besteht das Wort ›Gleichgültigkeit‹ nicht.«

»Aber Carmilla, jetzt wirst du wieder mit diesem wilden Unsinn anfangen«, unterbrach ich sie hastig.

»Nicht ich, kleine, dumme Närrin, die ich bin, und voll von Launen und Einbildungen; um deiner Willen werde ich wie ein Weiser sprechen. Hast du jemals einen Ball besucht?«

»Nein; wie du reden kannst. Wie ist ein Ball? Es muß wundervoll sein.«

»Ich habe es beinahe vergessen, es ist Jahre her.«

Ich lachte.

»So alt bist du nicht. Dein erster Ball kann wohl kaum schon in Vergessenheit geraten sein.«

»Ich kann mich an alles erinnern – mit Anstrengung. Ich sehe alles, wie Taucher durch ein dichtes, bewegtes, aber durchsichtiges Medium sehen, was über ihnen passiert. Dann gab es jene Nacht, in der sich das Bild verwischte und die Farben verblaßten. Ich wurde beinahe in meinem Bett ermordet, *hier* verwundet«, sie berührte ihre Brust, »und danach war ich nie wieder dieselbe.«

»Warst du dem Tod nahe?«

»Ja, sehr – eine grausame Liebe – seltsame Liebe, die mein Leben genommen hätte. Liebe verlangt nach Opfern. Kein Opfer ohne Blut. Laß uns jetzt schlafen gehen; ich fühle mich so träge. Wie soll ich mich jetzt erheben und meine Tür verschließen?«

Sie lag da und hatte ihre kleinen Hände unter ihrer Wange in ihrem dichten, gelockten Haar verborgen, ihr zarter Kopf auf dem Kissen und ihre glitzernden Augen verfolgten mich bei jeder Bewegung mit einem fast scheuen Lächeln, das ich nicht zu deuten vermochte.

Ich wünschte ihr eine gute Nacht und stahl mich mit einem unbehaglichen Gefühl aus ihrem Zimmer.

Ich fragte mich oft, ob unser hübscher Gast je ihre Gebete sprach. *Ich* jedenfalls hatte sie nie auf Knien gesehen. Am Morgen kam sie erst lang, nachdem unser Familiengebet beendet war, herunter, und am Abend verließ sie nie den Salon, um sich unseren kurzen Abendgebeten anzuschließen.

Wenn nicht zufällig in einem unserer sorglosen Gespräche offenbart worden wäre, daß sie getauft war, dann hätte ich bezweifelt, daß sie eine Christin ist. Religion war ein Thema, über das ich sie nie ein Wort verlieren hörte. Wenn ich mich besser in der Welt ausgekannt hätte, hätte mich dieses besondere Versäumnis oder diese Antipathie nicht so sehr überrascht.

Die Vorsichtsmaßnahmen nervöser Leute sind ansteckend, und Leute mit einer ähnlichen Veranlagung werden sie früher oder später mit Sicherheit imitieren. Ich hatte mir Carmillas Gewohnheit, ihre Tür zu verschließen, angeeignet, nachdem ich meinen Kopf mit all ihren schrulligen Ängsten über mitternächtliche Eindringlinge und umherschleichende Mörder vollgestopft hatte.

Ich hatte außerdem ihre Vorsichtsmaßnahme übernommen, das Zimmer kurz zu durchsuchen, um sicherzustellen, daß kein verborgener Mörder oder Räuber in einer Ecke lauerte.

Nachdem ich diese weisen Maßnahmen ergriffen hatte, begab ich mich zu Bett und schlief. Ein Licht brannte in meinem Zimmer. Dies war eine alte Angewohnheit aus einer sehr frühen Zeit, und nichts hätte mich dazu bringen können, damit zu brechen.

So gewappnet, hätte ich eigentlich in Frieden schlummern sollen. Aber Träume dringen durch Steinwände, erleuchten dunkle Zimmer oder verdüstern helle Räume, und die Traumgestalten kommen und gehen, wie es ihnen gefällt, und lachen über Schlösser.

In dieser Nacht hatte ich einen Traum, der der Anfang eines geheimnisvollen Leidens war.

Ich würde ihn nicht als Alptraum bezeichnen, denn ich war mir bewußt, daß ich schlief. Aber mir war genauso bewußt, daß ich in meinem Zimmer war und in meinem Bett lag, so, wie es tatsächlich der Fall war. Ich sah, oder zumindest bildete ich mir ein, daß ich das Zimmer und die Möbel vor Augen hatte, geradeso wie vor dem Einschlafen, allerdings war es sehr dunkel, und ich bemerkte eine Bewegung am Fußende des Bettes, obwohl ich zuerst nichts erkennen konnte. Aber dann sah ich, daß es ein rabenschwarzes Tier war, das einer riesigen Katze ähnelte. Mir schien, als wäre es vier oder fünf Fuß lang, denn es war so lang wie der Kaminvorleger, über den es kroch; es fuhr fort, mit der geschmeidigen, finsteren Unruhe eines gefangenen Raubtieres auf- und abzulaufen. Mir blieb der Schrei im Hals stecken, obwohl ich, wie man sich vorstellen kann, zu Tode erschrocken war. Sein Schritt wurde immer schneller, und der Raum wurde schnell immer dunkler, bis es schließlich so schwarz war, daß ich außer den Augen des Monsters nichts mehr erkennen konnte. Ich spürte, wie es sanft auf das Bett sprang. Die zwei geweiteten Augen näherten sich meinem Gesicht, und plötzlich fühlte ich einen brennenden

Schmerz, als ob zwei große Nadeln sich im Abstand von wenigen Zentimetern in mein Herz bohrten. Mit einem Schrei erwachte ich. Das Zimmer wurde von der Kerze erhellt, und am Fußende des Bettes, auf der rechten Seite, sah ich eine weibliche Gestalt stehen. Sie war mit einem dunklen, weiten Kleid angetan, und ihre Haare fielen offen über die Schultern. Ein steinerner Felsen hätte nicht lebloser sein können. Es gab nicht die geringste Spur eines Atemzuges. Während ich sie anstarrte, schien die Gestalt ihren Platz zu wechseln, sie näherte sich der Tür; dann öffnete sich die Tür, und die Gestalt verschwand nach draußen.

Jetzt war mir eine Last von den Schultern gefallen, ich konnte atmen und mich bewegen. Mein erster Gedanke war, daß Carmilla mir einen Streich gespielt hatte, weil ich vergessen hatte, meine Tür zu verschließen. Hastig rannte ich zur Tür, aber sie war wie gewöhnlich von innen verschlossen. Ich hatte Angst, sie zu öffnen – ich war vom Grausen gepackt. Ich sprang in mein Bett und zog mir die Decke über den Kopf, und bis zum Morgen blieb ich so liegen, mehr tot als lebendig.

Der Abstieg

Es ist mir unmöglich, den Schrecken, mit dem ich heute noch an die Ereignisse jener Nacht denke, zu beschreiben. Es war kein vorübergehender Schrecken, wie ihn etwa ein Traum hinterlassen kann. Er schien sich mit der Zeit zu vertiefen und sich auf das Zimmer und sogar auf die Möbel, von denen die Erscheinung umgeben war, zu übertragen.

Am nächsten Tag konnte ich es nicht ertragen, auch nur für eine Minute alleingelassen zu werden. Eigentlich hätte ich es Papa erzählen sollen, wären da nicht zwei sich widersprechende Gründe gewesen, es nicht zu tun. Einerseits dachte ich, er würde über meine Geschichte lachen, und ich konnte es nicht ertragen, die Angelegenheit wie einen Scherz zu behandeln; andererseits aber fürchtete ich, er könnte sich einbilden, daß ich von der seltsamen Krankheit, die unsere Nachbarschaft heimgesucht hatte, angesteckt worden sei. Ich selbst hatte keine Befürchtungen dieser Art, und da er seit einiger Zeit etwas kränklich war, wollte ich ihn nicht beunruhigen.

Bei meinen gutherzigen Gesellschafterinnen war ich ausreichend versorgt. Sie bemerkten beide, daß ich niedergeschlagen und unruhig war, und schließlich beichtete ich ihnen, was mir so schwer auf dem Herzen lag.

Mademoiselle lachte, aber ich glaubte, zu sehen, daß Madame Perrodon beunruhigt war.

»Übrigens«, lachte Mademoiselle, »spukt es in der langen Limonenallee hinter Carmillas Schlafzimmerfenster!«

»Unsinn«, rief Madame aus, die das Thema wohl als sehr ungeeignet betrachtete, »und wer, meine Liebe, behauptet so etwas?«

»Martin sagt, als das alte Tor repariert wurde, kam er zweimal vor Sonnenaufgang dort vorbei, und jedesmal sah er dieselbe weibliche Gestalt die Limonenallee entlanglaufen.«

»Das wird wohl so sein, solange es bei den Flußwiesen Kühe zu melken gibt«, bemerkte Madame.

»Das mag stimmen; aber Martin hat beschlossen, sich zu fürchten, und ich habe noch nie einen Narren gesehen, der sich *mehr* fürchtet.«

»Du darfst davon kein Wort zu Carmilla sagen, denn sie kann von ihrem Zimmerfenster auf diesen Weg schauen«, warf ich ein, »und sie ist, falls das überhaupt möglich ist, ein noch größerer Feigling als ich.«

Carmilla kam an diesem Tag noch später als üblich herunter. »Ich habe mich letzte Nacht so geängstigt«, sagte sie, sobald wir uns sahen, »und ich bin sicher, ich hätte etwas Gräßliches gesehen, wenn ich nicht den Talisman gehabt hätte, den ich dem armen, kleinen Buckligen abgekauft habe, den ich so übel beschimpfte. Ich träumte von etwas Schwarzem, das um mein Bett schlich, und ich erwachte mit einer fürchterlichen Angst, und dachte tatsächlich einige Sekunden lang, ich würde eine dunkle Gestalt neben dem Kamin sehen, aber dann tastete ich nach meinem Amulett unter dem Kissen, und in dem Moment, in dem ich es mit den Fingern berührte, verschwand die Gestalt, und ich war mir ganz sicher, daß ohne das Amulett irgend etwas Gräßliches in Erscheinung getreten wäre und mich vielleicht auch gewürgt hätte, wie die armen Leute, von denen wir gehört haben.«

»Hör mir zu«, begann ich und erzählte von meinem Abenteuer, dessen Schilderung sie sehr zu erschrecken schien.

»Und das Amulett, hattest du es in deiner Nähe?« fragte sie mit ernster Miene.

»Nein, ich hatte es in eine chinesische Vase im Salon geworfen, aber heute nacht werde ich es mit Sicherheit zu mir nehmen, nachdem du so viel Vertrauen dazu hast.«

Aus der zeitlichen Entfernung kann ich nicht mehr sagen, geschweige denn verstehen, wie ich meinen Schreck so gründlich überwinden konnte, daß ich am nächsten Abend in der Lage war, allein in meinem Zimmer zu liegen. Ich erinnere mich noch genau, daß ich den Talisman am Kissen befestigte. Ich fiel sofort in Schlaf und schlief in dieser Nacht tiefer als gewöhnlich.

Die darauffolgende Nacht verbrachte ich genauso angenehm. Mein Schlaf war wohltuend fest und traumlos. Doch ich erwachte mit einem Gefühl der Mattheit und der Melancholie, die allerdings nur ein angenehmes Maß erreichte.

»Nun, ich habe es dir ja gesagt«, antwortete Carmilla, als ich ihr meinen ruhigen Schlaf beschrieb, »ich selbst schlief letzte Nacht ebenso angenehm; ich heftete das Amulett an den Ausschnitt meines Nachtgewandes. Die Nacht davor war es zu weit entfernt von mir. Ich bin mir ganz sicher, daß alles, mit Ausnahme des Traumes, nur Einbildung war. Ich dachte immer, böse Geister würden die Träume erschaffen, aber unser Arzt erzählte mir, daß so etwas nicht möglich sei. Nur ein Fieber, das vorbeizieht, oder irgendeine andere Krankheit, die anklopft, – er behauptete, dies sei sehr häufig der Fall –, und die, wenn sie keine Aufnahme finden können, mit dieser Warnung vorbeigehen.«

»Und woraus, denkst du, besteht der Talisman?« fragte ich.

»Er wurde mit einer Droge besprüht oder darin eingetaucht und ist ein Gegenmittel gegen die Malaria«, war ihre Antwort.

»Dann wirkt er nur auf dem Körper?«

»Aber sicher; du wirst wohl nicht denken, daß sich böse Geister von einem Stück Streifen, oder einem Parfüm aus der

Apotheke abschrecken lassen? Nein, diese Beschwerden liegen in der Luft, und sie greifen zuerst die Nerven an und stecken das Gehirn an, aber bevor sie dich überfallen können, werden sie von dem Gegengift vertrieben. Das, so bin ich sicher, ist es, was der Zauber für uns bewirkt. Es ist nichts Magisches, es ist nur einfach natürlich.«

Ich wäre erleichtert gewesen, wenn ich Carmilla einfach hätte zustimmen können, aber ich versuchte es zumindest, und das gräßliche Erlebnis verlor ein wenig den Schrecken.

Einige Nächte lang ruhte ich tief und fest, und dennoch spürte ich ich jeden Morgen dieselbe Mattheit, und eine gewisse Müdigkeit lastete den ganzen Tag über auf mir. Ich fühlte mich wie ein anderer Mensch. Eine seltsame Melancholie überfiel mich, eine Melancholie, die ich nicht durchbrechen wollte und konnte. Dumpfe Gedanken des Todes taten sich vor mir auf, und der Gedanke, daß ich langsam dahinsiechte, ergriff sanft und noch nicht einmal unwillkommen Besitz von mir. Es war traurig, aber die Stimmung, die dabei in mir ausgelöst wurde, war auch sehr angenehm.

Ich wollte nicht zugeben, daß ich krank war, ich wollte nicht erlauben, daß man Papa davon berichtete, und ich wollte nicht, daß der Arzt geholt wurde.

Carmilla war mir mehr ergeben als je zuvor, und ihre merkwürdigen Anfälle träumerischer Verehrung traten häufiger auf. Je mehr meine Kräfte und Lebensgeister sanken, desto stärker himmelte sie mich mit wachsender Liebesglut an. Mich erschreckte dies immer als ein plötzliches Aufflackern von Wahnsinn.

Ohne es zu wissen, befand ich mich mittlerweile in einem relativ fortgeschrittenen Stadium der geheimnisvollsten Krankheit, unter der Sterbliche je zu leiden hatten. In den frühen Symptomen lag eine unerklärliche Faszination, die mich mit den unangenehmen Auswirkungen in diesem Stadium der Krankheit mehr als versöhnten. Diese Faszination steigerte sich für eine gewisse Zeit, bis sie einen Punkt erreichte, an dem sie sich nach und nach mit einem Gefühl des Grauens mischte, das sich vertiefte, bis es, wie ich noch berichten werde, mein gesamtes Leben verkehrte und entstellte.

Die erste Veränderung, die ich an mir bemerkte, war recht angenehm. Ich war gerade an jenem Wendepunkt, an dem der Abstieg des Avernus seinen Anfang nahm.

Im Schlaf wurde ich von gewissen vagen und geheimnisvollen Empfindungen heimgesucht. Das vorherrschende Gefühl war jener wohlige, eigentümliche Schauer, den man bei einem Bad verspüren kann, wenn man sich gegen die Strömung des Flußes bewegt. Dieses Gefühl wurde bald von Träumen begleitet, die unendlich zu sein schienen, und die so verschwommen waren, daß ich mich nie an Personen oder Orte oder an irgendeinen zusammenhängenden Ablauf erinnern konnte. Aber sie hinterließen einen unbehaglichen Eindruck in mir und ein Gefühl von Erschöpfung, als ob ich einen Zeitraum von großer geistiger Anspannung und Gefahr durchlebt hätte. Im Wachzustand blieb von all diesen Träumen nur die Erinnerung an einen sehr dunklen Ort zurück und an Menschen, mit denen ich sprach, aber die ich nicht sehen konnte; besonders an eine klare, sehr tiefe, weibliche Stimme, die aus großer Distanz sehr langsam zu mir sprach und die immer das Gefühl einer unbeschreiblichen Finsternis und Angst in mir heraufbeschwor. Manchmal verspürte ich auch eine Empfindung, als ob eine Hand mir über Wange und Nacken streichen würde. Zu Zeiten verspürte ich warme Lippen, die mich küßten und die um so heftiger und zärtlicher wurden, je mehr sie sich meiner Kehle näherten, wo sie verweilten. Mein Herz schlug schneller, meine Brust hob und senkte sich mit hastigen, tiefen Atemzügen; ein Schluchzen, das sich in ein Gefühl von Beklemmung verwandelte, stellte sich ein und steigerte sich zu krampfartigen Anfällen, in denen mich die Sinne verließen, und ich bewußtlos wurde.

Es waren nun drei Wochen vergangen, seit dieser unerklärliche Zustand begonnen hatte. Mein Leiden begann sich seit der vergangenen Woche, auch in meinem äußeren Anschein auszudrücken. Ich war bleich, mit unnatürlich geweiteten Augen, die an den unteren Rändern dunkel waren, und die Mattigkeit, die ich schon so lange verspürte, zeigte sich jetzt in meiner Haltung.

Mein Vater fragte mich häufig, ob ich mich krank fühlte; aber mit einer Hartnäckigkeit, die mir jetzt unverständlich ist, beharrte ich darauf, mich wohl zu fühlen.

In gewissem Sinn entsprach dies auch der Wahrheit. Ich verspürte keine Schmerzen. Ich konnte über keine körperlichen Störungen klagen. Meine Beschwerden schienen sich ausschließlich auf meine Vorstellungskraft und Nerven zu beschränken, und, so schrecklich mein Leiden auch war, ich behielt es mit morbider Verschlossenheit fast ausschließlich für mich selbst.

Es konnte nicht die gräßliche Krankheit sein, die die Bauern dem »Oupire« zuschrieben, denn ich litt jetzt schon seit drei Wochen, während sie kaum drei Tage krank gewesen waren, bevor der Tod ihrem Elend ein Ende bereitete.

Carmilla klagte über Träume und fiebrige Zustände, die allerdings nicht im Entferntesten so beunruhigend wie die meinen waren. Ich behaupte jetzt, daß meine Krankheit außerordentlich gefährlich war. Wäre ich damals in der Lage gewesen, meinen Zustand zu begreifen, dann hätte ich auf Knien um Rat und Hilfe gefleht. Aber das Betäubungsmittel einer ungeahnten Macht wirkte in mir, und mein Wahrnehmungsvermögen war gelähmt.

Ich werde jetzt zu einem Traum kommen, der zu einer merkwürdigen Entdeckung führte.

Eines Nachts hörte ich anstelle der gewohnten Stimme aus der Dunkelheit eine andere, die zugleich sanft und weich, aber auch furchteinflößend war, und die zu mir sagte: »Deine Mutter warnt dich, vor dem Mörder auf der Hut zu sein.« Im selben Moment leuchtete plötzlich ein Licht auf, und ich sah Carmilla am Fußende des Bettes stehen, in ihrem weißen Nachtgewand, von Kopf bis Fuß in eine riesige Blutlache getaucht.

Ich erwachte mit einem schrillen Schrei, besessen von der Idee, daß Carmilla in diesem Augenblick ermordet werden würde. Ich erinnere mich, daß ich aus dem Bett sprang, und im nächsten Moment stand ich in der Halle und schrie um Hilfe.

Madame und Mademoiselle hasteten verängstigt aus ihren Zimmern; in der Halle brannte immer ein Licht, und sobald sie mich erblickten, erfuhren sie die Ursache meines Schreckens.

Ich bestand darauf, daß wir an Carmillas Tür klopften. Unser Pochen blieb unbeantwortet. Schnell schwoll es zu einem Hämmern und schließlich zu einem richtigen Krach an. Wir kreischten ihren Namen, aber es war alles vergeblich.

Wir alle bekamen schreckliche Angst, denn die Tür war verschlossen. Voller Panik liefen wir zurück zu meinem Zimmer. Dort zogen wir lange und heftig an der Klingelschnur. Wäre das Zimmer meines Vaters auf dieser Seite des Hauses gelegen, hätten wir ihn sofort um Hilfe angerufen. Aber ach, o weh! Er war völlig außer Hörweite, und zu ihm zu gelangen, hätte einer Reise bedurft, zu der niemand von uns den Mut aufbringen konnte.

Jedoch kamen bald darauf Dienstboten die Treppe emporgeeilt; in der Zwischenzeit hatte ich Morgenmantel und Hausschuhe angelegt, und meine Gesellschafterinnen waren ebenso angetan. Als wir die Stimmen der Dienstboten auf der Treppe vernahmen, rannten wir alle zusammen aus dem Zimmer, und nachdem wir, wiederum ohne Ergebnis, unser Klopfen an Carmillas Tür wiederholt hatten, befahl ich den Männern, das Schloß gewaltsam aufzubrechen. Dies taten sie unverzüglich, und wir standen, unsere Kerzen haltend, in der Tür und starrten ins Zimmer.

Wir riefen sie bei Namen, ohne eine Antwort zu erhalten. Wir blickten uns im Zimmer um. Nichts war in Unordnung gebracht worden. Das Zimmer war genau in dem Zustand, in dem ich es verlassen hatte, nachdem ich Carmilla eine gute Nacht gewünscht hatte. Nur Carmilla war nicht da.

Die Suche

Beim Anblick des Zimmers, das bis auf unser gewaltsames Eindringen völlig in Ordnung war, begannen wir, ein wenig ruhiger zu werden. Zumindest hatten wir wieder soweit einen klaren Kopf, daß wir das Dienstpersonal wegschickten. Mademoiselle kam der Gedanke, daß Carmilla vielleicht von dem Tumult vor ihrer Tür geweckt worden und in ihrer ersten Panik aus dem Bett gesprungen war und sich hinter einem Schrank oder Vorhang versteckt hatte, hinter dem sie sich natürlich nicht zu erkennen geben konnte, bis der Hausmeister und seine Untergebenen sich zurückgezogen hatten. Mittlerweile hatten wir unsere Suche abgeschlossen, und begannen erneut, ihren Namen zu rufen.

Es hatte alles keinen Zweck. Unsere Bestürzung und Aufregung wuchs. Wir untersuchten die Fenster, aber sie waren gesichert. Ich flehte Carmilla an, falls sie sich irgendwo versteckt hielt, doch dieses grausame Spiel nicht fortzuführen, sondern hervorzutreten und unsere Ängste zu beenden. Es half alles nichts. Inzwischen war ich überzeugt, daß sie sich weder in ihrem Zimmer noch im Ankleideraum daneben befand, dessen Tür noch immer abgeschlossen war. Durch diese Tür konnte sie nicht verschwunden sein. Das Ganze war mir ein völliges Rätsel. Hatte Carmilla einen der geheimen Gänge entdeckt, deren Vorhandensein die Haushälterin immer behauptete, obwohl die Überlieferung ihrer genauen Lokalität verlorengegangen war? In kurzer Zeit würde sich alles zweifellos aufklären – so verwirrt wir im Moment auch waren.

Es war schon nach vier Uhr morgens, und ich zog es vor, die letzte Stunde der Nacht in Madames Räumen zu verbringen. Aber das Tageslicht brachte auch keine Lösung des Problems.

Am nächsten Morgen befand sich der gesamte Haushalt mit meinem Vater an der Spitze im Zustand der Aufregung. Jede Ecke des Schlosses wurde durchsucht. Das ganze Gelände wurde durchkämmt. Von dem vermißten Fräulein war keine Spur zu finden. Man wollte den Fluß absuchen; mein Vater war völlig verzweifelt; was für eine Nachricht, die man der Mutter des armen Mädchens bei ihrer Rückkehr mitzuteilen hatte! Auch ich war außer mir, aber mein Schmerz war von ganz anderer Art.

Der Morgen ging dahin in Aufregung und Aufruhr. Mittlerweile war es ein Uhr, und noch immer keine Neuigkeiten. Ich rannte nach oben in Carmillas Zimmer und fand sie vor dem Ankleidespiegel. Ich war verblüfft. Ich traute meinen Augen nicht. Mit ihren schönen Händen winkte sie mich schweigend zu sich. Ihr Gesicht drückte große Angst aus.

In überschwenglicher Freude lief ich zu ihr; ich küßte und umarmte sie immer wieder. Ich rannte zur Klingelschnur und zog heftig daran, um die anderen an den Ort zu bringen, der meinem Vater sofort alle Sorgen nehmen würde.

»Liebste Carmilla, wo warst du die ganze Zeit? Wir litten Qualen der Angst wegen dir«, rief ich aus. »Wo warst du? Wie bist du zurückgekommen?«

»Die vergangene Nacht war voller Wunder«, sagte sie.

»Um Himmels willen, erkläre es mir, so gut du kannst.«

»Es war nach zwei Uhr in der Nacht«, begann sie, »als ich mich wie gewöhnlich zur Ruhe begab. Die Türen waren verschlossen, auch die zum Ankleidezimmer, und die, die zur Galerie führt. Mein Schlaf wurde nicht gestört und war, soweit ich mich erinnern kann, traumlos; aber gerade eben erwachte ich dort auf dem Sofa im Ankleideraum, und fand die Tür zwischen den Zimmern geöffnet und die andere mit aufgebrochenem Schloß. Wie konnte dies alles geschehen, ohne daß ich davon wach wurde? Es muß mit großem Krach verbunden gewesen sein, und ich habe einen besonders leichten Schlaf; und wie konnte man mich aus meinem Bett forttragen, ohne mich aus dem Schlaf gerissen zu haben, ich, die wegen der kleinsten Bewegung erschrickt?«

In der Zwischenzeit waren Madame, Mademoiselle, mein Vater und mehrere Dienstboten in das Zimmer gekommen. Carmilla wurde natürlich mit Fragen, Glückwünschen und Willkommensgrüßen überschüttet. Sie konnte uns nur diese eine Geschichte erzählen, und schien die letzte in der Versammlung zu sein, die einen Vorschlag zur Aufklärung des Vorfalls machen konnte.

Mein Vater lief nachdenklich im Zimmer auf und ab. Ich sah, wie Carmillas Augen ihm sekundenlang mit einem verstohlenen, finsteren Blick folgten.

Nachdem mein Vater die Dienstboten entlassen hatte, machte sich Mademoiselle auf die Suche nach einer kleinen Flasche mit Baldrian und Hirschhornsalz, und da sich außer Vater, Madame und mir niemand sonst mit Carmilla im Raum befand, ging mein Vater nachdenklich zu ihr, faßte sie sehr herzlich bei der Hand, führte sie zum Sofa und setzte sich neben sie.

»Meine Liebe, werden Sie mir verzeihen, wenn ich eine Vermutung äußere und eine Frage stelle?«

»Wer hätte mehr Recht dazu?« sagte sie. »Fragen Sie mich, was Sie wünschen, und ich werde Ihnen alles sagen. Aber meine Geschichte besteht nur aus Verwirrung und Finsternis. Ich weiß absolut nichts. Aber fragen Sie alles, was Sie wollen. Aber Sie kennen natürlich die Einschränkungen, die Mama mir auferlegt hat.«

»Aber sicher, mein liebes Kind. Ich muß die Themen, über die sie uns zu schweigen wünscht, nicht berühren. Nun gut, das Wunder der vergangenen Nacht besteht darin, daß man Sie aus Ihrem Bett und Ihrem Zimmer gebracht hat, ohne Sie aufzuwekken, und dies geschah offensichtlich trotz verschlossener Fenster und zweier von innen verriegelter Türen. Ich werde Ihnen meine Theorie erläutern, aber zuerst habe ich eine Frage.«

Carmilla stützte sich mutlos auf ihren Arm; Madame und ich lauschten atemlos.

»Nun, meine Frage ist folgende: Hat man je vermutet, daß Sie eine Schlafwandlerin sind?«

»Niemals, nicht seit meiner frühesten Kindheit.«

»Aber Sie waren eine Schlafwandlerin, als sie noch sehr klein waren?«

»Ja, das weiß ich. Mein altes Kindermädchen hat mir oft davon erzählt.«

Mein Vater nickte lächelnd.

»Nun, es geschah folgendes. Sie sind im Schlaf aufgestanden und entriegelten die Tür, aber Sie ließen den Schlüssel nicht, wie üblich, im Schloß stecken, sondern nahmen ihn an sich und schlossen die Tür von außen wieder ab; Sie nahmen ihn mit sich in eines der fünfundzwanzig Zimmer auf diesem Stockwerk, oder vielleicht auch nach unten oder nach oben. Hier gibt es so viele Zimmer und Nischen, so viele schwere Möbel und so eine Ansammlung von Gerümpel, daß man eine Woche benötigen würde, um dieses alte Gemäuer gründlich zu durchsuchen. Verstehen Sie jetzt, was ich meine?«

»Ja, aber nicht alles«, antwortete sie.

»Papa, und wie erklärst du dir ihr Erwachen auf dem Sofa im Ankleidezimmer, das wir so sorgfältig durchsucht hatten?«

»Sie kam, nachdem ihr den Raum durchsucht hattet, immer noch schlafwandelnd, wachte schließlich von selbst auf, und war genauso überrascht, sich an diesem Ort wiederzufinden, wie alle anderen. Ich wünschte, alle Rätsel hätten so einfache und harmlose Lösungen wie Ihres, Carmilla«, sagte er lächelnd. »Und deshalb können wir uns über die Gewißheit freuen, daß die einfachste Erklärung des Ereignisses jene ist, die nichts zu tun hat mit Drogen, mit Türen, an denen sich jemand zu schaffen machte, mit Einbrechern, mit Giftmischern oder Hexen – nichts, weswegen Carmilla oder irgendjemand sonst sich um unsere Sicherheit sorgen müßte.«

Carmilla sah reizend aus. Niemand hatte eine zartere Gesichtsfarbe. Ich glaube, ihre Schönheit wurde durch die anmutige Mattheit, die ihr zu eigen war, gesteigert. Ich nehme an, mein Vater verglich schweigend ihr Aussehen mit meinem, denn er sagte: »Ich würde mir wünschen, daß meine arme Laura wieder ein wenig mehr wie sie selbst aussehen würde«, und er seufzte dabei. Auf diese Weise wurden unsere Sorgen zerstreut und Carmilla wieder zu ihren Freunden zurückgebracht.

Der Doktor

Da Carmilla nichts von einem in ihrem Zimmer wachenden Dienstboten hören wollte, trug mein Vater Sorge, daß jemand vor ihrer Tür wachte, damit sie keinen weiteren Ausflug unternehmen konnte, ohne an ihrer Tür angehalten zu werden.

Die Nacht verlief ohne Zwischenfälle; früh am nächsten Morgen traf der Arzt ein, den mein Vater hatte holen lassen, ohne mir davon ein Wort zu sagen.

Madame begleitete mich zur Bibliothek; dort wartete der ernste, magere Arzt mit seinem weißen Haar und seiner Brille, den ich bereits erwähnt habe, um mich zu empfangen.

Ich erzählte ihm meine Geschichte, und während ich fortfuhr, verdüsterte sich seine Miene immer mehr.

Wir standen uns gegenüber, er und ich, in einer der Fensternischen. Als ich meinen Bericht beendet hatte, lehnte er sich mit der Schulter gegen die Wand und starrte mich mit ernsten Augen an, mit einem Interesse, in dem eine Spur Grausen lag.

Nachdem er eine Minute lang nachgedacht hatte, bat er Madame, meinen Vater sehen zu dürfen.

Folglich ließ man ihn rufen, und als er eintrat, sagte er lächelnd:

»Doktor, ich nehme an, Sie werden mir jetzt sagen, daß ich ein alter Dummkopf bin, weil ich Sie rufen ließ; ich hoffe, das bin ich.«

Aber sein Lächeln verdüsterte sich, als ihn der Arzt mit sehr ernstem Gesicht zu sich winkte.

Er und der Arzt unterhielten sich für einige Zeit in derselben Nische, in der ich gerade mit dem Arzt gesprochen hatte. Es sah nach einem eindringlichen Gespräch aus. Der Raum war sehr lang, und Madame und ich standen, brennend vor Neugierde, am anderen Ende beisammen. Doch wir konnten kein Wort verstehen, da die beiden in sehr leisem Tonfall miteinander sprachen, und die tiefe Fensternische die Sicht auf den Arzt verdeckte. Auch von meinem Vater konnten wir nur Fuß, Arm und Schulter sehen. Die Stimmen, vermute ich, waren durch die kabinettartige Nische, die von der dicken Wand und dem Fenster gebildet wurde, nur noch unverständlicher.

Nach einer Weile wandte mein Vater sein Gesicht dem Raum zu; es war bleich, nachdenklich und, wie mir schien, sehr erregt.

»Laura, meine Liebe, komm bitte für einen Augenblick her. Madame, der Arzt meint, daß wir im Moment Ihre Hilfe nicht benötigen.«

Als ich mich ihnen näherte, war ich zum ersten Mal ein wenig beunruhigt, denn obwohl ich sehr matt war, fühlte ich mich nicht krank; und Kraft, so denkt man immer, wäre etwas, über das man nach eigenem Gutdünken verfügen kann.

Mein Vater streckte seine Hand nach mir aus, als ich näherkam, aber er sah dabei den Arzt an und sagte:

»Es *ist* allerdings sehr merkwürdig; ich verstehe es noch nicht ganz. Laura, komm her, mein Liebes; achte jetzt auf den Doktor und versuche dich zu sammeln.«

»Sie hatten ein Gefühl erwähnt, als ob sich irgendwo in der Gegend Ihres Halses zwei Nadeln in die Haut bohren würden, damals in jener Nacht, als Sie Ihren ersten Alptraum hatten. Ist da noch immer eine wunde Stelle?«

»Überhaupt nicht«, antwortete ich.

»Können Sie mir mit Ihrem Finger zeigen, wo die ungefähre Stelle ist, an der es passierte?«

»Ganz knapp unterhalb meiner Kehle – *hier*«, gab ich zur Antwort. Ich trug ein Hauskleid, das die Stelle, auf die ich zeigte, bedeckte.

»Nun können Sie sich selbst überzeugen«, sprach der Arzt. »Es macht Ihnen nichts aus, wenn Ihr Vater Ihr Kleid ein wenig herunterzieht? Es ist notwendig, um ein Symptom der Krankheit, unter der Sie leiden, zu entdecken.«

Ich willigte ein. Die Stelle war nur zwei oder drei Zentimeter unterhalb meines Kleiderkragens.

»Gott segne uns – es stimmt tatsächlich«, sprach der Arzt mit düsterem Triumph in der Stimme.

»Was ist los?« fragte ich beängstigt.

»Nichts, meine liebe, junge Dame, nichts außer einer kleinen blauen Stelle, die ungefähr so groß ist wie die Spitze Ihres kleinen Fingers«, setzte er hinzu und wandte sich an Papa. »Die Frage ist nur, was man jetzt wohl am besten macht?«

»Ist es gefährlich?« drängte ich beklommen.

»Das nehme ich doch nicht an, meine Liebe«, erwiderte der Arzt.

»Ich sehe keinen Grund, warum Sie sich nicht wieder erholen sollten. Es gibt überhaupt keinen Grund, warum Sie jetzt nicht sofort damit beginnen sollten. Hier ist die Stelle, von der das würgende Gefühl ausgeht?«

»Ja«, war meine Antwort.

»Und – denken Sie jetzt genau nach – und der gleiche Punkt war auch das Zentrum dieses Kitzels, den Sie gerade eben beschrieben hatten, so wie die Strömung von kaltem Wasser?«

»Ja, es könnte sein; ich denke, ja.«

»Aha, verstehen Sie?« fügte er, zu meinem Vater gewandt, hinzu.

»Soll ich Madame davon erzählen?«

»Aber natürlich«, erwiderte mein Vater.

Er ließ Madame zu sich rufen und sprach:

»Ich mußte meine kleine Freundin hier alles andere als gesund wiedersehen. Es wird keine schlimmen Folgen haben, hoffe ich, aber es ist notwendig, daß bestimmte Schritte eingeleitet werden, die ich nach und nach erläutern werde. In der Zwischenzeit bitte ich Sie, Madame, ganz herzlich, darauf zu achten, daß Laura keine Minute alleingelassen wird. Dies ist die einzige Anweisung, die ich im Moment zu geben habe, aber sie ist unerläßlich.«

»Ich weiß, Madame, daß wir uns auf Ihre Hilfe verlassen können«, fügte mein Vater hinzu.

Madame versicherte ihm dies eifrig.

»Und du, meine liebe Laura, wirst dich auch an die Anweisungen des Arztes halten.«

»Ich muß Sie noch um Ihre Meinung zu einer weiteren Patientin bitten, deren Krankheitsanzeichen etwa denen meiner Tochter, wie sie Ihnen gerade berichtet wurden, ähneln – allerdings in sehr viel abgeschwächterer Form, aber, wie ich glaube, doch sehr ähnlich. Es handelt sich um eine junge Dame – ein Gast; es wäre das beste, wenn Sie hier Ihr Abendessen einnehmen würden, und sie dann sehen könnten. Sie kommt nicht vor Nachmittag herunter.«

»Ich danke Ihnen«, antwortete der Doktor. »Ich werde also gegen sieben Uhr wieder hier bei Ihnen sein.«

Und dann wiederholten sie noch einmal ihre Anweisungen für Madame und mich; mein Vater verließ uns mit diesem letzten Auftrag, und der Arzt ging mit ihm zur Tür hinaus. Ich sah, wie sie zusammen auf der Rasenfläche vor dem Schloß zwischen der Straße und dem Wassergraben auf und ab gingen. Offensichtlich waren sie in ein ernstes Gespräch vertieft.

Der Doktor kam nicht zurück. Ich beobachtete ihn, wie er sein Pferd bestieg, sich verabschiedete und in östlicher Richtung durch den Wald davon ritt.

Fast zur gleichen Zeit sah ich auch den Postboten aus Dranfeld mit Briefen eintreffen. Er stieg von seinem Pferd und händigte meinem Vater den Postsack aus.

Während dieser ganzen Zeit waren Madame und ich eifrig damit beschäftigt, Vermutungen über die Ursachen anzustellen, die den Arzt und meinen Vater veranlaßt hatten, uns diese einzigartige und ernstgemeinte Anweisung aufzuerlegen. Wie sie mir später sagte, fürchtete Madame, daß der Arzt einen plötzlichen Anfall voraussah, und daß ich ohne sofortige Hilfe dabei mein Leben verlieren könnte, oder mich zumindest ernsthaft verletzen würde.

Diese Erklärung erschien mir nicht wahrscheinlich, und ich vermutete, wahrscheinlich zu meiner eigenen Beruhigung, daß die Anordnung gegeben wurde, um mir einfach jemanden zur Seite zu geben, der verhindern sollte, daß ich mich überanstrengte oder unreifes Obst aß, oder auf irgendeine der anderen tausend dummen Ideen verfiel, zu denen junge Leute angeblich neigen.

Nach ungefähr einer halben Stunde kam mein Vater herein – er trug einen Brief in der Hand – und sagte:

»Dieser Brief hat sich verspätet; er kommt von General Spielsdorf. Er selbst hätte schon gestern eintreffen sollen, vielleicht kommt er auch erst morgen oder aber schon heute.«

Er gab mir den geöffneten Brief, aber er sah nicht so erfreut drein, wie er es gewöhnlich war, wenn ein Gast, besonders ein so verehrter wie der General, sein Kommen verkündete. Er sah ganz im Gegenteil so aus, als ob er ihn in die Tiefen des Roten Meeres wünschte. Offensichtlich lastete etwas auf ihm, was er lieber verschwieg.

»Papa, mein Liebster, wirst du mir etwas verraten?« fragte ich, während ich schnell meine Hand auf seinen Arm legte, und ihn, davon bin ich überzeugt, bittend ansah.

»Vielleicht«, erwiderte er und strich mir das Haar zärtlich aus den Augen.

»Hält mich der Arzt für sehr krank?«

»Aber nein, mein Kleines; er glaubt, daß du mit der richtigen Pflege in ein oder zwei Tagen wieder ganz gesund sein wirst, oder zumindest auf dem Weg zu einer völligen Genesung«, gab er, ein wenig hölzern, zurück. »Ich wünschte, unser guter Freund, der General, hätte irgendeinen anderen Zeitpunkt gewählt; das heißt, ich wünschte, du hättest dich völlig erholt, wenn du ihn begrüßt.«

»Aber sag' mir doch, Papa«, beharrte ich, »*woran*, glaubt er, leide ich?«

»An gar nichts; du sollst mich nicht so mit deinen Fragen bedrängen«, antwortete er mit einer Verärgerung in der Stimme, die ich noch nie kennengelernt hatte. Er küßte mich, wahrscheinlich, weil er merkte, daß er mich verletzt hatte, und fügte hinzu: »In ein paar Tagen wirst du alles erfahren, zumindest alles, was *ich* weiß. Und in der Zwischenzeit darfst du dir nicht den Kopf zerbrechen.«

Er wandte sich um und verließ das Zimmer, aber er kehrte zurück, bevor noch meine Verwunderung und Verwirrung über die merkwürdige Sache abgeklungen war. Er wollte mir nur mitteilen, daß er nach Karnstein fahren wollte, und daß er schon eine Kutsche für zwölf Uhr bestellt hatte, und daß Madame und ich ihn begleiten würden; er wollte einen Priester, der in der Nähe dieses malerischen Ortes lebte, in einer Geschäftsangelegenheit aufsuchen, und da Carmilla diesen Ort noch nie gesehen hatte, könnte sie, nachdem sie sich erhoben hatte, zusammen mit Mademoiselle nachkommen. Mademoiselle würde ein Picknick mitbringen, das wir in dem verfallenen Schloß einnehmen könnten.

Um zwölf Uhr war ich demgemäß bereit; nicht viel später machten sich mein Vater, Madame und ich auf die geplante Reise.

Nachdem wir die Zugbrücke überquert hatten, wendeten wir uns nach links und folgten der Straße über die hohe, gotische Brücke in Richtung Westen, um zu dem verlassenen Dorf und dem zerfallenen Schloß derer zu Karnstein zu gelangen.

Man kann sich keine reizvollere Fahrt in der ganzen Steiermark vorstellen. Die Landschaft dehnt sich in sanften Hügeln und Tälern aus, die mit herrlichen Wäldern bedeckt sind. Die relative Strenge, die Landschaftsplanung und früh angelegte Ackerbaukulturen mit sich bringen, fehlt hier gänzlich.

Die Unebenheiten des Bodens führen die Straße häufig auf Umwege und lassen sie anmutig entlang felsiger Abgründe und steiler Bergabhänge verlaufen, durch eine sich ständig verändernde Landschaft.

Als wir um eine der engen Kurven bogen, trafen wir plötzlich auf unseren Freund, den General, der uns in der Gefolgschaft berittener Diener auf dem Pferd entgegenkam. Sein Gepäck folgte in einem gemieteten Karren, wie wir einen Wagen nennen.

Als wir anhielten, stieg der General vom Pferd und war, nach den üblichen Begrüßungen, leicht zu überreden, den freien Platz in der Kutsche einzunehmen und sein Pferd mit den Dienern zum Schloß vorauszuschicken.

Ein schmerzlicher Verlust

Es war vor etwa zehn Monaten, daß wir ihn das letzte Mal gesehen hatten, aber diese Zeit hatte ausgereicht, um ihn um Jahre altern zu lassen. Er war abgemagert; ein Zug von Schwermut und Unruhe war anstelle der gelassenen Heiterkeit getreten, die gewöhnlich seine Gesichtszüge kennzeichnete. Seine tiefblauen Augen, die immer durchdringend waren, leuchteten jetzt mit einem strengeren Blick unter seinen buschigen, grauen Augenbrauen. Die Veränderung konnte nicht allein von der Trauer hervorgerufen worden sein, wütende Leidenschaften mußten ihren Teil dazu beigetragen haben.

Wir hatten unsere Fahrt kaum fortgesetzt, als der General mit seiner ihm eigenen, soldatischen Geradlinigkeit von seinem, wie er ausdrückte, schmerzlichen Verlust, der ihm durch den Tod seiner geliebten Nichte zugefügt worden war, zu sprechen begann; sogleich brach er in einen Ton heftiger Bitterkeit und Wut aus, er wetterte gegen die »teuflischen Künste«, denen sie zum Opfer gefallen war, und drückte, mit mehr Wut als Ehrfurcht, seine Verwunderung darüber aus, daß der Himmel eine derartig ungeheuerliche Maßlosigkeit höllischer Gelüste und Gemeinheiten tolerierte.

Mein Vater, der sofort erkannte, daß sich etwas Außergewöhnliches ereignet hatte, bat ihn, falls dies nicht zu schmerzlich für ihn wäre, doch die Einzelheiten des Ereignisses mitzuteilen, für das ihm die heftigen Worte, die er gerade gebraucht hatte, gerechtfertigt schienen.

»Ich würde es Ihnen mit Freuden erzählen«, sagte der General, »aber Sie würden mir kein Wort glauben.«

»Warum nicht?« fragte mein Vater.

»Weil Sie«, gab er unwirsch zurück, »an nichts anderes glauben als an Ihre eigenen Vorurteile und Illusionen. Ich kann mich daran erinnern, als ich so war wie Sie, aber mittlerweile weiß ich es besser.«

»Geben Sie mir eine Chance«, sagte mein Vater; »ich bin nicht der Dogmatiker, für den Sie mich halten. Außerdem weiß ich sehr wohl, daß Sie gewöhnlich handfeste Beweise verlangen für das, was Sie glauben, und deshalb bin ich geneigt, Ihre Entscheidungen zu respektieren.«

»Sie haben recht, wenn Sie annehmen, daß ich nicht so ohne weiteres zum Glauben an das Übernatürliche gekommen bin, denn was ich erfahren mußte, ist übernatürlich, und ich wurde durch unglaubliche Beweise dazu gezwungen, all das, was meinen Theorien zuwiderläuft, anzuerkennen. Ich war der Betrogene in einer übersinnlichen Verschwörung.«

Trotz seiner Beteuerungen in die Glaubwürdigkeit der Anschauungen des Generals sah ich meinen Vater in diesem Moment dem General einen Blick zuwerfen, der, wie ich dachte, deutliche Zweifel an seiner geistigen Gesundheit ausdrückte.

Glücklicherweise bemerkte der General diesen Blick nicht. Er blickte düster und ein wenig neugierig auf die Lichtungen und Schneisen des Waldes, die sich vor uns öffneten.

»Sie fahren zu den Ruinen von Karnstein«, fragte er. »Ja, das ist ein glücklicher Zufall; denn, müssen Sie wissen, ich wollte Sie bitten, mich dort hinzuführen, damit ich sie näher untersuchen kann. Ich habe ein bestimmtes Ziel bei meinen Nachforschungen. Es gibt da eine zerfallene Kapelle, nicht wahr, mit sehr vielen Gräbern der ausgestorbenen Familie.«

»So ist es – sie sind höchst interessant«, sagte mein Vater. »Ich nehme an, Sie wollen den Titel und den Besitz für sich in Anspruch nehmen?«

Mein Vater sagte dies in fröhlichem Tonfall, aber der General konnte kein Lachen, ja, nicht einmal ein Lächeln zuwege bringen, wie es die Höflichkeit dem Scherz eines Freundes gegenüber forderte; ganz im Gegenteil, er sah ernst, fast wütend drein, während er über einen Gedanken nachgrübelte, der Ärger und Schrecken in ihm entfachte.

»Etwas ganz anderes«, sagte er schroff. »Ich gedenke, einige dieser feinen Leute auszugraben. Ich hoffe, mit Gottes Hilfe hier ein frommes Sakrileg durchzuführen, das unsere Erde von gewissen Monstern befreien sollte und anständige Leute wieder in die Lage versetzt, in ihren Betten zu liegen, ohne von Mördern angegriffen zu werden. Mein lieber Freund, ich muß Ihnen seltsame Dinge berichten, die ich vor wenigen Monaten selbst verächtlich als unwahr zurückgewiesen hatte.«

Mein Vater warf ihm erneut einen Blick zu, aber diesmal nicht voller Mißtrauen, sondern eher mit einem Blick scharfsinnigen Verständnisses und der Beunruhigung.

»Das Haus derer zu Karnstein«, sagte er, »starb vor langer Zeit aus; es sind mindestens hundert Jahre. Meine geliebte Frau stammte mütterlicherseits von den Karnsteins ab. Aber der Name und der Besitz existierten schon seit langem nicht mehr. Das Schloß ist eine Ruine; sogar das Dorf ist verlassen; vor fünfzig Jahren sah man hier zum letzten Mal Rauch aus einem Schlot aufsteigen; keine Hütte steht mehr.«

»Ganz richtig. Ich habe darüber sehr viel gehört seit meinem letzten Besuch bei Ihnen; ein großer Teil davon wird Sie in Erstaunen versetzen. Aber ich sollte wohl alles in der Reihenfolge, in der es sich ereignete, erzählen«, bemerkte der General. »Sie haben mein geliebtes Mündel gekannt – mein Kind, wie ich es nannte. Kein Geschöpf war bezaubernder, und vor drei Monaten noch gab es auch kein blühenderes.«

»Ja, die Arme! Als ich sie zum letzten Mal sah, war sie tatsächlich sehr bezaubernd«, gab mein Vater zurück. »Ich war über alle Maßen bestürzt und bekümmert, mein bester Freund; ich weiß, was für ein schwerer Schlag dies für Sie war.«

Er griff nach der Hand des Generals, und sie tauschten einen herzlichen Händedruck aus. In den Augen des alten Soldaten sammelten sich Tränen. Er versuchte nicht, sie zu verbergen. Er sagte:

»Wir sind sehr alte Freunde; ich wußte, daß Sie mit mir fühlen würden, kinderlos wie ich bin. Sie war mir sehr ans Herz gewachsen, und sie dankte mir meinen Schutz mit einer Zuneigung, die mein Heim erleuchtete und mein Leben glücklich machte. Dies ist alles vorbei. Die Jahre, die mir noch auf Erden bleiben, mögen gezählt sein; aber durch Gottes Gnade hoffe ich, der Menschheit einen Dienst zu erweisen, bevor ich sterbe, und die Rache des Himmels über jene Freunde zu bringen, die mein armes Kind in der Blüte ihrer Hoffnungen und Schönheit mordeten.«

»Sie sagten eben, daß Sie beabsichtigten, alles in der Reihenfolge, in der es sich ereignete, zu erzählen«, sagte mein Vater. »Ich bitte Sie darum; ich kann Ihnen versichern, daß es nicht bloße Neugierde ist, die mich dazu veranlaßt.«

Mittlerweile hatten wir die Stelle erreicht, an der sich die Drunstall-Straße, auf der der General gekommen war, von der Straße, die nach Karnstein führt, teilt.

»Wie weit ist es noch bis zu den Ruinen?« wollte der General wissen, während er besorgt nach vorn blickte.

»Ungefähr eine Meile«, antwortete mein Vater. »Ich bitte Sie, erzählen Sie uns die Geschichte, die Sie uns liebenswürdigerweise versprochen haben.«

Die Geschichte

»Aus ganzem Herzen«, sagte der General mit einiger Mühe; und nach einer Pause, in der er seine Gedanken ordnete, begann er mit der merkwürdigsten Geschichte, die ich je gehört hatte.

»Mit großer Freude sah mein geliebtes Kind dem Besuch bei Ihrer bezaubernden Tochter entgegen, den Sie liebenswürdigerweise ermöglicht hatten.« An dieser Stelle machte er eine galante, aber melancholische Verbeugung in meine Richtung. »Zwischenzeitlich hatten wir eine Einladung bei meinem alten Freund, dem Baron Carlsfeld, dessen Schule etwa achtzehn Meilen auf der anderen Seite von Karnstein liegt. Dies war anläßlich einer Reihe von Festivitäten, die er zu Ehren seines illustren Gastes, des Fürsten Charles, gab.«

»Ja, und sicherlich waren sie glanzvoll«, sagte mein Vater.

»Fürstlich! Aber dann ist seine Gastfreundschaft immer königlich. Die Nacht, in der mein Kummer begann, war einem prächtigen Maskenball gewidmet. Der Park war geöffnet, in den Bäumen hingen bunte Lichter. Es gab ein derartig prachtvolles Feuerwerk, wie man es selbst in Paris noch nicht gesehen hat. Und diese Musik – Musik ist meine Schwäche, wie Sie wissen – solch hinreißende Musik! Vielleicht das beste Orchester der Welt und die besten Sänger aus allen großen Opernhäusern Europas. Schlenderte man über die phantastisch illuminierten Rasenflächen, über das die langen Fensterreihen des mondbeschienenen Schlosses rosiges Licht warfen, dann konnte man plötzlich betörende Stimmen aus den Niederungen des Parkes oder von den Booten hören. Ich selbst fühlte mich, während ich lauschte und um mich blickte, zurückversetzt in die Romantik und Poesie meiner Jugend.

Als das Feuerwerk beendet war und der Ball begann, gingen wir zurück in die prunkvollen Zimmerfluchten, die den Tänzern zugänglich gemacht worden waren. Ein Maskenball, müssen Sie wissen, ist immer ein wundervoller Anblick, aber ein solch glänzendes Ereignis habe ich bisher noch nicht gesehen.

Es war eine aristokratische Gesellschaft; ich selbst war fast der einzige ›Niemand‹ unter den Anwesenden.

Mein geliebtes Kind sah zauberhaft aus. Sie trug keine Maske. Die Aufregung und Freude gaben ihrem Gesicht einen unbeschreiblichen Charme. Ich bemerkte eine prachtvoll gekleidete junge Dame, die aber maskiert war, und offenbar meinen Schützling mit außerordentlichem Interesse betrachtete. Sie war mir bereits früher am Abend aufgefallen, als sie durch den großen Ballsaal schlenderte, und später auf der Terrasse unter den Schloßfenstern war sie für einige Minuten neben uns und spazierte ebenfalls umher. Eine andere maskierte Dame, reich und dunkel gekleidet, mit dem imposanten Auftreten einer Dame von Rang, begleitete sie als ihre Anstandsdame. Wäre die junge Dame nicht maskiert gewesen, hätte ich die Frage, ob sie tatsächlich meinen armen Liebling beobachtete, mit mehr Gewißheit beantworten können. Mittlerweile bin ich sicher, daß sie es tat.

Wir befanden uns jetzt in einem der Salons. Mein bedauernswertes Kind hatte getanzt und gönnte sich in einem der Sessel neben der Tür eine Ruhepause. Ich stand in ihrer Nähe. Die beiden Damen, die ich eben beschrieb, hatten sich uns genähert, und die jüngere nahm den Stuhl neben meinem Mündel ein; ihre Begleiterin stand neben mir und sprach für kurze Zeit mit gesenkter Stimme zu ihrem Schützling.

Unter dem Schutz, den ihre Maske bot, wandte sie sich an

mich und, im Ton einer alten Bekanntschaft und mich mit meinem Namen ansprechend, begann sie eine Unterhaltung mit mir, die meine Neugierde anstachelte. Sie bezog sich auf viele Gelegenheiten, bei denen wir uns getroffen hatten – am Hofe und in hohen Häusern. Sie spielte auch auf kleine Begebenheiten an, an die ich schon längst nicht mehr gedacht hatte, die aber, so mußte ich feststellen, nur zu bald aus meiner Erinnerung auftauchten, denn bei ihren Worten standen sie so deutlich vor meinen Augen, als wäre es erst gestern gewesen.

Mit jedem Augenblick wuchs meine Neugierde, wer sie denn sei. Sie wehrte meine Enthüllungsversuche sehr geschickt und charmant ab. Die Kenntnis, die sie über viele Stationen meines Lebens hatte, war mir mehr als unerklärlich; und sie schien ein durchaus verständliches Vergnügen dabei zu haben, meine Neugierde in die Irre zu führen und mich in meiner begierigen Verwirrung von einer Vermutung zur nächsten zappeln zu lassen.

Zur gleichen Zeit war die junge Dame, die von ihrer Mutter bei dem seltsamen Namen Millarca gerufen wurde, mit dem gleichen Charme und Anmut mit meinem Schützling ins Gespräch gekommen.

Sie machte sich bekannt, indem sie behauptete, daß ihre Mutter eine langjährige Bekannte von mir sei. Sie sprach von der angenehmen Kühnheit, die einem die Maske verlieh; sie sprach wie eine Freundin, sie bewunderte das Kleid meines Kindes und schmeichelte sich mit schönen, bewundernden Worten über ihre Schönheit ein. Sie amüsierte sie mit lustigen Kommentaren über die Leute, die den Ballsaal bevölkerten, und lachte über die Fröhlichkeit meiner armen Tochter. Wenn sie wollte, konnte sie sehr geistreich und lebhaft sein, und nach kurzer Zeit wurden die beide gute Freundinnen; die junge Fremde ließ ihre Maske sinken und zeigte ein bemerkenswert schönes Antlitz. Weder ich noch mein geliebtes Kind hatten sie je zuvor gesehen. Aber obwohl sie uns unbekannt war, strahlte ihr Gesicht soviel Anziehungskraft und Bezauberung aus, daß es unmöglich war, sich ihrer Macht zu entziehen. Mein armes Kind konnte ihr nicht widerstehen. Nie habe ich jemand gesehen, der sich auf den ersten Blick so zu einem anderen hingezogen fühlte, bis auf die junge Fremde selbst, die ebenfalls ihr Herz an mein Mündel verloren zu haben schien.

Währenddessen nutzte ich den Schutz der Maskierung und bestürmte die ältere Dame mit Fragen.

›Sie haben mich vollkommen verwirrt‹, sagte ich lächelnd. ›Reicht dies noch nicht? Geben Sie jetzt Ihr Einverständnis, gleiche Bedingungen zu schaffen, und gewähren Sie mir die Freundlichkeit, Ihre Maskierung abzunehmen.‹

›Hat man je einen unmöglicheren Wunsch gehört?‹ erwiderte sie. ›Sie bitten eine Dame, einen Vorteil aufzugeben! Außerdem, woher wissen Sie, daß Sie mich wiedererkennen werden? Die Jahre bringen Veränderungen mit sich.‹

›Wie Sie sehen‹, antwortete ich mit einer Verbeugung und einem, wie ich fürchte, reichlich melancholischen Lächeln.

›So sprechen die Philosophen‹, sagte sie; ›und woher wollen Sie wissen, ob Ihnen der Anblick meines Gesichtes helfen würde?‹

›Dies würde ich riskieren‹, antwortete ich. ›Sie versuchen vergeblich, sich als alte Frau darzustellen, Ihre Gestalt straft Sie Lügen.‹

›Dennoch sind Jahre vergangen, seit ich Sie gesehen habe, oder besser, seit Sie mich gesehen haben, denn daran denke ich jetzt. Millarca dort ist meine Tochter; demnach kann ich nicht mehr jung sein, selbst nicht in den Augen von Leuten, die die Zeit gelehrt hat, nachsichtig zu sein. Vielleicht gefällt es mir nicht, mit jener verglichen zu werden, die Sie in Erinnerung haben. Sie können keine Maske abnehmen. Sie können mir nichts dafür zurückgeben.‹

›Meine Bitte, die Maske abzunehmen, appeliert an Ihr Mitleid.‹

›Und ich appeliere an Ihres, die Maske da zu belassen, wo sie jetzt ist‹, gab sie zurück.

›Nun gut, vielleicht werden Sie mir dann wenigstens sagen, ob Sie Deutsche oder Französin sind, denn Sie sprechen beide Sprachen so perfekt.‹

›Ich glaube nicht, daß ich Ihnen dies erzählen werde, denn Sie planen eine Überraschung und erwägen einen bestimmten Punkt zum Angriff.‹

›Aber zumindest können Sie mir dies eine nicht verweigern‹, sagte ich, ›da Sie mir die Ehre erwiesen haben, mit mir zu sprechen, sollte ich zumindest erfahren, wie ich Sie ansprechen darf. Soll ich Madame oder Baronin sagen?‹

Sie lachte, und sie wäre mir zweifellos mit einer weiteren Ausflucht begegnet, wenn – aber wie kann ich eigentlich irgendeine Begebenheit dieses Gesprächs, bei dem, wie ich jetzt weiß, jeder Moment mit der größten Schläue vorausgeplant war, so behandeln, als ob es durch einen Zufall beeinflußt worden wäre!

›Was dies betrifft . . .‹, begann sie; aber im selben Moment, in dem sie ihre Lippen öffnete, wurde sie unterbrochen von einem schwarzgekleideten Herren, der zwar außerordentlich elegant und vornehm gekleidet war, jedoch das bleicheste Gesicht hatte, das ich je gesehen habe. Er war nicht maskiert – er trug den schlichten Abendanzug eines vornehmen Herren; er sprach, ohne zu lächeln, mit einer knappen, ungewöhnlich tiefen Verbeugung:

›Wird Ihre Durchlaucht mir gestatten, ein paar Worte an Sie zu richten, die Sie vielleicht interessieren könnten?‹

Die Dame wandte sich ihm hastig zu und berührte ihre Lippen, wie als Zeichen zu schweigen, dann sprach sie zu mir, ›Halten Sie den Platz frei für mich, General; ich werde zurückkehren, nachdem ich einige Worte gewechselt habe.‹

Und mit diesem spielerisch erteilten Befehl ging sie mit dem Herrn in Schwarz ein wenig zur Seite, wo sie für einige Minuten ein offenbar sehr ernstes Gespräch führten. Dann tauchten sie zusammen in der Menge unter, und ich verlor sie für ein paar Augenblicke aus den Augen.

Ich nutzte die Pause, um in meinem Gedächtnis nach Spuren zu suchen, die die Identität der Dame, die sich so liebenswürdig an mich erinnerte, offenbaren würden, und ich wollte mich gerade umwenden und mich in die Unterhaltung zwischen meinem Mündel und der Tochter der Baronin einschalten. Vielleicht gelang es mir dadurch, bis zu ihrer Rückkehr eine kleine Überraschung in Form ihres Namens, Titels oder weiterer Angaben aus dem Ärmel zu zaubern. Aber in diesem Augenblick kam sie in Begleitung des bleichen Mannes in Schwarz zurück. Er sprach:

›Ich werde zurückkommen und es Ihrer Durchlaucht mitteilen, wenn die Kutsche vor der Tür steht.‹

Mit einer Verbeugung zog er sich zurück.

Eine Bitte

›Also wird uns Ihre Durchlaucht verlassen, aber, wie ich hoffe, nur für einige wenige Stunden.‹

›Mag sein, aber es mögen auch einige Wochen sein. Es war sehr unglücklich, daß er mich gerade jetzt ansprechen mußte. Erkennen Sie mich jetzt?‹

Ich versicherte ihr, daß dies nicht der Fall wäre.

›Ich werde mich offenbaren‹, sagte sie, ›aber nicht in diesem Augenblick. Wir sind ältere und bessere Freunde, als Sie vielleicht vermuten. Doch ich darf mich noch nicht zu erkennen geben. In drei Wochen werde ich an Ihrer wundervollen Schule, über die ich Erkundigungen eingezogen habe, vorbeikommen, und dann werde ich Sie für ein oder zwei Stunden aufsuchen und eine Freundschaft erneuern, derer ich nie ohne tausend angenehme Erinnerungen gedenken kann. In diesem Augenblick habe ich eine Nachricht erhalten, die mich wie ein Blitzschlag getroffen hat. Ich muß mich auf die Reise begeben, fast hundert Meilen weit auf einer geheimen Route, mit aller Eile, die ich aufbringen kann. Meine Verwirrung ist grenzenlos. Nur die zwingende Zurückhaltung, die ich wegen meines Namens ausüben muß, hindert mich daran, Sie um einen außerordentlichen Gefallen zu bitten. Mein armes Kind hat sich noch nicht völlig erholt. Bei einer Jagd, bei der sie als Zuschauerin mitgeritten war, stürzte sie mit dem Pferd; ihre Nerven haben den Schock noch nicht überwunden, und unser Arzt ordnete an, daß sie sich in der näheren Zukunft unter keinen Umständen überanstrengen darf. Aus diesem Grund sind wir bisher in sehr kurzen Etappen gereist – kaum achtzehn Meilen am Tag. Jetzt muß ich Tag und Nacht reisen in einer Angelegenheit, die über Tod und Leben entscheiden kann – eine Mission, deren schwierige und bedeutsame Natur ich Ihnen erklären werde, wenn wir uns, wie ich hoffe, in einigen Wochen wiedersehen werden, ohne Masken tragen zu müssen.‹ Sie fuhr fort, ihre Bitte vorzutragen, im Tonfall einer Person, die es eher gewohnt war, Bitten zu gewähren als zu stellen. Dies betraf ausschließlich ihre Haltung und war eher unbewußt, denn ihre Rede enthielt viele Entschuldigungen. Sie bat mich darum, ihre Tochter während ihrer Abwesenheit in meine Obhut zu nehmen.

Alles in allem war dies ein ungewöhnliches, um nicht zu sagen kühnes Gesuch. In gewisser Art nahm sie mir den Wind aus den Segeln, indem sie alles, was dagegen sprach, freimütig einräumte, um gänzlich an meine Ritterlichkeit zu appellieren. Durch eine Schicksalsfügung, die alles, was geschah, vorherzubestimmen schien, trat mein armes Kind gerade in diesem Moment an meine Seite und bat mich mit gesenkter Stimme inständig, ihre neue Freundin Millarca zu einem Besuch einzuladen. Sie hatte sie gerade etwas ausgehorcht und glaubte, daß sie, mit der Erlaubnis ihrer Mutter, außerordentlich gerne zustimmen würde.

Zu einer anderen Zeit hätte ich gesagt, sie solle ein Weilchen warten, zumindest bis wir wüßten, mit wem wir es zu tun hatten. Aber mir blieb keine Minute, um nachzudenken. Die beiden Damen bestürmten mich gemeinsam, und ich muß zugeben, daß das kultivierte und bezaubernde Antlitz der jungen Dame, an dem etwas außerordentlich Anziehendes war, und die Eleganz und Haltung einer adeligen Abstammung mich in meiner Entscheidung beeinflußten, und etwas übermannt, gab ich nach und übernahm allzu leichtfertig die Aufsicht über die junge Dame, die von ihrer Mutter Millarca genannt wurde.

Die Baronin winkte ihre Tochter zu sich, die aufmerksam lauschte, während ihre Mutter in unverbindlichen Worten berichtete, wie überraschend und zwingend man nach ihr rief, und auch von der Übereinkunft sprach, die sie mit meiner Hilfe getroffen hatte. Sie fügte noch hinzu, daß ich ein alter und geschätzter Freund wäre.

Ich sprach natürlich ebenfalls einige Worte, die der Situation angebracht waren, und fand mich bei genauerem Nachdenken in einer Lage wieder, die ich überhaupt nicht schätzte.

Der Herr in Schwarz kehrte zurück und führte die Dame mit großem Zeremoniell aus dem Saal.

Das Gebaren dieses Herrn vermittelte mir den Eindruck, daß die Baronin eine Dame von wesentlich höherem Rang war, als ihr bescheidener Titel allein mich glauben ließ.

Ihr letztes Gebot war, daß bis zu ihrer Rückkehr kein Versuch unternommen werden sollte, mehr über sie in Erfahrung zu bringen, als ich vielleicht bis jetzt schon erraten hatte. Unserem distinguierten Gastgeber, dessen Gast sie ebenfalls war, waren die Gründe bekannt.

›Aber hier‹, sagte sie, ›an diesem Ort können weder meine Tochter noch ich auch nur einen weiteren Tag gefahrlos verbringen. Vor einer Stunde nahm ich meine Maske unvorsichtigerweise für einen Moment ab, und zu spät fürchtete ich, daß Sie mich gesehen haben könnten. Deshalb beschloß ich, eine Gelegenheit zu finden, um ein wenig mit Ihnen zu sprechen. Wenn ich herausgefunden hätte, daß Sie mich *erkannt* haben, hätte ich an Ihre Ehre appelliert, mein Geheimnis noch für ein paar Wochen zu hüten. Jetzt bin ich überzeugt, daß Sie mich nicht erkannt haben, aber wenn Sie jetzt einen Verdacht haben oder im Nachhinein etwas *vermuten* sollten über meine Identität, vertraue ich in gleicher Weise Ihrer Ehrbarkeit. Meine Tochter wird die gleiche Geheimhaltung üben, und ich bin davon überzeugt, daß Sie sie ab und zu erinnern werden, sollte sie versuchen, das Geheimnis gedankenlos preiszugeben.‹

Sie flüsterte ihrer Tochter ein paar Worte ins Ohr, küßte sie zweimal hastig und verschwand in Begleitung des bleichen, schwarzgekleideten Mannes in der Menge.

›Im nächsten Zimmer‹, sagte Millarca, ›ist ein Fenster, durch das man auf die Tür der Vorhalle sehen kann. Ich würde so gerne Mama noch einmal sehen und ihr zum Abschied nachwinken.‹

Wir willigten natürlich ein und geleiteten sie zum Fenster. Wir blickten hinaus und sahen eine stattliche, altmodische Kutsche mit einem großen Gefolge von Kutschern und Dienern. Wir sahen die schmale Gestalt des bleichen Herrn in Schwarz, wie er einen schweren, samtenen Umhang bereit hielt, ihn über die Schultern der Dame warf und die Kapuze über ihren Kopf zog. Sie nickte ihm zu und berührte leicht seine Hand. Er verneigte sich mehrmals tief, als sich der Wagenschlag schloß, und die Kutsche anfuhr.

›Da geht sie hin‹, sagte Millarca mit einem Seufzer.

›Da geht sie hin‹, wiederholte ich im Stillen und dachte zum ersten Mal über die Torheit meiner Handlung nach.

›Sie hat nicht zurückgesehen‹, sagte die junge Dame traurig.

›Vielleicht hat die Baronin ihre Maske abgenommen und wollte ihr Gesicht nicht zeigen‹, sagte ich, ›zudem konnte sie nicht ahnen, daß Sie am Fenster standen.‹

Sie seufzte und sah mich an. Sie war so bezaubernd, daß ich mich erweichen ließ. Ich bedauerte, daß ich für einen Augenblick meine Gastfreundschaft bereut hatte und war entschlossen, die unterschwellige Unfreundlichkeit meines Willkommens wiedergutzumachen.

Die junge Dame legte wiederum ihre Maske an, und gemeinsam mit meinem Mündel überredete sie mich, zum Park zurückzukehren, wo das Konzert fortgeführt werden sollte. Dies taten wir und schlenderten auf der Terrasse unter den Schloßfenstern auf und ab. Millarca wurde sehr vertraut mit uns und amüsierte uns mit lebendigen Beschreibungen und Anekdoten über die berühmten Leute, die uns auf der Terrasse begegneten. Ihr Klatsch, der niemals bösartig war, unterhielt mich, der ich mich schon so lange außerhalb der großen Welt bewegte, außerordentlich. Ich dachte daran, wieviel Leben sie in unsere manchmal einsamen Abende zu Hause bringen würde.

Der Ball ging erst zu Ende, als die Morgensonne fast den Horizont erreicht hatte. Es gefiel dem Fürsten, so lange zu tanzen, und seine Gefolgschaft durfte ihn nicht verlassen, geschweige denn, an ein Bett denken.

Wir hatten eben einen überfüllten Saal durchquert, als mein Mündel mich plötzlich fragte, wo Millarca sei. Ich glaubte sie neben ihr, während sie sie an meiner Seite vermutete. Tatsache war, daß wir sie verloren hatten.

All meine Bemühungen, sie wiederzufinden, waren vergeblich. Ich befürchtete, daß sie in der Verwirrung der plötzlichen Trennung von uns andere Leute für ihre neuen Freunde gehalten hatte und ihnen vielleicht nachgegangen war und sie dann in den unermeßlichen Parkflächen, die uns zur Verfügung standen, verloren hatte.

Jetzt erkannte ich alle Ausmaße meiner Torheit, eine junge Dame in meine Obhut zu nehmen, deren Namen ich nicht einmal kannte; gebunden durch mein Versprechen, dessen Grund ich nicht kannte, konnte ich bei meinen Nachforschungen nicht einmal angeben, daß die vermißte junge Dame die Tochter der Baronin sei, die sich vor wenigen Stunden verabschiedet hatte.

Der Morgen brach an. Es war helles Tageslicht, bevor ich meine Suche abbrach. Erst gegen zwei Uhr an diesem Tag hörten wir etwas von meinem vermißten Schützling.

Ungefähr um diese Zeit klopfte ein Diener an die Tür meiner Nichte, um mitzuteilen, daß er sehr dringend von einer jungen Dame, die in großer Verzweiflung zu sein schien, gebeten worden war, herauszufinden, wo sie den General Baron Spielsdorf und seine Tochter, eine junge Dame, in deren Obhut sie ihre Mutter zurückgelassen hatte, finden könnte.

Trotz der kleinen Ungenauigkeiten gab es keinen Zweifel, daß unsere junge Freundin wieder aufgetaucht war; tatsächlich war es so. Hätte der Himmel nur gewollt, daß wir sie verloren hätten!

Meinem armen Kinde erzählte sie eine Geschichte, um ihr Unvermögen, uns wiederzufinden, plausibel zu machen. Sehr spät hätte sie das Zimmer der Haushälterin erreicht, und dort wäre sie in einen tiefen Schlaf verfallen, der, obwohl er lange währte, doch kaum ausreichend war, um sie nach den Ermüdungen des Festes wieder zu Kräften kommen zu lassen.

Am selben Tag fuhr Millarca mit uns nach Hause. Alles in allem war ich überglücklich, für mein geliebtes Kind eine so charmante Gefährtin gefunden zu haben.«

Der Holzfäller

»Bald zeigten sich allerdings einige Schattenseiten. Zum einen klagte Millarca über außerordentliche Mattheit – die Schwäche, die aus ihrem kürzlich erlittenen Unfall resultierte –, und sie kam nie aus ihrem Zimmer, bevor der Nachmittag sehr weit vorgerückt war. Außerdem wurde zufälligerweise entdeckt, daß sie sich immer in ihrem Zimmer einschloß und sehr lange zögerte, ehe sie der Zofe erlaubte, ihr beim Ankleiden zu helfen. Es besteht kein Zweifel, daß sie, manchmal früh am Morgen und ab und zu auch später am Tag, nicht in ihrem Zimmer war, obwohl sie uns glauben machen wollte, daß sie sich noch gar nicht erhoben hatte. Sie wurde mehrmals aus den Schloßfenstern beobachtet, wie sie im ersten schwachen Grau des Morgens in östlicher Richtung durch den Wald lief und dabei einer Person im Trancezustand ähnelte. Dies überzeugte mich, daß sie eine Schlafwandlerin war. Aber mit dieser Hypothese ließ sich das Rätsel nicht lösen. Wie gelangte sie aus ihrem Zimmer mit von innen verschlossener Tür? Wie entwischte sie aus dem Haus, ohne Tür oder Fenster zu entriegeln?

Inmitten meiner Bestürzung tauchte eine sehr viel drängendere Beunruhigung auf.

Mein armes Kind begann auf eine so mysteriöse, ja schreckliche Art und Weise an Frische und Kraft zu verlieren, daß es mich mit Angst erfüllte.

Zuerst wurde sie von entsetzlichen Träumen heimgesucht; dann, wie sie glaubte, von einem Geist, der manchmal Millarca ähnelte, und ein andermal in der Gestalt eines undeutlich erkennbaren Ungeheuers am Fußende ihres Bettes auf und ab, von einer Seite zur anderen, lief. Am Ende kamen Sinnesempfindungen. Ein nicht unangenehmes, aber sehr eigentümliches Gefühl, sagte sie, erinnere sie an die Strömung eines eisigen Flusses gegen ihre Brust. Später verspürte sie etwas, was sie an ein Paar große Nadeln erinnerte, die sie ein wenig unterhalb der Kehle mit einem stechenden Schmerz zu durchbohren schienen. Einige Nächte später folgte ein sich langsam steigerndes, krampfartiges, würgendes Gefühl; dann wurde sie bewußtlos.«

Während wir über das kurze Gras fahren, das an jeder Straßenseite wuchert, wenn man sich dem Dorf mit den eingefallenen Dächern und den Kaminen, die seit mehr als einem halben Jahrhundert keinen Rauch mehr gesehen hatten, nähert, hörte ich klar und deutlich jedes Wort, das der alte, gütige General sprach. Man kann sich vorstellen, wie ich mich fühlte, als meine eigenen Symptome so genau als jene des armen

Mädchens beschrieben wurden. Ohne die nachfolgende Katastrophe wäre es in diesem Moment ein Gast im Schlosse meines Vaters gewesen. Man kann weiterhin ahnen, was ich verspürte, als ich ihn die Gewohnheiten und geheimnisvollen Eigentümlichkeiten aufzählen hörte, die tatsächlich die unseres bezaubernden Gastes Carmilla waren!

Der Forst öffnete sich auf eine Lichtung; wir befanden uns plötzlich unterhalb der Schlöte und Giebel des zerfallenen Dorfes, und die Türme und Zinnen des verfallenen Schlosses, um das riesige Bäume wuchsen, ragten über uns auf einer kleinen Anhöhe auf.

Wie in einem Alptraum entstieg ich der Kutsche, schweigend, denn wir alle hatten reichlich Stoff zum Nachdenken; schnell bestiegen wir den Hügel und standen inmitten der weiten Hallen, der gewundenen Treppen und der dunklen Flure des Schlosses.

»Und dies war einmal die Palastresidenz derer zu Karnstein!« sprach der alte General schließlich, während er aus einem großen Fenster über das Dorf blickte und die unendliche, wogende Fläche des Forstes sah. »Eine lasterhafte Familie, und hier wurden ihre blutbesudelten Annalen geschrieben«, fuhr er fort. »Es ist schlimm, daß sie sogar nach ihrem Tod die Menschheit weiterhin mit ihrer grausamen Lust plagen sollten. Da ist die Kapelle derer zu Karnstein, dort unten.«

Er deutete hinunter auf das graue Gemäuer eines gotischen Gebäudes, ein wenig unterhalb des jähen Abhangs, das durch die Blätter teilweise sichtbar war. »Ich höre die Axt eines Holzfällers«, fuhr er fort, »der sich an den Bäumen in der Nähe der Kapelle zu schaffen macht. Vielleicht vermag er uns die Information zu geben, nach der ich suche; die Grabstätte von Mircalla, Baronin von Karnstein. Die einfache Landbevölkerung bewahrt die Legenden der großen Familien der Gegend, deren Erinnerungen unter den reichen Adelsfamilien erlischt, sobald der Familienzweig ausgestorben ist.«

»Zu Hause haben wir ein Portrait von Mircalla, Baronin von Karnstein; möchten Sie es sehen?« fragte mein Vater.

»Dazu ist noch Zeit genug, mein lieber Freund«, erwiderte der General. »Ich glaube, ich habe das Original gesehen; der eine

Grund, der mich früher hierher führt, als ich eigentlich beabsichtigt hatte, war, diese Kirche hier zu untersuchen.«

»Wie? Die Baronin von Mircalla gesehen?« rief mein Vater überrascht. »Aber sie ist doch seit mehr als einem Jahrhundert tot!«

»Nicht so tot, wie Sie annehmen, hörte ich«, gab der General zurück.

»Ich muß gestehen, General, Sie verwirren mich«, sagte mein Vater und, so glaubte ich zu sehen, blickte ihn dabei mit demselben mißtrauischen Blick an, der mir bereits zuvor aufgefallen war. Aber obwohl die Haltung des Generals zuweilen Ärger und Abscheu ausdrückte, so war doch nichts Launenhaftes an ihm.

»Mir bleibt nur noch ein Ziel«, sagte er, als wir durch den schweren Torbogen der gotischen Kirche – denn ihre Ausmaße rechtfertigten eine solche Bezeichnung – schritten, »das mich während der wenigen Jahre, die mir noch auf Erden verbleiben, interessieren kann, und das ist, an ihr jene Vergeltung zu üben, die, dem Himmel sei Dank, noch immer von einem Sterblichen vollführt werden kann.«

»Und was für eine Vergeltung wäre das?« fragte mein Vater mit wachsender Verwunderung.

»Ich habe vor, das Monster zu köpfen«, sagte er mit grimmiger Erregung und einem Fußstampfen, das traurig durch die leere Ruine hallte; im gleichen Moment hob er seine geballte Faust, als ob er darin den Stiel der Axt hielte und schüttelte sie wild in der Luft.

»Was?« rief mein Vater, bestürzter denn je. »Ihr den Kopf abschlagen?«

»Den Kopf abschneiden!«

»Jawohl, mit einer Axt, einem Spaten oder irgend etwas, das ihre mörderische Kehle durchtrennen kann. Sie werden alles hören«, sagte er vor Wut zitternd. Und er fuhr hastig fort:

»Dieser Balken wird als Sitz dienen; Ihr liebes Kind ist müde; lassen Sie sie Platz nehmen, und ich werde mit einigen Sätzen meine furchtbare Geschichte zu Ende bringen.«

Der viereckige Holzblock, der auf dem grasüberwachsenen Boden der Kapelle lag, bildete eine Bank, auf der ich nur zu gern

Platz nahm. Währenddessen rief der General nach dem Holzfäller, der gerade ein paar Zweige entfernt hatte, die über die alten Mauern wuchsen; mit der Axt in der Hand stand der zähe, alte Bursche vor uns.

Er konnte uns nichts über diese alten Gemäuer erzählen, aber es gäbe einen alten Mann, berichtete er, einen Waldaufseher, der sich gerade im Haus des Priesters aufhielt, ungefähr zwei Meilen von hier, und der jeden Grabstein der ausgestorbenen Familie Karnstein kannte. Für ein Trinkgeld würde er es auf sich nehmen, ihn in kaum mehr als einer halben Stunde herzubringen, falls wir ihm eines unserer Pferde leihen würden.

»Arbeitest du schon lange in diesem Wald?« wollte mein Vater von dem alten Mann wissen.

»Mein ganzes Leben lang«, antwortete er in seinem *Patois,* »habe ich hier unter dem Förster als Holzfäller gearbeitet; genau wie mein Vater und mein Großvater und so viele Generationen, wie ich zurückrechnen kann. Ich könnte den Herrschaften sogar das Haus hier im Dorf zeigen, in dem meine Vorfahren gelebt haben.«

»Wie kam es dazu, daß das Dorf verlassen wurde?« fragte der General.

»Es wurde von den Geistern Verstorbener heimgesucht, mein Herr; einige von ihnen hat man bis zu ihren Gräbern verfolgt, sie wurden durch die üblichen Verfahren entdeckt, und auch auf dem üblichen Weg vernichtet, durch Enthauptung, durch Pfählung und durch Verbrennen; allerdings nicht, bevor viele Dorfbewohner getötet worden waren.

Aber nach all diesen Maßnahmen, die nach dem Gesetz durchgeführt wurden«, so fuhr er fort, »waren so viele Gräber geöffnet und so viele Vampire getötet worden – und dennoch wurde das Dorf nicht von seinem Joch befreit. Aber ein Adeliger aus Mähren, der zufällig hier vorbeikam, hörte von der Angelegenheit. Er war bewandert in solchen Dingen – wie viele Leute in seiner Heimat – und bot an, das Dorf von seinen Peinigern zu befreien. Er ging auf folgende Weise vor: In jener Nacht leuchtete ein heller Mond, und er bestieg kurz nach Sonnenuntergang den Turm dieser Kapelle hier, von dem aus er einen guten Überblick über den Kirchhof hatte. An dieser Stelle wachte er, bis er den Vampir sah, wie er aus seinem Grab stieg und das leinene Totenhemd, in das man ihn eingehüllt hatte, in der Nähe des Grabes ablegte. Dann huschte das Monster in Richtung Dorf davon, um die Bewohner heimzusuchen.

Der Fremde, der alles beobachtet hatte, stieg von der Turmspitze, nahm das leinerne Gewand des Vampirs an sich und brachte es auf die Spitze des Turmes. Als der Vampir von seinem Raubzug zurückkehrte und seine Kleider nicht mehr vorfand, heulte er wütend den Mährer an, den er auf der Turmspitze entdeckte; als Antwort bedeutete ihm jener, den Turm zu erklimmen, um seine Kleider abzuholen. Daraufhin machte sich der Vampir daran, zur Kirchturmspitze emporzusteigen; in dem Moment, in dem er die Zinnen erreicht hatte, spaltete ihm der Mährer mit einem Hieb seines Schwertes den Schädel entzwei; dann schleuderte er ihn auf den Kirchhof, folgte ihm über die gewundenen Treppen, und schlug ihm schließlich den Kopf ab. Am nächsten Tag händigte er Kopf und Körper an die Dorfbewohner aus, die beides sogleich pfählten und verbrannten.

Dieser Adelige aus Mähren erhielt vom damaligen Oberhaupt der Familie die Befugnis, das Grab der Mircalla, Baronin zu Karnstein, zu zerstören, was er erfolgreich erledigte, so daß nach kurzer Zeit die Stelle in Vergessenheit geriet.«

»Kannst du uns sagen, wo sich der Ort befand?« erkundigte sich der General eifrig.

Der Holzfäller schüttelte den Kopf und lächelte.

»Keine lebende Seele könnte Euch das heutzutage sagen«, antwortete er, »außerdem behauptet man, daß der Leichnam entfernt wurde, aber niemand kann das mit Sicherheit sagen.«

Nachdem er so gesprochen hatte, und auch die Zeit drängte, ließ er seine Axt sinken und ging, während wir den Rest der merkwürdigen Geschichte des Generals hörten.

Die Begegnung

»Der Zustand meines geliebten Kindes«, begann er den Faden wieder aufzunehmen, »verschlechterte sich nun rapide. Dem Arzt, der sie betreute, gelang es nicht, irgendeine Änderung ihres Krankheitszustandes, denn dafür hielt ich es damals, zu bewirken. Er bemerkte meine Unruhe und schlug vor, einen zweiten Arzt hinzuzuziehen. Ich ließ einen fähigeren Arzt aus Graz rufen. Es vergingen mehrere Tage, bevor er eintraf. Er war ein guter und gottesfürchtiger und auch ein gebildeter Mann. Nachdem sie gemeinsam mein armes Mündel untersucht hatten, zogen sie sich zur Beratung in meine Bibliothek zurück. Ich, der ich im danebengelegenen Zimmer auf ihren Ruf wartete, hörte, wie die Stimmen beider Herren in einer heftigen Diskussion lauter wurden. Ich klopfte an die Tür und trat ein. Das unziemliche Geschrei verstummte durch mein Eintreten.

›Sir.‹ sagte der erste Arzt, ›mein gelehrter Standesbruder scheint zu denken, daß Sie eher eines Teufelsaustreibers als eines Arztes befürfen.‹

›Entschuldigen Sie bitte‹, unterbrach der alte Arzt aus Graz, ärgerlich dreinblickend, ›ich werde meine persönliche Ansicht dieses Falles zu einer anderen Zeit auf meine Art kundtun. Ich bedauere es außerordentlich, Monsieur le Général, daß all mein Wissen und meine Kunst nichts ausrichten können. Bevor ich Sie verlasse, werde ich mir die Ehre erlauben, Ihnen einen Vorschlag zu unterbreiten.‹

Augenscheinlich tief in Gedanken versunken, setzte er sich an einen Tisch und begann zu schreiben. Tief enttäuscht verneigte ich mich. Als ich mich umwenden wollte, um zu gehen, deutete der andere Arzt über seine Schulter auf seinen schreibenden Kollegen und berührte dann mit einem Achselzucken und einer unmißverständlichen Geste seine Stirn.

Somit ließ mich diese Konsultation genauso schlau zurück, wie ich vorher war. Völlig aufgewühlt ging ich hinaus in den Park. Nach zehn oder fünfzehn Minuten holte mich der Arzt aus Graz ein. Er entschuldigte sich, daß er mir gefolgt war, aber, so sagte er, er könne nicht guten Gewissens Abschied nehmen, ohne einige Worte mit mir gesprochen zu haben. Er versicherte mir, daß er sich nicht irren könne; keine natürliche Krankheit weise derartige Symptome auf; und er sagte auch, daß der Tod bereits auf der Schwelle stehe. Einen Tag, möglicherweise auch zwei, mochte mein Kind noch leben. Würden die todbringenden Anfälle auf der Stelle unterbunden, dann käme vielleicht, mit viel Pflege und der richtigen Behandlung, die Lebenskraft zurück. Aber ihr Leben hinge an einem seidenen Faden. Nur ein einziger, weiterer Anfall könnte den letzten Funken der Lebensenergie, der schon jetzt nur noch leicht flackerte, gänzlich auslöschen.

›Und was ist die Ursache der Anfälle, von denen Sie sprechen?‹ fragte ich.

›Ich habe alles hier in diesem Brief niedergeschrieben, den ich jetzt in Ihre Hände lege, mit der bindenden Auflage, nach dem nächsten Geistlichen zu schicken und dieses Schreiben nur in seiner Gegenwart zu öffnen, und es keinesfalls zu lesen, bevor er an Ihrer Seite ist; andernfalls würden Sie den Inhalt verabscheuen, und es handelt sich hierbei um eine Angelegenheit von Leben und Tod. Falls der Priester Ihnen nicht helfen kann, dann, nur dann, sollten Sie das Schreiben selbst lesen.‹

Bevor er sich endgültig verabschiedete, erkundigte er sich noch, ob ich einen Mann kennenzulernen wünschte, der gerade auf jenem Gebiet ungewöhnlich gut bewandert wäre, das mich nach der Lektüre des Briefes wahrscheinlich mehr als alles andere interessieren würde. Er drängte mich sehr ernsthaft, diesen Mann zu einem Besuch einzuladen. Dann verließ er mich.

Der Geistliche war nicht zu erreichen, und deshalb las ich den Brief alleine. Zu einer anderen Zeit und in einem anderen Fall hätte er meinen Spott geweckt. Aber auf welche Quacksalbereien verfällt man nicht, wenn man keine andere Chance mehr sieht, wenn alle anderen Wege sinnlos waren, und das Leben eines geliebten Menschen auf dem Spiel steht?

Nichts, werdet Ihr sagen, nichts könnte absurder sein, als der Brief dieses gelehrten Mannes. Es hätte gereicht, um ihn in ein Irrenhaus einzuweisen. Er behauptete, daß die Patientin unter den Heimsuchungen eines Vampirs litt! Die Einstiche, die sie als in der Nähe ihres Halses gelegen beschrieben hatte, waren, so versicherte er mir, die Spuren zweier langer, spitzer und scharfer Zähne, die, wie jedermann weiß, eine Besonderheit des Vampirs sind; und es bestünde auch kein Zweifel, fügte er hinzu, an der so klar geschilderten Präsenz eines kleinen bläulichen Fleckens, der völlig der Beschreibung des Abdruckes entsprach, der durch die Lippen des Dämonen hervorgerufen wurde. Auch stimme jedes weitere Symptom, das die Leidende beschrieben hatte, völlig überein mit anderen Aufzeichnungen im Falle ähnlicher Heimsuchungen.

Ich war außerordentlich skeptisch gegenüber der Existenz von etwas so Geheimnisvollem wie einem Vampir. Und so war meiner Meinung nach die Theorie der übernatürlichen Kräfte, die der brave Arzt aufgestellt hatte, ein weiteres Beispiel für die merkwürdige Verbindung zwischen Gelehrtentum und Intelligenz einerseits und fantastischen Einbildungen andererseits. Jedoch war ich so verzweifelt, daß ich nichts unversucht lassen wollte. Deshalb handelte ich gemäß den Anweisungen des Briefes.

Ich verbarg mich im dunklen Ankleideraum, der zum Zimmer der armen Kranken führte, in dem eine Kerze brannte, und wachte dort, bis sie fest eingeschlafen war. Ich stand an der Tür und spähte durch den schmalen Spalt, mein Schwert lag gemäß den Instruktionen auf einem Tisch neben mir, bis ich kurz nach ein Uhr ein großes, schwarzes, schwer zu benennendes Etwas über das Fußende des Bettes kriechen sah, das sich schnell über die Kehle des armen Kindes breitete, wo es innerhalb von Sekunden zu einer riesigen, pulsierenden Masse anschwoll.

Für einige Augenblicke stand ich wie erstarrt. Dann sprang ich mit dem Schwert in der Hand vorwärts. Das schwarze Monster zog sich am Fußende des Bettes zusammen, glitt über die Kante, und auf dem Boden stand, ungefähr einen Fuß vom unteren Ende des Bettes entfernt, Millarca. Ihr Blick betrachtete mich mit lauernder Wut und Schrecken. Blitzschnell hieb ich mit dem Schwert auf sie ein, doch gleich darauf stand sie unversehrt neben der Tür. Voll Entsetzen verfolgte ich sie und schlug erneut zu. Sie war verschwunden, und mein Schwert zersplitterte an der Tür in Stücke.

Ich kann kaum beschreiben, was noch alles in jener grausigen

Nacht geschah. Das ganze Haus war erwacht und in Aufruhr. Der Geist Millarcas war verschwunden. Aber ihr Opfer wurde immer schwächer, und bevor der Morgen graute, starb sie.«

Der alte General war sehr erregt. Wir sprachen ihn nicht an. Mein Vater entfernte sich ein paar Schritte und begann, die Inschriften der Grabsteine zu lesen; auf diese Weise beschäftigt, schlenderte er durch die Tür eines Seitenschiffes der Kapelle und führte dort seine Nachforschungen fort. Der General lehnte an der Wand, trocknete sich die Augen und seufzte schwer. Ich war erleichtert, als ich die Stimmen von Carmilla und Madame hörte, die in diesem Moment näherkamen. Dann verstummten die Stimmen.

In dieser Einsamkeit, nachdem ich jener seltsamen Geschichte gelauscht hatte, die sowohl mit den Großen und Hochgeborenen, deren Monumente unter dem Staub und dem Efeu um uns vermoderten, verbunden war, als auch jede Begebenheit meines eigenen, geheimnisvollen Leidens wiederholte – an diesem gespenstischen Ort, der durch das alles überragende Blattwerk verdüstert wurde, das sich auf beiden Seiten dicht und hoch über den schweigsamen Mauern erhob –, begann ein Grauen in mir aufzusteigen, und mein Herz wurde schwer bei dem Gedanken, daß meine Freunde wohl doch nicht näherkamen, um diesen finsteren und ominösen Bann zu brechen.

Die Augen des alten Generals waren auf den Boden gerichtet, während er sich auf die Grundmauer eines verfallenen Monumentes stützte.

Unter dem schmalen, runden Torbogen, gekrönt von jenen dämonischen Fratzen, an denen sich die zynische und gespenstische Fantasie alter gotischer Steinmetzkunst so ergötzt, bemerkte ich zu meiner Freude das schöne Antlitz Carmillas, und sah ihre Gestalt in die schattige Kapelle eintreten.

Ich sah ihr eigentümliches, verzaubertes Lächeln und wollte mich gerade erheben und rufen, als der alte Mann neben mir mit einem Schrei die Axt des Holzfällers ergriff und davonstürmte. Als sie ihn sah, veränderten sich ihre Gesichtszüge auf grauenvolle Weise. In einer plötzlichen schrecklichen Verwandlung machte sie eine geduckte Bewegung zurück. Bevor ich einen Schrei ausstoßen konnte, schlug er mit seiner ganzen Kraft nach ihr, aber sie tauchte unter seinem Hieb weg und ergriff ihn unverletzt mit ihren kleinen Händen am Handgelenk. Für einen Moment rang er, um seinen Arm zu befreien, dann öffnete er seine Hand, die Axt fiel zu Boden, und das Mädchen war verschwunden.

Er taumelte gegen die Mauer. Das graue Haar stand ihm zu Berge, und auf seinem Gesicht glänzte der Schweiß, als läge er im Todeskampf.

Diese grauenvolle Szene dauerte nur ein paar Sekunden. Das nächste, an das ich mich erinnern kann, war Madame, die vor mir stand und ungeduldig immer wieder dieselbe Frage wiederholte: »Wo ist Mademoiselle Carmilla?«

Endlich konnte ich antworten. »Ich weiß es nicht – ich kann es nicht sagen – sie ging dorthin«, und dabei deutete ich auf die Tür, durch die Madame eben hereingekommen war, »vor nur ein oder zwei Minuten.«

»Aber dort stand ich die ganze Zeit, seit Mademoiselle Carmilla hineingegangen ist; und sie kam nicht wieder zurück.«

Dann begann sie überall zu rufen: »Carmilla«, durch jede Tür und jedes Tor, und durch jedes Fenster, aber es kam keine Antwort.

»Sie nannte sich Carmilla?« fragte der General, noch immer erregt.

»Carmilla, ja«, antwortete ich.

»Ach«, sagte er, »das ist Millarca. Es ist dieselbe Person, die vor langer Zeit Mircalla, Baronin zu Karnstein, genannt wurde. Verlasse diesen verfluchten Ort, so schnell du kannst, mein armes Kind. Fahr zum Haus des Priesters, und verweile dort, bis wir kommen. Fort! Auf, daß du Carmilla nie wiedersehen mußt, dort wirst du sie nicht antreffen.«

Urteil und Vollstreckung

Während er sprach, betrat ein merkwürdig aussehender Mensch die Kapelle durch die Tür, durch die Carmilla hereingekommen und wieder verschwunden war. Es war ein hagerer, schmalbrüstiger, gebückter Mann mit hochgezogenen Schultern und schwarzen Kleidern. Sein Gesicht war tiefgebräunt und von vielen Falten durchfurcht; er trug einen merkwürdig geformten Hut mit einer langen Feder. Sein langes, graues Haar fiel ihm über die Schultern. Er trug eine goldumrandete Brille und bewegte sich langsam mit einem ungewöhnlichen, schlurfenden Gang. Auf seinem Gesicht, das er teils dem Himmel entgegenstreckte und teils zum Boden geneigt hielt, stand ein offenbar immerwährendes Lächeln; die langen, dünnen Arme schwangen hin und her, und seine mageren Hände, die in viel zu großen schwarzen Handschuhen steckten, flatterten und gestikulierten wild durch die Luft.

»Da ist der Mann!« rief der General aus und ging mit offensichtlicher Freude auf ihn zu. »Mein lieber Baron, wie ich mich freue, Sie zu treffen, ich hätte nicht erwartet, Sie so schnell wiederzusehen.« Er winkte meinem Vater zu, der soeben zurückgekommen war, und führte den seltsamen alten Herrn, den er Baron nannte, um ihn mit meinem Vater bekanntzumachen. Er stellte sie einander mit aller Höflichkeit vor, und sie begannen sofort ein ernsthaftes Gespräch. Der Fremde nahm eine Papierrolle aus seiner Tasche und breitete sie über die vermoderte Platte eines in der Nähe gelegenen Grabes. Er hielt ein Bleistiftetui zwischen den Fingern, mit dem er auf dem Papier imaginäre Linien von einem Punkt zum anderen zog. Ich nehme an, daß es ein Plan der Kapelle war, da sie oft von ihm zu bestimmten Punkten der Kapelle aufblickten. Der Fremde vervollständigte seinen Vortrag, indem er gelegentlich aus einem kleinen, schmutzigen Buch vorlas, dessen verblichene Seiten eng beschrieben waren.

Seite an Seite, ins Gespräch vertieft, spazierten sie durch das Seitenschiff gegenüber der Stelle, an der ich stand; dann begannen sie, die Entfernung abzuschreiten, bis sie schließlich zusammen vor einem Stück der Seitenwand standen, das sie mit großer Genauigkeit untersuchten. Sie rissen den Efeu ab, der sich darüberrankte, klopften mit dem Ende ihrer Stöcke an den Putz, kratzten und schlugen ihn hier und dort ab. Schließlich entdeckten sie eine schwere Marmorplatte, in die Buchstaben eingraviert waren.

Mit Hilfe des Holzfällers, der zurückgekommen war, legten

sie eine riesige Inschrift und ein eingemeißeltes Wappen frei, die bewiesen, daß es sich um das lang verschwunden geglaubte Grab von Mircalla, Baronin zu Karnstein, handelte.

Der alte General, der, wie ich fürchtete, nicht allzu oft zum Gebet neigte, streckte für ein paar Augenblicke in einer stillen Danksagung Hände und Augen gen Himmel.

»Morgen«, hörte ich ihn sagen, »kommt der Kommissar hierher, und wir werden eine ordnungsgemäße Untersuchung abhalten.«

Dann wandte er sich an den alten Mann mit der Goldbrille und drückte ihm herzlich mit beiden Händen die Hand und sagte:

»Baron, wie soll ich Ihnen danken? Wie können wir alle Ihnen jemals danken? Sie haben diese Gegend von einer Plage befreit, unter der ihre Bewohner länger als ein Jahrhundert gelitten haben. Der schreckliche Feind ist, dem Himmel sei Dank, endlich zur Strecke gebracht.«

Mein Vater führte den Fremden zur Seite, und der General folgte. Ich wußte, daß er ihn außer Hörweite gebracht hatte, um ihm meine Geschichte erzählen zu können, und ich sah, wie sie mir häufig kurze Blicke zuwarfen, während sie ihre Unterhaltung fortführten.

Mein Vater kam schließlich zu mir und küßte mich immer wieder. Er führte mich aus der Kapelle und sprach:

»Es ist Zeit, nach Hause zurückzukehren, aber bevor wir uns auf den Weg machen, müssen wir den guten Priester, der nicht weit von hier wohnt, in unsere Reisegesellschaft aufnehmen, wir müssen ihn darum bitten, uns zum Schloß zu begleiten.«

Wir hatten Erfolg, und als wir das Schloß erreichten, war ich sehr erleichtert, denn ich war unglaublich müde. Aber meine Zufriedenheit schlug in Entsetzen um, als ich erfuhr, daß wir keine Nachricht von Carmilla erhalten hatten. Man gab mir keine Erklärung über den Vorfall, der sich in der eingefallenen Kapelle ereignet hatte, und mir wurde klar, daß dies ein Geheimnis war, das mir mein Vater zum jetzigen Zeitpunkt unbedingt vorenthalten wollte.

Die ungeklärte Abwesenheit Carmillas ließ die Erinnerung an den Vorfall noch schrecklicher für mich werden. Die Vorkehrungen für die Nacht waren außergewöhnlich. Zwei Diener und

Madame sollten in jener Nacht in meinem Zimmer wachen; der Geistliche und mein Vater hielten im danebenliegenden Ankleideraum Wache.

Der Priester vollführte in dieser Nacht mehrere feierliche Riten, deren Zweck mir ebenso unverständlich war wie die Gründe für die ungewöhnlichen Vorsichtsmaßnahmen während des Schlafes.

Einige Tage später jedoch war mir alles klar.

Mit dem Verschwinden Carmillas waren meine nächtlichen Leiden beendet.

Ohne Zweifel haben Sie von dem abstoßenden Aberglauben gehört, der in der oberen und unteren Steiermark, in Mähren, Schlesien, im türkischen Teil Serbiens, in Polen und sogar in Rußland vorherrscht; der Aberglaube, denn so müssen wir es bezeichnen, der Aberglaube von der Existenz des Vampirs.

Wenn menschliche Zeugenaussagen etwas wert sind, die mit gebührender Sorgfalt und aller Ernsthaftigkeit vor zahllosen gerichtlichen Kommissionen gehört wurden, die ihrerseits aus vielen, wegen ihrer Integrität und Intelligenz ausgewählten Personen zusammengesetzt wurden, und wenn man die richterlichen Berichte bedenkt, die diesem Thema wohl mehr Aufmerksamkeit widmen als jedem anderen Gerichtsfall, dann ist es kaum möglich, die Existenz des Phänomens Vampir zu leugnen, ja, man kann sie noch nicht einmal bezweifeln.

Ich für meinen Teil habe keine andere Theorie gehört, die das, was mir widerfahren ist und was ich bezeugen kann, erklärt. Nur der uralte und immer wieder bestätigte Glaube dieses Landes kann eine Erklärung geben.

Das gerichtliche Verfahren fand am nächsten Tag in der Kapelle von Karnstein statt. Das Grab der Baronin Mircalla wurde geöffnet; sowohl der General als auch mein Vater erkannten in dem sich offenbarenden Gesicht ihren bezaubernden, falschen Gast. Obwohl seit ihrem Begräbnis 150 Jahre vergangen waren, lag in den Gesichtszügen noch immer der warme Atem des Lebens. Die Augen waren geöffnet; dem Sarg entströmte kein Leichengestank. Die beiden anwesenden Ärzte bestätigten beide die wunderbare Tatsache, daß eine schwache, aber erkennbare Atmung und eine entsprechende Herztätigkeit vorlagen. Die Glieder waren biegsam und das Fleisch elastisch; der bleierne Sarg war bis zu einer Höhe von zwanzig Zentimetern mit Blut gefüllt, der Körper lag darin eingetaucht. Hier also wurden alle anerkannten Merkmale und Beweise des Vampirismus bestätigt. Demgemäß wurde der Körper entsprechend der uralten Praxis hochgehoben und ein spitzer Pfahl durch das Herz des Vampirs gebohrt, der in diesem Moment einen schrillen Schrei ausstieß, wie ein Mensch im Todeskampf. Dann wurde der Kopf abgeschlagen, dem abgetrennten Hals entströmte ein Schwall von Blut. Als nächstes wurden Kopf und Körper auf einen Scheiterhaufen gelegt und zu Asche verbrannt, die anschließend in den Fluß geworfen und fortgerissen wurde. Seitdem wurde diese Gegend nie wieder von einem Vampir heimgesucht.

Mein Vater besitzt eine Abschrift des Berichtes der königlichen Kommission, mit der Unterschrift aller beim Verfahren anwesenden Personen, die damit die schriftliche Darlegung beglaubigen. Meine Zusammenfassung dieser letzten, schockierenden Szene entstammt diesem offiziellen Papier.

Letztes Kapitel

Sie nehmen vielleicht an, daß ich all dies mit innerer Ruhe niedergeschrieben habe. Doch ich kann nicht ohne Erregung daran denken. Nichts als Ihr häufig vorgetragener, ernsthafter Wunsch hätte mich dazu bringen können, mich dieser Aufgabe zu stellen, die meine Nerven über viele Monate hinweg zerrüttete und den Schatten jenes unbeschreiblichen Schreckens zurückbrachte, der meine Tage und Nächte noch Jahre nach meiner Errettung zur Qual werden ließ und das Alleinsein unerträglich machte.

Ich möchte noch ein oder zwei Worte zu dem wundersamen Baron Vordenburg sagen, dessen seltsamer Gelehrtheit wir die Entdeckung des Grabes der Baronin Mircalla zu verdanken hatten.

Er hatte seinen Wohnsitz in Graz aufgeschlagen, wo er von ein paar Pfennigen lebte, die alles waren, was ihm von den fürstlichen Besitzungen seiner Familie in der oberen Steiermark geblieben war. Er widmete sich der gründlichen und mühseligen Untersuchung der wundersam bestätigten Überlieferung des Vampirismus. Ihm waren alle kleinen und großen Werke zu diesem Thema zugänglich. »Magia Posthuma«, »Phlegon de Mirabilibus«, »Augustinus de curâ pro Mortuis«, »Philosophicae et Christianae Cogitationes de Vampiris«, von John Christofer Herenberg; und viele, viele mehr, von denen ich mich nur an jene erinnern kann, die er meinem Vater zu lesen gab. Er besaß eine riesige Sammlung aller Gerichtsfälle, aus denen er ein System von Lehrsätzen erstellt hatte, von denen einige immer, andere nur in bestimmten Fällen die Daseinsformen des Vampirs definierten. Nebenbei möchte ich noch bemerken, daß die tödliche Blässe, die dieser Form der lebenden Toten zugeschrieben wird, eine reine melodramatische Fiktion ist. Im Grab und wenn sie sich unter die menschliche Gesellschaft mischen, weisen sie den Anschein blühenden Lebens auf. Wenn Licht in ihren Sarg fällt, weisen sie all die Symptome auf, die ich bereits als Beweis des Vampirlebens der lange verstorbenen Baronin von Karnstein aufgezählt habe.

Wie sie jeden Tag für mehrere Stunden ihrem Grab entfliehen und wieder dorthin zurückkehren konnte, ohne den Staub zu berühren oder Spuren am Zustand des Sarges oder des Totenhemdes zu hinterlassen, wurde immer als unerklärbar dargestellt. Die amphibische Existenz des Vampirs wird durch den täglich wiederholten Schlaf im Sarg getragen. Seine grausige Lust am lebendigen Blut erhält die Kraft seiner wachen Existenz. Der Vampir neigt dazu, sich von bestimmten Personen mit einem fesselnden Ungestüm, das der Leidenschaft der Liebe ähnelt, bezaubern zu lassen. In der Verfolgung dieser Person beweist er unerschöpfliche Geduld und Findigkeit, denn der Zugang zu dem gefragten Objekt kann durch hundert verschiedene Hindernisse versperrt sein. Er wird nicht ablassen, bevor er seine Leidenschaft gestillt und dem Opfer seiner Begierden das Leben aus den Adern gesaugt hat. Aber in diesen Fällen wird er mit seinem mörderischen Vergnügen haushalten und es mit der Raffinesse eines Feinschmeckers verlängern und durch die allmähliche Annäherung einer kunstvollen Werbung steigern.

In diesen Fällen scheint er sich nach so etwas Ähnlichem wie Sympathie und Zustimmung zu sehnen. In gewöhnlichen Fällen geht er zielstrebig auf sein Objekt zu, überwältigt es mit Kraft, und würgt und tötet es oft schon durch eine einzige Mahlzeit.

In bestimmten Situationen ist der Vampir offensichtlich abhängig von bestimmten Bedingungen. In dem Fall, von dem ich berichtet habe, schien Mircalla sich auf einen Namen beschränken zu müssen, der, wenn schon nicht ihr richtiger Name, zumindest ohne Auslassung oder Hinzufügung eines einzigen Buchstabens ein Anagramm, wie wir es nennen, bildete. *Carmilla* und *Millarca* erfüllten diese Bedingungen.

Mein Vater berichtete dem Baron Vordenburg, der für zwei oder drei Wochen nach der Vertreibung Carmillas bei uns blieb, von der Geschichte des mährischen Adligen und dem Vampir im Kirchhof zu Karnstein. Dann fragte er den Baron, wie er den genauen Ort des lang verschollenen Grabes der Baronin Mircalla aufindig gemacht hätte. Die grotesken Gesichtszüge des Barons kräuselten sich zu einem Lächeln; immer noch lächelnd, blickte er auf sein abgewetztes Brillenetui. Dann sah er auf und sprach:

»Ich habe viele Tagebücher und andere Papiere, die von diesem bemerkenswerten Mann geschrieben wurden; das vielleicht merkwürdigste unter ihnen handelt von dem Besuch in Karnstein, von dem Sie sprachen. Natürlich verzerrt und verändert die Überlieferung die Tatsachen etwas. Man könnte ihn vielleicht als mährischen Adligen bezeichnen, denn er verlegte seinen Wohnsitz in dieses Land, und er war außerdem ein Adliger. Aber tatsächlich stammte er aus der oberen Steiermark. Es reicht aus, wenn man sagt, daß er in seiner frühen Jugend ein leidenschaftlicher und bevorzugter Liebhaber der schönen Mircalla, Baronin zu Karnstein, war. Ihr früher Tod stürzte ihn in unermeßliche Trauer. Es liegt in der Natur der Vampire, sich zu vermehren und zu vervielfältigen, gemäß eines bekundeten, geisterhaften Gesetzes.

Stellen wir uns zuerst ein Gebiet vor, das völlig frei ist von dieser Pest. Wo hat diese Plage ihren Ursprung und wie vermehrt sie sich? Ein Mensch, mehr oder weniger schlecht, setzt seinem Leben ein Ende. Unter gewissen Umständen wird ein Selbstmörder zum Vampir. Der Geist sucht lebendige Menschen in ihrem Schlaf auf; *sie* sterben und entwickeln sich fast unweigerlich in ihren Gräbern zu Vampiren. Dies geschah im Fall der schönen Mircalla, die von einem dieser Dämonen heimgesucht wurde. Mein Vorfahre, Vordenburg, dessen Titel ich noch immer trage, entdeckte dies, und im Verlauf seiner Studien, denen er sich von nun an widmete, erfuhr er noch eine ganze Menge mehr.

Unter anderem zog er die Schlußfolgerung, daß der Verdacht des Vampirismus wahrscheinlich früher oder später auf die tote Baronin fallen würde, die zu ihren Lebzeiten sein Ideal war. Gleichgültig, was sie auch war, entsetzte ihn die Vorstellung, daß man ihre Überreste durch die Ungeheuerlichkeit der posthumen Hinrichtung entweihen würde. Er hinterließ ein interessantes Papier, um zu beweisen, daß ein Vampir nach der Ausweisung aus seinem amphibischen Leben in eine sehr viel schrecklichere Existenz vertrieben wird; und er beschloß, seine einst geliebte Mircalla davor zu bewahren.

Er ergriff die List einer Reise dorthin und einer vorgeblichen Beseitigung ihrer Überreste; dann machte er den Ort ihres Grabes unkenntlich. Aber als das Alter ihn erreicht hatte, blickte er über das Tal der Jahre zurück auf die Welt, die er hinter sich ließ, und er betrachtete die Dinge, die er getan hatte, von einer anderen Seite, und Grauen ergriff von ihm Besitz. Er fertigte die Zeichnungen und Notizen an, die mich zu der Stelle geführt haben, und er legte ein Geständnis ab über den Betrug, den er begangen hatte. Falls er die Absicht hatte, in dieser Angelegenheit noch mehr zu unternehmen, wurde er vom Tod daran gehindert; die Hand eines entfernten Nachkömmlings setzte, für viele zu spät, die Verfolgung bis zur Höhle der Bestie fort.«

Wir sprachen noch weiter, und eines der Dinge, von denen er redete, war folgendes:

»Ein Erkennungsmal des Vampirs ist die Kraft seiner Hände. Die schmale Hand Mircallas legte sich wie eine stählerne Zwinge um das Handgelenk des Generals, als er die Axt hob, um zuzuschlagen. Aber die Kraft ist nicht nur auf den festen Griff beschränkt; sie hinterläßt eine Taubheit in den Gliedern, die sie ergriffen hat, von der man sich nur langsam, wenn überhaupt, erholt.«

Im nächsten Frühjahr nahm mich mein Vater mit auf eine Reise durch Italien. Wir blieben mehr als ein Jahr fort. Aber selbst danach hatte ich den Schock über die Ereignisse noch nicht überwunden. Bis zu dieser Stunde lebt das Bild Carmillas in meiner Erinnerung in trügerischem Wechsel – das verspielte, schläfrige, bezaubernde Mädchen, dann der sich krümmende Satan, den ich in der verfallenen Kirche sah; und wie oft schreckte ich auf aus meinen Tagträumereien, weil ich mir einbildete, den leichten Schritt Carmillas vor der Salontür zu hören.

ENDE

Copyrightangaben der Geschichten

Stephen King
Eines auf den Weg
(One for the Road)
Appeared in Maine Magazine, March/April 1977
Copyright by Maine Magazine, Company, Inc., from the book NIGHT SHIFT. Reprinted by permission of Doubleday & Company, Inc.
Deutsche Übersetzung:
Brigitte Peterka

William Tenn
Denn sie geht nur nachts aus . . .
(She Only Goes Out at Night . . .)
Copyright 1956 by King-Size Publications; reprinted by permission of the author and his agent, Virginia Kidd.
Deutsche Übersetzung:
Brigitte Peterka

David H. Keller
Erbanlagen
(Heredity)
Copyright 1947 by David H. Keller. Copyright renewed. Reprinted by arrangement with the Estate of David A. Heller and John P. Trevaskis, Jr.
Deutsche Übersetzung:
Brigitte Peterka

Théophile Gautier
Clarimonda
(Clarimonda)
Deutsche Übersetzung:
Brigitte Peterka

Robert Bloch
Der Umhang
(The Cloak)
Copyright 1939 by Street & Smith Publications, Inc.; renewed c 1967 by Robert Bloch. Reprinted by permission of Kirby McCauley, Ltd.
Deutsche Übersetzung:
Brigitte Peterka

F. Marion Crawford
Denn das Blut ist Leben
(For the Blood is the Life)
Deutsche Übersetzung:
Brigitte Peterka

Manly Wade Wellman
Das letzte Grab von Lill Warran
(The Last Grave of Lill Warran)
Copyright 1951 by Weird Tales of Weird Tales, May 1951. Reprinted by permission of

Band 13 160

Stephen King

Nachtschicht

Deutsche Erstveröffentlichung

»Unterhalten wir uns, Sie und ich. Unterhalten wir uns über Angst. Das Haus ist leer, während ich diese Zeilen schreibe. Draußen fällt ein kalter Februar-Regen. Wenn der Wind aus der Richtung weht, aus der er gerade weht, haben wir manchmal Stromausfall. Aber im Augenblick brennt das Licht noch, also reden wir ganz aufrichtig über Angst. Reden wir darüber, wie man an den Rand des Wahnsinns kommt ... und vielleicht auch noch ein Stück darüber hinaus.
Ich heiße Stephen King ...«
Diese freundliche Einladung werden Sie nicht ablehnen, wenn Sie zu der großen Gemeinde der Stephen King-Fans gehören, und sollten Sie nicht ablehnen, wenn Sie ganz einfach gute schaurige Unterhaltung zu schätzen wissen.
Stephen King legt neunzehn seiner ›entsetzlichen‹ Kurzgeschichten vor – Berichte von geheimnisvollen Geschehnissen in düsteren Regionen, wo Horror und Wahnsinn reagieren. Die Schauplätze sind alltäglich und vertraut: die Schule, die Fabrik, die Autobahnraststätte, die Wäscherei ...
Doch in der Welt des Stephen King kann jeder Ort zum Spielplatz des Satans werden.

BASTEI LÜBBE

Sie erhalten diesen Band im Buchhandel, bei Ihrem Zeitschriftenhändler sowie im Bahnhofsbuchhandel.